《石嘴山市城市文学丛书》编委会
《名家笔下的石嘴山》编委会

主　　任：王正儒

副 主 任：景　军　丁少贵　王晓梅

主　　编：王正儒

副 主 编：景　军　丁少贵

执行副主编：倪俊峰（名家笔下的石嘴山）

　　　　　　杨军民（小说卷）

　　　　　　岳昌鸿（散文卷）

　　　　　　王跃英（诗歌卷）

编　　委：倪俊峰　张　涛　丁淑萍　王跃英　杨军民

　　　　　岳昌鸿　徐忠杰　常　越　宋希元　王淑萍

　　　　　杜学华　陈　斌　赵玉林　高富贵　祁亚江

城市文学高地　工矿文艺富矿

石嘴山市城市文学丛书

小说卷

SHIZUISHAN SHI
CHENGSHI WENXUE CONGSHU
XIAOSHUO JUAN

石嘴山市文学艺术界联合会　编

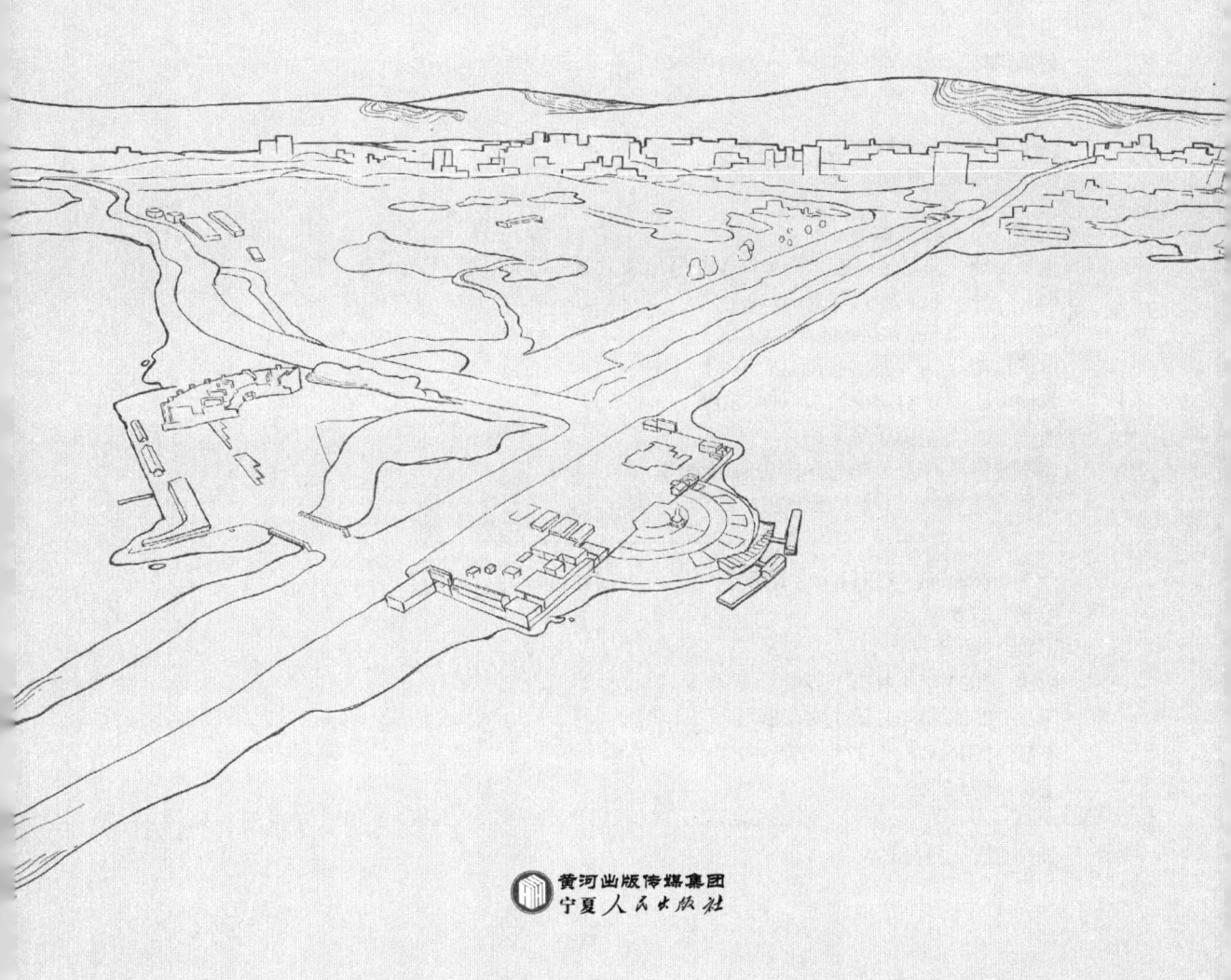

黄河出版传媒集团
宁夏人民出版社

图书在版编目（CIP）数据

石嘴山市城市文学丛书. 小说卷 / 石嘴山市文学艺术界联合会编. -- 银川：宁夏人民出版社，2022.12
ISBN 978-7-227-07758-9

Ⅰ. ①石… Ⅱ. ①石… Ⅲ. ①小说集-中国-当代 Ⅳ. ①I217.1

中国国家版本馆CIP数据核字（2023）第001346号

石嘴山市城市文学丛书（小说卷） 石嘴山市文学艺术界联合会 编

责任编辑	管世献
责任校对	陈 晶
封面设计	星 秀
责任印制	宋 华

黄河出版传媒集团 宁夏人民出版社 出版发行

出 版 人　薛文斌
地　　址　宁夏银川市北京东路139号出版大厦（750001）
网　　址　http://www.yrpubm.com
网上书店　http://www.hh-book.com
电子信箱　nxrmcbs@126.com
邮购电话　0951-5052104　5052106
经　　销　全国新华书店
印刷装订　宁夏凤鸣彩印广告有限公司
印刷委托书号　（宁）0025202

开本　889 mm×1194 mm　1/16
印张　27.5
字数　400千字
版次　2023年4月第1版
印次　2023年4月第1次印刷
书号　ISBN 978-7-227-07758-9
定价　65.00元

版权所有　侵权必究

序一

物之不齐，物之情也。不同的地域孕育了文化的多样性，多元的文化呈现出丰富多彩而美丽缤纷的世界。

贺兰山，宛若鄂尔多斯台地上一匹脱缰的骏马，驰骋在祖国西北的劲风中……这个在《水经注》里称为"卑移山"的地方，在《马可·波罗游记》中记载发现一种"黑色的、会燃烧的石头"，这便是享誉世界的"太西煤"。新中国成立后，"一五"计划被确定为"全国十大煤炭基地"之一，五湖四海的建设大军从祖国各地云集而来，一座因工矿而生的工业之城崛起于贺兰山下。在这里，挖掘出了宁夏的第一吨煤、点燃了宁夏的第一度电、冶炼出了宁夏的第一炉钢，石嘴山当之无愧成为宁夏工业的摇篮，经济总量一度占据宁夏的半壁河山。

于是，这个闪烁着远古文化图腾的地方，烙上了工矿文艺的胎记，结出了城市文学的硕果。郑正老先生从淮西大地千里而来，从一个煤矿工人干起，从一个煤矿通讯员开始在巴掌大小的纸片上写作，一直写到《郭拴子覆灭记》等多部小

石嘴山市城市文学丛书（小说卷）

说、散文集子和一部部大书。还有陈勇先生，本土优秀的文学人才，从编辑《贺兰山》期刊直到退休将宝贵年华奉献给石嘴山的文学事业，而且还有《黄河静静流淌》《盛宴》等长篇小说的出版发行。

　　本人到石嘴山工作以来，之所以考虑打造"城市文学、工矿文艺"这个品牌，一方面是石嘴山有其特殊的地理位置，有独树一帜发展"城市文学、工矿文艺"的基础，有石嘴山特有的文化气质和地方标识；一方面也深深被这片土地上的人文精神所感染、所感动、所激励——移民文化、工业文化、黄河文化、军旅文化等城市元素和工矿符号一次次映入我的眼帘，萦绕在我的思绪里，久久挥之不去，也难以平静。打造"城市文学、工矿文艺"不仅继承了本地特有的人文精神，而且是今后随着城市化进程不断加快文化建设的必由之路。当下，还有一大批名家大腕和本土作家、作者依然深情书写石嘴山、礼赞石嘴山、放歌石嘴山，我们有理由有责任传承好石嘴山文学基因，在新时代讲好石嘴山故事、传播好石嘴山声音、展示好石嘴山形象。

　　文运兴则国运兴，文化强则民族强。党的二十大对大力传承中华优秀传统文化、优先发展文化事业提上了新的高度，明确了新的任务和要求。"文章合为时而著，歌诗合为事而作。"2014年10月15日，习近平总书记在文艺工作座谈会上指出，"好的文艺作品就应该像蓝天上的阳光、春季里的清风一样，能够启迪思想、温润心灵、陶冶人生，能够扫除颓废萎靡之风。"石嘴山市正按照习近平总书记的嘱托，奋力打造产业转型示范市，其经济转型发展之快、生态建设效果之好、人民群众生活之幸，都是这里的最强音。这也必成为文化事业繁荣兴盛的契机，成为发展"城市文学、工矿文艺"的富矿。正值全市上下深入学习宣传贯彻党的二十大精神之际，我们编辑出版《石嘴山市城市文学丛书》（三卷本）和《名家笔下的石嘴山》，收录188位作家、诗人430余篇作品，共计168万字，全景式展示石嘴山文学的全新风貌。这里不仅有大家熟悉的王跃英、杨军民、吴全礼等石嘴山这块土地上成长起来的作家，更有张贤亮、梁晓声、朱光亚等名家名作，他们一腔豪情发诸笔端，赞美这片土地、讴歌这个时代。

　　一个城市有一个城市的"长相"，一个城市的"长相"也必然成就这个城市文学的面貌。铁凝说过，无论城市如何发展进步、社会如何飞速发展，必然会有一盏文学的灯火，而这盏文学的灯火照亮了当代人的生活，人们的生活也为此绚丽多姿。在石嘴山转型发展、绿色发展、和谐发展的当下，我们有理由也有决心相信：一个"城市文学、工矿文艺"的高地必将兴起，多部文学精品力作必将灿然闪耀，一支热心文学、致力文学、呕心沥血创作的作家队伍必将在石嘴山大地上茁壮成长，成为新时代石嘴山文化自信自强的脊梁。

　　是为序。

石嘴山市委常委、宣传部部长　王正儒

石嘴山市城市文学丛书（小说卷）

序二

"坚守中华文化立场，提炼展示中华文明的精神标识和文化精髓"。这是党的二十大从"增强中华文明传播力影响力"角度，为"推进文化自信自强，铸就社会主义文化新辉煌"发出的号召。这就要我们深入研究什么是中华文明的精神标识和文化精髓。细心体会党的二十大报告中这段话，会给我们深刻的启示：

"坚持和发展马克思主义，必须同中华优秀传统文化相结合。只有植根本国、本民族历史文化沃土，马克思主义真理之树才能根深叶茂。中华优秀传统文化源远流长、博大精深，是中华文明的智慧结晶，其中蕴含的天下为公、民为邦本、为政以德、革故鼎新、任人唯贤、天人合一、自强不息、厚德载物、讲信修睦、亲仁善邻等，是中国人民在长期生产生活中积累的宇宙观、天下观、社会观、道德观的重要体现，同科学社会主义价值观主张具有高度契合性。我们必须坚定历史自信、文化自信，坚持古为今用、推陈出新，把马克思主义思想精髓同中华优秀传统文化精华贯通起来、同人民群众日用而不觉的共同价值观念融通起来，不断赋予科学理论鲜明的中国特色，不断夯实马克思主义中国化时代化的历史基础和群众基础，让马克思主义在中国牢牢扎根。"

在我理解，"天下为公、民为邦本、为政以德、革故鼎新、任人唯贤、天人合一、自强不息、厚德载物、讲信修睦、亲仁善邻"这十个方面，就是中华文明的重要的精神标识和文化精髓。对于广大文艺工作者来讲，能否把"马克思主义思想精髓"和这"十个方面"贯通起来，和社会主义核心价值观融通起来，和当地文化特色结合起来，创作出"更多增强人民精神力量的优秀作品"，将是对我们是否具有"文化自信自强"和"历史主动精神"的考验。

说起宁夏回族自治区的发展史，石嘴山市是一个绕不过去的重要话题。作为国家"一五"时期布局的全国十大煤炭工业基地之一，石嘴山市独特的地理区位特点，也孕育了丰富的多元文化。城市文学、工矿文艺也由此衍生。曾经，宁夏以北的百里矿区，富集着《煤炭文学》《石炭井矿工报》《石嘴山矿报》《石嘴山日报》等一批面向全国公开发行的报刊。一批批作家诗人从这里走向全国文坛。由自治区党委宣传部、自治区文联设立的重点文化工程，以培育宁夏小说家为重任的"金骆驼丛书"，先后编辑出版的四辑丛书中，石嘴山地区就有齐宝库的《大山作证》、王景彦的《高高的月亮树》和焦艳华的《紊乱》名列其中，足见这一地区工矿文学底蕴之深厚。这一时期，余小元的中篇小说《商鼎》，金瑞直的短篇小说《放顶》等，马中骥、白闻钟的诗歌，郑正、郑猛的长篇纪实文学《中国西部最后一个匪王——郭拴子覆灭记》马丽华的长篇纪实文学《阴山下乌不浪口》、胡德林的长篇小说《金羊毛》，以及残疾作家刘岳华的事迹，都引起宁夏乃至全国文艺界的一次次震撼。

这一时期，工作、生活在工矿一线的张玉秋、娄天木、张记、赵金勇、李万成、陈勇、岳亚东等本土作家，也写出了许多反映火热生活的脍炙人口的作品，丰富了石嘴山城市文学、工矿文艺内涵。

石嘴山市城市文学丛书（小说卷）

  进入新时代，工矿城市转型为山水园林新型工业城市，以"西部煤都"著称的石嘴山走向生态之城的涅槃之路。高扬"城市文学高地，工矿文艺富矿"，是历史赋予新一代作家、艺术家的神圣使命。立足城市禀赋、把握时代脉搏，书写无愧于新时代的文学华章，广大文艺工作者厉兵秣马、再上征程。这一时期，涌现出薛青峰、马钰、邱新荣、张廷珍、王跃英、吴全礼、杨军民、常越、岳昌鸿、王淑萍、李晓园、陈斌、张月平、赵玉林、杜学华、潘春生、徐忠杰、白远志、宋希元等一大批活跃在国内文坛的作家。他们的作品发表在《人民日报》《小说选刊》《诗刊》《朔方》《星星》《散文》《黄河文学》《六盘山》《作家报》《散文诗》《绿风》等全国有广泛影响的报刊，这一时期公开出版的《积案迷踪》（吴全礼著）、《狗叫了一夜》（杨军民著）等长、中篇小说集，以及《贺兰山之恋》（王跃英著）、《桃花一笑》（岳昌鸿著）、《飘香的梦影》（梦南飞著）、《时光之上》（陈斌著）等一批散文诗集，成为宁夏文学艺术界一个比较突出的现象。

  《石嘴山市城市文学丛书》，一定意义上，它正好体现了这种"文化自信自强"和"历史主动精神"。其特色鲜明的"山水文化""移民文化""工业文化"要素，大大提高了"石嘴山文学"在全国文学版图中的辨识度，这是一件可喜可贺的文学盛事，为此，写下以上文字，以示祝愿。

  是为序。

中国作家协会全委会委员、宁夏文联主席（兼）、宁夏作家协会主席 郭文斌

目 录

走进大山的孩子　于秀兰　/　001

在 ICU 病房里　马丽华　/　015

谁为男人哭泣　古　越　/　024

背景音乐　白云天　/　041

沉　浮　刘安邦　/　063

乾天剑　刘瑞霞　/　077

好事多谋　齐宝库　/　084

大雪歌　那守箴　/　093

月色溶溶　祁亚江　/　124

黄河静静流淌　陈　勇　/　135

最后的猎手　李万成　/　148

胖嫂的致富梦　李小军　/　160

除　夕　宋友仁　/　167

黑夜过去是白天　吴全礼　/　180

缘来简单　吴会平　/　194

石嘴山市城市文学丛书（小说卷）

行走的水杯　杨军民　/　211

跟着老李转　余小沅　/　221

葛老太　宋希元　/　228

大洋马　张玉秋　/　242

放　顶　金瑞直　/　269

通向河边的路　金万忠　/　298

两次奇遇　岳亚东　/　311

狼　道　郑　正　/　328

半　边　胡力扬　/　346

飞奔吧，骏马　娄天木　/　362

一株怪草　赵金勇　/　376

走进大山　高玉虎　/　382

红　马　王景彦　/　401

魂断月夜　王夏君　/　414

角　色　焦艳华　/　423

后　记　/　426

走进大山的孩子

于秀兰

于秀兰（1950—），女，回族，宁夏西吉人。中国作家协会会员，一级作家。出版小说集《流逝》，散文集《芳草落英》《兰亭心雨》，报告文学集《只要光明作证》等。作品多次获奖并被选入多种文集。

  莽苍苍的大山，莽苍苍的蓝天，它们的边缘在哪里？山脚下，毛茸茸的草坡，依稀辨出有一条时断时续的小径。小径蜿蜒着，由粗变细，在山弯那边一晃，直伸到山里去了。

  西斜的骄阳，给山里带来一片令人恐怖的寂静。明朗的天空显得很高很高，刚刚凝聚在一块的白云，只停留了一会儿，随即被一股风吹散得无影无踪。空气是那么暴烈，几乎没有一丁点的湿润，闷得要命。四面的陡山，像蒸笼的四壁，聚起缕缕冉冉升腾的气霭，蒸得路边的小草蔫地褪了青绿，一些叶片泛出些许枯黄色的悲哀。

  这山沟没有村庄，也不见一个路人。他像个迷途的羔羊，胆怯地迈着疲倦的步子，"有一个伙伴该多好！"他曾经厌烦群体生活，现在他承认自己的想法是可怜的。他是为了创作参加全国摄影展览的作品到

石嘴山市城市文学丛书（小说卷）

这山里来的，一时大意，竟找不到出山的路了。他第一次到这大山沟里来，每一处的景状都觉得相似，以至无法辨明方位，差不多有一个小时了，几乎是在原地胡乱地转起来。他又渴又饿，尽管正当青春壮年，血气方刚，从来自信心很强，但要与这亘古有之的大山相抗，却也感到自己过于渺小与软弱了。他害怕了，一种莫名其妙的恐惧心理，在他的心坎上爬动着，也许是怕太阳移得太快，怕黑夜来得太猛吧。他对着大山，声嘶力竭地呼喊，想打破这难挨的寂静，多么渴望能有人呼应他的声音。然而，声音回转了几圈，随即被大山吞噬，不留半点痕迹。他愈加害怕了。

他顺着时断时续的小径，盲目地疾走。脚下是小草的沙沙响声，单调艰涩的声音使孤独的旅者越发灰心丧气。

小径拐向山嘴的转弯处，猛然间冒出一个人来，人影小小的，像从天上掉下的一块黑石。黑石滚动着，越来越大，越来越清晰。他像看到了救星，像落水的人碰见了一只小船。他大喊着向黑石扑去。

黑石停住了。是个半大的孩子。

孩子怯生生地望着他，晶亮的黑眼珠滴溜滴溜转动，身子不时向后退着，仿佛只要发现对方稍有可疑之处，便准备随时跑掉。

"别怕。"他说。他看出这山里孩子警惕中又有几分怯懦的心理。"我是城里来的,迷了路,想打问个方向。"

"城里来的?"孩子喃喃自语着,黑亮的眼睛盯上了他那如女人般的卷发。"来这山沟沟里干什么?"

"随便转转,"他尽量做出一副让人信赖的表情,"看看山里的景色呀!"

"看景色?"孩子更迷茫了,"从城里跑到咱这山沟里来看景色?"

"是的。"卷发点点头。

孩子像是忽然醒悟到了什么,小嘴一咧憨憨地笑了,"对哩,咱这山里有的是好景,山那边,有一大片杏树林,开起花来,粉嘟嘟的一团,招惹来成群成群的蜜蜂、蝴蝶……对了,山脚下,还有一条清亮亮的小河,村上的人都叫它清水河,那河就像银亮亮的带子,七扭八拐,把大山也拴得牢牢的……"

"小兄弟,我不是问你这个,"卷发突然打断那孩子的话,"这山里的景象,我已看过了,我只是想问问出山的路怎么走?"

"噢——"孩子略有所悟,"看过了,要回家?"

"是的,是的……"卷发点点头。

"那你说,咱这山里,哪样景最好?"

卷发有点不耐烦了。这孩子也是,问你话呢,你不回答,却要反问别的。他有心克孩子几句,想想又忍住了。自己毕竟是有求于人家,惹翻了,他扭头一走,把你撇在这里,咋办?山里的孩子野,说不定……他换了一副亲热的笑脸,亲昵地拍了孩子一下脑壳,说:"要说景色嘛……哪样都很好!只是我心急着赶路,回城还有急事呢!"

"赶路?"孩子眨眨眼,好像这阵儿才明白他要赶路,"那你走错了嘛!进城的路在那边,你咋背着走?"

"噢,噢,"卷发转身朝来路方向看了看,拍着后脑勺笑着说,"我转向了,转向了。"

"那我陪你走。"孩子见他和蔼可亲，完全消除了戒备心理，跳过去，拽住他的胳膊，向山下走去。

卷发明了路途，又有孩子引路，一下子来了精神，大步走着，身上背的一个疙里疙瘩的东西，啪哒啪哒地拍打着屁股。

"大大乏吗？身上背的是啥东西？我替你背。"孩子边说着边伸手去拽。

"哎，哎！"卷发赶忙往开躲，用手护着那疙瘩，"哎，你别乱摸，这东西碰不得的。"

孩子定神看看他的花条衬衣，看看他那一头卷发，再看看那甩啊甩的疙瘩，越觉神秘了。越神秘，孩子越想亲近他，于是紧跑几步撵上卷发，尽量和他并肩走。

"大大，你们城里男人都穿花衣裳？"

"不一定，有人穿，有人不穿。"

"都像你一样长着卷发吗？"

"不一定，有人卷，有人不卷。"

"都到山里看景吗？"

"不一定，有人看，有人不看。"

四条腿，踩出一片杂乱的响声，踏碎了山里的寂寞。

"快到公路了吧？"

"快到了。"

"还有多远？"

"得翻过前边那座山，还得过山下那条河。"

卷发望望前边的山，想象着那条河，掏出手帕擦擦汗，叹息一声："这山，这天……"

孩子看出了端倪，躬身抱起一块平板大石头，往他脚下一放，"大大，坐下缓缓吧。没跑过山路的人，吃力着呢。"

卷发在平板石上坐下来，哪里是坐，简直是把自己沉重的身体撂在石板上，他深深地喘着粗气，无力地仰起头，望着这山里的天，他从来没见过如此湛蓝的天空。

闷热的空气好像划一根火柴就能点燃。被太阳晒了一天的群山，显现出一幅懒散漠然的神态。一只鹞鹰，呈十字形滑翔在高高的天空中。

他回过头看了一眼坐在身旁的孩子，问："多大了？""十五。"孩子腼腆地一笑。笑过了，便拿眼睛盯着他，"大大，你给我讲讲山外边的事好吗？"

山外边的事？卷发蹙起了眉头。他望望孩子，又望望面前的山。十五岁了，竟没有出过这山，脑袋瓜子肯定和这山一样的偏僻，一样的荒凉，一样的朴拙，一样的空旷！山外那么多的事，讲什么呢？他累得懒于张口。他避开孩子企盼的、渴望的目光，从兜里掏出一本画册，扔到他面前，"这个，你拿去看看吧！"

这是一本小孩读的连环画册——《世界和人》，临行前，女儿给他偷偷塞到包里，半路上才发现。

孩子打开画册，一下便被迷住了。这大概就是山外的世界吧，这天上飞得像老鹰一样的东西，肯定是飞机！这地上跑的像长蛇一样的东西，肯定是火车！还有这像土坯垒的高高的方块块，大概是楼房喽！这方方的匣子能映出人的东西呢？噢，大概就是明清哥哥说过的电视机。他进城看了一回电视，回来就把电视机挂在嘴上。唉！城里什么都好，就是没有山，没有树，也没有大河。世界为啥有山里山外的区分？为啥有城市和农村的区分？没有山没有水可咋生活呢？那里的娃娃太可怜了。

孩子一页页翻阅着，想象着……一本画册，把他带入一个迷人的世界。他突然觉得头顶的天，格外纯净起来，眼前漠然的荒山仿佛也被朝霞浸染了似的闪动着无数的斑点，弯弯曲曲的山路变幻着奇异的色彩，像一道七色的飘带把它拽向

石嘴山市城市文学丛书（小说卷）

遥远的画中世界，连这闻惯了的花香、草香味，今天也显得格外好闻。他捧着画册偎到了卷发的身边，指着一张五颜六色的方格图问："大大，这是啥？"

"电冰箱。"他扫了他一眼。

"做啥的？"

没有回答。

"大大，看，这又是啥？"

仍然没有回答。

孩子奇异地回眸卷发一眼，见他抽着烟，脸沉沉地望着蓝天出神。蓦地，他发现他的嘴唇上蒙着一层干皮，干皮已经裂开了几道口子，像烈日下岩石爆开的几道裂缝。感激和对山外来客的怜悯，同时攫住了他的心。他略犹豫了一下，似乎在那一瞬间，一颗幼小的心灵跨过了千万个思虑和比较的深谷，猛然从怀里摸出一个圆滚滚的东西，递到了卷发的面前。

"大大，吃这个吧。"

罐头？卷发愣住了。他哪里来的罐头？他渴得要命，巴不得有点什么解渴，然而，他却摆摆手，"我不渴，留着你自个吃吧。"

"那……"孩子噘起了嘴，一副委屈的样子，"你不吃，这画本，我就不能收。"

"那……"卷发为难了。他思忖了一下，拿过罐头，从身上掏出撬刀，三下两下撬开盖子，嘴对瓶口大吃起来。甘甜的橘水顺着嘴角往下流。

孩子伸出舌尖舔了下干涩的嘴唇，想象着那罐头的滋味。长这么大，他还没吃过罐头。他跑三十里山路到乡供销社买这瓶罐头，不是为自个吃，而是为爷爷。爷爷病了，咳嗽地喘不上气，听明清哥哥说，吃橘子罐头止咳。他捡了半袋子鸡毛，拿到乡废品收购站卖了，才买到这瓶橘子罐头。

哐啷！一种什么东西爆裂的脆响，把孩子从遐想中惊醒。原来卷发吃完罐头，随手把瓶子甩到石头上，碎了。他一蹦子跳起，连连跺脚，"唉，唉，咋就摔了？

咋就摔了？"

卷发不以为然，"要它干啥？"

"我奶奶爱哩。"孩子说着脸不由得涨红了。

卷发无可奈何地、毫不理解地摇摇头笑了，露出一口齐齐的白牙。

日光斜过了山头，逶迤的群山像无风的海面，缓缓移动，西面背阴处一片阴影的山坡上几只山鹰翻上翻下，寂寥地拍动着翅膀。

卷发突然有了精神，他拿下磕打屁股的那个疙里疙瘩的棕色小包，从中取出一样东西。"来，小家伙，站好，我给你照张相。""照相？"孩子的心从碎玻璃片中跳出来，扬起脸，惊喜地喊叫起来："你会照相？！"

直到这时，他才明白磕打卷发屁股的那团疙瘩，原来是照相机。他好奇地瞧着相机上那个圆圆的镜头，鸡胸脯那么点东西，长着个圆"眼睛"，就能把人、把大山、把那么广大的世界都装进去？他多想照张相啊，前年收到姑姑从口外寄来的照片，他就想进城照张相，拿回来让村里的伙伴看，让爷爷奶奶看，可是，太难了。

卷发摆弄着照相机，一边喃喃自语："让他在哪儿好呢？这光秃秃的山，没一处能做背景……"抬头看看天，突然把手一挥："你站到那山尖尖上去，那里能把天和云照上，快去。"

"咋不照山呢？"

"照山？我本来就是来拍风景的，可这山，唉……""山咋了？"孩子不禁问道。

"山里没好景。"

"没好景？"孩子诧异了，"你不是说，咱这山里的景色，哪样都好，咋又……"

"噢，噢，"卷发自知说漏了嘴，尴尬地笑笑，"我是说，这山里，有景，可……没有我需要的那种风景……"

"哎，"孩子一下将眼睛迷成了缝，终于明白了卷发的意思，"那你没转到地方。

石嘴山市城市文学丛书（小说卷）

这样吧，大大，我领你转几个地方，保你能找到好景。除了我刚才向你说的杏树林、清水河，还有青草坡。那青草坡才美哩！——赶一群羊上山，往青草坡上一撒，看吧，羊就像满天的星，这儿一堆，那儿几点，走走站站，拥拥挤挤；人呢，就不管那羊了，往坡下一人多高的藤条林里一钻，藏猫猫，拾蘑菇，要么就折藤条编筐筐……藤条杆杆上下缠满黄色的小花，你在藤林里钻一趟，头上肩上沾满花粉，跟个花人一样。跑到坡上打个滚，再懒懒地伸个腰，对着日头吹气泡，可美死人哩！"

孩子兴致勃勃地讲着，不停地比画着，小脸通红，完全忘记了身边人的身份，忘了照相，忘了客人还要赶路。他见卷发低着头，一声不吭，以为听得入了迷，越发兴致高了。

"……要饿了，满山坡的山桃、山杏、野莓，够你吃一辈子的……感到孤了呢，就吼一阵子山歌。一吼，四山都有回音，你就不觉得是一个人了……真的，大大，我说的都是真的，你就跟我跑一趟，保你能照到好景。"

卷发摇摇头，"不行，我得赶路。"

"那……"孩子迷瞪了。眼珠儿一转，突然来了主意，"你干脆在咱庄里住一夜吧，明天我再领你去照景。"

"不行。"卷发语气果断，急躁地说，"我不是给你说了嘛，我有急事。"

"那……"孩子沉吟着，"你能照庄子吗？""当然能照，庄子美的话，照了还能展览呢。"

孩子的心不由得咚咚猛跳起来，他急得抓住卷发的胳膊说："那前面不远，就是我家住的庄子，可美哩，就给我的庄子照吧，啊？"孩子生怕卷发跑掉似的，手不离卷发的胳膊。

卷发看看前边的山路，又望望西斜的太阳，随和地点了点头。他们上路了。

下山的路，变得平缓宽敞起来，路旁的平滩，生有茂密的青草，青草间夹杂着一蓬蓬淡紫色的马兰，在微风中摇曳着翠叶，散发出一种淡淡的香气。那高高的坡坎上，小迎春草点点散布，天真地摇头晃脑。山湾那边，隐隐约约传来潺潺的流水声，很像一首小提琴协奏曲。空气中夹裹的干燥的尘土味越来越显淡薄，忽而有一股潮湿的淡淡的果香随风飘来，滋润肺腑。卷发不觉又加快了步子。

转过了山弯，看见一所小庄，坐落在对面坡底。一溜土窑，向南敞开门窗。土窑顶齐膝深的蒿草缭绕着淡淡的炊烟。土窑前，站立着一棵粗壮的、虬枝盘结的老柳树，几头黄牛蹒跚在树下，漫不经心地寻觅着青草。混在牛群中的几只白鹅，忽然扬颈嘎嘎在叫，叫声引来一片狗吠。于是，鹅叫狗吠杂乱地响成一团，搅乱了山村的宁静。

卷发一阵惊悸，步履迟疑起来。

"吁——"一声尖利的口哨声，旋转着向鹅声狗吠投去，鹅声停了，狗吠息了。山又恢复了宁静。

卷发感激地向孩子回眸一笑："你还有这一招？！"

孩子朝他做个鬼脸儿，"鹅、狗有灵性，没事跟它们吹口哨耍，吹惯了，就会看眼色行事，我要不打口哨，它们会死命向你扑来。"

卷发不由自主地向后退了几步，抬头望去，只见通山庄的小路上几只狗已聚集在一起向坡头飞奔而来。卷发呀了一声，回身抓住孩子，连连摆手，"狗，扑上来了！"

孩子噗哧一声笑了，"你别怕，你是贵客，哪能让狗咬你，它们长眼睛。"几只狗立时停在原地，好奇地瞪了一会儿，便不停地摇起了尾巴。

卷发只觉得心里很慌，急急地向前走去。"哎，大大，不是说在山庄照相吗？"

"噢，"卷发认真地凝视了一会坐落坡底的庄子，几排破烂的窑洞，既没有现代化的气势，又没有古朴的典雅，有什么好拍的呢？可是他不想让孩子失望，于是端起照机，"好，好，你就站在原地。"

石嘴山市城市文学丛书（小说卷）

孩子胸脯挺得高高的，立在原地说："照见庄子了吗？"

卷发放下机子，在袋里摸了一会儿，像是掏什么东西，可是并没有掏出来，又犹豫地打量四周。

孩子突然明白了。便对卷发说："大大，我不照了，你光照我们庄子吧。啊，大大，你看我们庄子，树绿绿的，后头的山……"孩子的脸又涨红了，小鼻尖上渗出密密的汗珠。

几只狗奔跑戏谑窜到了孩子的身边。

卷毛顾不了许多，端起相机，一边说"好，好"，一边快速地咔嚓咔嚓按了几下快门。

随着咔嚓的声响，孩子的心仿佛被装进了相机。他觉得自己的身子，忽然轻飘飘荡漾起来，踩着白云，飞上了蓝天，一晃到了庄前，他站在庄前大声喊："爷爷、奶奶，有人给咱庄照相了，咱庄要被人带进城里了……"

一回头，见卷发已拐过山弯，他拔身追了上去。"你咋不回家，又来了！"卷发问。

"送你过河。"孩子用手指着前方，"大大，你看，山下就是清水河，过了河就是公路。"

他顺着孩子指的方向看去，山角下，果然有一条明晃晃的带子，逶迤飘曳，沿山沟伸向远方，带子那边，有一条像麻蛇样的东西，沿山盘旋，两头接天，想必那就是公路了。

他一口气跑下山去。

面对着急匆匆的清水河，他怔住了。怎么没有桥呢？这……他回顾一眼孩子，想从他身上觅到答案。

孩子看出了他的心思，"大大，别愁，河水不深，可以蹚过去。"蹚过去？他望着河水翻卷的浪花，蹙起了眉头。"你要是害怕，我就背你过河。"

"背我过去?"他吃了一惊,看着比自己差不多低一头的孩子,喃喃自语,"你有那么大的力气?"

"咳!"孩子把头一扬,胸脯挺起老高,"爷爷过河,哪趟都是我背!"

说着,孩子脱去汗衫甩到地下,又甩掉脚上的鞋子,赤裸着身,虎实实地站在卷发面前。一身黑黝黝的肌肉,阳光下泛着油亮的光泽。

卷发望着孩子,犹豫着。不知是受了感动,还是躲避孩子赤诚的目光,他忽然躬身去脱鞋袜,又卷裤管。"还是我自己来吧。"

孩子抢前一步,捡起他脱下的丝袜,捏成一团塞入他的衣兜。又捡起他的尖头皮鞋,用力一扔,唰——皮鞋裹着风声,飞到河那边去了。

他有点茫然。没等回过神来,身子已被悬空架起。看时,已在孩子背上。他想挣扎着脱开,可是,两条腿像被两股绳捆着,怎么也挣脱不动。再要动时,却觉得身子像被颠麻袋似的颠了两颠。他感觉出了那颠的力量。他趴着不动了。他信服了!——咳,这倔强的山里孩子!

"大大,照相机,你把照相机举到头顶上去!"孩子下水时,提醒着他。

他猛然醒悟,解下挎包,举过头顶。

"大大,你把咱的山村照了去,往哪儿放?"孩子一边蹚水一边问。"展览厅。"卷发在孩子背上,心里很不是滋味。

"城里人都能看到吗?"

"能,能看到。"

哗啦!哗啦!两条有力的小腿拨动着水面。几只山雀,喳喳叫着,从他们头顶飞过。

"能像印高楼那样印到画册里吗?"

"能的。"

"那……我咋见到呢?"

石嘴山市城市文学丛书（小说卷）

"到时候，我给你寄一本回来。"

孩子不吭声了，望着身下的浪花。浪花旋转着，瞬间变成一本五颜六色的画册。他拿着画册，飞一样地跑回村中。爷爷、奶奶、大大、妈妈、伯伯、娘娘……当然，还有那蔫坏蔫坏的黑娃，爱伸舌的石蛋，见了怪事就眯着眼笑的杏花，都围过来看。他们一定看不出那就是我们的村子，还以为是画的呢！等我说出来，定会把他们吓一跳，当然，他们还会寻根问底，我呢，就把今天的事说给他们听。那时候呀，黑娃定会傻了眼，石蛋还会伸舌头，杏花呢，定是不笑了，扑闪着惊异的大眼睛望我……

哗啦！脚下一滑，孩子打了个趔趄，差点栽倒。

卷发一惊，吓出一身汗来。

孩子不敢想了。但又由不得地要想，此刻他一点也管不住自己的脑瓜子，他一想到山外面世界的人很快就知道深山里还藏着这么美的一个庄子，而他和爷爷、奶奶全都住在这个庄子里，一股自豪的甜蜜顿时涌满了全身……越想越美，越觉得心里满荡荡的实在，觉得自己突然长高了许多，浑身的劲突突地直往外冒，他又像颠麻袋似的把背上的人颠了颠，觉得背牢实了，留神地探出一脚，踩断一波水浪，向河心走去。

水确实不深，只漫到孩子的胸脯，然而水浪却猛，哗地打着旋儿，狠命向孩子撞击。孩子咬紧牙齿，腰挺得笔直，浑身的气力，全聚集在两条腿上。他突然生起自己的气来，刚才应该把大大硬拉到庄子里去，让全庄人见识见识……咳，他笑了，全庄人一定是这家拉，那家拽的，炸油香、打鸡蛋……爷爷说不定高兴得还能坐起来哩。……他想着，稳步走着，蹚过河心，大步上了岸。

卷发从他背上跳下。他身子猛然一轻，心头也觉空落落的，像离开亲人一样难受。他怔怔地站着，真希望这路再长一些，再长一些……卷发长长地舒着气。他甩甩举得酸麻的手臂，寻到两只鞋子，抖去钻进的沙土，洗了脚，穿上鞋袜,仰视一眼莽苍苍的大山,俯视一眼清粼粼的河水,又望望身边赤着身子的孩子……一股深深的愧疚,倏然蒙上心头。他拿起相机,招呼孩子,"来,小家伙,站到这河边来。"

孩子不解地眨眨眼,"大大,你又要照相?"

"是的,给你照一张。"他猛然又想起了什么,从兜里掏出一个纸盒,撕开来,取出一卷黑色的东西,背光蹲下身,往相机里装。

孩子探头望着,禁不住问,"大大,这叫作啥?"

"装胶卷。"

"不装胶卷,照不出相的。"

"那……"孩子愕然了,"先前你照咱山庄的时候,咋没装胶卷?!"

卷发猛然醒悟,尴尬地笑笑。

"是不是忘了?"

"不。"卷发摇摇头,如实地回答:"我没忘,是不想装。"

"为啥?"

"你那山庄,根本不像你说的那么……"

"啥?你说啥?"孩子的眼睛突然睁圆了一倍,眉头微皱,耳朵支棱着,生怕听错了话。

"傻孩子,"卷发拍了拍孩子的脑瓜,终于畅快地说,"你真是不开化,那么个山庄有啥照头么。来,不要瞪着眼睛愣神,时间不早,快站好,我给你照张相。"卷发态度诚恳,主动替孩子选方位。

孩子一下子像霜打了的黄瓜蔫了下来,神情木然地随他摆弄了几下后,突然甩开卷发的手臂,趔向一边,厌恶地吼道:"不要拉我。"

"咦?"卷发惊愕地看着孩子。

孩子愤怒地盯着卷发,小胸脯一鼓一鼓地,喘着和他年龄极不相称的粗气,小脸抽搐着，眉毛渐渐拧成一堆，他仿佛受了最大的侮辱、最大的欺骗，像头被激怒的小狮，牙关咬得咔咔有声，紧攥着拳头，一步步向卷发逼近。

"你，你要干啥？要干啥？"卷发预感到将要有什么不幸降临，委缩地向后退去。他已知晓孩子的力量。

就在孩子要扑上去的刹那，蓦地，似乎想起了什么，便停住了手脚，并缓缓松开了拳头，喷火的眼睛像要穿透卷发的心肺，愤怒而鄙夷地凝视着卷发。

相互沉默地对峙了一会儿，卷发看到孩子眸子深处有层晶莹发亮的东西在打转……

孩子猛然转身梗着脖筋飞一般朝河心冲去，似乎又想起了什么，折转身，又飞一般冲回来，小手哆嗦着从口袋掏出那本画册，紧咬嘴唇几下把画册撕得粉碎，哗地砸向卷发。

卷发偏头一躲，恰巧一股风吹来，卷起纸片，飘飘荡荡地撒向河滩，撒向水面。

孩子没有停留，也没有再望卷发一眼，向对岸跑去。脚踢水面，溅起一团团细碎的浪花。

河对岸，孩子走过的小路，又留下一条隐隐的水渍。一只土百灵，鸣叫一声飞过河去。卷发久久地呆立在河岸。

只见那孩子高高地扬着头，高傲地神圣不可侵犯地挺着胸脯，朝着大山走去，夕阳映出一个长长的人影，那影子仿佛一直延伸到远山的顶峰，延伸进湛蓝的天宇，多么震撼人心的构图呀！

他突然意识到了什么，匆匆忙忙端起相机对着大山，对着那愤怒的孩子的背影，对着那孩子延伸到天宇的长长的影子，也对着水面上飘旋着的那些纸片儿，迅速地按动了快门……

（选自《民族文学》1987年第12期）

在ICU病房里

马丽华

马丽华（1965—），女，回族，宁夏平罗人。宁夏作家协会理事，石嘴山市作家协会副主席，大武口区作家协会主席，曾任《贺兰山》文学双月刊副主编，系鲁迅文学院第四届高研班学员。

ICU病房那一条长长的走廊笔直地伸过去，极少有声响。有危重病人推进去，也只是急切的脚步声细密如雨，并不喧嚣。面南而居的那一排都是病房，病房与病房之间由铝合金推拉门和大玻璃窗分隔，远看过去，那些病房是透明着连成了一片的。

南面那堵墙坚实地立在那里，很均匀地开着窗。湛蓝的百叶窗静静地垂落，当阳光从百叶的间隙里透过来，病房的空气就被染成了蓝色，也因为病房的主色调为蓝白双色，所以ICU病房可以被诗意地称作：弥漫着海水的屋子。

阳光从百叶窗左边第三个间隙闪进来时是上午9点。朱珠等医嘱时观察着窗外的阳光。

上午9点，医疗文件即病历中统一写作9am。9am是9点整。9点整是ICU病房所有病人新一天治疗方案即医嘱确立的时间。

朱珠9点整准时执行医嘱。护士执行医嘱必须准确无误，分秒不差，这与士兵听从军令一样严明。

朱珠是希望的特别护士。

希望是ICU病房1号2床的一位病人。

希望的医嘱单在1998年9月9日9am这一栏内只有一行四个字："自动脱机"。后面是杨医生的全名签字。

自动脱机！希望要脱机！

朱珠盯着那四个字，握着笔的右手不由地颤抖起来。朱珠应该在杨医生签名的后面紧接着签上自己的名字，并写明执行时间9am。但是，朱珠在此时，因手的抖动而无法落下自己的名字。

朱珠将执行自动脱机，几分钟后，最长不过5分钟，朱珠必须完成脱机。护士执行医嘱如士兵执行军令，完全服从是肯定的、唯一的选择。朱珠23岁，在ICU工作整5年，朱珠执行脱机并不是第一次，但这仍叫朱珠感觉周身透凉，不寒而栗。

杀人凶手！朱珠每当执行自动脱机，总不由自主地自胸中冒出这锋利如刀的四个字。

希望他只有17岁。

17岁的男孩子希望是两个月前生病住进ICU病房的。

那是7月7日临近的日子。那天清晨天并没有亮透，希望那会儿正沉浸在甜美的梦乡中。考完了，终于回家去了。回家是必定要到滩上看看的。春天里的河滩地是一望无边的麦苗，新绿润眼。这已是7月，7月的河滩地，小麦成熟了，大地翻腾着汹涌的金浪。前面就是黄河，河面在何家庄这一路宽坦坦的，河水在阳光下闪着水银的光泽和质感——毕竟是黄河，毕竟是不凡的。希望最喜欢看阳光照耀下的黄河，他总也惊奇，那河水怎会闪烁银子的光泽呢？船工何老大摆渡过来，胡茬里满是笑容。希望是何家庄唯一考进城里念高中的孩子，何老大喜欢希望像喜欢他的亲孙子一样。希望的父亲跃进走过来，大跃进那年头出生的跃进，是何家庄的领头人，走船上兰州下包头见过世面，让儿子念成书走出何家庄到外面去闯荡是他的愿望。希望的眼睛还盯着河面闪烁的银光，不肯收回来。何老大的船靠岸了，希望的父亲走过来，催希望上船。希望站在河岸边，站着不动。父亲拉过希望的手，希望不情愿地抬起了他的一只脚。希望那天清晨就是从这个梦境里醒来，醒来就发现有一束光亮在底铺十分诡秘地亮着，希望发现这光亮的第一个反应便是俯身向下，急切地把眼睛投过去。

　　于是就发生了意外，希望从上铺重重地跌下来，而且头颈向下。

　　希望就这样损伤了他致命的颈椎。

　　底铺那隐秘的光亮只不过是那个同学在被窝里打着手电筒多看了几页书。

　　希望被市第四中学的老师和同学紧急送往急救中心时，已是手脚瘫软，全身不能动弹了。更严重的是他胸内的呼吸肌同样瘫软，致使呼吸困难，越来越困难……

　　希望的父亲跃进赶到医院，希望气息微弱，鼻孔里插着氧气管，手上扎着输液针，小猫睡着了似的软软地躺在那里。父亲跃进扑过去摇撼着大声叫他的儿子！希望缓缓睁开眼睛，紫红的嘴唇翕动着，叫不出一声爹。好多穿白大褂的医生护士围在抢救床边。其中一位年龄较大的医生叫过跃进，向他交待，你的儿子颈椎骨折致高位截瘫，生命可能维持不了几个小时。跃进猛地感到大脑像冰冻似的，什么都反应不上来。心脏像被撕扯一般疼痛，不断地如针扎一样刺激着他，使他终于清醒了。他将要永远失去他心爱的儿子，这是真的吗？那一刻，跃进有一种扯开胸膛把儿子贴在自己心壁上的冲动，但很快，他知道此时此刻能救他儿子的不是自己，而是医生。于是他扑通一声跪倒在地，毛蓬蓬的头抵着老医生的膝盖，一声接一声地哀求着："救救我的儿子，救救我的儿子吧！"

石嘴山市城市文学丛书（小说卷）

　　跃进撕心裂肺的哀求声打动了老医生。于是，老医生说出了ICU，神奇的ICU！那是一条幽深的绿色的生命通道。"也许你的孩子能在那里得救，也许我又做了一件错事。"老医生当时语重心长地这么说。

　　老医生的话说对了。

　　希望在气若游丝的危急状态下送ICU，气管切开带呼吸机后，他获救了。呼吸机屏幕上那枚象征自主呼吸（自己的呼吸）的红色指针在希望带呼吸机后3小时停止了波动，这是科学的、准确无误的宣告，宣告病人呼吸已停止。呼吸停止意味着死亡，医学千百年来一直以此判定生命的终止，但在今天，医疗手段高科技的代表之一——呼吸机的出现，创造了人间奇迹。让没有呼吸或呼吸微弱的人活着，继续地活下去，为治疗疾病创造时间和机会。这一切说出来像个神话，然而它就真实地出现在ICU病房里。

　　希望此时不再病猫样地喘息，他平静地呼吸着，他的双眼宁静地注视着他周围的医生护士，他的眼神深切地表达着他的感激之情。

　　这样的生是医学创造的奇迹。如果说生与死之间有一条红色分界线，那么带呼吸机的病人就是躺在那条红线上的人。说他们活着，可他们没有呼吸，只要拔下呼吸机接头几小时甚至几分钟，他们就会死亡。但他们又确实能够活着，一直地活着，一直地治病，直到自己会呼吸的那一天。

　　这就是ICU，神奇的ICU！

　　希望带呼吸机接受医生的治疗，疗效很显著。他的身体不再面条似的瘫软，他的肌肉慢慢有了张力。一周后，他的一只脚会动了，只轻微地动了一下，朱珠就发现了。当时朱珠正给希望在骨突的部位涂红花酒，再用拇指指腹做环形按摩，可防止骨头磨损皮肤。全身瘫痪的病人不需要几天的消耗，就会变得很瘦，甚至皮包骨头。身上任何一处皮肤都不能被压破，这是ICU护士必须做到的。朱珠发现希望的脚拇趾动了一下，她的眼睛就放射出惊喜的光彩，放下红花酒，便立刻跑去报告了杨医生和主任。很快，全科二十几个人全都知道了，个个惊喜万分！那天下午，探视时间刚到，希望的父亲大踏步走进来，抓紧了儿子的手，父亲和儿子都流泪了。

希望的病情已不是最先预想的那么绝望。每过一个星期，希望的病就明显地好转一步。在他的手能动的那一天，朱珠把那支雪白的、造型像一束飞翔的羽毛的红蓝双色圆珠笔放在他手上，希望目不转睛地盯着那支笔，但他的手握不拢，他的手上没有力，朱珠握紧了希望的手，这样希望就握住了那支雪白的飞翔的羽毛笔。

最令朱珠难忘的是希望自主呼吸启动的那个雨夜。

呼吸机屏幕上那枚象征自主呼吸的红色指针是在一个深夜里缓缓上升的，十分艰难地上升，床旁桌前坐着的朱珠当时被怔住了。一个多月来，每一天每一时都看着它，希望它能动一下，哪怕只动一下，但它一直都没有动。朱珠多少次猛然回头，期望能在回头的瞬间有一个惊喜的发现，却也没有。此时此刻，夜已很深，窗外落着淅沥的雨，病人都睡着了或本来就昏迷着，地灯的光线很柔和，映衬出朱珠的眼睛十分地明亮。呼吸机屏幕显示很安然的神态，那枚绿色指针上下划动的幅度均匀，每分钟15次很规律，因为正常人一分钟呼吸15—20次，所以呼吸机的呼吸频率也被调至这个范围内。那枚红色指针它沉睡着，自希望住进ICU病房3小时波动停止之后，至今整整49天，它一直地沉睡着。在这个雨夜，在人们全都沉睡着的凌晨3点，它悄然地向上抬升，鼓足了气力，向上抬升……

这向上的力量极其地孱弱，但它很执着，一直地向上！向上！它终于达到了一个高度，一个十分理想的高度。之后，它缓缓跌落。这个过程用了整整1分钟。

朱珠准确地记下了这时间。这颇具意义的时间及病情变化，无论对医生还是对病人希望及其父亲都是惊喜。然而此时此刻，这巨大的惊喜压抑在如此静寂的雨夜深处，使朱珠不敢相信她独自一人盯着荧光屏的眼睛。她看希望，他十分平静地熟睡着。平静熟睡着的希望他终于会呼吸了！尽管他一分钟只能呼吸一次，距正常人每分钟15—20次还差许多，但他终于会呼吸了！

朱珠落泪了。在这无声的雨夜，她为生命如此艰难的启动而落泪。

希望住院治病第49天自主呼吸恢复，这个过程在医生的眼中很短。希望比他之前同样病例的病人恢复快，这使医生感觉这49天真的不算长。医生投入心血治病，一天有一点点的好转都是激励，医生就靠着这种激励一生一世地行医，都不觉得漫长。医生只有对疾病无能为力时，才感到时间的无期与无奈。

但这个过程对希望的父亲是极其地漫长。

在这49天里，希望的父亲跃进像经历了一次巨大的浩劫和强有力的袭击，那袭击和浩劫像风暴卷来，卷在当中拼力挣扎，使着浑身使不完的劲，风暴之后，人就连丁点儿力量都没有了。

当时希望住ICU带呼吸机之前，杨医生首先向希望的父亲交待，住ICU带呼吸机要有条件的，是与ICU相应的条件。ICU是什么？ICU是英文缩写，中文译作加强医疗或重症监护。ICU之所以保留英文名称，是因为ICU首先在国外创立，医学是尊重科学的。ICU病房集中着最先进的医疗设备：病人生命体征系统电脑监测；输液量由容量泵和微量泵自动控制；ICU静脉营养配制室全套英国设备；ICU拥有不同型号的各类呼吸机6—8台；中心吸引；管道集中输送氧气；ICU病房室温由空调衡定在23℃；ICU病房宽敞明亮，100平方米空间只收住2—3名病员；病房空气净化消毒；ICU的医生护士都经北京几所大医院进修培训回来；ICU一个病区只收住6—8名病员（普通病房至少30名病员）；ICU8名医生20名护士只守护6—8名病员。这就是ICU——能创造奇迹的ICU，它的医疗水平是领先的，它的服务质量是优质的，它的治病环境是优美的，与它相应的条件那一定是很高的，说得通俗些，就是住ICU要花很多钱的。

杨医生在向希望的父亲交待这些时，曾经说得很详细："这种病病程肯定长，与他得同一种病的一位病人治愈出院时的住院天数为210天,支付医药费15万元。"当时希望的情况很危急,杨医生直接交待:"如果考虑经济负担难以承受,呼吸机是不能带的。如果中途脱机,那是很痛苦的,那是令医生和家属都十分为难的情况。"当时希望的父亲眼睛里看着的只有他的儿子,心里想着的也只有他的儿子,杨医生的那番话,他全听到了,但并没有领会其含义,否则,怎会有中途脱机的终究结局呢?

当时希望的父亲跃进说他不穷,他是何家庄最早的万元户,他有小四轮拖拉机,有老黄牛和小黄牛,有山羊和绵羊,女人苏美英会养鹅,雪白的大鹅只要是母的都能生蛋,那鹅蛋有3只鸡蛋那么大,他说他家门前院后都种着桃树、柳树和沙枣树,他会拿钱来救他的儿子,他说请医生一定要救活他的儿子,他只有希望这一个儿子,希望他只有17岁。

希望住院第49天自主呼吸恢复,ICU病房所有医生护士都激动不已,然而希望的父亲在这一天下午3点探视时间进来时,表情空洞木然,眼眶里那曾经莹莹闪烁的泪光也熄灭了。

其实朱珠从每天一小时的探视时间里早已看到,希望的父亲在明显地一天天地衰老下去。他先前探视儿子时那迫不及待的矫健步态变迟钝了,握着儿子小手的那一双大手也变得无力。近些天进来,他总是颤动着手指抚摸儿子的额头,眼睛也躲闪着,不敢盯着儿子的眼睛看。这令朱珠心里难过,病人本来就孤独无援,没有人替代那种难以忍受的病痛,又独自被隔离在幽深的病房里,企盼亲人到来的心情肯定是迫切的,然而希望企盼的眼睛里看到的是父亲无言的面孔。他的父亲转过身,挪动着沉重的双腿走了,一小时的探视时间还没有到,希望的父亲就已走出了病房。

希望的父亲终究为他的儿子选择了自动脱机。在希望住院第69天的上午9点,在希望自主呼吸频率已达到每分钟9次的时候,他的父亲签字要求脱机(即终止带呼吸机），停止治疗。

朱珠迟疑了十几秒钟，她还是签上了自己的名字和 9am 这个时间。

医学是神圣的。医生在病历上的每一个字都是科学的、严谨的，同时负有法律责任的。朱珠知道"自动脱机"并不是杨医生 9 月 9 日这一天想到并写下的。近三个星期来，希望的欠款单一张接一张由住院处送往科室，护士长接到欠款单必定找家属谈话。这样的谈话已经好多次了，主任护士长与希望父亲的谈话已不是医生与病员家属之间那种公事公办的谈法，而是像亲戚朋友左邻右舍那样设身处地帮着想办法。上星期那 5000 元就是主任联系希望就读的市第四中学，找校长发动全校师生捐献而来的。希望生病是七月初，赶上放暑假，这才开学两星期，捐款就到了。但这种捐献毕竟只能是一次，5000 元钱也只够付一周的药费。三个星期了，希望的诊疗费都欠着。诊疗费包括呼吸机一日 24 小时计费、心电监测计费、各类化验费、每一项护理操作费等等，这些都是欠款。这星期七天里，希望的药费也成了欠款。欠药费取不到药，杨医生只好先减静脉营养液，重要的药还不敢停。希望带着呼吸机，靠胃管注入一些流质饮食，营养实在跟不上，停静脉营养液等于不给他吃饭，成天里饿着一样。朱珠看见其他病人输液架上悬吊着的乳汁一样颜色、一样成分的静脉营养液，心里就替她的病人希望难过，希望真可怜呢！

希望可能要脱机的，近些天护士长一直这么说，但一直还没有脱。主任说，希望的病是能治好的，这只是时间的问题，放弃治疗，于心不忍，大家费尽心思救治了 69 天，疗效也很好，家属在经济上却不能协助配合，结果只能是遗憾。

这星期希望的父亲没再来探视他的儿子，希望的父亲已经拿不出希望的医药费了。

于是，主任、护士长和杨医生共同与希望的父亲协商，协商的结果是：希望只有脱机了。除选择脱机，希望的父亲别无选择。

于是，希望的医嘱单在 1998 年 9 日 9 日 9am 这一栏内才有"自动脱机"这四个字。

朱珠在杨医生签名的后面签上了她的名字。朱珠走近希望的床边，希望躺在病床上，正努力地活动着他的右手臂，右手是要写字的，希望一定是想着他右手的重要性才如此努力地活动着。

初秋的天气在上午也还是温暖的。空调一直开着，室温恒定在 23℃，整个病区呈现宁静祥和的蔚蓝色。

朱珠却在发抖。

朱珠在执行脱机，脱机就是把呼吸机的接头从病人的气管里拔除。这项操作不难，只要 2 分钟，但这 2 分钟对朱珠来说，那是太深重的痛苦。

从希望的气管里拔出了呼吸机接头及气管套管之后，希望活动着的手臂停顿了，他张着嘴上不来气，他的嘴唇和脸庞青紫了，他睁着眼急切地求救于朱珠。朱珠的眼泪汹涌而出，她捧过希望的脸，心疼地把自己右侧的面颊抚在希望的额头上，她不敢看希望的眼睛。希望大睁着眼，眼珠像要暴出眼眶那样地睁着，睁着……

病房墙角有一团黑色十分地狰狞，朱珠的眼睛盯在那上面。那是希望的父亲早上从家里带来的一件黑棉袄、一条黑棉裤、一双黑条绒布鞋和一双黑袜子。朱珠盯着那团黑色在想，自己的眼神这时候一定是狰狞的。

希望的身体就裹在那一团黑色里，一块雪白的大单把那黑色严严实实地遮盖着。推车推着希望穿过 ICU 那条长长的走廊，并无声响，这里是要求肃静的。

走廊顶头大门口，希望的父亲软软地靠在门上，他在等待着他心爱的儿子。

（选自《朔方》2000 年第 10 期）

石嘴山市城市文学丛书（小说卷）

谁为男人哭泣

古越

古越（1959—），安徽淮北人。著有长篇历史小说《金羊毛》《吐谷浑大传》等。2005年，《金羊毛》获宁夏回族自治区第七届文学艺术奖长篇小说二等奖。2008年，电影图书《冯志远：我有一寸爱》入选国家新闻出版总署第二届"三个一百"原创图书出版工程。2009年，长篇历史小说《菊花醉》获宁夏回族自治区第八届文学艺术奖长篇小说三等奖。2009年，电影故事片《冯志远》获宁夏回族自治区第八届文学艺术奖电影一等奖。

罗列在下午四点钟的时候，接到了一个电话。那时他正在送外卖，心情不错，因为经过半个月的努力，终于熟悉了这份新工作。

他原来是一家报纸交通专版的主编，一年的创收任务是二十万。办报对他来说，成了次要的。到处拉钱，与别的专版竞争，才是主要的。不然就得下岗。

后来，随着互联网时代的到来，新媒体平台的崛起，以及网络直播自媒体的疯狂生长，这张兴盛时曾经发行一万多份的纸质媒体，"沦落成泥碾作尘，无奈嫁作商人妇"，已经把全市各行各业稍微像样的企事业单位一网打尽，统统都纳入了各专版协办的名单。这是一张真正的全市有钱人和有钱有权的单位办的市报，所谓舆论监督，只剩下了骂骂抢劫盗窃和耍流氓以及谴责街道两边乱摆摊子的小贩，再也不敢批评谁了。

不过，这些兴衰沉浮与罗列没有什么关系了，因为他早在若干年前，就预感到时代发展的趋势，辞去了这份"鸡肋"的职业，下海游泳去了。他懂诗歌，很喜欢那句"自信人生二百年，会当水击三千里"的豪情壮志。相信自己的人生也会有高光时刻，要活出精彩。

这个电话，是他的朋友霍天打来的。

霍天是他当年进报社时就跟着的老师，比他大一岁。那时罗列已从河川大学水文系毕业，分到一所乡村中学做地理老师好几年了。虽然学了多年的水文知识，但罗列从当老师开始就感觉到，在大学里学的那些知识，在现实生活中没多少用处。

后来霍天因受总编排斥异己的打击，远走北京发展，罗列有一阵子也跟总编别别扭扭的。那时他刚吹了一个女朋友，女朋友与他的感情很好，两个人偷吃了禁果。但女朋友的家人死活不同意，嫌罗列挣的钱太少，又没有房子，罗列只好忍痛割爱。

当年报社的条件很差，家在外地的一律租房子住。不管成家不成家，都是两三个人一间宿舍。罗列刚来时，连单身宿舍都不给安排，开始他在亲戚家借住。过了几个月，总觉得不方便，正苦恼时，市委统战部的棋友小范给他出了一个主意。统战部的两间车库，有一间是闲着的，小范因是单身，就住在了车库里。他说，如果你不嫌丢人，就搬过来一起住。罗列一听，简直是天上掉馅饼，他连忙说愿意，"那我晚上就搬过来啊。"小范说光他同意还不行，这事你还得跟头说说。罗列心里又凉了，问跟哪个头说呢？小范说后勤行政是牛副部长管的，你跟他说。罗列第二天买了一条红塔山，用市报裹着，到二楼找牛副部长。他上楼时觉得腿软，没想到牛副部长很热情，听了他的来意，爽快地说："可以，你跟小范再说说，别让小伙子不舒服。"罗列差一点想跪下。

石嘴山市城市文学丛书（小说卷）

　　安了居，罗列觉得生活有点意思了。他的酒量大，拳术高，这也是他迅猛地名扬全市的一个主要因素。这个城市除去崇拜各种"星"外，酒星也是一类重要的人物。作为小报记者，只要你不是专门给人家过不去，闭上乌鸦嘴，只做报喜鸟，各行各业就会有朋友，到哪儿都有酒喝，有肉吃。虽然工资不高，但收入稳定，地位上流。老百姓盼着写点揭露曝光的稿件，好出出气。当官的希望给捧捧场，正面报道本单位的"辉煌成就"，为再上一个台阶铺垫铺垫。罗列几乎忘掉了初恋带给他的伤害，每天奔波在酒场与饭店之间。把什么单位的工作安排、年度总结、领导讲话、初步打算统统一收，夹入皮包内，回去后去粗取精，一篇报道炮制出来，署上本报记者罗列的大名，就皆大欢喜了。其实，罗列这么做，还算是勤奋的。更有一种记者，到了单位，吃完喝完，把人家搞报道的通讯员写的稿子一拿，回来就填上自己的名字，也算完成任务。有的更绝，连通讯员的名字也不给人家带，直接把别人的名字抹杀，换上自己的名字了事。

　　有人给罗列介绍了一个女朋友，就是他现在的妻子智慧。智慧当时刚从邮电学校毕业，是个小中专生，分到一个偏僻的山区小县邮电局做营业员。智慧长得并不漂亮，但爱打扮，心气高，别人给她介绍了许多对象，家庭条件都很好，她一概拒绝。其中还有一个邮电学校的同学，叫余款，在学校时就追求她，家里还开了一个饭店。但她对余款的殷勤连眼角也不夹，那时的智慧对金钱嗤之以鼻，说那是铜臭。她曾对小姐妹说，如果不能离开这座小城，就是一辈子独身也决不找男人。

　　恰好这时有人给她介绍了罗列，她与罗列见了一面。那是罗列到她单位采访，她被安排给罗记者倒水。见罗列与她的局长谈笑风生，称兄道弟，她一下子就像一只鸟，被击中了。罗列对这个留着时髦发型的女孩子也很有好感，口才更流畅了，惹得智慧不住地抿嘴笑。

　　事情进展神速，一个礼拜后的一个周末，智慧已经在市委统战部的车库里"成了罗列的人"了。罗列心满意足之后，不好意思地对智慧说："你看，本来，应该给你一点更好的待遇。可我目前只有这间车库，还是借宿。"智慧有点害羞但顽强地说："我是自愿的，你不用内疚。我看中的是你的人和你的工作，只要你在报社干，早晚能有房子。"罗列很感动，把智慧搂在怀里，说："报社工资不高，你不后悔？"智慧给了他一个深情的吻，没有说话。

罗列开始为智慧跑调动。智慧出生在那个小县的山村里，父母亲都是老实巴交的农民，亲戚朋友也都是社会底层的群众。在他们看来，智慧能考上邮电学校，分到他们做梦都不敢想的县城里，坐在让人羡慕的柜台后面，冷着脸子与农民和城里人说话，一年还发一身绿衣服，已经是从地狱到了天堂。

罗列此时已经开始受到总编的重视，因为原来围着总编转圈圈的几个亲信由于利益分配不公，开始反戈一击，到处告总编的状，其中记者部主任毛芝的证据最充分，因为她与总编的关系非同寻常。堡垒总是从内部突破，总编私设小金库挪用公款的事情被市委调查组核实，几个亲信暗自欢呼，准备接收胜利果实。但没想到总编树大根深，只给了个党内警告，仍然坐在总编的位子上。

总编经过这一次"宫廷政变"，开始大力整顿。这样，无党派人士罗列先生被挖掘出来，开始受到重用。按说，罗列早几年就该是总编的红人，他是总编调进来的。但罗列跟了霍天几年，这直接导致他的流年不利。总编对罗列说："路遥知马力，日久见人心啊。现在我才明白，霍天是个好人，我后悔没有用他啊。毛芝他们，哼，全是他妈喂不熟的狗。小罗呀，我观察了你几年，我觉得你真不错。你就把记者部的担子挑起来吧。好好干，会有前途的。"

智慧很顺利地就调到了市邮电局，而且分到财务部。后来邮电分家，智慧本来可以到电信去，但她听说邮政是事业单位，电信是完全按企业走，没有保障，就留在了邮政。现在，她在市邮政局办公室打杂，一个月就拿八百多块钱。因为学历低，工资也上不去，据传下次分流她很有可能要被淘汰。而电信自从分家后，工资像坐了火箭，噌噌噌地直往上蹿，原来一起毕业的同学现在都拿到三四千了。

她想让罗列找人看能不能调到电信去，罗列说："我上哪儿找人去？我现在自己还不知明天有没有饭吃呢。"

原来，罗列刚当上记者部主任不久，总编又因经济和生活作风问题，被人举报，结果被调到人大法制工作委员会当主任去了。新来的总编排队，理所当然地把罗列排到了前总编的序列中。好在罗列的副科级是市委组织部下文的，干不干活，都按副科的待遇拿钱，这一点现任总编不好办理。但有人给总编出了个主意，实行改革，在啥岗拿啥钱。罗列的工资一下子降到了七百多。此时的罗列已经是一个女儿的父亲，还分了一套别人淘汰的两居室，五十多平方米，要房改，得拿三万多块。他本来是分到那套八十多平方米的新房的，但后来那套房却分给了总编室主任。总编室主任的这套房就顺利地给了罗列。总编室主任大方地说："罗列，我那房子去年才装修的，花了一万多，贴的全是美国壁纸。这样吧，你就给我五千块钱算了。"罗列一听真急了，捞起椅子就砸，骂着说："你他妈欺人太甚。"

智慧哪管罗列正在坐冷板凳，心情不好。她抱怨说："我真是瞎了眼，跟了你这么个窝囊废。人家都是往上走，你倒好，越走越出溜。"罗列正在做饭，把碗啪的就摔了。两个人着实地吵了一架。

辞职以后，罗列先是在采访时交下的好朋友苟总的房地产公司任高管，名义上挂了个副总经理，实际上就是卖房子的文案策划。

那时候，房地产火爆，只要能圈块地，画个图就能圈钱了。罗列也不怎么费劲，只要策划方案给未来的小区取个洋名字，像皇冠花园、温莎城堡之类的，开门就抢光。

罗列拿了几年高工资，智慧的工作也就不想调了。电信公司工资高，但任务也重。邮政还是大锅饭，旱涝保收，男人能挣钱就行了。

罗列还用内部价买了一套一百二十平方米的新房子，这在当时，很有脸面。他还计划给婆姨再买辆小车。

　　两个人很幸福了一阵子，那时，罗列虽然应酬，但不管多晚回家，两个人都要做爱。只是罗列喝酒太多，睡眠不足，能力下降，每次也就勉强"巡视"一圈了事。惹得智慧很不满意，讽刺罗列是"巡视员"。

　　后来，罗列与苟总闹翻，离开了，原因是苟总答应的股份，迟迟不能兑现。

　　罗列与朋友合伙，开了一家火锅店，刚火了半年，赶上城市管廊建设，把路封了两年，投资血本无归，被智慧骂了个狗血喷头。

　　罗列不服，又借贷两百多万，开了一家酒吧，取名为"笙歌欢唱"。独特的装修，别样的风格，吸引了小城青年人的眼球与银行卡。但祸不单行，疫情来了，酒吧被封，投资又失败了。

　　无奈之下，罗列做了外卖大叔，只图能日日进钱。

　　霍天现在是著名的证券分析专家，担任了许多上市公司的首席顾问，凭着一张嘴，日进斗金。霍天见罗列神情憔悴，问他是不是有啥难处？罗列说没有，过得挺好，就是有点累。

　　罗列陪霍天在全市最火的顺风楼吃完饭，就往家赶。吃饭时，霍天还问他，咋不把智慧叫来？罗列说她晚上要去开家长会。

　　罗列喝得有点多，头晕。他这几年酒量明显下降，老是怀疑自己身体内部隐藏着什么病。

　　但每次见到霍天，他仿佛又回到峥嵘岁月，精神振奋。他想起当年与霍天联手，打遍全市无敌手的美好日子，那时他是轻松愉快的。

　　霍天其实不会猜拳，酒量也不大，但罗列与他在一起，底气十足。因为每次霍天都会写出一系列精彩的报道，从平淡中挖出深度来。许多单位的领导都盼着霍天去为他们写稿，再加上罗列的酒量拳术，真是锦上添花。

原来在车库里的时候，盼着智慧能调来，能有房子就好了，哪怕就一间，只要属于自己就行。可现在他房子有了，而且不止一套，但烦恼却越来越多。

罗列回到家，开了门，见餐厅里灯光明亮，一阵哗哗啦啦的声音传出来。

他知道，智慧又在和她的麻友鏖战急。他心里升起一股无名火，把餐厅门开了一道缝。果然，几个男女精神紧张地在各自瞅着那一列方块。见他进来，对面的男人抬头瞟了一眼，他认出是智慧的局长。

智慧甚至都没正眼看他，就说："我还以为你死了呢。"罗列说："你啥意思？"智慧说："电话都打爆了，你为什么不回话？"罗列说："你有啥事？"智慧说："有啥事，给女儿开家长会。"罗列说："那你为什么不去？"智慧说："你还有脸说。从女儿上学到现在，你开过几次家长会？"

局长对罗列说："小罗，给倒杯水么。"罗列压住怒气，转身出来，这才看见女儿罗盟在沙发上绻缩着，正睁着眼看他，一声也不吭。

罗列问："你怎么还在这儿，咋不到床上睡觉？"罗盟愤怒地转了个身，面朝墙壁，不理他。罗列生气了，上前一把拽住女儿，说："我给你说话呢。你咋不回房睡觉？"罗盟尖叫一声，喊："你把我弄疼啦。"罗列也大声说："快回你的房间睡觉去。"罗盟说："我还没吃饭呢。"罗列捏了一把罗盟的耳朵，说："你等着，我给你弄点吃的。"

不料罗盟却下了沙发，径自回自己的房里去了。罗列愣在那儿，好一会儿，不知自己该干点什么。直到里面局长又喊了一声，他才答应着，倒了四杯水，送进去。

罗列打开了电视，想看看足球联赛。刚打开，觉得没劲，又关上了。他跑到卫生间，坐在马桶上，呆了半个小时，才草草地洗漱了，回卧室蒙头大睡。他躺在被窝里想，我才不等着伺候你们呢。爱咋的咋的吧。不一会儿，他就听见餐厅里局长在喊："小罗，到下面给弄几包方便面来，我们还没吃饭呢。"

他理也不理，发出了鼾声。过了一会儿，他听见有人出来，说："怪不得，这小子喝多了，呼噜打得像雷响。"智慧说："喝死才好呢。"罗列听着，呼噜里加上了咬牙声。局长说："小罗打呼噜还咬牙，要是再加上放屁，智慧，你晚上跟他睡觉，得戴上耳塞吧？"智慧说："谁跟他睡觉，早就不在一起了。"局长不吱声了，接着是翻动冰箱的声音。局长又说话了："智慧，你们真该散伙了，家不像个家么。咋连一点吃的也没有？"

罗列一边恨得牙痒痒，一边想，要是有吃的，这个家就成了赌窝了。他回忆起当初智慧刚调到市上来，他又分到了那套旧的两居室，她表现得是多么出色啊。那时他们每晚都要做爱，尤其是他喝点酒之后，更是发挥得淋漓尽致，智慧不止一次地表示出满足。第二天就对他特别地好，对他说，能有这样的生活，她就心满意足了。她不稀罕那些大款、当官的。她就希望他工作安安稳稳地，拿一份旱涝保收的工资，把女儿培养好。他弄不清智慧从啥时开始变化的，先是语言打击，后是身体冷淡，再就是公开挑衅，到处糟蹋他，说他懒，对家庭不负责任，对女儿漠不关心。再后来，就开始领人到家里打麻将。

罗列在胡思乱想中睡着了，打起了真正的呼噜。

大概是过了许久，他被一阵杂沓的脚步声惊醒了。他觉得头疼得不行，好半天才弄明白是牌局散场了。他听到局长低声说："要不是晚上没吃饭，非打到天明不可。"智慧说："那就明天接着来嘛。"脚步声消失了，他想起来上厕所。他没有开灯，刚拉开一道门缝，忽然发现局长还没走，正与智慧两个人抱在一起啃着呢，还发出呼哧呼哧的喘息声。他见局长的两只手在智慧的下半身游走，把裙子都翻了上来。罗列想立即冲出去，但他的脚却没动，只是咳嗽了一声。局长吓得停止了动作，听了半晌，没有动静，说："我还是走吧，太紧张了，啥也弄不成。"智慧娇媚地问："那我的事咋办？"局长说："再说吧，反正不会让你下岗。"

就听见开门关门的声音，脚步声下楼去了。

  智慧走进了厕所，罗列赶紧跑回床上躺着假寐。他怕被智慧发现他在偷听，那样就显得他是个小人了。现代文明人的特点就是，你即使发现了配偶的不忠，你也不可以对其人身进行伤害。每个人的人格尊严不容侵犯，有事请通过法律解决。罗列是一向反对使用家庭暴力的，所以他只能在床上掐了自己一把，骂了声狗日的文明。

  等了一会儿，他以为智慧会回来睡觉。谁知智慧却进了女儿的房间，随着关门声，罗列知道冷战又开始了。他已经遭遇了无数次这样的惩罚，他还年轻，身体的需要和精神的抚慰都离不开，但他是一个保守的人，没有情人，没有性伙伴。那次在街上遇见初恋的女友时，两个人都激动了一阵子，互诉了一通衷肠。女友过得很不错，男人是省内有名的企业家，身家过了亿，大家都认为她很幸福。女友却哭着对他说：我宁愿找一个普通的人，拿一份撑不着也饿不死的工资，过互相知冷知热的生活。身边要有个男人，半夜醒来一抓就能抓着。她暗示罗列，想与他陈仓暗渡，再修栈道。罗列叹一声说："真是在什么山，唱什么歌呀。还是珍惜吧，咱们都有家了，也都有孩子，别毁了，成个家不容易。"

  罗列清楚智慧有红杏出墙的嫌疑，但他并不想毁掉这个家。他不太理会智慧的反常，他除去继续在外边为狼狈不堪的生活奔波之外，回家后也还算勤快。对智慧，他仍然有身体要求，尽管每次智慧都不让他顺利地得逞。今晚就是这样，他的感觉比平时更强烈一些，也不知道是不是刚才让局长刺激的。

  罗列下了床，光着脚，轻轻地走到罗盟的房间外边，趴在门上听了听，里面是轻微的呼吸声。他把门推开，摸黑走到床边，捏了一下智慧的大腿。智慧刚刚入睡，被吓了一跳，刚要叫喊，罗列捂住了她的嘴。罗列在耳边对她说："你出来，我有话对你说。"智慧不理他。罗列也不再说话，伸手把智慧抱起，就往外走。智慧想挣扎，又怕把女儿吵醒，就掐住罗列的胳膊。罗列被她掐得直咬牙。

智慧个子不高，但有一百二十多斤，像个肉弹。等到了卧室，把罗列累得气喘吁吁，他把智慧往床上一抛。智慧骂道："你他妈想干啥？"罗列说："我想问你，我到底做错了什么？"智慧说："你做错啥你自己清楚。"罗列说："我不知道。"智慧说："女儿七点钟要开家长会，你为什么不去？"罗列说："我送外卖，忙着呢。你今天休息，为什么不去？难道你打麻将比我送外卖还重要？"

智慧鄙视了他一眼，说："你还有脸拿送外卖说事？都四十多的人了，还去送外卖，丢不丢人？"

罗列说："送外卖咋丢人了？靠劳动吃饭，我很光荣。"智慧说："你这一辈子就是个失败者！我要跟你离婚。"罗列恼了："我他妈先办了你，再跟你离婚。"

罗列说着，就动手扒智慧的内裤。智慧用牙咬他，骂道："滚开，你这个流氓。你让我恶心。"罗列不再说话，全心全意地"工作"。智慧终于抵敌不住，让罗列得逞了。智慧开始时还掐他，咬他，过了一会儿，就缴械投降，嘤嘤嗡嗡地哼唧起来。

罗列躺下来，智慧说："我要跟你离婚。我不开玩笑。"罗列说："你有什么理由？"智慧说："我不爱你了。"罗列说："我还爱着你。我不能让罗盟没有母亲。"智慧说："女儿是我的，你甭想要她。"罗列说："我不会跟你离婚的。你说实话，是不是在外边有人了？"智慧说："为啥要告诉你？"罗列说："我是你的丈夫，是合法的。"智慧说："那是你自己的感觉。在我心里，你早就不是这个家的人。女儿也不认你是她爹。"罗列说："你要敢给我戴绿帽子，你小心点。"智慧说："没人给你戴，是你自己死皮懒脸地抢着要戴。"

清早不到六点，罗列就起床了。

他端详着智慧熟睡的脸。这是一张发胖的有点臃肿的脸，前几年流行纹眉毛时刺下的青记，像水泊梁山上的好汉们的犯人标志，又像是两道僵死的大青虫。现在又流行细眉毛，甚至于不要眉毛，只用眉线笔画上细细的两条线，智慧花了

石嘴山市城市文学丛书（小说卷）

几百块又把眉毛洗了，但因为当年纹得太结实，弄不干净，刮得一片模糊。原来的单眼皮现在变成了双眼皮，那家美容院的技术差点，两只眼皮割得不一样宽，闭上眼就是两道伤疤，很吓人。每当罗列看见，就想起小时候老家的烂眼子表叔。他曾对智慧说眼皮是生就的，谁说双眼皮就一定比单眼皮好看？天然的东西，破坏了它的和谐，就是丑了。智慧最丑的是嘴，没有唇形，又有点撅起，睡熟后从嘴角流出涎水来。罗列看着这副面孔，有点不敢相信自己竟然和这具丑陋的躯体同床共枕十几年。但智慧有一对硕大的乳房，按单位面积计算，足有一个平方米。浓缩起来也有半个篮球大，真正的波霸。罗列想，我到底爱她的啥呢？难道我是留恋这对疙瘩？那不是太贱了吗？

罗列愣了一会儿，伸手摸了一把那双巨乳，智慧发出一声哼哼，大概是舒坦吧。罗列洗漱了，又到女儿房间看了，罗盟也还熟睡着，昨晚没吃饭，脸上显出痛苦的神态。罗列心里一阵疼痛，觉得对不起女儿，又生起智慧的气来。这个女人，也太不像话。你就是不去开家长会，也不能不给孩子做饭哪。

他端起铝锅，开门下了楼。

今天是周末，小区里静悄悄的，早起晨练的老头老太太在伸胳膊踢腿。

太阳还没出来，空气中一股清新，满院子花草很怡人。

罗列觉得心情不错，把智慧给他带来的阴云全飘散了。生活依然很美好，虽然兜里钱不多，但早晨起来可以轻松地端着铝锅去打豆浆、买牛奶、拿油条、吃包子，肉馅的还是素馅的，随你挑。想想叙利亚的人民，想想乌克兰的老百姓，你还有啥不满足呢？为什么要无中生有，自己跟自己过不去？

罗列边走边想了许多道理，都是非常丰富而又浅显的，他觉得应该让智慧明白这一点。这一点很重要，人们往往在追求大道理的同时，却忽略生活中的小道理。早起，是一个办法。在太阳未升起之前，在城市未苏醒之前，在人们从黑夜里刚刚度过，见到黎明的第一缕曙光之前，看看自己，看看生活。

可是，过去的若干年里，他和智慧几乎从不早起。他们几乎是在闹钟的不耐烦地追踪下，匆匆地爬起来，睡眼惺忪地洗脸刷牙；匆匆地下楼，走到街边的小吃摊前，丢下一块钱，拿起两个包子或是两根油条；匆匆地蹬着自行车，加入匆匆的人流中，开始一天沉重而烦恼的生活。他们不知道要忙什么，不知道要遇到什么。也许平淡，也许刺激，也许高兴，也许会吵上一架。心情，是太重要了，为了自己有个好心情而努力。为什么不呢？

罗列觉得自己又彻悟了一番。他打算今天一家人到公园里去度过，借此缓和一下与智慧的关系。

他走到小区门口，几家早点店已经开门营业了。店老板满面笑容地招呼着，罗列想，为什么人家做点小生意，收入并没有保障，还能拥有一副好心情呢？他觉得哪天闲了要好好地与老板聊聊。

他打了一锅豆浆，买了十五个包子，肉馅素馅各占一半。智慧喜欢吃包子，尤其是喜欢吃肉包子，要不是怕长肉，她能一气吃二十个。平时都是匆匆忙忙，只有周末，才能从容地买早点，但多数时间都是睡懒觉。因为近两年来，每到周末，智慧都要与他发生一场战争，痛数他的失败与平庸，会举出一大堆某某同学当了处长或某某同事发了大财的例子来证明罗列的不可救药。

罗列心情愉快地把早点打回来，吹起了早就扔了的口哨，上了楼。碰见了几个买早点的邻居，他主动地给人家打了招呼。进了门，见罗盟已经起来，脸大概也没洗，就玩起了手机游戏。智慧好像还没起，卧室里传出来她的呼噜声，声音的粗犷浑厚，不亚于一个大老爷们。

罗列把早点放下，把手机从罗盟手里夺过来，说："眼睛没睁开就玩游戏？快洗脸刷牙，吃早点。"

罗盟不吱声，又拿起手机玩起来。罗列见女儿不把他的话当回事，好心情有点破坏，就在女儿脑袋上敲了一下，说："听见了吗？大清早就游戏，你会傻的。

都是你妈惯的。"

谁知罗盟把眼一瞪，怒视着他说："你再敲我，我就把手机给你砸了。"罗列生气了："你这个小东西，还反了你。你砸给我看看。"罗盟把手机一扔，说："爸，我恨你。"罗列一惊，没料到女儿说出这种话来。罗盟继续说："你从来也不管我的事，昨天家长会你不去开，晚上还饿我，你太无耻了。明天老师要收拾我，你替我上学去吧。"

罗列说："我工作忙，你妈在家打麻将都不去开家长会。难道打麻将比工作还高尚吗？"罗盟说："对。我妈打麻将是因为她的局长在，她不陪行吗？你整天说工作忙，你什么工作？原来是报社记者，还有点面子。后来当老板，同学们都羡慕我。现在你破产了，成了送外卖的，我都没脸见人啦。"

罗列有点蒙了，顺嘴说："送外卖也是工作，挣的钱都给你妈了。"

这时，智慧蓬头散发地起来上厕所，听见了，张嘴就骂："放你妈的屁，你就那点钱还有脸说，丢你们家先人去吧。"

罗列说："你没刷牙，怎么大清早起来就满嘴喷粪呢？"智慧说："骂你是看得起你。等我不想骂你了，你就滚蛋吧。"

罗列心中憋闷，不想再吵下去，就说："算了，不说了，洗脸吃饭吧。"

智慧说："回避不等于解决问题，你的麻烦大着呢。"就进了卫生间。罗列看着她的大屁股，真想上去踢她两脚。

罗盟已经洗漱完毕，坐在餐桌前，抓起包子吃起来，一边对罗列喊："爸，给我盛豆浆。"罗列忙答应着，拿碗盛了，端到罗盟跟前。又另盛了两碗，给智慧放好，对女儿说："你吃两个肉包子就行了，剩下的给你妈留着。"罗盟说："我饿了。我昨天还没吃饭呢。"罗列说："那不是有素包子吗？"罗盟说："我就想吃肉的，你管得着吗？"

罗列扭了一把罗盟的脸蛋，笑着说："我管不着，可是你不怕胖吗？像你妈似的。"罗盟尖叫起来："爸,我不许你再扭我和敲我。你真让人恶心。"罗列说："我那是疼你。"罗盟说："我不让你疼。我最烦的就是你每天晚上到我房子里扭我的脸。"罗列说："好,以后再不扭你了,行吧,快吃饭吧。吃完饭我带你上公园。"

罗盟说："我不去。今天余叔叔让我们坐汽车去天荡山玩,那才刺激呢。"罗列问："余叔叔,哪个余叔叔?"

罗盟说的余叔叔,其实就是十几年前追求智慧的余款。余款现在是市移动分公司经理,年薪几十万,另外还隔三差五地发一些莫名其妙的钱,反正都是用户的钱。这两年电信和移动一边喊冤叫屈,一边拼命发钱。余款现在是有钱有势,还不忘十几年前的智慧。根本原因并不是智慧多么美妙,而是因为智慧拒绝了他,他一直觉得是个耻辱。

罗列对智慧说："你快吃饭吧,包子和豆浆都凉了。"智慧没理会他,对罗盟说："盟盟,别吃那些烂饭了。赶紧收拾收拾,呆会儿车就来了,我们上天堂大酒店喝早茶去。"

天堂大酒店是全市唯一一家四星级宾馆,到天堂喝早茶是本市有脸面人物的一种身份的象征。罗列见智慧说他买的早点是烂饭,又听说要上天堂喝早茶,刚才在楼下培养的好心情荡然无存了,他阴沉着脸说："我不准你把罗盟带去。你自己想不要脸自己去,不准你把女儿带坏了。"罗盟说："我就要去。"把筷子一扔,就回房间去了。智慧冷笑一声,说："你不准?你他妈以为你是什么东西?看看你那张脸吧,比他妈驴脸还难看。"

罗列逼近前去,扬起拳头,智慧却看也不看,走进卧室,呼的一声把门关上了。力度之大,使房子都震动起来。罗列气得无处发泄,狠狠地揍了沙发一拳,踢了一脚,然后走到穿衣镜前,照了照,果然,脸色很难看,眼泡浮肿,眼睛充血。罗列用手搓搓脸,心想,我才刚刚过了四十岁啊,这却是一张五六十岁的脸。这日子是他妈咋过的?

他走到厨房里，看见桌上的早点，自己是一点食欲也没有。他刚伸手想把包子扔了，电话铃响了。他拿起手机，听筒里传来一个大嗓门："我操，你小子是不是喝大啦？不是说好今天去参加东东的葬礼吗，咋到现在还不见你的影子？大家就等你一个人了。"罗列头轰的就大了。东东是朋友老朱的独生子，因为破产负债跳楼自杀了。他赶紧说："哎呀，我差点误了大事。我马上就到。"

放下电话，罗列对卧室喊："哎，我去送东东了啊。我再告诉你，不准你带盟盟去喝早茶。"卧室里智慧骂道："你他妈算老几，你不准。"罗列一边匆匆地穿衣服，一边大声说："甭管我是老几，我警告你姓智的，你别逼我，逼急了我叫罗盟没爹没妈。"卧室里一下子没了声音。

罗列从殡仪馆出来，觉得浑身无力，心情很不好。

闹腾了半天，他都把带智慧和罗盟去公园的事给忘了。他进了小区，到自己家门前时，见楼门车道上停了一辆宝马。玻璃窗紧闭着，看不见里面的人，他没有在意，就上楼了。

他在开门前，想起早晨出门时智慧骂他的脸难看，就刻意地调整了一下，感觉效果不错了，就掏钥匙开了门。一进门，客厅里没人。他换了拖鞋，走到卧室，见智慧正为罗盟涂口红。智慧已经化好了妆，神采飞扬。罗盟也打扮得像要到人民大会堂为外国元首献花。罗列笑道："嗬，这是准备走穴去呀。上趟公园，值当的吗？"智慧没理他，罗盟说："我们要去天荡山，玩好几天哪。"

罗列一听，脑袋就炸了。他说："上什么天荡山，我不同意。"智慧不屑地说："你不同意。你算他妈哪头蒜。"罗列说："我算哪头蒜？我算你的丈夫这头蒜。我还是盟盟的父亲。"智慧一笑："喊，你自作多情没有用。我不是已经说了吗，早想通就早好。你已经被我们开除家籍了，另想办法安户口吧。我先声明，从今天起，你的行动是自由的，没人会干涉你。"

罗列说："我不想要那个自由，我也不会给你自由。我要对这个家负责任。"

智慧说："那就走着瞧吧。就怕你负不起这个责任。你说,你不叫我们去玩,你有何打算呢?"罗列说："我想好了,我们到公园去玩。"

智慧掏出一沓子钞票来,都是一百元的。她伸出食指蘸了下唾沫,就数了两张,抽出来,扔给罗列说："你自己实在要想去公园的话,就去吧。反正我和盟盟是不会去的,一个破公园,也不知去了几百上千趟了,有啥看头嘛。剩下的,是你这几天的生活费。好歹你也曾经是个在上流社会混的男人,也别太寒酸了。"她说着,又抽出一张来,扔在床上,说："碰着机会,也请请别人。别整天跟着别人蹭吃蹭喝,又不欠那一口。"

罗列觉得一股东西从胃里翻上来,差点没忍住。他攥紧了拳头,说："智慧,你不要欺人太甚。"智慧说："我咋欺负你啦,难道事实不是如此吗?"

这时,楼下传来汽车的鸣笛声。智慧站起来说："好了,我没功夫陪你瞎聊了。记住,别忘了吃饭啊。盟盟,走。"罗列拦住她说："我不准你们去。"智慧抱起膀子,看着他说："罗列同志,我请你放尊重点,别耍无懒。你是有知识的人。"罗列说："我不准你们去。要去,你自己去,我不准你带盟盟去,你不能把她带坏了。"智慧脸子掉下来："姓罗的,你说话可要负责任啊。你说我咋把盟盟带坏了?你说呀?"罗列说："你自己清楚。你为了享受,贪图富贵,占别人的小便宜。别以为我是傻子,你都快成了妓女了。"

智慧的脸红了,霎时又变白。转换了几种颜色后,她双手发抖,拉起盟盟就走。罗列挡住门口,说："你不能带盟盟走。"

罗盟喊道："你滚开!我不用你管。我就要去。"

罗列忍无可忍,挥手给了女儿一个耳光。

罗盟怔住了,手捂着腮帮子,哭了。

智慧把包一扔,扑上来就抓："操你妈的!你这个窝囊废。我们娘俩跟着你过的什么日子。今天老娘跟你拼了。"

罗列一边双手遮拦，一边说："不过就不过。离婚。"

智慧仍不依不饶，把罗列的脸抓破了，血顺着脖子流下来，她骂道："离你妈的X婚！老子先杀了你。你敢打盟盟，从小到大，你他妈的问过她几次，你有什么资格打她。你这个白痴！"

罗列并不想真的打女儿，更不想打智慧。但见她像疯子一样又哭又喊又抓又挠，脸上的血把眼睛糊住了，光见智慧的影子在周围乱晃，像蹩脚的香港电视连续剧中的白发魔女。

他使劲推了她一把，就听智慧一声尖叫，没影了。

过了一会儿，才从楼底下传来一声闷响。

原来他们在打斗中已经转到阳台上，智慧一早就把阳台的窗户打开了，罗列那一把劲，是在慌乱中使出的急劲，力道很大。智慧正好站在阳台边上，从七楼头朝下栽下来，脑袋都栽到脖腔里去了，当场就没了命。

罗盟吓得晕过去了。

罗列听见尖叫，知道不好，他赶紧擦了一把蒙住眼睛的血，探头朝窗外一看，两腿立时瘫软了。

直到警察赶到，给他戴上手铐的时候，罗列还在自言自语："我没有杀她。我只是不想让她走。我真的没有杀她。"

（选自小说集《乱世情缘》，江苏人民出版社，2023年）

背景音乐

白云天

白云天（1972—），宁夏平罗人。作品见《朔方》等报刊。作品入选花城出版社《后王小波时代（上）：中国非主流小说精选》，荣获中国作家网原创小说大赛三等奖。现居银川。

吴然什么都好，就是现在还单着。对象嘛，相干不相干的人倒是介绍过不少。每次相亲之前，他都提醒自己，年龄不小了，别再挑三拣四，这回不管是谁，只要第一面能说得过去，就她了。一副死马当活马医的样子。尽管有这样的心理铺垫，但见了面，有了面对面的交流，却又另当别论。吴然总能为自己找到逃脱的理由，就像摩拳擦掌冲上球场，临门一脚，腿却软了。

吴然也曾下决心处过几个对象，短则十天半月，长则仨月半年，态度都算认真，结局总归是一盆凉水。问题和理由，也是层出不穷的，要么是落花有意流水无情，要么是残花落到了一摊死水上。有个在餐厅头次见面，就摆明要他婚前全款买房的女子，他结了账，借口有事，提前走了。

吴然本没有记日记的习惯，却又不知不觉地记了不少。有一天他翻看日记，被

自己吓了一跳，两年零八个月，对象见了十四个，所花费用包括吃饭、看电影、给对方买化妆品、买其他礼物等，共四万八千元，能抵上他两年的房租了。钱不钱的放在其次，把自己吓着的，是一个问题：这两年我到底干了什么？找对象，真是没劲透了。

吴然开始为自己鸣不平。心想已经坚持了这么多年，为什么非要把自己往泥淖里踹不可。找个心上人，就那么难吗？如此一番自问，让他又分析了自己一直做案头工作，交际圈子狭窄，没有更多机会结识更多女性等等现实问题，得到的答案是：确实很难。除非老天眷顾，让他哪天在一个不确定的地方碰到。即使碰到，自己有信心有能力把握吗？能保证自己不再有心理障碍吗？但是问题再多，都抵不过一份不甘心。其实吴然对相亲这事，彻底厌倦了。

作为最后一次挣扎，吴然那天又去了，他事后才知道，对方三十六岁，比他大两岁。

这事说起来有点蹊跷。某日下班后，电梯里就吴然和一位比较熟络的同事，同事很郑重地要给他介绍对象，他想都没想，一口回绝。因为两人关系不错，他又油腔滑调地补充道："一提相亲我就想吐，我要再去相亲，我就是孙子。"同事说："你小子别不识抬举，我都给人家说好了，你若不去，我的脸往哪儿搁？你就当作最后一次挣扎吧。"吴然说："是你的面子重要，还是我的终身大事重要？要去你去。"同事说："我要是没成家，哪能轮着你？"一来二去，同事要急眼的样子。吴然只好勉为其难，应了下来。出了电梯，同事拿出手机要给他看对方的照片，他摆手说马上要见人了，看什么照片，不看。

她的名字很特别，叫林初音。之所以觉得特别，是因为在电梯里同事告诉他时，他隐约记起一次为朋友女儿买生日礼物时，店员推荐过一款叫初音的动漫玩具。时间定在周五下午六点半。周五下午，公司一般没什么事。为了林初音这个特别的名字，吴然想自己可以早点溜出去。地点是长城街农业银行对面的圆梦酒吧14号卡座。店名俗不可耐，很陌生，从未去过。那天临别时，同事怕他忘了，在呼呼的风中边走边回头喊了好几遍。对方的电话，因为事关女性隐私，同事没说，他也没问。

周五下午五点左右，吴然从公司溜出来。他上身穿一件蓝白相间的花格T恤，下身是有点泛白的牛仔裤。这身行头，让他上班时有一种很散漫的舒适感。本想开车回到住处，换身正式点的衣服，又想不过是情面所迫应下的差事，没必要搞得那么正式，也就作罢。又担心到了地方不好停车，便索性把车扔在公司门口，到路口拦了辆出租车。

由于路上堵车，他差点迟到。在圆梦酒吧门口，他抬腕看了眼手表，差五分六点半，心想对方可能已经到了。虽说是应付差事，让人家女方等着总不成体统。吴然边推门进去，边想着见面如何开场。服务员把他引到14号卡座，结果那里空无一人。吴然的心里竟然有点失落。

落座后，因不知道对方口味，他便没要任何吃的，只要了一瓶小瓶装的冰镇啤酒。八月的天气，虽然室内空调冷风呼呼，吴然还是觉得又热又渴，脑袋闷哄哄的。一杯冰啤下肚，身体从内到外一阵清爽。他边喝边等，向四周环顾。酒吧的客人上座时间，都在八点到十点，这个钟点多数人还在下班的路上，所以酒吧里颇显冷清。因为灯光的原因，周围给人一种影影绰绰之感。斜对面的11号卡座里，一个女人在翻来覆去地端详自己修长的手指，面容精致，看不出年龄，反正一副幽清冷寂的样子，大概和吴然一样在等人吧。她隔壁卡座里的一对，耳鬓厮磨间不时发出低声窃笑，应该是一对小情侣。除了偶尔走动的服务员，再无他人。保罗·西蒙的《寂静之声》作为背景音乐，因为曲子很经典，吴然是熟悉而喜欢的，让这等待不至于索然与煎熬。

第二杯啤酒喝到少一半，吴然再次看了一眼手表，六点四十分过一点。再等等吧。背景音乐已经换成了法国吉他大师尼古拉·德·安捷罗斯的《镜中的安娜》，那美妙而恬静、委婉而深沉、真诚而善意的声音，仿似来自天堂，又似来自吴然内心某个幽闭的深处。他顿时松弛下来，抱着双臂仰靠着，闭目聆听。十多年前上大学时，他是个狂热的吉他发烧友，也曾买了把吉他照着书练过一段时间，发现自己不是那块料，随即放弃。但这不妨碍他去听。他当时听得最多的，就是这位法国吉他大师的演奏作品。想想这些年来，自己有多久没有如此静心地听过音乐了。念头刚到这儿，又觉得这份矫情既恶心又滑稽。吴然闭着眼睛，自嘲般地笑了一下。

估计这酒吧的音响师也是吉他发烧友，也是尼古拉·德·安捷罗斯的迷恋者吧。《悲伤的西班牙》以一种纯情而略带忧伤的浪漫，撩拨着《人们的梦》。在音乐之外，在人们的梦之外，关于寻找和现实、梦境与未来，还有眼前这时间的流动与等待的静止，什么能构成它们之间《奇异的关联》呢？飘忽的思绪载借了音乐旋律，似乎要把吴然带向一个更悠远的去处，却最终停在了脖颈后的颈椎处。一阵酸痛感由后向前传递而来，他睁开眼睛坐直身子，左右活动几下脖子，又让脑袋带着脖子逆时针转了两圈。颈椎骨节处传来几声脆响，提醒他一切也许只是个玩笑。吴然把剩下的啤酒倒入杯子一饮而尽，顺势看了一眼手表。但时间已经不重要。

看来这一切，确实是个玩笑。

找对象这事，让吴然一想就恼火。

二十八岁那年，一天黄昏时分，相恋两年有余的女友，打电话把他叫到租住的公寓楼下，提出跟他分手。没有任何先兆。一脸懵懂的吴然就像做梦似的，因为两天前刚给女友庆完二十六岁生日。那晚，在一家酒吧的小包间里，他们吹了蜡烛，吃了蛋糕，喝了一瓶红酒。不胜酒力，让两人都有灵魂出窍般的惬意与飘然。十点左右出来，说好要去看一场电影的。走到半途，却莫名地进了一家霓虹闪烁的小旅馆。那晚，女友在六七分醉意中，带着一丝回报的意味，把自己的第一次献给了他，毫无保留。事后，吴然回味心中那隐秘的窃喜，都懵懵懂懂的。这晚似乎打破了他们一直所保持的一份默契和禁忌。两天后，她向他提出分手。吴然实在难以接受。

其实，对任何男女来说，恋情一经提出分手，就表明它出了问题，在幽幽的暗处已经有了无法弥合的裂缝，别管是谁先提出，遑论接不接受。这些，吴然再清楚不过。

说起来，无论从内心感受还是外在表现，吴然对这个被他昵称为丽宝的姑娘是很上心的。平时在一起吃饭、聊天、泡吧或旅游，他尽量做到谨小慎微。她老家的朋友或那帮讨厌的亲戚隔三岔五打扰，或旅游，或看病，或求人办事，无论男女，食宿他几乎一手包圆，不让她费丁点心思。大概情形如此，虽内心颇有微词，但表面上是勇往直前、肝脑涂地的样子。所有一切（面对身边朋友的调侃，他自谑为忍辱负重，博红颜一笑），只为得到她的认可和满意，并希望能在未来一两年和她步入婚姻殿堂。在吴然看来，自己在她心里也该是备受珍视的吧，一如她在自己心里一样。因为他自觉长相还不错，绝非一些女人口中的歪瓜裂枣，而且工作和收入也不赖，在一家广告公司做平面设计，相对这座三线城市工薪阶层的平均收入来说，年薪拿到十五万，比上不足，比下有余。说到两人的关系，恋爱两年多来，虽然没有像好多恋爱男女那样同居，但也亲密无间。其他再无差池，除了那晚。但话说回来，当时的最后关头，她若拒绝，尽管他有着付出就该有回报的隐秘渴求，但也绝不会强求，完全可以急刹车的。吴然相信自己有这样的自控能力。

那么，恋情面临无疾而终，缘何哪般？

"无疾而终"四个字窜入吴然的脑壳后，这份曾让他无比珍视的恋情，在他脑海俨然已是一副耄耋老人的形象。看着女友脸上平静、庄重而又决然的神情，他知道，强弩之末、穷途末路般的挽留或哀求，除了自损颜面，再无其他意义。他只想求得一个答案。

是我哪儿做得不好么？他问。

那倒不是……许多天以来，特别是最近几天，我想了又想，总觉得咱俩之间有些地方不对劲，不合适。

不合适？

嗯，不合适。

不合适——是恋人分手的通行证，也是她给出的标准答案。这答案写在他的问卷上之后，便由"答案"演变成了"问题"，并幻化为问号形状的虫子，匿于呼吸之间，侵入他的脖颈，在颈椎处缓慢蠕动并啃噬，让他的脖颈酸痛无比——颈椎病，是做案头工作之人的常见病。他把左手伸到颈椎处，使劲揉捏了几下，之后又像往常工作累了那样，让脑袋带动脖子，按逆时针方向缓缓转了两圈。颈椎骨节处的几声脆响，传到脑腔里引起一阵共鸣，让他听了异常刺耳。

是不是因为两天前的那晚？他问。

她笑了。嘴角的那颗痣，带着似有若无的一丝笑意，让她在他眼中霎时变成了一个陌生人。这陌生的感觉——连它本身都是那样陌生，一下使吴然多年建立起来的，并在这段恋情中得以加固的自我认同感轰然坍塌，碎了一地。

就当那晚是我对你的回报吧……

说完这话，女友脸上的笑意已荡然无存，于满目凄然中继续说道，不瞒你说，来之前我跟自己打了个赌，若赌输了，就说明我把你想错了，那么我会改变主意，将会和你继续下去，明年就结婚。若赌赢了，就说明我做出分手的决定是对的。

赌了什么？

赌你会不会提起那晚。若你不提，我就输了……但很遗憾，你提了……

他想了想，说道，若你这个赌本身就是个错误，本来就不该有呢？

没有所谓的该与不该……

他还想说什么，被她眼里越来越浓重的凄然打断，谢谢你这两年多来对我的照顾。你要知道，人有时是很贱的，你对我的好，其实你对谁都好，让我觉得那么不真实，那么不踏实，让我分不清自己是谁，这很可怕。你这人什么都好，也许问题就出在"什么都好"上。你好好想想吧……

什么都好，究竟是哪里不好呢？吴然一想，就是六年。

他决定要走了。

几乎和他同时起身，斜对面11号卡座里之前翻来覆去看手的那个女人，从卡座里走出，手里拎着个粉色小包，迎面向他款款而来。看上去，个头比吴然低一两厘米，身材不错，给人第一印象是姿态十分优美。

"你是吴然吧？"

"你是？"

"你一直等的人，林初音。"

吴然进门前所设想的种种见面开场，显然没有这种。这份意外，轻轻撩拨了一下他的心。

她把手里的包放在座上。两人坐下。他扬手示意服务员过来点单。她点了红豆蛋挞和水果拼盘。吴然要了份鱼片和鸭翅。喝的嘛,她略作犹豫,意外地要了啤酒,和他一样。

"原来你一直在这儿。见你不来,还以为是同事跟我开玩笑呢。"

"我一直在观察你。"她向前倾了下身子,把臂肘支在桌台上这样说道。

"是吗?"他再次感到意外,"观察什么?"

"看你是不是我讨厌的类型。"

"哦?为什么是讨厌而不是喜欢?"他饶有兴趣。

"在我看来,相亲这种事,第一面不讨厌,才是以后交往的基础。"

吴然点头,"观察的结果呢?"

"还用说嘛,不然就各走各的了。"

"说明我至少不让你讨厌?"

"目前是。"

"荣幸之至。"吴然笑了一下,"刚让我像个傻瓜似的等着,你好像欠我一个道歉吧。"应付差事的心理背景,让吴然说起话来显得散漫而随意,话出口了也没觉得唐突。

"在心里已经道歉了。需要说出来吗?"

吴然语塞了。服务员端盘过来,往桌上一一摆着东西,替他做了掩饰。服务员将几瓶啤酒启开走后,吴然猛然觉得,自己似乎被林初音身上的一种什么东西吸引住了。具体是什么,又说不上。她看上去也就二十六七岁的样子(绝非之后才知道的三十六岁)。头发剪得很短。眼睛、鼻子、嘴唇,分开来看并不出众,但在白皙的椭圆形脸盘上,却各得其所,恬静中透着点俏皮,真是精妙的搭配;谈不上漂亮,却很耐看,让人舒服。

"我的道歉,还要说出来吗?"她边追问,边用牙签扎起拼盘里的一颗葡萄轻轻嚼着，眼睛半眯，带着笑意注视他。

"差点上了你的当。说了，我不就真成了傻瓜。"他给对方倒了半杯啤酒，给自己倒满，"你的名字很特别。"举杯，碰了一下。

"猜你一定想说那种叫初音的动漫玩具。"

"正是。你的反应可真够快的。"

"不是反应快。是别人也这样说过，听了解释，我才知道的。"

背景音乐，仿佛也很会应景，已换成一首节奏略带轻快的钢琴曲，吴然仿佛在哪儿听过，一时又记不起。

"凭你的条件，还用相亲？"吴然把心里的疑问和盘托出，也是间接对她的赞美。

"我的条件，好吗？我倒没觉得。"她吃完一个蛋挞，拿纸巾擦着手，"先别说我。说说你，为何混到相亲队伍里来了？"一副洗耳恭听的样子。

"这个嘛，怎么说呢……之前够惨的，就不提了。今天呢，不过是情面所迫，应付差事而已。"

"应付差事？"她边说边笑，还轻微而俏皮地摇头，"天哪，背地里我原来这么不堪。"

"说笑了。其实相亲这种事，以前还好，现在真是烦透了。"

"烦你还来？"她语气间那种散漫而又执拗的气息，让吴然渐渐有点着迷。

"刚不是说了嘛，情面所迫……"

"应付差事？"

"现在倒不是了。"

她抿唇一笑，"这还差不多，总算找回点心理平衡。听你意思，相亲经历一定不少喽，算是老手了吧？"

"老手？"吴然差点笑喷，"你这话，怎么让我觉着自己像个小偷。这种老手，不当也罢。"

"相亲老手这顶帽子，你暂且先戴着吧，"她主动端杯碰了一下他放在桌上的杯子，抿了一小口酒，"听你一提相亲，又是惨又是烦的，怎么个惨法？说来听听。"

"说多了都是眼泪呀——"顿了顿，他改掉了油腔滑调的语气，"其实，都不过是浮光掠影。你对上眼的，人家看不上你；人家有那么点意思的，你又觉得不是自己的菜；还有第一次见面就没话可说的——反正就是那么回事。前后十四次，没一次成功，你说够不够惨？"

"十四次？"她半启红唇，略显夸张的表情，"何止是老手，简直就是前辈嘛——十四次？怎么记得那么清楚，难不成每次回去，还在墙上画正字？"

吴然笑喷了，边笑边说："哪有你说的那么神经质，不过是喜欢记日记罢了。"

"记日记？男人中，你这样的倒是少见，"她十指交错顶着下巴，双肘支于桌面认真地打量吴然，"不管怎样，算是让我碰到了。每天都记吗？"

"那倒不是。有时觉得有必要记一下的，就随便写那么两句。事后无聊时翻翻，也不至于让记忆变得面目全非。"

"就没在日记里总结一下失败的原因？"

"哈，那管用吗？其实，每个人在心里都给自己画好了样子，只不过是按那个样子行事罢了——要说原因嘛，这大概是吧。"

"一语中的呀！"她满意地笑笑，"那你给自己画的样子，是怎样的？"

吴然猛地想到了六年前丽宝所说的"什么都好"——她为他画的这副样子，什么时候已真正成了他自己的一种已然坍塌的自我认同。心里忍不住紧紧抽了一下。心灵的这块禁区，多年来未曾让人触碰过。看着林初音认真探寻的目光，吴然觉得对她说出来也未尝不可。只不过要换一种方式。

他用右手食指在自己杯里蘸了点啤酒，在桌面上画了个圈，然后在里面一圈一圈画下去，最后在中心点了一下，"这大概就是我为自己画的样子。"

"什么呀，电影《功夫》里的棒棒糖吗？"

"不对，但神似。"

"打靶用的靶纸？"

"越来越离谱了。再猜猜。"

"给点提示吧，不然我哪猜得出。"

"那好，我就拿相亲这事来说吧。最初，我想找个'心上人'，后来发现有难度，就退而求其次，想着找个'意中人'也算，结果呢，还是有难度。事到如今，年龄越拖越大，各种压力纷纷扑来，就不想那么多了，最终成了现在的找'对象'。你说说看，我的这个样子，该是什么？"

"明白了——洋葱！"

"聪明！"吴然右手举着大拇指在林初音面前左右晃，左手端起杯子一饮而尽。之后，他给右手套上一次性手套，拿起一个鸭翅嚼着，"说说你吧。要身材有身材，要长相有长相，竟然来相亲？让我实在想不通。"

"就那么想知道？"

"那当然啦。"

"我怕说了会吓着你。"

"不是还没说嘛。"

林初音顿了顿，左肘支在桌上，将修长的手指插入头发，半侧着身子，似乎在考虑怎么说。

"之前呢，有过两次类似的相亲，他们和你一样——疑惑、纳闷、不解。结果我说了，他们全吓跑了。"

"不至于吧，有那么可怕？你可别危言耸听。"

林初音把左手从头发里放下，散漫地端起杯子端详，并轻轻晃动着。那半杯啤酒里的气泡从杯底一路纷涌而上，变成一层浮沫。她的嘴唇闭成一条线，脸上重现认真的神情："今天是第三次。如果你也被吓跑，这勾当我再也不干了。"

"勾当"二字，把吴然惊着了。

"是不是已经吓着了？"林初音把整张脸笑成了一朵花，"如果这样，我还是不说为好——当心把你吓跑，我的勾当就难以为继了。"

"想了半天，我怎么也没法把你说的'勾当'与相亲画上等号。说说看，你所说的'勾当'，指什么？"

她向前凑了凑，用眼神中含有秘密韵味的一丝光直逼吴然："冒险、刺激、从未有过的体验——可以是它们中的任何一个。"

"也许我孤陋寡闻。以我的理解，相亲跟你所说的这三个，似乎哪个都搭不上边吧。"吴然向后靠了靠，抱着双臂，重新细细观察对方的脸，力图读取上面浮现的密码。

"我是背着丈夫来相亲的——这么说，你可明白？"她完全没给吴然思考的余地，抛出了这么一句石破天惊的话。

"丈夫？你有丈夫？"吴然直起身子，用手抠头，"真的假的？哈哈，你彻底把我搞晕了。简直是天方夜谭嘛。"

"我把自己最大的秘密说给你，这是不是刺激？是不是冒险？"她侧身从座位上的包里摸出一盒女士烟，左手里不知何时多了一个火机，自己点上一根，又给吴然递来一根，"至于从未有过的体验嘛，目前来看，还到不了那一步……"

吴然接过烟和火机。从不抽烟的他，第一口就被呛着了。几声剧烈的咳嗽，让他自觉狼狈至极。想把烟掐了，伸向烟灰缸的手，却只弹了弹烟灰，又夹着烟缩了回来。两人之间，烟雾缭绕。

"这么说，都是真的喽？你成了家，有老公？"

"千真万确。"

"那介绍人——我那位同事是怎么回事？"

"他并不知情。因为我们根本不认识。"

"简直是匪夷所思嘛。既然不认识,他又怎么可能充当介绍人?"

"这说来话长。怎么跟你说呢,我给你打个比方吧。有一种说起来很不好听的职业你肯定知道——二道贩子。相应的还有三道贩子、四道贩子甚至五道贩子……我估计,你那位同事就是这种角色,他起码在'三道'以后,这点我可以确信,因为一切都是我的刻意选择,只不过他不知道罢了。"

"越扯越远。怎么又扯到贩子身上了呢?"

"你真不明白?"

"真不明白。愿听其详。"

"既然你感兴趣,不妨说给你听听。比方说,有个好心人见你人不错,还单着,就想给你介绍个对象。你呢,也多少有点这方面的意思。但出于某种考虑,便设置了某个特定条件。可由于你所设置的条件,他根本无法在自己的圈子里帮你找,于是就把'介绍对象'这个信息以及附带条件,转手给了另一个人让他帮忙。结果呢,那个人跟他一样,也为你找不到合适的,就再次转手——这样,事情就有意思了。最后七拐八拐,我就被'贩卖'到你跟前来了。这就是所谓的缘分。而其中的'七拐八拐',也正是你最初设置那个条件所希望的结果。至于你我,跟那些二道、三道甚至四道、五道,并不认识。他们之间呢,也有点类似于'单线联系'的那种。这下,你总明白了吧?"

"哈哈哈……"吴然忍不住一阵大笑,笑出了眼泪,"问题是,你不是说自己有丈夫,成家了吗?要说出于什么原因,搞个婚外恋什么的,我多少还能理解,现在这样的事多了。可跑来相亲,还专门让人介绍,甚至像你说的七拐八拐的,我就实在费解了。说说看,你的动机、目的是什么?"

"最初嘛,不过是个玩笑。但玩笑过后不久,心里就慢慢起了变化。这种变化,撩拨着你,暗地里怂恿着你,让你蠢蠢欲动,就想着真要碰到合适的机会,以某种自己能驾驭的方式，不妨把玩笑当真拿来做一做——难道你心里偶尔就没有这种突破平常、颠覆自己的冲动么？"

背景音乐不知什么时候停了。酒吧开始陆续上人，脚步声，说笑声，招呼服务员点单的声音此起彼伏。无知觉间，周围嘈杂起来。

吴然已经意识到，和林初音这样的"面对面交流"，与过去自己记录在日记本中的那十四次来比，已完全突破了所谓相亲的界限，更是突破了自己对情感、对伦理四平八稳的判断与认知。此时，他倒没有对方所说的那种"被吓着"——在那个曾经被"什么都好"所伤害的内心世界里，难道不一直隐隐藏着一股想发泄、报复甚至想颠覆的欲望和冲动么？只是没有合适的机会和方式，被自己用理性强摁着而已。这机会和方式，合适的，若存在，会是什么呢？

吴然心头现出了一个由无从判断和巨大的好奇所构成的迷圈，如水面上的漩涡，越漩越大，越漩越深，几乎要把他漩进去了。

"最初的玩笑，又是什么？"吴然感觉自己变了一个人在跟林初音说话。

"这个嘛，得从我的年龄说起。"她把精致的脸庞往前凑了凑，"你看我今年有多大？"

吴然也往前一凑，再次端详，仿佛在一场梦中端详另一场梦幻："照我看，也就二十六七岁吧。"

她满意地笑了笑。于是两人互报了年龄。三十六岁——知道了她的实际年龄后，吴然多少有些吃惊，但没让脸上表现出来："看上去你起码要年轻十岁呢，感觉还是个姑娘嘛。"

"这话真让人爱听。最初的玩笑，就是因为这看上去十岁左右的年龄差。"

"哦？说来听听。"吴然说。

林初音用右手食指沿顺时针方向在杯口轻轻滑动、抚摸，就像在抚摸心口上的某个秘密。

我结婚已经八年了，一直没要孩子，也许这就是我显年轻的原因吧。要是有个孩子，都想象不出自己现在是一副什么模样。瞧瞧身边以前的那些姐妹，要了孩子，甚至要了二胎的，个个都被磨得像个疯婆子似的，我真是暗自庆幸。

丈夫呢，总体说来是个老实人，属于什么都好、三棒子打不出屁来的那种。他什么都听我的。虽然对要孩子这件事，他心里有想法，不时拐弯抹角地跟我提，但被我怼过几次之后，就再也没提。这一点，说起来我确实是挺自私的。

三年前，丈夫因工作调动，我辞了工作，我们卖掉房子，一起搬到这座城市。刚搬来时，丈夫意思是我就不要出去找工作了，他愿意养着我——他是怕我辛苦，是真心对我好。我呢，也乐得享受这种不用风里来雨里去的日子。每天逛逛时装店，做做美容，练练瑜伽什么的，可日子总不能这样过吧？我的时间一下多出了不少，什么多了都是害。人有时是很贱的。过了最初的新鲜感，这多出来的时间，分分秒秒都像讨厌的虫子，爬满我的全身，让我浑身上下都不自在。于是，脑子里就开始胡思乱想，变得疑神疑鬼：丈夫难道真像表面上那样老实？他每天对我低眉顺眼、逆来顺受，背地里不会是有什么花花肠子吧？如今换了环境，他是不是想利用这个机会，表面上关心我，把我圈在家里，背地里在外面花花草草，风流快活？

这么一想，心里的杂草就没日没夜地疯长。一连几天，我开始失眠，整夜整夜睡不着觉。晚上看着身边呼呼大睡的丈夫，我心里又气又恨，仿佛我失眠了他就不该睡——失眠与熟睡形成的强烈对比，已然变成了左右我意识的力量，让我相信，我怀疑的一切都是真的。

之后，我做了不少愚蠢而又可笑的事。丈夫去上班，我鬼鬼祟祟跟踪过；他说晚上应酬，我会巧妙地搞清地点，用各种方式去验证在座的都有谁，其实不过是枉费心机，一般他都会主动告诉我的；我查过他的话费账单；趁他熟睡时翻过他的手机，并将一些自觉可疑的电话一一记下，第二天用新办的手机卡打过去逐个甄别……一系列动作下来，我确信，丈夫没问题。他确实是个老实人，说是正人君子也不为过，外面绝对没什么花花草草。按说，所有怀疑、所有阴霾散去，我应该感到高兴才是，可以安心啦。可事实却不尽然。

潘多拉的盒子一打开，可真的事就大了。既然丈夫没问题，那就是我有问题喽。当时我确实是这么想的。显然，就是我的问题嘛。意识到这点，我的失眠也有所改善，睡了一两晚安稳觉。可一天晚上，一个说不上的梦突然把我惊醒后，一个可怕的念头蹿了出来：丈夫有没有像我怀疑他那样，反过来怀疑我呢？

第二天，一起床我就开始心神不宁。吃完早餐，丈夫去上班。随着他的离去，我心里仿佛住着一个鬼，这玩意出来四处捣乱，让我觉着屋子周围哪哪都是丈夫的眼睛。我先把屋子里里外外检查了一遍，看他是否背着我装了摄像头，之后又故意打他的手机，以确信他开车在上班的路上，而不是在小区周围伺机盯我的梢。过上一两个小时，想出门逛街了，再打他的办公室电话看他在不在……总之是不得安生。

在我看来，丈夫那么老实都要被我怀疑，相比之下，他更有理由怀疑我喽。你想想，从你们男人的角度出发，每天让还算年轻貌美的老婆闲在家里，老婆寂寞了，无聊了，难保不搞出什么事情来嘛。这种情况，哪个男人心里不犯嘀咕呢？再加上我对不要孩子这一问题的强硬态度，他能不多想，能不怀疑吗？若不怀疑，他还能算上正常的男人吗？这么一想，心里的草又开始疯长。静下心来，我也骂自己是神经病，明明没有那些乱七八糟的事，却做贼心虚似的，要真做了"贼"也倒罢了，确实没有嘛。他真要怀疑，那就怀疑好了，我身正不怕影子斜。问题是，"身正"没错，我确实怕被人怀疑"影子斜"呀。而且这种担心，又没法得到求证。即使通过各种方式去求证了，又会被反作用力加剧对"被怀疑"的担心。

就这样，我开始变得神神道道，精神恍惚。一方面是对自己洁身自好的强烈认同，另一方面又担心这洁身自好会被丈夫视为红杏出墙的假象。总之，这种情形你懂得吧？脑子里整天都是一个想法与另一个想法的争斗，是"自觉意识"与"被怀疑意识"的强烈冲突。我的内心变成了昏天暗地的战场。我觉得自己要崩溃了，要分裂了，要彻底疯了——在丈夫还没怀疑我之前，我已经完全无法忍受自己！

这种情况前后持续了二十天左右。终有那么一点清醒的自我意识，让我明白，不能这样下去了！不然，我就真的完蛋了！于是，背着丈夫，我去看了心理医生。人家说，我这是精神分裂症的前兆，反正说得挺吓人，不过确实如此嘛。医生要我最好赶快做好心理调适，别让自己闲着，找一些有意义的事，把那些多出来的时间用掉。最终，她建议我尽快找份自己感兴趣的工作去做。

那好吧，我开始找工作。丈夫虽然有点反对，可那段时间我的反常表现也让他深受其害，觉得让我出去工作也好，免得家里鸡犬不宁。

一天，我在报纸上看到一家公司招聘文员，工作嘛，感觉挺轻松，而且待遇相当不错，还能双休。于是我想去应聘。可麻烦的是，人家有个硬性条件：只招三十岁以下的未婚女性。这一条，彻底把我挡在门外了。那几天看过不少招聘广告，再没有比这个更适合我的工作了。我有点不甘心，想去试试，心想说不准凭自己的外形条件被破格聘上了呢。于是，我把自己从里到外、从上到下收拾得焕然一新，一扫这二十多天来的一身晦气。又到美容美发店，做了头发，做了美容，好让自己有更大的胜算。

到了那家公司门口，我想检查一下应聘资料带全了没有，其实出门前已经检查过了，那段时间被自己弄得的，总丢三落四的。结果在包里翻来翻去找了半天，就是找不见身份证。我出门前明明捏在手里的，怎么就不见了呢？唉，不知出门时又随手丢到哪去了。既然找不见，那就这样吧，硬着头皮进去试试呗。就在要推门进去时，我脑中突然灵光一闪，有了另外的想法：我干吗要实话实说呢？要是把年龄、结婚情况统统隐瞒了，难道不成吗？那一刻，我脑海立即浮现出了自己做完美容时在镜子中的那副光彩照人的形象。只要我自己不说，谁能看出我

石嘴山市城市文学丛书（小说卷）

三十好几了？谁能知道我结婚了？

顿时，我心里就有了莫名的兴奋。相对于找工作而言，这种感觉仿佛更值得拥有。我赶忙折返到街上，找了家打字复印店，把个人简历及学历复印件都重新印了一份，并把上面的年龄改为二十四，婚姻状况改为"未婚"。之后的事我想就不用多说了吧——我顺利被聘上了。不过，当时问我要学历原件和身份证时，我说丢了，正在补办当中。对方提醒我事后务必补上。事实上，后来再没人提过这事。

没想到这样一来，后面的事情变得越来越有意思。

事实上，从进入那家公司的第一天起，我就有了双重角色：在公司，我是二十四岁的未婚姑娘小林；在家里，我是某个老实男人三十三岁的老婆。每天这两种角色的切换，给我带来了一片新天地，让我感到无比的新鲜和刺激。比如，每天出门上班前，我必须把自己的状态由已婚调整到未婚，至于发型呀化妆呀穿戴呀这些的，都是次要的，只要动点小心思，就不难办到。主要是心理状态，要让自己看上去确实是个二十多岁的未婚姑娘，而不是三十好几的少妇。实际上，因为没有孩子，这一点对我来说也基本也没什么难度。若要了孩子，那就另说了。总之，我在这两个角色之间的切换，特别是在公司里，由一开始的紧张兮兮，到后来的渐入佳境，再到后来的游刃有余，始终没露出半点破绽。两个月后，我已经完全适应并习惯了这种人前人后的角色扮演，并且乐在其中。

一天，公司财务部的一位大姐（其实她不过才三十二岁，比我当时的实际年龄还小一岁呢）问我有没有男朋友。惯性使然，我以二十四岁小林的身份随口说没有。她半开玩笑似的说："那我给你介绍一个吧。"我没心没肺地就真当成了玩笑，顺嘴顺惯了，便说好呀。平时我在公司里就是一副嘻嘻哈哈的样子，真心没把这个玩笑当回事。可过了没几天，这大姐突然告诉我，她给人家小伙子说好了，希望能约个时间跟我见一面，还说对方是她一个姐妹的弟弟，知根知底的，家里条件不错，小伙子人品、长相、学历什么的，反正说了一大堆。当时真是把我吓了一跳。可在那种场合临时反悔又不像话，真正是骑虎难下呀，就只好硬着头皮跟人家约了个时间。

　　说到这儿，你应该明白的，即使我不小心给自己挖了个坑，那也是绝对不能往里跳的。那几天，我一有空就琢磨怎么能把这事给巧妙地糊弄过去。说来也巧了，眼看过两天就到了周末给人家约好的时间，结果公司派我出差，前后一个星期，就把这事轻轻松松给拖过去了。出差回来后那位大姐跟我再提，因为我提前有了心理准备，委婉拒绝而不伤情面的借口还是有很多的。再后来，那大姐似乎也觉出了点什么，就再不提了。

　　按说这事也就过去了。但我没意识到的是，它其实在我心底最幽暗的那块土壤里，变成了一颗隐秘的种子被深深埋下，在静待发芽。

　　事情又得扯到我对"被怀疑"的担心上。自从我出来工作以后，每天在角色切换的表演中自得其乐，但我不说你也应该能想到的，即使我以小林姑娘的身份在公司里做得再怎么滴水不漏，但是在家里，在丈夫眼里，总归是有点反常，有点不对劲的吧。这是不言而喻的。其实，应聘成功那天，回到家我就把隐瞒年龄和婚姻的事给丈夫如实说了，还让他以后有事打我手机，别打公司电话。他当时对隐瞒年龄倒没说什么，但对隐瞒婚姻非常生气，脸红脖子粗地跟我嘟囔了几句，结果都被我怼了回去。事情就这样在暗中慢慢起了变化。也许在丈夫眼中，哪还有什么也许呀，肯定是喽。在他眼中，我作为妻子，每天像个花姑娘似的出去，又像个花姑娘似的回来，红杏有没有出墙不好说，但要出墙的迹象肯定是有的喽。再加上我已经完全习惯了小林姑娘的角色，在家里因为不用过多警惕，有时难免不能把角色及时转变回来。这种时候，若碰上公司同事，特别是小伙子来的电话，语气间属于年轻人那种特有的小情调、小暧昧就会不由自主地带出来。当挂了电话，思维意识从电话情景中的小林回归家庭环境中的妻子时，猛一抬眼，丈夫那张绛紫色的脸，已经说明了一切。

　　这下好啦，潘多拉的盒子一打开，就再也关不上了。最初是我怀疑丈夫在外面沾花惹草，后来又担心丈夫反过来怀疑我红杏出墙。现在呢，我的担心变成了事实，而且是根本不用求证的事实。因为，我发现自己曾经做过的那些蠢事，现在变成了丈夫在做——他鬼鬼祟祟地跟踪我，还以为我不知道；他半夜翻看我的手机，我不过装睡而已；我作为小林姑娘和公司的同事聚餐，却不经意透过窗户发现了外面探头探脑的丈夫。

　　你说，事情是不是越来越有意思了？

　　这种被人无端怀疑的日子是很闹心的。要是自己在外面真有点什么，倒也罢了，但我清楚自己没有嘛，所以就不愿，也没法承受这种冤屈。而且你还不能去解释，不然就是越描越黑。背地里，我曾动过心思：要不离了算了？离了大家都清净。他走他的阳关道，我走我的独木桥，也让我好以小林姑娘的身份重新活一回。但反过头又想，丈夫是真心在乎我的呀，他是真心对我好，这我比谁都清楚。这年头，找个真心对你好的人是那么容易的么？想来想去，我还真舍不得离。估计丈夫也在这个问题上纠结着吧。

　　我承认，我是个非常自私的女人。一方面享受着角色扮演带来的欢喜和刺激，一方面又不愿承受由此带来的后果。我左右为难。加上心头对被怀疑、被冤屈的恼恨，我的心理严重失衡。对一般人来说，都是用"正确"来纠正"错误"而维持某种平衡。但个性使然，我的想法却与众不同。怎么不同呢？就是以错误来对错误制衡。不理解，是吗？那我给你打个比方，现在把我被恼恨充斥的内心比作一个天平，它一头被挂上了一个错误，它失衡了，对吧？若你在另一头挂上个"正确"，它们一正一负，只能互相抵消，又怎么可能平衡？这样一来，丈夫怀疑的那些没影的事，不就等于我不打自招了吗？对我来说，那岂不是更大的冤屈？所以，我要想达到平衡，只能在天平另一头挂上同等质量的"错误"，我内心大概就是这个情形吧。事后我总结，说到底，其实就是"不甘心"三个字。你想想，是不是这么回事？

不甘心——它可能是人心里头最黑暗的一丝光了。说它黑暗，是因为它总在一些特殊时刻，暗地里撺掇你、怂恿你，让你蠢蠢欲动却又不给你指明方向。说它是光，是因为它时不时地还给你那么一丁点希望。我的心里，已被这黑暗之光所笼罩，那些错误的露水也点点滴滴铺洒下来，当我意识到时，心底最幽暗的那块土壤里被一个玩笑所掩埋的种子——它发芽了！

后面的事情，我想就不用再多说了吧。前面聊了那么多，你人不笨哦，应该能厘清的。

最后我想说的是，背着老公来相亲，我可不是下作得想搞什么一夜情，但也不是婚外恋，那样的话，性质就完全变了。这应该是内心挣扎的一种反应吧。反正不管你怎么想，我就是这么想的。该怎么给它定义呢？之前我在自己难以确定的情况下，称它为"勾当"，现在就叫它"心灵迷途"好了。

今天我以最真实、最纯粹的状态面对你，其实也是在面对我自己。至于那个"从未有过的体验"嘛，我想自己现在已经达到了。是什么呢？大概就是这个了——以一种与众不同的方式，给别人讲讲我的故事。仅此而已。

吴然打车到公司取了车，再开车回到住处时，快午夜十二点了。

他没有丝毫困意。一种意犹未尽的感觉，让他总觉得今天还没有过完。

"你人不错哦，如果有机会，想听听你的故事。"临别时，林初音虽这么说，但两人都没有互留电话。

"今天的见面，恐怕你要在日记里写上好几页的吧……"

从回来进门的那刻起，吴然就觉得自己内心仿佛有了一种变化，具体是什么，又无从捕捉。想到林初音所说的"心灵迷途"与人心里的"黑暗之光"，他想自己也该是有的吧。当思维的视点落在林初音最后说的"不甘心"三个字上时，仿佛它们已然成了一把小铁锤，自己的心也变成了一颗核桃，放在水泥地上被一下一下敲打着。在那个"什么都好"的坚硬外壳下，内里的核桃仁，却是不情不愿，害怕被人品尝的僵木之态。想到这儿，他心里泛起一阵深深的痛楚。再想到六年前丽宝跟自己提出分手那天，她一定是窥破了什么却又说不清是什么吧。而多年以后的这晚，自己坐在这里遥远地想起她，想起当时心头隐隐对"被窥破"的惊悸与恼恨，自己竟然连起码的挽留之意都没有……那恋情的分量，她以一晚贞操的奉献作为回报，而自己轻轻松松之间，也接受得心安理得——好一个"心安理得"呀！

顿时，一股由懊悔、自责、失落及伤感交织而成的情绪，在心头犹如被打翻了一杯酸梅汤，泛起一阵阵复杂难言的酸楚，既冰凉彻骨，又痛彻心扉。

为此，他很想在日记里写点什么。

坐在灯下，打开日记本，刚要下笔时，猛然记起过去曾在某本书里看到的一句话，便把它工工整整写在了日记里：

"昨日种种，皆成今我，切莫思量，更莫哀；从今往后，怎么收获，怎么栽。"

（选自《朔方》2020年第7期）

沉浮

刘安邦

刘安邦（1948—），北京人。民革党员。短篇小说《沉浮》先后获石嘴山市第一届文学艺术评奖小说二等奖，宁夏第二届文学艺术奖短篇小说三等奖。1977年担任石炭井矿务局《矿工文艺》主编。

在煤矿工作的人都知道：皮带运输机由于落煤口、滚筒或所承受负荷等原因，转动时很容易造成皮带滑偏，致使皮带撕坏和煤炭落地。调整皮带平衡，目前还采用人工的方法，即维修工不断地跑前跑后，敲敲这，整整那，但这终究不是一个科学的、安全的方法。我的故事也就从这里开始。

办公楼门前的阳台上大清早放上了一块用彩色灯泡组成的大题："欢度元旦"。大楼两侧又用红纸刷出一些标语："以生产的优异成绩迎接抓纲治国的第二年！""迎接全国科学大会的召开！"确实给人们已步入新年的感觉。你看，每个人都是喜气洋洋的，也是忙忙碌碌的，见面总喜欢说："恭喜呀，又添了一岁啦。"

要说忙，还数矿上那些管事的领导。从早上七点半开始，矿长孙定修就把各区、队长，各职能部门的头头召集起来，由他主持一九七八年第一个生产调度会。会议开得很热烈，很紧张，十一点钟了，会议室里还在争吵不休。

奇怪的是会议室对面的大专栏前站着一个"闲"人，他胡子拉碴的，穿着一件旧工作服，背有点驼，四十开外。只见他把目光停留在专栏上那张《葫芦沟矿煤炭发展远景规划示意图》上，好像很仔细地观看着，一站就站了两个多钟头。要说他专心地看，也不尽然。他两只手插在裤兜里，屁股后面的裤兜里还鼓鼓囊囊地装着一大卷图纸，不时地把眼光从专栏上移开，瞟一眼会议室那扇关着的弹簧门。这扇门里不仅传出争吵声，而且开会者吐出的烟雾都从门缝向外冒。这人若有所思地摇摇头，看来他又像在等待什么。

突然，门开了。许多人都往外挤，就像掀开蒸笼盖捡出来的热馒头，凡是从他面前经过的人头上都冒着气，一股烟草味刺激着人们的鼻子，使人欲涕又止。他过去拉住一个开会人的衣袖问："散会啦？"

"早着呢。中场休息，出来解手。""那么，这会……"

"你有事？别等了，今天顾不了这些啦！"

不一会儿出来解手或喘气的人陆续又钻进屋里，那扇弹簧门又渐渐恢复了静止状态。这人用手挠挠头皮，目光又落在专栏的远景规划图上，看来他豁出去准备等到底啦。

他就是葫芦沟矿机电队工人任汉臣。熟悉他的人都知道，他的性格耿直、倔强，很少听说为什么事去求过人，更不会轻易去找领导。别看他貌不惊人，还是个矿业学院五八级的毕业生呢。过去他很有雄心，也有能力，决心为矿山机械化干出点名堂来。他曾搞过许多项重要的技术革新，有些还在煤炭系统推广采用，就是因为这脾气，特别是对某些做法看不惯，爱仗义执言。运动中，那些搞派性的人把局面搞混乱的时候他没少挨整，说他是"茅坑的石头——又臭又硬"，并且还以"不突出政治，搞技术第一，破坏革命秩序"的罪名，撤了他技术员的职称，下放机电队当工人。打这以后，他更不愿见人了。

在下放劳动的年月里，虽然每天干活很累，但是，由于他是靠边站的，开会、学习什么事也没有人通知他，使他赢得了"业余时间"。于是，他专心致志地琢磨了一项技术革新，皮带运输机很容易跑偏，手工维修总不是个长法。他在井下处理这些事故的时候还听说过一位维修工的衣袖卷进滚筒，把一只胳膊给轧掉了。这事件增强了他的责任感，此后，每天下班，他都钻在屋里看哪、想哪、写呀、划呀，结果采用一种先进的电子技术成功设计"皮带运输机微法遥控平衡装置"，既简便，又安全，还能减少几名维修工和运转工的工作量。前几年，搞技术便被说成技术挂帅，研究成果会被毁坏的，他就没敢拿出来。粉碎"四人帮"后，他曾经写了份报告，连同设计图纸一起交给矿上。谁知一压就是大半年，没人管，没人问，一气之下，任汉臣又把图纸要回来了。

去年下半年，任汉臣的老同学孙定修调回葫芦沟矿当矿长。他认为孙定修过去也是学矿山机电的，懂行，知道微波遥控皮带的平衡装置在这个矿上的实用价值，也会体察技术人员的辛苦，他心中确实高兴了一阵。但是，转念一想，他是矿长，自己却是普通工人，谁知道老同学的脑子里现在都装些啥呢？他犹豫了很久，把高兴劲儿在心中压下了。最近听说全国科学大会即将召开，许多同事、同学都在纷纷拿出自己的革新成果向大会献礼，任汉臣才怀着对老同学的一线希望，今天破例来找孙定修。

笃、笃、笃……一阵有节奏的皮鞋声从会议室方向传来。任汉臣不由得把目光从远景规划图上移开。

"哟，这不是汉臣吗？"任汉臣还没有认清对方是谁，一个清脆的声音传来。原来是位体态微胖，三十五六岁的妇女走过来。她穿着墨绿色的上衣，深隐格裤子，发式烫成蓬松的一卷一卷的波浪型，猛一看还像二十四五的大姑娘。

"这不是小殷吗？"真没有料到，任汉臣一时结巴得不知该说些好。

被称为小殷的倒很大方，先握住任汉臣的手，说："我一眼就认出是你。"

"你……什么时候调来的？"任汉臣红着脸问。

"一起呗。"小殷随便而调皮地回答。

"分配在哪儿？"

"办公室管文件。"

"噢，夫调妇随嘛。"

小殷爽朗地大笑起来。她打量着任汉臣说："几年不见，还是老样子。"

"工人嘛，就这样，一年三百六十天离不开工作服。"

小殷不好意思地把话岔开了，"怎么，有事吗？"

汉臣点点头。

"那干嘛老站在外面，走，先到定修的办公室坐坐。"热情的矿长夫人将任汉臣让进屋。

这是不大的房间，正面墙上领袖像两侧挂着两幅标语：加速矿山建设；提高机械化水平。标语下摆着一对兰绒套的沙发，写字台上放着一红一白两台电话机，靠窗的书柜里，马恩列斯、毛主席著作放了两排，排列成齐刷刷的一条线，好像没有动过似的。报刊架旁边还有个放暖瓶、杯子的茶几，房间布置得朴素、大方。汉臣坐在桌前的硬椅上，首先映入眼帘的是玻璃板下压着几篇报纸剪贴，《反对官僚主义，发扬民主作风》《认真落实党的知识分子政策》等，不错，老同学不愧是搞政治工作的，对形势发展很敏感。看到这些，任汉臣心里似乎踏实了些。

"喝水！"小殷将茶杯放在桌上。

"定修最近很忙吧？"

"可不是，管生产真是个苦差事。这个矿问题多，生产不平衡，任务老完不成，咳，按下葫芦漂起瓢，真难哪！"

"今天这会要开多久？"

"生产调度会，布置七八年的任务，难说。——怎么，你找定修？"

"有点事。"

"算了，有事也别找他了。"

汉臣心重猛地一缩："怎么？"

"今天是元旦，老同学几年没见，无论如何到我家去，有事以后讲。"小殷关切地说。

"不行，我这事憋了几年啦。"汉臣加重语气地说，"是件急事。"

"急事？！你咋不早说。好办，你等等。我把他叫出来。"小殷拿出秘书兼夫人的口气，颠儿颠儿地朝外走去。

望着小殷的背影，任汉臣想起第一次见到她的情景。一九六二年，任汉臣和孙定修从矿业学院毕业，分配到葫芦沟矿，他俩同住一个宿舍。一九六三年，孙定修的对象刚刚高中毕业，春节以前孙定修就请探亲假回老家结婚去了。

春节过后的一个星期天，趁宿舍没人打扰，任汉臣忙着设计参加工作后第一项技术革新方案。那天，任汉臣正伏在床板上写呀画的，突然孙定修和新婚的爱人一起推门进来了，定修拉着身边漂亮的媳妇说："玉玲，这就是任大哥。"

"任大哥。"玉玲腼腆地叫了一声。

这一声把任汉臣叫了个大红脸。他不好意思地望着这位新娘，毛围巾包着个圆墩墩、有些稚气的脸蛋，一双眼睛大而有神，上身穿黑底素花的棉袄，下身着蓝布棉裤，很合身，很顺眼，她一举一动都显示出刚毕业学生的那种充满幻想、聪明和青春光芒的表情来。任汉臣赶快接过小殷手里的提包往床上放，由于床板上摆满了纸啊、笔啊、书啊，这时他才意识到自己得找个地方，而把宿舍让给新婚的同学。

尽管任汉臣手头工作很忙，但他整整跑了一下午，找了一间已经没有人住的小地窑，收拾收拾就搬进去了。孙定修夫妇一再表示实在过意不去……

正在这时,孙定修推门进来打断了任汉臣的回忆。孙定修直言不讳地说:"哈,汉臣,你这个家伙怎么老躲着我呀?"

"这话怎么讲,我整天就呆在矿上,连窝也没挪。"

"为什么我到矿上半年多就没见你一面?"

"你太忙,不便打扰。"汉臣看着满面红光、微微发胖的孙定修说。

"忙是忙,老同学还是挂念的。怎么?家属还在……"

"都在农村。"

"你也太不应该了,只图自己清静,连家都不管,也得想个法子嘛。"孙定修语气里表示出责备和关心的感情。

"她土生土长,在农村也不错。她说,出来也过不惯,手脚闲不住。"任汉臣谈这些事是轻描淡写的。他转变话头问道:"听说你很忙?"

"矿上的事你还不清楚吗?不是驴不走,就是磨不转,驴走磨转了套绳又断。说实话,我真羡慕你们都能静下心来搞搞学问,钻研科学,而我,整天就缠在事务圈子里,也还是摆不平。"说着,递过一支过滤嘴香烟,汉臣摆摆手,他就叼在嘴里,用打火机把烟点着。过去他不会吸烟,现在右手两个指头已经熏得焦黄。

"定修,我有件事找你商量。"任汉臣等不及了。

"我知道,你是不轻易找上门的。一定是急事,说吧!"

汉臣从屁股后面取出一卷图纸摊在桌上,开门见山地说:"我搞了项革新,请你看看能否采用。"

孙定修微微皱皱眉头,但马上堆出笑容,道:"我以为什么急事,玉玲说把你憋了几年啦,原来是这个。"他一边吐着烟圈,一边伏在图纸上,嘴里轻轻地念着,"《皮带运输机微波遥控平衡装置》,不简单,老同学搞起电子技术来……"随后,孙定修转变了话题说:"汉臣哪,工作要做,个人的事也该考虑呀。"

"你先看看,提提意见。"

"我？……哈哈哈，不瞒你说，这些年已不吃这碗饭了，怕是提不出什么有用的意见。急什么，玉玲告诉我请老同学到家里去，今天是元旦，我们得喝几盅。"

任汉臣急忙站起来说："定修，这东西搁了几年也没人问，今天特意找你就为这事。我喝不了酒，不去，不去。"

"看看，你那股子劲又来了。我的心情你还不理解吗？老同学搞出来的东西更应该重视。可是，这是复杂的技术，一天两天也腾不出时间来。不当家不知柴米贵呀。"最后一句他把话音拖得长长的。

听了这话，任汉臣一时坐也不是，站也不是，又伸手准备把摊开的图纸卷起来。

孙定修可能觉得自己的话太使同学失望了，又转口说："这样，汉臣，你先等一等，我先把生产调度会开完，再来商量。怎么样？"

孙定修出去后，先找殷玉玲耳语了一阵，只听殷玉玲气恼地扭动着肩膀："半路杀出个程咬金，真烦人。"

"这是同学关系，你就去一趟。"

"我不去！"

据说能调动千军万马的将军，却指挥不动身边的老婆，这也是常有的事。只见孙定修无可奈何地走进会议室去。

任汉臣独自在矿长办公室坐了一会儿，越坐越觉得闷，想走又觉得定修已经说"再来商量"，不走又觉得实在受不了，就好像把他密封在一个罐头盒里一样，他闷得受不住了，把图纸往屁股后面的裤兜里一塞，推门出来又在《葫芦沟远景规划图》前徘徊。这时，只听见会议室里高一句、低一句地争吵着，任汉臣不由自主地向那声音传来的地方踱去。

"矿长，你是专业出身的。咱们采区运输条件不解决，综合机组上不去，开会就压给我们三十五万吨，我们总不能用手去抠吧？"

"设备问题有待以后研究。今天会议定的任务必须接受，要知道。今年是抓

石嘴山市城市文学丛书（小说卷）

纲治国重要一年，不然生产不平衡，产量上不去，我们怎么给上边交待？"这是孙定修的声音。

"整天任务啊，平衡啊……矿领导的态度是'打眼放炮抬溜子，完不成任务打屁股'，我们有什么办法？"

"就这样定了。你们也不要找我的麻烦。不管采用什么方法，把煤挖出来就成。"

…………

屋里传出的每一句话都像重锤一样敲在任汉臣的心上，难道区长的意见就白提了吗？难道用这样的领导方法来提高煤炭产量，保证生产平衡吗？看着那扇往外挤烟的弹簧门，他似乎觉得比坐在蒸笼似的房里还难受。如果说他刚才是抱着一线希望而来，现在这一线希望也化为泡影了。还有什么等待的必要呢？等待下去还有什么结果呢？矿长对滚在生产第一线的区长们也只是压任务，不解决问题，怕给自己添麻烦，我还……咳，孙定修两口那热乎乎的关怀的话语，能有几分真实的价值呢？任汉臣猛然觉得自己又受骗上当了。不，这不仅是上当受骗，对他这轻易不求人的人，简直是被玩弄、戏耍了一番。他觉得人格上受到莫大的侮辱。他很气愤，冲出办公大楼头也不回地疾走。冬天的寒风从山口吹进矿区，卷着煤粉和沙土向人们的身上抛撒着，向任汉臣那蓬乱的头发上抛撒着。

一盏四十瓦的灯的光，在这间墙壁斑驳的小地窑里显得昏暗。但能看清靠墙角放着一个用两根柱帽钉在一起的小桌案。桌上除了书籍，还有一个以罐头瓶来饮水的茶杯和一个铝制的饭盒，下面放着脸盆、水桶等物。门口右侧一个砖砌的火炉连接着半截火墙，一口皮箱摆在床头。任汉臣就躺在床上，胸脯一起一伏，眼睛盯着房顶，一动也不动。他的脑海里涌起了一层层汹涌的波浪。

自从把房间让给新婚的孙定修夫妇，十几年来就没有挪过窝。他从不计较个人的得失和生活条件的好坏，更不会为这些事情去奔波。他有理想，有抱负，脚踏实地把自己一切知识和才能献给祖国的煤炭事业。对于孙定修此人，他是很了解的。孙定修不是没有理想的，只是他那夸夸其谈和漂浮的思想作风，使他在学校中的知识基础就没有打牢固，而又渴望出人头地。走上社会，他想干一番名堂出来，但志大才疏，连最起码的技术难题都解决不了。别说与品学兼优的任汉臣比，就是与一同分配来的其他同学相比，也逊色得多。那时工人看见在机器旁转来转去而提不出具体办法的孙定修，很看不惯，背后戳着他的脊梁骨说："这号大学生当官没命，干活没劲——废材。"孙定修感到自己搞技术没有前途，不是出路，于是，他观察辨别风向，想在政治上找条出路了。没几年工夫，孙定修当真"发"了。

记得孙定修娶了殷玉玲回来，看汉臣搬到小地窖住，曾多次去表示歉意，就在探望汉臣的过程中，发现他正搞一项技术革新，而且已接近尾声。定修灵机一动，主动提出与之合作。俗话说：出门在外，同学朋友胜过亲兄弟。既然孙定修有为矿山机电技术钻研的决心，汉臣也欣然同意了。待到技术科举行革新成果汇报会时，需要他们去发言介绍，汉臣说啥也不去干那种赶着鸭子上架的活，就推给了孙定修。孙定修真本事没多少，但嘴头上还有功夫，也早看准这个不可多得的机会。汇报会上，他摘取毛主席的《实践论》上的只言片语，把这项革新绘声绘色地讲了一通，那时正时兴"带着问题学，活学活用"，于是他被评为"活学活用"的积极分子；当时真有不少人以为这个革新项目主要是他搞出来的呢。孙定修压抑住得意洋洋的神色，表现得异常谦虚。自此以后，领导和群众改变了对他的看法，并在技术人员座谈会上请他讲了几次学习毛主席著作的心得。而任汉臣却对抛头露面的事无动于衷。孙定修从同学的身上和自己从前的处境中得出一条结论，"诚实——无用的别名"。从此，他就以此作为自我奋斗的信条了。

打那以后，孙定修精神焕发，面貌大变，决心要大干一番。几年中，他当真平步青云了：他曾先后被选为活学活用毛主席著作的积极分子，理论骨干，"社教"中入了党，又当了宣传科副科长。有一次，敦厚的汉臣不理解地问他："定修，你丢掉专业不觉得可惜吗？"孙定修嘴角掠过一丝讥讽的笑容，说："汉臣哪，你也太死心眼了,这是政治形势对我们的要求哇。"汉臣听了不顺耳,但还是谅解他:人各有志,何必强拗呢?他有他的理想和抱负,我不应该去阻拦他。

这期间孙定修在同各种集团和社会势力的关系上都处理得得心应手。

当然,在"干出一番名堂来"的道路上,孙定修不是没栽过跟头,也有摆不平的时候。

运动中,他揣测了许久,终于表态支持了所谓"造反"派,并以领导干部的身份结合到矿革委会领导班子里来。他是学机电的,分工抓机电,这时他感到肩头压力很大,在能力上,能吃几碗干饭自己肚皮里有数。他曾三顾茅庐,请任汉臣协助他工作,并准备晋言提拔他为矿机电工程师,进技术科担任领导工作。谁知话刚出口,竟把汉臣惹恼了。任汉臣决不进领导班子里去。孙定修认为世人谁不为名、利所诱,给点甜头,他就不会再恼了。于是他采纳了汉臣一项技术革新。最使他挠头的是与"造反"派之间掌握关系上的平衡。他时时提心吊胆,怕伤了他们的"感情"。没想到问题就出在采纳了汉臣一项技术革新上,在批"专家路线""技术挂帅"的时候,他竟然成为对象,这平衡的荡板变得不平衡了。他哭过、喊过,揭发过任汉臣的"罪行",经过反戈一击,总算站住了脚跟。然而,倒霉的任汉臣背后又让人捅了一刀,技术员的职务也被莫名其妙地撤掉了,下放机电队当工人。

事物总是千变万化的,特别是在各种政治派别的斗争风云变幻的激烈时刻。不久,掌权的这一派又被另一派撵下台,孙定修又以受过"批判",用受迫害干部的身份出来控诉被撵下台的一派,获得了信任。他不仅官复原职,又晋升了一级,以后又经过一番调动,等到再回葫芦沟矿的时候,便是眼下的矿长了。

任汉臣总是怀着善良的愿望相信老同学会变好的。谁知今天又碰了壁。他回家躺在床板上,翻来复去,心里隐隐作痛,叹道:"这样的人怎么还在领导岗位上?"突然,他把目光落到枕边的一本《煤炭科技动态》上,这本刊物是煤炭设计院出版的。他灵机一动，心里定了："对！此处不识货，自有识货人。"他一骨碌从床上爬起来，在桌上铺开一张纸，立即给煤炭设计院写了封信，声言只要对生产有利，谁来用都行。第二天，将图纸也寄去了。

山花烂漫的季节，传来了全国科学大会胜利召开的喜讯，这喜讯像长了翅膀，也飞到地球深处，立志为"四化"而献身的人们都沉浸在无比欢乐之中。

此时，也有人在苦恼，孙定修正在苦恼。苦恼的是矿上运输条件和煤炭生产的矛盾越来越尖锐、突出，直接影响到出煤。正如那次会议上一位区长提出的意见，现在打屁股也来不及。生产出现了严重不平衡状态，好像机器设备也处处和孙定修作对似的。他苦思冥想，采取了两种措施：第一，组织全体机电工人下井搞维修大会战；第二，去煤炭设计院请求他们在技术上帮助解决燃眉之急。

这天，孙定修倚在办公室的窗台上，盯着天轮是不是在转，听着绞车是不是在响，估摸着煤炭是不是在出。这时，通讯员送进一份电报。哎呀，还是贺电。贺电这样写着："葫芦沟煤矿，在接到你们提出请求帮助的来信之前，你矿一名工人已将此问题解决，特此向你矿祝贺。这位工人叫任汉臣，提供的革新项目《皮带运输机微波遥控平衡装置》经我院审查、鉴定，已达到国内先进技术水平，很有实用价值。建议你矿创造条件，让这位同志专心地搞技术工作，并希望将革新立即投入试验，试验结果告诉我院，以便在全国煤炭系统推广。资料随后寄去。"当他看完贺电，僵直地站了许久，随后啪的一声将帽子掼到桌面上。他不是生气，而是懊悔，懊悔这项不得不搞的革新正是他曾经拒绝过的。他用手拍着额角，自言自语："糊涂啊糊涂，后悔啊后悔！这样一来，干部、工人之间又会对我产生什么看法呢？"得争取主动，不能坐失良机。他心里直埋怨自己：咳，现在是啥时候，科学大会刚开过呀。我的政治嗅觉到哪里去了，太不敏感了。他又从沙发上跳起来，在室内来回踱步，心中盘算：电报是发到矿上的，任汉臣本人还不知结局如何。何况，当初我并没有矢口拒绝呀。对！还是老办法，以同学间的友谊和关怀，建议他来搞这项革新试验。他立即扑向电话机，抓起电话打给机电队。

对方说："机电队全体都在运输机旁整修皮带。"孙定修抬腕一看手表，十二点过五分，又问到："该下班了，任汉臣还没回来吗？"

对方说："可能到食堂吃午饭去了。"

孙定修放下电话，抓起帽子就走出了房间。

工人同志对孙定修走进食堂都感到莫名其妙，因为矿长是从来不光顾工人食堂的。孙定修伏身问一位正在大嚼烤饼的工人，那工人说："任师傅还在修理机头减速箱内轮呢。"

孙定修又往井口走去。井口的风夹着煤粉直往外冲。站在深不见底的井口，穿着一身干净的中山服，孙定修又犹豫起来。他抬腕又看了看表，时针指着十二点半。好吧，就在这里等一等。

大约一点钟光景，任汉臣拖着疲倦的身体走出井口，往食堂方向走。突然，老远就听到有人叫他。抬头一看，咦，是孙定修。他找我有什么事？

孙定修笑容可掬地走来。他也不顾任汉臣又黑又油的双手，紧紧抓住说："我的老同学，你也应该注意身休呀，看你这身体都能做油炸排骨丁。"

任汉臣感到很诧异，一时猜不透对方的心思，没有言声。只听得孙定修又说："快去洗洗澡，然后到我家去吃饭。"

又是老一套，任汉臣厌恶地抽回手来，说："皮带运输机正在大检修，我没工夫去。"

"嗨嗨，不用你去检修了。我告诉你，党委研究恢复你的技术职称，调技术科。这还是上次我在会上建议的，最近忙，没顾得上告诉你。你知道吗，全国科学大会以后，厂里技术员的使用问题又要重新复查一遍。首先把你的问题解决。以后一个一个地落实。哈哈哈！"孙定修喋喋不休地说着。

任汉臣还是不信任地看着他，摇摇头说："现在机电队正在火候上，把我调出这不是釜底抽薪吗？"

"你别担心这些问题。现在党委决心很大，不是小打小闹了，要大干，技术上大干一番，矿里决定采纳你的革新装置意见，认为很有实用价值，要彻底改造皮带运输机。由你打头，配备一定的技术力量，你看怎样？"

任汉臣终于摸到孙定修的一点脉搏了。他心头掠过一阵惊喜：我的设计真的要复活了。但他又有些迷茫，这项革新孙定修没有看过，矿上也一直没有人注意，怎么会突然作出决定，这不是太草率了吗？万一他的设计中出现了差错给生产带来损失咋办？他心头又浮上一些不安。

正在这时，一位十八九岁的小伙子跑来，喊道："任师博，你的电报。"

任汉臣急忙接过电报看起来。

孙定修一旁关心地问："是不是家属要来矿上？那好哇，我给行政科去个电话，给你安排一间像样的房间。王宝钏住寒窑十八载，你住小地窑的时间同她差不多了。"他边说边观察任汉臣的表情，怎么了？脸色越变越难看，他情不自禁地说："是不是你小孩有病了？给工会写个申请，先补助几十块钱，困难补助嘛，就是救急不救贫。"

只见任汉臣把电报叠起来，脸上恢复了平静，语言锋利地质问："孙矿长，我现在还不明白，叫我搞这项试验是你的决定，还是上面？"

"那当然是矿上的决定，一个月以前就研究了。"

"一个月以前？"汉臣微微冷笑了一下，"可是你并没有看过这项革新报告啊！"

"我完全相信同学的才能。"

"当初你也并不热心这项试验。"

"不要误会，我一向是比较关心老同学的，上次工作忙，有点不周之处，汉臣，你还不该谅解吗？"

"我是不能谅解了！"任汉臣忍无可忍，"我以为，你没必要再搞那种假惺惺的关怀和虚伪的平衡了,我不需要官场上的那一套。"

"汉臣,你这话是什么意思?"孙定修欲怒而又强带笑脸。

"你看看这个。"任汉臣递过电报。

这又是一份贺电,是煤炭设计院发给任汉臣的。电报祝贺他在煤炭机械化事业中的一大贡献,告诉他已去电葫芦沟矿,建议将这项革新立即投入试验。此外还有关怀鼓励云云。

孙定修捧着电报,脸上红一阵、白一阵,变得阴阳莫测了。看完电报,他也不敢正视任汉臣那喷着闪电火光的眼睛。

(选自短篇小说集《煤海奔腾》,宁夏人民出版社,1979年)

乾天剑

刘瑞霞

刘瑞霞（1939—），女，河北滦南人。1967年来到宁夏。先后在石嘴山市标准件厂、市经委工业供销公司工作，1986年退休。1993年开始写作。著有长篇章回历史小说《乾天剑》。现居石嘴山市。

《乾天剑》是一部长篇历史小说，全书共一百二十回。讲的是北宋神宗赵顼在熙宁年间所发生的一件翻天覆地的大事件。

丞相沈恒威私通外国，阴谋篡位，迷惑天子，残害忠良，惧怕手握兵权的元帅曹克让，千方百计害他一死，终于用莫须有的罪名将他全家问罪，满门抄斩。曹老夫人为救儿子惨死。长子曹贞仓皇出逃，隐姓埋名，发奋读书，大比之年，独占鳌头，夺得状元。次子曹宝，武艺绝伦，常年随父镇守边关保安城，拒捕外逃，后与青峰山女寨主暴彩文结亲，隐居山中，招兵买马，聚草囤粮，早就看透沈恒威的阴谋，准备救驾辩冤。曹克让被好友替死，得活命，遂隐居山林。此案也连累了几位大臣，刑部文颜达本是京官，与曹家乃儿女亲家，被贬贵州；督察院赵英为保本不成，骂了沈恒威，被全家问斩，幼子赵飞龙因在邻居家玩耍，躲过一劫。

沈恒威蓄谋造反，满朝文武都看得清楚，只有天子被蒙在鼓里。沈恒威勾结保龙山僧众，许以重爵。这些恶僧俱是民间犯科作恶又有满身武艺的强盗，惧罪逃在庙里出家。假借以观景为名诓骗天子去保龙山降香，乘机弑君。保龙山敕建慧觉寺，多年前由沈恒威亲自监督建造，地下多有明堡暗道，直通寺外，早为篡位做好准备。

赵飞龙在他全家遇难时只有十一岁。他被邻居救下，不想被高人带回高山学艺，只学得十八般武艺样样精通，师傅告诉他，沈恒威弑君之日便是他出世之时。多年后，赵飞龙武艺学成，师傅让他下山救驾。他一路行来，遇上多少不平事，专打抱不平，救了不少受难之人，到后来保龙山救驾，大显身手，立下大功，得以封官封侯。

再说红泥关总兵梁洪乃杀人不眨眼的恶魔，尤其是好色成性。一次郊游偶遇王崇女儿生得美貌，派人说媒，王家不允，便强抢到手，王家不敢惹，只有隐忍，梁洪用这样的方法不知祸害了多少良家女子。有一次又看上了教书先生之女苗月仙，用欺瞒之法骗到府中，强逼成婚，姑娘不允，受尽了折磨。梁洪之妹梁紫燕乃名师之徒，武艺超群，且有一腔侠肝义胆，得知消息搭救姑娘不成与哥哥反目，眼看就要动起手来，被军士劝解后与月仙姑娘离家出走，过起了飘荡的生活。一路上访得人间不平事，处处都要插手，又杀了不少为非作歹的恶霸，一路行侠仗义，救人于水火之中，后隐居汴梁城，在保龙山风云大会，立了大功。

董宛香与梁紫燕乃一师之徒，梁洪要娶董宛香，无奈与表兄私奔后因救驾有功被封为将军，随军西征。马氏弟兄因与邻居纠纷，大开杀戒，报仇雪恨后无路可走，投奔青峰山与暴虎兄妹合伙伺机救驾。花朵一兄妹被诬陷偷盗，落得家破人亡，无家可归，投奔青峰山入伙。曹克让的儿女亲家文颜达因受牵连，被贬，女儿文玉双在御花城打死沈恒威之子沈学元，闯下大祸，无奈文颜达携女儿逃到青峰山。由于各路英雄的聚集，青峰山已有两万人马，只练得兵强马壮，粮草充足，准备为曹家报仇。

为万岁观景一事，朝中着实引起了一番争议，保皇派坚决不同意，以刘娘娘为首的大臣们知其阴谋，百般阻拦，也拗不过沈丞相与天子的决心，无奈刘娘娘举荐赵普保驾。保龙山恶僧为杀天子，苦心设计多年，山前做成鱼龙变化美景，一个大水池蓄满水，有一龙头伸出水面，喷云吐雾，一会儿缩入水中，顷刻一条大鲤鱼跃出水面，摇头摆尾戏耍一阵，场景甚是好看，招揽了许多游人。山后有一眼泉，冒出清水，喝一口感到清凉无比，传言是圣水，能治百病，方圆几百里的百姓都来这里讨圣水回家治病去，保龙山圣水一时轰动全国。观景的、讨圣水的百姓络绎不绝，挤得里三层外三层。恶僧大肆宣传喝一口圣水疾病立消，用圣水洗一洗眼睛立刻明亮，看物清楚，若能得到一杯圣水，如获至宝。

青峰山众位英雄商议保驾之事，命人探得保龙山东南有一葫芦峪，葫芦峪旁有一个山头不甚高，把人马埋伏在葫芦峪中。众位英雄随身暗藏兵器，文大人手持令旗站在山头之上，准备发号施令。若沈恒威没有弑君之意，大家按兵不动只作观景、玩耍。任杰、董宛香夫妇扮作游人紧随官兵左右，一有动静便朝天射箭，葫芦峪中的喽啰兵便一齐杀出，分派已毕。三月初，众人先后下山。探得保驾人有驸马、状元郑贞、恒觉、张全忠。恒觉乃沈恒威心腹，明是保驾，暗助沈恒威。张全忠带领一千御林军保驾，受刘娘娘密嘱加着十二分小心。沈恒威又勾结桃花寨大寨主褚天标，此人有万夫不当之勇，又有寺内恶僧为首的达摩、法戒、普静三人最为厉害。到了那日，众僧迎接万岁，待君臣观景兴浓时普静回头看了一眼沈恒威。沈恒威会意点头应允，只见三个恶僧同时发难，暗暗发出了信号，只听仓啷啷一声响同时亮出兵刃。法戒手使大刀砍向万岁，万岁躲过，不想大刀砍在姣妃肩上，她一声尖叫，血流如注。众人一看大吃一惊，个个都吓得目瞪口呆，再也无心观景。

张全忠一见，抖长枪奔法戒心窝扎去，法戒躲过，又一刀向万岁砍去，万岁闪开，法戒只得撤回刀敌住张全忠，二人战在一处。普静见法戒未砍中圣上，手使铁铲直奔万岁，驸马架住铁铲，二人大战。乾天剑所到之处，人头乱滚。恒觉本就与沈恒威是一伙，嘴上大叫捉拿刺客，实际不动真的，只是虚张声势。郑贞确是真的着了急，搀着万岁想到安全的地方躲避，姣妃紧随其后，转眼被人群冲散。全寺五百僧众都亮出兵器与官兵大战，褚天标得了消息率五千喽啰兵杀奔庙内与保驾的各路英雄战在一起。再看恒觉，起初龟缩不前，躲在人后，看看僧众越杀越勇，又有桃花寨喽啰兵相助，官兵被杀死大半，心想：今日之事定能成功！干脆撕下伪装的画皮，反戈一击，与张全忠、驸马战在一起，护驾的军士无不惊骇，至此方才明白恒觉与叛军是一伙。

张全忠与驸马拼死厮杀，僧人仗着人多势众，越杀越勇。此时，郑贞已保着万岁躲到了钟鼓楼上。此处地势最高，可俯瞰全寺，万岁战战兢兢地看着他们厮杀。达摩见张全忠甚是骁勇，力敌数人而不惧，瞅准时机，在张全忠不能分神之时，一刀狠狠砍向张全忠的腹部，刀尖刺进半尺多长。张全忠不曾防备遭此暗算，受了重伤，只见他打马提缰窜出圈外，撕下战袍将流出的肠子兜住，继续奋战。无奈身受多处重伤，血流遍体，又盘肠大战杀死了六个僧人，渐渐体力不支，被普静和尚一铁铲铲为两段，尸首栽于马下。

万岁在钟鼓楼上看得清楚，只吓得面无人色。张全忠战死，驸马和残存的御林军难以抵挡，眼看就要杀到钟鼓楼上。叛军嘴里喊着：捉拿大宋天子，休要走了昏君！万岁惊慌失措，只当必死无疑。正在这千钧一发之际，西南山上杀出一支人马，暴彩文率青峰山喽啰兵前来救驾，葫芦峪上的文大人手执令旗指挥众将如潮水般地涌向保龙山，将恶僧团团围住。青峰山的英雄从天而降，暴彩文一马当先，大刀如砍瓜切菜一般，只杀得尸骨成堆，血流成河。状元郑贞护在天子左右，不住安慰。天子凭栏一看，好好的一个观景圣地，转眼变成了杀人战场，真是一场好杀，一场恶战。只见救驾之人越来越多，兰素艳、赵飞龙、任杰、董宛香、梁紫燕闻知消息都来救驾。

沈恒威一看害了怕，满以为一举成功，不承想来了这许多救驾之人，见大势已去，要想取胜万难，偷偷从暗道仓皇逃跑。恒觉见大事不妙，急忙逃跑，路上被乱军杀死。保龙山众僧被救驾的英雄杀了个精光，褚天标带残兵败将逃回桃花寨。

神宗天子余怒未消，下旨放火烧山，霎时火光冲天将偌大的宝龙山、慧觉寺烧成了一片焦土。宋天子班师回朝，大封功臣，暴彩文封兵马大元帅，将张全忠灵柩运回朝封为忠烈公，子孙世代为公卿，其余众将封将军。天子追悔莫及，对曹克让抚恤、赠匾，加官进爵。命暴彩文带兵讨伐桃花寨，活捉褚天标及其余叛臣，审问得知沈恒威逃亡西夏。所有叛党俱抄家灭族。发檄文到西夏索要叛臣沈恒威，西夏不给，又引起了两国战争，便命暴彩文挂帅西征。

暴彩文率三十万大军来到保安城与西夏的困龙城对峙。困龙城守将托拉那、胡赖沙蛇边口一战，摆一字长蛇阵，被暴彩文攻破夺取了困龙城，将名将谢登峰斩于马下，战败了石远，石滚阵亡。

大军到了朱雀关。守将周文字炳伦，他有一女名周美娟，自幼与欧阳朴之子欧阳洛天订了娃娃亲。暴彩文攻打朱雀关时，正好欧阳洛天来入赘，被宋军擒住，家中情况问得详细，由梁紫燕化妆冒充欧阳洛天打进朱雀关内部，里应外合。宋军围困朱雀关，里无粮草、外无救兵，用了调虎离山之计，得了朱雀关，周总兵自刎而死。

下面便是西夏国的武英关，离朱雀关最近的守将郑天豹，爱说过头话，有勇无谋。手下战将三十余人，有八万人马，因城垣坚固，急切不能攻下。武英关西北便是西峰口，守将江风派偏将扎木尔率雄兵两万来解武英关之危。大军行至离关二十里，被赵飞龙和梁紫燕伏兵击败，两万人马死伤大半。战场上郑天豹被暴

石嘴山市城市文学丛书（小说卷）

彩文劈死，五虎之将也陆续被宋军击杀。暴彩文率众攻破了武英关，准备进攻西峰口。西峰口守将江风早得消息，大战十几天互有胜负，急切不得攻下。正在为难时，不想因主帅的妻妾争风吃醋，引发杀机，杀夫献关投降，西峰口唾手可得。下面宋军围困牧虎关，守将波利那罕是一庸才，哪堪一击？若牧虎关失守，危及兴庆府，于是西夏国调雅尔翠玲增援。

雅尔翠玲惯使邪术，只有宋室的乾天剑才能破她。暴彩文命曹宝回朝调取乾天剑，不承想乾天剑被盗，天子大怒，命刑部文颜达一月之内必破此案。文大人领了圣旨不敢怠慢，从哪里下手呢？着实费了些周折，他化作账房先生茶馆、酒肆到处私访，最后在城隍庙里找到了线索。书中暗表，在保龙山救驾时有一人也在其中，他不救驾，倒愿反叛者得手，他在一旁看热闹，饱看了叛乱全景，他发现有一救驾之人手中宝剑非常出奇，可称绝世奇宝。他问了别人，得知此人是驸马，暗记心中，想盗此宝剑，事后多次到驸马府踩点，后得知此剑不是驸马的而是皇上的，已被收回这才去皇宫盗剑。此人便是季鹏飞，绰号"钱八郎"人称"穿云燕"，此人武功十分了得，全家被害，只逃得独苗，所以记恨皇帝，盗得宝剑后被好友王青人前露了端倪。曹宝这才下江南追捕穿云燕，几次被他打中毒镖，抓获穿云燕后却找不到宝剑。其实剑被乞丐方仲取走，当街卖与毕三儿。为争风吃醋，毕三儿被齐石头杀死。齐石头得了宝剑，向万岁进宝求官，这才物归原主。曹宝得了宝剑急回阵前，破了镜花夫人的妖法。

提起镜花夫人雅尔翠玲，大宋及西夏无人不知无人不晓，此妇长得奇丑无比，但英勇无敌，更有邪术在身，练就得金钟罩、铁布衫，当年围困保安城，大宋元帅也曾被她打得落花流水，只有她才能保住牧虎关。西夏狼主封她为大元帅领兵十万，来解牧虎关之危。雅尔翠玲有一养子，乃大宋元帅曹克让的长孙。因战乱儿媳战争中生子藏于庙中，被她捡去，抚养成人，习得一身好武艺。由于此子倒反番营，破她妖法，破了牧虎关，雅尔翠玲远遁。

炮响三声，拔营起寨，不几日便到了金汤关，离城十里安营扎寨，下了战书。金汤关守将鲍世权与增援二路的元帅李敖早有准备。因鲍世权有两女被俘，为救两个女儿，才倒反番营投诚。宋军得了金汤关，出榜安民，对百姓秋毫无犯。大军直指夏州城，夏州守将金连瑞正因宋军压境，每日愁眉不展，忽听狼主发救兵，喜上眉梢。听得石远二次出山，起倾国之兵二十万，来保夏州城。金连瑞与石远，吃了败仗，西夏二次再调二殿下合泽，平了冤狱，征集人马九万，挑选当年部将五十名，日夜兼程来到夏州。战场上二殿下无人可敌，不想遇上恩人若花，暴元帅设计擒住合泽，假冒番兵骗开城门，取了夏州。西夏狼主一看大势已去，只得写了降书，顺表投降大宋并将叛臣沈恒威打入木笼囚车押回大宋。宋天子大怒下旨将沈恒威凌迟处死，这才平定西夏，奏凯还朝，女英雄功成退隐。

（选自《大武口文艺》2021年第4期）

好事多谋

齐宝库

齐宝库（1947—），辽宁沈阳人。宁夏作家协会会员。1979年开始文学创作。代表作有长篇小说《大山作证》和短篇小说《紧急提案》（获宁夏文学艺术评奖三等奖）。

　　许是儿女们都不在身边闲暇太闷的缘故，张美华十分渴望得到一只毛头毛脸毛鼻子毛眼浑身毛茸茸白雪球似的狮子狗。

　　可是，她不知怎样才能弄到它，这东西是没处买的，张口求人也许极易办到，但是她又不敢。她丈夫当初曾与她约法三章，其中有一条便是不许以任何借口向任何人索取任何哪怕微不足道的东西。

　　她的丈夫是 M 市的市长。

　　但是，她就是想得到这样一只狗。她确实想了很长时间，也没能想出一只来。后来，有一天，便在闲聊天时无意地向她最好的亲如姊妹一般的好朋友戈燕道出了这番心事。"你能不能帮我弄到一只小狮子狗，白色的？"说完，她有些后悔。这样做是不是有违丈夫的约法三章呢？戈燕与自己再好，也是属于"任何人"之列。她犹豫着，刚想说"算了，不麻烦你了"时，戈燕却已爽快地应承下来。"不就是一只狮子狗嘛，过两天我给你送一只来。"

"哎，戈燕，要是不好弄的话就算了。"张美华叮嘱道。她知道戈燕办事喜欢张扬，真要是为这点事让人都知道市长夫人喜欢玩狗，影响毕竟不是太好——虽说现在不会有人上纲说这是资产阶级作风。

"咳，不就是一只狗嘛，好办，过两天我一定给你送来。你放心，到时候你们老头子要是问起的话，我就说我们家的狗下了一窝狗崽，送给你的。"知道张美华的老头子十分呆板，先打消了她的后顾之忧。

于是，这段狗的话题便到此结束，两人后来又扯了些别的什么事，戈燕告辞回家。张美华也并未把这回事放在心上。至于狮子狗嘛，能得到更好，得不到也不会得脑神经衰弱。

戈燕也没把这当成是一件多么了不起的大事：不就是一只狮子狗嘛，让丈夫去讨一只来也就是了。在她的眼里，别说狮子狗了，就是狮子大象，丈夫也讨得来的，只要他嘴皮肯动一下。

戈燕的丈夫是 M 市的公安局局长。

第三天一早，丈夫刚出门上班的时候，戈燕猛地想起这件事，急忙追出去喊住丈夫："喂，老杨，今天想着给我弄回一只狗来。"

"什么狗？"老杨停住车子问。

"就是那种狮子狗，要白色的。"戈燕说着，比画着，也就是尺把大小的那种。

"要那玩意干啥？"老杨吼了一句，没再理会，抬腿上车，猛一蹬，车子飞驰而去。他今天很忙，有个案子等着他去处理。在车上，他还自言自语地嘟囔着："这熊娘们，整天也不知哪有那么多的事！"

"别忘了晚上给我带回来，啊！"戈燕冲着他的背影又叮嘱一句，之后，也上班去了。

晚饭后，夫妻俩正看电视，大概是电视画面上出现了狗的镜头的缘故，戈燕又想起了那件事，便问丈夫："哎，我让你弄的狗呢？"

"什么狗？"老杨确实把这事忘光了。

"狮子狗啊，白色的。"

"啊，要那玩意干啥？"老杨专注地看着电视，仍未把它放在心上。

"人家的事你总是不放在心上！"戈燕气了，走过去，啪的关掉电视，横眉竖眼说："你到底给不给人家弄？"

"唉，告诉你不要给我揽事你就是不听！这又是给谁办的？"老杨的语气缓和下来，否则的话，今天晚上就甭得消停。

"张姐。人家张姐还能求咱们什么事！明天一定给办喽，啊？"戈燕也有所缓和。

既然是张姐所求，就另当别论了。"得得，别絮絮叨叨的，明天叫小李帮着弄一只就是了。"老杨懒懒地说。娘们家的事不值得上心，可不上心又不行，这些事他往往让手下的小李去干。小李年轻，腿勤，路子也广。

"嗯，这还差不多！"戈燕表扬他一句，又捧着他给了一个长吻，说了句"早点睡啊"，便进屋先躺下了。

老杨乐了：这是戈燕给予他破例的恩赐。不知为啥，戈燕对夫妻生活逐渐冷漠起来，老杨说她是"性冷淡"，戈燕却说："谁像你，干这种事比干工作还卖力气！"只有在她高兴时，也就是现在这种情况下，老杨知道，她又开恩了。

第二天，老杨再不敢掉以轻心，一上班，就把小李叫来，叮嘱他想法弄一只狮子狗，要白色的。能要就要，实在要不来咱们出钱买也行。

小李说："好！"骑上车子就走了。对于领导布置的任务，他从来都是认真执行的，并且从不多问一问。他知道，有些事领导是不便把什么都说给他的，尤其是这种私事。

胡惠两天没来上班了。

她太老实,上了班就独自坐在打字室里,有了活便干,没活也绝不东走西窜,因此,她的来与不来是没人能注意到的。今天,只是因为戈燕想问问她下个月——也就是文明礼貌月的活动计划打出来没有,这才发现她没来上班。

"她请假了吗?"戈燕问秘书。

"昨天她老头子不是送来一张请假条吗?说是叫狗咬了。"秘书说。

"是吗?"戈燕拍拍脑袋,觉得似乎曾经有过这码子事,一找,果然在台历下压着那张假条。

当天下班后戈燕去看胡惠,果然发现她是叫狗咬了。戈燕仔细察看了伤口,两排犬牙印清晰地刻在那略有红肿的腿肚上。"你是怎么叫狗咬的?"戈燕问。

"前天晚上,我看完电影回来,走到胡同口的时候,不知从哪儿冷不丁窜出一条狗来……"胡惠说。

"谁家的狗?"

"不知道。"

"你报告派出所了吗?"

"报告了,派出所的人说也没办法。"

"简直不像话!"戈燕有些气了。狗的猖獗已经影响到人的生命安全,而且又没人管束、处理,长期下去,不知还要造成什么恶果!"这样吧。"戈燕说,"你现在就写个材料交给我,咱们妇联负责出面和有关部门交涉一下。"

狮子狗总算有了点线索。

这个市本也不大,市区人口不足五万,是前几年由一个县升格变为市的。小李对于全市的每个角落可以说是了如指掌,闭着眼睛也可以摸到那最偏僻的角落。可是,为了这只狮子狗,他却作难了。

石嘴山市城市文学丛书（小说卷）

在他的大脑记忆里，从不曾留下过谁家有这种狮子狗的印象。两天来，他跑遍了全市的大街小巷，查访了一切可以查访的家庭院落，全市的狗虽说不少，却没能找到这种狮子狗。看着局长一天比一天阴沉的脸，他心焦，他着急：连这么简单的任务都完不成，不是显得自己太无能了吗？说也凑巧，就在他认定本市绝对没有这种狮子狗而怀着沮丧的心情刚要跨进局里的大门的时候，他似乎听见了汪汪的狗吠声。出于公安干警特有的敏感性，他立即转过身，果然，他发现了一只狗，一只白色的小狮子狗，与局长要求的正好一致。这就叫"踏破铁鞋无觅处，得来全不费工夫。"

马上，他又沮丧下来。

狮子狗就在对面的装有铁栅栏的院里。那大院的主人是本市极有名望的一位民主人士，好像还是什么政协委员，老先生每月几百元的工资拿着，没见他做什么工作，却整日里养花弄鸟，现在看来，他还有养狗的癖好。关键是这位老先生一好上什么就不得了。前年，有一天，小李带着他的独生女儿在街上遛弯儿，正巧遇见那位老先生守着几个鸟笼子在树荫下遛鸟。鸟笼里总有十几只鸟，很好看，会叫、会唱，也很好玩，小李自然叫不出它们的名来。他的宝贝女儿也被迷上了，先是围着看了半天，不肯走，后来便让爸爸买一只，不给买，就哭，坐在地上耍赖。女儿一哭，小李就心疼，于是他掏出五块钱来，心想：买就买一只吧，一斤肉不过一块多钱，五块钱买一只鸟是够便宜这老家伙的了。为了宝贝女儿，吃点亏就吃点亏吧。他递上钱。那老先生却瞅也没瞅一眼，拎起鸟笼子转身就走。"你要多少钱吗？"小李以为他嫌钱少，追上去，又掏出五块钱来。那老先生看也不看，只是往前走，半天，才回过头甩了一句："小伙子，你就是出五百块，我也不卖！"话说到这儿，小李知道想出钱买是绝无希望的了，于是，他不得不用自己一贯使用的老办法了。"这位老同志，你看，"他掏出证件，"我是市公安局的……"话没说完，那位老先生又甩了一句："公安局的关我什么事！"说完，竟扬长而去。

小李很气，还从没见有人敢如此藐视公安局的！以往，只要把公安局的牌子亮出来，还有办不成的事吗？但这老头是个软硬不吃的人！

如今还能指望从他手里把狗弄到手？没门！他知道没门，又狠狠地瞅了那狗一眼，跨进公安局的大门。狮子狗的线索是有了，看看局长有什么高招？

"你看咋办吧！"

戈燕啪的关掉电视，回身一屁股重重地坐在老杨身旁。这两天她上老火了，答应给张姐弄狮子狗，至今连个狗毛也没弄到，一个人岂能言而无信？答应人家的就一定要给人家办到，尽管这几天张姐并未再提起过。老杨也是，堂堂的公安局局长当着，竟然会弄不到一只狮子狗？"那个老家伙不是有一只吗，你就不能想法弄来？"她又冲老杨说着。

"唉呀，不是跟你说过嘛，人家不给，出钱，人家也不愿卖，小李也跑好几趟了，叫我有什么办法？"老杨被挤兑得实在不能忍受了，也大声回道。

这两天他也叫戈燕折腾得够呛。吃饭给个脸色，睡觉给个屁股，碰一下都针扎火燎似的叫起来，骂他"耍什么流氓？"为了一只狮子狗，老杨被弄得吃睡不得安宁，却又拿她无可奈何。今天，他试图用已经存在的狮子狗的线索为自己解脱！一个晚上，谁知，她偏逼着自己立刻去要不可，太任性了！换一个人，也许会冲着公安局局长的面子，把狗送给你，可偏偏这位老先生极其清高，是个不肯奉承人的人。换个别的法子？值得吗？为了一只狮子狗！

"嘿，嘿，说话呀，到底怎么办？"戈燕又打上去，把他刚点燃的一支香烟掐碎，扔在烟缸里。

"真是烦死人啦！好话说了三千六，你怎么就是听不进去呢？"老杨也是气极了，回身一巴掌把她推得重重地跌在沙发上。

戈燕愣愣地坐了一会儿，才哇的哭出声来。她可受不得委屈，在家没受过爹妈的委屈，婚后也未受过丈夫的委屈。但她却不撒泼，她不会。她只是抽抽搭搭

石嘴山市城市文学丛书（小说卷）

地哭，当她觉得脸面上已经容纳不下那样多的泪水时，便掏出手绢擦去，再哭。

老杨看得心疼了，他最看不得女人哭泣，特别是自己最心爱的女人。他坐到戈燕身旁，搂着她的肩，哄着她，弯腰从地上捡起一张纸——那是刚才戈燕掏手绢时带出来的。"你看，把什么搞丢了？还不揣好。"他说着，下意识地打开那张折叠的纸随意看了一眼。"谁让狗咬了？"他问。

那正是胡惠写的关于被狗咬伤的材料。"嘿嘿……"戈燕拿过那张纸，瞅了一会儿，忽地又笑了起来。

"你好好看看这份材料。"戈燕止住笑。

神经挺正常。老杨把材料看了一遍，却没觉出有什么笑料。

"你这个公安局局长，也该关心关心老百姓的切身利益了，这狗该不该处理？"戈燕问。

"该。"老杨呆呆的，还是没体会出这有什么好笑的。

"这样吧，"戈燕说，"明天，我去找工会、宣传部、共青团等，再加上我们妇联，联合起草一份文件，在文明礼貌月活动中开展一项打狗运动，具体委托你们公安局来办，你看怎么样？"

"行。"老杨觉得这没有什么不好，近来全市养狗成风，被狗咬伤的不下几十起，上局里告狗状也日益增多，再不想法处理，也是个问题。

"那好，就这么定啦！"

"行行行。"老杨连声答应，迷惑不解地望着老婆：她怎么不提狮子狗的事了？她不提，自己也懒得问，乐得装傻，今晚总算消停了。

"噢，别忘了，朝阳区那一片叫小李负责。"戈燕又叮咛一句。

"噢——"老杨恍然大悟。朝阳区就是那个老先生居住的地区。

"啊——"戈燕打了个呵欠，困了，站起身，屁股一扭一扭地走向卧室（那姿态是很美的），走到门口，回身对老杨说："今天早点睡吧。"

进入文明礼貌月的第一天，打狗运动便在市里轰轰烈烈地展开了。街道上空悬挂着巨幅号召打狗的标语，临街的建筑物上也挂满了关于狗的种种危险的宣传画，宣传车川流不息。所有这一切，都应该是戈燕的功劳。

那些天，她是忙坏了。先要串联另外几家部门（自然他们是很愿挂名联合的），征得其同意后，便成立了"打狗办"，自己挂帅任主任，连文件都是亲自起草的。文件的大意是说这次打狗是关系到千家万户生命安全的大问题，是直接关系到安定团结的大问题，是本次文明礼貌月活动的一个重要组成部分。这次打狗运动大抵分五个步骤进行：一、大张旗鼓地宣传，做到家喻户晓。二、动员阶级，旨在提高认识。三、调查摸底，以防有漏网之鱼。四、街道居委会把摸底明细送交各区派出所，而后由公安局统一处理。五、总结、表彰。并特别强调，狗一律不得私自处理。因为那样的话，狗头狗皮就难免要被扔在大街上，狗肠子狗肚子也难免暴晒街头，势必要引起新的传染病，后果将是十分严重。

无疑，这次打狗运动是深得人心的，市民们早就盼着把这些"该死的"狗处理了，都说政府这次为百姓的切身利益着想，确实办了一件大好事。因此，尽管有好多养狗户心疼不已，但在强大舆论压力及在居委会耐心的说服下，还是忍痛割爱，将狗上交了。当然，也遇到一些阻力，有人偷偷将狗转移或藏匿，也有的就是不交，但由于"打狗办"又及时制定了一条经济制裁——罚款的手段，最终还是未敢抗拒到底。

小李在那位老先生那里也遇到了一点麻烦：当小李动员他把狗交上去时，那位老先生却咬文嚼字地说："郝懿行曰：狗犬通名，若对文，大者名犬，小者名狗。犬能伤人，此乃狗，无碍也！"他指着那小狮子狗。

小李不知郝懿行何许人也，反正肯定不是M市的书记和市长，自然也就不会将其所曰视为圣旨，再说，那些之乎者也他也听不懂，便彬彬有礼地回道："对不起，打狗是政府的号召，我只是具体执行人员，请您将狗交出来好了。"

那老先生竟气得无啥话说，翻来覆去地嚷着："岂有此理！岂有此理！我要在政协会上提出这个问题！"

"请便！"小李仍是彬彬有礼地回道，客气地将狗牵走了。

这大概是全市仅存的一条狗了：毛头毛脸毛鼻子毛眼浑身毛茸茸白雪球似的狮子狗。

戈燕小心翼翼地将它放在手提包里，而后兴冲冲地来到张美华家。

"张姐，你看！"戈燕拉开拉锁，抱出那只小狗。

"啊呀，真好看！"张美华抱过小狗，爱抚般地放在胸前摩挲着，一会儿，却又放回手提包里，十分惋惜地说："可惜，现在不让养狗了，你把它交上去吧。"

（选自《朔方》1985 年第 12 期）

大雪歌

那守箴

那守箴（1942—），满族，辽宁丹东人，宁夏文旅厅艺术研究所高级编辑。1959年在石嘴山矿务局一矿当工人。1969年调银川市文工团任创作员，其后有多种样式文艺作品发表、演出、播映，并获省级与国家级奖。小说《大雪歌》首发于《朔方》，后获全国少数民族文学创作"骏马奖"一等奖及煤炭部与中国作协联办的"乌金奖"二等奖。

重甸甸、毛茸茸的雪团互相拥挤着、碰撞着、粘连着、分裂着，从阴沉而莫测高深的天上翻动着落下来，天地间一片迷蒙。

这是雪的世界，生命消失了。贺兰山在哪里？黄河——在哪里？

一

"脱了！"采煤队长老丘斜楞着眼睛，粗暴地命令着。

新工人李四五，瑟缩着瘦骨伶仃的身子，两手紧紧攥着家制裤衩的上腰，眨着眼睛，可怜巴巴地望着队长。他怎么也不肯脱下裤衩，而队长偏要叫他脱，这就让更衣室里几十个粗鲁的挖煤汉大大地开心。人们看他那件用土布缝制的肥大裤衩，晃晃荡荡一直盖到膝盖，把两个小腿衬得那么细，都忍不住发笑。

"留，留个裤头儿……还不中？"他用

浓重的河南口音乞求说。

"留你娘那脚！"老丘刚用报纸卷好一支粗大的卷烟，正有滋味地品了一口，听了李四五的乞求，随着烟气喷出一声吼叫。他的话就是命令，任谁也不能驳回的，可这个新来的家伙倒敢回嘴！他又喷出一口浓烟，那烟的气味活像是谁在烧垃圾。很显然，烟末里掺了多一半干白菜叶和野杏树叶。

"嗯……嗯……"李四五还想说什么。

"你给我脱了！"老丘从高高的木箱上跳下来，向李四五逼过去，"把你个烂裤头金贵的！"

李四五面对队长的高大身躯和汹汹气势，吓得一动也不敢动。老丘过去，一把扯下他的裤头，随手甩去，正扔到一个人的头上。

轰的一声，人们全都放声大笑起来，像是点着了一堆火药。裤衩又飞到另一个人的头上。

顶棚上本来悬垂着一绺绺蛛网和烟尘结成的茸条，那最长的一条被震落下来，飘飘悠悠地正落在一个人的头上，一头垂到他前额，一头长垂在他后衣领上，像一条毛虫，像一条饰带。这人叫邵文斌，他正笑得上气不接下气。

站在地当中的"工作组"的脸刷地白了。他想发作，但就为这点事又不值得，走开不行，坐又没地方，只好频频弯腰低头躲着那飞来飞去的裤衩。

他是个膀宽腰粗的胖子，有一副威风凛凛的神情。每逢矿上放高产，局里和矿上都要组织干部下到各队"劳动"。人和人不一样，有的干部真干，有的干部真骂，今天这个"工作组"看来属于后者。就是他，带来一个李四五，还有一张劳资科的介绍信，说这个新工人分到这个队了。

"工作组"总得在坑口会上说两句，鼓动鼓动。有的人什么也不说，只是默默地听从队里指派工作。可今天这个，刚给队长交代了李四五，准备发表演说。他往地当中一站，刚喊了声"同志们"就叫一个走动的人撞了一膀子，待他站稳又要开口时，丘队长就吼了李四五。

"工作组"的眼前净是咧开的大嘴，耳边全是恶意的笑声。他定了定神，尽力从混乱中捕捉老丘的呵斥声。

"你来干啥哩？嗯？你是个啥人物？嗯？干啥就得像啥，知道不？"

李四五一边听队长训斥，一边向"工作组"投来求援的目光。"工作组"心里这个气呀：他哪是说你呢，他是说给我听呢！你这个呆瓜！

"工作组"穿着崭新的大帆布工作服，新胶靴乌黑发亮，脖子上的白毛巾和手上的白线手套一尘不染，这就叫采煤工们很不舒服。所以，那个展翅飞翔的裤衩就老在他头上掠过来掠过去的。他心里暗暗发着狠：别着急，咱们走着瞧！

李四五那个诚惶诚恐的劲头也叫他生气，都是大老爷们，你倒是害的哪份羞啊！大大方方不就完了吗？你看他那个窝囊样，两眼紧盯裤衩转来转去，就像谁稀罕那玩意似的！

人们乐够了，才把裤衩扔给李四五。谁知李四五把裤衩团了团，抱在胸前，又发起呆来。

砰！老丘在更衣箱上狠劲一拍，当真发起火来。他还没见过这么木囊的人，把这种货打发到采煤队来，不是叫他送命吗？是人不是人都能干采煤吗？"娘。"老丘迸出一句惯常的骂人话，更衣室里一下子静了下来，这不是个好兆头。老丘这一个字能够表达很多种激烈的感情，甚至夸奖人的时候也这样说。不过眼下决不是夸奖。

傻乎乎的李四五并不懂得事情的严重，他哼哼着说："俺……没有……箱子。"

他指的是更衣箱。每个采煤工都有一个上了锁的更衣箱，更衣室小，大部分箱子都高高低低地靠墙摆着，此刻人们就七高八低地坐在上面。李四五来得莫名其妙，没有办法立即给他弄个箱子。

老丘看看李四五，又看看他的裤头，板着脸命令道："拿过来！"

老丘打开自己的箱子，把李四五的衣裳、鞋子和那团宝贝扔了进去。

老丘一骂娘，小电工就走了出去。他知道情况不妙，凭他是无力阻止丘队长干任何事的。他早就想出去，他忍受不了人们嘲弄那个弱者。再说，坐在他旁边的山西两兄弟——安国富和安国强正在吃东西，当然数量不多，可食物的香味也叫人受不了。他走出更衣室，咽下一大口唾沫，长长地出了一口气。

雪还在冷漠地落着，才下午三点多钟，就像天快黑的样子。小电工抬起忧郁的眼睛，望着铁青的天空。

这个十八岁的小伙子，虽然按标准的井下电钳工要求，全身披挂停当，但看上去怎么都像个学生。他走路的样子太"文"了，那长着细茸茸汗毛的圆脸太嫩了。他闻不惯烟味，听不得骂人，看不惯采煤工笨拙而粗野的举止。当他们为一点小事大争大吵的时候，他就觉得他们讨厌、可怜。来到采煤队一年多了，他和他们没有一点来往，上班来，下班走，走得越快越好。

小电工又想起学校来了，那里有成吉思汗和陆放翁，有诗歌朗诵会和共产主义理想。可是那一切变得多么遥远，多么不可思议！那一切和这一切到底有什么

相干？小电工像一颗透亮的白米，被人错放在一堆粗糙的高粱米里了，你说你白，人家还嫌你格涩。这就叫生活么？就在这里实现自己远大的理想么？

采煤工常大年跑出来打开水，招呼道："喂！开会了。"小电工磨磨蹭蹭地向屋里走去。

更衣室里，人挤人，人碰人，乱哄哄一片嘈杂。人们高声喊叫着，拍打着木箱，非得叫邵文斌"作指示"不可。邵文斌根本不含糊，乍开胳膊，使自己膨胀起来，就地摆开了首长的架势。他嗯嗯啊啊了几声，发现人们都在窃笑，才知道上当了。脱下衣裳看看，后背没有圆圈，扭着身子左右看，也没发现什么异常情况。人们看他头上的半截"毛虫"竟粘得那么结实，忍不住又是一阵笑……

有人在使劲抖那酸臭的、冰凉棒硬的工作服，有人在箱子边上摔打臭烘烘的包脚布，有人在调理矿灯，不时用地上的废纸擦去电池里淌出来的硫酸溶液，散发着呛人的酸味，一个人的靴子叫谁吐上痰了，正在叫骂。在飘动着灰尘的浓厚的空气中，人们努力喷上各种"烟草"的颜色，蓝色的、黄色的、灰色的，也不断补充各种刺鼻的气味，烟草的、葵花秆的、各种其他植物叶子的。有人在大口吃东西，细粮的、杂粮的、糠麸榆叶的。有人在使劲吸溜着滚烫的开水。"工作组"不"作指示"了，丘队长在这种八仙过海的氛围中作了他的班前动员："多余的不说了，反正国家有困难，苏修要账。咱们工人阶级就得给国家担些个忧愁。完了，换衣裳！"

人们骚动起来，"工作组"给挤到一边去了。窄小而四处透风的更衣室里，霎时多出些抖抖索索的光身子的人来。

老丘兴高采烈地喊叫道："脱！脱个大光腚。娘！煤矿工人，有啥怕见人的，有啥舍不出去的？"

李四五的矿灯不亮，惊慌地拿给队长看。

老丘接过矿灯，大声鼓动着："你们都是我的兵，你们这些家伙，一个个都是好样的，等到国家好转了，都去我家喝酒，哪个龟孙才不去。脱！咱对谁也对得起！"

在阴云低垂的天宇下，在冷风飕飕的破砖房里，晃动着几十号赤条条的挖煤汉。

二

这支队伍下井了，顺着三百米斜井的人行道往下走着，井筒里的冷风掀动着他们的各色衣衫。

领头的当然是老丘，这是毫无疑义的。就凭他与众不同的胶壳帽，就凭他全矿唯一的一双红靴子，谁能不承认他的老资格，谁敢不承认他的老资格！这个五十三岁的山东大汉，光井下工龄就有四十二年。这还不说，他身上的"零件"全都齐整，没叫窑神爷咬去一样，这才叫厉害啊！这才令人佩服啊！

殿后的自然是"工作组"，这是顺理成章的，从来督战的都在背后，这会使攻势锐猛顽强。这个人在煤矿上可不是一天半天了，你想糊弄他？他能叫干部听话，还制不服你个采煤队长！你先别狂。

他们行进着，一道道光柱闪射着，一件件衣衫飘拂着。

在难忘的1960年，在风狂雪猛的宁夏川上，在黄河边一个新建的新型矿井里，行进着这支沉默的队伍，像一条流动的黑河。他们将与别的黑河汇集在井底，变成一阵阵汹涌的激浪，化进那无边无涯的煤海。

这些人里，有从外地老矿区支援来的技师、大工，有复员转业军人，有知识青年，有从当地招募的回、汉族青壮年，但大部分是外省逃荒来的人。他们是小学教师、小干部、小摊贩、小手工业者，还有农民。农民也有各样，有老实本分的庄稼汉，有走乡串户的货郎，有乡村木匠，有大队书记，有小队会计，有农技员，有花匠。他们不能忍受死神的拨弄，要和命运做顽强的抗争，从五湖四海，走到一起来了。统一他们的,是头上的矿灯和柳条帽,脚上的胶靴,还有这同一条艰难的路。

中国的工人多从农民中来。工人的特性强有力地消化着农民的特性,农民的特性又悄悄渗透到工人特性中去,形成了中国风格的工人阶级队伍。在这支队伍中,煤矿工人以强悍、坚韧、团结著称。由于历史的原因和超强度体力劳动,他们多数人没有文化,在社会偏见和特殊的劳动条件面前,他们大都狂放不羁、嗜酒、好勇,有时也讲究迷信。

这些特点并没在六十年代得到提高。这个矿井是新建的,井筒轨道的枕木还发散着新鲜木材的气息。设备是新装的,电机上的漆皮还亮着光泽,而这支队伍的构成却重复了历史上的程序,尽管这中间有质的区别。

丘队长停住了脚,到地方了。在大巷出煤口溜子头旁边,蹲着打眼工徐垫路。他谁也不看,冷静而傲慢。

徐垫路是河北人,四代单传,爷爷怕他不能传下香火,给他取名垫路,意思是这孩子不稀罕,据以消灾祛病。垫路长成人,果然虎背熊腰、臂力过人,他种过地,当过兵,又下了井,去年支援新区来到贺兰山下。论技术,他仅次于队长,论政治,他是队里唯一的党员,就因为老丘压他一头,所以眼下不得志。虽说领着几个大工打眼放炮是采煤队的关键活,可到底不算个领导。徐垫路对矿上的人事安排是不满意的。

老丘和老徐的关系总是凉凉的。

"放完炮啦?"

"嗯。"老徐爱搭不理的。

"情况咋样?"

"掌子面电溜子压了。"

"开不动吗?"

"……"这还用问吗？

"顶板呢？"

"上顺槽口有点来劲。"

这时间，小电工和工作面电溜子司机早从老徐身边挤了过去，登上山。他们要赶快检查机械，就要出渣了。

"工作组"也上去了。他要估算一下，看今天能超多少，他既然来了，不超点能行吗？

人们挤挤拥拥地站着，等队长发话。

老丘咳嗽了一声："常大年、邵文斌，在大巷装车，其余的都上！"

人们一语不发，陆续登上木梯，顺三十度倾斜的上山往上走去。说有什么用呢？谁都想在大巷干，又轻快，又干净，可你能说什么呢？老丘想叫谁舒服谁才能舒服呢！

说来有趣，在这个队里，老丘是执政党领袖。目前，执政党人又压倒多数，占绝对优势，以老徐为首的在野党人想在大巷装车是办不到的。

从上山经顺槽到工作面，要三部电溜子垂直搭接才能把煤运送到大巷装车。小电工正在工作面电溜子机头旁边忙乱着。他和司机丁自立正把电动机、减速机和传动链条从煤堆里扒出来。从这往上看去，顺着三十度倾斜底板起伏着松软的煤堆，因为刚放完炮，煤堆顶部离顶板只有二三尺高。和工作面一样长的七八十米溜槽完全淹没在高高低低的煤丘中。

"工作组"蹲在旁边，监督着小电工和司机的操作，不时从嗓子里发出威严的咳嗽声。咳嗽是不需要的，出声才是需要的。

丘队长走过来时，小电工愁眉不展地叫了他一声，老丘不高兴地问："咋了？"

"工作组"抢前一步，说："开不动。叫人把溜槽上的煤往外扒点！"老丘轻蔑地斜了他一眼："什么开不动！"说着，抬起大脚，一脚将开关把手踩了下去。

电动机痛苦地呻吟起来，叫人听了心里难过，就像一头瘦弱的牲口要拉动一大车粮食。嗡嗡了一气，根本带不动长长溜槽上如山的煤堆。

小电工连喊不行，丁自立也拼命地摆手，这会烧了电机的。"工作组"忙上前阻拦。

老丘又轻蔑地斜了他一眼，把他拨到一边，一只大脚又无情地踩了上去。

在残酷的驱使下，电动机使出了最后的力气，它声嘶力竭地吼着，居然慢慢地把那沉重的负荷带动了。它一阵一阵发着狠，宣泄着不满，艰难地达到了预定的转数。

"下货——！"随着老丘刚愎而宏亮的喊声，顺槽和上山溜子都开动起来，几十把大锹在工作面上下翻飞，几十条汉子绷紧了全身的肌肉。在忽高忽低的矿灯光柱的闪动中，依稀看得见工作面上一字儿排开的采煤工。他们把两腿有力地岔开，把大锹深深插进煤丘之中，然后用胸腹顶、用大腿拱，用全身的力气把大锹推向电溜子。好样的采煤工，一锹能攉出近半吨煤，力气不济的也攉得二三百斤。工作面电溜子这时哪看得清形状，只见一条乌龙从煤丘边爬下去，发出沉重的嘶嘶的响声。

煤像瀑布，从溜子头上倾泻而下。低而窄的溜子槽早已容不下这奔涌的煤流，煤炭从溜槽两边高高地溢出去，像海潮一样一次又一次地淹没了电机。小电工和丁自立拼命挥动手中的短锹，把埋没电机的煤炭飞速扒开。煤渣在电机风扇里嘎嘎直响，电机的热度不断上升。快扒！不要说什么，顾不上说什么，也想不起说什么，人的转数能和电机一样才好呢。

大块煤滚动着，互相挤压着，随煤流倾泻到顺槽溜子上，又被顺槽溜子送到上山溜子上，然后咣当一声，从上山溜子头掉到下面的空车里。瞧，装车的并不轻快，咣！空车把重车顶走了，两车之间呼啦啦撒下一大片煤。赶紧划拉开，快点！咣！空车又把重车顶走了，快点，干什么吃的！咣！咣！……

一辆辆重车放出去了,一辆辆空车推进来了,溜子上的煤还像小山一样。"快!使上劲!你眼睛往哪看呢?熊样!"

在铁和石的交响乐中,丘队长悠然自得,顺着倾斜的煤丘优美地滑行着,要走就太费劲了,顺势滑才美呢。他根本不理会一直跟在身后的"工作组",让他像老牛一样喘粗气去吧。他带着嘲弄的神情轻松地扫视着埋头苦干的部下们,干吧,好好地干吧!脱上三层皮算个下窑的,脱上九层皮才够得上采煤工呢。你们这些家伙,看起来都挺能干,可你们身上的煤面子不够分量。我老丘要抖擞抖擞身子,落下来的煤面子够你们划拉半年的……

老丘哼着他的沂蒙山小调,漫不经心地戳戳顶板,敲敲支柱。这含有一点硫化氢的煤味闻着那么舒服,这工作面上的各种音响听着那么顺耳,密集支柱打得真叫牢实,把老空隔了个密不透风,还有什么不得劲的呢?还有什么可挑剔的呢?他若是羊,这里就是草滩;他若是鱼,这里就是大海;他若是鹰,这里就是长空。人活着就得干点啥,要干就得拣个像样的活,什么叫男子汉?不服的下来遛遛!

安国富直起腰,捶了捶后背,把溅到嘴里的煤渣吐了出去。哎呀,怕有半个班了吧?心慌得出虚汗呢。说起来这个活算不了啥,有一斤牛肉一斤烙饼把腰撑直了,这算个什么苦活?……唉,有两碗莜面饸饹也行,国强就爱吃饸饹。

想到这,国富抬头看了看弟弟,傻弟弟到矿上不到二年,长了一大截。国富心里暗暗高兴,明年请假回趟家,让爹妈看看,写信告诉他们还不信!

老丘和徐垫路在工作面上部加固了几架棚,"工作组"在一边叨叨着。这地方顶板破碎得厉害,看样子要漏点下来,老丘和垫路不想大干,能支持到回柱就行了,所以就意思意思为止。可"工作组"呢,他断言这里没问题,破碎是表面现象,有压力才能产生质变,而现在不存在变化的条件。现在关键是抓产量,两个头头都在上头,下边要磨蹭怎么办?……

老丘叫他叨叨烦了,斧子一甩,走了。

离开了"工作组"就离开了心烦，看见了弟兄们就带来了欢乐，老丘在热火朝天的劳动中微笑了，这些家伙多着人爱看，你看谁磨蹭了？

老丘在安国富兄弟的地段上停住脚步，不动声色地打量他们。实在说，安国强长得比他哥还壮呢，可老大总是千方百计护着弟弟，吃干粮叫老二多吃，干活叫老二少干。这不，老大又把好干的地段让给弟弟了，他那一段，煤壁上的煤只是崩松了，并没有掉下来，安国富正嗨嗨着用撬杠往下撬呢。

老丘的眼睛一点点眯起来了，他也许想起了自己早夭的弟弟。他兄弟俩差三岁，和安国富兄弟一样。他要是活着，今年整五十岁，也子孙满堂了，可他十岁时就死在井下一条水巷里。

"怎么！咋把溜子停了？谁叫停的？娘！"老丘从瞬间回忆中警醒过来，忙从工作面上滑着跑下，他拐来拐去，三下两下滑跑出几十米上山，从机头旁呼的跳到大巷里，虎视眈眈地瞪着两个装车的。

"车皮？！"

"车场重车掉道了，运输区的责任。"常大年赶紧分辩。老丘骂了一声，拔腿往大巷外奔去。

人们全都闲下来。小电工和丁自立好容易护住了电机，这时也把锹一扔，坐下来擦汗。这当儿，"工作组"过来了。他的厉害劲没有了，笑眯眯的很随和。

"辛苦啦！"他也凑过来坐下。

"不辛苦，为人民服务！"老丁答道。

说了几句话后，"工作组"好像很不经意地问道："老丘常干这种事吧？这家伙，倒是个直性子。"

他指的是强行起动电机的事。老丁和小电工一下子警惕起来，他问这个干什么？不错，他俩把老丘多次"干这种事"向采区汇报过，希望上级干涉一下，可区长听了只是淡淡一笑，啥也不说。不过，对这个人，最好什么都不说，谁知道他要打什么主意。

"不，没有。"小电工说。

"谁知道他今天抽了哪股筋！"老丁说。

"工作组"笑着点了点头，他根本不相信两个人的话。他知道，违章作业的事多了，抓不着就没法治，可像老丘这样明目张胆干的，他还从来没见过。"工作组"丢了个大面子，两个旁证又不出来说话，这事情？

工作面最下端，是一个干干巴巴的东北小青年的地段，他把煤丘挖成一个窝窝，半躺半坐在那里，舒舒服服地伸直了两条腿。听到这边搞调查了，就笑嘻嘻地甩过来一句话："电动机发夜（热）了？"

没人应声。

"笨蛋，浇泡尿不就凉了！"他又笑嘻嘻地说。

"工作组"瞪了他一眼：好小子！

"我说你们这些人呀，真是白吃饱，就会瞎咋呼。怎么样，我给来一泡？"小青年说着就往起站。

"工作组"说了句"车皮怎么还不来？"就快步离开了这地方，奔大巷去了。他知道，这地方不能久留，这些个家伙！

老丁虽然知道小青年的话是对着"工作组"的，可也品出了针对自己的东西。本来嘛，在野党人休想当溜子司机，要不是徐垫路一再坚持，老丁早上掌子了。老丁看得远，别看老徐眼下不得势，迟早会上去的，丘队长咋说也不是个党员。所以他坚定不移地当上了在野党人。"白吃饱"这三个字，是讽刺拿钱不干活或者拿钱少干活的，老丁最不爱听这几个字。

"小金子！"老丁慢慢悠悠地说。

对方笑嘻嘻地说："有话就说，有……"

"你今年到底有几岁？噢！有多大？"丁自立是四川人。

执政党人小金子冷下脸来，这是他最忌讳的话题。他本来只有十六岁，矿上不收，托人给劳资科长送了礼，才给写了个十八，他是混进工人阶级队伍的。

"老子今年山（三）十二！"

"好！同我二娃一般大。"

"别不要脸，你连个媳妇都养不起，还还，二娃之（子）！"丁自立又冷下脸来。他今年快四十岁了，据他矿上的同乡说，老丁本来有个挺俊俏的媳妇，一个瓜菜代，硬是把夫妻恩爱给代跑了。媳妇忽然不知去向，撇下他和十二岁的春哥。老丁一咬牙，离开了祖传五代的茅屋，领着娃娃闯世界去也。一闯闯到宁夏川，就在矿上扎下根来。他早年当过兵，国民党兵、逃兵、俘虏兵、解放兵，回乡以后又当民兵，人间的冷暖尝了个够。丢个把女人啥子了不起，她也是个人哟！她总是要活哟！

老丁很快把笑容拉到脸上："我！女人跑脱再娶，怕啥子！我怕你要打光棍。看你的腰杆，细得像青竹，哪个女人看你一眼？你看老子的腰！"说完，嘭嘭嘭地拍了几下。

有两个人争吵着过来了。是谁？别说话，听！

"工作组"怒冲冲地先过来，一下将手放在电动机上，又赶紧拿开。他叫老丘把手放上试试。

老丘只一笑，走过去在电机旁蹲下，把手慢慢放在电机上，再不拿起来。

老丘那双大手是全矿闻名的，那不是一块两块茧子的问题，他整个手掌连同五指的指面，全是黄黄的厚厚的硬皮，掐都掐不动。有一次文工团来矿演出，闻听丘师傅的大名，有个女演员就要和他握手留影。谁知刚一握手她就把手急急抽了回去，她害怕了，不知人世间还有这种其硬无比、其凉无比的手，这事一时传为笑谈。平常人熄灭烟头，手是不碰火的，老丘却是把烟头在手里捏灭。这些典故，局里来的头头怕是应该知道的吧。

"工作组"知道自己上当了,只好压住火气,冷冷地问:"如果电动机烧了,谁负责?"

老丘说:"啧!咋能叫机器烧坏了呢?""工作组"说:"总得爱护着用吧?"

老丘把眼睛眯起来了:"行了吧同志,能拉就叫拉吧。你说叫把溜槽上的煤往外扒点,你说得对着哩。可掌子上的煤像山一样,往哪扒?"老丘说着站了起来。"就是有地方,人都空着半副肠子,谁能扒得动?"说完,慢慢腾腾往工作面走去。身后,小金子问了一声:"咋没车皮了?"

老丘叹了口气:"重车掉道啦!七八个人弄不上去,要搁早年,我老丘一个人就把它扛上去了……娘!吃不上顶硬的东西,人都不是人了。"

老空里落下一堆石头,顺槽的一架棚子响了一下,这之后,是长久的沉默。

三

人都聚到背风的窝窝,凑起热闹来了。采煤工把大姑娘小媳妇通称为"小妇女儿",是掌子面上常谈常新的话题。这时候也可以嘻嘻哈哈地把丘队长的姓氏故意念走了音,说成"球队长",老丘也满不在乎地咧着嘴笑。可近年来,人们扯着扯着就扯到吃喝上,听吧,山南的海北的,各人都把家乡的名菜开列了出来,虽然他们谁也没吃过,可都为那说不甚清楚的名菜尽力叫好。说着说着,站起来了,比画开了,吵起来了,打起赌来了。"你不信?我把这块'英纳哥'押上,你出什么?你还死犟!人家大宴会大酒席,请外国人,人家都是……"

小电工越听越饿,又听不到陆放翁,实在不想待下去,他拉着两条腿,走下工作面,往顺槽溜子头前走去。

一幅极美的画图呈现在面前,他不由惊喜地停下脚步。啊!最好让画油画的来画,他们准能把这动人的瞬间永远地留在画布上,小电工因为发现了诗情画意激动得心都砰砰地跳起来。

粗大坚实的原木棚子上吊着一盏矿灯，长方形的灯盒在阴影里隐约可见，一束淡黄色的光柔和地斜射下来，把机头和就近的景物做了显著的强调。令人惊奇的是，在光区的最亮部分，棚子上竟然旁生着一枝长满绿叶的枝条，竟然在那里舒展着柔软的腰肢。我的天，上面是飘飞的大雪，下面见不到阳光，而她竟在这里妩媚萌发生长。看那些翠绿的叶片，大概承受不了强光的爱抚，正幸福地抖颤着，闪烁出银白色的光辉。真了不起！真令人感动！即使在失去了宝贵的根以后，那多汁的原木仍然饱含着生机，那碧绿的枝叶仍然召唤着春的来临。

在放射形的光区下方，清楚地屹立着威武的机头，他是疲倦的，但钢铁的光泽仍然透过身上的煤尘沉静地显露出来，显出久经征战的老兵的风采。黄得透明的润滑油在传动链条上发出一道耀眼的清光，提醒画家注意，一定要给机头的一边灿烂地涂上赭石色、浅棕色、橙色和橘黄色。在机头正中突出的部位，一大块乌黑发亮的优质煤亲切地倾侧着，像恋人依偎在机头的怀抱。周围那些位置得当的小块煤众星拱月似的簇拥着她，布局巧妙而又自然，你尽可施展线条和笔触的功夫，描绘明暗阴影的微妙的关系。

在光束里，在机头旁，一个将要步入老年的强壮汉子恰到好处地前倾着身子，用一个有力的拳头支着下巴，像沉思的哲学家一样在思索着人生的奥秘。他那蓬乱的头发，浓密的胡须，明亮而迷惘的眼神，都会把你带入深邃的哲理中去。他身后矗立着不甚分明的棚腿，棚腿的上部，在本来应是极暗的地方却有一片淡白，那是棚腿上滋生的菌丝连成的茸毛。壮汉敞着工作服，露出绣着美丽花朵的红裹肚，红得像一团火，裹肚下面绷着本来是大红，现在却变成暗红的宽宽的布腰带。他静止不动，却给这以黑色为基调的画图带来了火焰，也带来了追求和憧憬。朦胧淡化了他的其余部分，使得他像是从煤层里脱颖而出的煤炭之精魂。光束外是扑朔迷离的模糊，像是画家漫不经心的涂抹，也许是画家妙不可言的匠心。

小电工屏息静气，在心里赞叹着，不敢发出一点响声。他知道，要是一开口说话，这动人的景象就全完了。

　　肖像活动了起来，他扭过脸，抛来一句道地的宁夏话："谁在那点？"

　　这人叫马振民。高高的鼻梁、深陷的眼窝和微黄的眼珠，他是回族，是小电工的老师。他俩都是无党派人士，对队里的两派竞争不闻不问，而且表示了一致的蔑视，在超脱尘世羁绊上有相惜之感。

　　"您好！"小电工弯了弯腰，笑着说。好多天没和老马说说话了，今天可算得着了空闲。

　　"大家都好。"老马勉强笑了笑。他是怎么啦？

　　老马站起来，把宽宽的红腰带往紧煞了煞，又递给小电工一块干燥的柱帽。两个人紧挨着坐了下来。

　　沉默了一会儿，老马沉思着说："人要受点苦呢，不受苦不知道为人艰难。苦再大，心不能乱，心一乱，麻烦就缠上你了。"

　　小电工正要听下去，老马却停了下来。

　　又沉默了一会儿，老马悄声细语地说了起来，仿佛是说给自己听的："遭年馑呀、害病呀、火把房子烧了呀，你都不要怕，心别慌。"

　　又沉默了一会儿，两个人不约而同地抬起头来，注视那生意盎然的枝叶。

　　"好看吧？"老马问。

　　"好看。"小电工由衷地称赞着。

　　老马笑了，露出一口整齐的白牙："跟你说吧，我费了好大劲才把它护到今天。每回丘师傅从这过，都要仔细望望呢！"

　　那绿盈盈的枝叶仿佛听懂了似的，轻轻地摇了起来。

　　上山溜子忽然开动了，两人一怔，上山溜子又停了。小电工刚想喊话问问，上山溜子又开了，又停了。

　　分明不是装车，因为车皮还没来。那么是干什么呢？是溜子出毛病了？小电工赶快跑下去。

大巷里空无一人，真是活见鬼，溜子自己转了起来。小电工要看个究竟，从溜子旁跳下大巷，脚还没落地，两个人大笑着从隐蔽处走出，原来是常大年和邵文斌。

老邵说："怎么是你啦？老马呢？"

老常说："怕他没事干了打瞌睡，俺们给他敲敲警钟。"

是这样。小电工不想再爬上去，三个人就在大巷里东一句西一句地扯了起来。

常大年是丘队长的老乡，他常感叹自家在枣庄时从没到过矿上，可跑出几千里外倒下了煤窑。这人粗通文化，爱用些自家不太懂的名词，这使他在采煤队里得到一份额外的尊敬。

"雪下得真大，天地混沌……"他像读散文诗似的咏叹着，"这岁月……"他又吟唱道。

邵文斌斜了他一眼："想说个啥吗？怪里怪气的。"

老常慢慢踱到小电工旁边，歪着头神秘地说："哎！你说，人这种动物，怪有意思的啊！"

听了这没头没尾的话，邵文斌笑了起来，老常白了他一眼："你懂得啥！"

老常在大巷踱来踱去，摇头晃脑地发表着高见："人这东西，生育下来，光不出溜的。一辈子东跑西颠，想挣份家业，同时呢，也给社会众人贡献贡献。能行的，当个干部，不行的，听人吆喝。临完到死，又都是空着两手走人，撒手西归，寿终正寝，一命呜乎哀哉。你说有没有意思！"

常大年从棚腿的钉子上摘下自己的棉袄，马马虎虎披到身上。"可又说呢，生活的时候，谁也不想落人后，都考虑着过不好丢人，叫人笑话，都要争个上游。你说，你否认不否认？"

小电工笑了，他知道准有这句问话，老常爱把承认说成否认，好给谈话添些文采。

　　小电工觉得老常的话很滑稽,他想不了这么多,也从来不往这上想。尽管目前的环境叫他失望,可前面的路还长,他总觉得前边有什么五彩缤纷的东西等着他。难道不是吗?电影上那些青年不都是一进工厂,先叫老师傅训一顿,后来参加技术革新,又和一个俊秀的女工发生了矛盾,再后来,技术革新失败,小青年受了伤,那位姑娘手捧鲜花到病房探望他,两人解除了误会,再后来,技术革新成功,党委书记前来祝贺,姑娘笑着跟他靠得那么近,老师傅拍着他的肩膀,甚至还亲热地搗了他一拳,那一拳一定要打在肩窝里……年轻人怎么会想到死呢!

　　老常继续发表宏论:"人生在世,吃穿二字。当然喽,这是比较古旧的思想,不过呢,吃穿还是个比较当紧的事项,人没有吃穿心就要坏。俺家有个姑老爷,在济南教书,他就说过……"

　　老邵不客气地打断了他的话:"又是你的姑老爷!我给你说吧,人啊,人在世上,鸟在枝上,能飞就要飞!晓得啦?"

　　"你悄悄听着!"老常不高兴了,不喜欢没文化的人在他面前高谈阔论,他更听不惯老邵的苏北口音,老是卷着舌头说话,什么动静!

　　小电工心里动了一下,老邵的话是他在学校里从没听见过的。他虽然抄了不少名人的语录,可从没有像这样明快简洁的,这话多么富有诗意!小电工好奇地瞧瞧邵文斌。

　　老常又吟诵起他的散文诗:"上个月,给家里兑汇了五十块钱,到今个也没有回信,是不是……叫公社给扣下了?"

　　"不能。不会的!"小电工连忙安慰他。

　　这种事是有的。五十块钱对故乡的老幼能起到不小的作用,对萧瑟的公社也是叫人动心的数字。私自外逃的人寄回的钱,扣就扣了,谁管他怎么挣下的。

　　老邵偷偷笑了,他不担这份心,他家乡公社的头头都是他的亲戚。邵文斌离家的时候，怀里揣着好几份公社的证明呢。

咋咋呼呼，从上山下来了几个人，小金子随着他那尖细的嗓音头一个跳到大巷："你们干什么呢？嗯？工作时间闲聊天，太不像话了嘛！工人阶级嘛，国家的主人嘛！嗯？"

老邵立即装模作样，说："小金子，刚才有个大白老鼠跑进去了，你还不去抓！"

小金子眼睛瞪得老大："真的？"

"走！"小金子一摆手，几个活跃分子一齐往大巷里头跑去，这是几个十八九岁的小青年。

闹腾了一气，没抓住大白老鼠，几个活跃分子又回来了。小金子唱起了他自己编的歌，这个歌用的是人人都熟悉会唱的曲调，经小金子填词后，很快就在全矿传唱开来。只听他唱道："煤矿工人个个没老婆。"

活跃分子立刻接上唱："要求领导一人发一个。"

大巷里的人都唱开了："第一一定处处心疼我，屋里屋外弄得挺利索。第二……"

踢踢踏踏，从上山又下来几个人，李四五也跟头把式地跟在后头。已经歇了好大一会儿了，他还是浑身汗淋淋的。他站在轨道中间，东张张，西望望，又好奇，又害怕，张望了一会儿，才趔趔趄趄走到巷帮，在一块板皮上重重坐下来。

没有下过井的人，把井下想像得十分可怕，先自紧张起来。到刚一下井，陌生的环境，昏暗的光线，杂乱的噪声，都会使新手无所适从。随便什么地方响一下，他都以为顶板就要垮下来，而井下这种响动又特别多，这就使新手紧张万分。高度紧张会使人变得迟钝，走起路来都是磕磕碰碰的。李四五从狭长的工作面来到宽敞的大巷，绷紧的神经顿时松弛下来，同时也就觉得身上有千斤重。

没有人安慰他，谁都是从这一步过来的，说几句好话有什么用。人们大声交谈着，咒骂车皮不及时，不能让他们早点干完早升井，几个人嚷嚷着该去领饼子了,有人说队长还没发话呢。

正说着,老丘下来了,他只扫了人们一眼,便果断地命令道:"常大年,邵文斌,领饼子去。"

尽管他声音不高,可所有在场的人都听见了。好家伙,去领饼子啦!

常大年和邵文斌庄严地出发了,像是出访外国的特使。这可不是个简单事,执行这项使命至少要具备两大条件:一要忠实可靠,不在半路上故意揉搓包饼子的棉袄,让饼子掉下渣渣,好事后自己多捞点;二要眼明手快,不能叫发饼子的炊事员给骗了,领回缺棱少角的残次品。这两条,他俩是完全具备了。

大巷里安静了下来,只有老丘在向马振民询问工作情况。老丘把这个无党派人士安排为溜子司机不是没有理由的,老马勤勉,在前不着村后不着店的顺槽溜子能认真工作,绝对不给你偷懒,也不闹出事故,影响出渣。重要的是这可以感召那些游移不定的中间派,你别说,老丘懂政治哩。

人们的肚子里翻江倒海,脸上都波平如镜,充分体现着厚道的东方特色。咽唾沫的都控制着声音,怕让人听见。人们的饥火在这一刻特别难熬。

饼子来啦——两个钦命特使胜利地归来了,人们呼啦一下围了上去。

啊哟!黄澄澄、红喷喷的小饼子哟,你长得真叫人心疼,你的小脸蛋怎么还羞答答的?快抬起头来叫黑哥看看。你可知道,黑哥凄惶得很呢,白天想起你,干活没力气,半夜想起你,心急得薅头发呢。要在世上为人,少了你的陪伴咋能行!五尺高的汉子,一天不见你的笑脸,就地矬了半截。你来呀!别嫌黑哥手脏,黑哥的脏腑可不怕见人。你说你长得单薄,不怕,十七八的尕妹哪个不是这样的呢!只要你待在我身边,啥样的苦咱都能受,啥样的掌子咱都敢干呀!

四

李四五把饼子举到眼前,翻来调去地看了一会儿,又放到鼻子底下使劲闻了几下，然后，小心翼翼地把它揣到怀里，又用手从外边按了按。

谁也没注意他，只有老丘把这情况看在眼里。老丘慢慢停止了咀嚼，皱起眉头，这小子，搞什么名堂！是不是要拿到市场上卖高价？

食物的香味能传多远，谁也说不清，反正工作面上的人都呼呼啦啦地下来了，好一阵喧闹！

就在这喧闹声中，李四五从坐着的地方一头栽倒了，栽到大巷正当中，怀里的饼子滚出去老远。

老丘两步跨过去，一把把李四五拎了起来，他用膝盖顶住四五后腰，让他坐定，顺手把他的工作服扒了下来，用硬邦邦的两手在他前胸后背摩挲着。人们围上来了，饼子拣回来了。

李四五睁开眼，见自己被人围着，不知要干些啥，吓得只管往四下看。

"好过了？"老丘问。

"嗯，嗯，不咋。"

"穿上！"

工作服穿上了。

"饼子为啥不吃？"

李四五慌了，随着又闪过一丝屈辱的神色。他想哭，但他不敢，他怕眼前这个凶神恶煞般的队长，他咬牙挺着，压着心头的泪水。

老丘用手托起李四五的下巴，让他的脸仰起来。

透过淡薄的泪水，四五看到那么一双眼睛！那眼神多绵软，你的心都叫他看碎了。

四五的眼泪扑簌簌淌下来了，紧接着抽噎上了，紧接着哭出声了，紧接着放声哭了，上气不接下气。这是那种叫人揪心的、撕肝裂胆的男人的长嚎。

四五是带着老婆孩子跑到矿上的，娘儿俩是黑人黑户，不给户粮关系，三口人吃他一个人的粮。孩子才两岁，动不动就要吃，四五媳妇难心得没办法，跑到大食堂后头拣菜叶，叫炊事员骂了出来。她看好了地方，趁天黑去捞食槽里的半疙瘩馍，叫猪在她手上咬了一口，这会儿伤口还烂着。四五原在井上电锯房干活，听说干采煤定量高，就要求下井了。

"老家还有啥人？"

"俺爹，俺娘……都老了。"

"还有啥人？"

"俺妹子……还小……"

…………

"不知家里……的人……还活着没有，恁大的雪……"

老丘一拍大腿，难过地嗨了一声，在原地转了一个圈子。他倏地扬起头来，一双大眼里闪耀着坚毅的光芒。

"都过来！"斩钉截铁的口气。

"都听着！"大巷里静悄悄的。

"李四五，确实困难。娘！咱们工人阶级，就要发扬阶级友爱精神。一人有事万人帮，一家有难万人抗。眼下人人困难，都是泥菩萨过江。多了不可能，一人少拿点，咱们给他对付两个。垫路，你说呢？"老丘投过去信任的一瞥。

垫路送过来肯定的目光："丘师傅说得对！多少不计，是个人心，不能眼瞅着人往死里饿。"

人群沉默着……

"我出五斤粮票，十块钱！"老丘从牙缝里迸出几个字。他有点火了，这些个装聋作哑的熊货！

"我出三斤粮票，十块钱。"老徐紧接着说。

在一口饼子救活一条命的年月，一斤粮票该有多么金贵！嗯？这玩意儿你拿钱买不到啊！谁身后没有一大家子人？谁没有说不出的难处？人群沉默着。

"常大年，谁报你记下。都听明白了，不强迫啊！"老丘眼里放出棱角来。

报了。一斤，两斤，三块，五块。不嫌少啊！量力而为啊！又报了，四两，五两，一块，两块。李四五向四面八方作着揖，有好人啊！有好人啊！

空车哐哐当当地推进来了，"工作组"头上冒着热气，吃力地推进头一辆车皮。他走进人群，弄清楚发生了什么事，耐心地等常大年把账记完，然后，向老丘商量着说："丘师傅，你看，咱们是不是就干吧？"

老丘把眼皮耷拉下来，显示了一下主人的权威，想了想，就叫人赶快上掌子。

丘队长拉李四五在巷帮坐了下来。

"你那个裤头里缝了点子啥家伙？"

"……"

"娘！说呀。"

"四斤多粮票，十来块钱。"

"咋不给家寄？"

"想打封信，找不着识字的。有识字的，不敢托咐。"

"小电工！"一声大叫，把开溜子的声音都盖住了。

老丘给小电工交代，一升井就给四五写信。小电工忙不迭地答应着，心头一阵阵发酸，他觉着野茨茨的老丘顺溜多了，阴暗的井下亮堂多了，有种无形的东西正把他和这个采煤队一点点联系起来，而且必将把他的命运和这些人的命运纠结在一起。

又下货了，黑色的瀑布直泻而下，无休无止，强烈地表示着它的源头是一个乌金墨玉的海，有一个永不枯竭的发祥地。捕煤的、运料的、支柱架棚的，叮叮哐哐，刷刷拉拉，轰轰隆隆，几十道明晃晃的光柱切割着黑暗，一切都生气勃勃。有人的地方，就有生命的喧哗，哪怕是在深深的底层。

在轰鸣的机器声中，小金子龇牙咧嘴地直起腰来，叹了一口大气。人家快手都把煤攉完了，他的面前还有一座煤丘，小金子再不服气也不行，就是比人慢啊！

"老丁同志，发扬点阶级友爱吧！"

"想得美，老子刚歇，刚刚还在保护机器。"

"你是老大哥嘛，我的腰杆细嘛！"

"啥子？我是你哥？你真会讨便宜，我的二娃子……"

"好好，叫你大叔吧，怎么样？"

"大叔？"老丁想了想，"不行！"

"大叔还不行！你也太……"

"叫我个爸爸才差不多。"

叫爸爸？去你娘的吧！老金我十六岁打天下，一个人养活六口之家，你算个老几？连媳妇都看不住，你还……小金子把脸一扭，再也不理老丁，可大锹却高低不听使唤。"

"腰杆硬是细哟！"是川剧的调调。

小金子狠劲往前推锹，锹没动，人倒滑出去了。再来！还是不行。

老丁于心不忍了，到底是个细娃哟，难为他干得下来。"行，算我吃亏，大叔也行。"棉袄一甩，跨了过去，"把溜子看好！你龟儿不懂技术，当心点！"

"瞧好吧！"小金子乐了。

工作面上传下话，叫队长快上去！小金子扯开尖细的嗓音，一直把话传到几十米外的马振民处。

在安国强架的棚子前，"工作组"不动声色地等着老丘，这回我看你怎么办？

老丘呼呼喘着上来了。等"工作组"说完意见，老丘忙向棚子的鸭嘴结合处看去，心里的火呼一下窜上来。

鸭嘴砍得不好，棚子架得不太够规格，可要将就呢，也说得过去。"工作组"

单挑了这么个地方,一要看看老丘对质量的要求,二要在他部下面前出出他的洋相。你当事完了呢?

老丘心里明白这是在挑刺,可是不愿叫"工作组"抓了话把,他瞪安国强:"干什么吃的?嗯?盖鸡窝呢?拆!"

安国强有点呆,说话口齿也不清楚,可这个小伙子偏又犟的要命。他脖子上鼓着青筋,唔唔了半天,唔出一个字:"不!"

老丘抄起斧子,对准楔子就要往出打,又傻又犟的安国强死命抱住老丘的胳膊。

"工作组"脸上微微泛出了笑意。怎么样,叫你别狂吧?你还老想爹翅……

要不是安国富运料回来正赶上,老丘和国强兴许就要动手了。国富喝住弟弟,问明情况,赶紧向"工作组"道歉,这一下"工作组"更来劲了,高一声低一声地训斥他。安国富一边安顿弟弟,一边劝说队长,一边动手拆棚子,还得给"工作组"笑脸,忙得不亦乐乎。

就在这时,轰隆一声,工作面上部五架棚子一齐垮了,人唰地撤了下来。

五

煤尘裹着一股腥气,翻卷着弥漫开来,呛得人肺里发凉发涩。只一瞬,老丘就冲进那烟尘中去了,紧跟着,在碎石冒落的噼啪声中,传出他的喊叫:"人都撤出来了吗?"

听到冒顶的声音,徐垫路气得狠狠地跺了一下脚。按说,打眼工放完炮就可以升井了,但他总有点不放心,今天是高产日,可不敢出了事故,把产量拉下来。他叫别的打眼工升井后,自己一直在掌子面一边干一边转着。看看没啥事了,老徐就准备升井,刚走出不远,就听到窑神爷"坐屁股"了,嘿!

垮了的棚子是上个班架的,老丘和老徐刚才还在加固。要不是"工作组"在

石嘴山市城市文学丛书（小说卷）

一边穷叨叨，没准他们就能漂漂亮亮地干完，保险不能叫它垮下来。垫路心里这个气呀，他又气"工作组"又埋怨自己，干嘛不坚持干完呀，难道就为了在领导面前落个"组织服从"的虚名吗？

唉！什么都不要说了，天漏了个窟窿，得把这个窟窿补上。

垫路和老丘挨着肩膀，在冒顶处附近观察着。烟尘还没有散尽，窟窿上还在掉渣，冒顶区落下来一大堆岩石，少说有二三十吨，棚腿、板梁从石堆里乱七八糟地呲出来。

老丘的大眼此刻变得那么小，像鹰眼一样锐利。他把矿灯拿在手里，伸出胳膊往冒顶区上方照去，心里盘算着怎么办。忽然，一丝恶意的笑纹爬上唇边。

"叫'工作组'上来！奶奶的！你倒躲了个远。"

"工作组"虽然懂得些掌子面上的门道，可到底没经过大阵势。刚才那闷雷似的响声着实叫他吃了一惊，惊魂未定，就听老丘唤他上去。没奈何，只好使劲咽了口唾沫，壮着胆子走上去。

"你看，咋处理？"老丘冷冷地问。

"工作组"在心里骂了一声，往冒顶区上方看去。妈呀！龇牙咧嘴的，还有半间房子大小的一块悬悬乎乎要掉下来。"工作组"赶紧把身子缩了回来。

真倒霉，偏赶上自己下来的时候出事故，今天上去别想表功了。

老丘又说："你是上边下来的，给拿个主意吧。你看呢？"

"我没有办法。"

"工作组"想：这是要我的好看呢，这老家伙真够扎手的。眼珠一转：不好，这不是刚才他们加固的地方吗？难道他们想把这事故责任扣到我头上？"工作组"预感到事情不大妙。

"快说呀！"老丘狠叨叨地催促着。

啪！冒顶区掉下碗口大的一块石片，在下面大石头上清脆地磕碎了，向四外飞溅出去。也巧，偏偏打中了"工作组"，又偏偏打在他的眼眶上。

"工作组"告饶了，他捂着生疼的眼眶，咧着嘴说："行了老丘，我服了你了。你快抓紧干吧。哎哟！"

老丘大吼一声："运料！打木垛！"

人们奔跑起来，粗大的原木从这个人肩上换到那个人肩上。人们喘着粗气，在顺槽里挤着撞着，在工作面底板上滑动着，用脚摸索着稳当的支点，用手指抠着煤帮，把木料运上来了。

不料，咔的一声巨响，老顶来劲了。所有的密集支柱一齐吱吱嘎嘎地响起来，工作面煤帮也开始往下掉渣。人们眼看着几棵水桶般粗细的支柱从顶部压劈了，露出亮亮的白茬，一根支柱咔叭一声被压折了，弯着腰，颓丧地倒下去，沉重地碰到溜槽上。

"工作组"一下子退出去老远，妈呀！今天算赶上了。他觉得两条腿软软的，像踩在棉花上，怎么也不听调度。他的确吓蒙了，连踩在别人脚上都不知道，那人是李四五，正恐怖地抖成一团。

窑神拥有无穷的压力和变幻无常的脾气，他喜欢仔细欣赏自己的杰作，看一棵棵优质木材在他脚下劈开、折断、碎裂。他是法力无边的，为所欲为的，他不能容忍人们在他的辖区内自由地来去，他要拿他们开开心。

徐垫路的牙咬得咯吱吱响，丘队长的神情凶狠可怕。他们都一动不动，任凭头颈上撒下接连不断的煤渣，身旁掉落着大大小小的石块，他们不是用眼，不是用耳，而是凭那顽强搏动的心脏来感觉、来掂量目前的形势。不错，他们是竞争对手，可眼下，他们是一母同胞的亲兄弟。

咔！老顶又惊天动地地响了一下，整个工作面都在颤动，连空气也在颤动。老空里轰轰隆隆落下一堆石头，沉闷的声音传出去老远。煤帮被压酥了，到处能看到一堆堆、一绺绺的煤末从煤帮上滑落下来，形势极其严峻！

石嘴山市城市文学丛书（小说卷）

　　老丘和老徐一动不动，四只眼睛在喷着火，他们在等待着、选择着时机。人可以安然无恙地撤出去，掌子面可完了，那怎么行？！打仗的把阵地丢了，挖煤的把工作面丢了都是血性汉子的奇耻大辱。

　　两个人不约而同地转过脸，互相对视了一下。这就行了！意见统一了！

　　"上来！"老丘发出裂帛似的吼叫，这吼叫充满了自信和力量，也充满了威风和杀气。工作面就是战场，这话不是说着玩的，人将在这里和窑神对阵，展开一场昏天黑地的厮杀，看看到底谁能制服谁！看看到底谁是最后的胜利者！

　　支柱！架棚！打木垛！不用怎么吩咐，人们自有主张。娘！把这个工作面给我支满了，我要把棵棵支柱，连成一片树林子！把大锤扔过来，扔！你们两个，对！就在那干。工人阶级，到了关键时刻，就得亮出咱的威风来！

　　汗从脊梁上淌下来，洇透了厚厚的工作服，汗从脸上淌下来，甩甩头，把汗珠甩下去。马振民双手高擎，正托着一块沉重的板梁。汗水蜇得眼睛疼，他使劲挤了几下眼睛。他身旁，邵文斌抡着大锤打楔子，呼出的热气直喷到老马脖子上。灌进工作服里的煤渣，一齐积攒到裤带之上，扎得人腰腹好不难受。快点，这边来！顶板在响，斧子也在响，人们咋呼着、鼓动着、咒骂着，你不行，我来！谁说的？看这一下——砰！楔子稳住了。怎么样？够八级了，一锤定乾坤。几十条汉子在工作面上辗转腾跳，大显身手，几十颗心靠得那么近，合成一个巨大的心脏，输出了强有力的血液。这边来个人，来了！一棵棵支柱矗立起来了，一架架棚子横跨起来了，木垛长上去了。咔咔！快闪开！轰隆隆隆隆。快呀！煤矿工人们，后退一步就完了，前进一步就胜利了，关键时刻不能当孬种！老丘挥动着大斧，光着膀子，圆睁着血红的双眼，持续不断地发出刚愎而宏亮的叫喊。

　　谁能想到，在即将迎来胜利的时刻，一向做事稳当的安国富怎么会跑到冒顶区去呢？是不是想就近抱几块柱帽回来？他刚进去，就听咔嚓一声，窟窿里稀里哗啦掉下来一大堆。小金子大叫一声，一把把安国富拉出险区，自己却栽了进去，一眨眼就给埋得严严实实。

老顶控制住了，窑神暂时失了威风，可他怎能善罢甘休？他在这儿，狞笑着伸出了白骨粼粼的巨爪。

啊！人们全都僵住了。

一个人哭喊着奔过来，挥舞着双手，一头冲进险区。他根本不管那劈头盖脑的石渣和碎屑，拼命划动两手，把大小石块往四外扒去。啊！他钻到大石头底下了？就听他发一声喊，一下掀翻了七八百斤的大石头。人们定睛一看，啊！李四五？

出来！危险！快出来！

兄弟呀，你刚把粮票给了我，自家就摊上了这样的事，我还没给你道个谢呢，我还不知道你叫啥名字呢，兄弟，你万万不能……

李四五像一头凶猛的豹子，矫健而又敏捷，他用手扒，用脚蹬，嘴里连连喊着："兄弟！兄弟——！"他的嘴里喷着唾沫，喊得岔了声。

上啊！一群豹子上去啰！

上啊！一群老虎上去啰！

什么叫饿？什么叫累？什么叫死？当你的兄弟在危难之中时，这个世界上还有什么可怕的！

常大年的一个指甲掀掉了，让垫路把他一把掀开。垫路心里非常清醒，弄不好就得搭进几个去。可是——说不得了！要搭就先把我这个共产党员搭进去吧！

在这里，就在这里，就在波涛汹涌的煤海上，一个个像乌金那样饱含着光和热的煤矿工人成长起来了。在这里，怯懦的变勇敢，狭隘的变豪迈，自私的变慷慨，刚强的变得更刚强！

嘿！小金子钻出来了，他把脑袋摇得像拨浪鼓，还他娘的龇牙笑呢。这家伙命真大，两块石头给他搭了个窝棚，大伙的心揪得像啥一样，你倒钻在里头打了个屄，你小子真行！

嘿嘿！丰都城里走一趟，阎王见我怕三分，我老金十六岁打天下，什么场面没见过！不信过来看，蹭破一块皮不算好汉，真要缺了零件，我老金再来一回！四五子，我听见你嚎了，行啦，收你当个徒弟吧！

国强呆呆望着小金子，慢慢地咧嘴，哇地一声哭了。他心里有多少话呀，可他说不出来，国富知道兄弟的心理，眼眶里也泛出了泪水。

哭吧！兄弟，这是值得哭一场的。咱俩穿山越岭，忍饥挨冻，背着小铺盖卷，在茫茫人海里寻找归宿，受了多少凄惶！你说天底下没有咱的家，你看这里是什么？这不是咱的家吗？你还能找得着比这更好的家吗？

你看看周围的黑哥们儿，他们的眼睛多么亮，他们的牙齿多么白！他们大声笑着，开着粗鲁的玩笑，解开裤带，抖下那攒了不老少的煤渣子。是得脱光啊，把那家制的裤头脱下去，让咱们在浩浩煤海里畅畅快快地游上一遭吧。

人们，不要忘记这一幕。当你们在整齐宽敞的工作面上，轻松自如地操纵机组的时候，当那强劲的液压金属支架给你们搭起钢铁堡垒的时候，你们不再为饥饿、劳累和危险所胁迫了，这已经是永远过去的事情了，但，最硬的钢铁是在人的心里，当那无数的赤裸的手臂一齐举起的时候，当那无数鲜红的心脏一齐跳动的时候，那才是人间真正的钢铁啊！不要忘了他们，怀念他们吧！

一片安静……

仿佛这里没有一个人……

静得使人耳膜嗡嗡响……

静得使人听到了"静"的声音……

六

老丘坐在干燥的煤粒上，靠着顺槽的棚腿，慢慢垂下了他那硕大的头颅。

他不知道自己是醒着还是睡着，他的身体在往起飘，又在下沉。

他看见，在那遥远遥远的地方，有一条清凌凌的小河，河边站着一个姑娘，像河水那样清凌凌的。这是在哪里？身下凉冰冰的，是把头把他拖进来的，把十岁的兄弟也拖进来了。怎么飘起来了？悠悠忽忽，悠悠忽忽。姑娘嫁人了，因为自家没钱娶，眼睁睁看着小霞跟了人，这事一直在咬心呀，到死也不会忘记……

顺槽里靠帮坐着两排人，像堑壕里的士兵。他们都静静地坐着，大多低垂着头。矿灯的光亮暗淡下来了，发红了，该升井了。

可他们只管静静地坐着。

"工作组"悄悄扭过脸，仔细地打量着老丘，心里荡漾着一波说不出的感情。是什么感情，他的确说不出，只是一波感情。

使脱了力的老丘低低地、低低地呻唤出一个字："……饿……"这是这个金刚神般的勇士梦中的哀婉的诗。谁能听见呢？"工作组"慢慢把手伸进怀里，轻轻地拉出一个手绢包，包里有一个饼子，是准备带到井上拿回家里的。

还拿回去吗？

他慢慢解开手绢的扣结，轻轻地把手绢的四角打开。

小电工在缓缓地收拾着工具，尽量不碰出一点响声。一种神秘的力量让他渐渐仰起头来，在那上方，舒展着、摇曳着一枝碧绿。

（选自《朔方》1982年第2期）

石嘴山市城市文学丛书（小说卷）

月色溶溶

祁亚江

祁亚江（1982—），宁夏西吉人。作品见于《延河》《朔方》《六盘山》等。宁夏作家协会会员，鲁迅文学院西海固作家培训班学员，出版小说集《鼓手》。

好多年以后，我都无法忘记那让我疼痛的一幕。那一天，我的心情很好，我穿着洁白的衬衣，哼着小曲儿，头发光亮地上课。我很庆幸自己能在毕业一年后找个满意的地方落脚，教书对我来说是一件神圣的事情，我把它看得很重。

我的父母为我能找到这份满意的工作而感到高兴，他们整天围着我转，像三岁的小孩一样冲我问这问那，而我总是不大爱理。当他们还不明白这是怎么回事儿的时候，我的思绪早已飘得很远很远。

那时候，桃河水依旧荡漾，微风吹来，送来浓浓的沙枣花香，校园里生意盎然，各种各样的花木竞相开放，有的还垂下碧绿的丝绦。我走在校园里，无比惬意，我的兴奋甚至让所有的人都觉得诧异，他们无论如何也想不明白这个一贯沉默寡言的年轻人究竟有什么开心事。

就在很早以前，我得到了一个消息：她要来我们这儿。

我一听到她的名字就坐不住了，我琢磨着如何跟她见面，如何跟她说话，如何跟她套近乎。

我的学校和她的学校相距很远，这当然是后来的事，考试结束之后，我发现她跟我分的原来不是同一所学校！

我有些担忧，距离的隔膜可能会造成很多麻烦，不知道这种想法会不会应验。

有人说爱只是一种感觉，感知爱的过程远远比爱本身要重要得多。我不知道我们之间是怎样认识的，更不敢想象我们之间到底有没有爱情发生过。

我确切得知她来桃河是在一个星期六的下午。那一天，天气晴朗，却出奇地下了一场雨，路旁的小树显得很干净，一片片叶子清晰可见，像女孩垂下虬结的长长发辫，小镇朦朦胧胧的，看上去像一块毛玻璃，浮土一时间也被细雨打湿了，柔顺地贴在地面上，路口显得很幽静，也少了许多人影。我简单收拾了一下自己，走出门去，我发现我正在做一项意义重大而又十分严肃的事情，等待我的将是一场充满着无数变数和人生考验的痛苦经历。

我大学毕业来到这里。对生活满怀憧憬的我，刚一下车，就傻了眼，展现在我眼前的是漫漫的黄沙，光秃秃的没有一点绿色的褐石山，一望无际的芦苇，还有那不断冒着黑烟的几家洗煤厂，除此之外，什么也没有。我被分进一所学校。说是学校，只不过是有几间校舍罢了，但我感到很知足，因为总算有一个地方可以落脚了，比起那些至今在外面流浪、整日奔波的同学而言，我觉得我已经幸运得多了。看着满院子的黄土和几棵稀疏的小树，我感慨万千，我的心里默默地涌起一种信念，那就是我要好好教书，带出一批好学生，让这个不起眼的学校变得知名。一晃三年过去了，昔日的戈壁和荒滩变成了湖泊，周围还栽上了浓密的树木，马路也拓宽了，远远看上去似乎像传说中的一样不可思议。我们的学校也发生了很大变化，教学楼拔地而起，校园里绿树成荫，一到夏天，各种各样好看的

石嘴山市城市文学丛书（小说卷）

小花争奇斗艳，操场上不断传来学生们读书的声音。

就是在这一年，她来到了这里，我无论如何也没想到她会来我们这里当老师，高兴之余，还是有些不大相信，现在她果然来了。

要论学习，她可远远比我优秀。大学里，她的名字经常出现在奖学金的名单里。

我们不是同一个专业。她学的是文秘，我学的是师范，但这两年教师紧缺，工作又难找，再加上国家招考老师放得很宽，她就到这儿了。让我觉得诧异的是她没能留校，而事实上凭她的成绩她完全是可以留下的，但不知为什么又没能留下。

我想起了我们毕业实习时的情景，回到宿舍，我从书柜里找出那张毕业时的实习照片，仔细地看，不由得想起了她大学时的样子。

我清楚地记得我们第一次见面是在一次读书会上。那一天，我们正在讨论本地一个著名作家的剧本，她就进来了。满教室的人都朝她看，她一点儿也不觉得紧张，反而表现出了一种特有的镇定。稍后，她用宁静的眼神微微斜睨了我们一眼，然后找个座位坐下了。

我坐在教室的最后一排，只能远远看到她的背影和后脑勺。

讲座进行到一半的时候，我往前挪了挪，我承认我想靠近她，并对她看得更清楚一些，可是她并没有注意到我的存在。

我的前排还坐着两个男生，头发烫得像鸡毛一样，且出奇地乱，有时候两人头对头喊喊喳喳地说话，有时候又偶尔抬起头来听一听，干扰得我无法直面她。在这期间，我只看到了她的头发和圆圆的衣领。散会后，我与她擦肩而过，在不经意间，我闻到了她身上所散发出来的像奶油一样的气息。

"有机会一定要认识她。"我在心里暗暗地对自己说。

第二学期的时候，我们又一次见面了，而且是近距离的碰面。我们两个班的大课被排在了一起，通常的情况下，我常常到得比较早，而她总是最后一个到。我们的教室在一个小湖的旁边，坐定后可以看见湖面的荷花，闻到淡淡的荷香。

老师早已在黑板上翻开了讲义准备上课，只是不大注意他的学生。大学里的老师都很少批评学生，有的甚至上了一年课，都不知道你是谁。

铃声刚刚敲了一下，她就进来了，还是那副老样子，不紧不慢，一脸的镇定相。

我们的那个门老坏，在我的记忆中，好像我们学校所有的大教室门都不好，刚一闭住，又会吱吱地弹开。她进来后，得闭好几次门。所有的人都觉得这个女孩很奇怪，总是卡着点儿来，而且总是一个人不声不响地关门。当她关住门，面朝大家的时候，我完全看清楚了她的脸：一张大大的犹如月亮一样宁静的脸。她的眼睛也很大，看上去就像两颗水珠，静穆，安详，让人想起水面的涟漪。

她坐下来，摊开书，朝黑板看，一支笔连同她的手在嘴边靠着。她和我坐得很近，前后就隔着一张靠背。就在这一次，我悄悄地坐在她的身边，她的身上不断地散发出一股香气，我感到一股莫名的冲动袭击了我，以至于让我久久陷入焦灼和苦闷。

石嘴山市城市文学丛书（小说卷）

  天气很热，教室里蒸腾着巨大的热浪。她的呼吸像小鸟的绒毛会经由桌子的反扑喷到我的脸上，我感到一股温热的湿意顿时注入心底，我平生第一次感受到了一种异样的感觉。但我们从来没有说过话。从那以后，我记住了她的样子，并在很长一段时期内无法忘记她。时光每天就这样短暂地结束了，而我总觉得缺了点什么。

  大四毕业的时候，我们还见过两次面。最后一次是在餐厅里，大家碰到了一起吃饭，我们聊得很多，通过谈话，我知道她也是从农村来的，这让我觉得很亲切，距离一下子拉近了许多。但是，那会儿大家人心惶惶，都为找工作发愁，哪有心思去想这想那。

  六月是最残忍的月份，对每一个高校毕业生来说充满着忧伤和苦闷。和许多同学一样，我在极其烦闷的心情中告别了熟悉的萨克斯声，走向不知名的远方。

  当我离开校门，最后一眼回望这个熟悉的校园时，我的眼里涌出了泪花：再见了我的校园、我的大学，明天我将去寻找光明。

  想到这里，我不由得一阵酸楚，那些最美好的时光就这样离我们远去了，一转眼我们已经工作三年了，而我似乎又戏剧般地回到了生活的起点——那个激烈的无硝烟的战场——高中，生活好像又一次在我的身上开始了新的轮回。

  让我无法想象的是，她对中学的恐惧超乎了我的意料。她从刚来桃河的那一天起就想着离开，哪怕是付出再大的代价也在所不惜。

  只要我们在一起的时候，她总会谈起教书，谈起自己对教书的苦恼和乏味。

  她说："你知道吗？我最不喜欢教书了，让我们这些苦苦忍耐了十六年书本的人反过头来再去教育别人，你可以想象那该有多么痛苦啊。"

  我听了点点头，但似乎又找不出一个更好的理由反驳她，尽管我觉得老师这个职业并不像她所说的那样坏。

  "我们所接受的是掠夺式的教育，这种长期的禁锢模式已经深深地伤害了孩子们的心灵和他们对知识的渴求,"她有些犀利,对什么问题总是一针见血,"我曾经多次听到有关专家这样呼吁,但就是引不起人们的注意!反正我是不喜欢当老师,我不想在这个地方待一辈子。"

我默默地听着,不知道说什么好。但是,说归说,在没有找到更好的工作之前,你还得回归校园。

有时候,看到她一脸苦相,我的确很为她难受。我俩相距很远,每次看她都得打的,好久不见我就想去看看她,不为别的,只希望在贫乏的岁月里能给她带来一丝的安慰。我想着总有一天这种局面会改变,一转眼我又有好长时间没去看她了。

当然了,我还要感谢她。她来到这儿也给了我信心,不知为什么,我看到她总是特别高兴,哪怕是听听她的声音也觉得舒服很多。我知道我对她的感受,她也知道我对她的感受,慢慢地,这一切她既没有拒绝,也没有接受,而正是这种朦胧的态度使我把一切都想得过于美好,以至于最终让我失望。

端午节的时候,学校放假,我去找她。她正在里面洗衣服。我进去的时候,她还蹲在地下。屋子里很乱,看到我来她很有些不好意思,忙乱地收拾着。但我很高兴,像位观众,坐下来看她如何收拾。我承认我的心里抱着一种欣赏的想法看着她,我想帮帮她,但又觉得这是一次难得的机会,很难有时间看着她在我的面前一举一动,那就姑且坐下来看看她如何表现吧。

我看着她把一件一件的衣服从洗衣盆里拎出来,抖干净搭在铁丝上,看着她把桌子一把又一把地擦干净,看着她把自己松下去的牛仔裤用两只胳膊肘夹住努力地往上提了提,看着她把自己掉下来的头发向后捋了捋,最后又看着她把自己的床铺用手刨了刨,最终才肯转过身来招呼我。

可是,在这个过程当中她却忽略了一个细节,那就是忘记了收掉自己刚刚吃完饭的桌子。

桌子在刚一进门的墙脚,上面锅碗瓢盆一股脑儿地陈列着,像一个个张开的嘴巴。她很不好意思地看了看，然后笑笑。这间屋子很大，是一间三人宿舍，其余的两人都不在，一个结婚了，一个看到我来趁机溜了。此刻只有我们两个人占据着这个空间，我感到了前所未有的自满和自足。

看到我冲着饭桌看，她显得不好意思。但是她累了，经过刚才这一系列紧张的劳作开始喘着粗气。跟大学时一样，她的身体依然瘦弱，脸颊红红的，一直烧到耳边，她的眼睛大大的，像两个含义丰富的句子在脸上泊着。我说坐下来歇歇吧。她说不累，又开始忙乎了，忙着从桌子底下找水果，从抽屉里找水果刀，但她找来找去却什么也没找到，突然间机灵一动，好像记起了什么。

"哦，床顶头还有一些好吃的呢。"她欣喜地说，随即爬上去。

要够到上铺必然要爬上去。此刻她站在下铺，可是她的个子太小了，又没有护栏可踩，所以必须要站在自己的床上才能拿到东西。在这之前，我并不知道她要干什么，只能眼巴巴地看着她自己站上去，就在这时，我看到了那渴望已久的背影，这的确是一次近距离的审美，但我却毫无杂念。人有时候很奇怪，往往对自己喜欢的东西充满敬意，而这期间她丝毫没有注意，对我而言，过后却夹杂着痛苦和悲伤。

我看着她从床上爬上去，先是脱掉了鞋子，然后踩在褥子上，两只脚尖深深地蹬进褥子，裸露出圆圆的像玉石一样光滑的脚踝。

她还穿着袜子，薄薄的袜子包着脚后跟，像拢着两个虚幻的梦。她的身子就这样被拉长了，展展的上身，腰部以及腿部像一根皮筋一样最大限度地拉长了。应该说此刻的她很吃力，她的吃力绝不亚于一个运动员举起杠铃。这时候，她的上衣就被撩起了，她短短的上衣原本就是要往下拉的，而此刻她还在举手，无论如何也遮不下来，就在这一刹那，我看到了她脊背上黏黏的古铜色的皮肤和美丽的脊椎骨的末梢。

我常以为大自然把最好的美给了人类，此刻她的身上包含了我大学课本里所有无法说出的美。她的确很瘦小，看上去就像个中学生，她的腰部很纤细，我担心它会像一个正在烧制的瓷瓶突然断裂，她的脊椎骨修长、琐碎，微微隆起的骨骼就像一串珍珠一样悬挂在她的脊背上。

若干年后，当我把它用如此真实的语言记录下来的时候，我并不感觉到羞涩和惭愧，反而十分坦然，这是一段忠实的记忆，无论什么时候，你都无法改变。后来，我有机会参加一次文学聚会，见到了世界著名的维纳斯雕像，当我看到在场的人对她大加赞赏而舍不得离开时，我感到了人类的无知和苍白，但我始终都没有告诉他们我的原因：活生生的人体难道比不过一个泥人雕像吗？他们永远都不会明白其中的缘由。

我曾经对她说过我们相识的感觉。但从当初她的表情来看，她对自己的选择和我们的前途始终没有信心，因为她从来没想着要在这个地方呆下去，更无法想象嫁给一位教师会是什么样子。

为了逃避这个地方，她偷偷背着学校又参加了一次考试。

那一天我去接她，阳光很毒，我躲在考场门口一个修鞋大爷的凉棚下等待着她的出现。铃声响过之后，我看见所有的人难民一样往出涌，而唯独不见她的影子，我很着急。我踮起双脚，努力朝里面看，试图捕捉到她的影子，可是人影散乱，我无法分辨她的脸。我在想，她出来时会是什么样子？她能不能考上？假如考上了，又会怎么办？会不会离开这里？答案是可以肯定的。那么，我呢？我又怎么办？是继续留在这个地方？还是也应该追随她去？

我一遍遍地思考着，她就出来了，她显然对自己的答卷很不满意，一脸憔悴相，看到我后沮丧地走过来，坐在老头的小凳上休息。

老人很宽容，什么也没说，对我们的行为表示了默许，继续钉鞋。

我看着他一直钉鞋，叮叮哐哐地钉着，直到把那一根根含在嘴里的黑色小钉全部钉完，然后，又拿起另一只鞋子端详，我们才走开。

"谢谢啦，大叔。"我对他说。

桃河就在眼前。

看到她不高兴，我说咱们去河边散散心吧。她点了点头。

远远看去，两岸的杨柳整齐地排列着似乎在等待我们的到来。我们漫步在河边，湖水像灰色的牛皮一样在微风的鼓荡下翻着白色的泡沫。

这时候，走着的她忽然停下来，捡起一块石子扔得老远，然后冲着河岸大声喊了几句，不小心惊起了几只水鸟。

我们彼此都不说话，任来自水面的风吹乱我们的头发，我看着桃河突然像换了一个人似的失去了往日的光泽，索然无味。

许久，她又一次说话了，说到了离开。说着说着，我突然来了气，并无法控制地朝她发了一通脾气。

"当老师究竟有什么不好？就是穷了点，犯不着你这么贬低它！"我气急败坏地说。

她看着我有些意外，愣了老半天，不知说什么好，我觉得自己有些过分。

"对不起，"我说，"我不是故意的，其实，我在内心还是挺支持你的，你考上了，我应该为你高兴。"

"真的吗？"她扬起婆娑的泪眼问我。

"真的。"我说。

但是，她最终还是没有考上，这年月人事考试不是说考就能考上的。考试的结果是我帮她查的，我怕她受不了，几天后才告诉她，而她却表现出了出人意料的镇定。

从那以后，她再也没有提到离开的事，而我在一方面高兴的同时，一方面又十分担心。我越来越发现她变了，变得苍老了，不到一年的工夫，脸上就出现了衰老的迹象，俨然跟刚来时判若两人。她的学校离我的学校很远，每次打车下去，我都发现她很憔悴，苍白的脸上泛着无法挥去的疲倦。一群小娃娃把她围得团团转，而她总是很少发脾气，孩子们也不怎么怕她。看到我来，小家伙们作鸟兽散，有的还捂着嘴偷偷地笑，一呼啦跑了。

她一手拿着卷子，一手拿着粉笔，脸色苍白、布满灰尘地立在那里。

我说："你看你，嘴唇都裂开了血，是感冒了吧。"

她无奈地笑笑，随即伸出穿着短袖的胳膊腕儿蹭了蹭嘴，然后用舌头舔了舔，付之一笑："就这样了，习惯了。"

回到学校，我翻来覆去睡不着觉，我想了很多，我觉得她的想法是对的，无论什么时候，人为自己的前途考虑没有错，更何况是一个原本就不应该到这里来的柔弱的女生。教师既然这样苦，那就别干了，既然有人经常说它是太阳底下最光辉的职业，那就把它留给这样说的人去干吧。事实上很少有人喜欢当老师，这样说的人更不愿意干。可是它终究得需要人干，那就只能怨你生错了地方，投错了胎。如果你再不努力，那就一辈子认命吧。想到这里，我突然觉得我应该好好感谢她，如果不是遇到她，不是她的这种想法，我也可能始终都不会警醒，人活着如果让自己不开心，即使别人认为你有多崇高，那又有什么意思？

"有机会好好考虑考虑，年纪轻轻不应该耗在这里。"我对自己说。

我想起了我们办公室里一位姓岳的老教师对我说的话："小宋，有机会趁早要跳出去，教师这个行业没出息。"

可笑的是，当初我并没有在意，甚至还有些纳闷，无论如何也无法接受这一盆刚刚泼来的冷水。经过两年多的时间，我体会到了教师的艰辛和无奈，试问当下有谁还能真正静下心来读书？又有谁能够真正关心教师的处境？更别说是尊敬教师了。就像老岳一样自己教了一辈子书不但什么也没有，反而给自己落下了一身的病，不到五十，人已报废，到处生病，至今还没有查清楚。这一切只有了解的人才能体会得到，我觉得他说得一点不假，那就好好努力吧，有

石嘴山市城市文学丛书（小说卷）

机会一定要跳出去。

我为自己制订了一个详尽的计划：每天除了正常上课、批作业、写教案，剩下的时间全部用来看书。一个多月过去了，我突然想到我有好几周没去看她了，昨天，我们学校正好有人去了她那边，说起了她，一提起，我立马想去看她。

下课铃刚响，我就急急忙忙搭上了车。为此，我推掉了朋友再三邀请的聚会，我知道周末了她肯定在。校园里很宁静。经过一个多小时的颠簸，我终于进入了她的校园。

学校的大门敞开着，看门的老头不知道干什么去了，一杯热茶还在桌子上冒着热气。我走进去，夜色披下来，朦胧的月光掩映着的黑黑的校舍只有些轮廓罢了。一只野猫嗖地一下从我的眼前蹿过，吓了我一大跳，但我也没觉得有多么害怕。我轻车熟路，知道应该拐几个弯、转几个圈儿就能到她的宿舍。说实话，此刻的我有点紧张，因为深夜的造访对我来说这还是第一次。

我看到了她屋子里透射出来的灯光，周围出奇地静，那一张铁门就像孩子的鬼脸一样神秘地冲着我笑。我轻轻地走近，走近，准备用手去敲敲门，发现里面并没有上锁。

我想悄悄地推门进去，给她一个突然的惊喜，转念一想又怕有其他女教师不大方便。于是，我犹豫了一下，决定喊她一声。我喊了一下她的名字，轻轻的，声音太小没有听见。我干脆直接推门进去，却被眼前的一幕惊呆了——她依偎在一个男人的怀里。

月光如水……

许久，我走下了台阶。我不明白我是怎么走下去的。月光从云层里泻下来，照着我的脸，也照着这个空旷的夜。当我最后一次回过头看了一眼这个曾经让我留恋的地方时，我又一次泪如雨下。

（选自《朔方》2009 年第 11 期）

黄河静静流淌

陈 勇

陈勇（1951—），宁夏平罗人。著有《黄河静静流淌》《大漠明月》《静土》三部小说集，《养女》《盛宴》两部长篇小说。中国作家协会会员，曾任石嘴山市作家协会主席，《贺兰山》常务副主编，石嘴山市中华优秀传统文化学会主席。

那件事发生在三年前的一个黄昏。

那个黄昏与往日有些不同。

夕阳将要坠入山谷，山凹里倏然窜出一股青云，青云如龙状，于中天升腾，长长的尾巴被如火的夕阳烧得一片彤红。那彤红向天空辐射，于是，天、山一片红色，黄河泛着粼粼红光静静流淌，河岸的豌豆花弥漫起红色的芳香。

胡月兰是在豌豆地里发现自个儿的男人与一个不相干的女人通奸在红色的芳香里。在这之前，胡月兰始终坚信男人对她忠贞不渝。她做好了饭等男人。男人上河滩赶鸭子去了。男人每天傍晚要上河滩赶鸭子。她等得心焦，于是锁了门上河滩寻男人，于是在豌豆地发现了那红色的一幕。

她先是惊愕得倒吸一口冷气，接着便哎呀一声惊叫。那叫声尖啸刺耳，她男人听到叫声旋即扬起脸来，一对还亢奋着的

石嘴山市城市文学丛书（小说卷）

被惊吓的眼睛刺拉拉向她扫射过来。要不是这毫无戒备的扫射，她或许还一时分辨不出那如风推水浪般晃荡着肥硕臀部的胴体就是自个儿的男人。她认定，这就是不止一次与她耳鬓厮磨时说至死就爱她一人的男人时，她的眼神倏然就直了，接着脑袋嗡一声像爆炸了一颗炸弹，接着是一片死寂空白，接着她听到四周涌来一片她似熟非熟似懂非懂傻子扯破嗓门般的吼唱（其实是村子各家屋檐下的有线喇叭里传下来的吼唱）："我不知道我不知道我不知道……"

她听到那声吼唱不知所措，竟也张开手臂鹦鹉学舌般疯吼一声："我不知道我不知道我不知道……"

此后，她就吼唱着这句歌词张狂着手臂满河滩奔跑起来。豌豆秧子绊她一个跟头，汪水的洼地溅她一身泥浆，她全然不知，只是疯魔般奔跑。那句歌词从她那近乎嘶哑的嗓门吼扯出来，把空旷的河滩冲撞得激奋而又怆惶……

此后，村里就有了一个女疯子。

此后，每当曦光普照或夕阳西下，东、西边天际呈现红色的时候，村子里便荡起一声声尖啸、激奋、怆惶的吼唱：

"我不知道我不知道我不知道……"

村子在夕阳的光照下显得十分忙乱。牛羊归圈，炊烟四起，觅食的群鸽从河滩飞回，盘旋在村庄上空。

女疯子又在吼唱了，吼声依然激奋、怆惶。

一辆银灰色出租小汽车，颠颠地走完一段坑洼不平的乡土路，停在一幢浅黄色两层小楼前。

夕阳把小楼和小车同时抹上了红色。

姚月梅钻出小车，沐浴着辉煌的夕光打开房门，从车内往楼内搬运衣物。婀娜的身姿被夕晖浸染得格外妩媚。男人不在家。男人在河东放羊。她不希望男人在家。她只想一个人安安静静地生活。

夕阳坠落，夜幕悄悄降临。

累了一天的村子喘息着安静下来。

只有韩玉柱家的院子仍是一片繁忙景象。

两盏 300 瓦的灯泡把一庭院落照得贼亮贼亮，也把两个光膀子的木匠师傅照得贼亮贼亮。棺材已经拢起，只差上盖和漆漆了。鱼脊样的棺材盖不易黏合，急得木匠师傅汗流浃背。

女人摸着鼓圆的肚子不时地往木匠师傅的茶杯里续水，招呼他们喝茶抽烟。老东西微闭双眼躺在炕上，只剩一张皮和骨架子的身躯微微起伏，拉扯着一丝不断的气。

喀嚓！喀嚓！两把刨子把昏黑的夜刨得一片脆响。

韩玉柱坐在门前一张小凳上抽烟。他眉头紧锁，心绪有些烦乱。按惯例，今晚棺材拢好后，明日得给只剩一口气的老东西祝寿。有人说，快进鬼门关的人，往往因为祝寿，死气让喜气一冲，会神奇般活转过来。他不信。他认定那是愚人说梦。他不愿做劳而无功的事儿，那样，不仅白白耗费一天的精力，而且又要破费掉一笔财。这些年来，他一直在做推销本地农副产品的买卖，他已赚够了钱。他想用这笔钱盖一幢楼，像姚月梅家的小楼那样美观大方，别具一格。可是，明天得给老东西祝寿，得白白耗去一笔资金。

他大口吸着烟，眉头越锁越紧。

姚月梅搬完衣物就急急忙忙清扫房间。半月未归，楼房被灰尘浸染得一片灰蒙。

擦过梳妆台，再擦组合柜……片刻工夫，小楼被清理得明光锃亮，她心头荡过一丝欣慰的快意。

在金沙梁村，她是第一户盖楼房的人家。

在金沙梁村，她是第一个脱离土地的农民。

她丈夫是个羊把式，早先给集体放羊，责任制后，就给自家放。自家的羊发展快，只三年光景，就多得河滩草地盛不下，只好赶到河东大草场放牧。丈夫一年难得回几趟家，回家放下一笔出售羊毛羊绒的钱住一晚上就走了。丈夫在外放羊，她也不种地了。她把包下的地租给村里人种，她只管在家裁缝衣服赚钱。早年只裁缝，近年买卖做精了，连裁缝带采购批发。一趟广州、杭州跑下来，时兴衣服采到家，再批发给个体摊贩，钱就赚下了。她赚了钱就精心打扮日子。两层小楼建得别致，室内家具明亮晃眼。

她坐下来歇息。

暮色降临，窗外一片昏黑，无边的孤寂包围了她。

她突然觉得一阵凄凉，不由打了个寒战。什么都有了，什么都满足了，唯一不足的是丈夫。

丈夫只会放羊，别的什么都不会。丈夫身上气味难闻，手脚黑得要命。干干净净的席梦思床，他回来睡一晚就滚脏了。楼房设有卫生间，她温了水让他洗个澡再上床，他不干，嘴里还嘟哝着骂，骂得荤脏，不堪入耳。

她眼中不禁涌出孤独的泪滴。

棺材盖还是无法黏合，木匠师傅斜眼瞄几下，咔嚓咔嚓刨几下。女人又从屋里走出来，鼓圆的水壶在鼓圆的肚子下悠悠晃荡。跨门槛时脚绊了一下，一个趔趄向前冲去，壶内的水荡出许多。她恼羞成怒，满腹怨气向男人兜头撒去："抽不死呀你抽，抽死了才解恨呢！抽死了明天就拿棺材装你……"

韩玉柱不吱声，仍旧低头抽烟，心里却骂："你咋不死？刚才跌一跤摔死才解恨呢，摔死了少罚几千元。"他说的罚款是指女人肚里的孩子。已是第四胎了。

前三胎都是丫头。

八个月头上,他带她上医院通过他的一个很铁的哥们走后门用B超照过那个娃,断定腿岔间的东西同前三胎没啥两样。可是,他越是说她肚里怀的是丫头片子,女人越是坚信他和他的哥们勾结起来糊弄她,越是坚定了怀到底的决心。

他恨透了这个女人!

现在,他才晓得年轻那阵子把娶女人过日子的事儿看得太简单太幼稚了,那时,他不知道日子竟是这样复杂。那时他想,女人嘛,说到底就那么回事,只要生理健全能生娃娃就行。可是,日子越往后过,就越觉得不是那回事了。他要打扮岁月,把日子过得精神些,光彩些。女人却不管这些。女人只知道生娃娃,只知道要儿子,只知道生不出儿子就号啕大哭骂天骂地。

一支烟抽完了,续上一支,接着抽。女人续了水整身回屋,仍旧骂骂咧咧。

他想起身一刀把她宰了。他也想一刀把自己宰了。要不是自己作孽,女人的肚子无论如何也圆不起来。他厌恶女人,关键时刻,又挡不住女人的诱惑。当公鸡一声长鸣撕破沉寂的黑夜唤醒黎明时,身下的那东西便在蒙眬的睡意中被一只手拨弄得坚硬起来,周身的血液也在那一刻迅猛异常地流动起来,于是,在一声声莺歌般的召唤声中,他不顾一切地翻转身来情绪亢奋。在一次次被诱惑被召唤被使用,眼见女人的肚子隆起时,他才意识到被愚弄了——女人根本没用什么避孕药,也没放什么安全环。他才知道,男人在这种事儿上,是那样容易被愚弄。

姚月梅用温水冲了个澡,掀开床罩钻进被窝。

仲秋的夜晚十分静谧。只有韩玉柱家的刨木声咔嚓咔嚓响得清脆。她睡不着,大睁着两眼想心事。

冲澡前,她就听到了那清脆悦耳的刨木声。她打开房门站在阳台上朝刨木方向瞭望,方知刨木声出自韩玉柱家的院落,方才看到那院落明晃着一片灯光。她的心顿时凉了半截。要不是有那刨木声和晃眼的灯光,她会毅然走向韩玉柱。这

石嘴山市城市文学丛书（小说卷）

次南下广州，她精心为他选了两套西装。她要约他来试衣。她有满腹的话要对他讲。在金沙梁村，她唯一能瞧得上眼的就是韩玉柱。她记得她心里装下他的日子是那年初夏。

那年初夏河滩的豌豆花开得特别旺盛。

那天的天空似乎比往日明亮，小楼四周的庄稼青翠碧绿挺拔着腰身。韩玉柱就是在这样的时刻走进她家小楼的。

他像是刚从外地回来，一身西装革履，胸前紫色的领带把一张棱角分明的脸映衬得英俊而又庄重。他进楼后就说他来参观一下这个小楼，他也想仿照她家建造一幢小楼，他说他也欣赏她家的家具摆设，还说他天南地北跑了一遭，还没见过她这样既耐看又会打扮日子的女人。

她听到他夸她心里就涌上一层甜蜜的快意。

在金沙梁村，没有多少人欣赏她家小楼，多数人是嫉妒。她很客气地把他让到客厅坐下，倒了杯颜色鲜艳的饮料请他喝。在金沙梁村，拿饮料招待客人的，也就她一家。盛饮料的杯子也考究，凹腰形状，咖啡色彩。

不知为何，她倒饮料时竟有些心慌，手也有些抖，以至于把杯子递到他手中时，泛着泡沫的饮料晃晃悠悠荡出了许多。

就在那一刻，她觉得心中把他装下了，再看他时眼神就有些异样。也就从那一刻起，她觉得出入这座小楼的，就该是这样一位潇洒健美英姿勃勃的男人。

此后，他们就无休止地谈笑、扯磨。谈笑扯磨间，她发觉他注视她的眼神也有些异样，以至于端杯子喝饮料时手也有些抖动，以至于把已喝浅了的饮料又荡漾出许多。

她希望他多来小楼几趟，哪怕不做什么事儿，只要多看他两眼拉几句家常，她就满足了。可是，他老不来。他就来了屈指可数那么几趟。他不来她就遐想，就痛苦万分。

棺材终于黏合上了，木匠师傅舒了口气。老东西在炕上展躺着，迷迷糊糊，喉咙里呼扯着一口气。

他到另一个世界去居住的老屋已经合拢，只剩下刷漆装潢了，这个他不知道。明天儿子要设宴给他祝寿，他生前将在村人面前荣耀最后一回。这个他也不知道。

冥冥之中，他只记得儿媳妇的肚子一天比一天鼓圆。他盼望那鼓圆尽快塌陷，从中滚出一个哇哇啼哭的生命。

这个热切的期望鼓舞他把自己的生命延续到今天。

他得的是要命的胃癌。三年了，村里得这种病的人顶多维持两年，他却比那些人多活了一年。

他还要继续活下去。

半年前，他粒米未进昏昏沉沉眼看就要断绝维系生命的那口气，就在儿女们扶他起来穿寿衣的那一刻，他失神的眼睛忽然看见了儿媳隆起的肚子。他像注射了兴奋剂，眼睛倏地光泽明亮起来，喉咙口呼扯的那丝气也神奇般粗壮通畅了许多。他知道儿媳肚里又有了。只要有了，就有生男娃的可能。为此，他要顽强地活下来。只有活下来，才能亲眼看到那团生命的诞生。他果真活到了今天。

姚月梅还是睡不着。

她用柔软的手抚摸着自己光洁的身子，心中涌上一层莫名的燥热。她希望摸她光洁身子的是一只异性的手。那手焦渴滚烫雄壮有力，且万般温存，绵绵情长。

然而没有。只有自己的手烦躁地抚摸。

她摸着了小腹上的一棱刀疤。她摸着了那刀疤就不由得一阵伤感。

她只生了个女儿就听乡计生员的话瞒着丈夫结扎了。她要裁缝衣服，要出门做生意，没工夫抚养娃娃。娃少拖累小，人活得精神。她活着就图个精神。确实，十里八乡的女人数她活得精神。她30多岁了还像个20多岁的小媳妇，面皮不皱胸脯不塌眼睛整日汪着水。她丈夫发觉她小腹上的刀疤是夏日的一个夜晚，那晚丈夫照例不洗澡，天擦黑就逼她上床。丈夫做完那事手还不闲地在她身上乱摸一气。摸来摸去摸着了那刀疤。他摸着了刀疤就惊奇万分问她怎么回事。她知道没法隐瞒了，就照直说她结扎了。他如同惊雷轰顶，呼啦掀开被子坐起来。他痛苦的脸抽搐成一堆横肉。忽然，他大吼一声跳下炕冲进厨房，黑暗中操起一把明晃晃的菜刀。那一刻她没有惊慌。她以为他吓唬她，未必真敢做。不想，他冲到床前就把明晃晃的刀对准她的脑门劈下来。她机灵地一滚，刀劈在枕头上，响声四起，蒲毛乱飞。她见第二刀又要劈下来，就毫不犹豫一脚朝他裆下那嘟噜东西踢去，一脚踢个正着。他哎哟大叫一声扔了刀抱着肚子滚扑在床上。她趁他打滚呻吟的当儿迅速穿上衣服躲到了门外。

那夜，她躲在外边没回家。半夜时分，他听到一个男人痛心疾首的号哭冲破黑暗荡响全村。嚎声悲切、苍凉，把黑沉沉的夜渲染得阴森、恐怖。

听着那嚎声，她不禁产生了几分内疚，也有几分悔意。

打那以后，丈夫不再听她的话了。丈夫变得粗暴、蛮横。每次回家，除了宣泄生理快意，就是对她胡吼乱叫。她觉得这样过日子实在没意思极了。她本来对丈夫就不满意，这样一来就更不满意了。

两盏300瓦的灯泡一直亮到半夜。韩玉柱坐在那张小凳上守候到半夜。

黎明时分，姚月梅睡着了。她做了一个温馨的梦。

她和韩玉柱漫步在一片豌豆花丛里。蝴蝶飘飞，花香四溢。他们拥抱着滚进那片粉红色的海洋中……

一声激奋、悲怆的吼唱，把她从甜蜜中震醒。

是女疯子在唱。

曦光普照，又一个白昼来临了。

祝寿是在傍晌开始的。

一口紫漆棺材由四个壮汉抬入院内，担放在两张长条凳子上。只剩一口气的老东西让儿女们搀扶着挪出门外，倚在棺材头前的躺椅上，瘦骨嶙峋的身架，走了魂般东倒西歪。

鞭炮齐鸣，人头攒动，骄阳四射，寿光璀灿。

孝子孝女在棺材前跪倒一大片。

最先跪倒在老东西面前的是韩玉柱。

他跪下去的时候觉得很乏困。他想就地躺在那儿睡一觉，这一觉睡得越死越好，眼睛一闭周围一切荡然无存，只有阳光，只有阳光照耀下的绿色大地。可是，事与愿违。他真切地感受到有两道强烈的光束打到他身上。那光束尖利无比如麦芒刺背，针砭得他周身燥热难耐。他用眼角余光朝那光束的发祥地扫描了一下，进入他视线的是一张俏俊生动却也哀怨愠怒的脸。他猜不透那愠怒是对他这种跪拜行为的轻蔑还是别的什么。他内心激荡不安，身上热汗涔涔……

女人跪地后就把头叩得山响。

她叩首十分艰难，得把整个脊背变成弓形臀部高高撅起才能完成那个额头点地的高难度动作。况且，气也憋得难受，得大口急促地喘息才能维持全身供氧的需求。然而，她还是忠诚而有礼节地把头叩得十分响亮。她觉得在这样一个庄重肃穆的场合里，绝对不能有半点马虎和随意。对祖先不敬就是对自身的糟蹋。她生不出儿子，或许就是因为她对祖先的不敬，送子娘娘有意惩罚她。婆婆在世的时候，她曾骂过甩过拿眼睛剜过，临了归终时，她也没端上一碗热水让她喝。她记得第三个娃娃呱呱坠地时，她曾急不可耐以闪电般的速度朝腿岔下瞥了一眼。她没有瞥见她盼望的形状如壶嘴样可爱的东西。她当下就急昏过去。醒来后她大哭了一场。她在痛苦的号哭声中大彻大悟。她乞求上天让她的婆婆再活转过来，她将以百倍的孝心千倍的敬意把婆婆服侍得周周到到。她可以用舌尖舔净婆婆眼中的秽物，挤出奶汁滋润婆婆身上的痂疮，她没能如愿。她把这孝道挪放到公公身上。她虽然没有用舌尖舔公公眼中的秽物，却也用柔软的掌心揩拭过公公的脸颊。她虽然没有挤出奶汁滋润公公身上的痂疮，却也用温热的毛巾无数次地替公公擦过身子……

她忠诚而有礼节地叩过三个头后，突然感到肚子剧烈地疼了一下，像谁拧了一把似的疼了一下。她忍了几忍没忍住，还是哎哟唤了一声。儿媳的一声尖唤虽不甚明显，老东西还是听到了——敏感而真切地听到了。

方才孝子孝女们把头叩响的时候，她肚里的那团疙瘩忽然刀剜斧凿般剧疼起来。疼痛如电流辐射全身，以至于她在疼痛中身子一歪差点栽倒在地。儿媳的尖唤如一股神风将那疼痛软化殆尽。他突然来了精神，脸上的汗也在那一刻停止了涌动。他知道这是一个明显的信号，是生命出世的前奏曲。这个前奏曲起奏得并不响亮，他还是真切地感受到了。他感受到了就倏然睁开双眼，惊喜万分地把藏匿已久的目光投到儿媳滚圆的肚子上。

寿光璀璨，骄阳四射。一片庄严肃穆中忽然飞起一声撕破阳光的吼唱："我不知道我不知道我不知道……"女疯子不知啥时钻进了看热闹的人群中。她是看到了那个金黄寿字的大红底色条件反射仰天展臂扯开嗓门吼了一声。

浅黄色的两层小楼内热闹异常。

正午时分，来了几个个体摊贩。

姚月梅把采购来的衣物摊在宽阔明净的地板上，让他们随意挑选。她早就跟他们混熟了。他们无所顾忌，跟她开着荤素掺半的玩笑。

欢声不止，笑语不断。双卡收录机的喇叭，飞扬着缠绵柔情的歌声："十五的月亮照在家乡照在边关，明静的夜晚你也思念我也思念……"

女人被送进了医院。女人前三次生产都是在医院。医院里一片雪白。

穿白衣戴白帽捂白口罩的大夫边检查边询问，当得知女人要生的是第四胎时，眉头紧锁脸色难看说话冲人："你们咋就不知羞臊？都四胎了还要生呀！中国落后、中国的事儿难办就坏在你们这些蠢货上！"

韩玉柱的脸烧得搁不住了，头低成九十度埋在裤裆里。地板光滑无缝，要是有缝他就一头钻进去。

女人似乎没听到，也许是听而不闻，脸不变色心不跳，仍旧捧着骄傲的肚子落落大方地接受检查。

女人进了产房。

男人禁入，只好在产房前门的长条椅上坐下等。

一位三十出头的黑脸汉子挨着他的肩胛坐下。黑脸汉子寂寞难耐摸烟来抽，同时敬给他一支。

他摆摆手，告诉他这里不许抽烟。

黑脸汉子性格外向，话多，拉扯几句后，就唠唠叨叨只管自己说。他说他老婆这次也是生第四胎，前三胎生的都是小子，为了生个如花似玉的女儿才不惜罚款才拿出了个哪怕砸锅卖铁当乞丐的勇气怀了第四胎……

韩玉柱不言语，只是默默地听。他心里暗骂天地造就了人而不该让人再制造人，而应由天地继续制造下去。

产房内传出了婴儿的啼哭。最初是清亮单调的哭声，须臾又加进了一个。两种啼哭一前一后奏响，呜哇呜哇哭得响亮悠扬，就像美丽的清晨两个号兵迎着朝阳鼓圆腮帮吹响了铜号。

洁净优雅的产房门缓缓开启，两位年轻漂亮的助产士一前一后推出两辆产车。奇怪的是女护士漂亮的眼睛意外地没有透出鄙夷，并且友好地冲他和黑脸汉子笑着，说他们的女人都生得很理想。他听到"理想"就痴了。他搞不清是眼前的护士撒谎还是两个月前照的B超出了问题，抑或是产房内的医生们做了手脚。

一辆手扶拖拉机被拦在医院大门外。

躺在手扶拖厢内的竟是只剩一口气的老东西。

老东西听说儿媳生了个长鸡鸡的男娃就兴奋得睡不着，就胡喊乱叫不依不饶

石嘴山市城市文学丛书（小说卷）

逼着女儿女婿用手扶把他拉到医院。他等不住了。他怕一时半刻一口气上不来看不到他日思夜盼的那团宝贝东西了。要是那样，他去见祖宗时心里就不踏实。

小东西从暖融融的护理室被抱出门外。

太阳西下，没有风，只有阳光斜斜地照射，大地明晃晃洋溢着一片暖意。

小东西被抱出屋突然呜哇呜哇放声啼哭。小东西的啼哭如音乐般美妙无比。

老东西听到啼哭浑身陡增力量挣扎着要坐起来。

老东西脸上挂满欣喜的笑纹。老东西心里荡起幸福畅快的涟漪。

老东西看到一团褴褛缓缓解开，褴褛内露出一个粉嘟嘟的小躯体。小躯体双手乱扬，双脚乱蹬，拼命啼哭。他先看到一张如鲜嫩花瓣样粉嘟嘟的脸。他的目光在粉嘟嘟的脸上停了一下便迅速下滑，滑过胸脯滑过小腹停在两腿间如蚕豆般大小的鸡鸡上不动了。西下的太阳很恩赐地把光斑打到小鸡鸡上，小鸡鸡随着起伏的啼哭一抖一抖灿烂辉煌。老东西的目光也灿烂辉煌。灿烂辉煌的目光盯着灿烂辉煌的小鸡鸡凝聚成一个灿烂辉煌的太阳……

蓦地，老东西脸上绽现的笑纹悄无声息地凝固了，灿烂辉煌的目光也在那一刻僵死凝固了。

小东西仍旧哇哇啼哭，小鸡鸡仍旧一抖一抖释放辉煌。老东西死了。老东西如释重负身盖一条白布单平躺在手扶拖厢里，无忧无虑地原路返回。

小东西也不能在医院呆了。大人们为了顾及死去的老东西不得不抱着他回家。他回家途中得到比老东西优越得多的待遇——乘坐出租小汽车。

太阳依旧悠悠西下，阳光依旧暖暖照射，黄河依旧静静流淌。大小不一的手扶、摩托、小汽车就在铺满阳光的乡间小路缓缓行驶。

又是一个繁忙、多情的黄昏。

这个黄昏没有飘香的豌豆地，只有夕阳照耀下的黄褐色土地和尚未收割的庄稼，还有一座婀娜多姿的两层小楼。

小楼迎着夕阳傲然而立，淡黄的墙壁被彤红的霞光浸染得一片胭红。有鸽群从远处的河滩飞起，飞过霞天擦过小楼没入一片低矮的村舍中。

姚月梅迎着霞光站在阳台上，扬首朝村外大路尽头极目眺望。她穿着紫色紧身健美衣，线条分明的身段在霞光的映照下更富神采更具魅力。她脸上满布忧愁哀伤。她想在夕阳中捕捉一丝希望以荡涤心中的哀怨。

半下午时分，她男人突然回来了。带一大笔钱回来了。仲秋，正是羊肉上市的季节，他卖掉了一批膘肥体壮的羯羊。他到家后就把一摞钱掏出放在桌子上，以展示他的才干。他的脸和手依然污垢满布，进门后也不洗一下就端起一碗剩饭坐在沙发上大口嚼咽，几粒饭渣粘在长长的胡须上，随着牙床的错动一抖一抖。他见姚月梅穿了件紧身衣就命令她脱了，不然他就拿巴掌扇人。他说他不在家她穿这沟是沟坎是坎的衣裳给谁看？她顶撞说他不会欣赏，他就会拿鞭子赶羊捧起碗吃饭脱了衣服钻被窝。他见她顶撞，他果真就张开巴掌扇了人。

她在夕阳下站着。她极目寻找她的希望。她终于找到了。她先看见一辆手扶冒着青烟驶下大路朝村中开来，之后她又看见了一辆漂亮的小轿车跟随在手扶后，最后她才看到手扶后边还有辆摩托车，是韩玉柱常骑的那辆紫色摩托车。前边的手扶拖厢内躺着谁，中间的小轿车内坐着谁她全然不顾，她关注后边的摩托车。她看见摩托车拐下大路驶向村子时忽然停住了。摩托的主人两脚着地扬首朝她的小楼上瞭望。她不由一阵激奋，脸上的忧愁悲伤荡然殆尽。她忘乎所以仿照电影电视镜头扬起手臂朝他使劲挥了挥。摩托的主人看到她挥手也扬起手臂朝她挥舞。

夕阳更加璀璨地照耀，不远处的黄河静静流淌。摩托车停了片刻复又向前驶去。这时，她才听到小轿车内婴儿的美妙啼哭和手扶拖厢内大人们悲痛的哀嚎。

就在美妙的啼哭和沉痛的哀嚎声中，她又真真切切听见一声撕破嗓门的吼唱："我不知道我不知道我不知道……"

（选自《中国西部文学》1991年第5期）

石嘴山市城市文学丛书（小说卷）

最后的猎手

李万成

李万成（1953—），回族，内蒙古磴口人。在《回族文学》《民族文学》《清明》《江南》《山东文学》《安徽文学》等刊物发表文学作品多篇，被《小说月报》《中篇小说选刊》转载多篇，著有长篇小说《荣德堂》《俞家祠堂》《长河落日》三部，出版小说集《纳林河》。《最后的猎手》荣获宁夏第六届文学艺术奖三等奖。

　　从乌云其其格温暖的毡包出来，走在空旷的大漠上，人就小了，身上还散发着乌云其其格那撩人的女人味儿。月亮点亮大漠，柔和的银白使人觉得虚幻，猎枪一下一下拍打着右腿，心里安全又舒适。他们终于斗不过那独耳公狼的家族，派朝日格图来请我了。"好啊，去杀独耳狼的家族，太好了，独耳狼是猎手光荣的归宿。为了它才另里玛走了，巴图也走了，如今该我了，杀死它们，要不它们杀了我。"亢奋如火，三年来的煎熬顷刻云散，情欲似春潮决堤，扒掉乌云其其格的衣服扑上去，生命深处的撞击使这姑娘震颤不已。老嘎查可能感到我前仰后合地乱晃，又拿出"水上漂"的绝技，多少年来它就这样无数次稳稳地把我从大漠上驮回家，只要发现我醉了。老牧人说，搁在民国年间，这峰骆驼就成了大烟贩子偷越卡子的好骑乘。

突然听到一个男人爽朗的大笑，吃了一惊，却是自己，笑声还响在戈壁的旷野上……走进原始梧桐林子，月亮藏哪了？恍惚间又回到了乌云其其格火辣辣的怀抱。乌云其其格发了疯，不顾一切地扑下来，一对坚挺的奶子直直地压下来，我立即被挤压进温柔的深渊。

理好枪背带，甩开缰绳向后抽去，老嘎查机警地转动着耳朵，抽动着鼻子，平稳地走着。真的，醉了，后悔刚才挣脱乌云其其格的臂膀走在戈壁上，真是的，今晚在乌云其其格毡包里美美过一夜，明天再去找独耳狼群也行。老伙计，我醉了，快回家！枪管急促地拍打着右腿，老嘎查在加速呢。

"巴图是枪走火死的，是枪走火死的……"每当我们爱得难舍难分的时候总有个声音在反复回响着，天真的乌云其其格怎么会知道我心的哭泣与漂泊呢？为什么当年死的不是我？难道是我开的枪吗？

忽然，森林深处涛声涌来，沉闷如同从冬牧场归来的骆驼群，戈壁在震颤，老嘎查突然飞快地向斜刺里狂奔，前边有棵枯树，千万别撞上了。妈的，这老骆驼今晚疯了？不祥的声音从后边赶来，脑后有巨树刮折的爆裂声，飓风卷着恐怖袭来，一大群受惊的马向我们狂奔。我持枪推上子弹，面对几百匹喷着白沫的惊马，又无奈地放下了。老嘎查突然向后转，狂吼一声，喷出一股白沫，那头马一侧，几百匹狂奔的马和我们擦肩而过，搅起半天的沙石尘土，失群的绵羊蓬蒿般轻巧地翻卷远去，大地在抖动。我们仿佛被风卷进黑洞里，帽子、围脖立即被剥走。狡猾的老嘎查岔开四蹄把我挤在枯树上才躲过一劫，转眼灾难已过，好像什么也没曾发生过，刚直起腰，半截树桩从天而降，砸在老嘎查脖子上，这老畜生腾空一跳，我就飞了起来……

啊，是老嘎查，用柔软的鼻子拱我脸呢，该死的，你跑啊，怎么又回来了？我使劲睁开眼，月亮这么圆、这么大，天真低啊。老林子静得像洪荒远古，深蓝的天穹明净如洗，一碧万顷。多好的夜啊，娴静如处女。月亮凑到脸跟前来看人，

石嘴山市城市文学丛书（小说卷）

多么柔和，好脾气的月亮，要不是看到骆驼脖子上湿漉漉的血，真当是在天堂呢。老嘎查像个饶舌的老妇人，吹着鼻息，用鼻子拱我的脸。好吧，老伙计，真醉了，咱们回。刚一起身，我禁不住大叫起来，"啊！"左肋像被掰掉一样痛，左臂脱臼了。忍着剧疼，右手伸进皮袍里一摸，粘糊糊一手血，糟了，受伤了，冬天血旺，这可不好！忍疼再往里摸，真的，一根又冷又硬的红柳茬子插进了左肋，一动，血又涌流出来。这荒原上几十里没人烟。枪！赶快开枪，听到枪声，乌云其其格骑骆驼有一个时辰就能赶来。伸腿勾了半圈儿，心中一惊，坏了，枪什么时候丢的？下意识地摸摸怀里，火柴，还好，火柴好好地装在胸前的皮袍里。天哪，在大漠上丢了火和枪，就等于丢了命。不行，要想活，就得走，又一阵眩晕……给我枪，巴图，开一枪，快！不，我不能死，我还有乌云其其格，给我……我热切地伸着手，月亮俯下大脸盘儿冷冷地看着我。

　　咳！别做梦了，巴图早死了三年了，他把自己打穿了，拳头大一个窟窿……就是这支枪，德国造双管猎枪，多少年了，烧蓝还没退呢！

　　那年下大雪，封了湖，居延海的狼群没了吃的，窜到了草原上，牧场遭了狼灾，乌云其其格家的羊场一晚上被咬倒了几十只羊，她阿爸才另里玛也就在那一晚打光子弹丢了性命。这些轻易不到草原上的狼群为什么先袭击才另里玛羊场呢？牧人们用王爷般的礼节葬了才另里玛。现在，他们来找我和巴图，老猎手死了，是该我俩出阵了。备好烧酒冷肉、腰刀弹药，骑上矮脚和老嘎查这两峰骆驼，我们上路了。久未出猎的猎狗兴奋地跑在前头，跟踪到第四天，我们发现了新鲜的黄羊骨头，这是被一群凶残的狼咬死的黄羊。猎狗和老嘎查嗅到了狼群，为了不被狼群过早发现，我们拴好猎狗，两峰出过猎的骆驼轻轻地向敖包滩抄过去。"快，拴毛绳！"我们从褡裢里拿出驼毛绳拴在骆驼脖子上，人隐在骆驼左侧长鬃下潜行，经常出猎的两峰骆驼故技重演，分头包抄，为了分散狼群的注意，我俩从下风头靠近敖包滩。这个大滩夏季茂草千里，一到冬季到处散弃着牛羊野兽的白骨。

矮脚是个诡计多端的杀手,它不紧不慢地把巴图带到狼群的跟前,我们把猎枪架在骆驼脖子下的毛绳圈里,离狼群越来越近了,矮脚边往跟前蹭边低头啃雪,把巴图遮在浓密的鬃毛里。那群狼见天上掉馅饼——来了一峰小骆驼,呼啦撒个半圆冲上来,被皮套勒住的猎狗挣扎着要往上冲。巴图一直等着狼群冲到十几米处突然连发子弹,冲在头里的两只大狼一头扎在他脚下的雪窝子里,我从侧面连发两枪,又打死两只,前后被袭,狼群大乱。突然一声崩云裂帛的狼嗥,狼群齐刷刷折向西南飞奔而去,巴图放开猎狗大叫:"追!"我俩骑上骆驼疾风般冲下敖包滩。追呀,我的好狗,快追上了,可狡猾的狼群专拣雪深处跑,一连翻过了几道高雪梁,猎狗渐渐追不动了。可骆驼不怕深雪,撒开四蹄狂奔,蹶得雪粉飞扬,往眼里嘴里扑。距离越来越近,在狂奔的骆驼上巴图抬手一枪,一只狼翻下雪梁,死了,狡猾的狼群钻进了老林子。我俩的皮袍、帽子全给树枝挂烂了,只好撒开骆驼,牵着猎狗钻进老林子。徒步追了四天四夜,饿了啃冷肉、喝烈酒,渴了砸纳林河的冰吃。晚上在火堆旁喂饱了猎狗,只能一个人先睡,另一个人荷枪实弹地等着。从狼群行动的迅速诡秘判断,狡猾的头狼还在。看着古河道旁那行深深的梅花爪印,巴图忧心忡忡:师傅交代过,居延海的狼群里,有一只独耳公狼,善于从背后偷袭,一旦遇上了千万不要追得太紧。有一年暴风雪惊了马群,那公狼偷袭找马的老猎手才另里玛,被才另里玛一闪身躲过,随手飞去一刀削去公狼的右耳。不用说,这家伙沿着古河道,带着它的家族回居延海了,一旦进了那浩瀚无边的苇荡,不但斗不过它,自己还有危险哩!现在,人和狼的体力都消耗到了极限,人和狼都得时时嚼一点冰降降体温补充点水分再跑,狼群在长途奔袭中,来不及吃东西就分食体力衰弱的同类,来补充热量。可是人呢?我们只有紧紧追着狼群才能得到食物。从群狼口中夺下那些被追得跑不动的狼,到现在我们已经杀死了五只掉队的狼,人和猎狗只能靠这个补充食物。在这种体能高耗的情况下,谁先离开古河道,谁先死。那只老狼已经两次在黄昏时踩着清晰的爪印走向

石嘴山市城市文学丛书（小说卷）

大漠深处，却用尾巴把返回的爪印扫掉了。巴图说不追了，就地掏个雪窝子打尖。第二天，刨开积雪从雪窝子一爬出来，那行熟悉的爪印又出现在古河道旁。巴图说："看，正是独耳狼的爪印，它想把我们领进大漠深处渴死，看我们穷追不舍，说不定还会绕到背后袭击我们。"进了又密又黑的老林子，每根枯枝的断裂都让人毛骨悚然。我只得把猎狗的脖套解开，猎狗围住了一只掉队的狼，分食了它，我们已经没有喂猎狗的食物了。我和巴图端着上膛的枪减慢追赶速度，吃完肉的猎狗兴奋起来，往前追去。现在我才知道才另里玛每年冬天带一群猎狗在老林子里一走一两个月冒着什么风险，也只有今天我才体验到他一个人是怎样和狼群周旋的。第五天，沉寂了几天的荒原骚动起来。一大早霰雪朦胧，气温骤降，飞滚的雪团压灭了篝火，大烟泡儿要来了，气温会下降到零下四十多摄氏度。如果矮脚和老嘎查不来接应，独耳狼明早真可以带着它的狼群来啃冷尸了。巴图急躁起来，也只有他能明白我们目前的处境，他胳膊上挂着枪攀上高大的梧桐树向居延海方向瞭望，说："看看今天能不能追上，能追上全杀死它们，追不上立即返回，看天气今晚的大烟泡儿不小，会冻死……"砰！砰！两枪，巴图倒栽下来，等我扑上去抱起他，他却冲我一笑，一看，皮袍打飞一大块。"你想干啥？我可认不得回去的路，把枪给我，毛手毛脚的。看着勾响枪的那个狰狞的树茬子，我心里一下发毛了，甩过腰刀砍掉那茬子，猎狗趁势向刀落的雪地跑去。大烟泡儿提前来了，天地混沌，林中的雪团像疯狂的马群，风卷着大雪在荒原上驰骋，像一头发了狂的白熊摧枯拉朽地冲进老林子，发出一阵天崩地裂的声音。稀疏处的梧桐纷纷被折断，像无数双大手在折断筷子。两人屏住气各抱着一棵大树一筹莫展，风雪中老嘎查寻踪而来。巴图高兴地跳起来大喊："矮脚！矮脚！"矮脚没有来，老嘎查背后只有茫茫雪原，那峰年幼的短腿骆驼没经历过大烟泡儿，在生死面前它抛弃了主人。查看完老嘎查侧腹部和后腿上的伤口和冰凌，在老嘎查的后蹄上发现了血痂，看来有狼毙命在它蹄下。"快上，过一会儿都走不了啦！"巴图喊道。

老嘎查艰难地卧下，我把两支枪挂在鞍桥上，骑了上去。"巴图，快上！"我大声向巴图喊道。"你听，有狼！"巴图边说边顺手摘下他的枪，冷不丁踢了老嘎查一脚，老嘎查吼一声站起来就跑开了。"砰！"一枪，一片血雨喷过，巴图倒在雪地上，我从骆驼上跳下抱起他。他艰难地说："只能回一个，杀掉独耳狼！""巴图，巴图，你要坚持，我认不得路！"巴图向我身后一指，原来老嘎查又返回来卧到我身后。是啊，它能自己找进来就能再找出去。高大的巴图头一沉死在我怀里，巴图死了，失去心爱的姑娘之后，又死在猎狼的路上。我把靴子给巴图穿好，用腰带把他绑在高树杈上，骑上老嘎查踏上艰难的回家之路。老嘎查除了起卧艰难，跑起来仍然健步如飞。后边传来狼嗥声，啊，饿疯的狼群团团围住悬挂着巴图的那棵树，正在逃跑的猎狗突然返回箭一般冲向大树去守护主人，我闭上眼就能感觉到它们被狼群撕碎分食的惨状。它们为救巴图，也为了救我和老嘎查。狗的厮咬声停止了，完了，我的狗，它们从小在我毡包里长大，冬天就偷偷钻进我被子里，毡包外一有声音就露出一溜小脑袋……老嘎查逆风狂奔，我闭住两眼紧抱住驼峰。天地被风雪搅成怒吼的狮子，我把仅剩的肉干抛向后面，想引开围着巴图的狼群。那次侥幸逃回。老嘎查的伤半年后才好，精明的巴图当时就看出它受了重伤，不可能驮着两个人跑出来。

第二年春天，纳林河水欢快地流淌，一场春雨过后，草原上汪着千万面镜子，映着蓝天白云。牧草从镜子里潜滋暗长，草长莺飞，花儿混合着牧草的清香，小羊羔在浅草上撒欢儿，牧羊的姑娘和小伙子应和着牧歌。在美不胜收的春景中，我带着矮脚和老嘎查跋涉到那片老林子，用牧人的葬仪葬了巴图。在那鸟语花香的天地间，除了我和两峰骆驼，谁又能知道一个猎手心中的悲伤？

那年的那达慕，有赛马、打靶、射箭，还有摔跤。天仙般的乌云其其格也来看那达慕。博克庆们各显神威，巴图是才另里玛的关门弟子，从小看着乌云其其格长大，在乌云其其格还是小姑娘时就爱着她。可是我也长大了，我更爱她。当

石嘴山市城市文学丛书（小说卷）

　　她长到十六岁就一天比一天漂亮。那柔美的腰肢，匀称的小腿，丰满的胸脯像敖包滩上盛夏的两座翠峰，一举手一投足的娴静，顾盼生辉的眼波。啊，那眼波会说话哩，汇聚了天鹅湖、居延湖的秀美，看一眼真让人失魂落魄。只要看她一眼，只一眼，就无法控制自己。巴图是有名的摔跤手，他转着脖子里的将嘎，使出手段，已经摔翻五六个小伙子了。我从来没赢过他，可今天不一样，今天乌云其其格来了，我必须赢，必须！摔跤时鬼使神差地往巴图裆里虚晃一脚，巴图下意识地伸手一挡，我乘虚举起巴图——这草原雄鹰，常胜巴图被摔倒了，全场欢声雷动。我刚接过一碗庆功酒，就被乌云其其格扑上来抱了个满怀。从那天起，我闻到了乌云其其格的芳香，也就从那天起，我的灵魂，我的生命，再也离不开乌云其其格了。

　　老嘎查跪下来拱我，鼻息噗噗作响，老家伙以为我死了。要起来，拔出这茬子，钉在地上，天亮前降温要冻死的，心里一急，那茬子在里面搅彻心肺的疼痛使我眩晕……那个血腥的冬天，第一场暴风雪刚到，草原就陷入了恐怖。大雪封山了，狼群饿极了，只能洗劫牧场。才另里玛牧场、乌日娜牧场、朝日格图牧场先后被狼群洗劫了……年轻人用羊肉包了炸药下在牧场周围，炸死了不少狼，可咬死的羊仍然有增无减。又下了狼牙夹子，夹住了不少狼，也打断不少狼腿，狼群的报复更疯狂了。人们来找我，我估计又是独耳狼带着它的家族到草原上来觅食。

　　为干掉它，我和老嘎查风餐露宿一个月，才在天鹅湖边的沙地上发现了它的行踪。我放走老嘎查，藏进娜仁图雅的羊场，为了不让独耳狼警觉，我没告诉娜仁图雅。这是离天鹅湖最近的牧场，喝完了水，狼群今晚必来。下半夜，羊群安静地反刍，大漠风起，独耳狼带着它的狼群悄然来到羊盘。羊在惨叫，几只牧羊犬厮咬了一阵，败下阵来，向毡包后面仓皇逃去。我静静地趴在羊群中激动地等着，就像第一次拥有了乌云其其格……独耳狼像个熟练的屠夫，每一口都准确地咬断一只羊的脖子，它只有杀戮，没有叫声。好，终于扑倒了面前的一只羯羊，只听羊脖子骨头咔嚓有声，借远处的天光，我悄悄地把枪指向独耳狼："死吧，你。""砰！砰！"两枪，铁砂从我头上尖叫着飞过，一只狼中弹扑倒在我的枪管上，那个凶悍的娜仁图雅边开枪边冲进羊群，羊炸了群。讨厌的女人，可那天在娜仁图雅毡包里我发现她死去的男人留下的一张十几丈大的捕野鸡的网，这张结实的网引起我的好奇。

　　后来，狼群不见了，独耳狼像个幽灵在牧场上反复出现，乌云其其格又背起她阿爸的猎枪，每晚提了马灯带着牧羊犬巡查羊场，有一晚她查了三回，天亮时羊还是被狼咬死了。"狼什么时候来的呢？"乌云其其格不明白。"它就在你马灯下黑影里，你走它走，你停它停，等你回了毡包，它就开始咬。""你胡说！"乌云其其格吓得抱住我不松手。"不，这是巴图说的，也是你阿爸教他的，在有狼的地方提风灯要提低，提高了就有老狼为了找羊场隐在黑影里跟着你来回走。"那一夜，受了惊吓的乌云其其格睡着后都搂着我不敢松手。得干掉它。以后的几次伏击，都因独耳狼的警觉而失败，我心事重重。"想谁啊，你？""我想狼，你说我藏在哪个羊圈它就不进哪个羊圈，它闻见什么了？""它闻见你的味儿了！"对啊，我为啥不抹一身羊粪？它就闻不出来，对，披一张羊皮！

　　"乌云其其格，把那只老骚胡杀了，舍得吗？"

　　"你疯了，那是阿爸特意留下的羊！"

　　"你爱不爱巴图？"

　　"爱，他是我哥呀！"

　　"你爱阿爸吗？"

　　…………

　　乌云其其格长长的睫毛噙满了泪珠。

　　只有杀了老骚胡，我裹上那张大羊皮，才能骗过独耳狼。眼看到了冬天，再打不死它只能等明年了。

　　"你杀哪只羊不好，非杀老骚胡？"

"你看看我这个头,哪只羊的皮能绷到我身上?"

"那……我答应你,可那是阿爸的羊,我不忍心,我找乌日娜去,你自己在羊盘上杀吧!"

裹上膻味刺鼻的骚胡羊皮,顶着大大的羊头,小羊羔们习惯地围着卧在四周。下半夜,独耳狼悄悄向小羊羔走来。咔嚓!独耳狼咬断一只小羊羔的脖子,吱吱有声地吸起血来,独耳狼的尾巴几乎扫住我的脸。我看着它强劲的后腿,两腿间拳头大的两个卵子,我心狂跳得像第一次搂住乌云其其格。砰!砰!我从火光硝烟中跳起来,独耳狼被打中了,子弹从胯间射入,洞穿前胸,肠子喷射在羊场上,可它仍然站着,撑着粗壮的前腿,高傲地蹲坐在羊盘中间。羊群惊惧地紧围着毡包挤成了一团。但是,仇人相见,分外眼红。为了巴图,为了我三年来所受的煎熬,我狠狠举起枪托……

"乌云其其格,这狼皮铺在你阿爸睡过的地方,它会保护你,无论过多少年,只要有狼从附近经过,这狼皮马上鬃毛倒竖,无论铺多厚也会扎醒你!"

"巴特尔,你给阿爸、巴图哥报了仇,你就是我的亲人!"搂着这个失去所有亲人的姑娘,我心中一阵酸楚。

过罢年,总算安稳住在家里了,乌云其其格像过节一般高兴,开始捣酥油、捏奶酪了。朝日格图来找我,又有三个羊场被狼群袭击,而且狼群发了疯,打死也不退。春天狼该回居延海,怎么反倒出来了?我看是因为独耳狼没回去,母狼们倾巢出动了,这种情景不能硬打,我想到了娜仁图雅的大网,和朝日格图商量好围猎计划,喝完酒他就骑骆驼回去准备了。满脸忧虑的乌云其其格问我:"你又要走了,去多长时间?"

"大概一个月吧!"

"不,我不让你走,我们刚过了一个月。"

"我是猎手啊!"

"再住两晚上，就两个晚上，好吗？我一个人住怕了！"

"好吧！"反正朝日格图准备好也得几天，先住下再说服乌云其其格。

该回牧场准备围猎的东西了，一直到半夜，依依不舍的乌云其其格才送我出来。我吻吻乌云其其格，接过巴图的猎枪，心想：我要去见巴图了，心爱的乌云其其格，原谅我，这是猎手光荣的归宿。

起啊，老嘎查开始哀叫，叫声传在深夜的荒原上，要离开这里，不能死在这里，若死在这里，明天牧人们都会说："听到了吗？巴特尔到乌云其其格家串房子串死了！"多难听！不行，我得离开这里。起！双手撑地一使劲刺啦一声，皮袍被撕掉一大块，不怀好意的红柳茬子尖锐地戳在冻地上，惨白惨白，像掰掉的一根肋骨，血涌出来。我从靴子里拔出刀子，割一块衣襟，裹在刀鞘上，压在伤口上用腰带紧紧勒住，剧痛使我弓成个对虾。老嘎查灵巧地侧着把头伸进我身下，一甩头把我甩到背上，痛得我大叫一声，抱住驼峰。天哪，这老畜生疯了，生着方儿要杀我。老嘎查静静地卧着，等我不喊叫了，才轻轻起来往回走。

妈的，如今这年轻人，还是蒙古人的子孙吗？他们鄙视我们串房子，骂我骚胡，可他们呢，一点儿公德也不讲，打狼不用枪，用肉包了炸药炸，狼也是生灵啊，怎么能骗着杀呢？往年戈壁上无边无际的红柳吐着紫穗，微风拂过，像婀娜多姿的姑娘，你在红柳林里走着走着，上头伸过一个骆驼头来，和善地看看你，又安闲地低头吃草去了……如今额济纳旗成立个什么公司，收购红柳，人们又把红柳当成了摇钱树，割你就好好割吧，他们腰都懒得弯，割下满戈壁半尺高的红柳茬子。牛羊到了发情期，常有顶架的公牛、公羊被扎死在茬子上。去年一只大肚子母狼被追急了，划在茬子上豁开了肚子，小狼崽掉在戈壁上，都会动了……割吧，红柳割掉流沙又活了，埋掉了多少梧桐林，河道也被淤埋了，往年哪来这么多沙尘暴，天天刮？割吧，把祖宗八代就长满戈壁的梭梭砍完红柳割完，还说不定割出什么来呢。

石嘴山市城市文学丛书（小说卷）

　　妈的，我被暗算了，如今这人们不尊重猎手，才另里玛的黄金时代已经过去了，他们背后叫我骚胡，如果不是对付不了这群疯狼，他们才不请我呢。可这阴险的茬子，不行，我……要坚持回去，乌云其其格说月底……等我呢，分手时，那对眼睛都盼得要说话了。"乌云其其格……乌云其其格。"我不停地叫出声来，防止自己昏过去。不能掉下来，千万不能……乌云其其格还等我喝奶茶呢！

　　血随着每一次颠簸在流，左腿尿湿似的难受，血从靴子里漫出来，冰凌散落在荒原上，老嘎查闻到了死气，开始狂奔。老伙计，我知道你想救我，再快点儿，血止不住，等血流完我就掉下来了。千万不能死在这片牧场上。去年过年那档子事就够丢人了，从吉日格朗图喝完酒连夜往回赶，摩托开得太快了，从纳林河桥上飞出去，直达冰河，摩托飞出二十多米。第二天天亮，人们发现我时，我躺在冰河里，后脑勺在冰上化下碗大个坑，枕在那坑水里打鼾呢，这件事成了草原上人人皆知的笑话……是啊，狼都可以用肉骗来炸死，那么猎手除了喝酒还能干什么呢？我为什么没赶上才另里玛时代，那老人是多么受人拥戴啊！猎了一辈子狼，临死也轰轰烈烈交给了狼。我呢，成了草原上最后一个猎手，人们遭到狼害，首先想到的不是我，是炸药，我是最后的猎手，要保持猎手的尊严。这是才另里玛的牧场，他是猎神，没有人配躺在他的领地上，更别说死。快，老伙计，跑……跑出去。乌云其其格呀，给我力量，让我再跑半个时辰……只要半个时辰就够了。有风从耳边掠过，跑啊，从来没见过一峰骆驼跑得这么快，耳朵尖叫一声，声音又尖又长，像根钢丝从耳朵里抽出，拉在远远的后面。完了，耳朵冻干了。就是能活着回去，一进热毡房，这只冻成蜡质的耳朵一扑撸就掉了。看来这只从狼嘴里抢来的耳朵还是被冬天要走了。

　　那年到居延海倒场，天刚擦黑儿，草丛里跃起一只狼，从背后扳住我的双肩，腥臭的热气噗——噗——直扑脖子。我知道，这畜生在等我回头，只要一回头，一口就咬断我的脖子。才另里玛讲过他在山里走夜路，有狼跟上了，搭住他的双肩，他知道不能回头，一回头，它会一口咬住你的喉咙。才另里玛那次没带刀，手里只有走热了脱下的外衣，他往后一披蒙住狼头，双手攥住狼爪子，一直把狼领到悬崖上，一个大背跨，把狼扔下了悬崖。我没那胆子，慢慢拔出腰刀反手猛捅，刀刃从狼背扎出几寸，耳朵还是被那畜生咬掉一块。乌云其其格说这是天打的耳记，再也丢不掉了。她最爱含住吮这只耳朵，弄得我浑身痒痒。

血滴在戈壁上发出炸裂声，气温最少也在零下四十多摄氏度，延福寺的金顶金光闪烁，宗喀巴像一片辉煌。佛啊，佑护你的猎人，佑护你的骆驼，让我再跑一会儿，只一小会儿，快！一甩缰绳，听到有东西掉下去，清脆的细瓷碎裂，再见了，我的耳朵。想到乌云其其格，一阵辛酸。老嘎查撒腿飞跑，直跑得口喷白沫。跑啊，让我死在大漠上吧……那里，才是狼和猎人的地方！

多耀眼啊，三百米木墙栽好了，五十米豁口上，陷阱挖好了，那古老的罗网伏在沙子里，四面火光和猎手们的呐喊，狼群冲向豁口，好！一群狼全被扣在网下。乌云其其格，这猎神的女儿，擦干泪水，身背阿爸的猎枪，带着百十个小伙子，手持红柳棍向狼群打去。打呀，全部打死它们，一个也不留。它们违反了古老的规矩，在小羊羔出生的日子闯进羊场，它们必须死。这是最后一个猎人的嘱咐，猎手最高的荣耀你有了，我的心肝。

头顶轰的一声，金星闪烁，心一下子空了。再见了，我的心肝，总算跑出乌云其其格的牧场。对，跑吧，向大漠深处跑吧，那就是祖先归天的地方。原谅我啊，我像片干枯的叶子，对女人和烈酒的渴望都从茬子扎的那个窟窿里流光了……

（选自《回族文学》2001年第6期）

石嘴山市城市文学丛书（小说卷）

胖嫂的致富梦

李小军

李小军（1981—），笔名白雨。宁夏隆德人，现居住石嘴山。宁夏作家协会会员，宁夏文学艺术院第一期青年作家创作班学员。

俗话说，好事里有瞎事，瞎事里有好事。

好事里的瞎事就被胖嫂遇到了。胖嫂以前把骂人咒人当喝凉水。她谁都敢骂，谁都不怵，掂一张烂嘴想怎么骂就怎么骂，想背论谁就背论谁。杨柳村人碍于乡里乡亲的情面，不和胖嫂一般见识，不，是划不来。俗话还说，狗咬你一口，你总不能反咬狗一口。所以，村里有人叫胖嫂疯狗、闲话筒、闲话罐罐，也有人叫她肥猪。不过这些妖号没人当着胖嫂面叫。想想看，谁愿意把不疼的指头往磨眼里塞！

胖嫂这次出事，与她形肥体胖的身体有直接关系。一米六不到，体重超过一百六。小腹赘肉下垂至裆部，走路得小心翼翼，生怕把这堆肉蹭破弄烂似的。她这样走路，让我想起一个人，旺仔。旺仔为人老实，三棒打不出一个响屁，一坐到凳子上就不再起来，连茅厕也不上。一天语文课上，满头银发的女老师在教室来回踱步领读，走到旺仔跟前，忽然飘来一股恶臭味。旺仔拉裤裆了，他走出教室时的姿势，像一支移动的圆规。胖嫂现在走路正是这样的姿势。

众所周知，脱贫攻坚战到冲刺阶段，剩最后两年了。在这紧要关头，村里养殖业如雨后春笋，养猪养羊养牛的户数与日俱增。放在以前，一家顶多养头过年猪。村部贴出通告，严禁搞养殖业，要养先去村部申请专用土地盖猪圈羊圈牛棚。养猪的人家也会遭到邻居们的另眼相看，说臭气熏天，夏天招苍蝇。现在大不相同，上面提倡鼓励大型养殖。没走进村庄，远远就能闻到牲畜的粪便味。

以前村里人见面问候打招呼的方式是这样：

"吃了吗？""吃了。"

"吃的啥（饭）？""天天就那几样儿，清油细白面。"

现在是这样：

"你家评上建档立卡户了吗？""评上了。"

"养的啥？""羊，牛，或者猪。"

胖嫂家左邻右舍都成建档立卡户了，根虎天生秃舌，说话含混不清，连他也养了十几头羊。自打养羊以后，老趿拉着鞋的根虎娘也像换了个人，不再像以前那样邋里邋遢懒懒散散了，有事没事不管农忙农闲，往大门前水泥路面上两腿岔开一坐，和胖嫂一起逛闲，打"三五反"或者"升级"。养羊以后，根虎九千元买了一辆二手无篷蹦蹦车，成天突突突来突突突去，不是拉草就是粉饲料。根虎娘也不咋游门子了，有事没事与羊为伍，清理羊圈卫生，添草倒料啥的。用村里人的话说，忙得脚后跟打屁股蛋子。

根虎家羊圈在后院，和胖嫂家茅厕紧挨着。不论胖嫂去后院上茅厕还是拣拾柴火，一听到根虎家羊咩咩叫，心里急得像猫抓。着急，羡慕。听说根虎盖好羊棚，还领到三千元补贴哩，这三千只是给羊棚的，如果养够二十六只羊，还有额外补贴。闲坐着拿钱的事,谁不眼馋。胖嫂一个人在家。男人在工地干木工,按天工算一天二百六,如果包工的话五六百不等。胖嫂逢人便吹嘘,自个儿男人多有本事多能耐,攒劲得不得了。胖嫂锅底下不架火是常有的事,嫌一个人做饭吃饭麻烦,常以桶装方便面、酸辣粉果腹。吃桶泡面她也炫耀吹嘘,清油白面有啥吃头?在她心里,花钱买来的都是好东西。谁不知道是胖嫂懒。胖嫂有一儿一女,女子是老大,六年前就嫁到甘肃去了,听说还住窑洞,听说女儿要嫁到干旱少雨的地方去,胖嫂十分不愿意。把他家的,有啥办法,娃娃愿意。胖嫂现在已经有两个外孙子了。儿子高考勉强够上二本线,毕业一年多,在种子公司上班。儿子考上大学那阵儿,胖嫂尾巴翘上天了,没上过学的胖嫂以为二本有多吃香,一副趾高气扬的神情,大言不惭地说,她可是大学生的娘!前脚说完,后脚刚走,惹得几个女人拍着屁股笑话。碎妹妈笑得最欢。可不是嘛,人家碎妹读的兰州大学,完了又读研究生,现在在名校任教。

　　在钱财上,胖嫂不逼。前几年儿子读大学有点吃紧,现在手头宽裕着呢。每到夜里,一个人躺在炕上翻来覆去睡不着的时候,就越热眼根虎家一棚羊。胖嫂脑子里想羊的时候,好像有那么几只感应到似的,咩咩叫几声。撩拨得胖嫂越发睡不着。她就在心里骂自个儿男人,干脆死外头别回来!以前只要胖嫂有个头疼脑热,一个电话打过去,无论男人多忙,都得屁颠屁颠赶回来。这次胖嫂说了修羊棚养羊的事,男人变得磨磨唧唧,没以前顺从了。胖嫂为养羊的事,一个月打过五次电话了,男人石头一样,就是不回来。胖嫂有一次在电话里吼叫:"你像个老鳖一样往啥时节下苦呢,眼看你碎大(指儿子)胡子黑压压的,靠打工能挣来彩礼钱还是买楼房的钱?"在省城给儿子买套房,是胖嫂盘算二年的心愿。胖嫂总是这样,骂起男人来像数落龟孙子。有一次在村巷,男人和几个人在逛闲,胖嫂在院子里扯着嗓门骂:"你像半截子猪大肠一样,杵在那儿图你长得好看哩!"男人无地自容,从脸到脖颈,刷的一下全红了。

男人拖到秋后才回来，免不了胖嫂又一顿戳剥。放下铺盖卷的第二天，就叫人往来拉砖、彩钢瓦、棚布等建筑材料，男人亲自去镇上建材市场选的。

　　既然决定养羊，院里的鸡舍啦兔子窝啦，得统统拆掉。养过两年兔子，一来胖嫂吃腻了兔子肉，二来兔子窝里散发出的骚臭味实在难闻，还要给拔草，当姑舅一样伺候，两年下来，已够天够地。鸡舍里还有几只鸡，开春小鸡买得多，成活率低，活下来的不到三分之一。刚捉来几天，个个唧唧乱叫，活蹦乱跳，三天不到，相继夭折，一天死一两只。那段日子，胖嫂早晨起来的第一件事，尿盆都不倒，先去鸡舍看看，心里嘀咕，不知今早又死几只？每死一只，胖嫂都用铁锨端着，在后院掏个坑埋了。埋小鸡的时候，单怕被邻居看见。胖嫂曾给邻居夸过海口，养个鸡娃有啥难的？轮到她养的时候，和当初想的截然不同。不光胖嫂，好多人都忽略了一点，曾经的老家地处深山老林，环境阴湿，不像搬迁来的杨柳村，沙漠气候，常年见不到几滴雨，严重干旱，容易滋生细菌。想把老家的老一套搬来，再次沿用，显然不可能。不死才怪，不死绝算大幸。现在胖嫂家鸡舍里仅剩两只母鸡，用胖嫂的话说，好像属相不合，一只强，一只弱，弱的鸡屁股上的毛都被强的叨掉了，光秃秃的，极其难看，有时候血往出渗，很残忍。胖嫂打心底讨厌这只强的，想把它宰了顶锅盖。借这次修羊棚的机会，处决了正好。

　　材料很快准备齐全。为节省工钱，胖嫂和男人没有请人帮忙。胖嫂受自身体重限制，啥活只是象征性地干两把，码地基用的毛石得男人用大锤敲，沙灰得男人和，一锨水泥三锨沙子，和的时候胖嫂在一旁捉着水管子浇水，边浇边嗑麻子，不是浇偏了就是浇多了。男人干活干躁了，边和边骂："别一天到晚皮嘴亏得跟半个烂碗似的，缓一阵儿不行吗？"胖嫂岂是饶爷爷的孙子，男人的话像火星子，瞬间点燃胖嫂这串炮仗，于是噼里啪啦把男人痛骂一顿。胖嫂骂男人就骂男人，结果揽得宽了，把男人的祖上捎带上也骂了。这下男人真格发火了，执着铁锨对准胖嫂的嘴，说她的嘴像牛的水门子，想说啥就说啥，再骂他先人就把她的嘴铲掉。胖嫂从没见过男人发如此大的火，自认没趣，怂下来半截。

赶到立冬，土层上冻，胖嫂两口子才将地基码好。看来今年修羊棚无望，得往后放一放。谁晓不得冬天砌的砖墙酥着呢。

转眼到了年跟前。三天年一过，当别人都在忙着走亲访友时，胖嫂家的重点工程又动工了。胖嫂计划好了，依旧不请人，加上放假在家的儿子三个人干，赶在外面工地开工之前，把羊棚盖起来。羊棚盖起来，养羊就交给她，父子俩该干啥干啥去。要不是修羊棚，她不打算让儿子回来。回来顶啥用，洋芋头一样，光晓得吃饭睡觉捣手机。眼不见心不烦。眼瞅着快瞎了，本来不大的眼睛快眯实了。但胖嫂的话他当作耳旁风，屁用不顶。晚上捣手机不睡，白天寝在炕上不起来。任胖嫂在院子里走出来转进去地骂，人家只管睡觉。

其实胖嫂和男人有所不知，儿子已经把种子公司的工作辞掉了，等过完年重新找工作。和他一起的一个高中同学，没考上大学，早早去银川打工，凭着对电脑的热爱，当了电脑销售员。胖嫂儿子读大学的时间，人家已经开始赚钱了。四五年过去，要房有房，要车有车，光女朋友已经谈过四五个。可他的媳妇不知道在哪儿，不知丈母娘有没有生下来。

在胖嫂出进唠叨的过程中，儿子干得格外卖力，二十四五的小伙子，干起活来，一个顶胖嫂三个不在话下。关键是眼高手低，不动弹。胖嫂和儿子给男人打下手，男人很快得站在长木凳上砌砖了，通过一个月鏖战，羊棚初见成效。站在凳子上再砌三层，差不多达标了。

正月出来，交上二月，男人以一己之力，终于将围墙码好，钢梁一上，彩钢瓦一铺，再苫一半棚纸，就大功告成。剩下倒饲料的槽很简单，不像老家那样石头垒黄泥墁，彩钢板折一个U形槽，往羊棚里一放，要多洋气有多洋气。

就在彩钢瓦铺好，拉棚纸的时候，意外发生。胖嫂从半人高的墙头掉下，跌在硬化过的水泥院里，半天起不来。男人和儿子手忙脚乱把胖嫂架起来，搀扶进屋。胖嫂疼得头上渗出细汗，本来锅墨一样黑的脸，变得更黑了。男人建议叫车去医院，胖嫂示意不让。嘴里骂骂咧咧："巴望不得我死是不，钱多得生蛆了是不，有进医院的钱不如割二斤牛肉吃。"胖嫂是猫吃姜瓜子，光在嘴上挖抓。

儿子去村卫生室买来一堆治跌打损伤的药，跌打丸、三七伤药片和一些名字绕口的镇痛药、消炎药。胖嫂见儿子买这么多药，哗啦放在炕头，又开始骂人了："把你养这么大，第一回给老娘买药，看来一晚夕肚子没白疼。"胖嫂就是这样，肉烂嘴不饶。男人和儿子见她能骂能说，不再坚持去医院。

一个月过去。两个月过去。胖嫂的尾巴骨还在隐隐作痛，睡觉不能平躺，走路不能直腰，上茅厕蹲下去起不来。男人领到医院一拍片子，尾巴骨靠上有一处骨裂。

医院不建议直接做手术，服药一个月再复查。三个月过去，再复查，裂缝原模原样。胖嫂在医院楼道里，逮着男人一通臭骂，嫌他不早些带她来医院，骂着骂着扯到上古时期，说她嫁进杨家没过过一天好日子，他大他娘盼着她死，现在两个顶了土包的终于如愿了……

胖嫂正在口若悬河、滔滔不绝，有医生出来，让她小点声，说这是医院，不是牛羊市场。

胖嫂腰部膘太厚，做完手术，打上钢板，缝合时，里里外外分三层缝合。

三个月后拆钢板。等待的日子里，家里出了三件事，件件都是大事。女儿的阿公大开拖拉机干农活，连人带拖拉机滚下山坡，命算保住了，一条腿截肢了。儿子开朋友新车上路，撞向路边的电线杆，上一秒还新崭崭的车，下一秒成了一堆废铁。男人在伺候胖嫂的过程中，眼睛动不动红得吓人，眼皮肿得像杏核，吃药输液不管用。几个月修养，胖嫂没瘦反而更胖了，现在一百八十斤了。每次拄着拐杖出来，像两根筷子挟了一个特大肉丸子。

家里接二连三出事，一定得请阴阳先生，打整打整，敲一敲，念一念，禳一禳。

石嘴山市城市文学丛书（小说卷）

　　胖嫂一提出来，男人就同意了。阴阳先生没来之前，胖嫂就抱怨男人，一定是在院子里胡修乱建动了太岁了。以前在老家，砌一下烟囱，补一下炕眼门，都要翻皇历，选个好日子。自打搬来杨柳村，就把那一套全撇了，丢得干干净净。连盖新房、修羊棚这么大的事，也没有请阴阳掐掐算算。

　　八月十五刚过，阴阳先生就来了，此人村里人都熟悉，提起他媳妇的爷爷，曾是轰动四方的大阴阳。奈何老阴阳年老时子孙无人继承他的衣钵，唯有孙女儿的女婿对阴阳这一行当感兴趣。老阴阳不遗余力，将此生所学传授于孙女儿女婿。

　　岁月沧桑，如今的孙女儿女婿也成长为老阴阳，名扬四方，方圆百里特别出名，大大小小的白事，总有他的身影。出门进门车接车送，即便不接送，往返车费都得主家掏。

　　胖嫂家打整屋子的那一夜，邻居们都知道，镲声铃铛声诵经声，响至深夜。第二天一清早，几位早起下地的老人经过胖嫂家大门，绿色铁大门上悬挂着一只竹篾编的筛子，贴着门倒扣着。

　　看到筛子的人都明白。胖嫂家昨夜请阴阳打整屋子了。挂着的筛子说明了一切，她家在忌人呢。忌人时限为七天，七天之内，外人不得入内。

　　挂上筛子的第三天，乡上有人来村里检查、落实羊棚有关事宜，对验收合格符合政策要求的，给予一定数额补偿。工作人员一行来到胖嫂家门前，见到用红丝带拴系挂在门上的筛子，一头雾水。经村干部解释，工作人员好像明白什么。于是，一行人在村主任的带领下，指指点点议论纷纷地去了下一家。

　　胖嫂家的羊棚没有经过验收。

　　几天以后，胖嫂和男人因为没有得到补偿款又闹起来了……

（选自《大武口文艺》2022年冬季刊总第8期）

除夕

宋友仁

宋友仁（1937—），河南孟津人。宁夏作家协会第一届、第二届理事。1959年开始文学创作，先后在国家和省级报刊发表各类文学作品近百万字。其中小说《乌金》《父女》《除夕》等多次荣获铁道部、宁夏及兰州铁路局、石嘴山市等文学创作奖。

"喂——"

一听那柔和的声音，魏国祯就知道是妻子薛占英打来的长途电话。他看看夜光表，才6点过5分，便带着讥讽的口吻说："你白天睡够了，也不替别人想想！我是3点钟才躺下的，太太！"

"哎呀呀！书记同志！"薛占英大声喊着，"人家整夜不合眼，你知道不知道？你倒能躲清静！家里事儿不管不问，少睡一会儿还发火！"魏国祯知道妻子的脾性，你只要一搭腔，她叨叨起来就没个完。你不理她，她说几句也就完事儿了。果然，停了一会儿，薛占英急不可待地告诉他：最近城里建成了几幢住宅楼，房管处的邢处长答应分给他们家一个单元，五间带厨房，年前一定得搬进去，还要把现在住的三间腾出来，调给别人。今天是最后一天了，让老魏赶快想个办法。老魏心想，自己常

石嘴山市城市文学丛书（小说卷）

年在外，子女已全部参加工作，都不在家里住，妻子一个人住三间房已经够宽绰了。作为铁路工程局的党委书记，魏国祯一向对自己要求很严，生活上从来不搞特权，这房子当然不能调。他把自己的想法告诉妻子，并再三叮嘱她，现在需要住新房的人很多，一定要注意影响。放下电话以后，他怕妻子有反复，还专门给房管处邢处长拨了长途电话，让他抓紧把房子分给更需要的人。

时间还早，可老魏再也不能入睡了，他在考虑着除夕这一天的日程表：有几处重点工程，节日不能停工，有几个工地，要特别做好保卫工作，305大桥要合龙，317隧道今天打通。这些，他都要亲自去检查。还有几个工段长，他约好了今天找他们谈话，晚上在春节联欢晚会上还要讲话，晚会后去食堂包饺子，和全局职工、家属一起欢度春节。想到这些，老魏急忙穿上衣服准备早一点开始行动。他先给汽车库拨了个电话，安排好车，然后去办公室取文件。他拉开房门，止不住倒抽了一口冷气。灰蒙蒙的天空里，懒洋洋地飘起了雪花。"较劲啦！"他咕囔了一句，匆匆走进办公室。

魏国祯一走进办公室，写字台上的电话铃就响起来。他顾不上拍打身上的雪花，便拿起耳机，里面又传来那柔和的"喂"声。他以为还是房子的问题，便生气地说："我知道你会有反复，已经和老邢说死了，让给别人……"他的话没有说完，薛占英就尖厉地叫起来："哎呀呀！书记同志！你以为我多愿来回倒腾！这辈子跟着你，搬了多少次家，哪次不是苦了我……"忽然，她压低嗓门说："喂，告诉你，他们的朋友今天晚上都赶来，这可是难得的机会，你一定要赶回来热闹热闹，一定！"

老魏知道"他们"是指他的老大和老二。老大今年27岁，对象谈成5年了，还没有结婚。老二也25岁了，由于她哥的事儿没有办，她也等着。这是薛占英心口上的大事儿，不知道向魏国祯絮叨过多少遍了。可是，魏国祯心里装的大事千千万，那能顾得上这些家务事呢？他耐着性子向妻子解释除夕一天排得满满的日程表。他的话还没有完，老薛已放下电话，这显然是无声的抗议。

整个上午，魏国祯跑遍了近百里山区的十几个工地，听汇报、作指示、查重点事项，累得他腿都抬不起来，话也懒得说。12点整，他刚走进一个工地食堂，便听到有人喊他："魏书记，长途电话！"老魏拿起耳机，便说："你的消息可真灵通，也不让我喘口气。"他的判断不错。果然，听筒里又传出了薛占英那柔和的"喂"声："喂——你听我说，别的事你尽可以抛开不管，放心当你的书记，可你管不管逢春的事？""她不是已经抽回来了吗？""哎呀呀！"老薛的声音又尖厉起来。"孩子下乡3年，什么苦没吃过！好不容易抽回来，又分到车站，技术学不到不说，还得上夜班，整夜整夜地熬，你倒忍心。"逢春是老魏最小的女儿，生她那年，薛占英落了个心脏病，不能照顾孩子。老魏那几年是又做爸又做妈，就是这个缘故，他对小女儿确实有点偏爱。这两年只要能挤出点时间，他就到乡下逢春那里住几天。听完妻子的话，老魏沉吟了片刻，问："已经决定了吗？""邢处长刚刚打听到的消息，还有假？"老魏沉吟了一会儿，很坚决地说："那就按组织的决定办。""你也睁眼看看,有几个头头的孩子在第一线?"老薛哽咽着说:"可咱们,全在第一线,一个比一个苦!""就按我说的办,不管别人!"老魏气愤地放下了电话。

接完这个电话以后,说不上为什么,魏国祯心里很不舒服。他胡乱吃了午饭,便催促司机继续赶路。下午2点,当他赶到另一个工地时,薛占英给他打来了今天的第四个长途电话。这次她的话很简单,只告诉他,她的心脏病复发,在铁路医院12病房12床。这倒确实使老魏不安起来。薛占英原来是医院的护士长,有20多年的心脏病史。自从逢春下乡以后,她的病更重。后来,就长期休病假,吃了"劳保"。老魏曾多次要求她搬来,和自己住在一起,好有个照顾。而她总说工程局所在地太偏僻,医疗条件不好,不愿意搬家。其实,老魏心里也明白,她是不想离开住惯了的省城和孩子,也就没有强求。现在,她的心脏病突然复发,到底怎么办呢?他正在犹豫,工程局局长已驱车赶来,立逼着老魏回去。怕他不放心,又把各个工地的情况扼要向他作了汇报。老魏只好离开工地,去火车站坐赶回省城的旅客快车。

紧赶慢赶,魏国祯刚走到车站检票口,那趟客车已缓缓开动了。他沮丧地站在雪地里,愣愣地望着那不紧不慢飘落的雪花……

后来,魏国祯上了一列货车的守车。

守车里黑乎乎的,窗玻璃没了,代替的是厚草袋、黑油毡和破席片,除了两边望窗下有供车长乘坐的小凳外,其它的凳子全被拆光了。地板上扔着人坐过的片石、砖头、碎纸,到处是炉灰,只有那闪动着火苗的炉子还显出点生气。看到这一切,魏国祯的心感到一阵阵难受。"百废待兴啊!"魏国祯感叹着,俯下身子,寻找可以落座的地方。突然,左边瞭望窗前的小凳上有人蠕动了一下,魏国祯借着闪动的火苗仔细一看,原来是个社员打扮的女青年。大概看出他是个老头,那女青年没吱声就把凳子让给他,自己贴近火炉,坐在一块片石上。魏国祯感激地说了声"谢谢"，正要和她说话，车长进来了。看到女青年让了坐，吃惊地说："和你老子一样，死心眼！"

女青年看了魏国祯一眼，仍没吱声。车长却不以为然地说："总有个先来后到嘛！"魏国祯听出话茬不对，赶忙站起来，准备把座位还给女青年。"坐你的——先来后到，哼！"女青年愤愤地说，"我下乡6年零7个月，还抽不出来！人家3年2年的、有本事的，都抽出来啦，哪有先来后到？"

"天王老子也没办法！"车长感慨地说，"现在这后门是越堵越大。不过，你爸爸也太死心眼，不给你跑跑……"

"他？哼！"女青年咬着嘴唇又不吱声了。火苗的光亮在她那愤懑的脸上一闪一闪地跳动。

社会上这类走后门的事，魏国祯听得多了。他在两个陌生人的面前不好插话，只好把大衣的皮领子拉起来，靠在瞭望窗上，想迷糊一会儿。

雪还在飘落着，不紧不慢地飘落着。山林、沙滩、田野、村落都穿上了素装。傍晚时候，列车才进了省城车站。

省城毕竟是省城，大地上不必说，便是空中也弥漫着节日的气氛。爆竹连续不断地响着，彩色的纸片和雪片一起飞舞。

魏国祯刚走下守车，便被他的子女媳婿包围起来。

当魏国祯被簇拥着回到家时，薛占英正在屋门口张望。看到他，讥讽地笑笑，说："不是不回来吗？离开你，地球就不转了！"

魏国祯对薛占英玩得花招很恼火，只是碍着子女们在场，强忍着没有发作出来。薛占英正和他相反，仗着子女们的"势力"，大声唠叨起来："你倒自在，一年到头一沾窝，也不问问这个家成什么样子！老的不问，小的不管。只有我多事儿，哪一天，我闭了眼，都清静了……"

魏国祯心里思忖，自己已经回来了，便是争吵一番，也只能增加烦恼，家人

石嘴山市城市文学丛书（小说卷）

都过不好这个年，而她又有20年的心脏病史。于是，他强忍住心里的不乐，嘲弄地对妻子说："你成年累月不出门，哪里知道外边的世界有多大！十多个工地上，工人们冒着雪在施工，而他们的党委书记却赶回城里和一家人团聚！"

薛占英从橱里取出一瓶金奖白兰地，放在子婿面前，又取出一瓶茅台，蹲在老魏面前。

砰砰砰……一阵敲门声打断了老薛的话。逢春跑过去，拉开门，一个陌生人在外边喊："金师傅，走21点45分的么洞三拐！"

"什么？"屋里的人一齐惊叫起来。老魏走到门口，看见那人衣服上的一层雪，忙往屋里让。

"啊，对不起！"那人发现自己走错了门，赶紧打亮手电照门牌，说："不错呀，金师傅的家不是新搬到这儿来了吗？我是铁路列车段叫班的，来通知金成师傅出乘。"

"金成？"魏国祯感到这个名字好像在什么地方听过，又一时想不起来。"今天新搬来的吧？"薛占英指着另一个门，"住那边原先邢处长家的房子。"

"瞅瞅人家邢处长，多会来事儿！"叫班的人一出门，薛占英就说，"明知道你不要房子，却有意把那个单元安排给你。你那么一让，人家马上就要了，大汽车、小汽车，不到半天就搬利索了，5间带厨房。"

"我问你，"老魏直勾勾看着妻子，"新搬来那家男的是不是白净脸，有一双快活的小眼睛？"

薛占英说："原来房管处安排咱搬，那个老工人一家三代人来住咱这三间。你那么一让，邢处长沾了光不说，那个老工人只好住进邢处长的两间。三代人，全都乐哈哈的，说比原先的一间强多了。下那么大的雪，一车子、一车子地拉，全都乐哈哈的。"

魏国祯抓住老薛的肩膀，激动地摇晃着："是不是白净脸，有一双快活的小眼睛？"

"三代人，全都乐哈哈的。也不错嘛，团聚在一起，天伦之乐。谁像我们……"看到魏国祯走来走去，老薛才吃惊地问，"咋啦？你认识他？怎么认识的？我从来没听你说过。"

"金成，货运车长，是他……"魏国祯心里充满了激动。

"爸爸，你认识他？说出来，让我们都知道知道！"

魏国祯自己倒了一杯酒，深深喝了一口，缓慢地说："那是1958年春节的前一天……"

当时，魏国祯在内地一个铁路工程局担任副局长。本来他打算在家里过春节，既照顾妻子，又和家里人团聚。可那天下午，他接到局里的加急电报，让他初一天亮前务必赶回去，当天上午开党委会，研究大跃进规划。他只好坐在一趟货物列车尾部的守车上，连夜往回赶。

他悻悻地登上守车，刚在通过台上站定，一个英俊的车长兴冲冲地迎出来。那人30出头年纪，白净的脸盘上闪动着一双快活的小眼睛。他头上戴着一顶威严的大沿帽，身穿藏蓝色毛哔叽铁路服，5个金黄色的铜扣发着锃亮的光。看了魏国帧的证明后，他的鼻子眼眉都在乐，走上前，紧紧握住老魏的手，主动介绍说："我叫金成，金银的金，成功的成。欢迎你在这个守车上和我一起度过除夕。"接着，他告诉魏国祯，他已经跑了10年车了，有9年都是在守车上过的除夕。每一次他都盼望着来个坐车的，和他说几句话，可是一次也没有盼到，今天总算如了愿。

听了他的一番介绍，老魏离开妻子的烦恼很快就消失了。

列车开动以后，金成把守车四周的窗玻璃擦亮，把火炉捅旺，又把落在椅子上的灰尘掸净。接着，就像变戏法一样，从背包里、口袋里取出腊肉、香肠、松花蛋、花生米、五香豆等好多包食物，摆在瞭望窗旁边的小茶几上，招呼老魏说："来，咱们一起吃点东西。你不知道，我心里这个乐啊！"

由于妻子住院分娩,上午又突然接到电报。老魏连晚饭也没有顾上吃。看到金成那么热情,便把自己带的吃食也掏出来合吃。老金把他的东西一古脑塞回,爽快地说:"吃我的,今天你坐我这趟车,就得吃我的。你要不吃,就是没有放下官架子,看不起人!"他把老魏按在椅子上,诚恳地说:"你坐下,我要把我的喜事对你一说,你准会抢着吃我的。"他把一个军用水壶塞到老魏手里:"你得喝两口。临出乘时,我老爹让我带上它。你喝吧,这是喜酒!"

"喜酒?"老魏大惑不解地问。

"老魏同志",金成激动起来,炉火照得他的脸发出了艳红的光,他的眼睛,通过瞭望窗注视着前进的列车,脸上挂着由衷的微笑,充满幸福地说,"现在,我的心啊,怎么形容呢?告诉你吧,今天上午,我被批准入党了。今天下午,我的妻子为我生了个大胖小子。"

"哈哈。双喜临门!"魏国祯也由衷地高兴起来,"我喝,我喝!来,一起喝!"

"不,"金成十分认真地说,"我正执行任务,一点酒也不能沾,这是纪律!"

魏国祯本来就有些酒量,加上这么个心情,便大口大口喝起来。他趁兴告诉老金,他的妻子也在今天给他生了个丫头,二女一男。老金一听,更乐了:"正好,正好!我们大的二的也都是丫头。大的逢仙,10岁了,咳,可不是我夸她,太聪明了!见什么,一学就会。5岁上学,什么课都是满分,又听话,谁见都喜欢。二的逢花,6岁了,学习也不差,就是太犟……"

正说着,突然一个浑身是雪的人,未敲门一下撞进来。来人弯腰放下手里沉重的提包,重重叹口气,埋怨道:"早不搬,晚不搬,赶上这么个鬼天气搬——"她发现里屋的陌生人,一下愣住,"活见鬼,连个门牌号也说不清!"她咕哝着,说了句"对不起",提起包就向外走。这时,魏国祯猛然想起,她是守车上遇到的那个好心肠的女青年。刚要出口挽留,逢春却突然叫起来:"金大姐,别走,这是我的家,快进来暖暖!"又赶快向家里人介绍:"在乡下我们一个队的,对我特别照顾！"

她站住了，回首看了一眼逢春，既不惊奇，也不感激，而是淡淡地说："我问清楚了，说搬到这里，咋又不对了？"

"是这样，"逢春解释说："原来安排我们搬走，你家住这三间。后来，我爸爸把新房让了，邢处长搬走，你们只好住邢处长那两间。咦，对门，咱们成邻居了。"老魏也感激地说："在车上要不是你给我让座，这一路可够我受了。快进来坐，快进来！"她瞟了老魏一眼，只从牙缝中挤出"谢谢"两个字，径自走了。

老薛心里很不乐意外人来打扰他们这个团圆年，应付道："待会儿逢春过去问问，果真是他，叫过来，和你爸喝两杯。"

"肯定是他。"老魏站起来，"我要亲手做几个菜，痛痛快快和他喝两杯！快快请他来！"

逢春去了不一会儿，便欢天喜地跑回来。她的身后跟着一个老工人，尽管他的鬓发已经灰白，脸上布满了细微的皱纹，但一看那双快活的小眼睛，老魏立即认出他是20年前见过一次面的货运车长金成。他戴一顶旧的劳动布解放帽，穿一身旧的蓝布铁路服。衣、帽都已洗得发白，上衣的袖口边还补了一块新的蓝布。只有那几个印有铁路标记的铜纽扣还发着锃亮的光。

"老金啊，老金！"魏国祯走过去，双手紧紧握住金成的手，说："万万没有想到，过了20年我们竟成了邻居。你不会忘记，1958年那个除夕之夜吧？"

老金淡淡一笑，说："你在我的守车上过的年，忘不了。"

"那年春节过了没几天，我就支援西北来了。"金成说，"东调西调，大前年，调到省城，一直找不到房子，三代人挤在一间屋里……这次先说给我调三间，又变成两间，也不错，够住了。"

"这倒好！"老魏欣喜地说，"咱们成了邻居啦。祝贺祝贺，来！咱们痛痛快快喝几杯，谈谈这些年是怎么过来的！"

"不行啊，不行！"老金摇着手说，"我还得出乘，走 21 点 45 分开的 1037 次货物列车，已经叫班了。"

"怎么？你还跑车？"老魏吃惊地问。

"是的。"老金点点头。

魏国祯想不到 20 多年过去了，金成还是一个货运车长，一个人成年累月颠簸在列车车尾部的守车上。感叹道："这么多年了，还跑车！那工作我知道，身体受得了吗？"

"习惯啦。"金成仍是淡淡地回答，"30 多年熬出来啦！"

"那——少喝点，吃点东西。"老魏继续劝酒。

"听说和你们住在一起，赶过来看看。"老金说，"可我们老二回来了，我得和她谈谈。提起她，我就生气！"老金叹息着，"下乡六七年了，还没有抽出来，一到家，就朝我发脾气，埋怨我不给她跑，说是最近又抽出来一批，还没有她，三年两年的都抽了，还没有她。说我不给她跑，可我是跑车的呀！"

魏国祯心头一紧，怪不得逢花对逢春那么冷淡，原来有这段瓜葛。

"好说歹说，她就是听不进去。现在的年轻人啊，就知道顾自己！"说到这里，老金脸上流露出难以形容的苦衷，重重地叹息一声。

为了摆脱这种郁闷的气氛，魏国祯把老金拉到自己身边坐下，又把自己做好的几个菜挪到老金面前，然后给他倒了一杯金奖白兰地，说："这是甜酒，喝一口，避避风寒。"

"不。"金成把杯子推过一边，"我马上要出乘，这东西一点也不能沾。年轻时候，还有点酒量，这些年不行了。现在的年轻人，只顾自己……"

"也不能全怪孩子。"老魏同情地说，"我到他们那个队呆过，生活很苦，她又是那么多年……"

薛占英插话说："我们逢春下到那个生产队 3 年，什么苦都吃过。现在好不容易抽回来,还要上夜班。"

"埋怨我一次也不给她跑,可我只会跑车啊!"老金摇头,叹息,叹息,摇头。

"可是,"魏国祯有意用话岔开,"大女儿逢仙呢?那年你说她那么聪明,谁都喜欢。她现在在哪里工作?"

谁知一提这句话,金成的脸色一下变了。他那快活的小眼睛顿时失去了光亮,极其痛苦地摇着手:"别提她啦!"

魏国祯心里一沉,觉得有事在她身上发生,正要问问清楚,老金却凄楚地说了下去:"那个年月,她读大学最后一年。学校分成两大派,两大派都有后台。真枪真刀拼起来,做梦也想不到,她成了牺牲品……"老金说不下去了。他的眼睛闪了一下,泪水涌出来,滴落在餐桌上。

"怎么会这样!"魏国祯站起来,凝视着窗外。

窗外,雪还在不紧不慢地飘落着,轻轻地飘落在地上、树上、房上,到处是白茫茫、雾蔼蔼的一片。这银白的世界更给魏国帧家里增添了肃穆的气氛。

"奶奶为她这不明不白的死硬是想死啦,老人家断气的最后一句话还是'仙啊,让奶奶再看看你'……爷爷到现在还是疯疯癫癫的,气疯啦……啊,真对不起!"老金十分抱歉地说,"我不该大过年的,说出这些事。可我……忍不住!"

好大一会儿,魏国祯说不出一句话。是啊。他能说些什么呢?他能用什么样的语言来安慰这个老工人呢?

为了使气氛缓和下来,老魏把筷子塞到金成手里,诚恳地说:"你马上要出乘,不敢喝酒,随便吃一点,这是我专为你做的。"

金成拿着筷子,愣愣地看着餐桌,不吃也不动,仿佛是一尊塑像。

突然,从老金家里传了隐隐约约的哭泣声,他不安地站起来:"又是她在闹。大过年,真不懂事。我得回去说她几句,还要跟21点45分开的1037次列车。"说着走了出去。魏国祯不放心,也跟了过去。薛占英和她的子女媳婿坐不住,也来到金成家。

逢花歪在床上伤心地哭泣，两个肩膀在剧烈地抽搐。爷爷、妈妈站在她的身旁劝说。

"都怨你爸爸没本事！"妈妈抹着眼泪说，"他不会走后门。""他心里就没有我。"老二忽然坐起来，大声说："我下乡6年零7个月。他去过几次？人家3年2年，有本事的，面都不照，全抽上来了，我6年零7个月啦！还打算叫我呆到哪一年？"

老金重重地叹了一口气，走近逢花。顿了一会儿，他忽然严厉地说："你也不是3岁的小孩子，你知道不知道父母的难处？"逢花停住哭泣，茫然地望着她的老爹。老金继续说："你不知道，我知道！我们这么大一个国家，前几年成什么样子？这两年刚有了点好转。可国家还有困难，国家有难处，党有难处，你知道不知道？"

逢花显然不同意老金的大道理，她坐起来，正要说话，被金成制止了，他继续说："别人怎么做，我管不了。我从入党那一天起，就把党当成母亲。我这个做儿子的没有本事，不能为母亲办成大事，可是还有个起码的良心。我不能凑成伙子逼母亲！有的人趁母亲有难的时候，不知道体谅、维护、支持母亲，只知道向母亲要这要那，甚至发母亲的困难财，那不是人，是畜牲！"

魏国祯的脸感到热辣辣的，心也慌乱起来，金成的话使他深为震动。平日里，他总以为自己很能"严以律己"，打心眼里厌恶那些搞特权的人。可今天，在这个老工人面前，他开始怀疑起自己来。为什么妻子要对他撒谎？为什么她的一句谎言就使他脱离万名职工，而和自己一家人聚在一起过除夕？为什么自己的女儿可以挑肥拣瘦？为什么邢处长能利用自己的名义捞房子？说什么"严以律己"？分明是自欺欺人！想到由于自己放纵家属，而使党的事业遭受损失，他的心绞痛起来。

魏国祯看着金成家那一张张淳厚朴实的面孔，最后，他的目光落在逢花脸上，那是一张黝黑、饱经风霜的脸。猛然，他拉住她那粗糙的小手，挚诚地说："如果你同意，我可以拿我们逢春换你回来，她年龄还小！"

"什么？你说什么？！"薛占英一下跳到他的面前，魏国祯自己也后悔起来，他并不是舍不得逢春，更不是怕老婆的纠缠，而是对自己的说法感到奇怪！换逢花回城究竟是什么意思呢？是忏悔？是恩典？还是怜悯？难道生活在农村的只有一个金逢花？

"谢谢！"逢花抽出自己的手，从牙缝里挤出两个字，转身进里屋去了。

金成换好了衣服，一身蓝的确良铁路服，一顶威严的大沿帽，帽下露出苍白的鬓发，一双忧虑的小眼睛。他看着女儿的背影，叹息着摇摇头，说了句："只顾自己！"背上挎包，走出了家门。

"等我一下。"魏国祯拦住老金，几乎是以请求的口吻说，"我还想坐你的守车返回工程局，再过一个有意义的除夕之夜，可以吗？"

"你？你、你、你……"薛占英气得说不出话，双手捂着脸哭起来。

金成劝道："你好不容易赶回来，还是留下过完年再回吧。""顾不得许多啦！"魏国祯快步回家取出那个不大的手提包，小跑着追上老金。

金成过意不去，一边走一边诚恳地说："刚才我心里一急，什么话都掏出来啦！我总是想，我们这些人受党的恩惠最深。我们不为党分忧，叫谁为党分忧？我们不作难，叫谁作难？我们不顶住一切埋怨，叫谁顶住？是这样吧？老魏！"

魏国祯细细品味着这个老工人发自肺腑的话，他的眼眶湿润了。他没有回答金成的话，却和金成紧紧靠拢在一起，肩并肩地走着，脚底下是厚厚的积雪，发出有节奏的嘎吱嘎吱的响声。

雪还在不紧不慢地落着，轻轻地飘落在地上、树上、房上。整个省城都沉浸在节日的气氛里，爆竹声更密了。彩色的纸花伴着雪花在漫天飞舞。

（选自《石嘴山文艺》1981年第1期）

石嘴山市城市文学丛书（小说卷）

黑夜过去是白天

吴全礼

吴全礼（1967—），宁夏惠农人。中国作家协会会员，全国公安文联会员。鲁迅文学院第二期公安作家研修班学员。有散文、小说发表在《六盘山》《黄河文学》《朔方》《清明》《啄木鸟》《美文》《厦门文学》《东方剑》《散文选刊》《都市》《四川文学》《芳草》《小说选刊》等杂志上。

"刑讯逼供？检察院要调查？可嫌疑人身上的伤的确不是我们打的。现在谁还那么傻，这不是笑话吗？"

"现在不是你说没打就没打，证据在人家手里，你自己看看！"

队长把几张照片拍在我面前，看到嫌疑人后背那块瘀伤，我的脑路好像被它堵塞了。从蹲守到抓捕的每一个细节捋起，抱着谈话监控录像看到想吐，可在整个审问过程我们克制到没有一点粗暴举动的迹象。莫非是在宾馆抓捕时，磕在了哪里？没有证据证明我们的无辜，检察院紧抓不放，局里要给嫌疑人家属一个满意的处理结果。我作为这起抢劫案件的主侦民警，这个警告处分我背定了。可我心里犹如扎了一根刺，伤了自己，也伤了不该伤的人，更没想到也断送了我挚爱的刑警生涯。不管领导怎么避重就轻，我的认识就这么肤浅。实在不甘心，我也不会就此罢休！

听完所长的安排，我觉得所长是有意要整我，比一般的下马威至少厉害三分，够狠！可我没尿，连为难的表情都被我打压在面皮之下，让所长和那些准备看我笑话的同事，摸不清我的"水"有多深！

交接班后，死刑犯张某搬进了我的502监室。最后的24小时，我丝毫不敢大意，一旦出事，就不是一个警告处分的分量了，我的承受力被折断也是有可能的。

"个人基本情况？"

"要死的人了，判决书上没漏下吧？"

"个人基本情况？"

"能给支烟吗？队长。"

死刑犯张某抬了抬戴着手铐的手，不搭理我的正常谈话。分明有意挑衅我的底线，可我还是要忍，把狂躁的愤怒硬憋在肚子里让它们自相残杀。为了我的终极目的，很痛快地递给了张某一根烟，给他点着。等他贪婪地猛吸一口，犹如魔术师从鼻孔缓缓喷出两股慵懒的烟雾后，一脸过足烟瘾的惬意，满眼的棍棒换成了正常的目光，等着我的问话继续。

故意杀人。张某从被戴上手铐的那天起，就知道自己的死期已定。相比较同监室其他几个心神不定的未决犯，张某近几日的抵抗心理极度反常。人之将死其言也善，而张某却反其道而行之。干了十几年刑警，我知道对付这样的人不能来硬的，你硬，他比你更硬。我对软硬兼施这个词理解得很透彻，实施起来却不是那么得心应手。知道自己的软肋在哪里，所以我下决心这次好好把握一下软硬的尺度，免得落人口实。

其实，接受任务时，并没有觉得面对一个即将走向刑场的死刑犯，会产生什么不同寻常的感觉。此时，面前是一个有血有肉的人，等明天这个时候，这个地

石嘴山市城市文学丛书（小说卷）

方留下的，只有他若有若无的气息，或是一个见过他的人眼里的一抹影子，而他却浑然不知死期已至。好像对面的张某是一具能动的尸体，死亡的气息犹如一张密实的网罩在我的头上，一股透心的冷悚顿然将我包裹得有些喘不过气来，紧吸一口烟，把浓重的不适随着烟雾从鼻孔里缓缓释放出来。

我已数不清把多少嫌疑人送进了看守所的大门，但做梦也没想到自己也会被送进来。我怎么会到这个部门来呢？当然，不是说看守民警不好，可我就是觉得不是自己该来的地儿！

我讨厌烟味，或许是被我老婆唠叨的缘故，心理上又依赖这个看不见的杀人刀。张某接过第三根香烟，对我的不拒绝不发火不冷酷不免有些狐疑。我和他沉默不语地吸着烟，像两个从沉闷的会议室里偷跑出来过瘾的烟民，办公室里一片烟雾弥漫。电脑里的谈话笔录，如同翻了半拉的一块地，犁了几下就停了下来，光标如同犁刃上的寒光，咄咄逼人。谈话并无太大的意义，我将电脑谈话页面关小，保护屏上那片无垠的草原和蓝天，一下子把我拉出了有些压抑的氛围。

"队长，我哪，哪天走？"张某有些颤抖地问我，没意识到我一直在烟雾的遮掩下观察他的情绪变化，想着怎么对付他若要发飙的策略。

"什么哪天？哦，我哪儿知道。"我抽回心神，故作淡然地回了他一句，继续吞云吐雾，哪怕嘴唇早已发麻，好似是两片没有知觉的木头。

"唔。"张某不信似的看了看我，又找不到怀疑的依据，极其克制地悄然舒了一口气，含在嘴里的烟卷停止了那种微微的颤动。或许，他以为这是最后一次找他谈话，我明知是，却要表现出他近在眼前的死期，并没有近到如此之紧迫。突然，觉得自己有些残忍，但稳定他的情绪，确保平安到明天把他交出去，才是我最重大的任务。我只能想想他所犯下的罪恶，以减轻自己的不适。

张某的嘴角眼梢里，愁苦隐在皮下却清晰可辨。左边鼻翼缝合的针脚，像趴伏着一条多脚的蜈蚣，脑袋右侧的开颅手术缝合的痕迹，酷似一条箱包上的拉链。

失了发根的几条长短不一的光溜溜的伤疤，好似在替张某标明自己的身份。一个"恶"字，就是我眼前的这个死刑犯给我的最具冲击力的印象。眼看着手里这根渐来渐短的烟卷，我脑中浮现的是死刑犯张某那越走越短的人生路。八字眉里，独独撇出几根长长的寿眉，张某不让动，要继续留着。完全没这个必要，"继续"已和他无缘了。

张某是一个发展前景可观的公司董事长。初创公司的三个哥们，鼎力从一个小小工作室，打造出了一个品牌。倚仗这个品牌，发展壮大成了公司。合伙人可以共苦不可同甘，为争抢公司董事长的位置，三个人暗自角力，最终上演了他们说好的要引以为戒的一幕。有多少誓言能经得起时光的磨砺？更何况是三个大男人的创业誓言。

张某手里的烟卷燃到了过滤嘴，手指无法把捏时，才摁到我手中的纸杯里。我知道，张某的心思不完全在烟上。他在等我说话，而我等他把心里积储的躁动化为诉说，主动倾倒出自己即将成为生前的往事之后，再顺势利导。或许，决堤的洪水奔涌之后，自会无力四处成灾生祸，还用不着我费一枪一弹就能安然无恙地度过这一关。

张某比我大五六岁，看那些疤痕，阅历自是简单不了。说不说，他已经看不到明天西下的太阳了。我还是希望听他说，还有什么能比拥有一个接一个的明天重要？他的一生变成了两张纸那么薄，对他这个人来说，足够了。但我不想把自己的人生变成像他一样，哪怕是另一种结果的两张纸。脑海里更多的是明天、后天，很少想到今天。在张某的身上，我突然感觉到了自己的今天，实实在在的今天，还有可以继续的明天。真的被惊到了！这种刻度清晰的感觉，我从来没有如此鲜活地体验过。

"我没想着杀人。一直没这么想过。你知道，我们三个比亲兄弟就差一样的DNA，没法分清你我他。从各自有了家，也不能完全从有了家开始，外面有了

石嘴山市城市文学丛书（小说卷）

别的女人开始。女人除了钱，还要面上的。三个人不能全是董事长，对我们来说，谁当这个董事长无所谓，只是个名头。我是这么想的，他们是不是这么想的，我不能保证。"

所长还是不放心，一再强调要我耐心谨慎一些。"谨慎能捕千秋蝉，小心使得万年船。"所长干了快十年了，啥事没经历过，他的话我得听。我不清楚在我接手之前，张某讲过几次他的犯事经过。应该讲过不止一次，我只要听着就好。有些死刑犯在执行前会闹出很多祸事，自杀自残不说，还可能伤及同监室的未决犯。所以，这个艰巨的任务一般会交给管教经验丰富的老看守民警，何况张某只剩下最后一天一夜了。

刚到看守所的第一个月，当月的各项考核我全部垫了底。虽然不排除我有故意的嫌疑，但自己的情绪的确至今还没有彻底稳定下来，如何安抚一个死刑犯？可活儿是自己接下来的。硬顶、耍赖不是我的风格，迎难而上方显英雄本色，我的"二"劲害我不是这一次，可我还是屡教不改。

所长在大会上没有点名批评。政委说我搞案子有一套，工作绝对差不了。他的话余音还未走远，我却用实际行动扫了他的面子，见我脸便生了。明明已经走到我的对面，有意扭头看禁闭室那扇严丝合缝的铁门。他的脸比那扇黑灰色的铁门还冷，我感到一股寒风直奔我的脖颈而来。政委是我以前的老上司，清楚我的斤两，对我进看守所，好像早就在他的意料之中。

"平时也没觉得有啥，公司大了，出入各种场合的机会自然多了。我们三个股份均等，后来慢慢分出了多少。谁占的股份多，谁自然就是董事长。别看平时我们三个不分伯仲，到一定的场合，还是要有个上下。心里不别扭是假的，共同创建的公司，谁比谁低一等？我是公司的首任董事长。他们两个把自己的一部分股份给了外面的女人，我才不会那么干，给点钱就不错了。股份是啥？那可是关乎你在公司的地位！"

张某一会儿眼睛闭一下，不知道他是否嗅到了死亡将至的气息？精神状态临近崩溃的边缘，只是强撑着一口气。我只是例行谈话，却分明察觉到他眼里掩饰不住的惶恐，时不时地从眼角嘴梢掉落出来。对他来说弥漫的除了留恋，其他的该是一片空白。我心里那股巨浪翻滚的情绪，在张某的讲述中，渐渐平静了下来。假设，只是假设我换作张某，不见得能比张某如此静心地讲述过去。眼看都快要变成生前往事了，哪还有这番心思翻腾过去？

十几年的刑警生活，已使我离开案子就像鱼离开水一般难受。人一旦习惯了一种生活，就像一列高速行驶的列车，猛然让它停下来，真有些要命的感觉。听到我的调岗去向后，我不顾一切当即跳脚质问："我犯下了什么错？就凭那个没来由的警告处分？"纯粹就是一个人员调整，要什么理由？主管刑侦的副局长抬头看了我一眼。我回到队里，发疯似的和队长大吵大闹了一场。

我知道所长从谈话室门口走过不止两次，除了看死刑犯张某的状态，主要想看我的现实表现。说心里话，我还是想让所长最好对我绝望，那样我就有可能被退回刑警队。张某明天中午之前，彻底结束他本可以继续的日子，而我想到把他送上执行车之后，还要在看守所继续我不喜欢的工作，比死还要令我绝望，心情一会儿明亮一会儿暗淡地矛盾着。

呜呜呜……死刑犯张某的哭声，从蒙着脸的手指缝里漏了出来。我预想他会哭，但没想到在这个时候来临。孤儿院长大的张某，言谈举止上总让我觉得哪里有些不对劲。我的不动声色使张某止住了哭泣，脚镣偶尔发出碰撞的哗啦声，听上去异常硬冷尖利刺耳。看到他的身体偶然惊厥似的耸一下，我想他是否想到了死亡，那口深不见底的黑洞？犹如脚下的路如浑然垮塌的冰山，无从选择只能坠落。张某闭口不提他的家人，从材料里看，他有老婆，还有个十几岁的儿子。

早春了，天气还有点冷。受过伤的左脚隐隐作痛，外面肯定变天了。前年在抓捕持枪抢劫的嫌疑人时，一颗子弹打在了我左脚的小脚趾上。击碎的骨头愈合后，留下了变天就会隐隐作痛的毛病。出院后，队长征求我的意见，能不能换个部门干干，我坚决彻底地回绝了。痊愈的脚趾，不影响我搞案子，打死我也不会下派出所，干那些婆婆妈妈的事儿。

张某又开始捂着脸哭。面对张某，那股死亡的气息在我的身边漂移，隐形的恐惧潜伏在周围，我的头脑更加清醒。我不想继续谈话了，打算把张某送进监室离开，但张某一点没有想停止讲述的意思。

"也不知从哪天起，我越来越在乎他俩在人前人后称呼我董事长。哼，看我的眼神，不再像以前那样明朗，什么都写在眼睛里，还以为我看不出来。我的女人比我还在乎董事长这个称呼，不是我老婆。我老婆早就成了名义上的老婆，糟糠之妻么，长得肯定不怎么样，但的确为公司没少出力。事实上的老婆，也是我在业务合作中，从一个合作伙伴的手里挖过来的，能干，漂亮，就是要求太多。我那两个弟兄真的挺好，现在想起来，就是这个女人坏了我们的关系。后悔，咋不后悔呢？要不是这个女人，唉，也怪我自己看不清自己。你知道人的心里有了想法，看人看问题容易跑偏。"

谁也不可能在一个部门工作一辈子，可我就是喜欢干刑侦。所长说所里正好差我这样一个能搞案子的，开玩笑吗？看守所里搞案子，那和地摊上捡漏有啥区别？能从这些未决犯嘴里掏出大案，可能性太小了。即便是为了减轻自己的罪责，检举揭发同案之间的隐案，该说的早就坦白了，不会等到现在。我的表情写满了不屑，所长还是耐心地给我摆道理讲事实，列举了所里深挖犯罪立功的民警如何如何。对于我们干刑警的来说，这个功没有多少含金量。出生入死拿下的大案要案，那才风光！

为了一个董事长的称呼杀人。我有些想不明白，这些白手起家的人，难道分不清什么对自己最重要？

"还真不是为了钱。钱对我们这样的人来说，只是个概念。有了钱还想有名，刚开始说好实行轮流制，干得好的，可以延续。在这个女人的帮助下，我任职期间公司的利润只增不减，谁想接过去继续这样的势头，分明是不可知的。这和你的人脉有很大的关系，想接也得考虑周全了。我那两个弟兄的脑子、人脉不比我差，差就差在他们少了我身边这个协调能力不一般的女人。我知道，要是我离开了董事长这个位子，这个女人就不一定是我的。她在我耳边不住地灌输，要我小心那两个弟兄。我们之间的争吵和冲突，如同突然从树干上长出的叶片，眨眼就是一大片。其实，我已经看出他们胀满肚皮的火，几乎能把我烧死。假如我那时冷静一下，或不被那个女人撺掇，我今天还是董事长。"

　　虚荣心谁没有？以前是人等案子，现在是案子等人。真不知道现在的人怎么了，三句话不对卯，出手伤人不计后果。说夺人性命就让你立赴黄泉，然后亡命天涯。死刑犯张某的故事，有前车之鉴，可他们还是重蹈覆辙。我不想谈什么人生，尤其面对死刑犯。现在才认识到自己的恶行，分辨清了是非黑白，对他来说迟了不止半月。再如何诚心诚意地忏悔，但一切已成事实，覆水难收，谁也改变不了。

　　"业绩再好，我不挪位，那还是霸占。说霸占难听点，事实就是如此。我喜欢听他们叫我董事长，尤其在公众场合。后来就是在我办公室，也要求他们这样称呼我。听到我的要求，他们不再和我那么随便说话，尽可能不进我的办公室。我却偏偏要求他们事事亲自向我汇报，部门经理主管的事，也得由他们来汇报。不管是真是假，看他们诚惶诚恐的样子，我心里有股说不出的满足。变态？可能是吧。可我始终有种屁股坐在火山口的感觉，热辣辣的，搅扰得我整晚睡不踏实。梦里全是刀枪厮杀的场面，早晨累得起不了床。"

　　"刀子捅进他们的身体，我的心很疼。真的，就像自己心里被人捅进了刀子，我真的没有想要杀了他们。在我的别墅里商议公司上市的事儿，我用小杯，他们非要用喝红酒的大杯子。那可是高度白酒，我喝几杯，他们喝几杯。我的酒量，

石嘴山市城市文学丛书（小说卷）

他们加起来也不是对手。就我们三个，那个女人被我赶走了。我想趁这次上市，缓和一下我们之间的关系。当时就是这么想的。我知道公司对我们三个来说，离开谁也不行。酒壮尿人胆，喝了点酒，我还没开言，他们商量好了似的，一句接一句数落我的不是，句句戳在我的痛处。我哪里受得了这个，又想到那个女人时常在我耳边灌输的话，正好那把匕首就挂在我餐厅的墙上。装饰品，一把雕刻精美的藏刀。从职业学校出来，我混过社会，抄刀子抡棍棒我不陌生。看着眼前躺在血泊里的兄弟，我傻了眼。那个女人不知啥时候站在了我的身后，把我扶到椅子上，后来怎么被你们抓到，就不用我说了。"

　　我感到有些后背发凉。张某抬头看了我一眼，这是张某第四次抬眼看我。说心里话，我不想看到他这样看我的眼神。只要是我看在眼里的人，很难从记忆里抹去。多年养成的习惯，张某已经进驻了我的记忆里，尤其是他那双木然的眼光里，有一种说不出的冷。忏悔，可能是我臆想出来的吧。患难与共，堪比亲兄热弟，一把匕首，先后将两人一刀夺命。实在是够狠！

　　杀人的场景我不是没看过，碎尸案的现场比张某描述的场面更令人悚然。我判断不出他抬头看我的想法，我不是他这起案子的主侦民警，侦破过程我是知道的。张某和那个女人伪装了现场，太多的破绽，很快让他们显山露水。刑警队最快意的，就是看到嫌疑人在证据面前，低下抵抗的头颅。那些侦破过程中的艰难险阻，甚至生死考验，在那一瞬全部化作了无穷的力量和信心。我享受这种无法言说的滋味，比我站在表彰大会的主席台上，还要感到无上的荣光。

　　时间似乎在一分一秒地挪动，张某时断时续讲述着自己如何走上绝路，我只是听着。判决书上的言辞，句句到位，用不着我再次复述。我想张某只是想从自己嘴里说出来，说出来也是一种精神解脱。尽管他说了不止一遍，每一遍对他来说，心情和意义都不一样。好像每一次的讲述能使他的灵魂得到些许救赎，一次次想把自己从罪恶的泥潭里拉出来一点，而结果却恰恰相反，愈加看清了双手上沾满不住滴落的鲜血。

"你怎么看待自己的人生，队长？"

我没有想到，张某会问我这问题。和我谈人生？张某的人生经历比我要繁杂得多，一时被他抛出来的问题顶在了墙上。

"好好活着，活出自己的精彩。"我不能让一个死刑犯小看，对自己的人生没有一个适度的把握。

"男人就要活得精彩！"

怎么叫活得精彩？我不知道张某是如何理解一个人男人活得精彩的含义。对我而言，整天风风火火奔赴在各种案发现场，就是一种精彩的活法。至于其他的，我还没顾得上想。心里正暗自笑张某不识时务，此时此刻还有如此远大的抱负，谁知张某紧接又说："不争不抢、不怨不怒，哪怕只有口饭吃、有口水喝，能看到每天的太阳照常升起。这是我现在的想法，经过了才知道，只是知道的已经太晚了。"

这两个几乎背道而驰的答案，一热一凉，冰火两重天，令我一时难以嫁接到一块。难道是我的认识过于肤浅？接手案子就自然兴奋异常，脑海里丢掉了家，也丢掉了孩子，甚至无视危及生命的险情，冲锋陷阵无所畏惧。职业操守，我不认为自己的认识有什么偏差。对张某而言，血淋淋的教训得来的结论，至少可以作为他人的前车之鉴。

"若有重大立功表现，你不是没有希望。"

说完这句话，我好像说了一句自我欺骗的话，不由自主地冲张某笑了一下。的确，从张某进了看守所，这句话他听过不止一遍。什么叫重大立功表现，也有人给他解释得明明白白，不留一丝死角。再说，真要有这样的生机，张某不可能留在死刑复核的档口。张某眼睛里忽然闪过一抹亮光，但很快又暗淡得无影无踪，默然地摇摇头。像张某这样经历的人，不可能不沾染那些混社会的。我还是想给张某搭建一条可以求生的通道，希望他能看到明天的朝阳与晚霞。

"讲义气没错，但得看和什么样的人讲。"

张某在讲述他们之间的关系时，几次提起刘关张"桃园三结义"的事。我有些不甘心的劲儿顿时精神大振，说引诱也行，只要能引出些许深藏在张某内心的秘密，也算是发挥出了我本身的特长。思来想去，张某躲避亲情正是其成长缺失产生的痼疾，打亲情牌应该更能有效地引发张某求生的欲望。我毫不隐晦地讲述自己对孩子成长过程的亏欠，以父亲的身份说出自己内心真实的感受，也亮出了对职业爱恨交织的矛盾心理。好像一时之间，我和张某进行了角色互换，我的倾诉并没有换来他的迎合。

张某算是死定了。独角戏不是我的目的，对张某这种执意要死的人，我何必再费口舌和他枉谈什么人生呢？

夜班有专门的监控和巡查民警。下班后，我还是有些不放心，感觉到张某白天异乎寻常的安静，肯定埋伏着令人不安的阴谋，与前几天的表现差别大得让我不敢相信。值班室的民警到监控室找到我，才想起忘了给老婆说一声。进了大门手机信号就被屏蔽掉了，老婆知道不是我的夜班，见我没回家又联系不上快急疯了。被老婆在电话里大声训斥了一顿，我第一次没有反驳地老实听着，等她撒完气，听了我不回家的理由，没多说一个字就挂了。

在监控室，我盯着监视器里放大的张某所在的监室，看着他躺在床铺上如卧针毡，翻来覆去。他所说的那些话似乎又填满了我的脑袋，感觉有些沉重。喝完第二杯咖啡，下去碰到巡查的同事，猜测我第一次接受这样的任务，安慰似的冲我笑了笑。在502监室门口，我有意咳嗽了一声，没有看到张某有任何举动。他越安静越令值班民警不安，而我等待着他的爆发。

其实，今夜我比值班民警还要紧张，亦做好了充分的准备。他并不知道被他折磨得快要崩溃的那位管教已经调离了看守所，以为是自己不守监规被调换了监室。此前，也给监室的其他未决犯交代过，不论他怎么闹，只要不自杀自残，或伤及他人，由他去闹。当然，同监舍的明白他是个死刑犯，也不会和他计较太多。况且，睡在他左右的，是我精心挑选出来的，关键时刻能将他制服，只是装作酣睡而已。

看监控的民警几次催我去睡一会儿，趴在监控台上迷瞪了不到十分钟，听到楼下的餐厅里，传来切菜剁东西的动静，起身洗漱后轻轻地下楼，一股面粉的清香催醒了嗅觉。对于一个马上就要看到最后一次太阳升起的死刑犯，来自烟火日子的这些声响，不啻于是一阵紧似一阵的追魂炮。透过窗户上的栅栏，我看到毫不知情的张某放平了身子，紧闭的眼帘抖了几下。正想转身离开时，看到张某的眼泪顺着眼角淌了下来，飞快地滑进了耳朵里。我体验不出他此时的心情，好在这一夜相安无事，只要坚持到法检两院的工作人员进来宣布执行结果，我的任务就算顺利完成。

"快过去看下，502监室有情况。"

我快要走到二楼的监控室时，听到看监控的同事在对讲机里呼叫巡查民警。502监室？犹如被兜头泼了一盆冰水，一个激灵过后，我转身就往监室那边跑去。垂死挣扎？看来张某也不会这么轻易地让我把这一夜平静地度过，幸好我有充分的心理准备，边跑边暗示自己要稳住。

"队长，我、我还想和你谈谈。"张某站在监室门口，透过门上的小栅栏窗，"不知还能不能来得及？"

看到张某有些焦急不安的表情，我预感到他所谓的谈谈，绝不是想谈他马上就要翻篇的人生。

"兄弟，你这个线索靠谱不靠谱？队里的兄弟奋战了一夜刚刚躺下。"

"队长，就算你帮兄弟一个忙，不管真假劳烦弟兄们辛苦一趟。这可是人命关天的事！"

我简要地把张某提供的一年多前发生的那起灭门案的嫌疑人去向告诉队长，丝毫没有怀疑张某提供的线索的真伪，心急火燎地催促队长赶快带人去查。离张某死刑执行时间只有不到五个小时的时间了。

将情况及时向所长汇报后，嫌疑人还未抓获查实，所长也不好将情况向有关部门上报。有过死刑犯为拖延时间故意谎报情况，所长嘴上没说，不顾我着急上火的样子，依旧按部就班地按正常情况进行。

按照常规，最后一顿饭要给张某准备几样菜，已全部准备妥当。将张某从监室里提出来，带到已摆好饭菜的屋子里，看到桌上的几盘菜张某的脸色大变，很快他稳住情绪坐到了凳子上。

"犯下了，就得认！"

"队长，我、我认。男子汉。"

我分明看到张某恐惧的心脏缩成了一团，拿起筷子的手有些哆嗦，菜还没进嘴里，牙齿磕得分外响。不时抬头看我一下，我明白他看我的意思，但我已经给队长打过两次电话，只是嫌疑人还未找到。所长一脸平静，示意我不要因此将张某不安的情绪进一步加大。

"家里人已经在外面等着呢。"

"还是不见为好，我也没脸见他们。"

张某的妻儿等着和张某见最后一面，张某说不见，谁也不好勉强，以防适得其反。几杯酒下肚，张某没再拿起放下的筷子。我给他点了一根烟。

我揣摩不准张某此时的心思，求生的欲望彻底破灭，眼前漆黑一片，剩下的这几个小时的生，恐惧与留恋哪个更多些呢？面对张某掩饰不住的惶恐，死对任何一个活着的人来说，是一个简单又复杂的难题。

阳光透过走廊深处的窗户时，检法两院的人到了。我彻底绝望了，按照张某的供述，队长早该把嫌疑人捉拿归案了。把张某送到大门口，验明身份签完字，执行死刑的民警押送张某向监所外走去。难道我被一个死刑犯戏耍了不成？看着张某的背影，焦急变成了莫名的愤怒。

"抓住了，抓住了！"值班的刘姐冲出来拉着我的胳膊大声喊，"那个嫌疑人抓住了！"

"我猜你小子就没那么简单，看来政委的眼光还是不错的，不愧是你师傅。"所长看着一边打哈哈的政委，笑着对我说，"留下吧，在这个地方磨炼几年，对你没坏处的。"

张某的死刑被暂缓执行。当我置身在外面明亮温暖的阳光里时，我找到了黑夜里那缕星光的意义。

（选自《六盘山》2018年第2期）

石嘴山市城市文学丛书（小说卷）

缘来简单

吴会平

吴会平（1963—），笔名苏子，回族，宁夏陶乐人。作品先后在《西部》《朔方》《黄河文学》《牡丹》《都市》《朔风》《宁夏日报》等报刊发表。出版中短篇小说集《查布大草甸子上的鹰》，长篇小说《泪雨苍山》，中篇小说集《城市边缘》。

一

牛金星病了，这个消息是这个早晨在公园里老万告诉马一米的。马一米听了，倒是没有太大的吃惊。到了他们这样的岁数，有个头疼脑热的，是太正常不过的事情了。就是有个大病，退一步说，就是离开这个世界，也已经不是什么稀奇的事了。一个月前，老王不就是走了么？老王的年岁实际上不大，比马一米整整小了五岁，但是说走也就走了。以前他们哥儿几个，时常在这公园里碰头，他们在这公园里晨练，到了这个岁数，已经不像年轻人那样长跑了，就是走，也是一天不似一天走得急了，只能是徐徐漫步。马一米想起年轻那阵，自己也算是个长跑健将，绕着这环形路，跑上十圈八圈的，根本不在话下。可是现在，就只能是走了，走个三四圈还能凑合，过了五圈就感觉支撑不住了，腿疼不说，气息也大不如前。除了晨练，在夏天的晌午，他们往往还要来这公园里避暑。在那个凉亭下面有一个石桌，四下里有四个鼓形的石头凳子，他们坐在那里下棋、抹纸牌。有时候也玩跳方，这种土里土气的游戏，是他们年轻的时候，在那个物质极端匮乏的年月里学会的，现在的年轻人当然看不懂了，他们也懒得去学这样的游戏。以前是他们四个人，后来走了老王，就留下了遗憾。如今牛金星一病下，他们哥儿几个的游戏也就结束了。虽然马一米这一生经历了许多的事情，一些大事，他也会见惯不惊了，但是牛金星这一病下，他未免感叹一声，老喽，年岁不饶人啊！

公园就建在小城的东边，是一个相对比较安静的地方，对于像马一米这样喜欢清静的老人，自然是养性修心的好去处。确实，城市太过喧嚣，人们太过物质。以前马一米也常陪着女人去逛商城，他一个大老爷们，早就对这样的事情腻味了，却拗不过女人。女人是那种对好多商品有着特殊嗜好的人，总是对着那些时兴的商品流连，怎奈手头拮据——两个孩子要读书，要成家，都需要不少的钱。后来，儿子娶了媳妇成家另过，他们的日子也好了，但是他们老了。女人偶尔逛一回街，就不免发出一些哀叹来：要是年轻十岁多好啊！这个世界变化太大了，好多时兴的东西都赶不上了，好多漂亮的衣服，也不是她这样年岁的女人能穿得出去了。马一米觉得女人越来越唠唠叨叨了，这样，他倒是留恋起公园来了。

早晨的公园里，空气是极好的。现在正是五月，在这个节令里，那些高大的泡桐、垂柳都是葱茏苍翠，那些矮的灌木也是葳蕤茁壮，透出一种欣欣向荣的景象。还有那些芍药、牡丹、美人蕉、马莲等，竞相绽放出了缤纷的花朵。这里就是一个世外桃源，在这里，每个人都显得安然、自在。在公园里晨练的人，许多都是马一米认识的，特别是那有些年岁的老人。公园建起来的时候，这座小城还不是这样复杂，那时候的城市真是简单，人也简单。构成这座城市的人主要是移民。马一米就是移民过来的，算起来，却是这座城市的老市民了。想当年，马一米就是响应政府开发大西北、建设大西北的号召，第一批从沿海地区过来的青年。

老万也是，不过他们不是来自同一座城市，只是他们同时分配在一个厂子里，又是同在一个班组上班，所以他们的感情是至深的。老王来到这个城市，就稍晚一些。他们几个人主要是兴趣相投，年轻时在一起也做过一些出格的事情。他们刚来的时候也是豪情万丈，但是很快地，这里的环境就让许多人受不了，思乡的情绪就像瘟疫一样蔓延开来。人一有了情绪，总想找地方发泄，而最简单的方式就是打架。那一年闹"文攻武卫"，他们厂子里的工人攻打瓷厂。到了夜里，工人们分乘两辆卡车到了瓷厂，而瓷厂的人早就得到了消息，也做了准备，把一些碎砖碎瓦堆到屋顶，夜里就守候在屋顶上面。他们攻进瓷厂后，因为对方做了充分的准备，他们就没有占到丝毫的便宜，碎砖碎瓦像雨点一样纷纷从屋顶上飞落下来，人们叫骂的声音、挨了打哭爹喊娘的声音交织在一起。那一次，虽然没有闹出人命，却有几个人受了轻伤。马一米就是在那次武斗中挨了一砖，半个月的时间都不能上班。不过，自打结婚后，这样打打闹闹的事情再也没有在他的身上发生过。不单如此，马一米的技术也是全面的，此后的工作也是勤勤恳恳。他和老万，他们都获得过厂里的奖励。后来，社会治安越来越好了，社会的发展也越来越好了，他们的厂子却出现了问题，效益提不上来，还连年亏损。在马一米不到五十岁的时候，他买断了工龄，从厂子里出来了，成了一个无业游民。老万也是同期出来的，每天除了在公园里碰头，他们最多的也就是在一起喝点小酒，回忆一下当年的事情，也发泄一下对社会上一些阴暗面的不满。当然，他们更多的，是感叹社会发展得太快了，而他们，都也老得这么快。

确实，社会发展太快了，这座小城也在飞快地膨胀着。以前，城市里还是有棚户区的，现在早就拆迁了，高大的楼房就像雨后的蘑菇蹿了出来，人口越来越密集。就是这个公园，新的面孔也在不断地出现。而这些新面孔绝大多数都是来自乡下，过去让许多人瞧不起的乡下人，也纷纷涌进城里来了，和城里人同享一片阳光。以前，来公园里的人不是很多，现在，这个公园也都显得小了。

二

　　公园的年龄正好是马一米的一半。当初建公园的时候，还是物质匮乏的时代，这个公园是这个城市的一大景点。那时候栽下的小树，现在都那般高了，简直是遮天蔽日。这个公园和其他小城市的公园也没有太大的区别，有假山，有凉亭，有两个空旷的供人锻炼的场地，四下里安装了体育器材；有一个人工湖，湖中有座湖心岛，一座回环的廊桥通过去。以前，湖里饲养着观赏鱼，还有荷花水草什么的，这几年有了一些变化，湖被承包了出去，那些五颜六色的观赏鱼就没有了，换成了鲢鱼鲤鱼，供喜好钓鱼的人们垂钓。承包人还在那小木棚的外面搭起了凉棚，从春天一直到秋天，那烧烤的生意甚是兴隆，那些垂钓者，还有那些情侣，都是这里的常客。所以，在公园里，除了杂草的清香、花朵的芳香，还有烧烤的浓香味在这里弥漫着。

　　公园确实是个好去处。

　　马一米甩了甩两手，然后，朝着那个假山拾阶而上。假山的上方，是一个不大的凉亭，因为年代久远，那些朱红的护栏、柱子，油漆都显得有些斑驳了。这个地方一直是人们喜欢来的地方，从这里，整个公园大致上就一览无余了。马一米走走停停，不时地有人和他擦肩而过。有一对恋人，嘻嘻哈哈地笑着打闹着跑下去了。马一米抬头的时候，看见了老万，他就坐在前面的石凳上，眯缝着眼睛笑着对他看。马一米紧走几步上去了，也在老万身边坐下来。老万长着慈祥的脸庞，胡髭不是太浓，但已经花白了。往常他们打牌的时候，几乎看不到老万因为打牌而发急，而他们几个，会因为对手打错了牌而埋怨吵闹，闹得面红耳赤。然而，在死了老王、病了牛金星之后，一度老万也成了一个闷葫芦。今天老万心情好，就像那钻出了云层的太阳一样。与往常不同的是老万的身边放着一只鸟笼子，那里面，一只漂亮的小鸟跳来跳去地在啁啾，发出几声悦耳的鸣叫。

　　"什么时候想起养鸟来了？"马一米勾下腰来，对着那只小鸟看了看。这个

石嘴山市城市文学丛书（小说卷）

　　小城，养鸟还没有形成什么气候。马一米经常见的，是离他家不远的酒肆，从那里不但飘出阵阵的酒香，店门旁边还时常挂着两只鸟笼，里面的两只鸟，倒也引人注目。

　　老万有些自鸣得意："早市上买的，挺便宜。"

　　"呵，早市上也有了卖鸟的？"马一米说。差不多有半年的时间他都没有去过早市了，没想到如今那里竟然有了卖鸟的。"什么鸟呢？"他问。

　　"这一只，就叫金翅雀，二百块钱买下的。"

　　"二百块钱，便宜吗？"

　　"二百块钱还不便宜吗？你呀，老土了。"

　　马一米在心里有了一丝抵触，这老万，倒有些显摆了。一只鸟，用什么去衡量它的价值呢？说它稀有，却不是主要的，这主要看它在主人心目中的位置。显见的，这只鸟给老万带来了欢欣。

　　亭子上面有了一丝丝的凉风，吹得马一米感到了一阵的惬意，吹得老万花白的胡髭在飘动，也吹得那只金翅雀的羽毛在翻动着。那只鸟在架子上倒换着腿脚，唧啾了几声，看得出来，亭子上吵吵闹闹的人们打扰了这只小鸟，让它有些不安和烦躁。马一米有些可怜起这只小鸟来了。马一米曾经看到一篇文章，说有一个城市，那里的很多人都喜欢养鸟，每天早晨在城墙根下都会有不少养鸟的人在遛鸟。鸟儿们聚集在一起会感到欢快、激动。遛鸟的人绝大多数都是像他们这样的老头，当然，年岁小的肯定也有，但一定是男人。他还从来没有听说过有哪个女人提着鸟笼到鸟市上去转悠的。

　　往亭子上上来的人，或者下去的人，像是一个链条一样不停地转动着。这座城市一直在膨胀，这就使得公园里的人越来越多。马一米看到，有两个姑娘，穿着很少的衣裳，唧唧嘈嘈地上来了，她们说话的声音比鸟儿的鸣叫还好听，但是马一米却不敢对她们多看一眼，生怕被别人在心里说他老不正经。他还看到有两个年轻的恋人，就在这亭子上搂在一起在接吻，全然不管身边还有其他人。如今的年轻人接受能力强，观念转变得快，传统的道德观、价值观，甚至伦理观，都被这些年轻人颠覆了。有一对老夫妇相互搀扶着上来了，这一对老人，显然是这个城市里的新客，也就是在半个月前，马一米才在这公园里见到他们。这个老者有着一张"国"字脸，一双眼睛充满了沧桑感。马一米还特地注意了他的那双手，那双手是黝黑的、粗糙的，指头就像枯树枝。这个老女人背有点驼了，见了陌生的眼光会有些羞怯。

这显然是从农村过来的老两口。这些年农村人往城里涌，主要是年轻人，像这样的老人却是很少。马一米知道，农村的老年人许多都不太适应城里的生活环境的。他们喜欢那种天宽地阔的生活，邻里之间也是时常走动的，不像城里，许多邻里老死不相往来。他的亲家就是农村人，有一次来他家里，只住了一天就待不下去了，说这屋子像个鸟笼。

"老人家，今年高寿了啊？"马一米主动和他们搭讪。

那个老头在一边坐下来，喘口气，用手比画了一下说："七十四岁了。"

"还是在城里养老好啊。"马一米试探着说。

"好是好，可是不习惯啊！"

"那咋来了呀？"

"儿子在这个城里工作，他是来让我们享几天福的，不然，他们心里过不去。"

三

环形路也是弯弯扭扭，像是一条在公园里游走的蛇。太阳爬上一竿子高的时候，那些斑驳的光点，就从稀疏的树叶子之间洒下来，投在路上，让这里增加了许多的诗意。马一米现在不能跑了，他望着那些矫健的身影一个一个和他错身。身后传来了啪嗒啪嗒的脚步声，凭着声音，凭着奔跑的节律，他就能判断出这个

石嘴山市城市文学丛书（小说卷）

即将过来的人是男是女，甚至能判断出他们大致的年龄。有两个人的脚步声只要一传过来，他就能猜出他们是谁了。有一个声音，听起来是轻快的，那均匀的脚步声像是踩在浮萍上，反正马一米就是这种感觉。他只要一听到这个声音，就会本能地往旁边移去，转过头一直看着这个身影从他的面前跑过去。这个晨练的人是个年轻的女人，判断不出实际的年龄。现在的生活条件好，年轻人都又会打扮。有一次，马一米看到一个小媳妇领着一个孩子，他以为那个女人是领着自己的儿子在散步，却没有想到那个孩子一口一个"奶奶"称呼她，着实地让他咋舌。比如眼前这个跑步的女子，他就猜不出她究竟是个姑娘，还是年轻的小媳妇。这是个略微有些偏瘦的女子，她那跑步的动作是富有弹跳力的，落地的声音都很轻，传递着欢快。她的身上散发着体香，随着她的跑动，她那一头娟秀的披肩发也在很有节奏地摆动。后来，另一个跑动的声音也传过来了，这个声音，也是节奏感很强的，传递着的是男人的那种自信和强健。这个跑动的汉子，马一米甚至能叫上他的名字。其实，公园里很多的人都能叫上他的名字的，因为他是个跑步健将，叫赵胜利。马一米中年的时候也是能跑的，每天绕着公园环形路，能跑上八圈。可是跟赵胜利比，他就算小儿科了。马一米特地留意了一下，他惊讶地发现，这个赵胜利竟然能跑到十七圈。如今的赵胜利早到了中年了，长跑的劲头却依然不减当年。

赵胜利所在的那家公司叫英力特，他只是一名普普通通的工人。而这家公司的前身，就是当年马一米曾经工作过的那个厂子。当年工厂倒闭后，重新融资组建了，现在是一家股份制企业，效益很不错。

有一些女人，她们来这公园里晨练，或许还带着一点炫耀的成分。有两个女人，都是四十过头的样子，即使是来这公园里锻炼，依然穿戴时兴的衣裳，还带着有名的巴儿狗。她们走路的姿态，一定是与别的女子不同，似乎这样，就能显出她们的优越。比如那个染烫成一头金色卷发的女人，她的体态确实是很妖娆的，想必她的脸面也一定好看。但是这些年来，不论春夏秋冬，她来到这公园里，一直戴着口罩，马一米从来都没有见过她的脸面，只是看到她那乌溜溜的眼睛，这双眼睛透着一种优越，也透着一份忧悒。她带着一只名贵的泰迪犬，这几年，这样的狗市价都在万元左右。马一米知道这个女人，就是从知道她的男人开始。她的男人以前是一家银行的行长，后来犯了经济上的问题，蹲了一年的监狱。这个女人当时也和男人闹腾得厉害，说是要离婚，但终归没有离。她现在出门，也不和自家男人一块儿走，似乎有意要保持一个距离。当初她男人的贪腐，她不可能不知道的，出了事就想和男人划清界限，这样的女人，马一米是从心里看不起的。那个男人，也偶尔来这公园散步。他还没有到了该白头的年龄，头发早就花白了，眼神也有些呆滞，动作也有些迟缓。一个经济上犯罪、官场上失意的人，人们看见他都远远地躲着。

"好像在这公园里，我看到了人生的浮世绘。"有一次，马一米这样对老万说。

四

小城的公园就是这样，每天仿佛都在上演着一幕幕活话剧。这时候，有一阵梆子二胡的声音又从那边传了过来，这是几个老戏骨的演唱开始了。他们演唱的地方，从这个回环的廊道穿过去，那里有一个场地，不大，但是显得幽静。这个廊道也很幽静，廊道的两边都是密密麻麻的爬藤虎，现在这个节令，这些爬藤虎已经把那些搭起来的架子遮挡了个严严实实，走在这里，真有一种曲径通幽的感觉。马一米也喜欢来这个地方，他也喜欢到那边去听一会儿戏。他不是戏迷，特别是西北人喜欢的这种秦腔，他不是能完全听懂，只是听得久了，也听出来了那唱词唱的是什么。他喜欢来这里，其实还是为了想来看看一个人，这个人，就是这些老戏骨中的压轴人物，她叫韩梅香。这个韩梅香，比马一米小了五六岁，但是她的长相，却比她的实际年龄小了二十岁。这个女人，小城里的绝大多数中老

石嘴山市城市文学丛书（小说卷）

年人都认识，原因是她过去就是县秦腔剧团的台柱子，而且她又长得这样美。一个长得美，又时常在戏台上亮相的女演员，是很容易让人记住的。只是那个秦腔剧团，早就解散了。剧团解散了，但是有几个演员还是喜欢来这公园里唱秦腔，而且，他们一唱起来，从这个时辰，能唱到中午，中午回去休息一会儿，又来接着唱。可见这种艺术形式，在他们心里是多么地根深蒂固啊！

穿过廊道，马一米看到那块场地已经被许多人围上了。他知道他们中的好些人，他们与其说是来听戏，还不如说是来看韩梅香那动人的脸蛋。往年在戏院里，韩梅香穿上行头，描眉画目，装扮成穆桂英，舞动着手里的花枪，脚步是轻盈的，身子是飘逸的，嗓子也是清脆的。当然，韩梅香不化妆也是那么好看。马一米知道韩梅香，还是在他结婚以前的事情，那时候韩梅香还在他所在的厂里。他们那个厂是个大厂，韩梅香在文艺宣传队里已经是个公众人物了。韩梅香有一段凄美的爱情故事，在当时那样的环境下，韩梅香能够顶住各方面的压力，和她心爱的人走到一起，那真是一种勇气。她的丈夫李喆也是个唱戏的，只是倒了嗓子，早几年就不能唱了，现在他只能每天来给太太助威，那个打板的就是他。这个人，方正的脸庞棱角分明，眸子也很有神，那腮上两绺胡须略微有点花白，却很飘逸。这样的人物，你就能想象出他年轻时是什么样子了。可以说，他和韩梅香，他们就是一对金童玉女。

梆子一打起来，那边两个拉二胡的也忙活开了。这两个人，也是当年县秦腔剧团的二胡手，拉得一手好二胡。韩梅香就上场了，她依然是青衣漫步，出半云手，动作都是很专业的，有模有式，然后就唱：

秦香莲跪轿前心惊胆战，

包相爷坐上边细听民言，

提起来我家乡路途遥远，

湖广钧州有家园。

我公爹名叫陈洪范，
我婆婆康氏是大贤，
所生一子陈世美，
送他南学把书观。
大比之年王开选，
举家人送他去求官，
一去七年不回转。
……

韩梅香的嗓子确实和当年没有什么两样。马一米对着那个身影端详，端详久了，就觉得日子又往回倒退了好多年。那时候韩梅香确实嫩气，整天扎着两个羊角辫，一身工作服，就是走在路上也要唱两嗓子。马一米跟韩梅香不是很熟悉，虽然是在一个厂子，但工作岗位不同，见面的机会也少。他认识她，她倒不一定认识他。那时候，文娱活动都很单一，即便是看电影，几部老片子倒换来倒换去的，让人乏味。于是包括马一米在内，许多人都就盼望着节假日的到来，特别重大的日子，比如说建党节、建军节、国庆、元旦这样的日子，单位肯定要组织演出的。马一米坐在礼堂里，看着舞台上的幕布被拉开，看着韩梅香走上台，他的心就跳到了嗓子眼里，感觉气都喘不上来了。韩梅香就是他的青春偶像。有时候他也走到文艺宣传队那里，但是他不敢进那排练大厅，只是远远地站在那里听，分辨着哪个是韩梅香的声音。后来传出了韩梅香恋爱了的消息，这个消息，让他的心凉了几天，整天空落落的，魂不守舍。有一次，马一米从厂子里出来，到远处去散步，远远地，他就看到了韩梅香和她的那个情哥哥，就坐在黄河边，身体依偎着，卿卿我我。马一米站着，对他们端详了许久。

当然，他们的恋情，也不是那么一帆风顺的，原因就是这时候在她的身边出现了另一个人，这个人就是孙长海。孙长海仗着自己是工会主席的儿子，自己也在厂里是个段长，就不停地给韩梅香献殷勤。如果有个什么演出，他总是台前幕后的，有时候干剧务该干的活计，有时候又像个领导，有时候又像韩梅香的一个跟班。有两次戏刚唱完，韩梅香还没有走下台去，孙长海就上来了，给韩梅香递帕子，问长问短，那副讨好、关心的样子，让台下看节目的马一米感到反胃。因为有了孙长海的掺合，韩梅香的恋情似乎就有了变数，更成了厂里人们关注的焦点了。可是，任他孙长海使尽了浑身的解数，也挡不住那对痴男怨女的恋情。后来，孙长海的老子都出面了，劝说不行，就打压，主要是对那个李喆。结果李喆因为家庭出身的问题，被从文艺宣传队清除了出去，连当一名普通工人的资格都没有，只能在厂里打扫卫生。那时候，连马一米这样的局外人都感到接受不了，何况韩梅香和李喆，他们还不崩溃了？但是只一年，又峰回路转。韩梅香因为颇有文艺天赋，被从厂子调到了县剧团。之后，这对痴男怨女顶住了各方面的压力，喜结连理。

孙长海后来也从厂子里出来了，到县里，成了一名干部。马一米知道，孙长海之所以这么平步青云，靠的还是关系。他在仕途上算起来也还是一帆风顺的，一直熬到最后，成了县人大常委会副主任，是个副处级。前两年也退下来了。

五

马一米跟孙长海认识，但是不怎么打交道。这里面的原因大概局外人也都是懂得，因为彼此的出身不同。马一米出生在一个普普通通的工人家庭，而孙长海的父亲却是一个干部，说是革命工作分工不同，但孙长海还是有明显的优越感的，在厂里他又是一个小头目。孙长海从厂里调了出来，他们见面的机会就少了。就是见了面，孙长海的傲慢也会让马一米对他生出怨怼，联想到当年的韩梅香事件，他就觉得孙长海这个人不地道。还有，牛金星的儿子当年在调动工作的事情上托门子，给孙长海送了不少的礼。牛金星和马一米都是哥们儿，几乎无话不谈。牛金星这个人不像马一米性子有点倔，也不像老万那样，似乎什么事情都不往心上去。这个人心眼小，但是善良，他们打牌的时候，几个人都拿他来调侃，却从来也没有见他生过气。他对孙长海这样的人唯唯诺诺，特别是孙长海给他儿子办成了那件事情以后，更像是欠了一份不尽的人情，见了面就领导长领导短的，一副卑躬屈膝的样子。不过，就是牛金星的善良，他们几个老战友才相处默契。现在牛金星病下了，离开这个老朋友，马一米感到身上少了一件什么，空落落的。

孙长海隔三差五地，也到这公园里来。他现在完全变了一个人。以前几乎是一呼百应的人物，许多人见了他的面都点头哈腰，一旦失去了权力就蔫了。其实这还是心理上的问题，和孙长海同一届的那个人大常委会主任，身体本来没什么大碍的，但是退下来就有些受不了，病下了，只一年多的时间就到阎王那里去报到了。孙长海每次来公园，都是独自一个人在那里漫步，与从前不同的是他的头上扣了一顶灰色的鸭舌帽，帽檐压得很低，看起来很阴郁，除了熟络的人，他一般不和人打招呼。他似乎在保持自己的那份威严，又似乎很孤独。这种感觉马一米就没有，虽然老王走了，牛金星又病下了，马一米多少有些失落，但是碰到那一对农民老夫妇，他就主动去和他们打招呼。还有，唱戏的那边他是时常过去的，听戏也罢，看韩梅香那依然楚楚动人的模样也罢，都是一种享受。马一米就没有见过他孙长海到那边去听戏。肯定不是他孙长海不想去，他当年在厂里的时候也是个戏迷，之所以不过去，是他的心里有阴影。他怕见到韩梅香的那双眸子，这会让他伤感，会让他失落，会让他羞惭。有一次，马一米看到孙长海就站在离那唱戏的不远的地方，像是在做运动，但是马一米注意到了，孙长海是支棱起耳朵来在听，韩梅香的声音像银铃一般从那边飘过来。

跟马一米不同，老万真是个乐天派。当年，工厂倒闭了，他们买断了工龄，从厂子里出来，包括马一米在内，许多人突然间就像是失去了爹娘的孩子，被抛向社会，成了无业游民，那种恍惚感，那种没有一丝丝安全的感觉，搅闹得

石嘴山市城市文学丛书（小说卷）

马一米整夜都睡不好觉。后来他们就结伙去上访，有一次他们还打算集体去卧轨，想以此来向政府抗议。结果这件事情被谁透漏了出去，政府出动了许多的干警，才制止了这样悲剧事情的发生。当时，他们闹腾的动静确实是挺大的，无奈社会正处在转型时期，工厂在转制，要把他们这些工人分流出去不是一件容易的事情。只有老万，他既没有去上访，也没有去卧轨。他在家里呆了一段时间就出去了。他到市场上买了一辆人力三轮车，干起了载客的生意。那时候，县城的出租车还是少的，人力三轮车就成了一道风景。老万的事迹被政府知道了，很快被树立起了下岗再就业的典型，除了报道、推广，还被评为县里的劳模，年终的时候，政府奖励给他两千块钱。老万有两个儿子，大儿子有工作，成了家，分出去了，小儿子高中毕业呆在家里。这在别人的家里就是一顶愁帽子，老万却呵呵一笑。老万买了三轮车载客的第二年，用他挣到的钱，让儿子去学习了驾照。又过了一年，老万拿出家里全部的积蓄，又东借西凑，还贷了款，买了一辆出租车。正是有了这辆出租车，老万的儿子买了房娶了媳妇，日子过得红红火火。前些年，政府取缔了人力三轮车，老万也乐得清闲下来，从此，他们哥儿几个，就成了公园里的常客。

　　说起来是人以群分的。这个社会就是这样，人们都是根据自己的喜好，自己的职业，脾气、兴趣的相同来划分自己的朋友圈的。孙长海从前是领导，知识、阅历肯定与马一米他们都不同，所以他不在马一米他们这个圈子里。但是，人是需要拓展自己的朋友圈子的，马一米他们这几个铁哥们儿，老王不是走了么，牛金星也病下了，马一米虽然还认识好多人，但是没有深交。当然，有时候的兴趣转移，也能减缓人的孤独感的，老万就是这样，他现在拎着一只鸟，在这公园里优哉游哉的，还引来了许多人的瞩目。年轻人需要减压，上了年岁，就得想办法减少孤独感。

六

  "金翅雀叼着一只虫子飞回来了。"马一米读着一篇与金翅雀有关的文章。他发现他对小鸟知道的真是太少了，以前他只知道麻雀、燕子、鸽子，或者是乌鸦、喜鹊等这种大众化的鸟类，就连那酒肆旁边挂着的那两只鸟笼里的画眉鸟和百灵鸟他都不知道，更不要说还有好多他见所未见闻所未闻的鸟的名称。相比而言，孙长海就是比他马一米知道得多，毕竟是一个有文化的人啊！那天他们在公园里漫步，老万悠闲地拎着他的那只鸟，马一米也在旁边，孙长海紧赶慢赶地撵上来了，来到老万旁边他对那笼子里的鸟瞩目，然后开口说："老万你什么时候想起养鸟了啊？这只金翅雀，品相还是不错的。"孙长海一眼就看出了这就是金翅雀，而他马一米却不能，这就是差别。而且，孙长海还能谈论鸟的品相、习性，这就更不得了。也就是在这一次，马一米才知道了那挂在酒肆旁边的是百灵鸟和画眉鸟，这都是孙长海告诉他的。

  "这又有什么了不起呢？"马一米隐隐有了一点不甘、不服。他回来后，让孙子打开了电脑，查找与小鸟有关的信息，结果他发现，他对鸟的知识真是个盲点。那么多美丽的、让人眼花缭乱的小鸟，一关上电脑，他的脑子里却又是一片空白了。但是老万的那只鸟，那只金翅雀悦耳的叫声，却在他的脑子里响起来。需要一只鸟，需要一只像老万那样的金翅雀，或者别的什么鸟，这样，我每天也可以像老万那样遛鸟了，即便是回到家里，也可以赏鸟、逗鸟，听鸟儿的鸣叫了。马一米想。

  此后有几天，每天的早市上，马一米就不上公园了，而是直奔早市。早市离他家也不太远，一里路的样子。马一米没有在早市上溜达，他直接就来到了卖鸟的那个摊点。他发现那个地段上放着的，架子上挂着的，都是一个个的鸟笼子，那里面是五颜六色的小鸟，这些小鸟，比电脑上的可好看多了，叫声也是清脆婉转。马一米想买，却又犹豫着，拿不定主意，这主要是他对小鸟确实还不了解，比如，孙长海说的鸟的品相，这里面是大有文章的。马一米想买一只品相不差的鸟，至少不要让孙长海看了后给笑话了去。

马一米正在聚精会神地观察着一个笼子里的小鸟，突然听到了身后传来孙长海的声音："这只蓝点颜，品相确实是不错的。"马一米直起腰来，回过头，看见孙长海正对着他笑着。而且，孙长海的手里，也拎着一个鸟笼，那里面，是一只黑色的不打眼的鸟。

"这又是什么鸟，这么难看？"马一米问。

"这个，就是八哥。养鸟也不一定在于它好不好看，关键是，这只八哥，它会学人说话。"

"你好？"那只八哥果然开口了。

马一米陡然间对那只八哥平添了几分亲近。他对那只八哥挥了挥手，像是对待一个孩子："嗨，你好，小家伙。"周围的人，包括孙长海，都被逗乐了。

"你也想买一只鸟吧？那么，我就给你推荐这只蓝点颜。你看这只鸟，它就是个上品。它的脑袋略微有点大，鸟毛都很光泽，线条流畅。从姿态上看，它是一只雄鸟。再看它雄起起的样子，在架子上跳来跳去，说明它很不安分，叫声也是清亮的。这样的鸟，好养。"

"你是说，这就是蓝点颜？"

"这是蓝点颜。当然，它还有别的名字，比如，也叫蓝喉歌鸲，或者叫蓝秸芦犒鸟的。"

"好养吗？"

"没啥不好养的，每天让它洗一次澡，每天早上遛一遛就行了。"

马一米看了看孙长海，这个人，就是比自己懂得多，这一点，不服不行。和摊主讨价，摊主要了三百块，马一米一压再压，最后压到二百块。马一米觉得这只蓝点颜，一点儿也不比老万的那只金翅雀差，如果再把价格压下去，自己的心里，反倒不舒服了。最后，他愉快地以这个价格和摊主成交。

马一米提溜上鸟笼，他看到那只蓝点颏突然伸展开了漂亮的尾翼，对着他唧啾不停，他的心里一下子乐开了花。他想他们真是有缘分，这几天一些不开心的事情一瞬间都被这只小鸟给带走了。他想老万已经有一只鸟了，那是一只金翅雀，而他的这只却是蓝点颏，这都是两个不同的鸟种。他们老哥儿俩，那就是一对活宝，以前在公园里，除了漫步、听戏，主要的是打牌。现在他们都又改成遛鸟了，那真是一种很惬意、很浪漫的事情。他提溜着这只蓝点颏就奔公园而去。这时候的公园已经热闹起来，韩梅香在那边唱戏，咿咿呀呀的。另一块场地上也播放着流行音乐的声音，一些妇女在那里跳舞。果然，看到马一米提溜着鸟笼，听到那只蓝点颏唧唧啾啾地叫，许多人就都回过头来对他张望，有熟络的，还走上前来对这只蓝点颏端详片刻，夸耀这鸟的可爱。马一米的脸上挂着掩饰不住的笑意。他看见了老万的背影，就紧走几步撵上了他。老万提溜着他的那只鸟，优哉游哉，看见马一米手里的鸟，就有些吃惊，跟着却笑了。马一米说："想不到吧。这只鸟叫蓝点颏。"两只鸟在他们各自的手上欢快地跳着叫着，不同的鸟声在这早晨的公园里，是很清亮的。

"啊，你好！啊，你好！"这时候，一个略显沧桑的声音从他们的背后传了过来。老万和马一米同时回头，却发现孙长海也提溜着他的那只八哥走在他们的后头。这只八哥不经意地就跟他们打起了招呼。马一米摆了一下手说："你好？"

老万显然有些吃惊："这只鸟是会说话的？"

"嗯。它只是会几个简单的句子。"

"了不得。"

马一米看到孙长海嘴往两边咧着，露出了很得意的笑来。这是他头一次看到孙长海在他面前这么开怀地笑。他想，孙长海笑起来还是挺可爱的，人呐，有时候包装得太深，特别是人一有了金钱、有了地位以后，就更是如此。可是那样活着太累。马一米想到孙长海帮着他买这只鸟的事情，他突然有了一个想法，他想

石嘴山市城市文学丛书(小说卷)

请孙长海下一次馆子。

"我请你们去吃饭吧,就在那边。"马一米指了指那边的烧烤店。

"于情于理,都是我应该请你们才是。"孙长海说。

"我请你,是因为你帮我买了鸟的。"

"我们可都是从一个厂子里出来的,是老哥们儿了啊!你说是不?"

马一米就不再坚持。他们往那边的棚子走去,在那里坐下了。棚子的边缘都是木制的,那些刻意留下来的松树皮,让棚子显出了一种朴拙的美。老板殷勤得很,孙长海要了一条烤鱼,又点了几个小菜,要了几瓶啤酒,几个人边吃边喝上了。孙长海劝酒,马一米说:"不,那是你们官场上的做派,我们工人阶级,可是讲究硬实力的。"马一米说的,就是指猜拳。其实马一米的猜拳,水平也是一般得很,而且他也低估了孙长海猜拳的实力和酒量,两轮下来,他几乎是连败,几杯下去,就有些晕乎。

酒壮英雄胆,那说的是年轻时候的事情,现在他们都老了。马一米摆一摆手说:"不行了,酒这东西,还是点到为止,少喝为好。"

那天,从烧烤店出来,他们还在石桌那边甩了一会儿牌,那另一个搭档,就是那个农民老头,是临时凑上来的。鸟被他们挂在了一边的树枝上,不远处韩梅香的唱腔传过来,还是那么清亮委婉,马一米看到孙长海侧耳听了一下,脸上露出了一丝难以琢磨的表情。跟着他就打牌。这几个人——曾经的干部、工人、农民,他们凑到一起来了。在这公园里,门第观念似乎不好使。那个农民的牌技也不错,马一米和他搭档,显得很轻松。他们正打得聚精会神,突然一阵鸟叫,马一米抬起头来,看到自己那只挂在树上的笼子里的鸟,正扑棱翅膀,对着这边婉转地鸣叫,马一米甩出去一张牌,随口说了一句:"蓝点颏。"几个人都是一愣,跟着都笑了。马一米也笑起来,他们的笑声伴随着鸟叫,在这公园里回荡了好长的时间。

(选自《黄河文学》2016年第10期)

行走的水杯

杨军民

杨军民（1970—），甘肃泾川人。中国作家协会会员，石嘴山市作家协会主席。在《人民日报》《长江文艺》《读者》《朔方》《天津文学》《安徽文学》《时代文学》《黄河文学》等报刊发表文学作品，部分作品被《长江文艺好小说》《传奇传记文学选刊》《微型小说选刊》《青年文摘》《杂文选刊》《文摘报》转载。出版小说集《狗叫了一夜》。

　　一缕阳光从后墙的高窗子斜射进来，在昏暗的屋子里，光线像一根洁白耀眼的飘带，微细的尘埃上下旋转着飞舞着。她把脑袋努力往前探一探，让阳光在她的脸上抚摩。阳光温热的，那么柔顺地，轻轻地轻轻地，渗入每一个毛孔。阳光在穿衣镜、茶几上忽闪忽闪的，诉说着什么。她微微闭上眼，眼帘抖动着，听，凝神细听！

　　伴随着阳光飒飒的脚步声，她拿出一把口琴，美妙的琴声漂浮在那一束光带里，像符点在五线谱上跳跃，小屋立即生动了起来。

　　谁能想到，这样一个可爱的女孩儿，躺在床上已有十五年了。似乎她的生命就是为这张床准备的，她与床黏合得那么紧，一旦分开了，床还是床，她就不是她了。从某种意义上讲她的生命其实连这张床都不如。她是个病人，病得很复杂，一生下来就浑身瘫软，唯有两条胳膊和头部可以活动，其余部分像一堆没有骨骼的软组织，放在哪儿都是一堆。

这样一个生命，却在这世上生活了十五年，不能不说是一个奇迹！

琴声漫步在阳光里，她也似乎漫步在阳光里了，树真绿，花真红，空气真清新呀！她停下吹奏，乐曲惯性地在她心里流溢，她使劲吸一口气！

那一年的秋天，她从窗户里看见外面白杨树夸张的繁茂，心里异常地不宁静。同龄的小芳再也不听她讲故事了，她要上学，学校老师讲的故事比她讲的更好听呢！学校有大高楼，有红领巾，她不但要上小学，上中学，还要上大学呢！

扎着羊角辫的小芳一蹦一跳地走了，把她的心带到了一个幽暗的深谷里。

与她相依为命的母亲，是一名小学教师，每天要给她接屎接尿，给她讲故事和缝补衣裳。母亲对她的衣服要求特别高，虽然不能下地走路，她依然努力把她打扮得漂漂亮亮，她说，每个孩子都是一朵花呢！说这些话的时候，母亲深情地看着她，瞳仁中荡漾着花的影子。

母亲经常给她买来让别的小朋友羡慕的衣服。穿那么好的衣服有什么用呢？除了她的朋友小芳，还有谁能看得见呢？何况连小芳都要去上学了！母亲笑眯眯地，指一指高窗子，谁说的？看看那是谁？亮晶晶的阳光刚从高窗子探出头，漫染得那小小的四方的窗子毛茸茸的，像一个满脸含笑的小脑袋。傻孩子，你还有一个好朋友咧！她看着那温热的阳光，想想还真是，从小到大，只要是晴好的天气，它一天不拉地陪伴着她！她向窗口招招手，朋友，你好！阳光耀眼地闪了一下。她忽然异常激动，为这个忠实的朋友！

更多的时候，母亲坐在那张三抽屉桌子前写东西，往往要到深夜。

"妈妈，你怎么总是写呀写的？"

"我在备课呢！"

"备课是干什么呀？"

"你长大了就会知道的。"

母亲备课，她抱着沙皮狗，和它说话，等母亲。

母亲说："惠，快睡吧，妈要很晚的。"

她说再晚也要等母亲，母亲不睡她就不睡！

母亲心情好的时候，会在她额头亲一口，"惠，我的宝贝！"

心情不好的时候，譬如班上有什么不愉快的事，她生病了，买药的钱又没有了，母亲就会抱住她流眼泪。她伸出小手帮她擦，眼泪更汹涌了，像她的手上带着钩子。

那一日母亲回来，她说："妈妈，我要上学！"

母亲吃惊地看着她。

"隔壁的小芳上学了，她说学校有大高楼，有红领巾！"

看着急速长大的女儿。母亲不知说什么好，"惠子……你……你和别的小孩不一样。"

"不就不会走路吗？我可以躺在教室听老师讲课，把老师讲的都记下来。我不会走路，但我的脑子并不笨呀！"

母亲心里有一团荆棘滚来滚去，眼睛辣辣的。傻孩子，哪有躺在教室上课的学生，上学下学，天阴下雨，妈怎么把你弄到教室里去呀？

母亲不怕累，怕她不能像正常孩子运动和跳舞，怕她的自尊心受不了。

她尚小，哪能想这么多？想上学，不是一般的想，像一只猫在她的心里抓，抓得她难受。

"不，我不管，我不管，我就是要上学！上学！"

她开始哭，跟母亲闹，母亲什么事也干不了。

母亲的心本来就是潮润的，她一闹，变得烦躁了。她的病是母亲心里的一个疤，谁不希望自己的孩子活蹦乱跳，背着书包去上学？

不懂事，太不懂事。着急的母亲在她脸上扇了一下，轻轻的，像一根羽毛划过。落在她的心里却很重，她哭了起来。

母亲愣怔地看着自己的手，也哭了，使劲把她的头抱在怀里。

"惠，妈不对，你打妈，打妈！"母亲把她的手拉到她的脸上，让她打。她没顾上打，她被母亲的举动吓傻了！

母亲找人做了一块小木头板，放在她的胸前，把她的身子稍微垫起来一点，她就可以伸手在木板上看书和写字了。

"惠，妈把学校搬到家里，我就是你的老师。"

母亲还给她买了一把口琴，让她寂寞的时候学着吹。

母亲更忙了，脸上的皱纹多了，腰也有些佝偻了。

在书本上她体会了外面的世界，体会了母亲。她开始变得沉默。十五岁，她已经看了很多书，口琴也吹得像模像样了。母亲去学校了，她躺在床上看一本世界散文经典，一个叫海伦的作家写的《假如给我三天光明》的文章吸引了她。海伦是个瞎子，她对生命的渴望跃然纸上。她的眼睛一次次被濡湿。如果、如果上天给我三天直立行走的机会，我要干什么呢？

一定是为母亲做点什么，母亲太累了。

给母亲端一杯水，做一顿饭，静静地坐在桌边，看母亲香甜地吃。母亲一定会摸着她的头。

我的惠子懂事了，惠子真乖！

多么美妙的一句话呀！

想着想着，她似乎真有了三天机会，尝试着从床上翻下来。她两手抓住床头钢管的一侧，使劲，使劲，累得满头大汗，身子却纹丝不动，烙饼般紧紧贴在床上。整整一个上午，她无数遍做着这种尝试。母亲回来的时候，见她满脸的汗水，脸白白的。母亲以为她病了，在她额头上摸一摸。她说她没病，只是平躺着很累，想侧过来。母亲帮她侧过了身。

这样她就省事了很多。下午，她又尝试了很多次。不知是第几遍，终于，像是撬动了地球，她的身子麻花般扭曲着，沿着床沿掉了下去。瘦小的身体居然那么重，跌到地上的声响惊天动地，受到震动的脑袋嗡嗡响，她忽然警惕地想，可千万别伤到脖颈呀，她才知道这个计划是多么冒险，如果那样她就真不行了。

　　她爬在地上，任汗水打湿了地面，她把脸贴在水泥地上，心里胡思乱想：惠子，你真没用！要不，就这么死去吧！阳光，那抹阳光，她的老朋友，从高窗子射进来，抚摸着她的脸，对她说，惠子，我的朋友，你真勇敢，你的努力让我提前几秒钟抚摸到了你！阳光含情脉脉地抚摸着她的脸，耐心十足地看着她，如果它有一双手，它一定会扶起她的。她第一次发现，其实阳光也挺可怜的，它对世界充满爱意，却没有手，所以它珍惜每一次机会，只要有机会，它就会合身扑向目标。再难自己还有一双手呀！她忽然有了精神，对着阳光笑一笑，谢谢你，我的朋友！她环顾着低矮暗淡的小屋子，看见了饮水机，对，帮母亲倒一杯水！她

石嘴山市城市文学丛书(小说卷)

进一步确定了目标。

　　水对母亲和她有着不同的意义。她尽量控制喝水,喝多了母亲老要给她接尿,她不愿让母亲太累,就克制着,所以她的脸总是苍白的,嘴唇总是皲裂的。母亲不一样,一进门就是渴急了的样子,像刚从沙漠里回来。她拿个纸杯在饮水机上接水,咕噜噜喝下去,有时一杯不够,要两杯才解渴。每次看母亲那个畅快样儿,她觉得母亲就是一株庄稼,在水的滋润下正蓬勃茂绿起来!

　　她仔细打量着饮水机——她的目标。无数个寂静的日子,她静静地躺在床上,与它对视。它清冽沉静地看着她,她也看着它,看着它的宁静,看着它肚腹里的水一点一点瘪下去,又被换上新桶,从某种意义讲,它也是她的朋友。可是此刻,她要征服它。爬在地上的缘故,或是她此刻把它当成了征服对象,她忽然发现它是那么高大,浅蓝色的桶身在高大里似乎还透露着傲慢。

　　她尝试着向饮水机爬去,身体像一个沉重的沙袋,铅重铅重地拉拽着她,似乎只那么一小会儿就在地上生了根。她知道那是一场艰苦的战斗。她要用不到十分之一有用的肢体拉拽另外的十分之九,这是多大的壮举呀!她不知道能不能成功,但她必须尝试!好在她的身体已经萎缩,很瘦小。她经常抓着床上触手可及的一根木棍练手劲。那根棍子是母亲怕她手臂肌肉萎缩而绑的,好多年了,事实上她的手劲比同龄的女孩子要大一些。她把手掌平扒在地面上,好增大摩擦力。她使劲收缩肘关节,肌肉拉紧拉紧,骨头梆梆响着,像要碎的玻璃。手掌搓破了皮,手臂的各个关节开始疼。疼了一会儿,终于发酸了。惠子,你真没用,一股懊恼的情绪浓烟般笼罩了她,眼泪出来了,但是她还在坚持着。时间一秒一秒地过去,她满脸涨红,眼睛瞪得像两只小灯泡。

　　奇迹在那一刻发生了,她的身体开始移动了,生锈的螺丝钉般艰难地动了一下,又动了一下。涌满眼眶的泪水流下来了,漫过她的脸面打湿了水泥地。此刻,这些眼泪是两种成分组成的化合物,一种是懊恼,一种是惊喜。虽然她的身体移动了不到十厘米，但是她胜利了。她把脸紧紧贴在凉凉的地面上，脸上带着满足的微笑。她松开手，把手臂张开，平平地贴在地面上，像一只鸟，她觉得她在洁净的蓝天下轻灵地飞翔着，飞翔着！那种感觉真好！

逐渐她的两只手开始互相揉搓，她以无限的放松积蓄着体力，她感到口干舌燥，有一杯水就好了！她忽然又笑了，给妈妈的水还没着落呢！一会儿，除了口更干了，她身体得到了恢复。继续，继续，惠子，你行的！她给自己打气，又一次把手掌扒在地面上，歪着脑袋，使劲收缩肘关节。疼痛、酸痛、脆响，肌肉皮筋般拉向极限。水泥地上像有很多钢针，刺扎着她的手掌，手臂的关节似乎要脱臼了，坚持一下，再坚持一下，她闷着头，闭上眼睛，像一头负重的牛，猛猛使劲。奇迹就在下一秒！她终于又动了一下，比上一次稍远一些。

用力过猛的原因，疲惫向她袭来，眼前开始冒金星，简直是满天繁星。她没有见过几次星星的，尤其这么多星星，她无力抬头，就枕在水泥地上贪婪地看着这些星星。那些星星有的似流荧，忽闪一下就没了，有的似恒星，深深地嵌在眼帘之间，坚韧地闪烁着。星星逐渐暗淡下去了，视力开始恢复，一些林立的木头腿，粗大而清晰地突兀地出现在伸手可及的地方。那是放在正墙前的八仙桌，很老旧的物件。桌子一直在那里，由于太专注，她忽略了它的存在。桌子本来是用来会客的，母亲图方便，在上面摞着米袋和面袋。桌子旁边是同样老旧的一张椅子，椅子卡在墙角和桌子之间，拐过墙角，在一个三角的两层花架旁边就是饮水机了，桶装水被机子高高地举着，泛着淡蓝色的清冽的光，一闪一闪的，似乎在召唤着她。

凡是有知觉的地方，脸、手臂、手掌甚至是脖颈都是酸疼的，尤其是手掌，搓破了皮的原因，像抹上了辣椒水，火辣辣的，一跳一跳。她努力把手扒在地上，酝酿着下一次冲锋。她使劲收缩肘关节，使劲、再使劲，浑身的力气似乎被抽空了，她觉得自己已经变成了一团空荡荡的空气，附着在地面上。绝望的恐惧袭扰着她，就这样等母亲回来吗？不，她不甘心，不甘心就这么败下阵来。她再

石嘴山市城市文学丛书（小说卷）

一次把手臂像鸟一样平伸开来，她用脑袋轻轻地磕着地面，告诫自己：惠子，你以后要做的事没有一件是容易的，或者坚持或者去死，选择吧，选择吧！她把脸在水泥上蹭了一下，皮肤的划痛让她振作。

这只是一个短暂的停顿，她却觉得有一万年那么长。这时候，她的右手无意中碰到了一条桌子腿，像碰见了救命稻草，她很自然地抓紧了它。比起地面的无着无落，它是那么坚实有力。她把另一只手平扒在地面，两手用力，肌肉绷紧了，依然是酸痛的，身体却前移了一些。闪电划破了云翳，一丝希望之光让她喜极而泣。海伦眼睛看不见，上天给了她一支笔。上天也一定给自己一些什么的，或者一切都会从这杯水开始的。她眼睛朦胧着，思绪却异常清晰。身体依然疲惫，双手已经失去了知觉，但她行进的决心更坚定了，她忽然明白，她来到这个世界上，就是为了创造奇迹。

她就那么机械地抓住一条桌子腿，抓住另一条桌子腿，抓住一条椅子腿，再抓住另一条椅子腿。一点点地，蛇一般艰难地移动着。她把牙齿咬紧咬紧，两腮的肌肉一楞一楞的。她的眼睛已经充血，似乎眼神也变成了两只手，紧紧地抓在地面上。

阳光从高窗子偏了过去，窗子里射进来的是一抹红彤彤的光，那是晚霞的余光，那是阳光——她的好朋友热切和鼓励的目光，它恋恋不舍地与她告别了。

她已经丢盔弃甲，裤子翻卷到了腿根，手臂、肚皮和大腿的皮肤多处划伤。她爬过的轨迹上，湿湿的两缕是她的尿液和汗水，断断续续一缕一缕的红是她的血迹。谁能想到，在这个中国地图上几乎找不见的小市，在这间低矮灰暗的不知名的小屋里，这个没有多少人知道的女孩儿，正在经历着一场与命运的抗争与坚持。

前进，前进！她的身体已经浓缩成了一个信念，一个波光莹莹的关于水的信念，战鼓般在心里嘶鸣着、喧嚣着！

屋子暗淡下来的时候，她看见了花架的一条腿，那书写着胜利的一条纤细的木头。随着身体最后一下微微的移动，她终于到了饮水机旁边。饮水机把头仰得更高了，巨人般高傲地站在她面前，或者它对她已经目不忍睹，它昂头是怕它的眼泪掉下来！

她努力伸出手，像一支无力的箭镞，射到半途就掉了下来。她任手展展地瘫在地上，下巴支在水泥地上。此刻，只有两个眼珠还能转动，她再一次伸出手，手臂贴在地面上，一点一点游弋过去，她用眼神支撑着，托举着那只手。让它抵达，抵达，终于抓住了那根木头。她瘫软地摊平在地上，下巴支撑着脑袋，她用眼睛的余光斜视着那桶水，那桶泛着生命之光的淡蓝色的水，她忽然感动异常，呜呜哭出了声。哭声释放了她的情绪，也缓解了她紧张的神经，她觉得她的生命已经脱离了肉体，弥漫在屋子的每一处，她的手臂、脑袋好似失去了关联散落在河滩上的石头，口真干，眼睛真重。真想睡去，永远就那么睡去！她果然闭上了眼睛。

时间过去了几分钟、几秒或者更短，她浅寐了一会儿。

在闭上眼睛的刹那，她的魂灵蹿出了窗外，在蓝天白云的天际间风一般盘旋飞舞，她看见了瘫软在花架旁的另一个自己，正无比舒畅地趴在那小小的屋子的那小小的地面上，她的手里抓着花架的一根木头腿。

隔壁有人打开了院门，那声音是短暂的轻微的，像溪流里的一个涟漪，她却异常敏锐地听到了。她游荡于天际的魂灵一下跌进了她的躯体里。

她警觉地睁开眼睛，母亲就要回来了！她还没接上水呢，她异常紧迫起来。她把一只手平贴着地面伸过去，抠开饮水机底座的柜门，颤抖抖地拿出一个纸杯。她想举起手臂接水，手臂像一条努力昂首的蛇，抬了几下，还是掉了下来，她已经没有力气举起一杯水了。另一个隔壁的院门也响了，同样轻微的声音在她耳朵里如尖利的呼啸，妈妈马上就回来了，水，她还没接上水！眼泪又要下来了，她忍住了，一个下午的艰难跋涉她已经长大了很多，她知道眼泪只能摧垮她的意志。

石嘴山市城市文学丛书（小说卷）

　　她抑制住眼泪，思维急速地转动着，眼睛在允许的范围搜寻着。她看见了旁边的花架，花架，花架，她立即有了主意，一丝笑意爬上疲惫的脸庞。她把拿着杯子的手挨着花架的木头腿一点一点上移，逐渐搭在一个横木条上，木条支撑着她的手，一点一点向前，终于到了水龙头下面。她用杯上沿顶起阀门。水纤细而欢畅地流到了杯子里，水桶咕噜噜响着，似在为她欢庆。水龙头还在流着水，桶还在持续响着，她没管它们。她把那只盛着希望之水的杯子，借着木条的支撑颤巍巍地举了起来。她把头靠在花架的一条腿上，努力调整着表情，漾起一脸笑。她调整着角度，把笑盈盈的一张脸对准了门口。

　　母亲进了院子，脚步咚咚响，钥匙在锁眼里转动着，门吱呀一声开了。母亲开了灯，灯光水花四溅，涌向她，刺扎得她一阵晕眩。

　　"妈妈，喝水！"

　　她拼尽力气尽可能大声地说。

　　"天哪！"母亲惊叫了一声！手里的包掉到了地上。她看见了她的女儿，支离破碎地趴在饮水机旁，地上狼藉一片。惊恐袭扰着她，"我的女儿，我的惠，怎么啦？"这是怎么啦？当她终于看见那杯颤巍巍的水，看见女儿无比灿烂的笑脸，她的心忽然被一股巨大的海浪冲撞着。

　　母亲像一只张开翅膀的大鸟，向她包裹了过来。从她的手里接过那杯水，"女儿，女儿给我的水，我喝我喝！"母亲的声音像放在一个震动的鼓面上，颤抖得很厉害。

　　母亲把水杯送到嘴边，手臂抖动着，那杯水一半被她喝了，一半洒掉了。撂开杯子，母亲急切地把她抱在怀里，两个颤抖的身子紧紧地抱在一起。

　　"我的惠，我的惠懂事了，惠子真乖！"

　　她困极了，眼睛黏合在了一起，她觉得母亲的声音来自遥远的天边。

（选自《时代文学》2020年第6期）

跟着老李转

余小沅

余小沅（1947—），浙江杭州人。在原石炭井矿务局白芨沟煤矿当矿工。工作之余创作了《微笑的女郎》《商鼎》等长篇小说。1982年调石嘴山市文联工作，任职《贺兰山》编辑，数年后回杭州工作。曾任《江南》编辑、主编。

  局里给我一个紧急任务，要我把红旗矿二采区党总支书记、老工人李景旺学铁人，大干社会主义的事迹整理一下，写篇报道。时间两天，期限紧了点儿，但我想李景旺的材料我看过不少，就差跟他见面谈谈了。

  第二天乘头班汽车到了二采区。初秋的早晨，天高气爽，火红的太阳给矿山洒下了万道金光，大铁架上的天轮在欢快地飞转，欢呼"十一大"胜利召开的横幅像鼓满东风的红帆，哗啦啦地拂得空气发烫。

  我走在采区的便道上，迎面走来一个圆脸大眼的小伙子。我看表离上班还早，就上前问道："哎，同志，请问你们李书记住在哪儿？"

  "哦，咱老李啊。"小伙子亲切地说，顺手指着一排普通的平房，"喏，就在第三个门。"

于是，我兴冲冲朝老李家走去，刚伸手敲门，呼啦一声，门里冲出个中等个、脸膛稍瘦的女人，手里还拿着两个菜包子，差点跟我撞了个满怀。我一打问，果真是老李嫂子。她知道我要找老李，就像找到了出气筒似的说开了："唉，你找他呀，他是整天不贴家门，今儿早上要不是他拉了一篇理，我非把他锁在屋里……"她气得鼻子一扇一扇的，但一双眼角刻满鱼尾纹的眼睛里流露出疼爱的心情。我故意问道："哎哟，老夫老妻的还有啥过不去啊？"这一刺，她又像打机枪似的开了腔："嗨，这老头子快五十岁啦，从来不知疼自己。前晚上，下着劈头盖脑的大雨，他领人去抢运坑木，弄得浑身湿透。昨晚发着烧，哼哼呀呀一直到天亮。今儿一早，拿了毛巾又要下井。你说这不是伤风扇扇子——二凉吗？气得我和俺柱子前堵后拽，说啥也不让他走。他见这架势，就一屁股坐在矮凳上，眼睛睁得老大瞪我，哼，跟牛眼睛似的……"老李嫂子边说边气得呼哧呼哧喘气。

"怎么，老李发脾气啦？"我关切地问。

"嘿，他这个人自打粉碎'四人帮'以后，就很少发脾气啦。果真，他掂得稳稳地说：'柱子娘，难道你忘了二十九年前俺俩从河北老家逃荒到东北下窑时的情景吗？那年我生肺病。一天，我躺在炕上起不来，可蛇蝎样的把头硬逼着我下井，结果昏倒在掌子面上。哥们儿把我抬回家，那时你只知道哭……要不是毛主席、共产党，俺俩的骨头渣子早不知在哪儿了。现在，要加速实现四个现代化，多么英明正确啊。想到这些，急得心里好似猫抓，恨不得快把贺兰山掏个透，为世界革命添把火啊。'唉，老头子的话真说到我心坎上啦，趁我发愣时，他嗵地站了起来，拉着柱子一溜烟上班去了。"说着老李嫂子掂掂手中的包子说，"连早饭都没顾上吃。"

这时，一阵风把一张揉碎了的纸吹到门背后，老李嫂子猫腰从地上拾起，展开递给我说："你看，这是啥，扣着红戳子呢。"我一瞅，是医院给老李看病的诊断书，上面写着"重感冒，三十八度五，建议休息五天。"日期是昨天开的。我手捧诊断书，想着一个严肃的问题，我们怎样把"以大庆的精神学大庆"这个口号，落实到具体行动上？老李是不是回答了这个问题？

"哎，你不是找俺老头子吗？快去吧，再晚就下井了。"老李嫂子的话打断了我的沉思，我赶忙告别要走，她又蹬蹬地追上来，让我把两个菜包子带给老李。我接过笑着说："老嫂子，你放心，我一定叫老李把它消灭掉。"

我步履生风地赶到井口一问，老李早已下了井。怎么办？时间不能耽搁，干脆下井去追他吧。我赶紧换上了衣服，径直朝井下走去。翻过几道运输巷，来到一个采煤工作面，在银光闪烁的矿灯下，铁锹飞舞，乌金翻滚，好一派夺煤的战斗景象。我迈步前走，哐当一声，什么东西绊了我一下。弯腰拾起一看，原来是一把磨圆了头的铁锹。我不屑地把它丢在一旁。当的一声，引来叫喊，"喂，你怎么乱扔我的武器？"我循声一看，一个正朝溜子里搁大块煤的小伙子，两步蹦到我跟前。他，十八九岁，瘦小精干，一双明亮的大眼不停地朝我眨巴。我望着他那稚气的脸，问道："学生出身吧，怎么干上煤矿啦？"他又迟疑了一下，看我和善的样子，就兴致勃勃地讲开了："嗨，说来还有段经历呢。我从小爱好文学，去年高中毕业，区上搞了个'创作学习班'，要我去，说进了学习班，只要能写出一篇有分量的'三突出'作品，前途大大地有。可我爸爸坚决不让我去，他说什么'三突出''四突出'，咱们劳动人民最突出，你还是给我回老家——攉煤去吧！"

"那你就这样当了采煤工？"我挺感兴趣地问道。

"人当了采煤工，思想可不比开汽车那样容易转弯啊。"小伙子腼腆地笑了一下说，"开始我总觉得高中生当采煤工是走错了路，上错了门，整天黑不溜秋的真没干头。有一次，班长叫我去机修厂取钻杆，我连耍带玩，两天才取了来。班长见面说：'五里路走了两天，我当你在那里娶媳妇呢。'我一听又气又羞，说：'你班长还挖苦人？'班长毫不客气地说：'这还是轻的，看你爸爸收拾你。'正说着，我爸爸走来，严肃地说：'像你这样能干出社会主义？！大庆铁人宁可少活二十年，拼命也要拿下大油田。他为了啥？就是为了把"贫油"的帽子甩到太平洋去，使我们社会主义国家尽快强大起来。我们每个矿工都要像铁人一样，心里装着全世界受苦的人，想着毛主席和八亿人民，身在井下三百米，乐在煤海作贡献。'爸爸发自肺腑的话，使我感到万分惭愧。"小伙子说到这里，用衣角擦擦铁锹，锹头闪出明光锃亮的光芒，接着说："就在那天晚上，爸爸把他使了二十多年的这把铁锹送给我，说：'接过传家宝，扎根井下，当一辈子矿工。'"小伙带有感情的叙述，使我十分激动，脱口问道："你爸爸叫什么名字？"

"李景旺"。

"啊，你就是柱子。你爸爸呢？"

"刚还在这里帮我们攉煤，才走不久。"

我跟柱子紧紧握别，匆匆地朝前追去。当我穿过几道横川，爬上二十五度坡的一八五〇工作面时，已是汗流浃背，喘息不停。心想，在井下别说干活，就是爬这几趟上坡，就累得够呛。可是老李一年三百六十五天，不知要爬多少坡啊。看着这些陡峭崎岖的上山巷道以及矿工们勇于攀登的劲头，更激起我要为这些英雄矿工讴歌的炽热感情。正想着，只见煤帮边有几盏灯在晃动，我走近一看，原来是早晨在道上碰到的那个圆脸小伙子，正领着一班人在打眼。

"怎么，下井来支援高产啦。"圆脸小伙子见我笑着说，黝黑的脸膛，露出两排洁白的牙齿。

"嗨，来向你们学习的。老李呢？"我亲热地问。

"找老李，嘿，那你就甭跑啦，呆会炮声一响，他一定会来的。"说着把安全帽往后一推，抱着电钻咯咯地吼叫起来。我一边帮他拖电缆一边和他扯开了。我看他打眼的角度和深度，不禁赞道："你打眼真有两下子。"

"唉，别提了，要不是老李常敲打着点儿，我还晕头转向呢。"

"怎么。老李常训人？"我有点疑惑地问。

"不是训。哎，比如一根弯曲的铁丝，一敲打不就直了吗？"他一边跟我咬文嚼字，一边就像开闸的煤流和我说开啦，"前几天，遇到夹矸煤层，产量上不去，我总怪条件不好，有点垂头丧气。老李知道后，昨天来到咱们班工作面。先啥话也没说，让大伙找原因。结果大伙儿叽哩哇啦提了一大堆意见，主要一条就是没有针对夹矸煤层的特点，眼浅了，煤崩不下来。接着老李亲自领着咱们打眼，果然昨天产量一下子上去了。今儿老李又来看我们打眼，还诚恳地对我说：'咱们搞生产要政治挂帅，发动群众，提高技术。你这个当班长的，光怨天尤人，产量能怨出来吗？'还再三说，'走不走群众路线，可是个事关发扬党的优良传统的大事啊。'嗨，我细想老李的话，可说到病根儿上啦。像喝汽水一样叫人头脑清醒。"说着他用手背擦擦下巴颏的汗水，脸上露出盈盈的笑容。

一石击水波连波。小伙子的话使我想起老李的一些事迹。去年，有一次煤仓堵住，老李急得下了夜班连早班，组织人处理。这时有人却提出，先集中开会，学习"梁效"的文章，把"革命"搞好了，煤仓自然而然会通的。老李一听气得眼珠直蹦，大声说："什么狼笑（梁效）狗叫，再学，咱们社会主义都要'凉消'了。"老李说完头也不回带着工人下了井。到了煤仓口七八米的上方。煤仓壁光溜溜的，人没处站，没处躲，弄得不好，柱子一松，百吨煤炭一下来，就会把人砸得粉身碎骨。老李看在眼里，急在心头，二话没说，操起一根撬扛，就要朝煤仓里钻。工人们拦住说："危险，你是干部，年纪又大了，让我们干吧！"老李拨开众人的手说："我危险，你们就不危险啦？干部干部，就要先干一步！"说完一头扎进煤仓，靠一根铁丝攀上去，猛一撬铁柱子，震耳欲聋的一声巨响，百吨煤炭倾泻而下，煤仓通了。老李却被滚滚的气流冲出仓口，砸昏在地。工人们噙着热泪，围上去抢救。老李在昏迷中喃喃地说："煤仓通了吗？快干……千万别让社会主义列车在咱们这儿晚点啊。"想到这里，我深深被老李那种钢铸铁浇的精神所感动。我虽然没有见过老李，但我想他一定是个金刚力士般的英雄。轰的一声炮响，溜子开动，掀起阵阵煤涛。只见灯光一闪，一个人影头一个冲进硝烟弥漫的工作面，圆脸小伙子班长猛拽我一下，说："看，那不是老李！"我赶紧追上去，但已经迟了。在矿灯交织的煤海中，我已无法辨清哪个是老李了……

当我翻过七八条运输巷道，拖着沉重的双腿走上井口时，晚霞给大地罩上了一层金色的披纱，高耸兀立的天轮架在夕阳中闪烁着熠熠的金辉。我满怀希望急急地又朝老李家走去，心想这回一定能找到他。我刚走近老李家门，只听见里面咔咔咔的声音。我伸头隔窗一看，柱子正在碗里打鸡蛋，老李嫂子正往锅里下面条。老李嫂子一边下，一边唠叨着："……得贵师傅这两天感冒好点没有，你爹又叫给做碗鸡蛋面送去。唉，家里养只鸡，下两个蛋，你爹总捞不到吃，真是和尚养鸡图个啥……"

柱子嘴一撇说："哎，娘，这话可不能这么说。爹常说，雷锋对同志像春天般的温暖，他老了，更得要好好向雷锋学习，关心同志，调动一切积极因素，一起大干社会主义。昨天得贵师傅病还没全好，就硬要上班啦。"

老李嫂子惊喜道："喔唷，怎么吃俺家两碗面比吃药还灵呀！"

柱子笑道："这也是一种思想工作的效力嘛。"

老李嫂子会意地笑了，忘了锅里的面汤要外溢。我赶忙推门进去大叫："面汤溢啦！"

老李嫂子一见是我，就说："怎么又是你啊，包子给俺老头子吃了吗？"

我一摸口袋，哎呀，两只菜包子早已成了黑乎乎的饼子啦。当老李嫂子知道我是来写材料的，着了慌，连忙说："刚才回来正吃饭，一看表，学习时间快到了，拿了个馒头就走了，这会一定在会议室。哎呀，同志，真把你追得够累的了。"

"嗯，看来要追上你家老李，不下一番工夫是不行的。"我意味深长地笑道。

傍晚，灯火通明，昼夜不息的抽风机在呜呜地吼叫，激励着人们的心房。我踏着皎洁的月光，走向红砖平房。刚走，听见里面传出一个洪钟般的声音，我站在窗外往里看，见一位两鬓花白的老工人正在发言："党的第十一次代表大会为我们树立了新的伟大里程碑。我们一定要遵照中央提出的八项战斗任务，去努力奋斗，以革命加拼命的精神，跑步学大庆！"说着拿起手边的《毛泽东选集》第五卷，铿锵地说，"要把毛主席开创的革命事业进行到底，我们必须真正做'革命的促进派'！"灯光映照着他那刚毅宽大的脸，在大刀般的浓眉下，闪烁着一对深邃睿智的眼睛。我想他一定是老李吧！

夜深了，起了风，哗——哗——路旁钻天杨发出浪卷沙滩般的声响。这时，一列载满乌金墨玉的火车呼啸着飞驰远方。我迈开大步，走在回局的公路上，心潮澎湃，我跟着转了一天，所得材料丰富，得连夜赶回去，快写出来，让老李早点跟读者见而。

（选自短篇小说集《煤海奔腾》，宁夏人民出版社，1979年）

葛老太

宋希元

宋希元（1965—），女，吉林伊通人。宁夏作家协会会员，石嘴山市作家协会副主席，石嘴山市文艺评论家协会副主席。1976年随父母来到宁夏。20世纪90年代初开始文学创作。2018年出版中短篇小说集《夜色无味》。现为《贺兰山》执行副主编。

一

砰的一声门响，儿子去上学了。

每天早晨同一时刻，我家的门都要被儿子如此这般地虐待一下，从他没考上大学开始，从他被我们强制复读的那一天起，我家的门，就成了他消遣怒火的靶子。

丈夫从厨房里伸出半个脑袋，看看门又看看我，蹙眉瞪眼的："你就任他这么着？赶明儿，他该摔我了。"

我笑了："赶明儿？赶明儿他就上大学，谈恋爱，找工作，娶老婆，生孩子，哪有闲工夫理你……"

话音未落，门铃响了，丈夫赶紧把头缩回厨房："那小子别是又把作业落在家里了？他气性大，我可不敢惹，还是你去开门吧。"

我穿着睡衣去开门。

对门的葛老太捂着肚子弯腰撅腚呲牙咧嘴地靠在墙上，看到我，顿时一脸委屈：

"安作家，你家有胃药没有？我胃病犯了。"

我把她拉进屋子，安顿在沙发上，倒了一杯开水放在她面前，然后跑到书房找出医药箱，再跑回来，把药箱搁在茶几上打开。这工夫，我丈夫已经服侍葛老太喝了半杯热水。

我捡了三种胃药递给葛老太："我家就这几种，不知道哪种治你现在的痛？我建议你还是去医院看看，自己胡乱吃药总是不好的，别再把小病给吃成大病。"

"不用不用。我久病成医，那些个二把刀大夫还不如我医术精湛呢。"葛老太忍着痛楚，接过我手里的药，眯着老花眼选了一种胶囊，倒出几粒放到嘴里，水都不就，一仰脖子，药就进到喉咙里去了。药还没落胃，葛老太便舒展了身子，放松了表情，微笑着向我们表示，她已经不那么痛了。

她把药箱搬到地上，蹲在药箱跟前，小孩子掏摸玩具般，兴致勃勃地开始掏药。边掏边感慨："你家的药真全，内科外科儿科五官科啥药都有。"她把手插到药箱底部，铲子似的往上一掘，药们哗啦啦地给腾空翻了个身。葛老太太十指灵活地挑挑拣拣："小安啊，你这药都有快过期的了，丢掉可惜了，给我吧，我拿回家慢慢吃。"说着，就捡出五六盒来，用衣襟兜着，面带询问地看着我。

我还没想好给还是不给，丈夫就急了："葛姨，药可不能乱吃，会吃出人命的。尤其是那些快要过期的药，您可千万别吃呀……"

葛老太白了我丈夫一眼："我知道是药三分毒。你放心吧，过期了我又没用上的，我就帮你们给扔掉，不会乱吃的。我走了。"

她衣襟兜着药，轻轻地打开门，扭头冲我们笑了下，再轻轻地关上门，走了。

我和丈夫面面相觑。丈夫苦笑："亲爱的，以后她再来，咱能不给她开门不？"

"不能。你忘了，她不仅是咱的邻居，还曾经是咱儿子的保姆，待咱儿子不是亲人胜似亲人。再说了，葛老太多可爱啊，不仅待人真诚，还乐观向上不虚伪，这样的老人家，你见过几个……"

丈夫被我的伶牙俐齿打败，讪然一笑。

二

葛老太本不姓葛，姓朱。据她说，她还是朱元璋的后代呢。葛老太是我给她起的绰号，源自巴尔扎克笔下的欧也妮·葛朗台。因这个小老太太有着与葛朗台极度相似的吝啬，我就给她起了这个绰号，没想到我就顺嘴那么一叫，却流传开了。现在小区的人，无论男女老少，早就忘了她显赫的姓氏，众口一词，明目张胆地唤她"葛老太。"

这个绰号刚刚流行开来的时候，我甚是内疚，拿出万分惶恐再三再四地求爷爷告奶奶，极力想控制无良的传播，可收效甚微。我们21号楼的楼长老刘甚至笑呵呵地对我说："小安啊，这绰号当事人都接受了，你就不要再内疚了。朱老太本人可稀罕'葛老太'这个新名字了，说用来形容她真是又生动又贴切呢。"

这话倒是真的。自从朱老太变成葛老太之后，她不但没有对任何人如此唤她而生过气急过眼红过脸，还一副很享受的样子。时间久了，我也就释然了。

葛老太是五〇后生人，老三届。高中一毕业就被那个时代给上山下乡了，被分配到甘肃一个偏远的山区。那地方（她不肯告诉我地名，说那个讨厌的地理位置不仅伤害了她的灵魂，还伤害了她的肉体。）按她的话说，是一个穷得"连鸟儿都不愿意经过的地方。"

在农村那个广阔的天地里，正值韶华的朱姑娘虽然像一个真正的农民那样，爬五更睡半夜地开荒垦田辛苦劳作，却没什么大的作为留给后人津津乐道。相反，她时常饿肚子，以至于"不但落下病来，还耽误了最佳生长期，再也没能长高一厘米"。不仅如此，在一个月黑风高的夜晚，她还差点被村长家的一个亲戚给祸祸了。

"那是一个炎热得连土地都烫脚的夏天。我们队半夜开堤放水浇庄稼。"葛老太问我："你知道为什么半夜放水吗？"我摇摇头。老太太叹了口气："我就知道你不知道。你这个年纪的人怎么会知道这些事儿呢？半夜浇灌庄稼，就是为了预防老百姓偷水拦水浇自己家的庄稼。水渠里的水是集体的财产，只能用来浇灌集体的庄稼。虽然这样，村长还是暗中营私舞弊，把夜里放水的事情告诉给了家人和亲朋好友，让他们夜里偷水灌溉自家的地。"

葛老太拍拍胸口，仿佛要赶走心中余悸："村长的一个亲戚偷水的地方离我守护水渠的地方很近。对我的阻拦，他不但言之凿凿地对我宣布了村长允许他尽情用水的'圣旨'，还当着我的面掘开集体的田垄，把水引进自家地里。我眼巴巴地看着乌油油的水流进他家的地，虽然气愤可也不敢言语了。那人趁附近只有我们两人的时候，就和我说一些男女之间的事情，恶心得我拔腿就走。他冲上来抱住我，把我按在地上扒我的裤子。我挣扎着爬起，被他拦截得没处跑没处藏的，干脆就跳到齐肩深的水渠里待着。虽然是夏天，可那渠里的水却拔凉拔凉的，冻得我直哆嗦。那人怕闹出人命，就央求我上来，他怎么说我都不敢上去，生怕他再对我动手动脚的耍流氓。后来我们组的人过来了，他才跑了。我那会才十七八岁，受了惊吓，也受了大寒，就落下病了。"说到此处，葛老太心有余悸，枯瘦干瘪的脸庞上，惊恐气愤新鲜如昨。

七十年代末，葛老太杂在上山下乡的大军里"胜利返城了。"返城之后，她由着性子大睡大吃，愣是"把肠胃给搞坏了。"

后来，葛老太在恢复高考的战场上蟾宫折桂，一举考上南方一所大学。大学毕业后，她找了一个称心如意的工作和称心如意的丈夫，一直过着勤俭节约，幸福快乐的甜蜜生活。

可惜，幸福快乐的甜蜜生活并没能维持几年，她丈夫就跟她离婚了，离婚的原因很简单也很天经地义：她不能生孩子。她丈夫离开她的时候，把房子和存款都留给她了。于是，葛老太就茕茕孑立了，不但男女之间的事情再不看顾，还戒了荤腥，信仰了佛教。

石嘴山市城市文学丛书(小说卷)

以上葛老太的情况,都是她"为了给我的下一个小说添砖加瓦"逐渐告诉我的。她还再三拜托我,让我在她往生后,给她写个自传。嘱咐我:"千万不要让时代把我们这些当过红卫兵,上山下乡吃过苦,经历过改革开放的老三届给忘了。"

三

在这栋楼里,我和葛老太的关系与我和其他人的关系相比较,还算是正儿八经的邻里关系。换句话说,就是来往着的正常的温暖的和谐的亲切的邻里关系。葛老太身体不好,早早就办了病退,独自守着一个家,守着一份微薄的工资,过着一人吃饱全家都能吃饱的简单生活。

我儿子小的时候,每每我们两口子忙得抓挠不开,我就请葛老太当保姆,给我带带孩子。当然,她帮我也不是白帮,我是给她报酬的,报酬的数目是按她调研过的市场价给的。我很喜欢西方人AA制的自给自足的付账方式,自然也很喜欢葛老太"你不占我便宜我也不占你便宜"一清二白的处事态度,这一点,我们这一老一小不谋而合。而让善良慈悲的葛老太做我儿子的保姆,我是放心的。葛老太对我儿子宛如亲生,疼爱得不得了。这让我们两家走得更近,相处得也更好。而"葛老太"这个绰号就是在我们走得最近的时候,我顺口给她起的。

那天下班,我去老太太家接儿子。还没进门就听见噼里啪啦的麻将声。同住一个楼的几个老人聚在她家,斗得正酣。朱老太(那会儿她还是朱老太呢)边给我儿子喂饭边看着麻将桌,嘴里还时不时地给支上几招。儿子看到我,兴奋得手舞足蹈,不小心掀翻了饭碗。鸡蛋炒番茄拌的饭撒了一地。朱老太(下一秒她就变成了葛老太了)忙把孩子递给我,然后趴在地上,用勺子把饭一点一点地扒拉回碗里,把地板擦干净,然后竟一口一口地把饭吃了下去,一粒米都没有糟蹋,一屋子的人都看得目瞪口呆。我又气又笑,顺口说了句:"朱阿姨,您上辈子是葛朗台的手足葛老太吧?"一屋子的人都被我的话给逗乐了。我们小区曾经是市教育局分配给老师的房子，住在这里的几乎都是知识分子，都知道巴尔扎克和葛朗台。就这样，我的一句玩笑话就把朱老太变成了葛老太！

如果葛朗台这会儿还活着的话，一定会很高兴他能在遥远的中国找到知音！

四

邻里之间，每每有人提起葛老太，众口一词能想起来的她唯一的性格特点就是勤俭。勤俭到自虐，自虐到变态。她因勤俭而自虐的变态行为也是家长里短的每日话题，而且每天都有更新：

她喜欢上一本小说，又舍不得买，就去图书馆里厚着老脸蹭书看。其实，她完全可以把书借回来由着性子想借多久就借多久，可她不舍得掏一点点钱办一张借书证，就每天掏很多很多的时间，步行三公里去图书馆看书，每天看一个小时，一点一点地看。一小时过后，再丈量三公里一步步地走回家，一本书能从春天看到冬天。《中华典故》《三国志》《狼图腾》等书，她都是用这种方法读完的。

葛老太酷爱读书，酷爱的程度早已修炼到了凡是印着汉字的书她都要翻上一翻。可她家里除了她以前的学习资料和辞典字典之类的工具书，什么书都没有。可偏偏什么书都没有的葛老太却读了很多很多的书。她不但喜欢读书，还喜欢和我交流读后感，分析书中的人物性格。有一次，她居然一本正经地告诉我："我最喜欢的人有两个，一个是林黛玉。一个是鲁迅。"

我很吃惊。能把这一真一假两个人物搁在一颗心里喜欢，很特别也很另类。于是我就问她："你喜欢鲁迅我能理解。可你为什么喜欢林黛玉那个小心眼呢？有事没事就哭一鼻子，还病恹恹的，有什么可喜欢的？"

葛老太横了我一眼，气愤得像个任性的孩子："不许你说我家黛玉坏话。"接着侃侃而谈："林黛玉为什么小心眼？因为她很敏感。试问，一个无依无靠多才多情寄人篱下的美丽的小孤儿，怎么可能不敏感？只有高贵的心灵才会敏感，敏感于万事万物的起落转承……花开有人见，可花落又有谁关心了？普天之下，只有林黛玉惜花爱花怜花葬花……只有我家林黛玉把真诚置于生活最高之境，对花对人对世间万物都是如此……作家可以复制所有的人物，可林黛玉是不可复制的，她是唯一仅有的……"

葛老太的一番话让我汗颜。看了无数遍《红楼梦》，可我对林黛玉的理解还不及她深刻。从此，我对葛老太的看法大大改观，从不屑到敬仰，只用了大约一盏茶的时间。那番话之后，我便对葛老太敞开了我的胸怀和我的书柜。与她谈天说地，我卸下心防，倾心待她。她喜欢的书，只要我的书柜里有，尽可以拿去读，多久都行。更让我惊讶的是，葛老太爱书如命，读书前必先净手，绝不给我宝贝的书籍添堵抹黑，让我感佩不已。

有一年冬天，一家名为"潇湘馆"的火锅店在小区附近开张。隆隆的鞭炮声刚停顿，葛老太就从围观的人群里跳出来，指着店主痛骂："你个没羞没臊的白痴！一个破火锅店也敢叫潇湘馆？赶紧把名字给我改了。如果你不改，我就天天来骂你，让你没生意！"

对一个瘦弱、矮小小老太太的蛮横骂街，店主视而不见，充耳不闻，依旧春风得意嘻嘻哈哈地冲人群打躬作揖，嘴里颠来倒去地说着"欢迎光临，谢谢捧场"之类的场面话，任葛老太气得跳脚。

可视林黛玉如命的葛老太怎么肯让商人这般荼毒"我家黛玉住过的园子"，每日午后专门去骂那火锅店，风雨无阻。店主在恐吓威胁驱赶都不起作用的情况下，只好动用110。警察们来的时候，葛老太便坐在台阶上安静地喝水，优雅地看街景，清淡闲人一枚，犯罪迹象无从追查，警察们只好怒斥店主一顿后撤退。可警车的尖叫尚在街尾回荡，葛老太已重整旗鼓再接再厉地高声叫骂，骂得嘴角堆满白沫，一直骂到自己尽兴，店主败兴，顾客敬而远之，日落西山方心满意足，颠颠离去。

这样的生意是否有效益可想而知。葛老太每天准时准点出现的叫骂让想来尝个新鲜的顾客们对新来的火锅店望而却步。店主屡劝无果，只好报警报警再报警。可面对白发苍苍的葛老太，面对沉静如水、慈蔼和善的葛老太，警察们也无计可施，只能对店主苦口婆心："赶紧把店名给改了吧。"

店主战败，垂头丧气地把"潇湘馆"几个字换成了"最美丽"。当"最美丽"的红头牌子挂上去的时候，葛老太昂首看天，微微一笑，仿佛在告慰林妹妹的仙魂：我已帮你报仇，请安息吧！从此偃旗息鼓，再也没有找过"最美丽"这个红尘美人一点点的麻烦。

五

葛老太很是看不起那些整天窝在家里无所事事的老人，讥讽他们是"混吃等死的造粪机器，不学无术的草包。"不去图书馆的时候，葛老太做了很多鞋垫，沙包，手链脚链之类的小玩意，在公园、市场、医院、学校等人多的地方转悠着卖，以图"赚点不费事的小钱"。城市里哪儿开了新的酒店、菜场，哪儿又起了一座公园她门儿清。有一天，她告诉我："城东开发区有一个规模挺大的旧书摊，可好了，啥书都有，一早上逛不到边。啥时候有时间，我带你去啊，保证你能淘到很多书。"跟她一起去过几回，每次回来我们都不空手。

过期的杂志一块钱一本，葛老太有本事给砍到两三毛钱一本，买一堆回家，宝贝似的看完后再以五毛钱一本的价格卖给旧书摊。时间久了，摆摊的都认识葛老太了，她一出现，摊主们顿时作鸟兽散，呼呼啦啦争先恐后地逃躲，葛老太却浑不在意，老猴子似的蹲在地上，一本一本慢悠悠地挑选，挑好了就坐在摊上等摊主，边等边看免费书，等摊主不得不出现时，再满面笑容，斗志昂扬地跟人家砍价。

渐渐地，葛老太的会过抠门从我们居住的城西一直传到了城东。东西两边认识她的人也都直接删除她的朱姓，直呼她为"葛老太"了。为此，我还和她商量："为了这个美好的名字，您一定要活到一百八十岁，只有这样，您的大名，才能传遍整个城市乃至全世界。"

她呵呵傻笑，心情好得不得了："勤俭节约是咱们中华民族的美德，我很乐意让全世界所有的人都知道我把这个美德继承得最到位、最持久。"

在节俭这一块，葛老太的确做得很到位也很持久。

她的手机，还是没离婚的时候丈夫给她买的，十好几年了，她还在用。当然，她的手机是只往里接，不往外打，这是她的"葛氏勤俭原则"之一，雷打不动。

邻居们常常感叹：我们赚的是钞票，是纸，葛老太太赚的是黄金，是真金白银。葛老太的钱，才是真正意义上的金钱，值钱得很。

葛老太家的墙壁旧了，她自己动手刷。一个小老太太，竟然从买涂料挪家具铲墙皮补坑坑到刷白一律亲力亲为。两室一厅的屋子，她蚂蚁搬家似的从早忙到晚，最后，还特得意地对邻居们卖弄："才一个月出头我就啥啥都给整完美了。"

葛老太生病从不去医院，感冒发烧关节痛之类的"蝇头小病"统统自己给自己当大夫。她甚至会给自己打针，我曾经亲眼看到过她撩起衣襟，褪下裤子，扭头垂目，手势熟络地给屁股蛋子擦酒精，注射，拔针头，再擦酒精，做了一辈子似的。

葛老太买菜都是直奔论堆卖的那种。买回来，坐在小区花园里择干净，再就着小区花骨朵形的小喷泉过一遍，菜就算是洗好了，在阳光下她晒太阳也给菜晒太阳。到了饭点，人和菜都晒舒坦了，她就拎着菜，迈着轻松的步子哼着二人转回家煮饭。即便如此，她的菜肴，从来都不许有第二种。一碗饭，一盘菜，饭尽菜光，连一滴汤都不会富余。更惊人的是，她买鸡蛋专门买破了口子的，拿碗去装，看好一枚，就往碗里倒一枚。按她的话说："都不用费劲去敲了，蛋壳也不必带回来，垃圾袋都省了。"她炒菜只用油和盐，她家的灶台上，清洁光溜，一眼望去，只有油和盐并肩伫立相濡以沫白头偕老，再无任何调味品给葛老太的菜肴当"颜色小三。"

葛老太买水果，每次只买一对，都是选价廉物美的买。熟得将要腐烂的香蕉，皱巴巴的小苹果，带伤痕的水梨，软塌塌的芒果等等，只买两个，用她的话说："刚好是一天的需求补给。"

她的衣服裤子鞋，几乎都是邻居送的。在我的记忆里，葛老太只给自己买过一次衣服，那还是她五十岁生日那年，她买了一件大红色绣着金色牡丹花的旗袍。那旗袍穿在她身上很好看，既凸显了她玲珑小巧的身材，又映衬了她白皙的皮肤，可她却很少穿。问她原因，她笑得前仰后合："那衣服太金贵了，我穿上后乍胳膊乍腿的，都不会走道了，还是留着往生的时候再穿吧。"她很喜欢我送她的银灰色底带浅黄色小玫瑰花枝的亚麻布连衣裙，每逢夏天她都穿，还告知我："这料子真好，绵软贴身，不生静电。"

她的家整洁，干净。之所以整洁，是因为没有一件多余的物品。但她家的干净却让我纳闷难解。擦桌子，她用的水还不够我洗脸的。洗地板，她用的水还不够我泡茶的。还有冲马桶的水，也都是淘米的水，洗地的水，擦桌子的水剩下来的，可她却有本事让自己的家纤尘不染。

更让我吃惊的是，葛老太还把人家丢掉的旧床单旧衣裤等物件捡回来，洗干净后修修剪剪一番，就变成了造诣极高的艺术品的帽子、围巾、手套、窗帘、台布、沙发巾等物件。她曾经送我一条精致得不得了的百纳被面，怕我有负担，她得意洋洋地告诉我："都是我从垃圾堆里捡来的布拼的，没花一分钱。"

那被面，我舍不得用，一直收在柜子里，预备给未来的小孙子小孙女用。

葛老太的抠门、吝啬，让我叹为观止。我常常笑话她是"一分钱掰成两半花。"可她竟然恬不知耻地标榜自己是"一分钱磨成面儿花的欧也妮·葛朗台那小子的亲戚。"她还无限感慨地说："我幸好是吃素的，否则，不知道又有多少无辜的牲畜要送命嘞！"

我揶揄她："你又没儿没女的，这么节省干吗？"

她一脸嘚瑟："省惯了，就这德行了，改不了喽。"

六

有一天,葛老太上街买菜,被一个冒失鬼新手开车给撞了。冒失鬼人虽冒失,可良心超赞,一个劲地赔礼道歉不说,还掏出钱包交给葛老太,让她自己看着拿。葛老太展展腰,抻抻腿,举举胳膊,扭扭脖子,然后就给出病历,告诉冒失鬼:"我的脚踝骨折了,要打石膏。脸上的擦伤很浅,有个创可贴就行了。手肘上这个两寸长的口子,要缝针要消毒要包扎,腿上蹭掉的这块皮就不必理会了,自己会长好的……"她掰着手指头嘀嘀咕咕地算着钱的数目,算得冒失鬼一脸的生无可恋。末了,葛老太却只拿了三百块钱,又要了冒失鬼的手机号码,扬言"多退少补",然后就让冒失鬼走了。

事故之后,葛老太脚踝上打着石膏,胳膊肘裹着纱布,脸上贴着创可贴,挂着一截木棍,一瘸一拐了好长时间,遇见我一回就跟我唠叨一回:"那三百块钱还剩下四十七块三呢,也没法还了,那冒失鬼说什么都不肯要。"

我忍不住帮她出主意:"那不更好,您可以用那四十多块给自己买点像样的菜肴补补。"

葛老太生气了:"那可不行。那钱是专门给我治伤的,专款专用,怎么能拿它干别的呢?这么丧尽天良的话,你也能说出来?"

一句话,堵住了我的嘴。与葛老太虽然相处融洽,可代沟还是有的。她的某些做法,我没法理解,更没法认同。

我们楼长老刘脑梗,半夜打了120。120一路尖叫着跑来的时候,整个楼都被惊醒了,大家聚在一起等着帮忙。葛老太却跑过去问大夫:"坐这车,多少钱?"

大夫面无表情:"一百二。"

葛老太瞬间就急眼了,冲着担架喊:"老刘,这车比打的贵多了,咱还是不要上了。"

老刘嘴木得说不出话来,他温和地看了葛老太一眼就被抬上了车。葛老太缠着大夫要折扣："这么老的人了，你们还要这么多钱，太黑心了吧？给打打折吧。"大夫不好意思跟一小老太太拌嘴，只好敷衍她："打折，一定打折。"然后催着司机一溜烟把车开跑了。

葛老太冲着汽车屁股中气十足地喊："我记下你的车牌号了，如果不给打折，我就投诉……"

老刘住了医院。我们几个邻居结伴去医院看他的时候，说的都是一些"听大夫的话，早点把病看好。早点回家，祝你健康"之类的客套话、祝福话。只有葛老太还一门心思沉浸在打折没打折的问题里，不停地问老刘："那天的120，给你打折了没有？打折了没有？打折了没有……"

老刘的嘴哆嗦了好几下都没能挤出一句囫囵话来，只好冲葛老太眨眨眼睛，以示肯定，葛老太这才高兴得开始说人话了："那你好好养着，等你病好了，继续给咱们当楼长。"

从医院里出来，我们几个街坊坐在医院门前的树荫下聊天儿。老刘突如其来的脑梗让老人家们的心情都很沉重。一楼的马老太捋着满头的白发说："人老了，命就没个准了。我还是早点立个遗嘱，让儿女们心里也有个数。唉！"

二楼的张大爷说："就是，趁着神智还清醒，我也要抓紧时间给儿子们立个遗嘱了，免得他们在我的棺材前掐架。"他沉吟片刻说道："我的房子给小儿子，他条件不好，媳妇又没个正式工作。我的存款给我大孙……"

三楼的李老太伸手拍了张大爷一下，笑骂道："老东西，你这是给谁立遗嘱呢？给我们吗？"

张大爷笑了。我们也跟着笑了，边笑边七嘴八舌地谴责他："要立遗嘱回家立去，在这儿立哪门子遗嘱啊……我说老张头，你这老东西真该立遗嘱了，人都糊涂了。这大太阳底下的，你立啥遗嘱啊，我们又不是你儿子孙子，哈哈哈……"

看着这些可爱的街坊，我哭笑不得。在病房问候老刘的时候，他们的表情沉重得像是在告慰死者，可这会儿的遗嘱话题却让他们一个个笑逐颜开。我忽然想起没儿没女的葛老太，忙看向她。她安静地坐着，脸上的表情不是孤独的落寞，而是一切看开看淡的豁达从容。

街坊们顺着我的目光看过去，这才想起没儿没女无依无靠的葛老太，忙都住了嘴，纷纷起身，上街的上街，回家的回家，只有我还陪着葛老太坐着。

葛老太扭头冲我一笑，夕阳下，脸上都是层叠的菊花瓣儿："小安，你不要可怜我。其实，我也有能写遗嘱的亲人呢。"她比了个剪刀手，洋洋得意："而且，还是两个人呢。"

我很吃惊，嚷嚷道："你养小白脸了？你给人家当小三了？"

葛老太亲昵地打了我一下："别胡说。"她敛了笑容，一本正经地告诉我："在我下过乡的那个村子里，我供养了两个大学生。一个是原来我们村长的孙女。另外一个是原来给我们知识青年看过病的赤脚医生的孙子，除了我，他一个亲人也没有了。"葛老太眼圈红了，显然，她在为孤儿难过。

我问："那他们现在在哪里呢？怎么没见他们来看过你？"

葛老太抹去眼角的泪水，责怪我："两个孩子都在上大学，哪有时间来看我。"她开心的样子鲜活热烈："男孩子今年上大二了。女孩儿再有一年就毕业了。他们一个在西安，一个在武汉。都是有出息的好孩子。"

我越发吃惊："那你的钱？你省吃俭用的钱都给他们了……"

葛老太特得意："我一老太太，够吃够用就知足了。你不知道，那两个孩子对我可好了，每天晚上都给我打电话，发微信。男孩子还说，暑假要带我去看大雁塔呢。"

我惊诧地看着她。她白花花的头发被一根廉价的橡皮筋绑成一个瘦小的圆髻。淡得几乎看不出来的眉毛下，是皱巴巴的眼皮。高挺的鼻梁上，竖着划痕般的皱纹。泛黄的眼瞳里投进了夕阳的颜色，闪闪的亮亮的。下垂的嘴角旁堆着皱褶的皮肤。在过度勤俭造就的这副皮相里，隐匿着的，是苦修之后的清隽，是清苦生活维系着的一腔清幽，虽然寡淡，却意味深长。

"你不是很讨厌你下过乡的那个村子吗？怎么还要供养他们的子女？"我问得小心翼翼，生怕触碰到她的痛处。

她悠悠地叹了口气，什么也没说。我们一老一小相对而坐，一直坐到夕阳散尽。

葛老太把手伸给我："小安，咱回吧。"

握在我掌心里的那只手干瘪枯瘦，却饱含着力量。

一辆救护车尖叫着开进医院。我握紧葛老太的手，笑着责备她："以后咱们小区再有120光顾，你可千万不要再跟人家要折扣了。哪有跟生命砍价的？是命重要还是钱重要？"

葛老太不好意思地对我笑笑："你这样一说，我也觉得挺丢人的。不过咱可说好了，万一哪天120是奔我来的，你可一定得帮我跟他们要折扣，省一分是一分啊！"

葛老太的话，让我忽然感伤起来。我看着精神矍铄可爱可亲的她说："那一天离你还远着呢，你不要胡思乱想。"她抱着我的胳膊，小猫似的蹭来蹭去的。

街灯一盏盏地点亮了，柔和的灯光打在葛老太瘦削的脸庞上，竟然汇聚了一种就要滴出水来的脉脉亲情，让我沉醉不已……

那天晚上，我做了一个梦：

我死了。

我被灵车给拉走的时候，葛老太追着灵车气急败坏地问我：给你打折了没有给你打折了没有给你打折了没有……那节奏与120尖叫的节奏竟然一个拍子都不差，以至于我的灵魂都让她给喊狼狈了……

（选自《朔方》2018年第10期）

石嘴山市城市文学丛书（小说卷）

大洋马

张玉秋

张玉秋（1953—2021），甘肃临洮人。宁夏作家协会会员，石嘴山市作家协会名誉主席。1989年开始发表文学作品，作品有《商情》《花开花落》《人间天道》《家事》《办公室的故事》《贺兰山深处》《生命的痕迹》《滴水藏海》等。

　　起初她拒绝接受这个绰号，觉得一个女人叫这个绰号真他妈的操蛋，不应。架不住人们经常叫。啥事也架不住习惯，习惯成自然，叫得久了，不应也得应。渐渐，连她的真名也忘了，只是开工资出纳员很生疏喊到李秀媛的时候，她才觉悟到自己还有个正经八百的名字。

　　炉前班长混子对她说起这个绰号深层次的含义，这个含义写不到书面上来，写出来有传播淫秽之嫌。她也不介意，笑着与混子进行纯理论性质的学术研究："你是说我这大洋马是让人骑的意思？"

　　混子点头："那是。你想呀，马嘛，不就是让人骑的？何况大洋马，骑着一定是很得劲的。"

　　"那谁都可以骑喽？"

　　混子对这种咄咄逼人的发问不适应，嘴里磕磕绊绊地："哪能谁想骑谁就骑呢……

这大洋马么，档次就高一些个，非得好骑手才能骑。"

"依我看你的档次就挺高的，让你骑，你敢骑吗？"完全是友好协商的语气。

"大姐，你要真有那意思……我就……骑着试试？"

大洋马呱呱大笑，一点不像女人，倒像个大老爷们。笑起来牙花子红红地暴露了出来："看你那屌样，还想试试！做你妈的大梦去吧！"她举起手里拎的手锤，"还不快滚，当心老娘让你脑瓜开瓢！"混子抱着脑袋一溜烟跑了。

大洋马是化验员。早晨到现场取夜班样，和操作工混得很熟，看她走过来，有人喊："大洋马。""干啥！"她回答很利索。"上一夜班了，腿都抬不起来了，骑你回去吧。""行呀，哥们辛苦了，来吧。"大洋马举起取样的手锤。

化验室很整洁，瓶瓶罐罐纤尘不染。大洋马做样时不允许打扰，谁打扰跟谁干。混子想走大洋马的后门，让她把样做上去。化验指标低了影响奖金。大洋马根本不带理的，任混子在一边嘟嘟囔囔的，嘟囔烦了，把试瓶往台子上一蹾："滚出去，化验室闲人免进！"

混子忙叫："哎哎，别火呀，好姐姐，你就忍心叫弟弟挨罚呀？怎么样？就一次。"

"一次？半次也不行。有那本事放到操作上去，别在这儿下功夫！"

"真不给小弟一点面子？"

"给面子，老娘的面子呢？滚！别他妈的驴乏赖轴棍。"混子知道磨下去也没用，侧转身往出走，走到门口拉开门，回过头说："驴乏马不乏，怎么骑你也不乏。"说完飞也似的逃走了。

"小狗日的，你给我回来！"大洋马冲混子的背影跳脚骂。做完样，大洋马到炉前和操作工聊天。她不喜欢在本岗位和同性人说笑，说化验室太阴、没劲。和炉前工逗起来荤的素的都不惧。细看起来，大洋马还是挺受看的，洋白皮肤，眼睛细细长长，嘴有些大，可牙特白。就是走路姿势不好看，跟企鹅似的。爱穿

石嘴山市城市文学丛书（小说卷）

一条肥大的黑裤子，是质地很柔很飘的那种，风一吹就抖抖擞擞的，两瓣肥胖的屁股轮廓非常显眼，走起来屁股蛋一颤一颤的，引诱得炉前工们想入非非。有人喊："大洋马过来抽一支！""抽一支就抽一支！"大洋马一摇一摆走过去，其他炉前工们看她走路的样子在背后指指点点地笑。大洋马接过烟，叼在嘴角等人家给点着，深深吸一口，憋住，走到笑得最厉害的那个家伙面前，噗地一点也不浪费地吐到那家伙的脸上，放肆地笑："没见过老娘走路，回家看你妈去！"那家伙徒劳地岔开五指罩住脸："哎哎，老婆，别对着你男人来呀，又不是光我笑，你咋不对别人呢？""你是我男人呀，不对你对谁。"大洋马不在乎谁拿她当老婆。那家伙虽然被吐了一脸烟，可是给大洋马当了一回男人，心理也平衡了，甚至觉得占了便宜，美滋滋的。大洋马和工人们逗是逗，工作可不含糊，挺有人缘，每次评个"三八红旗手"啦、"女强人"啦什么的，都投她的票。那些同性特来气，不气炉前工，气大洋马，说："这大洋马，人生让一千个男人骑着才舒服！""啥玩艺，干脆谁要就跟谁来得了，成天那疯张样，真欠黑金钢的揍！"骂也就是背后骂，当面笑得都很灿烂，她们知道，这化验室真亏了大洋马。一是能把那些坏小子镇住，不敢夯翅。二来业务顶尖，出样不仅快，而且准。三来有些力气活要她来干，有时停电小粉碎机开不起来，她把平锤抡得呜呜一阵风，成品样在锤下化成碎粉。

大洋马的男人是建筑公司的材料员，活很轻闲，可回到家屁股落到沙发上就不起来，吃饭都是大洋马端上来又收下去，看电视一直看到所有频道都"再见"才挪到床上睡觉。他也有个外号，叫"黑金钢"。他黑是黑，可离金钢是天地之差，瘦得跟豆芽菜似的，小矬子，介于小个子和侏儒之间。单位里没人把他当头蒜，回到家却对大洋马张口就骂抬手就打。大洋马嘴不怎么卫生，可对黑金钢那是绝对温柔，除了和他对骂外，打是绝不还手。真的对打起来，黑金钢就惨了。大洋马个子高，黑金钢扇耳光够不着脸，大洋马看男人急得一跳一跳的样，就主动弯下腰让他在最佳位置上下巴掌,一副温良恭谦让的样儿。等黑金钢打乏了骂累了,端来水侍候他洗了,水泼掉,再把饭端来侍候吃完,笑笑说,吃饱喝足了,好再打人呀。这笑也不是呱呱大笑,而是莞尔一笑,很有女人韵味,这事奇了。有人说这叫卤水点豆腐,一物降一物。大洋马听了不以为然,说屁的一物降一物,我是看他可怜。出门没人把他当人看待,净受欺侮,回家我再不待他好点,还有他活的路吗?!这话传到黑金钢耳朵里,很感动,据说还掉了泪,从此再也不对大洋马施展拳脚了。

他们有个儿子,很茁壮。大洋马生儿子时,是横位,难产,躺在产床上杀猪般嚎叫,接生女大夫一点儿也不同情,训斥她:嚎什么嚎,怕生孩子就别干那事儿!女大夫叫男大夫来帮忙,黑金钢把住门不让男大夫进产房,说我们老家有讲究,女人生孩子男人不能进去!男大夫脸臊得猴屁股似的进也不是不进也不是,大洋马正一脚阴间一脚阳间,听黑金钢说出这种话来,又好气又好笑,对着黑金钢喊:"快放他进来,不要你老婆儿子的命啦!"黑金钢这才放开撑在门框上的手。黑金钢到单位上班就有人逗他:"你老婆的东西让别的男人看了,心里是啥滋味?"还有人劝他:"男人女人那玩艺都是一样的,就是脸上分高低,你别往心里去!"这话听起来像劝,其实更恶毒。黑金钢很窝火,回到家对大洋马就没了好脸色。大洋马也不和他一般见识,虽说生儿子伤了元气,也只卧了七天床就下来干这干那了,黑金钢想:再怎么说也是自己的老婆,这事又不怨她,脸色就缓和了。

黑金钢虽说被人看不起,可自己挺争气,不显山不露水地报考省财经学院开办的成人班,一考,竟考上了。给单位领导汇报,领导说不缺经济管理人才。想学,可以,不带工资自出学费去学,学成再回单位上班。黑金钢愁得看电视都没了心思,唉声叹气的。大洋马问:"你他妈的咋的了,霜打了似的。"黑金钢把缘由说了一遍,大洋马一拍大腿:"上!考上了咋能不上?"

"那钱呢?"

石嘴山市城市文学丛书（小说卷）

"把准备买冰箱的钱取出来交学费，咱这地方用不着那娇贵玩艺。"

"那可就苦了你们娘俩了。"

"你咋说这话，我不是你老婆么！"大洋马大睁着惊奇的眼睛。黑金钢上学后，大洋马带着儿子过。一人上班三人吃饭，还要给黑金钢交资料费、用具费。钱实在不够花，就借钱买了辆三轮车，下班侍候儿子吃完，安顿好写作业，就蹬车上街载客挣几个辛苦钱。在载客点站定，一只脚踩在脚踏板上。她头戴一顶巴拿马草帽，月白上衣黑裤子，腰间勒条很宽的带子，嘴角叼支劣质烟，蓝烟袅袅随风飘散，标准影视中女侠客或女土匪的形象。路人们看一个女人家蹬三轮挺不容易，就动恻隐之心坐她的车。不管刮风下雨，上坡下坡，她都不让乘客下车，一直载到目的地，还帮人家搬行李，一分钱也不多收，渐渐有了信誉。原来载客的车夫们眼看着生意让抢了，心里忌恨，不指名地骂："拉客别是拉到家里去了吧！""拉什么客呀，有那身膘，家里挂个白门帘接客得了。"骂归骂。他们也明白，别看是个娘们，车技、服务一点不比他们差。大洋马由他们骂，只当没听见，照样仰着头走路，低下头蹬车。久了，就习惯了，有时客源少，还主动让给她。

人的精力毕竟是有限的。下班卖苦力，上班精气神就不济了，得个空就找个地方眯一会儿，和炉前工穷逗的时间少了。混子好长时间不见大洋马，觉得生活中少了一些什么似的，对一班哥们说："咦，大洋马呢？怎么好长时间不见影了？"说着大洋马，大洋马就一跷一跑地走过来，眼角上有粒眼屎，迷迷瞪瞪萎靡不振的样子。混子叫："大姐，大哥不在家，是不是没人给你加油了，瞧你成了蔫黄瓜了。"

大洋马说："滚边兀去。噢，去帮大姐取个样来。"混子屁颠屁颠地按大洋马的盼咐取来样，讨好地说："咋样，还是兄弟好吧。大哥不在家，姐姐冷清，要不要兄弟去帮帮忙？"

"帮你妈的脚后跟，一边凉快着去。"

"哎，我说兄弟哪点比你那个武大郎差了，那么干瘦的小人儿，爬到大姐肚皮上,打个喷嚏还不震得弹起来摔个半死?"混子一副死皮赖脸相。

哄的一下,周围一片笑声。

"放你妈的驴骚屁!"大洋马勃然大怒。骂声未断,啪的一声脆响,混子脸上挨了结结实实一巴掌。

"你敢打我?!"混子捂着脸叫。敢打他是一点也不假,不过他不愿意接受这个事实。

"打你咋的,老娘还要骗了你!"打完她心里就后悔了,可嘴上还是硬邦邦地,狠狠瞪了混子一眼,提着样品一跩一跑地走了。

望着大洋马的背影,混子捂着腮帮子发愣,大洋马这是怎么了?平时可不是这样啊。

后来听说大洋马下班蹬板的拉客,累得要死,才知道大洋马这日子过得真难,放谁心情也不会好了。混子把班里的伙伴招呼到一起,嘀嘀咕咕了一气。

大洋马刚在载客点站定,混子带着三个哥们摇摇晃晃走过来。

"板的!"混子装成不认识的样子:"送哥们去金皇后舞厅。"

大洋马抬眼一看是混子,没好气地说:"滚开,不去!"

"哎,咋的,拉客给钱,为啥不去?"

"不去就是不去,少他妈的啰唆!"

"拉客还要看人下菜碟呀?不拉客在这现眼干啥?""今天就让她拉,哪有这样服务的,太恶劣了!""蹬个破三轮有啥牛的,不拉不行!"哥几个围上来,七嘴八舌地攻击大洋马。一旁的三轮车夫看不过眼,过来劝大洋马:"你就送一下吧,金皇后不到一里地,也就几分钟的事儿。"大洋马咬咬嘴唇,说:"好,我拉!真他妈的扫兴。"

混子洋洋得意坐上板的。不到十分钟就到了金皇后,停住车,大洋马脚还踩在脚蹬上,目视熙熙攘攘、灯光辉煌的街景,头也不回地吼:"滚下来吧!"没

247

石嘴山市城市文学丛书（小说卷）

见动静，又吆喝一声："要死狗呀！"还没动静，扭头一瞧，早没人影了，座位上放着五元钱。她叹口气，把钱揣进兜里，拧过龙头拐回去，又听人叫："板的！"她一抬头，还是一位炉前工，还是装作不认识的样子："送我到咖啡馆。"咖啡馆对面就是载客点，正好顺路。大洋马忽然明白是怎么回事了，不是这混子找茬和自己过不去，他们是生着法子帮自己呢。下个客人肯定是这些哥们，在载客点等自己呢。她鼻子有些发酸，嘴上却很生气地说："收工了，不拉！""这么早就收工了？""老娘愿意，管得着吗？"大洋马头也不回地蹬车回家了。

混子早晨接完班不久，在楼台上看见大洋马一践一践走来，企鹅式的走姿，混子今天看来已经不可笑了，这里面踏着生活的艰辛。人啊，一辈子也真他妈的不容易！混子在心里感叹道，他有更高雅的词汇来总结生活，总结人生。

大洋马站在楼下喊："钱紫来，你下来！"

混子虽说对自己的名字已经差不多淡忘了，还是知道大洋马喊的就是他，顺着楼梯下来。

"跟我走！"大洋马扭头只顾自己走，看也不看混子。混子想：凭啥听你的摆布！可脚下还是不由自主地随她而去。

大洋马把他带到化验员休息间。这阵没人，都忙去了。她坐到长条椅上，掏出五元钱，扔到混子面前："你的臭钱，拿去！老娘不稀罕！"

混子像钱烫手似的往后缩："哎哎，别这样呀。你拉车，我坐你出力，我享受，你挣钱，我花钱，很公平呀。"

"兄弟，"大洋马眼圈忽地红了，"姐知道你们想帮我。姐现在是难肠，是缺钱。钱是个啥东西？是王八蛋！可现今没这王八蛋还真没法活。不过，姐就是再难肠，再缺钱，也不愿意让人小瞧了咱，不愿意让人可怜。你们这么个帮法，不是打姐的脸么？"说着说着，眼泪扑簌簌落下来。

"哎哎，"混子慌了，"别哭呀，算我溜沟子溜到痔疮上了还不行么？真是的，怎么像个老娘们，猫尿说下就下呢？嗨！你可不就是个老娘们。"

"滚你的蛋。"大洋马破涕为笑。

以后，这些哥们真的不再坐大洋马的车了。下了白班的炉前工们，没事就围到大洋马的载客点，车上坐的地下站的，热闹非凡。抽烟吹牛带揽客。他们吸烟时也递给大洋马一支，大洋马也把自己的烟散给他们抽。一位穿白衣裙的小妞从眼前过，混子喊："喂，小姐，上舞厅呀，来，乘板的吧！又凉快又舒服，还能观街景。漂亮小姐坐板的跳舞，准能迷倒一溜人。"那小姐吓得绕开他们，逃命似的走得飞快。大洋马训混子："你这是帮我呢还是害我！"正说着，过来一位提着大旅行包的壮汉。混子手一招，一帮人围上前去，嘴巴涂了蜜似的："大哥，赶火车吧？坐这位大姐的车去，又快又安全，保你误不了事儿。"嘴说着，手动着，提包的提包，拉人的拉人，不由他不坐。那壮汉气哼哼地说："这哪里是揽客，简直是绑票嘛！"大洋马已经做好准备骑在车座上，肥大的屁股淹没了车座，两边还嘟噜下来。听壮汉那么说，她扭头大大咧咧地拍拍壮汉的肩："大兄弟，甭害怕，我不会对你非礼的。坐好啦，开车喽！"话音刚落，已窜出好几米去。

大洋马对混子和他的哥们有点欺行霸市、强奸人意味道的揽客哭笑不得，心里骂："这帮小狗日的，哪里是给老娘帮忙来了，他妈的越帮越忙！"

到火车站十公里路，全是上坡，顶风，拉的又是个壮汉，还有一个大旅行包，死沉死沉。大洋马虽然人高马大，到车站也是满身汗水了，月白衬衣贴在身上，一对肥硕滚圆的奶子活灵活现，心狂跳，像是要从嘴里蹦出来，气短得厉害，憋闷得难受。这种症状已经好长时间了，她忍着，谁也没告诉过。她扯下车把上的毛巾擦把汗，喘息片刻，去帮壮汉提旅行包。那壮汉急忙拦住："不用不用，我自己来。"看大洋马气喘吁吁、大汗淋漓的样子，很过意不去，掏出五十元钱塞给她，说："不用找了。"然后提着旅行包向候车室走去。

大洋马在后面喊："喂喂，你给我站住！"

壮汉站定，大洋马追上去说："我这板的起价两块，超过两公里一块，一共十公里，十块钱，找你四十。"她把钱塞到壮汉手里扭头走了。

那壮汉走南闯北，还是头次遇到这事，看着大洋马一跩一跩的背影，他迷惑不解地摇摇头。

回来是下坡，顺风，又没载客，一点也不费劲。刚刚出的一身汗黏乎乎的，被凉嗖嗖的晚风一吹刺痒痒得很不舒服。

跨进屋门，一眼看见黑金钢坐在沙发上抽烟，见她进门站了起来。

"咦，你怎么跑回来了？""放暑假。""吃饭了吗？""吃了吃了。"

黑金钢看到大洋马洋白的皮肤晒成洋红，心疼地说："我上学，你受苦受累了。"

"唉，说这干啥，我不是你老婆么，你先坐，我得洗洗，这汗出的真他妈难受。"

大洋马唿噜唿噜洗完脸，脱去外衣，除去奶罩，趴在床上："老黑，过来帮我搓搓背。"

黑金钢端来一盆热气腾腾的水，毛巾放盆里涮涮，拧干，使劲把大洋马洋白的皮肤搓成洋红，跟脸上搓成了一个颜色。

大洋马舒服得哼哼唧唧地呻吟，表扬黑金钢说："哎呀，还是男人好，给老婆搓背。搓一搓真他妈的痛快。"

"有多痛快？"

"要多痛快有多痛快。""一会儿还有更痛快的呢。"

搓洗完，大洋马没再戴奶罩，只把衬衣穿上，坐到沙发上。大洋马口头卫生不太好，可身上和家里收拾得很干净。黑金钢说累了，早点睡吧。大洋马说急什么，咱们谝谝。他们就互相谝着各自听到和见到的一些事。

黑金钢说："我们班有个女同学，叫小丽，长得挺美丽的。男人是政府机关的干部。到学校上学不久，就和外省的一个男同学打得火热。起初两人还躲躲闪闪的，当着人只是眉目传情，放学后找个黑旮旯里热乎。后来嫌不够光明正大，小丽就把男同学带到宿舍住。一个宿舍上下六张铺，住六个同学，他俩住一起，夜里弄得床板咯吱咯吱直叫唤，影响别人睡觉，也影响别人情绪。头两夜人家还忍着没说啥，谁知这两个狗男女打开了持久战。同宿舍的忍无可忍，联合起来声讨小丽，让她把那家伙带出去！没想到小丽毫无愧色地说："这张铺是我的，我想带谁睡就带谁来睡，你们管不着。看不惯呀？看不惯都搬出去。要是眼气，你们也带一个来呀！"那几个女同学干气没脾气。后来小丽的法定男人知道了，跑到学校找那个业余男人拼命，可这个机关干部干巴巴地，根本不是人家的对手，没几个回合就被打翻在地，门牙也被打落两颗，气得小脸蜡黄。小丽还阴阳怪气地说："瞧你那熊样，还跟人家争风吃醋，也不尿泡尿照照！"她男人当时就吐了一口血昏过去了。这事闹得学校满城风雨，校长大怒，把这两个狗男女一起开除了。小丽根本不在乎，跟那个男的跑了。现在也不知道他们怎么样了。"

大洋马说："有这事儿？"停了一会又说："你们学校就这风气？你是不是也有这花花事？告诉你，你要在外面给我嫖风浪荡的，我可饶不了你！"

黑金钢说："我，就我这形像，会有那福气？"

大洋马不认识似的端详了一下黑金钢，放心地笑了："也是，咱俩都他妈的一个熊样。"

黑金钢不明白，他俩反差那么大，怎么会成了一个熊样。

大洋马说："也给你讲个故事，听来的。说是真事儿。有个娘们去医院看病，做透视检查，大夫让她把衣服脱了，她拿架作势地不肯脱。大夫板着脸骂：'那玩艺谁没见过，脱！'她才脱了。身上的倒是挺白，肚皮可他妈的黑乎乎的。大夫嫌她，说："怎么这么脏？恶心。"你猜她怎么说？她说：'大夫，你不知道，俺男人是矿上井下采煤的！'"

"哈哈哈……"黑金钢爆出一阵响亮的笑声，那么小的人真亏得有这么响的笑。他笑完，对这个故事的性质进行了鉴定："真他妈的黑色幽默。行了，睡吧！"

石嘴山市城市文学丛书（小说卷）

久别胜新婚。上床后，黑金钢没有前奏，没有留酝酿情绪的时间，迫不及待地爬到大洋马的身上。大洋马感觉出来黑金钢这次很有激情，特别亢奋，做得很出色，像个真正的男子汉。好久好久了，黑金钢没有这么能干过。大洋马轻轻对着黑金钢的耳朵说好样的！黑金钢得到鼓励，做得更起劲了，像匹斗志昂扬的公马。大洋马任男人在自己身上放肆胡为，闭上眼睛体味那种感受。这一闭眼不要紧，脑子里不知怎的冒出混子说的那句话，不由地噗哧笑出声来。黑金钢正在兴头上，被她这一笑坏了兴致，有些恼地说笑啥笑，大洋马说没啥，完事就下去，别没完没了的。完事他们静静躺着，谁也没说啥，过了好一会儿，黑金钢拉亮灯，坐起来，抓过床边的衣服摸出烟，抽出两支，递给大洋马一支，大洋马也坐起。黑金钢把烟点燃，深深吸一口，徐徐吐出，做出一副深思熟虑状，说："嗳，想跟你商量一件事，又不知该咋说。"

"有话就说有屁就放，老夫老妻了，有啥不好说的话！"

"考虑再三，这学，我不能上了！"

"啥啥啥？说话如放屁！你当是住旅馆呢，想住就住不想住就走人。嗳，你老实说，干下啥丢人的事连学也不想上了？"

"看你想哪去了？我岁数大了，学习跟不上，太吃力了。"

"啥？跟不上？哄别人你能哄得了我？！你那小脑袋瓜我又不是不知道，好使着呢！当初我嫁给你，还不是冲你这脑袋瓜。究竟为啥上一个学期就不想上了，总得给我个交代吧！"

"唉，秀媛，说真心话，我上学，你太苦了。蹬三轮，那哪是女人干的活！再咋说，我也是个男人，让老婆干这个，心里真他妈不是滋味！"黑金钢动了感情，感动得大洋马鼻子发酸。

"老黑，有你这句话，我他妈就是当牛做马，苦死累死也不冤了。学呢，你还得上！你也不看看你那小样，还能干个啥事？不就有个好脑瓜吗？学成了，靠

252

脑瓜吃饭，让你老婆也风光风光！"

"秀媛……"

"别废话了，我只要求你一点，别嫖！"

"秀媛，我……"黑金钢欲言又止，"得得得，大半夜了，睡吧！"

大洋马拉熄灯。灯黑了，大洋马心里充满温情，比刚结婚那会儿还温情。刚迷糊不多一会儿，天就亮了。

大洋马照例到炉前取样，混子看她眼里布满血丝，脸上却容光焕发，笑意盈盈，换了个人似的，逗她："大姐，大哥回来了，让你一夜没消停吧。看你这精神头，没少膏油吧。"

"你他妈狗嘴里就吐不出象牙来。没消停又咋的了，法律允许，光明正大。你小子别嘴上光过干瘾，受不了赶紧找个媳妇，愿怎么膏就怎么膏。"

"大姐，你别哪壶不开提哪壶行不行？真要可怜小弟，就给寻摸个媳妇来，也免得我冰锅冷床过日子。"

大洋马睨视他一眼："看你那球操性，谁敢找，满嘴臭粪还不把人家薰死！"

一炉前工插话："大洋马，这么说混子可不公平。若要会，跟着师傅睡，他这臭嘴可是你传染的。"

"好好好，老娘说不过你们，不如你们这些狗日的能说，让你们打一辈子光棍。"大洋马一跩一跩走开，拿起手锤在成品上敲样，刚梆梆敲了没几下，忽地感到心脏擂鼓般地空咚空咚狂跳不止，炸裂般的难受。头一晕眼一黑，栽倒在地。

混子等一干人眼看着大洋马像电影里的慢镜头似的摔倒了。一炉前工还开了句玩笑："混子，真让你小子说着了，大洋马昨夜准没干好事，看看，戗不住劲了吧！"一干人连说带笑涌过去，看到大洋马脸憋得青紫，已不省人事，知道问题严重了。混子将军似的指挥一干人，有的留在岗位，有的去雇板的，有的先骑车去医院挂号，把大洋马往医院送。

送医院途中，大洋马脸色慢慢缓过来了，恢复本色。悠悠吐出一口长气，睁开眼，发现自己躺在板的上，混子和另一个哥们跟在旁边，叫道："停下。"板的停住。她问："咋回事？你们这是干啥？"

混子说："你自己还不知道？刚才你晕过去了，脸憋得像个紫茄子，真他妈的吓死人了。"

大洋马望着这些亲如兄弟的哥们，眼泪盈满眼眶，发自内心地说："谢谢，谢谢你们了。"

混子："你怎么又像个娘们。别这样，哥们受不了这个。"到医院一检查，心脏病，二间瓣狭窄闭合不全。大夫说目前尚无大碍，不过千万不能大意，这是个富贵病，不能干体力活，不能生气，不能激动。开了一些药和病休证明就打发走了。

出了医院大门，大洋马对混子说："兄弟，姐求你一件事。"混子："看大姐说哪去了，求啥求，有用兄弟的地方尽管吩咐。""别把我这病告诉你姐夫。"

"啥？这么大的事，哪能瞒着不让大哥知道？"

"唉，你是不知道，你姐夫他心疼我，看我苦，学都不想上了，我刚劝得他回心转意。这事他知道了，就更放心不下了，恐怕打死他他也不会上了。这可是他一辈子的事，我怎忍心误了他前程。兄弟，要是真心疼姐，就啥也别给你姐夫说。"

"好，我不跟大哥说。不过，你也得答应我，以后再也别蹬板的了。"

"行，姐听你的！"

整整一个假期，大洋马真的没有再蹬板的，还实实在在享了一个假期的福。板的不是她不蹬，是轮不上她蹬，每天她一上班，黑金钢就蹬板的去了。他从不走远路，早早就回来了，顺便买回菜，把饭菜做好，连洗脸水都打好了，半截毛巾浸在水里。大洋马一到家脱去外套，只穿一件圆领衫，两个奶子挺得高高的。

洗完脸，就坐下吃饭，饭桌上总有一条鱼，她把鱼背厚实的肉挟给儿子，自己把剩下的鱼头和残余部分吸得吱溜吱溜响，脸上露着很满意的神情。等她吃完，黑金钢已系好蓝底白花的围裙，将碗筷盘碟收到厨房洗刷。大洋马很利索地抹桌擦凳，复归原位，然后跟入厨房。黑金钢在水龙头下哗哗洗碗碟，大洋马拍拍他："我来洗吧。"

"嗳，歇着你的吧，刷个碗占那么多手干啥。"

大洋马挺过意不去地说："老黑，你他妈的这就不够哥们意思了。牛耕地狗看家，该干啥的干啥。你上学，就乖乖在家复习复习功课好不好，这些活有我呢。"

"你又不是不知道我这脑袋瓜，考试都没复习过，这还用复习？！说真格的，我在家，你总得给我个拍马屁的机会吧。"说着，用湿漉漉的手拍了拍大洋马的屁股。大洋马屁股撅得老高，像两坨皮冻，一拍乱打颤。

大洋马打了黑金钢的手一下，莞尔一笑，说："啥人啥命，你天生是劳心的命，我他妈天生劳碌的命。"

黑金钢把洗好的碗筷放进碗橱，笑着说："你呀，贱！"

假期里，黑金钢有好几次像有什么话要对大洋马说，而终于又没说。大洋马以为又是不上学的话，就没在意。

一个假期飞快过去了。

黑金钢走后，大洋马自我感觉好多了，就又重操旧业蹬开了板的。刚蹬了两天，混子就知道了。那天，她正在做样，混子推门而入，啥也没说，坐在旁边静静地看。大洋马斜了他一眼，没理。照常粉碎样品、分样、检样、计量、配药、滴定、测温、分析、计算、出结果。整个程序忙而不乱。不像是做重复的分析化验，倒像是在完成一件艺术品，或者说，大洋马分析化验本身就是一门艺术而不是技术。直到样品做完出了检验报告才回过头来对着混子："咦，太阳从西边出来了！今天咋像个人似的不言不喘了？又找我走后门吧？告诉你，各项指标都符合标准。

要是不合格，找也没用。"

混子唬着脸，没好气地说："谁找你走后门！我问你，男子汉大丈夫，说话咋不算话？唉！真他妈的，你算个屁的男子汉。"

"你他妈咋了，吃枪药了！我咋说话不算话了？"

"你答应得好好的不蹬板的了，咋又蹬上了？哥们是害你还是咋的。"

"嘿嘿！"大洋马不自然地笑笑。

"嘿嘿！"混子学她，"你没听大夫咋说呀？算了，算我狗拿耗子多管闲事。我写信告诉老黑，让他来管。"

"别别！"大洋马抓住混子的手，"千万别告诉你姐夫，我再不蹬了还不成么？"

混子低头思谋了一会，抬起头真诚说："大姐，你的难处我知道。这样吧，也给我个赚钱机会，把三轮租给我，我们哥几个轮换蹬，按月给你交租车费，咋样？"

"兄弟，这可不成，甭管你绕多少圈子，姐都知道你是真心想帮我，这情我记心里了。"

"那这样吧！板的还是我和哥几个轮着蹬，按月给你交钱。这钱不算租金，就算你借兄弟们的，等你日子好过了，哥几个娶媳妇的时候，再还给我们。这总成了吧？"

"不成，这不是一个样么？这样我心里不安稳。"

"这也不成那也不成，你是看不起兄弟是咋的？"

大洋马看混子真有点急眼了，眼圈红了带了颤音："兄弟，成成成，算我欠你们的，姐以后好过了，忘不了你们这些好兄弟。"

"说这干啥，谁让咱是好兄弟，噢，好姐弟呢。"

混子和他的哥们儿利用三班倒的优势蹬板的，人闲三轮不闲，挣得钱比大洋马蹬板的时还多，每到月底，开工资一样准时，哥几个把赚的钱集中到混子手里，混子再转交给大洋马。这一天，大洋马就在家里弄一桌好酒菜犒劳一干兄弟。大洋马一般不喝酒，看他们喝。偶尔劝不过，也喝个一杯两杯的。这帮家伙喝多了又唱又造，搞得一塌糊涂，大洋马也不说啥。混子这家伙喝多了有个毛病，爱咧着个大嘴哇哇大哭。逢这时，大洋马就拍着他的背劝："男子汉大丈夫，别他妈的娘们似的。不就缺个媳妇么？放心，包在大姐身上。"

尽管有混子一帮哥们帮大洋马，使她日子不是那么难过，可是她还是想男人。没个男人在身边守着，睡觉都不踏实，心里空落落的。想男人想得睡不着，就翻起来给男人写信，说些儿子咋样咋样，混子和他的哥们咋样一些家常话。黑金钢刚开始回信很勤，隔三差五就是一封，说些让大洋马注意身体啦，对混子一干哥们表示感谢啦，他的论文得到高度评价啦，他被推选为学习委员啦一些杂七杂八的话，很温馨的。渐渐回信少起来，临考试前一段时间，干脆就没了信。大洋马想：要考试了，忙得连写信的工夫都没有了，还他妈的吹牛说考试都不带复习的。考完试后，黑金钢来了封信，说假期不回家了，学校组织社会调查。大洋马心里怅然若失，回信说不回来就不回来，反正家里挺好的。寒假没有回来，又开学了，这次整整一个学期都没信来，又到放暑假的时候，才接到黑金钢一封信，说学校组织实习，又回不来了，信短短的，电报一般节约。暑假黑金钢果然又没回来。暑假快要结束时，大洋马上市场买菜偶然碰到和黑金钢一个班的同学谢文洪，他正趴在那里拣菜，大洋马在他后腰上杵了一下："哎，谢文洪，买菜呢。"

谢文洪回转身，见是大洋马，笑笑说："噢，是嫂子，你也买菜。"

"今晚上我请客，你也去凑个热闹吧。"

"不了不了，我准备一下要回校了。"

"哎，你们班不是都实习去了吗？你咋没去？"

"实习？到哪实习？我咋不知道。"

"我们那口子来信说的，莫非这狗日的骗我不成。"

"噢——"谢文洪这声噢字拉得很长，阴阳怪气地说："实个什么习呀，恐怕是在女人的肚皮上实习吧。"

大洋马猛地想起黑金钢讲过小丽的故事和去年暑假回来有几次欲言又止的模样，心忽闪了一下。她一把抓住谢文洪的胳膊，长长的眼睛睁得溜圆，大声说："到底是咋回事，你得给我说清楚！"

忽拉一下，他们周围围了一大圈的人，人们听大洋马大声嚷嚷，以为又有吵架的了，围过来瞧热闹。

大洋马冲人群喊："我和我兄弟说会话，有啥好看的！"她拉着谢文洪的胳膊，挤出人群，把他带到一个僻静处，说："兄弟，你老老实实地告诉我，老黑到底是咋回事？"

谢文洪吱吱唔唔地说："嫂子，你……你真不知道？按说……这事我，我不该告诉你，可你早晚也得知道。黑金钢在学校挂、挂了个妞，叫小曼。在学校，都……都喊红了，说，说武大郎找了个潘金莲，那女的，是……一个离过婚的……把黑金钢迷得神魂颠倒的……"

大洋马心忽闪忽闪得厉害，气憋得快上不来了，她吃力地说："别，你他妈……别说了！"眼一黑，就要往下倒。

谢文洪一惊，急忙扶住，喊道："嫂子，嫂子，你咋了？"

大洋马缓过来，揉揉胸口，对谢文洪凄然一笑："没啥，兄弟，你买菜去吧。"她推开谢文洪，提着个空篮子机械地一跋一跋往家挪。

混子和他的一干哥们在大洋马家等得不耐烦，有人说买个菜这么长时间，别是遭劫了。有的说你他妈就不会说好话，大天白日人来人往的谁敢呀？有的反驳说怎么不敢，现在这年头他妈的谁管谁呀，正议论间，大洋马提个空篮子进门了。

混子看大洋马神色不对，表情木木的，眼神呆呆的，迎上去说："大姐，大姐，出门遇上邪了，怎么这样？"大洋马不答腔，一屁股坐在沙发上。

混子摇着她的肩膀说："大姐，到底咋回事，你倒是说话呀。"

三摇二摇，摇得大洋马涌出来玉米粒大的泪珠，接着哇的一声哭出声来，她扑到床上，越哭越伤心，越哭声越大，哭得后背一耸一耸的。

混子和他的哥们面面相觑，不知道怎么办才好。

大洋马的儿子走过来，拉住大洋马的胳膊："妈，你别哭，别哭嘛，再哭，我，我也哭了，呜呜呜……"

大洋马哭了一大鼻子，心里好受多了。翻身坐起来，搂住儿子，抓过枕巾擦干儿子的泪，硬铮铮地说："好儿子，妈不哭，你也别哭，哭他妈的顶个啥用！再哭把你那个没良心的爸也哭不回来！"

混子心沉了一下，以为黑金钢出啥事了，忙问："大姐，大哥他咋了？"

"他能咋了？他……他妈的风光得很！"大洋马冷笑着说。

混子嗅到大洋马的话不对味，追着问："到底咋回事，你别攥着个拳头让哥们猜呀。"

大洋马用很平淡的语气，仿佛叙述与自己毫不相干的事一样，把原委说了一遍。混子的脸顿时绿了，目露凶光，牙齿咬得咯吱咯吱响。一干哥们个个义愤填膺，气得嗷嗷直叫，一致谴责黑金钢不够揍，同仇敌忾地表示要找那狗日的算账，替大姐出这口恶气。唯有平时最能咋呼的混子一声不吭。

大洋马扫了一眼这些脸或红或绿的哥们，感动得心颤抖抖的。她反过来劝他们："你们都是我的好兄弟，姐知道你们都向着我。可我想呀，你姐夫那人心并不坏，他是一时犯糊涂。他要真是坏了良心，就是把他找回来，也收不拢他的心。我想开了，如今他妈的就兴这个，怨谁呢？谁也不能怨，只能怨我命苦。我不气，你们也别生气了。今天姐就不招待你们了，都回去吧。混子，你可千万别犯横，就算姐求你了，啊。"大洋马从没这般柔声细气地说过话，这番话说得这些男子汉心里酸酸的。他们默默坐了一会，不知道该说些啥，就啥也没说，陆续起身告辞了。

　　第二天一大早，混子找到工段长，说有急事，休这个月的四个休。工段长看混子的脸色不太对劲，心想这小子不知哪根筋又抽上了，有点发怵，同意了。请完假，混子登上了开往省城的火车，到达省城，已是又一天的上午了。找到财经学院，尚未开学，已经有外省的学生陆续到校了，偌大的校园，人稀稀拉拉的，问了许多人，都不知黑金钢的下落。后来好不容易找到黑金钢同宿舍的哥们，才告诉他黑金钢和小曼在西城区的一个建筑工地打工。混子想：打他妈的什么工，分明是打到一起去了。找到西城区的建筑工地，正是中午时分，"赤日炎炎似火烧"，烧得柳叶蔫叽叽地垂下来。这阵工地人极少，偶尔过来一两个人，也都眯着眼，无精打采的样。工地临时用活砖茬起的墙下有条黄狗，屁股坐在地上，红刺刺的舌头长长地拖下来，呼哧呼哧地喘着粗气。它看到混子过来调转头盯着混子，"狗视眈眈"。混子也不示弱，睁着怒目与狗对视，人狗对视了一会儿，"狗视"敌不过混子的"虎视"，狗有些退怯，认输地掉转头又盯着原来盯的地方。混子顺着狗视的方位望去，与狗眼成对角直线的柳树下，坐着两人正在吃饭，都低着头。狗的意思是那两人如果掉下块肉或者骨头什么的，好扑过去。看了一会，狗好像很失望，眼皮也耷拉下来了。混子踩着发烫的沙石堆走过去，那两人竟没发现，仍低着头吃饭。饭菜特简单，馒头就茄子炒辣椒。那是一男一女，都很矮小。柳树有片树荫，但很有限，两人挨得很近，很亲昵的样子。混子对着他们说："喂，哥们，打听……"

　　听到问话，那两人一激灵，抬起头。其中一个正是黑金钢，这家伙更瘦了，瘦得颧骨像刀刃，脸更黑了，黑得吓人，牙反而衬托得更白了，白晃晃地耀眼，眼睛更大了，大得与其他部件比例失调。他抬眼一看是混子，面露惊讶之色："是混子兄弟，你咋找到这儿了？"

混子一看正是他要找的黑金钢！挨着他坐的，也正是一个颇有几分姿色的娇小女人。两天来攒下的鸟气，燥热天气引发的火气，加上又饥又渴酿造出的燥气，积累到一起，噌地窜到了脑门，按捺不住。他大吼一声："何志禹，你这狗日的！"不分青红皂白，抬起脚照着黑金钢的下巴踢去。黑金钢大惊失色，往旁边一侧歪，倒在那娇小女人的身上，手中端的饭盒被踢飞，在空中划过一道银亮的弧线落下。那只狗颠达颠达地跑过来，嗅了嗅，失望地摆摆脑袋，又懒洋洋地回到墙根耷拉着眼皮养神去了。

娇小女人不知道哪里来的这么个二百五，吓得花容失色，浑身筛糠般抖个不住，想喊，干张嘴喊不出声来。

黑金钢迅疾从娇小女人身上站起，迷惑不解地问："混子，你他妈的吃错药了，这是干啥……"

"干啥？今天老子就是要教训教训你这不是人揍的东西！"话音未落，一个大巴掌已经扇了过去。一声闷响，黑金钢展展地躺在旁边一堆黄沙堆上。黑金钢这次起得不利索，很艰难地翻个身坐起来，两只手拄在沙堆上。嘴角、鼻孔汩流出蚯蚓般的血丝，殷红。

娇小女人终于醒过神来，扶着柳树站起："你这人咋这么不讲理，随便撒野打人！"

混子怒气冲天地说："打人？打人是轻的！老子恨不得宰了你们这对狗东西。"手轻轻一拨拉，娇小女人也跌跌撞撞摔倒在黄沙堆上，与黑金钢并排在一起。

黑金钢用手背擦了擦嘴角鼻孔的血，对娇小女人说："没事，这是咱家兄弟，肯定有啥事误会了。"他又转向混子："你他妈的又打又骂的，到底为啥，就是死，也得让我死个明白吧。"

"为啥？你他妈的还恬着脸来问我！我倒要问问你，秀媛姐哪点对不住你？

石嘴山市城市文学丛书（小说卷）

你干这对不起她的事！你他妈的还有点人味吗？"

"我干啥对不起她的事了？！"

"你他妈的真叫我恶心，"混子指那个娇小女人，"你们俩干的什么好事！"

娇小女人明白了，眼泪忽地涌出眼眶，激奋的声音颤抖抖的："常听老禹说你是个大好人，没想到……没想到也……这么……不近人情，你怎么……糟践人！我们俩咋了？没……没做见不得人的事，干干净净，清清白白！"

黑金钢眼睛微微发红："混子，我知道你误会我了。我不怨你，你听我把话说清楚，该杀该剐由你。"

混子脑袋冷静下来，意识到恐怕是冤枉了黑金钢，说："好，你说，我听着呢。"

太阳火辣辣当顶烤着，黑金钢满头是汗。上嘴唇血迹已干，被抹得像小红胡子。汗淌下来到嘴里，舌尖舔舔，咸咸的。他用袖子抹把汗，喘口气说："去年暑假回家看你秀媛姐又蹬板的又上班，太苦了！到学校后，你秀媛姐来信说弟兄们又在帮我们。混子兄弟，我也是个男人，靠老婆和弟兄们养活，我这脸往哪搁？我想利用假期打工来赚点钱。正好，小曼的叔叔在这个建筑队当头。小曼去年和丈夫离了婚，工资低得可怜，她听说我上学前在建筑公司干过，就约我和她作伴，一起到她叔叔的工地，现在我们在工地干些验收材料和工程预算的活儿。我和小曼之间要说关系的话，就这么点关系。还有就是我们之间互相同情，但绝没有你所说的那种关系，再者说了，你还不知我何志禹的为人么？你再想想，我们如果真有你说的那种关系，那什么地方不好去，偏跑到这个地方来？那不是吃错药就是神经有毛病。"

小曼嘤嘤地哭了，抹着眼泪站起来向那片树荫走去。

黑金钢对混子说："我们也别在太阳底下晒着了，到树下接着聊。"

混子顺从地跟黑金钢走到那片树荫下坐下，混子中间，黑金钢和小曼一边一个。

混子后悔自己刚才太冲动了，他又有些不解地问："就算你说的都是真的，为啥不对秀媛姐实话实说？"

"好我的混子兄弟呢，能实话实说吗？秀媛如果知道我假期打工，她心里能安生吗？她已经够苦的了。"

"那大姐每月都给你邮钱，你打工赚的钱又到哪去了？"

黑金钢眼泪落下来了："秀媛跟着我实在太屈了。你看现在但凡女人哪个不是挂金戴银的！可你秀媛姐她有啥？她虽然啥都不说，可她终究也是个女人！她看别的女人戴金首饰的眼神，真让我受不了！我他妈的算个什么男人！我想用打工赚的钱买条项链，给她个意外惊喜。"

混子全明白了，脑袋嗡地一声也大了，悔得肠子都青了。他攥拳捶打着自己的脑袋，痛悔地说："唉！我，我真他妈的混蛋、操蛋……"

黑金钢拉住他的手，真诚地说："好兄弟，我真的不怨你，一点点也不怨。"

混子说："可我他妈的自己怨自己，咋就不用脑袋想一想呢？"

黑金钢说："混子兄弟，别太自责了。我和小曼打工，连学校都没告诉，只有极少的几个同学知道。你还真行，居然找来了。别人看我和小曼接触得多，小曼又是刚离了婚的单身女人，在背后叽叽咕咕也没啥奇怪的。现在空穴来风的事多了，何况这带点刺激的粉色新闻呢？人家爱说就让说去，又堵不住人家的嘴。只要咱自己问心无愧，兄弟们别再误会就行了？"

混子抚摸着黑金钢半边脸的五个红指印，说："大哥，还疼么？""早不疼了。我说混子，你怎么也婆婆妈妈的了？"

混子调过脸对小曼说："大哥是我铁哥们，冤枉就冤枉了，算他活该倒霉。我不知该咋叫你，也叫你一声小曼吧。小曼，我混子直肠子一根，四肢发达头脑简单，爱犯浑，错也错了，真对不起了。你要不解气，要打要骂要咬随你，我混子保证打不还手骂不还口。"

小曼嫣然一笑。小曼可以用娇小玲珑这个词来形容。皮肤属于怎么晒也晒不黑的那种，丹凤眼，小嘴，不符合现代人"性感"的审美标准，有种古典美的神韵。她笑不露齿，还用小手捂住半边。

小曼说："看你说到哪去了。何志禹常对我说起你，你是个大好人，像你这样的好人现在已经不多见了。而且你也不是为你自己来兴师问罪的，我又怎么能怨你？"

"咳，你是不知道，我这人他妈的没成色。秀嫒姐有那么重的心脏病，听说大哥还在外面风流快活，我这气就不打一处来。一气一急就他妈的干浑事。"

"混子兄弟，秀嫒她有心脏病？这是真的？"黑金钢一把攥住混子的手，攥得混子的手生疼。

混子知道说露了嘴，后悔不迭，嗑嗑吧吧地说："是……去年暑假……就查出……来了，她、她怕……影响你学习，不，不让……我们告诉你。"

黑金钢倏然色变，猛地站起："混子，走，我们回家。"

"别别别呀，秀嫒姐现在没事。我得先回去，把这事给秀嫒姐说明白喽。你要是回去，秀嫒姐知道我把她的病告诉了你，准骂我，那我混子就他妈猪八戒照镜子，里外不是人了。"

小曼说："老何，就要开学了，你就是真要回，也得报完到，请个假再回呀。"混子说："小曼说得对。大哥，你甭急，急也没用，安心上你的学。我先回去了，如果以后有啥事的话，一准通知你。"他站起就要走。

黑金钢不置可否，呆若木鸡状。

小曼说："喂，你怎么说走就走呢？"

混子说："吃了包子还等汤呀，现在秀嫒姐不定急成啥样子呢。"

太阳把地面炙烤得冒白烟，这荡起的白烟远远望去像汪着一摊明晃晃的水。小曼目送混子向那片明晃晃的水走去。

混子返回已是又一天傍晚了。他径直到大洋马家，门锁着，又跑到厂，哥们告诉他：大洋马知道他去省城找黑金钢算账后，怕他虎了吧唧的惹出啥事来，着急上火，急火攻心，病就又犯了。现在正在医院里还没醒过来呢。混子听罢二话没说，调头就往医院跑。

医院长长的走廊空无一人，日光灯发出惨白的光，寂静得让人恐怖。混子的心像是要从腔子里蹦出来！他冲动地对着空空的走廊大吼："大夫！护士！大夫护士你们都他妈的跑哪去了，咋还不组织抢救我姐！快组织抢救我姐！"

大夫从值班室走出，呵斥他："你叫唤什么叫！这是医院，不是自由市场！"

混子一把拽住大夫："大夫，大夫！我姐她咋样了？她没事吧？"

"你这人真是莫名其妙！谁是你姐，没头没脑的，神经病！"大夫愤愤地甩脱混子的手，转身欲走。

"噢，大夫，他姐叫李秀媛，是我妻子，心脏病。她现在咋样了？"黑金钢地下冒出来似的拦住大夫。

原来混子走后，他终究放心不下，心里着慌得不行，委托小曼代他请个假，就尾随混子之后的下趟车回来了。到家后，天已麻麻黑了，门锁着。打开门，三轮车在院里停着，房间里有点凌乱。邻居听到门响，过来告诉他，大洋马犯病住院了，儿子在他家做作业。

黑金钢顾不上儿子，骑上自行车老虎后面追着似的往医院赶，正赶上混子和大夫纠缠不清。

大夫对黑金钢说："你爱人醒是醒过来了，但是情况很不妙，病很重了，恐怕维持不了很久。"

黑金钢扑通跪在大夫脚下，抓住大夫白大褂下摆，涕泪纵横："大夫，大夫，你可一定要救活她！什么代价都行！我不求别的，只求她活着！求你了，求求你了！我给你磕头了。"他头磕在水磨石地面上咚咚响，额头上的血流下来糊住了眼睛。

混子也有点撑不住劲了，鼻子发酸，眼睛也热辣辣的。

大夫这家伙真他妈的是冷血动物，伸手拽起黑金钢说："你这是干什么！大夫的职责就是治病救人。可医院也不是万能的，什么病都能治。告诉你，你爱人的心脏早已经疲劳衰竭，不堪重负了！这次没死是她的造化，以后还能活多久，就取决于她的生存环境了。"

"大夫，我们到病房看看。"混子说。

大夫摆摆手："去吧去吧，十一号病房。时间不能太长，病人需要安静。"说完转身离去。

十一号病房在走廊尽头，三张病床，大洋马住在靠里面窗户的病床。听到门响，大洋马转过身一瞧，是混子和黑金钢一前一后进来。黑金钢额头上的血已凝固，呈黑紫色，血糊呲啦的挺吓人。大洋马想这狗日的准是让混子打的，又逼来的，心里又是怜惜又是厌恶，她又调转身子脸冲墙，不理。混子绕过去，对着大洋马的脸："大姐，你觉得咋样？"

"还没死呢。兄弟，你叫那个狗日的滚出去，老娘不稀罕他来看，不见他我不来气！"大洋马怒气冲冲地说。

"大姐，这次可是我们都把老黑哥给冤枉了。"

"啥？冤枉他了？！"大洋马翻身坐起。

"是的，真是，真是冤了。"混子把缘由从头至尾细细说了一遍。

"真的？"大洋马一下转不过弯来。

"兄弟啥时候哄过你？"

"老黑……"大洋马伸出手臂，痛悔交集，眼泪唰地滚落下来，滴在蓝白条相间的病员服上。

"秀媛……"黑金钢扑过来，紧紧搂住大洋马，说不出话来。两人紧紧拥抱在一起。其颈相喙，其面相贴，其泪交融，其情切，其景悲。

时间，这时仿佛停滞了。

病房另两位心脏病人受不了这种刺激，默默起身，穿上拖鞋到走廊散步去了。

"老黑，老黑，你……他妈的……咋……这么傻呀。"大洋马拍打着黑金钢的背，泣不成声。

"秀媛，你有这么重的病，干嘛要瞒着我，你真要有个好歹，我他妈的活着还有个啥意思。"许久，黑金钢的心情才平静下来，抬起头眼泪汪汪地说。

大洋马收住泪，从床头柜侧面的铁丝上取过毛巾，轻轻地、一点一点地擦着黑金钢额头上的血迹，很耐心，很仔细。

"好了好了，你们两口子别他妈的没完没了地热乎行不行，让我这个光棍眼睛都快出血了。"混子心里很感动，表面上还要硬撑出一个男人的样。

大洋马破涕为笑："你他妈的有啥眼红的，这么好的小伙，还愁没老婆？别急兄弟，姐现在还不能死，姐还欠你一个媳妇没还呢。"

黑金钢说："嗳，混子，说真格的，你觉得小曼咋样，要模样有模样，要脑子有脑子，脾气也很好。你看要是能行，大哥做一回红娘。看得出，她对你挺有好感。"

大洋马说："老黑你别胡扯淡，咱混子兄弟是处男，咋能找个二婚头呢？岁数又比混子大！"

混子说："啥二婚头不二婚头的，人好就成。人家小曼是大学生，咱他妈的穷工人一个，这是哪跟哪呀。老黑哥你快别拿兄弟开心了。"

黑金钢说："我是正儿八经说的。小曼她挺可怜的，孤零零的就一个人，也要找个可靠的人。她先前那个丈夫倒是要个头有个头，要形象有形象，大小还是个官。可他妈的是衣冠禽兽，成天在外打野鸡，还不把小曼当人待。像咱混子这人品是打着灯笼也难找的，我思谋十有八九能成。"

石嘴山市城市文学丛书（小说卷）

　　大洋马把枕头竖起在床头，垫住腰部，调整了一个较舒适的坐姿，对坐在床另一头的黑金钢说："要是混子兄弟不嫌弃，你就抓紧在小曼面前给混子美言几句，成不成的再说。"

　　混子看见大洋马枕头竖起后，压在底下的一个绿色封面笔记本露出来，一把抓过，嘻皮笑脸地说："嘿，记的啥宝贝东西，住院还不忘带来。别是大哥给你的情书大全吧，让兄弟瞧瞧，学学经验。"

　　大洋马说："屁的情书，是账，要看你就看呗。"

　　混子一页页翻看着，上面密密麻麻记着某年某月金额若干，后面是混子和几个蹬板的哥们的名字。混子少有的聚精会神，全神贯注地看着，缓慢地翻动，仿佛翻动的不是几页账，而是年年月月沉重的生活。翻看完，嘻皮笑脸的神情消失了，代之的是一脸的凝重。他默默把记账的几页扯下来，把空白的笔记本递还给大洋马。

　　黑金钢拍拍混子肩膀："兄弟，本子上的账你能扯去，可我心里的这份情义账你扯不去，我会永铭于心。遗憾的是，这份情义上的账我今生今世都还不清了。"

　　大洋马张了张嘴想说什么，终于又什么也没说。

　　混子还是默默地。他打开窗户，一股夜风涌进来，很凉爽，很清新，令人精神陡然一振。窗外，月光如洗，银辉遍地。混子临窗而立，把扯下的几页账拦腰撕断，对叠一下，再撕，再对叠，再撕，很耐心地一点一点地一直撕成很小很小的碎片，抛向窗外。月色下，纷纷扬扬的纸屑像白色带黑点的蝴蝶，上下翻飞，翩若舞蹈。

　　　　　　　　（选自中短篇小说集《商情》，香港天马出版公司，1992年）

放顶

金瑞直

金瑞直（1941—），宁夏石嘴山人。宁夏作家协会会员，曾任石嘴山市作家协会副主席。1982年在《宁夏群众文艺》发表第一篇小说《老蔫报户口》，其后陆续在《朔方》《煤炭文学》发表多篇小说。

一

这是一个漆黑的世界，但现在却有一派奇妙的景象。

一串"荧火虫"徐徐飞动了。这点点萤光，像雁阵一样，整齐地排成了个"一"字，又像飞机俯冲一样，呈20度倾斜的势态流动下来。然后拉开距离，布成了200米长的一字长龙。

于是，上下一齐动作，立即响起了一片斧砍声和锤击声。那砍击木材的声浪，引起了强烈的回音，清脆而激越。

哦！那不是荧火，而是矿灯。在那俯仰、移动、不住闪烁着的灯光下面，都有一张严肃而专注的脸，都是一种奋力搏击的架势。他们在进行着一种粗重而又丝毫不能含糊的操作：打木垛。那散发着松木清香的柱子，一人多长，一百多斤。他们要把它摞成"井"字形状，再用楔子紧固。他们的动作都很快，是那样地自觉、紧张，好像背后有一种无形的而又威力强大的东西在督促着。

有个瘦高个儿沿着一字长龙走下来了。他是队长，四十多岁，眼睛像鹰眼。但他不大看人，而是盯着木垛巡视，仿佛他的肉眼就是一副极好的质量检查仪。

他的脚步终于在一个人的跟前停下了。那人二十五岁，虽然也是安全帽、矿灯、胶靴，全副的矿工装束，但他与众不同：他的胶壳安全帽是鸭舌帽沿向后，反戴着的。他那件被煤尘堵死了布眼儿，还散发着熏人的煤腥和汗味儿的工作服，没一个扣子。他就这么将两襟的下摆往小腹上一裹，然后用吊着矿灯盒的牛皮带往腰间一系就算了事。从衣领到腹部，裂着一个"V"形的开口，裸露着肉体。他就是这么一副赖劲儿，好像这些都是无所谓的。但他确实卖劲。他腰细膀宽，一米八的身躯。那牛一样有劲的两腿站着前弓后箭步，咧着嘴，两行洁齿紧紧地咬着灯头根部的小胶线，两条裸到肘弯、肌肉隆起的胳膊用力地甩着大锤。由于摆动的幅度大，往复的速度快，因而掠起了风涛阵阵。

余队长别在帽子上的灯头，那雪亮的光束，透过木垛的空档，照在这个人的脸上，干扰了他的视力。他瞪起眼睛来，努嘴嗯嗯了两声，以示制止，但他没停锤。因为他要跟下面地段的孙八级比赛，还必须以高速、优质的绝对优势来压倒老孙头。因而，他那一双很不规矩的眼睛，不时总要去瞥一下老孙头的进度。他的脸上、胸口都淌汗了。干脆赤膊上阵吧！于是他把仅有的一件工作衣嗖嗖两下就给脱了下来，哗的一声往木垛上一搭……

他终于把紧挨岩石顶板的最后一个楔子给打紧了，于是又瞥了孙八级一眼，见老孙头不慌不忙地只完成了一半，因而他笑了，洋洋自得，踌躇满志，想趁此小憩。

"赖子！"余队长很满意地这样喊他，还伸手在他那汗涔涔的肩头上拍了两下。

"我揍你！"他立即扭过身来，愤愤然虚晃了一下铜锤般的拳头。因为他听够了"赖子"这个美称。

"好，好！米师傅，行吧？全队的'魁首'嘛！"

"甭耍嘴皮子！"

"有种！可我得告诉你：别光图快，待会儿来压力，要是先推了你的木垛，那这个月就请你喝凉水去吧！"

余队长之所以这么说，意在引起米守坤的重视和警惕。但米守坤忽然产生了个必然的联想，于是赶紧把木垛上的工作衣给抓了回来，十分关切地找到了胸口上那个仅有的口袋。这口袋装得鼓鼓囊囊的，没盖儿，用一枚大别针卡着。他很珍重地摩挲着口袋，仿佛这里珍藏着什么价值连城的瑰宝。其实，口袋里不过是装着刚刚领来的上个月的全月工资：一百五十六块五角三。

余队长又在米守坤的肩头上轻轻地拍了一下，带点讥讽地说："小心藏好！"继续警告道："别高兴得太早了！不就上个月破天荒捞了这么一下么？嗯？"

"藏好着呢！"米守坤愉快地说。他把脸扬起来了，看着余队长。队长如此似笑非笑的，什么意思？讽刺人吗？哼，现在谁不爱钱！他的浓眉竖起来了，铁青着脸儿，似乎要申辩什么。

余队长给了他当胸一拳，嗔怪道："去！又是这个德行！待一会要是大伙儿都被压成了肉饼，做鬼我也得找你算账！"

米守坤笑了笑，脸色缓和了。

余队长转身走了。他头上的那点灯光，随着脚步的挪动，仿佛夜空中运行着的一颗人造卫星，缓缓地向那漆黑的空间移动过去。

米守坤又抱起一根支柱，想赶紧再打一个木垛。因为他要压倒孙八级，也要在队长面前争口气，但他忽然浮起一念，于是把木料放下了，定定地瞅着队长的那点灯光。

队长干什么去了？那个漆黑的空间，犹如大广场一般开阔。那儿空空如也，唯有危险和恐怖在等待着。据队长说，一旦来了压力，那儿立即会呈现万马奔腾、排山倒海之势。那几十米厚的岩层就会崩裂、塌落下来，很可能还会摧毁工作面，把人和机器统统都埋在下面。队长还说，在古今中外的采煤史上，这种事故不无先例。队长的爷爷是日本人侵华时期日占区的煤黑子，队长的伯父是国民党统治区的挖煤工，但两代矿工同命相连，统统都是这样在矿井中遇难的。啊！老空，这个深浅莫测的神秘世界，简直是个魔窟。所以，队长一再强调要把木垛打得结实一些。但是，米守坤眨巴着一双机灵的眼睛，又不能不感到迷惘：如此静悄悄没一点儿响动，有可能出现惊涛骇浪吗？哦！他的眼睛陡然一亮。队长这老家伙，说不定又出了什么花点子来治我老米了吧？没错！这余驴脸总是跟孙猴子唱着一个调子来琢磨人的。他这么一想，不觉脚下痒痒的，于是把衣服一披，走了。

"小米，你回来！"有一个沙哑的声音在喊他。

米守坤不看就知道是谁。那个又瘦又小的老工人孙八级，那小眼睛好像时时刻刻都盯着他米守坤。

老孙头挪着僵硬的罗圈腿，不慌不忙地走上来了，脸上的气色不大好看。因为煤层是倾斜的，所以老孙头那姿势像上山坡。

米守坤有点儿慌，但他下决心得溜走，也绝不能让老孙头看穿秘密。于是，他那狡黠的眼珠子一转，立即扯谎道："孙师傅！我拉屎去！"

他关灭了矿灯，跑了，像个幽灵，消失在漆黑之中。

二

"老孙，人呢？喂？我说赖子哪儿去了？"余队长气喘地来到这儿，脑袋像拨浪鼓一样转动着，那鹰眼不住地四下搜索，凶神恶煞般地问道。

正在埋头排煤的老孙头拿着铁锹，瞅着队长，没有马上回答，小眼睛中流露出几分委屈的情绪。因为他觉得自己已经尽职了，但他管不住米守坤。

余队长的长脸拉得更长了。爬一趟工作面，谈何容易？脚下堆有煤，两边有支柱，头顶上是岩石，那贯穿上下的刮板运输机还总在不停地运行着，所以，比爬山、钻洞还艰难。而这一路上来，余队长所耳闻目睹的又是什么呢？工人们总是三三两两地坐在安全的地方，抱着铁锹，天南海北地闲聊。什么谁家抢了一套新房，谁捞了多少外快，谁的工资没升很冤枉……因此，队长是不能容忍的。他必须考虑完成生产任务。所以他几乎天天都要骂人，急躁至极，甚至还想动手。

余队长惶惶然如坐针毡，那眼睛好像都要冒火出血了。他俯瞰脚下，那煤堆如连绵的大山。仰望顶板，那岩石龇牙咧嘴，摇摇欲坠。这种碎顶，不像放顶那么危险，一般是不会造成重大伤亡的。然而，一旦冒落下来，生产任务就没法完成了。虽然欠产已是家常便饭，包括他余队长在内，大家都照拿工资，一个子儿不少。但他姓余的日子却不好过。因为矿长要训他，党委书记要他做检查……所以，他得大鱼吃小鱼，他所有的气儿一股脑儿都撒在了老孙头的身上。他恶狠狠地揪住了老孙头的衣襟，破口大骂道："你他妈的！什么共产党员？你当班长的是干什么吃的？"

老孙头管不住人，他只能用自己的汗水去补偿别人的不足，因而已经累得精疲力竭了。他甚至都想哭，讷讷地说："米……米守坤拉屎去了。"

"拉屎？什么时候走的？"

"管天管地，还能管着拉屎撒尿？！"

"我问你什么时候走的？"

老孙头琢磨着，说："有个把钟头了。"

"个把钟头了！拉什么屎？"余队长一边骂着，眼睛恰好瞥见边上拿着铁锹装模作样磨洋工的小伙子，于是立即放开了老孙，朝那小伙子的屁股飞起一脚，命令道，"去！给我找去！"

石嘴山市城市文学丛书（小说卷）

那小伙子嫩皮白脸，是入矿不久的新工人，因为怯于米守坤的骄横，所以站着没动。

"去吧！小黄。"老孙这样哀求着。他也希望借队长的神威来管束米守坤。

小黄走出回风巷，还没爬上绞车上山，就听见了一阵雷鸣般的鼾声。于是他摘下矿灯来，循声照到大巷中的那个窝窝里。

那是安装提料小绞车的峒室，很浅，也不大。在那台绞车后面，铺着几块道木和板梁。那是提料时司机坐着操作和休息用的。现在，米守坤把一条腿翘在绞车上，一条腿翘在峒壁上，用安全帽捂着脸，仰面八叉，呼呼大睡。大巷里通风好，凉飕飕的。地下寒气虽然并不割痛肌肤，但能冻酥人的骨头。何况采煤工人穿得那样单薄。然而，聪明的米守坤自有一套御寒措施——把矿灯头紧贴在胸口上，借电热量取暖；还像登山队员钻进鸭绒睡袋一样，把司机坐垫用的一个草袋子拆了底子，套在身上。这副模样，活像个怪物。

小黄乐了，看得出神。这时一辆电机车摇着警铃隆隆地奔了过来，这才把他给惊醒。他慌忙躲避，一头扑到了绞车上。

"嗳！小黄！"米守坤被惊醒了，睡眼惺忪，但有了伙伴，倒也高兴，说："来！坐下！我说小黄，半天没捞上跟你说话。你觉得怎么样？"他把身子侧过来了。

小黄茫然地站着，一来余悸未消，二来不知米守坤所云。

米守坤急了，坐了起来，弄得草袋子嗦嗦作响，说："昨晚，你不是上体育馆去了吗？你看那场比赛怎么样？你看2号那小子多牛气！威风什么？体院摔跤系毕业的，算啥本事！等着瞧！明年，不，下半年，老子非叫他躺下不可……什么，什么，你不信？"他嗖的一声撕烂了草袋子，站了起来，跃跃欲试。

"不，不！不是！大米，孙师傅让我来喊你！"小黄不无怯懦地说。

米守坤怒冲冲地。既因为老孙头，也因为那位摔跤冠军。但他没作声，只一屁股坐在电动机上。

"走吧！大米。余队长发火了！"

"我的火还没处发呐！把老子砸死怎么办？"

"不会吧？孙师傅说赶紧支护，没事。他不也是在那儿待着吗？"

"他？"米守坤蓦地跳了起来，愤愤地说，"他娘的！孙猴子87斤重，死了丧葬费给一年工资，1368元，那死猴子肉要合15.5元1斤。我呢，178斤，一年才720元，只合4块钱1斤。他娘的！骡子卖了驴的价钱。"

又一支雪亮的灯光照进来了，没想到竟是老孙头。大巷里杳无人踪车影，静悄悄地，老孙头听得清清楚楚，因而脸都气白了。他一边走进来，一边用那打战的手指着米守坤，用上了他的口头禅，说，"你，你……什么思想？什么作风？"

"哦！'孙书记'！"米守坤嬉皮笑脸地说，"社会主义思想，现代化作风呀！哈哈……"

老孙头急得直眨眼，但一时无言以对，憋了半天质问道："你，你……你不说拉屎吗？撒谎，不学好！"

"哦。"米守坤那狡黠的眼珠子直转圈儿。他对老孙头的那种本能的不服气，终于找到了发泄口。他机警地四下看了看，见没有旁人，于是立即一把抓住了老孙头，一手把自己的裤子往下一扒，蹲了下去，也把老孙头挟着蹲下，脸对着脸，死死地擒住不放。他臂力过人，老孙头哪是敌手？老孙头怎么都挣脱不开。

"你，你……你要干什么？"老孙头红头涨脸地喊。

"你不是说我撒谎吗？那我现在就拉给你看呗！"

"啊，你……"

三

老孙头下意识地捂了一下鼻子，仿佛真有一股臭气，但这只是他的幻觉。米守坤并没有真的拉屎，他不过是玩闹、耍赖、吓唬人。哼，这个小兔崽子……

于是，老孙头那憨憨的嘴角愤怒地动了动，那涂着煤黑的脸上，几条深深的皱纹拉开了一丝儿像要咬谁一口似的狞笑。米守坤这号人，今日放顶这么危险，能不溜之大吉？他的目光落到了米守坤刚刚打好的那个木垛上。论质量，这个木垛挑不出毛病，跟他老孙的手艺可以媲美。论速度，米守坤毕竟年富力强，远远超越了他老孙。如果这活是别人干的，他会面对这个工作物笑逐颜开，甚至夸奖几句，但米守坤……哼！

他的罗圈腿开始挪动了，向着那个神秘的世界。他的灯线是挎在后脖肩上的，那灯头垂挂在胸前。随着他的步伐，灯光晃晃荡荡，划出了不规则的光波。他要去逮住米守坤，扣米守坤的分，然后叫余队长刺那小子一顿，给他一点教训。

余队长的那一点灯亮，宛如夜幕上的启明星，慢慢地在那个漆黑的空间里移动着。米守坤是摸着黑走过去的。因为那是禁忌人们前往的危险区，他生怕队长干预。

队长就跟决战千里的将军一样，此刻的任务是要作出准确的判断。因而，他一直仰着脸，眼睛跟着灯光移动，仔细地在观察着顶板。

米守坤也在观察顶板，就在队长的附近。不过，他没有打灯，是借着队长那支灯光观察的。因为那顶板平整、坚实得有如大礼堂的天花板。即便是前几天为了催其落顶而用炸药崩出来的那一片坑坑儿，也纹丝不动，没一点儿新的裂痕。这哪有什么落顶的迹象？

米守坤的目光禁不住转到了队长的身上。队长在观察顶板，他在暗处观察队长。你看队长，那张驴脸儿紧绷着，眉头扭在一起，煞有介事，那细脖子那么长，喉结这么大，那姿势像长颈鹿想吃树叶子。米守坤差点儿要笑出来。啊！队长太滑稽了，莫非是经的危险多了，草木皆兵、杯弓蛇影吧？因而，他忘却了自己的来意和忌讳，竟然悄悄地蹲下去，伸手去摸了一把石屑煤渣，抓在手里。他很懂得落顶的先兆是落碴，因而，恶作剧又酝酿出来了，他把那满手的碎碴使劲地撒了出去。

哗啦啦……那碎碴像雨点一样打在队长的帽上、身上。余队长吃惊地闪了下身子，吓了一跳。但毕竟是富有经验的老手，他并不相信此刻会有落碴，因而惊疑地举目四顾。

米守坤偷偷地咧嘴笑了。他本想前去劝告队长的，但忽然瞥见斜刺里有灯光晃过来了，因而改变了主意。那灯光虽然还挺远，但他猜得着是谁。啊！大显身手的时机到了，"孙书记"，你来得正好，用不着我去调虎离山，也用不着跟队长磨嘴皮子了。于是，米守坤撒腿溜走了，避开了老孙头，兜着圈子溜回到工作面。

"老余！"老孙头走近来，说，"狗改不了吃屎，米守坤又'拉屎'去了。"

"哦？"余队长扭脸看着老孙头，将信将疑。

"你不信？你，你……他这号人思想品质太差劲！你，你……你别顺毛捋，得想法子治治他……"

治治他？余队长不觉一阵困惑、迷惘。

四

余队长那天确实怡然自得。治治他！对！不但要治治米守坤，而且也该治治其他不自觉的人。因而，他一走进工作面，二话不说，就把粉笔掏出来了。他的字写得并不漂亮，但他很认真、很专注，因为他已经找到了制约人的办法，找到了促使生产任务完成的诀窍。他把工人们的名字一个个都写在铁柱子上。支柱的间距是一米。因而，他每隔十根柱子就写上一个人的名字，也就是说，每人给分上10米地段的任务。工作面刚刚放完炮，那崩塌下来的煤，除少量的已被电溜子拉走外，绝大部分还堆在煤帮脚下，像绵亘的大山，头上是顶板，两面都有支柱，所剩的空间不多。余队长不辞辛苦，爬着、钻着、写着，从上安全出口一直写到了下部。他是信心十足的，因为他在班前会上郑重其事地宣布过："现在不吃大锅饭了,咱们包干。一个人10米,谁干完了,谁拉家伙走人。谁要是干不完,你就别想走,混水摸鱼那一套吃不开了。你走了也行,那可别骂我不是人,我得扣你的工资!"

"队长!队长!"小黄使劲地爬着、钻着、撵上来了,满头汗水,看样子很着急。

"什么事?"余队长问。

"队长!米守坤非要占我那一段……"

余队长的眉头拧了起来,流露出几分不快,但到底也没度出个所以然来。于是,他揣着几分狐疑,爬着、拱着,返回到上部地段。

米守坤仰面躺在煤帮脚下的煤堆上,双手环抱着枕在后脑勺上,架着二郎腿,还勾着脚尖打着节拍,嘴里像牙痛一样地哼着《外婆的澎湖湾》,那神态悠闲自得。

"你怎么回事?嗯?"余队长气喘吁吁地站在溜子道上,吼了一声。他面有愠色,头上的灯直照在米守坤的脸上。

"澎湖湾嗨,澎湖湾嗨……"米守坤满脸坏笑,摇头晃脑唱得更起劲了,甚至还击掌打着节拍,故意火上浇油。

"米守坤!"余队长终于抑住了火气,劝慰道,"你别把好心当成了驴肝肺!我给你分的那一段,条件够好的了。人心不足蛇吞象。小黄这一段条件比你那儿差远了。你看看嘛,一个瞎炮要处理,夹矸这么厚,弄不好还得冒顶……"

"你当我真的怕死?"米守坤一跃坐了起来,用不由分说的口吻命令道,"闪开!同意,我也在这儿干,不同意,我还在这儿干!快闪开!"

眼见他捋胳膊,攥拳头,要撒野了,于是小黄怯懦地溜了,队长也勉强地同意了。其实,米守坤并不想真的动手,而是借此唬人。于是,他笑了,庆幸自己这个小小的胜利,然后,又仰面朝天地躺下了。

在米守坤下段干活的恰恰是老孙头。米守坤之所以横行霸道非要挪换地段,纯粹是为了寻衅于老孙头,当然也得叫队长明白。

老孙头一直不停地挥锹擢煤。虽然他的动作不紧不慢，像老牛拖着破车，但他始终没直起腰来喘口气，歇一歇。汗珠从他那已经起褶的脸上滴了下来，而脚下的煤堆却被他掏出了一个大坑，最深处，都快见底了。他的起手处，是在自己这一地段的上端，界柱上写着"黄志平"三个字，实际上现在是与米守坤接壤。煤层是倾斜的，下面的煤擢空见底了，上段的煤必然要往下淌。因而，老孙头一直往上赶，都已经越过界柱半米了。也就是说，老孙头已经把米守坤境内半米地段的煤给擢去了。这就是老孙的口头禅，思想和作风的体现。他是共产党员、八级大工，声誉和尊严要求他处处都必须用这种道德规范来衡量自己。

煤堆的厚度有一米多。老孙头这样站在底板上，哈着腰擢煤，从米守坤那儿看过来，只见灯光，见不着人影。

老孙头大感不解，觉得很奇怪。因为他越使劲齐着底板把煤擢进溜子，上段煤堆上的煤也越要往下淌。好像有一种特殊的力的作用，那淌下来的煤，简直如流沙，哗哗地，没完没了。

老孙头直起腰来一看，顿时两眼冒火出血，肺都气炸了。那只抹了一把汗的僵硬的手，不住地哆嗦。但他束手无策，只好往那煤窝窝里一蹲，自己干生气。他简直不可思议，"文化大革命"前，谁见过这种怪事！

米守坤已从"澎湖湾"来到了"太阳岛"，而没想到已被老孙头发现。虽然他并不怕被人发现。他依然仰面躺在那儿，那两条腿，犹如什么机械的连杆、曲臂，左一下、右一下，不住地轮番作往复运动，使劲把自己脚下的煤往下段蹬了下去。

"你混蛋！"没想到余队长什么时候又来了，恶狠狠地骂人，还动手揍了米守坤一拳。

米守坤有点儿恼火，因为小腹上挨了一拳挺痛，但他终究还是笑了——既然已被队长发现，说明事态有了进展，预期的目的可望。于是他慢慢地坐了起来，

石嘴山市城市文学丛书（小说卷）

一副玩世不恭的样子。

"你，你……"余队长满腔愤怒，乱了方寸，有点儿语无伦次，说，"我开除你！"

"哟！口气不小！凭什么？我老米不偷、不抢、不嫖、不赌、不旷工……天塌了也砸不烂我的金饭碗！"

"我，我……扣你工资！"

"凭什么？"

"不干活，捣乱！"

"那我要是干得顶呱呱的呢？嗯？"米守坤下来了，站在溜槽子的帮上，一边整装绾袖子，一边用挑战的眼光盯着余队长，说，"你别走！你好好瞧瞧！别忘了，刚才这一拳，六月债还没还！你要敢溜，咱老米的拳头可不是吃素的！嘿，嘿。"

他动手攉煤了。这一把铁锹在他手里，舞动起来就跟玩小勺子一样。他攉煤的姿势也很得劲，那速度像电铲子、装煤机。不一会儿，连瞎炮也处理了。10米地段，干干净净。他把铁锹一放，开始支护了。那140斤重的铁柱子，那上百斤的板梁，用他这一双举惯了杠铃的手去操作，轻快如飞，显示了技术谙熟的程度。顷刻间，10架棚子支护完毕，横看成行，竖看成线，质量全优。而老孙头还在不紧不慢地攉煤，第一道工序都没完。

余队长看呆了。他之所以没走，不是怯于米守坤的骄横，而想留下看个究竟。因为米守坤在小工中威信极高，余队长曾耳闻过种种神奇的传说。但队长所目睹的，偏偏相反，总是那副不成器的赖样子。

"队长！怎么样？"米守坤踌躇满志，伸手拍拍队长的肩头。

"好嘛！"

"好？好能顶饭吃？那咱们干脆上大街游行去，成天光喊好、好、好！行吗？"

"你要是每天都这么坚持下去,这个月给甲等奖。"

"甲等奖?好啊!那'孙书记'呢?整天光会做'政治思想工作',也甲等?哼,哼!"他嗤之以鼻,忽然把铁锹和升柱器一拎,扬长而去。

"你站住!"队长勃然大怒,一把揪住了米守坤,说,"这算完事了?溜子谁推?我说过责任到人,包干到底,你没长耳朵?"

米守坤的眼睛里闪动着愤懑的光,反手甩开了余队长,欲走。"米守坤!我今儿要不真扣你的工资,我是小娘养的!"余队长脸色铁青,气得浑身哆嗦。那吼出来的声音像哭。对于米守坤,他已是黔驴技穷,一筹莫展了。

米守坤忽然站住了,蓦地扭过身来。那神态犹如仇人相见,脸上挂着讥讽的笑,说:"队长,你随便扣。反正咱是四级小工,值不了几个钱。有人干活慢得就像个虫虫在拱,可顶的是八级大工的牌子,拿的钱多咱一倍!我10米,'孙书记'也10米,可拿的钱咋两样呢?哼,我就是不服!……行了!你有权,你就扣!随便!"他愤愤地走了。

余队长气得咬牙切齿,但又奈何不了米守坤。他颓然坐了下去,抱着头。老孙头挂着铁锹伫立在煤溜子跟前,被那煤灰涂得黑黝黝的脸上肌肉愤然而委屈地抽搐着,眼窝里含着一包泪水。

五

余队长和老孙头一前一后走在巷道里。余队长走在前边,他走得很慢,心里沉甸甸的。在这种时刻,队长虽然不出力气,但神经比谁都紧张。顶板来压的周期变化,往往是很难估量的。越是这样静悄悄的,越有可能是一场特大的灾难。如果在过去,只要把人撤走就可以了,但从上个月起,老皇历翻不得了。倘若因为防范不力,一旦摧毁了工作面,全队人的工资起码要跌下几成来。

余队长忽然站住了,侧耳谛听着。没错,凭着他那敏锐的听觉,他确实听到了一种不应有的沙沙声。老孙头也听见了。两个人会心地对望了一下，都很惊讶，于是加快了脚步，向工作面那边走去。

他们那两点灯光，一高一下，迅速地流动过来。这边的"一字长龙"还摆着阵势，灯光依然在俯仰着、移动着，砍、击木材的声浪还是那样地清脆、激越。所不同的是，现在已经开始打第二行木垛了。

余队长能看清木垛了，也看见了木垛那边从上到下铺开 200 米长的由铁支柱组成的密集支架了。这都是用来保护工作面的。密集支架再过去，那个小巷子一样的狭长的空间就是工作面。那里现在仅有一台与工作面一样长的刮板运输机（电溜子）。之所以把空顶距留得这么小，那是为了缩小受压面积。所以，按规定，在老顶放落之前，是不准打眼放炮再生产的。

余队长脸上的气色由惊疑变成气愤了。因为送入他耳膜的那种沙沙声，现在越来越响了，已经是嘎嘎声了。甭细看，队长一听就知道有人在那儿操钻打眼。那么是谁呢？难道真要叫 30 多口人都砸成肉饼吗？

余队长跟老孙头几乎是同时从密集支架的两个空栏中钻过来的，也几乎是同时把两支灯光对准了那个出声的方向。

那不是别人，恰恰又是米守坤。他敞着衣襟，袒胸露怀，高绾着袖子，独自一人操着电钻在那儿打眼。汗已经像雨一样地淌开了，但他还在咬牙切齿地使劲。钻杆是麻花式的，往煤帮里进钻，得一圈圈地转。但他恨它太慢，于是就用肩头没命地扛呀、压呀，恨不能像钢针扎豆腐那么快。

队长气极了，吼了一声："谁叫你打的？"

米守坤没辨出声来，因为钻声聒噪，还只当是别人来干涉，于是瞎嚷起来了，说："队长让我打的！你们别瞎吵吵，先去打木垛，待会儿来出煤！"

"你混蛋！"队长急了，骂着撵了过去，"混饭？混饭也得有个混饭的样子……"

余队长到底是个搞生产的行家里手，为了及时制止米守坤的蛮干，他立即拉起电缆，咚的一下把插销头给拔开了。

断电了，电钻戛然而止。米守坤还没回过神来摸清是怎么回事，余队长两步就蹿了上来。为不至于在仓促中把钻杆给折了，他张开双臂，连人带钻搂住往后一退，把电钻卸离钻杆，放在地上。他又气又急，站在那儿直喘粗气。

米守坤恍然醒悟，立即脸都气歪了。他早把躲避队长的干预等等顾虑都抛到了九霄云外。他又开始撒野了，伸手一把揪住了余队长的衣襟，拳头抡起来了。他真想给队长一下。但他终究还是住手了。因为他忽然看见了老孙头那双白多黑少的小眼睛。"什么思想？什么作风？""孙书记"政治思想工作的威力，此时此地倒是闪出了光芒。虽然老孙头什么都没说，仅凭他这么往米守坤的身旁一站，仿佛精神文明的机器就开动了。

米守坤松开了余队长，但他依然不肯罢休，指着队长的鼻子据理力争地说："你，你瞎耽误一个班，600吨煤多少钱？得扣你的工资！你一个人承担……"

"放顶，放顶！我跟你说过要放顶！"

"放狗屁，活见鬼！今儿要能落下顶来，我四蹄朝下大街上爬三趟！今儿抢它一遍帮，再收到最小空顶距，要能惹出事来，我米字倒写。"

米守坤急得直跳，有几分张牙舞爪的样子。余队长反倒冷静了。他感到有点意外。米守坤这小子，刚才他不是跳着喊"钱少了他不干"吗？怎么现在他又虎虎势势地干上了？这家伙真是有点捉摸不定……

米守坤乘其不备，复把插销给插上，又把电钻抱起来了。看样子，他非赌这口气不可，这二杆子！

就在这时，那漆黑的老空果然如同魔窟，忽然发出了一片咔咔叭叭的爆裂声，随之还伴有哗哗啦啦的落碴声。

恐怖来临了。

六

　　余队长和老孙头不约而同地掉头跑了。这种跑法很别致，就跟下山坡似的，既要防止滑倒，又不能失手撞在那两行支柱上。因而他们都张开了双臂，每跑一步，两手都要在柱子上扶一下，仿佛滑雪健儿飞身下坡。他们的动作娴熟极了，所以跑得也挺快。因为他们要尽快地赶到中间地段，那儿是指挥的最佳位置。

　　米守坤放下了电钻，愣在那儿不知所措。在 6 年的矿井生涯中，他第一次见到这种场面，竟然被落顶先兆这种骇人的气势慑住了。他失神地瞅着余队长和老孙头的那两盏跳跃着飞快远去的灯，开始有些叹服了。"孙书记"，到底是八级大工。他第一次有些钦佩老孙头了。如果今天有幸活着上去，在班后的评分会上，他懂得自己该怎么办。尤其要叫老孙头看看他米守坤的思想和风格。但他立即又惊醒过来了。混蛋！胆小鬼，窝囊废！愣着干什么？还不赶快补偿过失！于是，他当机立断，拎着电钻往回风巷里跑去。

　　这种险恶的情势，老孙头只见过一次，余队长只见过两次，今天是第三次。其他工人，多半都很年轻，谁都没见过。因而，那第二行木垛上的砍、击声立即消失了。那自上至下均匀排开的点点灯光散乱了，开始游动了。他们都知道越向老空那边越危险，因而都纷纷地从那一行密集支架的空档中钻过来了，大有争先恐后的势态。本来，那涌过来的灯光，虽然参差不齐，但应该是按水平方向前进的。然而，有些胆小的人已经吓昏了，不是分不清方向，而是有意识地分别向上下两个出口跑过去。因而，那零星的作垂直方向游动的灯光立即引起了余队长的注意。

　　"站住——"余队长大声疾呼。那被风流传开的声音，在浑浊的空气中颤抖着。由于使劲过猛，洪亮得变调了，有点儿苍哑。

　　工作面上部的人，因为声音顺风送来，听见了，也都站住了，仿佛有队长在，他们就有了主心骨。而下部的人，尤其是紧靠运输顺槽的端头，仍然有人惊慌失措。

　　余队长站住了，神色严峻。现在，他的首要任务是把全队的人都给镇住。有条不紊，方能抗击险情。于是，他立即拔出了早就准备好了的哨子，鼓起了腮帮子，拼命地长吹了一口气。"嚯——"冷峭的哨声令人骤起一身鸡皮疙瘩。

　　阵脚稳住了，余队长这才把脖子上的灯头摘下来拿在手中，老孙头心领神会，这种时刻，他是队长的最好助手。他也把垂在胸前的灯头拿在了手里。他俩配合默契，立即背靠背，一个面向上部，一个脸冲下部，开始打灯了。炮采工作面没有载波电话，他们最原始也是最先进、实用的通讯联络工具就是"灯语"。虽然"灯语"不像军舰上的旗语那样规范严密、训练有素，但这是矿工们约定俗成的，大家都懂得。

　　灯光上下左右地舞动着，开始发号施令了。一时处于僵滞状态的工作面，犹如雷雨之前那黑沉沉的天幕上闪出了一道动人的电光。

　　刚刚送钻回来的米守坤，立即驯顺地接受了命令。对于一个在摔跤场上锤炼过的人来说，米守坤的反应是很灵敏的。在工作面摸爬滚打，他不比老孙头和余队长逊色，相反要高出一筹。但是，他过于紧张慌乱。他的工作地段，就在余队长现在存身的地方。他这样顺着溜子道跑下来，磕磕碰碰，连滚带爬，像滚肉团子一样滚到了工作地点，竟然都脸青鼻肿的了。但他根本不觉得哪儿有伤痛。他的第一个信念是要保住工作面，第二个信念则要将功补过。他眼睛里喷出来的光是火急火燎的。他立即按照队长的命令开始工作了——加固密集。

　　老空——那个神秘的魔窟里，开始加码了。700米厚的地层，赋予这个空间的压力该有多大？200平方米、几十米厚的岩层被挤碎压垮了，那断裂声势如排山倒海、惊涛骇浪。那桌一样、山一样的嶙峋怪石，张着血盆大口，开始坠落了。落石声此伏彼起，轰轰隆隆，仿佛万炮齐鸣，震得山摇地动。那被鼓起来的风涛，裹夹着煤粉石屑，一阵阵地扑过来，呛鼻子，迷眼睛，使人们头上的灯光都灰蒙

石嘴山市城市文学丛书（小说卷）

蒙地黯然失色了。

余队长一动不动地站在那儿，那瘦长条个儿仿佛一尊铜铸石雕的塑像。他那长脸儿铁青铁青的，气色相当难看，简直叫人见而丧胆。他的鹰眼，不时瞥一下工作面的两头，凭着远处那闪动的灯光来判断工作的进度。他那双招风耳也竖起来了，专心致志地倾听着老空里的每一个动静。谁能想到呢，此时此刻，队长负有什么使命，肩挑着什么重担？

只有老孙头心领神会。他照旧站在队长的一边，撑着罗圈腿，还是立正的姿势，仿佛一名待命的侍卫。

余队长的眼睛里终于不可掩饰地流露出痛苦和惋惜来，那肿了似的眼泡急剧地跳动了几下，立即破釜沉舟地命令道："米守坤！过来！"

米守坤一步逼近，昂首挺胸，雄赳赳地站着。显然，队长也把他当作得力的助手。如果说，老孙头是帷中的高参，那么，米守坤则是沙场的虎将。

"你领上小黄、小李、小刘，把大链卸了，运到上、下顺槽。把槽子起了，靠帮站着。丢了机头、机尾，我要你的命！"

拆机器意味着什么？撤退？这就是说，工作面保不住了。保不住工作面又意味着什么？

"队长……"米守坤忽然抱住了队长的两膀，痛苦地哀求着。"滚！"余队长烦恼极了，以至于飞起一掌，叭的一声打在米守坤的肩头上。

米守坤愣了一愣，少顷，举起手来往空中一扬，声嘶力竭地吼了一声："走！跟我走……"他噙着伤心的泪，走了。几个年轻人紧紧相随。

那哭一般的吼声强烈地震撼着队长的心扉。他禁不住愣怔地注视着那四盏飞快远去的灯光，又下意识地看看自己这一只隐隐作痛的手，于是眼角濡湿了，很难过。但是，环境是恶劣的、残酷的，能允许他动情吗？因而他立即把手挥了几挥，像驱赶什么蚊虫似的驱赶走了自己温情的意识。

情势越来越严重、紧迫了。如果说刚才的落顶声仿佛万炮齐鸣、山摇地动的话，那么，现在则有如天崩地塌了。那黑尘、风涛也一阵紧似一阵，几乎相隔三步就看不清人面了。

余队长的脸色是死灰死灰的，眼睛红得仿佛都要出血了，额头和脖子上那爆起的青筋，好像都在突突地跑动着。因为只有他最清楚，大面积的落顶就在须臾。一旦来了最后一下天旋地转的动荡，那么，什么木垛、密集支柱都将会像麻秆儿一样，统统地被摧毁。所以，现在财产、机器都不能考虑了，唯有人的安全才是首要。

因而他当机立断，用手势向老孙头比画了一下，意思是以此为界，两人各领一队，分头从上、下安全出口撤到外面。

"灯语"又开始传递命令了。于是，两支队伍背道而驰，两簇灯光逆向而行。中间地段已是黑沉沉的天地了。

周围究竟发生了什么急剧的变化，米守坤置若罔闻。因为这种情况下不能从容地运行机器，要想卸下链子来是太不容易了。那链子上个把月前新用上的搭接螺丝到底在哪儿呢？如果在底链上，那根本就无法找到。因而，他猫着腰，瞪着眼睛，手里执一根尺许长的小撬棍，这么迈一步，就用撬棍把槽子里的链条拨出来看一眼。他已经寻查到上中部了，忽然眼睛一亮。哦！螺丝！他差点儿兴奋得喊起来。

"小黄，扳手！"米守坤一手接扳手，一手示意着，让小黄按住撬棍。然后，他一膝跪在溜槽子上，使出了全部的牛劲，开始卸螺丝了。然而，这个螺丝并不是本工作面开张时新安装的，也不知是哪年哪月用上的，天长日久，锈蚀严重，丝扣坏死，螺杆头还把螺帽儿给铆住了。米守坤怎么也拧不下来。他急了，骂小黄道："蠢蛋！大锤，大锤！"小黄赶紧找来一把大锤。米守坤接过来，正要抡起来砸那螺丝，撤离的人们就拥过来了。

"大米!快走!"

"小米!危险,快走!"

米守坤没有理睬,只顾自己抡锤砸着,起落频频,咚咚作响。小黄按撬棍的手哆嗦起来了。他惶然四顾,提心吊胆,想走,但又怯于米守坤。米守坤恶狠狠地瞪了他一眼。

"走哇!我的爷爷!"老孙头几次催促无效,急了,伸手去拽。"趴一边儿去!"米守坤腾不出手来,一脚踢倒了老孙头。

老孙头的犟劲也上来了。如果说别的事他尚可忍让的话,那么,人命关天的安全问题,他是必须干涉到底的。他火了,一骨碌翻身爬了起来,像一头老朽的虎,又扑上来了。

米守坤的注意力完全集中在这个螺丝上了。螺丝越是砸不开,他越是眼红。一股顽强的好胜心促使他变得疯狂起来。他像一头发疯了的野牛。他必须排除来自外界的一切干扰。

于是,这一对"老冤家"扭作了一团。

这时候,余队长已经撤到了运输顺槽,只要稍走上几步,那就进入了绝对安全的地带。然而,他把头回过来了,禁不住向工作面投去深深的一望。财产将要受到损失,他是惋惜、痛心的。工人们能否全部安全地撤离,他牵挂在心。他的心情是沉重的。但这一望,他不觉吃了一惊。那很远的地方为什么还有灯光?是三支光?还有两束在晃动着。"灯语"?那是表示什么意思?

他茫然抽身,复上工作面。老空里那狂暴的"轰炸"声在逼迫着他,他顾不得多想什么,箭一般地跑上去了。

啊!余队长简直都要气炸了。原来是这么一副难堪的景象:小黄手扶着撬棍,眼睛直勾勾地瞪着老空,是一副丧魂失魄的狼狈相。米守坤还在砸螺丝。他满脸煤灰、汗水,那咬牙切齿的样儿,疯狂得吓人。然而,把螺帽都砸扁了,越是着急越砸不开。更可恨的是，这米守坤右膝跪地左腿往后伸得老长，竟然把老孙头死死地压在脚下。老孙头手脚一齐扑腾，但怎么也挣脱不出来。

余队长正想扑过去狠狠地踢米守坤一脚，叫他清醒清醒，不料小黄啊的一声尖叫，撒腿跑了。

这一声绝望的嚎叫把米守坤给惊醒了。他立即仰脸一看，这才意识到问题的严重性。老空里冒落下来的巨石不但摧垮了木垛，还倾轧过来撞倒了一排密集支架。眼看七八根铁柱子在巨石的重压之下就要砸到身上了，于是米守坤敏捷地抽身欲跑。这一下，铁柱子将不偏不倚地砸在老孙头的头上、身上，轻则致残，重则呜呼。因而，米守坤又发疯了。那敏锐的反应，快速的动作，比在摔跤场上要出色得多。他扭回身来，一把拖住了老孙头，像老鹰拖小鸡一样地往上蹿去了，把他的"冤家"老孙头给带出了险区。

随着轰隆隆、哗啦啦的又一阵山响，上面的木垛、密集支柱又被摧垮了。那冒落下来的乱石，严严实实地封死了工作面，堵住了去路。这一下米守坤的神志完全清醒了，深知自己已陷入了一种什么样的险境。他面对落石愣怔了少顷，立即变得异常地镇定，说不清是视死如归，还是壮心不已。因为他很清楚，要想通过一百七八十米长的工作面，再从下出口脱险，那只有死路一条。因而，他立即咬牙切齿地从乱石堆中拔出了一根坑木，开始了新的工作。老孙头当然心领神会，本来满腹的怨恨，现在不发泄了，反而化作了默契的配合。他们挨着煤帮支起了第一根"护身柱子"。

哦！"护身柱子"！余队长的眼睛不觉一亮，满腔的怒火似乎离去了大半。因为"护身柱子"是他老余独创的手法。那么米守坤怎么知道的呢？他来不及揣摩了，立即飞步上前，投入了抢险自救的行列。

最危险、最可怕的时刻终于到了，简直像火星跟地球碰撞了一样，随着一声天崩地塌的巨响，立即扑过来一阵十二级风暴。那漫空的煤尘像墨一样，叫人什么都看不见，连眼睛都睁不开。而那飞溅的煤渣石块，划出了尖哨，犹如弹雨，打得到处都烈烈作响。在这一瞬间，谁都是天昏地转的，都觉得自己已葬身于地腹了。

七

几分钟以后，一切都平静了，平静得如同死寂般地可怕。

在离上安全出口 30 米左右的地方，距煤帮仅二尺许，挨个儿立着七八根支柱，有铁的、有木的。这就是所谓的"护身柱子"。它倚仗着不断滚来而垒高了的乱石的保护，没有被最后翻江倒海的那一下动荡给冲垮、压塌。它保护了一个狭长的小天地。这里虽然只能紧紧巴巴地蹲下几个人，但它却是仅有的一个比较完整的空间。它的背后是连绵不绝的坚实的煤层，头顶和脚下是几十米厚的无边无际的岩层，前方和左、右，严严实实三面包裹着的是累累的乱石。这里与世隔绝了。

幸存的生命开始蠕动了。他们陆续地抖掉了身上、头上的煤灰，渐渐地振作起来。

米守坤被震昏了。他第一眼睁开的时候，如梦初醒。哦！这是什么地方？他赶紧揉了揉眼睛。啊呀！这么大这么多的顽石！果然是"三块石头夹块肉"啊！哦！护身柱子！你是矿工的侍卫，巍然屹立，挡住了野兽般凶残的岩石堆成的山。他感到侥幸，也感到新鲜。然而，灰蒙蒙的空气、失色的灯光、环境给他造成了一种错觉。难道是梦？难道是鬼魂的世界？于是，他伸手在自己的屁股上拧了一把。哟！疼！是的，是真的！他又兴奋了。

余队长和老孙头早就清醒了，端端地坐着。他们的脸和脖子都被煤灰涂得像一块黑炭，只有翻动着的白眼珠才表示他们还是个活物，也只有这眼睛才表露出他们内心的忧虑。虽然生命幸存，但要活着出去，谈何容易。在余队长的三次遇险经历中，有一次是他自己挖出去的，而那两次，他也束手无策，只好等着营救。虽然矿上千方百计地在寻找，用钻机到处打探眼，以便于透进空气、投放食品，但如此做了"老鳖"，多不光彩。然而，事已至此，又能怨谁呢？所以，他们只是沉默，显得很严肃。

米守坤瞥见了他们，于是竭力地效仿着，不再东张西望了。仿佛他俨然也是一个久经磨砺而出类拔萃的八级工匠。然而，他终究还是禁不住地长叹了一口气，自言自语道："唉！我老米的'化石'总有一天会被挖出来送进博物馆的，咱还愁啥！"

米守坤的语气是诙谐的，但激不起笑声，他话里明显地包裹着一股绝望的哀伤。

这种情绪立即在这个小天地中激起了反响。

小黄呜呜咽咽地哭了，是米守坤的"化石"论触痛了他。他太年轻了。他向往着美好的生活，憧憬着梦幻般的未来，但现在一切都化为灰烬，绝望了。

米守坤是听不得哭声、看不得眼泪的。他立即愤愤然，企图用惯有的霸道去教训年轻的伙伴。人嘛，死了也得做个硬骨头的鬼！但他并没有贸然采取行动。因为他又看见了余队长和孙八级那两张严肃而深沉的脸，虽然都像黑炭一样，但镇定自若，这大概是沙场老将的必然风度吧？这使他又一次叹服了。这一场冒顶，使骄傲霸横的米守坤不得不垂一垂头了，事故漏子是他捅的，但给他擦屁股的却是余队长和他平时瞧不起的老孙头。啊，老孙头，孙八级，拿八级大工的钱，确实有他该拿的道理！小黄还在哭泣，越哭越厉害，揪心得很。米守坤心如火焚，着急得要命。这可怎么办呢？他扭过脸来，用企求的目光瞅着孙八级。对于这个曾经令他厌恶过的小老头，这时他却想到了老孙头的另一个长处，他希望老孙头能出面做做思想工作。虽然老孙头无非是干巴巴老掉了牙的几句政治口号，但至少比他米守坤只会抡拳头强得多。

其实，老孙头早就想出面做做政治思想工作了，他是共产党员、八级大工，他觉得自己负有这个责任，但碍着米守坤在场，他把涌到嘴边的话又咽了回去，平时他只要一开口，米守坤就喊他"孙书记"，讽刺他，挖苦他，哼，这小子！老孙头扭动着小脑袋，眨巴着小眼睛，在琢磨着找一个什么办法开口说话。偶然之间，他触及了米守坤那灼热的充满企求的目光，这使他一愣怔，随即一股混杂着自豪和得意的情感从他心田涌过。啊，米守坤，你小子也知道自己不行了，你也知道关键时候姜还是老的辣呀！好嘛！……老孙头来劲了，他站了起来，说："来，来！把灯都给我。"他把四个人的矿灯都收起来了，为了省电，关灭了三盏，而只把一盏提起来，用灯线拴在铁柱子上。这样挂着，高灯下亮，仿佛夜航船上的桅灯。

"嗳……"老孙清了清嗓子，复坐下，说，"毛主席教导我们说，煤矿工人特别能战斗！嗳，小黄……哦，还有小米，你们今天的表现都不错嘛！党的大门是向你们开着的，可以火线入党嘛！怎么样，余队长咱俩代表党支部，发展他们为中共预备党员……"余队长皱着眉头笑了，这老孙头，方法简单得简直像哄孩子。"来！小米、小黄！把右手举起来……"老孙头俨然是一位党委书记，仿佛真的要举行入党仪式了。

米守坤忍俊不禁，噗哧一声笑了出来，继而开怀、爽朗地哈哈大笑，笑出了眼泪。他本来是不该笑的，但觉得老孙头太可爱了，太好玩了，实在忍不住。

死水一般沉闷的氛围，立即被激起了层层欢欣的涟漪。那由死神撒播的阴霾，顿时被荡涤得干干净净。米守坤油劲儿又上来了，于是，他一把拔掉了别在口袋上的大别针，把口袋那一卷崭新的10元币嗖的一声抽了出来，叭的一下甩在老孙头跟前的地上，说："好咪！'孙书记'，你批准我入党，他娘的，我请客！哈，哈。"

小黄破涕为笑，连余队长也笑了。但老孙头却没一丝儿笑颜，他很不高兴，米守坤这小子，居然这样油腔滑调地对待他视为神圣的东西！他用反感的目光乜了米守坤一下。入党怎么能请客呢？这不是对党的尊严的亵渎吗？他脸色僵硬，很不愉快地坐了下来，把米守坤那卷钱以轻蔑的手势甩回去，说："米守坤，小子！你啊，就只认得个钱！"

米守坤的欢笑一下凝固住了。继而，他的眉头慢慢地拧紧了起来，咬住牙帮，透出要发狠撒野的威势。但是他又复归平静了，脸上浮起玩世不恭的嬉笑，自嘲地说："对！我嘛，还能认得个啥？……"他的语调里却有一股明显的酸楚的味道。

空气又一次紧张起来。老孙头板着脸，米守坤不说话，小黄则吓坏了，像个受惊的小鸡缩在角落里。这是要命的事！这比冒顶，比困在这棺材一样的天地里还要危险一万倍！冒顶不怕，困在这也不怕，就怕人的心劲没了，精气神儿散了；人的心劲一散，那就非困死在这里不可！

余队长的血都要凉了。他的心咚咚地跳着，连他自己都能听见。他脸上浮起一个笑，他想尽量笑得轻松一些，愉快一些，若无其事一些。他粗粗咧咧地笑骂道："他娘的，我看你们两个，都是一副熊德性！看回到地面上我再收拾你们！行了！老婆在家把被窝暖好等着哩，咱们得从这挖个洞拱出去，别让老婆守了寡！你们两个，谁跟我一块儿干？"他手里晃着一根撬棍，眼睛却瞟着米守坤。他知道，靠老孙头是不行的，他那副弱身子根本顶不住。要活着出去，只有靠米守坤了，这小子年轻，体力好，技术也好，而且毛捋顺了，干活还有股野劲。他盯着米守坤，脸上笑着，心里却紧得像拴了块生铁。

米守坤动也不动，抱着膝盖坐着，对站起来的小黄酸溜溜地说："咱逞那个能干啥？有党员在哩！党员嘛，别光交党……"

老孙头嘴唇哆嗦起来，像要哭的样子。他深深地吸了一口气，好像要预备从悬崖上跳入大海中去，嗖的一下子站了起来。

"对！是有党员在哩！"他庄严地说。

从这个瘦小干枯的身躯里骤然爆发出来的一股凛然正气使米守坤还想说点什

么风凉话的嘴一下僵住了。余队长也一怔。老孙头铁青着脸，从余队长手里拿过那根撬棍，发狠地扑到煤壁上去，掘了起来。余队长怔怔地看了他一会，也操起家伙，扑了上去。

米守坤嘴张了几张，他试图想笑一笑，显出一点讥讽来，表示自己的不屑，但他没有做到，那笑的肌纹仿佛被一股力量遏制住了，动也不动，他最后把头埋在两膝中间，闭上了眼睛。

身旁，在十尺见方的狭小空间里，两个共产党员用最后一点力气开拓生的希望！煤壁实在太厚，而且由于冒顶带来的力的挤压，煤层板结在一起，硬得像岩石，一撬棍猛捣上去，只能掘下来巴掌大的一块渣。五分钟后，两个人都气喘吁吁了，汗水流到裤裆里，肌肤都黏叽叽的。余队长稍好一些，还能在大喘的间隙中说出话来，而老孙头则是脸色煞白，扶着煤壁，腰身嗦嗦地发抖，像得了伤寒。

"老……老孙，行，行吗？"

"行。就是……他娘的……气短点。"

米守坤还在那里抱膝坐着，像睡着了一样。

老孙头瞥一眼米守坤，一股狠劲又窜了上来，立时不发抖了，吼一声："来！"他提起撬棍又扑了过去。"来！"余队长也吼了一声，一股豪气涌遍四肢五脏。两个老头都在这一声吼中平添了许多自豪感：看着！是有党员在哩！

一时撬棍飞舞，煤屑四溅，叮当有声。

五分钟后，这一切动作又都停止了。两个人大喘着扶着煤壁相互对望着，咸咸的汗水在两张涂得乌黑的脸上冲出了道道小沟。

"他娘的。"

"娘的。"

"再来。"

"再来……"

于是又来。

五分钟、十分钟……二十分钟！那撬棍依旧在煤壁上捣着、掘着、飞动着。已经有了一个二米长的通道，简直就像奇迹！

米守坤依旧坐着，不过双手却是抱住了头，身子似在嗦嗦颤抖。

"老孙，还行……吗？"

"行……"

声音细细的、悠悠的，轻得像一根游丝。

老孙头又捣了一棍上去，却乏力地像姑娘的手在煤壁上抚摸了一下，撬棍滑落了下来，连一个凹坑也没留下。

煤壁依旧兀自矗立，层层密集，厚厚实实。

余队长闭上了眼睛。他知道，不行了，无论如何也是不行了！再这么掘下去，是要死人的！心力衰竭而死！他有这个预感，现在他体内的心脏不是在狂跳，而是几乎不跳……他吃力地转过脖颈，透过挂满了汗珠水渍的睫毛，看见了抱头坐在那里的米守坤，一股恨劲涌了上来。啊，这个年轻人，这个八十年代的年轻人，果真就这么冥顽不化吗？他总是有些不信。

"米守坤！"他吼道。

接着，他跌跌撞撞地爬过去，抡起巴掌，用最后的一点力气，狠狠地扇在米守坤那扬起来的脸上。

"米守坤！你坐在……这里，你……想看我们共产党的笑话吗？！"

啪！又是狠狠的一掌。

"你想看我们共产党的笑话吗？！"

接着他抓过了撬棍，攥在了手里，聚集全身的最后力气等待着，预备米守坤一旦撒野发泼，他就要跟他拼命！他要揍死他！或者让米守坤把他揍死！他死也要死出个浩然正气来！突然，他攥着撬棍的手松开了，接着撬棍滑落在地，他看

石嘴山市城市文学丛书（小说卷）

见米守坤泪流满面！他先是抽泣，继而哭出了声，然后全身都哭得颤抖起来，"我是那样的……人吗？……"他哭得抽抽噎噎地说，接着蓦地跳了起来，一把抱过要瘫软在地的老孙头，拿过他手里的棍撬，疯了似的向煤壁捣去、戳去、掘去！

然而，就在这时，米守坤忽然觉得左脚的拇趾生疼，继而好像整条腿都麻木了，接着整个人不由得跪了下去。米守坤一时搞不清楚是怎么回事，还以为坐久了，腿麻了。

这个变态的动作立即闪进了老孙头的眼帘。二十多年的矿井工作经验，使老孙头对此能够作出准确的判断：米守坤受伤了，可能就在抢救他的时候。因为这种事情不无先例。在紧张、危急的时刻，除了要害部位骨折，一般往往连自己都不能立即就感觉到的，到事后许久，才产生麻木感。

"米……米……你……慢……"老孙头从地上爬了过去，手颤抖着但却是谙熟地脱下了米守坤的胶靴。

啊！没想到胶靴的尖头上被砸了一个裂口。血都凝固了，紧紧地粘着染满了胶臭、汗腥和煤灰的包脚布。米守坤这才感到一阵剧痛和晕眩。见血知痛，继而晕眩，人的心理状态就是这么怪诞。

老孙头大喘着气，小心翼翼地给他撕开包脚布，仅留下脚趾上的那一点点儿。老孙头默默地做着这一切，心里却像打翻了五味罐子，酸甜辣苦一齐奔涌而来。因为凭他的经验，他估计这不仅是外伤，还可能是骨折。

小黄吃惊地瞪大了眼睛，定定地瞅着米守坤。余队长也愣住了，心里顿时冰凉冰凉的。米守坤如果倒下，那可是全完了！

在众人目光注视下的米守坤慢慢地站了起来，还挂着泪渍和乌黑的脸上费力地挤出几道笑纹来："他娘的，脚烂了，算倒了灶了，晚上回去老婆不让上床了！"他想开一句玩笑，轻松轻松气氛。但是没有人笑，空气像凝住了一样。米守坤拍拍老孙头，说："孙师傅，上去再包吧。你闪开！"立即光着脚丫子把那只受伤的脚狠狠地跺在地上，咬着牙拉开了架势，又开始工作了。他要创造奇迹，他要用小撬棍在煤帮和乱石的接界处掘出一条通道来，他要对得起这两个党员啊！党员！毕竟是不同的。然而，他使劲过猛，脚上的伤口又崩开了，血迹从残留着的那一小块包脚布上慢慢地渗出来。

啊！血，血！矿工的血和汗，是光和热的能源。那渗出来的血越来越多，以至于汩汩地流动着。

老孙头慌了，忽然抱住了米守坤，痛哭出声，颤着声儿乞求般地规劝道："守坤，守坤。"

米守坤毫无所动，仍然疯狂地在煤壁上捣着、戳着、掘着！……

余队长已经没有一点力气了。他挣扎地爬过去，想撕下一片衣襟来给米守坤裹伤。但他心里却轻松得犹如万里蓝天，没有一丝杂质。他知道：他们死不了！他们能活着上去！那大地上的、普照万物的、灿烂的阳光将拥抱他们！

（选自《朔方》1985年第1期）

石嘴山市城市文学丛书（小说卷）

通向河边的路

金万忠

金万忠（1950—），回族，宁夏平罗人。平罗中学老三届初中毕业生，1968年回乡务农，1971年招工进城，供职于原煤机三厂。1973年开始文学创作，主要作品有短篇小说《小河弯弯》《通往河边的路》《野鸭滩》等。

尤苏老汉破天荒收到了一封信。

当乡邮员把那封足有一尺长、一拃宽的牛皮纸信封要交到他手里的时候，老半天，他疑疑惑惑地不敢伸手去接。

"您不就是尤苏同志吗？"乡邮员笑眯眯地指着信皮上收信人的名字问他。

"对，对。俺就是，俺就是。"尤苏老汉确认是自己的信以后，这才赶忙在衣襟上胡乱抹了一下青筋凸露的双手，谨慎而庄重地接过那个硕大的信封。

乡邮员看到尤苏老汉困惑不定的神情，不禁又好奇地拿过信封，低着头端详了一下信封的落款处。只见"某某省劳动局"一行红色铅印大字，堂堂正正、耀人眼目。乡邮员笑着把信封又递到尤苏老汉手里，说："来的有点派头哩！"说完，一脚发动了摩托，把喇叭按得响响的，一溜烟开走了。

直到送信的摩托没了影子，尤苏老汉

才反身进了屋。他把来信的事儿告诉了老伴,老伴颠着一双小脚走过来,把信封接过去横看竖瞧,然而,她和老头子一样,都是斗大的字不识一个,也闹不明白这封信是从哪来的,是谁写来的。

正晌午,当民办教师的远房侄子马勇从门前过,尤苏老汉叫住了他,领进屋。他开了箱拿出信,交给侄子。马勇哧拉一声撕开了信口,从里面掏出一张雪白的信纸,打开,先是默念着。

尤苏老汉眼巴巴地瞅着侄子,心里暗自思谋:偌大一个信封,闹半天才装巴掌大一片纸。

马勇忽然拍了一下巴掌,惊喜地抖着信纸嚷道:"二爹,省劳动局冯局长过两天到你这里来度假、钓鱼。说是先给你通个信儿。"

一

尤苏老汉姓马并不姓尤。"尤苏"是他的小名。都叫老了,也没起个正名。

尤苏老汉是黄河一线钓鱼的老把式。他活了六十多岁,有一半时间是在河沿上度过的。老伴一辈子没生育,膝下至今也没个一男半女,日子过得清苦。虽说这两年稍有起色,也不过是不再为缸里的米面发愁罢了。

石嘴山市城市文学丛书（小说卷）

这么一对不起眼的老人，竟攀上了省劳动局局长这么个大官儿，着实叫很多人羡慕。但老两口并没有表现出有多大的优越感——平日里实在是无事相求呀。现在，劳动局局长寄书说要到这里来度假、钓鱼，老两口倒有些喜出望外。毕竟是有一个远方"亲戚"来家做客呀。村里人知道这事以后，有的说："姓冯的当了大官儿，难得他没有忘记尤苏老汉。十年前，他在这里避过难哩……"

十年前，那是个动荡的岁月。一个黑黝黝的夜晚，有人敲响了尤苏老汉的窗户。开了门，进来的人竟是当时乙派组织正在追寻的县长冯山。

当时县上正有两大派组织。甲派提出保护冯山，乙派要坚决打倒。于是两派组织唇枪舌剑，最后导致激烈的武斗，展开了"你死我活"的斗争。其实，两派都有各自的政治动机，冯山只不过是个象征性人物，他并没有参与任何一方的活动。武斗的前一个月，他在省城一个同学家里避清闲。冯山的同学怕在省城人多耳宽，走漏风声，劝他到乡下避难。冯山因为从土改到合作化、到人民公社，都在这一带工作，"四清"运动时，他和尤苏老汉在一个炕上滚了一年，深深了解这个回族老人有一颗纯朴善良的心。于是在这个危急的时刻，他黑夜摸到这里。

尤苏老汉得知这位县长的危险处境，二话没说，趁着天没亮，就带着冯山摸出村子渡过小河，来到黄河中间的河滩地里。这里是尤苏老汉常年放牧和钓鱼的地方。密密的蒲草，白茫茫的狗尾巴草和淹没羊群的芦草，使这里变成一个黄河绿洲，简直是个世外桃源。

尤苏老汉把来回过河的小船拔了木楔子，半沉到水里。他回家拿粮，宁可脱光了身子凫水过河。为此，冯山感动得眼泪花花的。从此，冯山在这里过起隐居生活。白天，他帮着尤苏老汉赶羊放牧，夜间，跟上尤苏老汉到河边收钩摘鱼。吃的是玉米面"搅团"和脆酸的苦菜，偶尔喝一顿香喷喷的羊奶；睡的是铺着麦草的土炕，盖的是一件白山羊皮袄。然而，冯山没有丝毫的挑剔，也没感到有什么不舒适。他体会到的只是一股温暖，一个回族老人给予他的温暖。他安安逸逸地在这里度过了三个月。

　　社会上大规模的武斗过去了。被愚弄了的人们逐渐明白真相：冯山并不是什么幕后操纵者和策划者，而是一个好县长、好干部。后来搞大联合，成立革命委员会，冯山被结合到"老中青"的领导班子里。再后来，又调到省里。这中间，他曾从省城请了三天假，专程来探望过尤苏老汉。又跟老汉在河滩土房里住了三天三宿。照样吃"搅团"酸菜，照样睡麦草盖皮袄，照样帮老汉放羊，钓鱼……时隔数年，今天突然写信来，告诉尤苏老汉，特意来度假、钓鱼。这是第三次来了。

二

　　这天早晨，在娃娃们欢呼跳跃的簇拥下，一辆北京吉普极缓地驶进村子，停在尤苏老汉的家门口。

　　听到一声清脆的喇叭声，尤苏老汉忙不迭地放下手里的茶盅。说不上是紧张还是兴奋，那双鞋好半天也穿不到脚上。

　　"啊哈，尤苏老哥……"从吉普车门里，很费劲地挤出一个人来，紧跨几步，上前抓住尤苏老汉的双臂，嘴里说道，"这些年想念您呢，但总抽不开身来看看。"

　　尤苏老汉搓着双手，只是笑，不知说啥好。

　　"几年没见啦？"冯山扳着手指头算着，"哦，八年啦。一晃，又是八年哪！瞧，你的山羊胡子都变成花白的啦。"冯山摸了一下尤苏老汉的胡须，双手叉腰放声大笑着。

　　尤苏老汉一边听冯山说话，一边打量着他。使尤苏老汉惊讶的是，八年没见，冯山竟胖得有两人宽，虽说两鬓稍有些斑白，但头顶的黑发依然油光闪亮，很有气派地往后梳去；宽宽的额头，肉皮展绷绷，没有一丝皱纹。脸上泛着红光，闪着亮儿。一件短袖白的确良衬衫配上浅灰色裤子，显得衣着得体，富态极了。只是那挺起的肚皮，叫人感到有些累赘。

"老嫂子呢？"冯山问尤苏老汉。

尤苏老汉一回头，看到老伴怯怯地站在门口。冯山热情地向她走去，她紧张得不得了，生怕冯山跑来跟她握手。其实，冯山只是站在她面前，很恭敬地点了点头，笑眯眯看着她说："时光不饶人哪，老多喽！"

冯山挽着尤苏老汉的胳膊进了屋。屁股在炕沿上搁了一阵，又背着双手，摸着肚子在屋里转了一圈。他发现，"四清"时他住在这里是啥样，现在依旧是啥模样。屋顶更黑了，墙壁不知套了几层新泥。他当年和这位老"贫协"的合影，端端正正镶在一个小镜框里，他惊喜地端详了一会儿，又情不自禁地摇了摇头，不知是感慨如烟的往事，还是嘲笑自己当年的"土样"。他很随便地掀开一个红亮的柜盖看了看，发现里面是满满的粮食。"日子好过了吧？！"他很轻松地打着官腔问道。

"套庄户人的笼头松了，日子是好过多了。"提起这个话题，尤苏老汉的话语才多了些。他向冯山说着自己分了几亩地，打了多少粮；分得啥牲口，膘情如何……冯山一边听着，一边跛来跛去地走动。

尤苏老汉沏了茶，又忙着要做饭，冯山连连摆手，说是肚里饱着呐。

"老哥，干部不好当啊。"冯山好像在诉苦，"整天忙得焦头烂额，晕头胀脑。本该在家里休假十天，但是不行呀，也不清闲呢。没办法，才打算到你这儿来，钓钓鱼，图个清静。他们总不会追到我当年的'根据地'来吧？"冯山大概很为自己的这一招得意，说完，仰着脸大笑。

拉了一阵家常，冯山就急着要到河边安营扎寨。他钓鱼的兴致高极了。尤苏老汉主张再多拿一床铺盖。冯山说："都带着呐，什么也不用操心。今非昔比，鸟枪换炮，这次可不像十年前来避难那样狼狈啊。"说完，又是一阵大笑。

司机始终没有下吉普车，车四周挤满了围观的娃娃。他们稀罕地用手摸摸车棚，又伸头探脑地瞅瞅车里五花八门的东西。只见吉普车里塞得满满当当，除了大铺盖卷以外，还有高级锃亮的锅碗瓢盆。一些洋式器皿、家具，庄户人根本叫不上名头。譬如：那简易折叠床、折叠凳儿、折叠尼龙丝蚊帐、一按就淌水的保温壶……上哪儿去见呢？

冯山搀扶着尤苏老汉坐在吉普车前座上，他自己在后面胡乱挪开一个地方挤了进去。司机按了一声喇叭，娃娃们哄地散开。冯山倚在车门上，向村里来看热闹的人们摆摆手，车子便向河边开去。

尤苏老汉生平第一次坐上这玩艺儿，他有点晕晕忽忽。他板着腰，两只手紧紧抓住前面镀光的扶手。就像一个初次乘小船过大河的人一样紧张。司机小范扭头瞥了他一眼，开玩笑说："老大爷，别害怕，我不会往沟里开的。"尤苏老汉这才松开手，往后一靠，觉得舒适得很，心里坦然了许多，不由得嘿嘿笑了两声。

一条弯曲的小路通向河边，那几乎是被尤苏老汉一人踩出来的，绕过坑洼、避过沙包、穿过草丛、越过浅滩，虽说七拐八弯，但始终是向着一个方向。司机小范机灵得很，几乎没用尤苏老汉的指点，把个方向盘耍得好不自如，顺着这条尺把宽的小路，径直驶到河边。过一条小河才是他们住宿的土房，吉普车里所带的东西经过小船的几次摆渡，才完全搬运到土房里。一切安排就绪，尤苏和小范已经折腾得唇焦口渴了。

"哎呀，差点忘了！还有一箱啤酒没有搬过来。"冯山想起这件大事。司机小范一拍脑门，赶忙又撑船过了小河。只见他打开吉普车后屁股，从里面搬出一整箱啤酒运过来。尤苏老汉吓一跳：这老冯是疯了，喝那么多酒不要命吗？冯山却满不在乎地打开一瓶，仰着脖子咕嘟咕嘟喝下去。他舒畅地擦了一下嘴巴，给尤苏老汉解释着，说是度数低，就像喝汽水，还能开脾健胃。说完，好不惬意地拍了拍肚皮，证实他的话是真的。尤苏老汉并不相信那玩意儿有那么大功能，就像他不相信有人说抽烟能帮助消化一样。冯山从大提包里掏出一瓶橘子罐头，打开盖儿递给尤苏老汉，让他解渴。尤苏老汉没吃过这种罐头，觉得有股药味儿，只是灌了两口甜水就放下了。

石嘴山市城市文学丛书（小说卷）

　　本来不太宽敞的小土房，一下子变得狭窄起来。冯山带来的现代化的饮食器具，一应俱全。摆在那里十分扎眼，但给小屋增添了许多光辉。当冯山看到尤苏老汉拣来干牛粪，准备烧水的时候，他猛然想起忘了带一样最主要的东西———煤油炉子。他直骂自己脑子混，又责怪小范不提醒他，弄得小范仿佛犯了大错似的不敢声辩，情愿明天再跑一趟送来。于是冯山打发小范回去了。

　　小范过了河，他又大声叮嘱："不要那八个捻子的，要十二个捻子的！"

　　小范按了两声喇叭，表示遵命。一阵烟尘，小车奔驰而去。

三

　　第二天，司机小范送来了煤油炉子，还在车屁股里带了一筐茄子、辣椒、西红柿之类的蔬菜。另外，冯山的夫人特意带来几盒奶酪麦乳精，还有几盒包装精致的"补药"，说那"补药"费了好大劲才弄到手的。

　　头天下午，当冯山从一个帆布包里掏出一大堆成套的渔具时，尤苏老汉简直有些眼花缭乱。这个在河边钓了半辈子鱼的黄河渔夫，从来未见过这么高级的渔具：光滑透亮的尼龙主绳，锡铁浇铸的椭圆形底坠儿，镀铬的倒刺鱼钩，光亮的竹制收线板，还有鱼儿咬钩的报信铜铃铛……啊呀呀，相形之下，尤苏老汉拴的那些麻绳儿鱼钩寒酸极了。

　　尤苏老汉本来守的是一道湾，他让出了半道湾叫冯山下钩。钓鱼的行家都知道，夜间鱼儿上钩分三个时辰：天擦黑、夜三更、麻麻亮。勤快的人，一夜要收三次钩。冯山倒也不含糊，磕磕绊绊地跟着老汉收了三次钩。但扫兴得很，冯山三次只收了两条小鲤鱼，而尤苏老汉不起眼的鱼钩上竟收了五条大鲤鱼。尤苏老汉反而不自在：别让老冯心思俺耍奸哪。

　　当司机小范送炉子来要返回时，冯山捞出自己的两条鱼让他带回去，说是让夫人和孩子先尝尝自己的劳动果实。尤苏老汉又捞出自己的两条大鱼送给他一起带回。冯山也没多推辞。

第三天清晨收钩回来，冯山兴奋得像个小孩。因为这一夜三次起钩，趟趟不空，他竟收了七条大鱼，同尤苏老汉的加起来，足有三十多斤。尤苏老汉也乐得直捋山羊胡子，说是这一年还没碰上这么顺的茬口哩。他们高兴得顾不上吃早饭，忙着挖虫挂饵。

日头有两竿子高，正当冯山准备大显身手，做两条新醋鲤鱼解解馋的时候，一串喇叭声从小河那边传过来。冯山和尤苏老汉从土房出来一看，河那边竟来了三辆吉普车。尤苏老汉一看那阵势，心里不由自主地紧张起来。

冯山手搭凉棚端详了一会儿，惊讶地大嚷起来："哈哈，这几个家伙！是谁透的风儿？竟摸到这儿来了！"

当几位很有派头的不速之客，乘船渡过小河来到土房跟前的时候，冯山首先把尤苏老汉介绍给他们："这就是我的老朋友马大爷。十年前，我就在这里避的难，喏，正是住在这间土房里。好家伙，整整三个月呢！"

冯山显然是对很多人讲过他那段不平凡的避难历史。这些人身临其境，对尤苏老汉肃然起敬，纷纷上前握手问好。冯山又挨个儿把他们介绍给尤苏老汉："这是市公安局局长达永昌同志。"一个高大黑红脸膛的胖子，对尤苏老汉笑着点点头，但他脸上依然是一副威严的神态。

"这是商业局局长司通同志。"一个矮胖的汉子，抬起沉重的眼皮微笑着点点头。第三个人是个什么主编。人瘦小，但脑袋特大。脑门宽阔，秃顶。他对尤苏老汉没有点头，也没有微笑。一双沉思的眼睛审视着尤苏老汉，仿佛要从老汉身上挖掘出什么来。

尤苏老汉何时跟这么大的官儿打过交道？他除了机械地上前握手，就是不自然地嘿嘿地笑。胳膊腿儿也不知咋放才好。幸亏这些人不是过分对他感兴趣，很快就转移了注意力，跟冯山打起哈哈来。

冯山对这次别致的休假自以为很保密，对这几位的来临很是纳闷，就奇怪地问道："你们是咋知道的？"

市公安局局长达永昌说："起初，你的夫人、孩子、秘书、司机都不肯招供。后来嘛，嘿嘿，后来我们来个跟踪追击，寻到这儿来了。"

秃顶编辑直爽地揭穿："别听老达瞎吹。你家台历记事栏上提供的线索，是你没来之前就记下的。想不到帮了我们的忙。"

两位局长一位主编，再加上三个小司机，一伙人兴致极高。他们嘻嘻哈哈说笑着穿过蒲草地，来到奔腾的黄河之畔。正是夏末秋初的涨水季节，河岸很宽、洪水汹涌。往上游看去，水天一色，苍苍茫茫，大有"黄河之水天上来"之势。

秃顶主编倒背双手，眯缝双眼，面河而立，此情此景，大概又牵动了他富于想象的诗兴或文思吧。

其他人怀着浓厚的兴趣，争先恐后地起钩。白天鱼儿不上钩，都是空的。一道湾只有一个钩上挂了个大鲶鱼，另一个钩上挂了个大鳖。他们欣喜地围上去，用草混儿引逗得大鳖伸颈缩脖，开心极了。当转回土房，冯山炫耀地从小河里提出鱼篓子，看到乱跳的金色鲤鱼，这伙人欢呼着围了上去。

冯山并没有因为这些人破了自己的行踪而感到懊丧。相反，他认为自己的休假没有花公家的钱去游览桂林山水，观看泰山日出，欣赏庐山瀑布……而是来到偏僻的黄河滩上，同一个回族老人岸边垂钓，这起码说明自己是和劳动者息息相通的。

他高兴地宣布，要用黄河鲤鱼招待这几位客人，并声称管保他们吃个够。于是，这个小小的土房前，顿时变得热闹异常。小司机们在老汉的指点下剖鱼刮鳞。冯山亲手烹煎调味。他把鱼切成大块炸出来以后，放足了作料，用大锅红烧。一会儿，香味四溢。局长、主编们也不怕失了身份，围着炉子馋得直吸鼻子。

随后，面板当了餐桌，脸盆水桶扣过来当了凳子，河滩红柳折成筷子。最让尤苏老汉迷惑不解的是，这些人好像早知道要在这里美餐一顿，他们从吉普车里拿来瓶酒、香烟、苹果之类，开始入席。

这种场合，尤苏老汉显得格格不入。人家敬烟，他摆手，让他喝啤酒，他摇头。客人们惊讶地感叹一番之后，才想起他是个回族人，也就不再过分地谦让了。

尤苏老汉看到人们不再搭理自己，反而自在了许多。他给他们默默地烧开水，沏茶，又不时地把锅里的鱼块往盆里添。渐渐地，那一圈人脸上开始泛出红光，脑门子上冒着汗，舌头根儿也有些拐不过弯，但那话语有增无减。

尤苏老汉从他们没个正题的闲谝中，知道那位人高马大的公安局局长到过朝鲜打过仗，脸上那道横着的伤痕是让炮弹皮子划的。那位厚眼皮子商业局局长出过国，到过日本，怪不得尽说日本的长日本的短。大家开玩笑问他，眼下这鱼有没有日本的好吃？他抬了一下沉重的眼皮笑着说："到日本可没有享受过这样的风味。"惹得大家也开心地笑了。

尤苏老汉还知道那位秃顶主编写了一本什么书，得了几千块钱稿费。他还知道，工厂的烟囱一冒烟，就等于一块钱的票子连着往外飞；国家铺一段柏油路，等于一块钱的票子挨着往地上贴……

太阳西沉，这些不停地抽烟、不停地喝酒、不停地抬杠闲谝的客人，似乎意识到该走了。他们又变得严肃正经起来。换个儿跟冯局长谈着什么正经大事，咬着耳根，喷着酒气，小声叽咕。尤苏老汉听不出什么，只是后来，他们非坚持要冯山写个什么条儿不可。冯山好像有些犯难，但终究还是给写了。尤苏老汉想不通：那纸条上也不印个公章，划拉那么几个字就好使啦？

只有那位主编没有咬耳根。他却大声吵嚷："我们物色了一个小说编辑，教育局就是不放嘛。官司打到宣传部，姜部长让我来找你。"

冯山宽宏大量地说："好。这个事前些日子忘了。这次回去就给你解决，咋样？"

秃顶主编执拗地争辩："拖了半年了，再不解决，官司往中央打。"

冯局长软中带硬地说："官司打到哪里，经手办事的还得靠我们！"

主编赶忙应承："好好好，就看这一次的了。"

该说的说了，该办的办了，酒足饭饱，客人们要离去。他们每人从兜里掏出十元钱放在"餐桌"上，说是给尤苏老汉的鱼钱。尤苏老汉也没理这个茬儿，他认为人家是冲冯局长来的嘛。

商业局局长关心地叮嘱冯山："老冯啊，你那冠心病可不能马虎呀。要注意休息，营养也要跟上去。"说着，让司机提来一个大包，里面装有各样罐头，冯山嗔怪他不该这样。但商业局局长假装生气地说他不该辜负老同事的一片心意。公安局局长也留下了一包什么。只是那位主编什么也没留下，推故说来得匆忙。

客人们走了，土房前清静了，只是空酒瓶儿、烟屁股、鱼骨头扔下不少。尤苏老汉点一根香，熏一下土房里刺鼻的酒味儿和呛人的烟味。他从商业局局长的嘴里得知，冯山还患着什么病，对了，"官心病！"日怪哩，这病的名头也叫得稀奇。能当官的心里有病，老百姓心里就没有病啦？再说，他们留下成条的香烟，成瓶的烈酒，那也算是补养品吗？哎，真趁钱呢！那一根香烟听说就四五分钱哪。

四

冯山到这个偏远的黄河沿上度假、钓鱼，吉普车接连地来往，惊动了这个公社的书记老章。老章有些纳闷：是上头的什么干部直往这里窜？为啥也不到公社打个招呼？莫非是发现了啥问题，避过我们，来个一竿子插到底？他派人去打听，才知道是省上的劳动局局长在河沿上钓鱼。章书记也没敢直接来访，他跑到县上把这个消息告知了县长。第四天，河沿上又来了一辆吉普车。里面挤了五个人：县长、县民政局局长、武装部部长，外加这个公社的书记、主任。县上的几位是冯山当年在这里当县长时的老部下，很熟悉。公社书记和主任自称当年冯山"四清"蹲点时就认识他，但冯山怎么也想不起来。言谈之中，这几位显得拘谨，外人一眼便能看出他们之间的等级关系。尤其是两个公社干部，几乎是干陪着，不好意思插言。只有冯山偶尔地问他们一些什么，他们才很有分寸地回答几句。

第五天，照旧来了吉普车，来了很多人。冯山照旧跟他们谈话。做鱼给他们吃。这些人并没有谈什么要求和让冯山写什么条儿，只是他们照旧吃鱼掏钱，也说是给马大爷的鱼钱。临走也死活要放下探望冯山的礼品，说些什么注意休息呀，注意身体呀，这野地里条件差呀等等好不关切的话，好像都遵循的是一个不变的规律。

尤苏老汉这些日子变成一个当然接待员。他白天简直是没有收钩的时间，忙着撑小船在小河上接送客人，忙着烧水、收拾鱼、做饭。但是他的生活过得再也没有这么高级了。每天吃鱼不必说，那精细的挂面，各味罐头，可口饮料，代替了他平日的粗茶淡饭，使老汉大开胃口，干黄的脸皮似乎也泛起了红晕。

然而，这几天他忽然觉得冯山很陌生，和自己有很大距离。这距离是表现在感情上，还是表现在地位上，尤苏老汉一下子说不清。这几天来，这个很少有人来过的荒滩河沿，突然间车来人往，就像走马灯似的叫人眼花缭乱、应接不暇。所来的人，又都是些很有头面的官儿。这些人谈的事，要办的事，跟庄稼人毫无关联。因此，尤苏老汉又有些自卑。他认为，就连县上的大官都巴结冯山，我咋能和他以朋友相称呢？虽说他在这里避过三个月的难，但从这些天来，冯山与别人的言谈中看出，好像当年的三个月使他受尽了天大的磨难，经历了人世间最不幸的迫害。尤苏老汉想不通，自己不就是在这里默默地生活了半辈子吗？终年在这里给生产队放羊，附带钓鱼，但自己并没感到有多大不幸。冯山和自己生活过的三个月算什么呀？严冬的风雪，酷暑难耐的炎热，我不是这样度过了三十多个年头吗？我老汉未曾对别人诉过苦，也并不认为这是什么了不起的苦。庄户子谁不是这样过来的呢？

这些想法，大概就是尤苏老汉忽然对冯山感到陌生的缘故吧。

石嘴山市城市文学丛书（小说卷）

　　但有一点可使尤苏老汉排开他的不快与忧虑，这就是鱼儿频繁地上钩，是这几年来少有的事。虽说冯山把大部分鱼招待了来访客人，但是尤苏老汉也没表露出半点的不快与自私。他认为冯山既然把自己当成老朋友，那么冯山的客人也就是自己的客人了，所以他还是沉醉在鱼儿丰收的喜悦之中，还是挑出最肥最大的鱼儿款待来拜访冯山的客人。

　　第七天清晨，正当冯山和尤苏老汉准备扩大战果，再多下它五十副鱼钩的时候，司机小范开车赶来了。他带来一纸公文，叫冯山明日就启程，到北京开什么紧急会议。公务在身，不敢拖延，冯山走了。他把所有的渔具送给了尤苏老汉，外加那个十二个捻子的煤油炉子。

　　回到村子的时候，冯山稀里哗啦地从大提包里倒出三十多听罐头留给尤苏老汉，又从口袋里掏出一百多元钱塞在尤苏老汉的手里，说是客人们吃鱼交的钱。尤苏老汉的脑子还没转过弯来，还没容他推辞辩解，冯山就匆匆上车赶回省城。隐隐乎乎，听他倚在车窗上喊道："回去吧，给您老添麻烦了。有机会我还要来的……"

　　这天夜里，尤苏老汉整夜也没睡好觉。第二天早晨，人们看到，尤苏老汉和他的老伴，把冯山留给他的三十四瓶罐头，分送到各家各户。巧得很，村子里正好有三十四户人家。村子里的人很纳闷，但是尤苏老汉生平第一次扯了个大谎说是冯山临走时这样嘱咐的。至于那笔钱，他算了算账，认为是自己应该得的，打算留着将来作为自己和老伴的临终"起驾"费。

　　眼下，正是钓鱼的好时候，一刻也不能耽搁。尤苏老汉又独自一人向河沿走去，他感到很清静，很舒畅。他发现，才几天工夫，通向河边的路，被汽车轱辘辗压得宽阔平坦了。但多少年来，被自己踩出来的那条小路，依然清晰可见。虽说弯弯曲曲，倒也溜光，他还是喜欢走在这条路上。

（选自《朔方》1983 年第 3 期）

两次奇遇

岳亚东

岳亚东（1948—），宁夏惠农人。先后创作了《黄龙川》《白虎镇》《青马山》《红牛湖》4部长篇小说。其中，《白虎镇》于2011年10月获"第二十届全国梁斌小说奖长篇小说二等奖"。2015年，获石嘴山市"德艺双馨文艺家"荣誉称号。

七九河开，八九雁来，开河的日子说来就来。昨两天还让厚厚的冰层盖得严严实实的河面，今天喊哩喀喳全裂开了。大大小小的冰块你挤着我、我推着你向下游流去，越流越快，越流越稀，当河面上的最后一块冰凌流完之后，河边上有了一丝暖意。

今年开河之后，白虎镇来了一个商人，此人姓黄，长了一脸的络腮胡子，发黄，白虎镇的人便都喊他黄胡子。黄胡子来到白虎镇，谁也说不上他是从哪里来的要到哪里去的要来做什么生意要住多长时间，一时间成了一个很神秘的人物。商人自有商人的做派，他不与人多交谈，成天漫不经心地瞎转悠，河边、煤井、瓷窑，哪里都去。每到一个地方，总要用一种特有的眼光和嗅觉这里瞅瞅那里闻闻，像一条训练有素的猎狗。

石嘴山市城市文学丛书（小说卷）

  白虎镇有一个很简易的贸易市场，冷落了一个冬天之后刚刚有些交易，大多是牛羊瓷炭之类。在市场的一个角落里，堆着一堆羊皮和羊毛，堆得时间久了，上面蒙了一层厚厚的风沙。黄胡子漫步走了过去，随手抓起一把羊毛看了看，放下走了。走不多远他又转了回来，再次抓起一把羊毛。这一次他看得很仔细，他把毛一根一根抽出来，看看毛丝的长度，拉拉毛丝的韧性，他的眼睛放出了光。他找来卖皮毛的掌柜问："这些羊毛是秋毛还是夏毛？"

  掌柜说："全是秋毛。"

  黄胡子又问："堆了这么多毛怎么不卖呢？"

  掌柜叹口气说："自古以来我们这个地方的皮毛生意就难做，周围的省份都产皮毛，买卖倒是有，出不了好价钱；远处的商人倒是能给个好价钱，一加运费，人家也觉着不划算，最终还是谈不拢。"掌柜又问："请问先生是哪里的客商？在哪家宝号发财？"

  黄胡子的回答很含糊："谈不上客商，更不要说宝号，来往于包头兰州之间倒腾点小钱，也就混口饭吃。"

  掌柜又问："先生是四外跑的人，皮毛的行情一定很清楚的。"

  黄胡子也叹口气："兰州的行情我不太清楚，我刚从包头过来，那里的行情低糜得很呀。"

  掌柜接着问："到底能低到啥程度？"

  黄胡子不直接回答他，反问："请问掌柜的羊毛是个啥价？"

  掌柜踌躇半天，说道："这么跟你说吧，要说价钱，恐怕少不得十斤一块现洋，如果先生有意思要的话，那么还可以再商量。"

  黄胡子笑了："要是这个价，我劝掌柜赶紧出手。"

  掌柜问："此话怎讲？"

  黄胡子把掌柜叫到一边，附耳说道："去年草场好，包头的皮毛商人收蒙古人的羊毛太多，积压如山。我来的时候正在装船，几十条船的羊毛一等河开凌消即刻逆流而上，向这边倾销而来，若要等那边的大宗买卖一到，你的羊毛还能卖出去吗？"

掌柜一听，有点着急，紧问："那你说包头的羊毛到底是个啥价钱？"

黄胡子连连摆手说："说不成，说不成。"

黄胡子越是不说，掌柜越是着急，紧催着问："再低也得有个码子嘛，说出来听听。"

黄胡子说："要说也行，你得答应我一个条件。"

"什么条件，你说。"

黄胡子说："这个价钱我告诉你了，不准你告诉任何人。"

掌柜说："我要是对外人说了，舌头生疮，嗓子流脓。"

黄胡子摆摆手："你也不必发这样的毒誓，我这么做完全是为了你好。你想想，白虎镇卖皮毛的如果都知道了这个消息，你的羊毛还能卖得出去吗？"

掌柜恍然大悟，连声说："多谢先生，多谢先生！"

黄胡子说："现在我可以告诉你，包头的羊毛一个现洋可以买三十斤，那可是一大堆。"

听完黄胡子的话，掌柜一脸的茫然，一屁股坐在那里，一句话也不说。

四五天来，黄胡子一直没有离开白虎镇，他每天还是满世界的转悠，但是这一回专门捡着往卖皮毛的商贩那里钻。他的人缘很好，看样子白虎镇的皮毛商很喜欢他，有的请他吃了饭喝了酒，像是遇上了多年未见的老朋友。这天晚上，黄胡子来敲郑永福的门，招弟开了门，黄胡子问道："请问这是车行郭老板的家吗？"

郑永福回到白虎镇以后，王德贵给他买下一套房子，他安了家，顺便挂起了一块招牌，叫兴龙车行。

招弟把黄胡子让进屋来，郑永福正在家里。见黄胡子进来，赶紧让座，问道：

石嘴山市城市文学丛书（小说卷）

"先生登门，请问有何贵干？"

黄胡子开门见山："我要租你的车。"

郑永福一听，回答道："租车？好说。请问先生拉的是啥东西，要拉到哪里去？"

黄胡子说："拉的是羊毛。至于到哪里去，你跟着我走就是了。"

郑永福有点疑惑："没有个准地方，那酬劳咋算？"

黄胡子微微一笑："只要你安全把货送到地方，酬劳的事我不会亏待你。这样吧，走一天，一辆车给你两块现大洋，怎么样？"

郑永福暗自思量，自从车行挂牌还没遇上这么一次大宗的买卖，看起来主东出手也大方，真是求之不得的好买卖，于是当下拍板，定下明天一早装车，后天上路。

敲定了租车的事，黄胡子好像还有没说完的话。郑永福看出了他的心思，问道："先生还有啥事要安顿的？"

黄胡子面有难色，总觉得不好开口。

郑永福有点着急："有啥你尽管说，说出来咱们商量，能商量通咱们合作，商量不通也不要紧，买卖不成仁义在，咱们交个朋友总可以吧？"

黄胡子问："我们素昧平生，萍水相逢，你就愿意和我交朋友？"

郑永福笑答："多一个朋友多一条路，怎么不能交？"

黄胡子说："既然我们是朋友，那么我就对朋友不说假话。我这次路过白虎镇，看准了一宗买卖，可是出门没带那么多钱，这里又没有熟人，到手的买卖就怕做不成。如果兄弟能帮我一把，黄某感谢不尽。"

郑永福问："你说，你需要我帮啥？"

黄胡子说："若能帮钱，那是再好不过的事，付了货款咱们就可以装货上路，如果没有钱，就得靠兄弟你想办法了。"

郑永福问了商号和价钱，沉思起来。黄胡子看他这样为难，对他说："兄弟如果确有难处，那就暂时放下吧。"

郑永福问："你看这样行不行，车钱我肯定不会现在让你付的，就是货款的事有点麻烦。现钱我是拿不出来，咱们去跟掌柜商量，把我这两挂新车做抵押，先装货，回头付他货款咋样？"

黄胡子紧紧握住郑永福的手，激动地说："兄弟呀，你可是帮了我的大忙了！"

这是一趟艰难的拉运。两挂装满羊毛的马车出了白虎镇，一直向西北方向奔去。黄胡子催得很急，早起晚归，中间只留人马吃喝的时间。路大多是山路，坡大沟深，崎岖蜿蜒，牲口拉得吃劲，人也费了不少的力气。路沿着河套一直走，然后撇开黄河，再沿着阴山向东北方向走去。郑永福很纳闷，这到底是一趟怎么样的买卖，送货不告诉要去的地方，这只葫芦里究竟卖的什么药。他有些疑惑，随着路途的增加，他的疑惑越来越重。他觉得黄胡子很神秘，他曾经不止一次问过他，黄胡子总是那句话："快到了。"就是这句"快到了"牵着他们整整走了半个月，黄胡子终于说："到了。"

郑永福一看，黄胡子把他们带到了天津。天哪！好大一个天津城，街道纵横，高楼林立，满街的人和车，几乎没有他们入脚的地方。郑永福和周拴成从娃娃长成个大人，哪里见过这种阵势，一时间缩手缩脚，不知道该迈哪条腿。倒是黄胡子老成，替郑永福前头牵了马，马车穿过几条街道，来到一座洋楼门前。黄胡子让郑永福停了车，自己进了洋楼。

直到现在，郑永福方才觉得有些消停，一直绷紧的心放了下来。现在，他可以放开眼睛看那些戴着黑呢子礼帽的男人、那些穿着旗袍露着白生生的大腿的女人。他的眼睛直勾勾地盯着那些女人的脚，他搞不明白，那些女人为啥要把好好的鞋后跟削得又高又细，走起路来扭扭捏捏，像个妖精。这里的街面不算宽阔，但是很整齐。仔细观察他发现，这条街上的楼好像和别的街道的不大一样，这条街上的楼大都带一个尖顶，像外国人的教堂。这些年的闯荡让他也认了几个字，

石嘴山市城市文学丛书（小说卷）

　　他认得面前这座楼门上写着的四个大字：兴隆洋行。他从来没听说过洋行是干啥的，黄胡子进了洋行，他更觉得黄胡子是个神秘的人。

　　约莫过了抽一袋烟的工夫，黄胡子带着两个洋人走了出来，他们围着车转了一圈，揪下车上的羊毛在手中拉扯着、搓捻着。他们面带笑容，说着听不懂的外国话，时不时对着黄胡子伸一伸大拇指。黄胡子显得十分得意，对着郑永福喊："走，卸车去，卸完车我请你们下馆子。"

　　羊毛卸在一个工厂的大仓库里。仓库里堆着很多羊毛，一走进来，一股强烈的羊膻味扑面而来。郑永福是个懂得皮毛的人，他走到毛堆前随意抓起一把毛来撕扯了两下便扔了回去，那毛丝短而且细，没有韧性，在白虎镇最多算是毛渣滓，根本没人要。想不到这东西到了天津竟然如此的精贵，成了稀罕货。卸完车，他还想在这里转转，架不住黄胡子催得急，让他们赶紧离开了仓库。

　　黄胡子没有食言，车钱如数付清，说好了回家的钱照样，但是等回去再付。到天津以后，一切花销全是黄胡子包了，吃得好住得也好，好得让郑永福和周拴成不知道咋吃不知道咋睡。可是有一样，就是黄胡子不让他们上街，不让他们随便乱走，说是天津地方太大，一旦走丢了就会惹出大麻烦来。他整天陪着他们，寸步不离。第三天，黄胡子带了许多行李，让他们装了满满两车花洋布，匆匆启程，离开天津仍然返回白虎镇。

　　出了这么大的价钱把两车羊毛拉到天津是郑永福没有想到的，黄胡子重返白虎镇是郑永福更没有想到的。回家的路上他一直在琢磨这个神秘的人物，他究竟是个干啥的？这次回到白虎镇他想干啥？从黄胡子的神态上看，这趟买卖他肯定赚了钱，从他二次返回白虎镇这件事情看，他肯定觉得白虎镇白羊毛生意有大赚头，还要狠狠地捞一把。他开始算黄胡子的账了。他从白虎镇按一块大洋三十斤羊毛进的货，除去运输等一切费用，那么他到天津至少卖到一块大洋二十斤羊毛才不会赔本。如果说黄胡子这次赚了钱或者赚大发了，那么天津交货的价钱就会更高，高到啥程度？十五斤？十斤？五斤？三斤？他不敢再往下想。这时候他好像什么都明白了，怪不得黄胡子把他们盯得那么紧，原来是怕他们打听羊毛的行情，把这里的行情带回白虎镇。

郑永福猜得一点都不假。

回白虎镇的最后一站，他们来到一个叫乌拉图的地方。当天晚上他们投宿在一个车马大店里，歇了车安顿好了牲口，黄胡子叫来了店老板。他问店老板："请问贵店有什么好吃头？"

店老板答："小店猪羊牛驼肉都有，不知先生好的哪一口？"

黄胡子说："那就好。一盘猪头肉、一盘牛蹄筋、一盘驼掌、一件子烤羊肉，现在准备，好了立马端上来。"

店老板问："请问先生用什么酒？"

黄胡子说："酒捡最好的上。"

店老板说："那就喝河套二锅头吧。"

黄胡子说："可以。"

店老板一声"好嘞！"一路吆喝进了后厨。

说话间酒肉上了桌，黄胡子斟上三杯酒，端起来说："今天这杯酒，为了感谢，我先敬二位兄弟。为了表示我的诚意，我先干为敬。"说完，将酒一饮而尽。

黄胡子这么一说，反倒弄得郑永福局促起来。他赶紧说："先生你看你说的哪里的话，一路上你跑前跑后照顾我们，我们还没感谢你呢，你咋先谢起我们来了？"

黄胡子说："兄弟此言差矣。不瞒二位兄弟说，这趟买卖我是赚了点钱，可是再好的买卖没有你们帮忙我能把羊毛变成钱吗？"

郑永福说："先生不能这么说，我们跑路也不是白跑，况且你出的价钱又那么高，说起来，倒是你帮了我们，要说谢，我们应该谢你才对。"说完，他和周栓成一齐端起酒杯，一饮而尽。

一番客套之后，吃肉喝酒。黄胡子好酒量，一个劲地斟一个劲地劝，怎奈郑永福和周栓成都不胜酒力，最后他只好自斟自饮起来。说话间一瓶烧酒下了肚，黄胡子的话渐渐多了起来。他端起一杯酒送到郑永福面前说："来吧，兄弟，咱哥俩碰一杯同心酒。"

郑永福疑疑惑惑端起酒杯问："你说啥，同心酒？"

黄胡子说："对，就是同心酒。"黄胡子问："兄弟你说，你跟我是不是一条心？"

郑永福答："嗯，一条心。"

黄胡子说："一条心就好，咱们先把酒干了。"

两人一饮而尽。

黄胡子接着说："既然是一条心，我对兄弟也就没有啥瞒着藏着的了。我先说第一件事，这次回去，不要向外人说咱们向天津贩羊毛的事，若有人问起，就说去了包头去了兰州都可以，二位兄弟能做到吗？"

郑永福笑着说："这有啥为难的，回去有人问起就照先生安顿的说就得了呗。不过，我不明白先生的意思，谁做谁的生意，知道了又能咋样？"

黄胡子说："从我第一次接触你，我就看你是个厚道人。人厚道好不好？当然好，但是过于厚道在商场上是要吃亏的。商场有商场的规矩，每个老板都得保守一点不为人知的商业机密，道理很简单，保密就是为了赚钱。俗话说，无商不奸，这话说得对。可是我们人在商海，奸是奸，但要做到奸而不损，最要紧的是一个诚信。就说我们这次贩羊毛，是我先掌握了天津的行情，再到西北来摸羊毛的行情，只要有钱可赚，就要果断下手。我们赚的是啥钱？我们赚的是行情钱，人家洋人叫信息钱。在这一点上，我们要奸，就是要把自己掌握的信息封锁消息，独自享用。如果把这么重要的信息也透露给别人，哪里还有我们赚的钱？"

郑永福问:"先生说的奸而不损是啥意思,顺便也说给我们听听。"

黄胡子抿了口酒说道:"就拿我们这次贩羊毛来说,我们虽然赚了钱,可是也没有损害对方的利益。我已经拔了皮毛行掌柜的话,他的这些羊毛赶新毛下来再卖不出去的话,他就要挖了坑沤粪,或者倒进黄河顺水漂了。我虽然出的价钱是低了些,但是我是按当地价格买的,这算不得坑他。我把他的死毛变成了活钱,这是双方得利的事情,说起来,应该说我帮了他。掌柜说了,等我这次回去付了钱,他还要请我喝酒呢。"

郑永福若有所悟,长长地"哦"了一声。他对黄胡子说:"先生不是有几件事要说吗?还有啥事?"

黄胡子又说:"这第二件事就是咱俩的事。"

郑永福问:"咱俩还有啥事?"

黄胡子说:"咱俩不但有事,而且要谋一件大事。"

"啥大事?"郑永福催问。

黄胡子又抿了一口酒,说道:"这次回去我要在白虎镇开办洋行,专门经营皮毛布匹,我要把这一带的皮毛都收购起来,全部运往天津,要把天津的洋布运过来,占领这里的市场。"黄胡子醉眼朦胧,但眼缝里透出贼亮的光。

郑永福问:"先生说了这么多,跟我有啥关系?"

黄胡子说:"要想做成这桩买卖,首先得有一支庞大的运输队伍,除了河运,我还得有一个车队。"

"车队?"郑永福很奇怪。

"是的,车队。"黄胡子回答的很肯定。

"多大的车队?"郑永福追问。

黄胡子说:"一百辆。"

郑永福傻了,他觉得黄胡子说得是醉话。

石嘴山市城市文学丛书（小说卷）

黄胡子接着说："这个车队由你来组建，由你来经营，所得利润全部归你，但是你必须首先保证我的运输。"

郑永福笑了："先生你怕是在说醉话吧。打这两挂车，全凭着我推了几年独龙车攒了些光阴，这次全花上不说，还拿了人家拴成不少钱，一百辆车，我郑永福想都不敢想。"

黄胡子说："我也不是一下子让你套起一百辆车来，咱们先少后多，边走边看。钱你不要犯愁，只要我赚了钱，咱们先拴车，你看怎么样？"

郑永福说："先生话都说到这个份上了，我还有啥说的呢。就听先生的，咱们联起手来干。"

三人举起酒杯，一饮而尽。

广袤的内蒙古大草原上，两辆马车急步前行。路很蜿蜒也很起伏，马车像大海里漂摇的两片树叶，时起时伏，时沉时浮。草原上撒满了羊群，绿草映衬着白色的羊毛使毛变得更白，像一片片飘动的白云。

郑永福的车在前，周拴成的车紧随其后。两辆车上装的都是糜子，这是蒙古人做炒米少不了的东西，蒙古人喝奶茶离不开炒米。他们这次到蒙古草原上来是黄胡子指使的，他让他们来摸摸羊毛的行情，为后面大规模地采购做好准备。郑永福是第一次过了黄河到草原上来，他觉得草原上的啥都新鲜，就连草原上青草野花散发的气息他都不曾闻到过，他感觉这味道很清香也很亲切，他的心情好像从来没有今天这么亮晶，他放开喉咙唱了起来。

日头落山之前，他们赶到了一个叫苏和兔的地方，这里有一口井，有两个蒙古包。他们把车歇在井旁，支起三顶一的锅头，开始点火做饭。这时候从蒙古包里走出一个男人，来到他们跟前。那人叽里咕噜说了一堆蒙古话，他们一句也听不懂。郑永福很担心，他听人说过，蒙古人很野，到了那里不能惹他们。他拿定了主意，反正听不懂，不跟他搭话就是了。最后蒙古人啥也不说了，回头走进蒙古包，提了一块熟羊肉放在他们面前，一个劲地说："一底，一底。"郑永福不知道"一底"是啥意思，心里想，拿来了肉肯定是让我们吃的。他很感激地报以一笑，让周拴成倒出些糜子给了那人，蒙古人高高兴兴地走了。这是郑永福跟蒙古人打的第一次交道，他觉得蒙古人很友善，并不像传说的那样可怕。

在草原上走了两天，他们除了能见得到一些零星散落在草地上的蒙古包和偶尔碰上一个骑着马的牧羊人，很少能见到集中的村落和密集的人群。郑永福心里很着急，像这样走下去，啥时候才是个头。第三天他们起得很早，中午时分已经走出百十里路。车缓慢地爬上一个大漫坡，郑永福叫住牲口想歇息一下。忽然，远处传来一声枪响，紧接着，有两个背着枪的蒙古人飞马向他们跑了过来。郑永福惊呆了，周拴成吓得直发抖，一个劲地问郑永福："咋办呢？到底咋办呢？"

说话间两匹马来到车前，蒙古人跳下马，嘴里说着蒙古话，手也不停地比画着，看上去很着急。郑永福悬着的心放下了，他尽管听不懂他们在说什么，但是他能看出来，他们需要他帮着做什么。果然，蒙古人指着远处，那里还有不少人围在一起，不知道在干什么。这时候蒙古人急了，把郑永福和周拴成抱上马背，然后他们蹬鞍上马，加上一鞭，两匹马箭也似的向人群跑去。

这是一个由十几个人组成的马队，每个人都背着一支带着叉子的猎枪，八成是一支打猎的队伍。所有的人都下了马，围着一个人。那人年纪不大，身穿蓝底金花镶边的锦缎蒙古袍，头戴一顶锦绣王爷帽，看上去是个头领。这会儿那人躺在草地上，双手紧抱着腹部，不住气地呻吟着。看样子他疼得很厉害，头上的汗一个劲地往下滴。郑永福下了马，好像接来了救星，所有的人都闪开，把他推到病人跟前。他被这突如其来的事弄得手足无措，他哪里知道该怎么办呢？病人疼得很厉害，呻吟的声音渐渐微弱，他脸色煞白，嘴唇也是白的。在场的人都着了急，有几个人对着天又放了一阵枪。忽然，一个蒙古人跪在郑永福面前，企盼的

石嘴山市城市文学丛书(小说卷)

眼睛里滚动着泪花。

郑永福看着周拴成,周拴成看着郑永福,好像都想从对方的脸上找出一剂良方。他们无言地对视着,周拴成先开了口:"我看这个人跟我那一年在车马店里得的是一个病,很可能就是羊毛疔。"

周拴成这么一说,郑永福的脑子活络了许多,他问周拴成:"依你看怎么办?"

周拴成说:"怎么办全靠你拿主意,我知道咋办呢?"

郑永福沉思起来:如果真是羊毛疔的话,他倒是不妨用车马店掌柜的方法试一试,那次他从头看到尾,做起来应该不会出什么问题。转念一想,这人命关天的事,万一有个一差二错马高蹬短,我郑永福如何承担得起?正在他犹豫不决的时候,只见跪在他面前的那个人撸起袍袖,抽出腰刀,一刀扎进胳膊里,鲜血刷地冒了出来。郑永福一看,大吃一惊,他没有想到蒙古人会用这样一种方式表达自己的决心,会用鲜血来表达对一个陌生人的信任。他看了一眼周拴成,让他脱了病人的袍子,揭起了脊背。他掏出随身携带的小刀,挑开了那人的皮肉。他用刀尖挑出了一根细白的肉筋,割断它,敷了伤口,这时候他才发现,他已经大汗淋漓。他让病人平躺在草地上,吩咐蒙古人给他喂了些水。一袋烟的工夫,病人翻身起来一阵呕吐,吐完之后长长叹一口气,好奇地打量着周围的一切。

做完这一切,郑永福和周拴成向马车走去,他们必须在天黑前赶到一个有水的站头。车刚起步,蒙古人的马队追了过来,他们不由分说,让郑永福和周拴成骑马,让两个蒙古人赶车,一声吆喝,马队向草原深处飞驰而去。

马队马不停蹄地跑了大约三个时辰,翻过一道高岭,前面出现了一个镇子。镇子不算很大,但是很紧凑。镇子中间是一些砖木结构的建筑,青砖白墙,红柱彩梁,很是气魄。外围是些普通的民舍,虽然不似中间那般漂亮,看上去倒也整齐。这些民舍有住家,更多的是一些做生意的门面房。最外围的部分是草原,绿色的草地上下了不少的帐房,那是蒙古人居住的蒙古包。远远望去,这些白色的蒙古包就像给小镇镶了一个边，让这个草原小镇更加妩媚动人。

这里是鄂伦特旗的王爷府。

马队在一座豪华的宅院前停了下来，他们先扶了那个得病的人进去，不一会儿，一个汉人走了出来问："哪位是给小王爷治病的神医，王爷要见你。"

终于见到了一个能说上话的人，郑永福上前一步答道："请问先生，把我们带到这里有啥事？我们还要做生意呢。"

汉人笑着说："到了王爷府还怕没有你的生意做？赶紧跟我走，到王爷那里领赏吧。"

郑永福跟着汉人走进一所房子，上面坐着一个戴着王爷帽的人，旁边坐着那个病人。屋里还站着两个人，是马队里的人。见郑永福他们走了进来，所有的人都站了起来，右手抚着前胸，上身前倾，嘴里说了一句蒙古话。郑永福不知道啥意思，更不知道应该如何应对，只是傻傻地站在那里，眼睛直瞪着那个汉人。这时候汉人说话了："王爷和小王爷给你行的是欢迎的礼，说的是感谢的话。赶快坐下吧。"

郑永福满屋扫了一眼，这屋里哪里有他坐的地方。地上铺的是提花地毯，踩上去软软的。屋里的家具一色的红木，雕龙刻凤，他连摸都不敢摸，哪里敢坐？和他回答汉人："我就这么站着说话，王爷有啥话就说，说完了我就该走了。"

汉人看他紧张成这个样子，拍拍他的肩膀说："这位兄弟你不必紧张，我们王爷是个很随和的人，很好说话。我是王爷府的管家兼翻译，姓韩，叫韩根宝。如果有啥不好说的你可以先跟我说。来来来坐吧坐吧。"韩根宝硬把他按坐在一把椅子上。

这时候王爷慢慢走了过来，上上下下打量着郑永福，看得他心里直发毛。王爷问了一通话，让韩根宝翻给他："你到我们鄂伦特草原干什么来了？"

郑永福答："带了两车糜子来卖，回家买些羊毛带回去，做一点小本生意。"

王爷又问："生意人怎么会有那么高的医术呢？简直是神医。"

郑永福不好意思起来："啥神医不神医的，当时事情紧急，救人要紧，也是急生的方子。"

王爷听完哈哈大笑："我看你这人不但医术高明，德行也好。你是我儿子的救命恩人，我要重重谢你。说吧，你想要啥？"

郑永福一听，慌忙摆手道："不敢不敢。扶贫济困治病救人是人的天性，放了谁都会那样做的。如果做了这么点小事就要人家答谢，那我郑永福今后咋活人呢？"

听了郑永福的话，王爷回到座位上坐下，久久地看着面前的这个汉人。这时候下人进来告诉韩根宝，酒席已经备好。韩根宝邀了众人，到客厅饮宴。

客厅比先前的房子更宽大更豪华。中间一张巨大的圆桌上摆满了各色食品，除了肉类就是奶制品。肉全是大块的都用了大盘装着，奶皮子奶酪还有酸捞蛋子也用大盘子盛着，每个座位前放着一只镶了银的碗，碗里盛满了酒。桌子正中趴着一个烤得焦黄的全羊，那羊是刚刚端上来的，还能听得见丝丝的响声，满身直往下流油。郑永福又一次惊呆了，他只听说书人讲过酒海肉林，当自己真的身临其境的时候，反倒乱了方寸。韩根宝安排主宾依次坐了，禀告王爷："一切安排就绪，开始吧！"

王爷微微点头，算是首肯。韩根宝向外面打个招呼，八个蒙古琴师各持一把马头琴走了进来，分两厢坐定。紧接着，悠扬雄浑的琴声响起，客厅里洋溢着欢乐的气氛。随着琴声，八个身穿八色绣袍的蒙古姑娘手捧哈达，翩翩而至，她们轻舒袍袖，漫动腰肢，步履婀娜，眼神顾盼，边舞边行，来到王爷和郑永福身边。姑娘们唱起了祝酒歌，两个姑娘各端起一碗酒，分别敬给了王爷和郑永福。郑永福正准备喝酒，看见王爷不喝，只好把端到嘴边的酒碗拿了下来。只见王爷将右手中指伸进碗里，指尖上蘸了酒，向着天空弹了出去，又蘸了酒，向大地弹了，最后一次弹向众人，方才将酒喝了。要说郑永福，先前喝了也就喝了，不知者不为过，现在看王爷摆出这么一套规矩来，反而一动也不敢动，像个木头桩子一样戳在那里。韩根宝见状，赶紧走过来说："随便喝，随便喝。"

敬完酒之后，王爷起身，操起小刀从羊头上割下一块肉来，送到郑永福嘴边。郑永福不敢怠慢，把肉吃了。他刚坐下来，韩根宝附在他耳朵上说："刚才这是蒙古人的最高礼遇，还不赶紧起来敬王爷的酒？"

郑永福慌忙起身端酒，向王爷一敬："多谢王爷。"

王爷喝完酒，再次拿起刀来，从羊尾巴上削下长长一条尾肉来。他将肉平铺于掌心，把手送到郑永福面前，嘴里一个劲地劝："一底，一底。"

这一条肉足有一寸宽五六寸长，说是肉，其实全是油脂。郑永福头一次吃羊尾巴，他不知道能不能吃得下去。更让他犯愁的是，王爷用这种方法把肉敬过来，他是接呢还是不接呢？他是用筷子接呢还是用手接呢？他再一次把目光投向韩根宝，韩根宝附耳低语，郑永福面露难色。但是他还是照着韩根宝的话做了。他不能用手或用手拿任何东西去接这块肉，他将嘴伸了过去，含住肉条的一头，用力一吸，一条羊尾巴滑溜溜地滑过口腔滑过咽喉下了肚肠，他到底没有尝出那条羊尾巴的味道。

舞姿烂漫，琴声悠扬，席间不时有人唱起歌跳起舞来，宴会达到空前的高潮。郑永福向来没有经过这样大块吃肉大碗喝酒的阵势，已显得不胜酒力，起身就要告辞。王爷一听，一摆手道："正事还没办呢，怎么能走呢？"

郑永福说："这该吃的吃了该喝的喝了，除了感谢王爷还有啥正事呢？"

王爷喝退琴师舞女一干闲人，正色对着郑永福："我给你吃点肉喝点酒你都知道感谢，你救了我儿子一条性命就不兴我表示点谢意？"王爷向门外一声吆喝："拿上来！"

随着喊声，进来四个蒙古人，抬进两个箱子，摆在王爷面前。王爷喊来小王

石嘴山市城市文学丛书（小说卷）

爷："还不快给恩人敬酒？"

小王爷手捧哈达先给郑永福献了，又端起一碗酒敬了过来："请恩人喝酒。"

郑永福无法推辞，将酒喝了。

王爷说："为报答恩人救命之恩，本王略备薄礼，还请恩人笑纳。"说完，打开箱子，里面全是白花花的银子。

郑永福一看，连忙摆手："使不得使不得，万万使不得！"

王爷面露惊疑之色："怎么，恩人是嫌礼薄了还是不愿意给本王一个面子？"

郑永福说："王爷你多虑了。我们生意人常年出门在外，一靠诚信，二靠朋友，如果王爷真的看得起我郑某，我郑某斗胆跟你交个朋友。"

王爷毫不犹豫："你这个汉人朋友我是交定了！"说完，和郑永福又碰了一碗酒。

郑永福接着说："我们汉人有一句话，为朋友可以两肋插刀。我们既然是朋友，干啥都理所当然，还有啥感谢可言？王爷你说呢？"

王爷无言以对，他知道他被他这个汉人朋友绕进去了，他钻了他的圈套。他喝一口奶茶，对郑永福说："赠送你可以不要，朋友之间的帮助总是可以的吧！韩根宝，完了你拨出一群羊来，放在黄河边上，打上郑家朋友的耳剪，让在那里繁殖连群，啥时候都是郑家的财产。"

韩根宝答："遵命。"

郑永福说："王爷如果有意帮我，我郑永福也不推辞，请你把我拉来的糜子卖了，再帮我买两车羊毛，让我及早启程。价格就按当地时价，多退少补。"

王爷说："生意上的事本王就帮定了。糜子全留在府内，羊毛也从府中出。价格嘛，一斤糜子一斤羊毛，一头顶。今后你郑家朋友到我鄂伦特草原上来收羊毛都是这个价。"

韩根宝说："照办。"

王爷从腰间解下一把铜鞘腰刀，送到郑永福面前："朋友，带上他，鄂伦特草原上的人都认得它，周围的各旗王爷也认得它，万一有了啥事你把它拿出来，也许派上用场。"

郑永福没有推辞，接过腰刀说："这件珍贵的礼物我收下，送羊的事，郑某确实担当不起。"

王爷大怒，拍着桌子吼道："你把我乌力吉王爷看成啥人了？看成知恩不报的小人了？我告诉你，我乌力吉跺一脚草原也得抖三天，我说出去的话就是板上的钉，谁也休想拔出来。哼！"骂完之后，他一甩袖子离开了客厅。

（选自长篇小说《白虎镇》，作家出版社，2011年）

石嘴山市城市文学丛书（小说卷）

狼道

郑 正

郑 正（1939—2022），原名郑衍顺，笔名郑正，安徽萧县人。中国作家协会会员。著有长篇小说《中国西部最后一个匪王——郭拴子覆灭记》，中短篇小说集《郑正小说选》，散文集《风景这边独好》。2015年荣获石嘴山市第二届文学艺术评奖优秀作品奖和"德艺双馨"荣誉称号。小说在宁夏回族自治区文学评奖中连续五次获奖。

一

什么东西？

湿漉漉、温柔柔的，如拧去水分的热毛巾，又似母亲温暖柔和的手。

那东西轻轻地、慢慢地、小心翼翼地、不厌其烦地擦拭着我的脸庞、头皮、脊背、胳膊、肚皮以及大腿、手足，还有我的男子汉羞于见人的那个部位。

我感到十分难堪！

热血直向脑门冲，面孔热辣辣地发烧。我是个受到难堪就脸红心跳的人。此刻，那鲜艳明丽的色彩，一定正从双颊向耳根蔓延。

到底是什么东西？

想睁开眼看看，可双眼如同抹上了黏合剂，任凭我怎样努力也无法睁开。我想伸手摸摸，但胳膊软弱无力，实在难以抬举。

说心里话，擦拭我的那个东西真不错，

不管擦拭到哪里，都润润的，暖暖的，柔柔的，痒痒的，给人以舒适、畅快、愉悦、惬意。

我憋不住了。我拼命把眼一睁。只觉得上下眼皮发出针刺刀割似的疼痛。我看到光亮了，心里一喜，又拼命一睁。我终于把眼睛开了。

透过朦胧的光环，觉得那东西如同硕大无比的刚刚出山的太阳，血红的光芒一闪一闪。顷刻间我不通气的鼻子，也恢复了功能。一股令人窒息的又腥又臊又臭的恶浊之气，直涌鼻孔，沿着气管冲入五脏六腑。

在如墙的恶浊之气撞击下，我的肠胃翻搅，阵阵发呕。我想大吐一场，可又吐不出来，差点憋过气去。

当我完全恢复神志和眼睛的亮度后，那硕大无比的血红的东西也离开了我的面部。

举目一看，吓得我毛骨悚然。一只长着两排铁钉般牙齿的巨嘴，在我头顶上晃动着，腥臊臭的恶浊之气就是从那东西身上散发出来的。

我惊恐地大叫，但耳朵里仅仅传来一串微弱的哼唧，失去往日的浑厚、洪亮。我想逃跑，却难以迈动双腿。

天啊！这是怎么一回事啊！

我在心中无可奈何地呼唤着苍天。

我是一个急性人。在日常生活中，往往由于不沉着谨慎而出差错。

在夜深人静的时刻，躺在床上，妻子柔情似水，没少耳提面命地劝说。我感激妻子。她给我留男子汉的脸面。我吸取教训，努力改正自己的缺点。

如今，在这非常事变的关键头上，理智告诉我，要听妻子的话：

"大丈夫遇事不惊。"

我稳了稳惊恐、烦躁的心绪，默默告诫自己，无论如何要摸清情况，万万不可贸然从事。于是，我仔细地打量起周围的一切。

二

这是一个葫芦形的岩洞。

洞口水桶粗细,扁圆形,左右宽,上下窄。一道明亮耀眼的光柱从洞口射入,照亮岩洞的各个角落。

岩洞内部有两米方圆,一米多高。洞壁凹凸不平。几块棱角分明的石头如龇牙咧嘴的兽齿在洞顶随时随地都可能坠落。洞底铺着兽毛、杂草,软绵平坦,温暖舒适。

岩洞左边,卧着一只土黄色的大母狼。6只刚刚出生的小狼崽,环绕在母狼的乳白色的肚腹下,小脑袋颤颤抖抖,好似脖颈不能支撑脑袋的重量一样,漫无目的地探寻着,攒动着,哼哼唧唧呜叫个不止。

大母狼的双眼,丝毫没有狼的凶狠、狡诈、险恶,显得十分慈祥、温和。她伸出血红宽厚表面带着小刺的舌头,一下又一下,十分耐心地舔着狼崽们,嘴里发出阵阵欢快、喜悦的低沉的啸声,如同人类的年轻母亲们,面对自己的爱子吟唱着优美动听的摇篮曲。

我这个五尺高的剽悍强壮的男子汉,也变成一只毛绒绒肉乎乎只有巴掌大小的狼崽,拥挤在新生的兄弟姐妹中间。只不过我睁开了双眼,明察了事理,而它们还处在紧闭双目的蒙昧状态。

土黄色的大母狼,也就是我现在的生身之母,看到我睁开了双眼,是那么愉悦和欢喜。她用长着两排铁钉似的牙齿的大嘴,吻遍我的全身;又用血红的长舌头舔遍我的全身,还不断地抬起长着铁钩般利爪的前腿,轻轻地拍打我的身躯,尽情地抒发爱子之心。那情感,那意味,和人类没有丝毫的差异。

我居然变成了狼崽!不可思议!

我想发作,但妻子的劝说萦绕于耳。我尽最大的努力控制自己的感情,不顾空气的恶浊,深深地吸一口气,再一次稳定惊恐、烦躁、不可名状的心绪。

心绪静下来，大脑也恢复了活动，思维的功能逐渐加强了，想起我曾经恶狠狠地说过的那句话："我要变成一头凶悍的恶狼，把世上的所有坏人都撕扯成碎块！"

为什么要说这话呢，我一时想不起来了。

此刻，对于人世间的往事一片模糊，感觉是那么遥远而淡漠，似乎变成似有若无的游丝，在天地间的交合处游弋、徘徊，不可捉摸，失去具体的形骸。只有些电光石火般的印象突然在头脑中冒出来，产生温馨的回忆和联想。我不由生出满腹失去记忆的无边的苦恼，盼望电光石火的出现。

变作恶狼不幸被我言中，作为一个货真价实的狼崽，必须面对现实。既然狼妈妈给我一张"狼生"的单程车票，求生的动物本能告诉我，必须从零开始，走完"狼生"短暂而又漫长的旅程。我无力改变现实。这就是悲哀所在吧。

想到这里，我心气平和多了。无论如何，我要好好地活人。其实这里本该用"活狼"二字的，但是听着总觉别扭，还是用"活人"一词吧。在以后的岁月里，还会不止一次地出现这样不伦不类的错用。

我是一个人狼两界结合部的"狼人"。我的不伦不类的语言和行为，但愿能获得人狼两界同人的认可。

三

自从我降生到人世间，狼妈妈就偏爱我，无微不至地关心照顾我。可我的思想深处，却十分顽强地保留着人类的优越感。人的尊严和人的道德规范，使我对狼界的种种现实总是无法接受。其实，是不愿接受。人类的逆反心理，辜负了狼妈妈一次又一次的慈爱之心迸发出来的纯情。

首先，我的正常灵敏嗅觉，无法接受狼妈妈身上散发出来的腥臊臭混合在一起的浓烈的恶浊气味。我明明知道这是狼界固有的特征，如今自己的身上也同样散发着这种气味。这种气味是狼界互相联系的重要手段，我却不能逾越人类的心理障碍。

悲凉无奈的孤寂袭上心头，命运的绳索在一扣一扣地勒紧喉咙。我不甘心束手就擒。要抗争，要摆脱厄运，要用自身的力量，开创新的天地。于是，我坚决地拒绝狼妈妈的亲吻和爱抚，拒绝狼妈妈舌头的温柔，拒绝狼妈妈给我送来的奶水。我移动软弱无力的四肢爬出兄弟姐妹们的群体，独自一人转移到岩洞的右侧。

羞与狼类为伍！我心里反反复复地叨念着。

狼妈妈的慈爱之心，并不理解我的拒绝，仍然疼我，亲我，不让我离开她。她伸长脖颈，张开长着两排铁钉般牙齿的大嘴，把我轻轻地叨到她的身边，移开其他的兄弟姐妹，放在肚腹下最温暖最舒适的地方，给我更多的情和爱。

我不领受此情。那地方的腥臊臭气味更浓更烈，直呛咽喉嗓子。我挣脱狼妈妈的怀抱，再次爬到岩洞的右侧。

狼妈妈还是不理解我的行为，再一次把我叨回原处。

就这样爬出，叨回，往返数次。狼妈妈不知所措，眼里闪动着不解难舍的光，定定地看着我，只得默认我的行动了。

我知道，此时，我失去了狼妈妈的欢心。这也是我生活在人类世界时的最大的弱点。那时候，不管干啥事，总以自己的好恶为标准，不会随方就圆，以致失去一次又一次曾是爱我者的青睐。

我挣脱兄弟姐妹的群体和狼妈妈温暖的怀抱后，首先感到的就是寒冷的侵袭。我刚爬出狼妈妈的肚子，幼小体弱，那身胎里带出来的短小而稀疏的绒毛，保暖作用很差，冻得浑身起鸡皮疙瘩。但是，我紧咬牙关忍受着，心中牢记着一个信念：

我是人。

我不能过狼的生活。

我忍受寒冷的折磨。哪怕引来灭顶之灾也引颈领认。

四

人类最大的弱点是貌似坚强，实质软弱；语言的巨人，行动的矮子。我这凡夫俗子，也逃脱不了这令人悲哀的现实，在我成为狼后又得到验证。

没有挨过饿的人，不知道饿的滋味。

我生活在人世间的时候，虽然经历过苦难的旧社会和新中国成立后的"低标准"时代，但是我是长房长孙，长相也过得去，爷爷喜，奶奶爱，姥姥亲，父母疼，连叔叔伯伯姑姑姨姨都高看一眼。不管吃食多么金贵、匮乏，从没有缺过一口。生活对于我来说，是一只大大的泡泡糖。

离开狼妈妈和兄弟姐妹们的群体，我孤零零地趴在岩洞的右侧，过了整整两天两夜。

在这两天两夜里，寒冷助长饥饿，饥饿加重寒冷。我真正体会到饥寒交迫的滋味了。

关于寒冷，人们或多或少都有切身的体验。关于忍受两天两夜的饥饿，未必都亲身经历过。刚刚饿了半天，肚子就咕咕噜噜叫起来，后背冒凉气，心像失去了根，空荡荡地漂浮在半天云里，阵阵发虚。饿到一天一夜时，胃开始痉挛，刀剜针刺般疼痛，就像大平板钢锉，锉着五脏六腑，吱吱有声，血肉的粉末纷纷扬扬飘洒。每过一分钟都像度过一年那么漫长，那么难耐。但是顽强的自尊心支持着我，使我坚持住了3个多小时的痛苦折磨。

这3个多小时熬过后，就不觉得饿了。只觉得胃里热乎乎的，说不上是辣是酸是苦是疼，头发昏，额上冒冷汗，手脚千斤般沉重，浑身酸软。干燥的嗓子冒出火来，直想喝水，不知不觉昏昏沉沉大睡起来。

胃，再一次剧烈疼痛起来，把我疼醒了。这次疼痛更烈更猛，更加难熬了。

在炼狱般的折磨下，我灵魂深处的软弱战胜了坚强，终于败下阵来，向狼妈妈发出求救的信号，希望重新投入狼妈妈的怀抱和兄弟姐妹们的群体。可是，狼妈妈看到我求救的信号，却视而不见，无动于衷。

狼毕竟是狼！狼心是凶狠的。无怪骂人恶毒凶残用狼心狗肺一词。

在这两天两夜里，我也偷偷地观察过狼妈妈。它总是默不作声，两眼放射着阴沉沉的光，不停地巡视着它身旁的另外五个儿女，没有正眼看我一下。在它的眼里，我不是一个有血有肉的狼崽子，是块石头，是棵沙蒿。

我的心头燃起一股憎恨之火，想蹿上前去，咬断狼妈妈的喉管。但四肢酸软，无法爬起。我体味到了英雄末路的滋味。

炼狱般的折磨使我实在忍受不住了，憎恨的怒火渐渐熄灭，于是，我拖着疲惫不堪的幼小躯体，艰难地爬到狼妈妈面前。可是，狼心的狼妈妈不但不收留我，反而又把我叼回岩洞的右侧。我顾不上考虑狼妈妈的用意了，再次拼着体内积存的一点儿力量，向狼妈妈爬去。我爬呀爬，一分一厘地爬着。我实在没有力气了，绝望地横卧在地上，大口大口地喘着气，眼睛可怜巴巴地瞅着狼妈妈。

这时，狼妈妈的态度缓和了，温和的目光里饱含着情和爱，让我想起慈祥、温馨的奶奶、姥姥、妈妈的目光。

狼妈妈叼起我，重新放在它的肚腹下那个最温暖、最舒适的地方。还没有等我反应过来，就把一只鼓涨涨、甜蜜蜜的奶头塞进我干涸饥饿的嘴里。

狼妈妈还是偏爱我。这只鼓涨涨、甜蜜蜜的奶头，是它单独给我留了两天两夜的。我感动得热泪盈眶，在肺腑深处一遍又一遍地高喊着："狼妈妈，你真是我的好妈妈！"

在人世间，当我遇到坎坷时，有谁能给我如此的厚爱呢？

那一幅幅支离破碎的图画，电光石火般地在头脑中闪现。我长大成人参加工作后，看不惯人世间的丑恶现象，愤世嫉俗，大声疾呼，却到处碰壁。老牛掉进枯井里，有力使不出来，最后落个头破血流的下场。我从自暴自弃，发展到嗜酒如命的地步。有次酒后无德，影响了某个大"头目"的休息，居然给我个记过的处分。我愤懑而委屈。万般无奈，我贸然说出了"我要变成一头凶悍的恶狼，把世上所有的坏人都撕扯成碎块"的话。狼妈妈不弃我这个不肖之子。我十分感激。我贪婪地吸吮着狼妈妈的香甜的奶头。那饱含丰富营养的温润甘美的奶水，使我和狼妈妈融为一体了。奶水源源不断，流进我干涸的嘴，流进我辘辘的肠。

狼妈妈的乳汁，给了我活力，给了我热情。我再也嗅不到狼妈妈身上散发的腥臊臭的恶浊气味了。

我吃了狼奶，再也记不得人世间的事情了。

我变成了一只真正的狼。我得从头做起，像狼那样生活。

五

狼妈妈的偏爱，使我得到了充足的奶水，得到了精心的照顾。我一天天长大，格外健壮。我比最小的妹妹白蹄蹄大一倍，比最大的花脸大一围。可是，我的胆子很小，远不如花脸凶狠和险恶。狼类是不起名字的。白蹄蹄、花脸等名字都是我根据它们的特征在心里暗叫的。

在这段时间里，要说有遗憾的话，那就是始终没有见到过我的狼爸爸。狼类自有自身的生存规律。在狼妈妈产仔期间，为了照顾哺育的幼崽，是不出窝觅食的，全由狼爸爸承担。如今不见狼爸爸的面，狼妈妈又当男又当女，实在太辛苦了。狼爸爸的心太狠，我埋怨狼爸爸，仇恨狼爸爸。

既然狼妈妈偏爱我，我就心疼狼妈妈。我不能为它分忧解难，心中很不是滋味。花脸比我强。每当狼妈妈外出，它就自觉地担当起管教我们兄弟姐妹的责任。它不准我们爬出山洞，不准我们打闹，只许我们在山洞里嬉戏玩耍。有时候，它无缘无故地欺侮我们，咬这个一口，抓那个一爪子，很是霸道。

有一天，狼妈妈外出觅食，花脸正睡觉，白蹄蹄跟它闹着玩，撩拨得它心头火起，扑向前去，又抓又咬，吓得白蹄蹄吱哇乱叫。看到白蹄蹄的可怜相，我心中不忍，大着胆子前去劝解。可花脸不吃这一套，连我也欺侮起来。俗话说兔子不急不咬人。在忍无可忍的情况下，我拼力反抗，和花脸争斗起来。白蹄蹄吓得在一旁发抖。

身大力不亏。我有力量。一旦鼓起勇气，花脸不是对手。它被我抓咬得遍体鳞伤，趴在地上爬不起来，肚子一鼓一鼓地喘大气。我想狼妈妈回来，看到花脸如此严重的伤势是不会原谅我的，等待我的将是一场更加严厉的惩罚。我横下一条心，认啦。

狼妈妈觅食回来了，看到花脸趴在地上的模样，只是轻轻地把它叼到一旁，伸出血红的舌头舔了舔它的伤口。然后，来到它常趴的山洞左侧，脖子一缩，大嘴一张，呕地一声，从胃里倒吐出一团兔子肉。

这是狼类特有的储存食物的功能。狼心最贪。每获得猎物，特别是大的兽类，恨不得一口全吞进肚里。每吃一次食物，可以顶9天不饿。3天喝风，3天饮水，3天消化。然而，也由于此种原因，往往让敌人钻空子。由于吃得特别饱，食物在肚子里坠得跑不动，身上也无力量，不少狼就在这时候丧命于人类的手中或猛兽的爪下。

我们一天天长大了，狼妈妈的奶水不足了，它就给我们肉吃。这次，大概因为我胆子大了，打败了花脸，狼妈妈高兴，在分肉时，它给了我块最大的。

从此，我的胆子逐渐大起来，行动放肆起来，最后走向霸道。只要狼妈妈离洞，我对它们越来越凶狠。它们5位没有一个不被我撕咬过。它们都怕我，我体会到统治者的快感。狼妈妈不在时，只要我的喉咙里发出轻轻的啸声，它们一个个就吓得紧贴洞壁站立，瞪着两只可怜兮兮的眼睛，不知所措。我在它们当中树立了绝对权威。它们怕我胜于狼妈妈。

物极必反。随着年岁的增大。它们5位对我的仇恨越来越深，它们之间的友情也越来越深了。不但当我睡着后团结友爱地挤在一堆，嬉戏欢笑玩闹得十分开心，而且当我醒后还敢站在一起，对我怒目而视。我们双方的敌对气氛越来越浓了。

我对它们的这种行为恨得要命。只要看到它们5个挤在一起亲昵嬉笑撒欢，我就心跳加快，赤头涨脸，妒火中烧。一种恶狠狠地严惩它们的欲望强烈地膨胀起来，嘴里发出低沉凶猛的啸声。而它们可怜兮兮的眼睛却变成了严阵以待警惕的眼睛。有时候，居然在花脸的带动下，抖着胆子摩拳擦掌，准备应付突然的袭击。

我的第六感告诉我，我们兄弟姐妹之间要爆发一场恶战。这场恶战对我是十分重要的，要么，我是胜者，变成真正的狼，脱离人的一切特征，树立我的绝对统治权；要么，我是败者，进一步发展人的软弱，沦为它们的仆从。

这天，狼妈妈又外出觅食去了。我趴在我的明亮温暖舒适的领地想心事，没想到白蹄蹄突然打个喷嚏，溅我一脸唾沫星子。

白蹄蹄是我最小的妹妹，是最后一个爬出狼妈妈肚子的，身体瘦小，但动作灵活，婀娜多姿，惹人喜爱。原来我们之间的感情是最好的，它经常跟我撒娇飞媚眼。也不知道为什么，它越来越疏远我，挤在花脸面前卖弄风骚。我早想惩罚它了。

我抓住这个机会，扑向前去，把白蹄蹄按倒在地，又撕又咬。别看我的模样凶，根本没下死劲，不过吓吓而已。没想到这个小东西却没命地嚎叫，好像到了死亡的末日。

花脸听着白蹄蹄叫得惨，带着另外3个混账东西，从我背后袭击上来。它们团结一致，拼死舍命对我进行攻击。它们咬我的耳朵，撕我的脊背，扯我的肚皮，叼我的蹄腿，连白蹄蹄这个小东西也狠狠地咬着我的尾巴，无论我怎么摇甩也不松口。

俗话说：好拳不敌四手。在那5个混账东西齐心协力联手攻击下，我失去了进攻的能力，只有频频挨打了。

在一阵你死我活的互相残杀之后，每个人都伤痕累累。我是其中最惨的。耳朵撕裂了，肚皮扯破了，腿瘸了，背烂了，半截尾巴差点让白蹄蹄给咬掉了，浑身上下没有一处不流血，模样十分狼狈。

而它们5个东西，却挤在一起，互相安慰着，互相舔着伤口，不但没有痛苦的表现，反而透露出胜利者的欢乐。我想蹿上去咬断这些狗男女的喉管，出出积聚在心口的闷气，报一箭之仇。但是，全身疼痛，四肢瘫软，空有一腔壮志。

狼妈妈觅食回来了，一看到混乱不堪的"战场"，除用前爪扒平铺在地上的兽毛等物之外，其余的就视而不见了。我用狼类特有的叫声和动作向它诉苦、告状，它还是无动于衷，最后，只是伸出血红的大舌头舔了舔我的伤口。那伤口经狼妈妈一舔，顿觉疼痛减轻大半，如同撒上了清凉的消炎粉。

吃了大亏，我不甘心，伤好后，我又主动进攻那5个混账东西。有了第一次的经验，这次它们配合得更加得心应手了。我身上留下的伤痕比上次更多更严重。

狼妈妈还是听之任之。特别令我难忍的是，它对我们兄弟姐妹之间的残杀恶斗不但不反对，还有几分欣赏的意味。

狼妈妈为什么这样呢？我大惑不解。这不但削弱了我们母子之间的亲密情感，而且让我对它产生了怨气。

六

我变得阴郁孤独起来，行动冷漠，神情肃杀。不和兄弟姐妹嬉戏玩耍，也不理睬狼妈妈。一个人趴在岩洞的阴暗的角落里，有时一天不动窝。

这天，狼妈妈带领我们走出岩洞，去熟悉大千世界。我无精打采地跟随其后，一步一个阴冷。

时值阳春三月,太阳暖洋洋地照耀着山峦,旷野间充溢着氤氲之气。山风徐徐吹来醉人心脾的野花芬芳。山坡上的野花一片嫩艳,树木的枝条碧绿。美好的大自然,令我神清气爽,忘记了忧愁烦恼,灵魂和大自然融为一体了。

我正无忧无虑地饱览大自然的美妙风光,看到走在最前面的狼妈妈突然站住了,向我们发出安静的指令。只见它警觉的耳朵高高地竖起,扬起颈脖,脑袋高举,双目凝视前方,强劲的四肢微微弯曲,脚爪紧紧地抠住地面,做好了突然出击的准备,我不知道它要干什么,大睁着双眼看新奇。

狼妈妈又向我们发出注意看它行动的指令。就在一刹那的工夫,只见狼妈妈的身躯在空中划出一条土黄色的弧线,以迅雷不及掩耳之势蹿向前去。

在我还没有反应过来之际,狼妈妈已经捕获了一只肥大的野兔,叼在长着两排铁钉般牙齿的大嘴里,不急不忙地走来,让人想起凯旋的将军。

狼妈妈勇猛迅捷的行动,敏锐准确的目光,坚硬如铁的牙齿,锋利似钩的爪子,都是立身于狼界必不可少的条件。我佩服狼妈妈。优胜劣汰,这是不以人的意志为转移的自然规律,要立于人世,我必须强大起来。

母亲是人生的第一个老师。狼妈妈捕捉野兔的行动,给我初涉人世的启迪。我要向狼妈妈那样,具备狼界第一流的本领。不,要比狼妈妈还强,还厉害,成为独霸一方的狼界领袖。

我的思想飞跃到一个高的层次,再不与自己的兄弟姐妹闹无原则的意气了。我的前进目标明确了,心胸开阔了,心情愉快了。

我那争强好胜的心,促使我奋起,孤独阴鸷变成了无坚不摧的意志。我撕扯树根、野蒿,锻炼牙齿的坚韧和锋利;不停顿地奔跑,锻炼速度和力量;跳跃山涧沟壑,锻炼爆发力和勇敢。

从狼妈妈的眼神里,看到了它对我行动的赞许。但是,不知为什么,正在我

石嘴山市城市文学丛书（小说卷）

　　锻炼得起劲的时候，狼妈妈突然蹿上来，恶狠狠地在我的右前脚咬了一口，一股疼痛直钻心肺。低头看时，伤口鲜血淋漓。

　　我怒火中烧，原来的那一点儿的怨恨，陡然增大百倍。对它的逆反心理更加强烈了。我耍开了拗脾气，强忍着右前脚的疼痛，用三条半脚（右前脚有时虽然沾地，但用不上力量），继续练习我为自己规定的科目。

　　没有想到，当我的右前脚肿胀消失伤口愈合时，狼妈妈又蹿上来，在旧伤口上更加厉害地再咬一口。然而，我决心已定，不管碰到什么困难，也阻挡不住我当"狼霸"的强烈愿望。狼妈妈的行动，只会增强我的前进动力。我坚持不懈地用三条半腿练习奔跑，跳跃。

　　狼妈妈故意跟我作对，反复咬伤我的右前脚，旧伤痕上又加新伤痕，把我逼到了愤怒的顶点。如果不是理智控制着，我会干出偷袭狼妈妈的蠢事。

　　我的右前脚的伤完全愈合了。这天，无意中发现右前脚的环（就是爪子）比其他三只脚的都锋利强劲。我蹿到一棵粗壮的白杨树前，试着用右前脚的环抓树。哎呀，好厉害！一爪上去，好似刀削斧砍一般，树皮纷纷下落，锐不可当。

　　我的眼泪簌簌落下。狼妈妈用心何其良苦！因为右前脚有伤，在着地时用力很轻，减少了对环的磨损，才培育出这如同铁钩似的武器。一只狼，如果没有致敌于死命的武器，是不能立于狼世的。就因为狼妈妈偏爱，才让我"必先苦其心志，劳其筋骨，饿其体肤，空乏其身"，获得灵魂的震颤、肉体的磨炼。

　　我十分惭愧地跑到狼妈妈面前，搂着它的脖颈尽情地亲吻。狼妈妈的恩情，今生今世难以报答。我在心中一遍又一遍地喊着："狼妈妈，你真是一位好妈妈！"

七

　　除了我和白蹄蹄，花脸它们4个全都离开我们这个狼的家族，到另一个世界里去了。

在一个多星期前，我们6个兄弟姐妹几乎是同时发起烧来。不到一天，高烧导致头脑昏沉，眉目不开。我们出天花了。

天花，是狼类的天敌，有70%的幼狼崽死于此疫。狼和狗同属一科，习性、生理基本相同。由于狼类的多疑和凶残，自我保护能力强，成活率高。只有天花限制了狼群的发展，保持了狼界的自然生态的平衡。

我深知天花的厉害。这次身染此疫，必死无疑。这次死后不知会是怎么一种样子，但愿我的灵魂不灭，再次知道身前身后事。

当我们烧得几乎不省人事时，狼妈妈首先把白蹄蹄叼出去了，接着又把其它几位也叼了出去，最后才轮到我。

狼妈妈把我叼到岩洞外的山坡上，轻轻地放在一个面盆大小的深坑里，又叼来三四个驴粪蛋堆积在我的鼻孔上，然后埋上厚厚一层土。

我借助于驴粪蛋间的空隙呼吸新鲜空气，借助于凉森森的大地降低肌体的温度，心中舒适多了。困乏上来，不知不觉迷迷糊糊睡着了。

当我苏醒过来的时候，只有我和白蹄蹄两个，偎依在狼妈妈身前。我们两个都瘦得脱了形，肋骨暴突。

狼妈妈也像经历了一场大劫，耗尽了全身的力气，瘫软地趴在石洞里，把我和白蹄蹄紧紧地搂在怀里，喉咙里滚动着阵阵悲呛的啸声，眼里闪着失子的悲哀。

俗话说：病害人，病也养人。我和白蹄蹄分别埋在土坑里，整整一个星期，没有吃东西也没有喝水，全靠消耗自己体内积存的营养维系生命，躲过了天花的灾难。其它4个伙伴没有躲过灭顶之灾，长眠在土坑里了。

狼妈妈发现子女染上天花时，先把身体最弱的白蹄蹄叼进土坑，埋土降温，依次进行，最后才是我这身强力壮的。狼类的心是公正的。

从此，狼妈妈把充足而营养丰富的奶水源源不断地供应我们两个吃，把分摊在6个儿女身上的爱集中到我们两个身上。我们比以往舒适多了。可是，心里却

石嘴山市城市文学丛书（小说卷）

空落落酸楚楚的，无论如何也高兴不起来。只要一闭上眼睛，那4个伙伴就活灵活现地出现在面前。它们生活在狼界时，我视它们如仇敌，一旦失去，又觉它们可亲可爱，连历次的你撕我咬，也变成了甜蜜的回忆。

严酷的现实是难以改变的。我们母子3个只得相依为命地生活下去。我们更加互相关心，互相爱护，都把纯情、爱心毫无保留地奉献出来。我们这个家庭也更加温馨可爱了。

这天，狼妈妈带领我和白蹄蹄到山洞外玩耍。我学狼妈妈捕杀野兔的方法，捉住一个短粗肥胖的田鼠，叼到狼妈妈面前表功。

狼妈妈兴奋起来，如同人类的母亲接到儿女上班后交回第一次拿到手的工资，喜悦之情溢于言表，眼里闪着激动的泪花，机警的耳朵微微颤抖着。

这是儿女长大成人的标志。这是母亲从十月怀胎以来辛勤劳碌的报偿。母亲梦寐以求的就是儿女的哪怕是微薄的一点儿的孝心。

狼妈妈开始教授我们捕获猎物了。它首先给我们表演抓、撕、扯、咬、捕、擒、蹿、跃的基本动作，然后带着我们捕猎田鼠、山鸡、野兔、狐狸，最后才是黄羊一类的较大的猎物。狼妈妈的一招一势，都是那么准确有力。

狼类对于人类饲养的家畜、家禽，不到饿得无法支持的时候是不会伤害的。对于人类本身，它们十分害怕，不到人类危及狼类的生命，是不会主动向人类进攻的。对此，狼妈妈一再郑重地告诫我们。

我们获得一定的涉世经验后，狼妈妈训练我们最多的不是进攻，而是如何躲避外界对自己的伤害。它让我们首要记住的是在遇到突发情况时，心中不要慌张，要立定脚跟，利用最短的时间弄明原因，万不可转身就跑，那样就会带来不可挽回的损失。据此人类有"当面的狐狸背尻子狼"的谚语。这话是说狐狸碰到人调头就跑，狼碰到人，站定对人注视，人不转脸走狼也不转脸走。

有一次，狼妈妈捕到一只又肥又壮的黄羊。

狼妈妈没有马上咬死黄羊，而是叼住黄羊的咽喉，用尾巴打着黄羊的屁股，带着跑，然后让我们学它的样子驱赶黄羊。等我们学会后，它才咬断黄羊的脖颈，教我们从动脉血管里喝血，又教我们如何撕扯开黄羊的肚皮，掏心肝等五脏吃。

我觉得自己真正变成了狼。不过，看到瑟瑟发抖的黄羊，内心还是有些颤动，萌生一缕恻隐之情。

八

其实，离真正的狼我还相差甚远。在捕杀大公驼中我翻了船。

骆驼是温顺的，但也有很强的自我保护能力。每当它碰到危险时，第一招抵抗是用鼻子喷泡沫。那泡沫如果沾在对方身上，比硫酸还厉害，皮毛会一点点溃烂，虽不能马上致敌死命，但长期不愈，疼痛难忍。骆驼最有力的防御武器是含有丰富营养的肉墩墩的大蹄子。那蹄子有千钧之力，能踢，能踏，能扒，能甩，只要碰上对手，就会筋断骨折。骆驼的最后一招是逃跑，一旦敌不过对手，就散开四蹄奔跑。别看它平时温顺而笨拙，疯劲上来，骏马也让它三分。

我这个自认为狼性十足的"人狼"，觊觎骆驼岂不是自讨苦吃。

我捕杀骆驼，正是秋高气爽的时候，草黄驼肥。我受惊险的诱惑，总想捕猎骆驼一试身手。那天，狼妈妈带着我和白蹄蹄下山，隐藏在戈壁滩的芨芨草丛中。在草滩前有一条骆驼踏出的小道，留下明显的蹄印和一团团驼粪。我们母子3人伏在芨芨草深处，身上的毛色和芨芨草融为一体，即使走进草丛也不易发现。

我们潜伏多时，仍不见骆驼的影子。我年轻的心急躁起来。狼妈妈踢我一脚，用目光责备我。我违犯了伏猎的规矩，满脸羞愧，赶紧把心稳定下来。

我们从半上午一直潜伏到太阳平西，又渴又饥，又累又乏。正当精神涣散的时候，狼妈妈发出集中精力的指令。我学着狼妈妈的样子把耳朵贴住地面，听到十分微弱的扑咚声有节奏地传来。

石嘴山市城市文学丛书（小说卷）

  狼妈妈把身子伏得更低了。我和白蹄蹄也学着它的样子，尽量压低身姿。对狼类来说，捕猎就是生死攸关的战斗，来不得半点儿的马虎。

  那扑咚的有节奏的响声已经响到我们面前，狼妈妈抬起头来，半蹲着身躯，做着出击的准备。

  一只肥胖高大的公驼一撞一撞地走着。他直挺着脖颈，高举着头颅，眼睛看着远方，高耸的驼峰威武雄壮，碗大的蹄子充满力度，四条铁柱似的腿健美有力，黄色的毛如同绸缎没有一根杂色，活像一位风度翩翩的绅士。

  大公驼眺看着远方，根本没有发现我们母子3人的潜伏。我们狼类就是利用驼类顾远不顾近的弱点，发动近身攻击。

  由于对手强大，狼妈妈怕我初次上阵有个闪失，改变初衷，要亲自出击。我哪里愿意。在我的一再坚持下，狼妈妈只得放弃自己进攻的打算。

  大公驼来到我们面前，我不失时机地纵身一跃，猴上驼背。这只大公驼有着丰富的阅历。在我纵身的刹那间，已经警觉到了危险。我刚猴上驼背，还没来得及把锋利如钩的前右爪深深地抓进驼峰，它就开始了尥蹶子蹦跳起来，想把我掀下驼背。

  这全怪我捕猎经验不足，没有按照狼妈妈教授的要领一丝不苟地去做。正确的捕猎骆驼的方法应当是在猴上驼背的同时，把前爪抓进驼峰，做好自身的保护。我预感到凶多吉少了。

  正在这千钧一发的时刻，狼妈妈发出一声惊天动地的长啸。大公驼听到这声嚎叫，猛然一愣神，蹦跳仅仅停止半拍。我利用大公驼的半拍停顿，右前爪深深地插进驼峰，无论大公驼如何蹦跳，再也不会把我摔下来。

  狼妈妈的一声叫救了我。母子连心，母亲的情是难以报答的。我再也不敢麻痹大意了，下面的各个环节按照狼妈妈的教导，毫不走样地去做。我紧紧抠住驼峰，任凭大公驼疯狂地蹦跳，我猴在驼背纹丝不动。

大公驼跳够半个多时辰，气力不支，准备放慢速度缓口气。我抓住这个机会，毫不迟疑地把后腿的右爪插进大公驼圆滚滚的臀部。用力一蹬，只听嗤喇一声，一块锅盖大小的驼皮活生生地被揭下来，如同一面破门帘子在大公驼的后腿上扇乎着。

钻心的疼痛使大公驼再次狂蹦乱跳起来，但是，力量却大大减少了。

在大公驼的蹦跳对我构不成威胁时，我伸出右前爪，绕过大公驼细而短的尾巴，对准肛门，狠狠地一爪子抓下去，向外猛一拉，大公驼的肛门连同肠子被揪了出来。

大公驼又蹦跳起来。我猴在大公驼的臀部，从容不迫地向外扯大公驼的肠子。血淋淋的肠子如一匹红绸子在空中飘荡。大公驼疼痛得浑身颤抖，发出长长的哀鸣，吼声凄惨悲凉。

我的心颤抖了。大公驼回过头来，我看到了它的眼睛。那眼睛痛苦而绝望，且带着对世间的深深的眷恋。我不由打了愣怔。不幸的是，就是这瞬间的愣怔，我被大公驼一蹶子掀下驼背，接着便被那千钧之力的蹄子踩住了，只听一声骨折肉裂的脆响，我失去了知觉。

九

我从睡梦中惊醒了，大汗淋漓。

我想到一位作家对我的评价："以先生的为人，即使成为狼，也是温和的狼。"

青山易改，禀性难移。

（选自《郑正小说选》，内蒙古少儿出版社，1994年）

石嘴山市城市文学丛书（小说卷）

半边

胡力扬

胡力扬（1979—），女，宁夏中宁人。1999 年毕业于南京特师教育师范学校，现就职于石嘴山市特殊教育学校。2010 年至今在《贺兰山》上发表过小说《一地霞光》《老陈中彩》《半边》《善面》《大槐树下》等，在《石嘴山日报》上发表过散文《秋》《释怀》《一只小狗》《父亲的眼泪》等。

海啸家搬来的那天是个大响晴。天，敞亮敞亮的。

半边在胡同口看到陌生人叫个不停。眼前一车家电器物在它看来不像是有人搬来而是要从某一家偷走些什么。作为狗来说，半边时刻在履行着它的职责，毫不懈怠。直到它厌倦了人来人往，才住了汪汪地叫唤，接着才注意起这户人家。方春妮也是这时候关注起了这家人。女人瘦高瘦高的，烫着一头卷发，男人显得比女人略矮了几分，架着副眼镜，很有学问的样子。他俩都穿着劳动布质地的蓝衣服，看起来跟自己父亲穿的没什么两样。他们都戴着白手套。白手套似乎也是第一次戴，指尖部位还支棱着，不大服帖，好像那手套本身就不属于他们。

这家有个和自己差不多大小的男孩，穿一套天蓝色运动服。这套衣服的裤子是松紧腰的，很流行，方春妮一眼就看得出来。不管是男孩还是女孩穿了它都很好看，还能显示出运动的活力。她曾经梦想有套这样的衣服，玫红色。

那男孩一会儿在车上，一会儿在车下，很有力气，满脸通红，鬓角处流下两股清晰的汗。他眼睛大，睫毛长，像新疆人的眉眼那样。方春妮想，好俊俏的一个男生。

这家人的锅碗瓢盆少，纸箱多，都用胶带封着。一个空书架紧贴在汽车驾驶楼后面站立着，用绳子拦脖子、拦腰、拦腿绑着，像伤胳膊伤腿的病人打了石膏那样稳妥。一张桌子下放着个几乎和桌子一般大小的鱼缸，空的。下面垫着块毯子，几个人向下抬的时候，那男孩铆足了劲儿，他父亲在下面边抬边指挥。想来，这鱼缸在这一家的地位不一般。

房后有片小树林，像是野生，又像是经人种植才有的现状。那片树林没有人修理，它们毫无规则地肆意乱长，不像是要成材的样子。夏季，植物们挨着个儿展示拳脚，疯狂茂盛的时节，林子中间会漫过人影，密密地连接在一起，最高处没得过人头顶。这样的小树林不是排列着一齐长，几乎是一丛一丛簇拥在一起，倘若有人躲在里面断然难以寻觅。小树林旁边有些空地，附近的居民把这些空地开垦成了几块菜地，方春妮家有一块。

方春妮准备带着半边去小树林撒欢的时候看到了新搬来的这户人家。

半边是方春妮送白米粒回家回来的路上捡的。那天，半边躺在路边树坑里，脑袋挨在路牙子上半闭着眼睛，左边的后腿瘸着，还淌着血，奄奄一息。方春妮永远也忘不了第一次见到半边时的那双眼睛，半睁着，水水的，看到春妮，那眼神分明是在祈求，像是努力在抓一棵生命稻草般动了动前爪。她迟疑在这个可怜的小动物面前，它立刻多了些希望似的眨了两下眼睛，然后努力往大睁。方春妮最终没有硬起那颗肉长的心，把它抱回了家。仔细用纱布包扎好后，喂些口粮，它渐渐活了。几个星期就精神起来，出落成个恢复健康的白胖子，圆润润的，只是那腿仍然拖拉着，没有要好的意思。半边奔跑起来总没有健全的狗那般利索。

方春妮叫它半边，她觉得半边像极了自己。她左半边脸的面颊到嘴角左边是块大大的胎记。胎记紫红色，像是一块新鲜的猪肝。原以为年纪长些，它会慢慢扩散开，但到现在，接近成人的面庞，它丝毫没有消褪的意思。

小树林不远处是一个两操场大的湖，湖里时而会蹦跳些鱼出来。半边常常会对着那鱼欢呼雀跃。

太阳要落山的时候，方春妮带着半边回家了。新搬来的这家门口留着些车辙，宽宽的，一丫一丫，绳子和手套躺在墙边。那个卷发女人手里拿着笤帚正向院子外面扫着。看到方春妮，向她瞟了一眼，过后又抬起头仔细瞅着。瞅着所用的时间要比瞟一眼所花的工夫多得多。这是一个信息，在第一印象经由神经传达到大脑后留下痕迹，之后才能够反映出其实质性内容。遇到这种情形一般是发现了两种极端——极美或极丑。倘若是极美却又要产生这种效应通常要经过特定装扮，比方说浓浓的舞台装。极丑的则不然，没有谁愿意把自己往丑里摆弄，这没道理。卷发女人发现的是后者。

说到底，长相其实不是为了自己，纯粹是为了愉悦别人的眼球，给别人看的。是别人的评价造就着长相，而后给自己心里摆出位置，这个位置决定着自己天生的自信程度。脸，分明是给别人找乐趣的。从别人眼里能看到自己的形象，这形象来自别人的反应。长相好看的说，她咋长成那样；长得歪瓜裂枣、满嘴龅牙的说，幸亏我没长成那样。还有人问她，你怎么长成这样了？怎么搞的？有人好奇，想问，但不敢，就跟她套近乎，等熟悉了再问，问完，便跟她疏远了。

卷发女人的那一瞟，那一瞅，心中的疑问产生了。这是谁家孩子？怎么长成这样了？

卷发女人原本是文工团的舞蹈演员，上了年纪，到不能再上舞台的时候转行到了企业。春妮父亲方和平是厂里的工人，常年在车间上班。卷发女人薛雅丽一到厂里就是工会主席，她跟着丈夫来这个厂。厂里从俄罗斯进口了一批机器，省里和厂里的领导亲自到俄罗斯买的新设备，由上级单位指定一个翻译到厂里去组织设备安装调试和与俄方技术人员的沟通协调工作。翻译提出的要求是让他妻子到厂里去做一个领导。80年代，会英语的也没几个，懂俄语的更少。领导们翻遍所有档案才找到这么一个懂俄语的精英，人家要什么就答应什么。要房子，马上分配，要调老婆，一签字、一盖章、唰、啪，就落实。薛雅丽两口子还没去上班，就先把家搬停当了。

那个俊俏的男生叫海啸，是薛雅丽的儿子，他的确和方春妮同龄。班主任把海啸领到教室里的时候，大家都抬起头，方春妮一眼就认出了他。

没几天，薛雅丽就跟同事们熟悉了，接着跟邻居们也熟络起来。薛雅丽到方和平家串门，主要目的是让春妮帮着她儿子点儿，她儿子到了新环境肯定不适应。

薛雅丽高估方春妮的同时低估了儿子的能力。春妮不大说话，就算不是脸上的胎记，她也是个内向的人。人的性格内向还是外向从她的眉眼就能看得出。方春妮的眼角和眉梢都略微向下降，看人的神态有股生来就有的可怜相。牙齿整齐洁白，但她很少笑，让人见了总有句"这孩子真可怜"的话想从心里往出涌。男孩子有股天生的交际能力，只踢了两场球下来，海啸就与所有男生称兄道弟了。

最先喜欢海啸的是英语老师，他能叽里咕噜、噼里啪啦地说一串又一串英语，偶尔他还能冒出几句俄语。老师说他的口语很地道。这样的男生在班里最惹眼。

除了白米粒，方春妮没有一个朋友，她说话声音很小，像没有吃饭，用鼻子哼哼着一样。老师从来不提问她，她也从来不举手回答问题。大家只是知道班里有这样一个人，而这个人带着半边脸的胎记。大家问过这胎记的原因，老师也问过。问的结果是方春妮低着头不吭声。老师说方春妮不能正视自己的缺陷。老师还说对于缺陷我们要有勇气去面对，如果连自己都不能够勇敢面对，那将来什么事情都做不了。

  方春妮之所以能成为白米粒的朋友，是因为白米粒放学回家与方春妮同路。到方春妮家路口，她向北面的胡同拐一段就到家了，白米粒家还要继续向西走七八分钟才能到。到方春妮家路口要分别时，白米粒总会对她表示出恋恋不舍，像是从此分离再也见不到面一样。白米粒牵着她的手，让她陪她再走一段，走过几百米再请求她陪她走一段。结果往往到了家门口，白米粒再向方春妮挥手说再见，或者，白米粒干脆就要求方春妮送她回家。她说，一个人在路上害怕。方春妮就这一个朋友，她每天都照白米粒说的做。

  海啸渐渐成了班里的红人。白米粒与方春妮的关系越来越亲密。她时常会在教室里大声喊方春妮的名字，约她一起回家或商量周末到她家去看狗的事情。教室里总回荡着海啸的笑声和白米粒的叫声。海啸似乎很博学。他很注重自己口才的锻炼，时常冒出些谚语、歇后语什么的，惹得全班同学总在思考，他懂的怎么那么多？海啸像个领袖，总有许多人围着他转。

  方春妮家有些寒酸，全家靠父亲方和平在水泥厂当工人挣钱生活。

  白米粒来方春妮家看半边，她很高兴。半边的个头已经很高了，但它仍然拖拉着一条腿。白米粒拍拍半边的脑袋说，你真可怜，之后，就进屋和方春妮聊天。

  "你们这附近几排房子都是水泥厂的人住吗？"

  "嗯。"

  "这里所有人你都认识吗？"

  "差不多。"

  "你平时跟他们玩吗？"

  "很少。"

如果是平时，方春妮就会不高兴，但白米粒是第一个来她家玩的同学，她不愿意不高兴。方春妮的这一态度有点巴结，有点渴望，有点祈求，甚至有点卑躬屈膝。

"你去过海啸家吗？"

"没有。"方春妮说。

"那咱们今天去他家玩玩吧。咱们仨是同学，就说要问他个单词怎么读。"白米粒说。

白米粒翻开书，找到了 apparently 这个比较长的单词。就这样，她确定了不会读的词语，并且郑重其事地说要去找海啸学习。学习是正经事，无论什么时代，只要跟学习搭上界，于情、于理、于对方、于自己都说得过去，完全说得过去，这不需要解释。有什么事比学习重要，有什么事能让学生学习这样重大的事件被耽误过去呢？！没有的。白米粒大方自如地拉着方春妮去找海啸。那形式看上去有些兴奋、有些激动、有些急不可耐、有些求贤若渴，好似 apparently 这个单词是座难以逾越的高山，只有咬紧牙关、坚持渡过就一定能够达到胜利的彼岸。

他们敲开了海啸家的门。薛雅丽正要出去，白米粒说明来意，薛雅丽满口答应着将她们让进屋。之后，随着一阵茉莉花香随风而逝——海啸妈妈出门了。

他家竟然有地毯，红色的。他家竟然还有鱼缸，很大，像桌子那么大。这鱼缸就是他们搬家那天方春妮看到的桌子底下放着的那个。那时候看到的仅仅是个硕大的玻璃器皿，现在见到的却是一个真正的鱼缸，里面游动的不是红色和黑色的金鱼，而是色彩斑斓的热带鱼，三角形的那种曾经在美术书上画过。还有一种很大的，比鲤鱼略短一点、稍宽一些、微扁几厘米，大体模样像是普通的鱼，但游起来却十分灵活好看。鱼缸里有个东西一直在冒泡，还有个棒子，海啸说那是加热棒，天冷的时候加热用，冒泡的那个是氧气泵。在方春妮和白米粒看来能和氧气、泵挂上钩一定是个非常高级的玩意。方春妮很新鲜，一脸好奇的模样，白米粒也好奇,但她很矜持。

好奇有股巴结相,白米粒丝毫没有现出那相。好奇这东西表现出来就是傻,就是憨,就是呆,就是穷酸,就是土气,就是没见过世面。白米粒用表面的沉静与镇定压抑着她内心由好奇而冒出来的猥琐。她压得沉、压得稳、压得自如、压得不露声色、压得不屑一顾。这景象好比方春妮是个穷人家的丫头,而她白米粒是个富商家的小姐。

海啸的墙上贴着好几张马拉多纳的贴画,一看就知道是从杂志上揭下来的。方春妮的脑袋还停留在鱼缸前的时候,白米粒已经为这个发现兴奋不已了。她还发现了他家的书架,上面有许多书。她仔细看着那些书。

从海啸家出来的时候,白米粒问他 apparently 的读法。白米粒读了,让海啸一遍一遍教她读。方春妮认认真真读了五遍,她想,一定要记住。

从海啸家出来,白米粒就背起书包回家了。歌声伴着她一路。

方春妮在班级里永远都是沉默寡言的状态。她可以不存在,大家一直都觉得这个半边脸有胎记的人可有可无——对于她,他们没有什么可以认为的。

沉默寡言的人有时也会引起别人的注意。这一日,方春妮像是陌生人第一次见到她半边脸上那涨红的胎记一样引起了全班同学的再一次注意。

体育课上,女生们在垫子上练前滚翻,一个挨一个。从双手抻垫子、脑袋挨垫子向前翻的过程中轮到方春妮。她已经躲过了两轮。性格内向的人向来怕上体育课、怕开联欢会。老师的话起了巨大的作用,没有练的同学,如果再不练,考试的时候就只能是零分了。这话摆明是在点名,如果再不翻,老师喊出名字来,脸上就不好看了。

方春妮正蹲在垫子后面,目光通向垫子前方,双脚攒起,憋起一口气准备向前翻。突然间,她感觉到有股莫名其妙的力量推着她朝自己该有的方向翻去,等到她反应过来,站在旁边的同学已经笑开了。后面的男生也一个个笑得前俯后仰。海啸在操场另一头开了个大脚,那球的落点不偏不倚直冲冲落在方春妮那刚刚撅起的屁股上。海啸这莫名其妙的一脚羞红了方春妮的脸,连那胎记似乎都成了一抹灿烂的烟霞。随后,她便多了份思想。

方春妮照镜子的频率越来越高。她开始注意各种各样的抹脸油。方春妮变了,越来越爱笑了,走在路上她心里都甜甜的。早晨背起书包出门的时候,她在想,如果海啸和她一起出门那又是上天注定给他们的缘分。他俩几乎每天都一起出门,海啸骑自行车的背影在方春妮眼里都英俊、伟岸起来。那背影似乎不仅仅是一个男生的后背,而是一块光明、透亮的水晶,里面镶嵌着一双水葡萄样乌黑的眼睛。方春妮目不转睛地望着他,一边看,一边在笑,不仅在笑,还笑出了声。

教室里只要有老师或同学一喊到海啸的名字,方春妮心里就会咯噔一下,接着,顺理成章地向那边看看,不需掩饰,看得肆无忌惮。那态势恨不能从海啸眼睛里拽根绳子,让他也回头看上自己一眼。

想到他的目光落在自己脸上,方春妮又不自在起来。脸上这块胎记像是心头多出来的一块瘤子,她总想把它揪掉,揪不掉就剐,一刀一刀地剐,一刀一刀地剜,剜不掉就挑,一点一点地挑,挑不掉就铰,一点一点地铰,直到它全部消失,不留下丝毫痕迹。

春末夏初的一天,浅灰色的天空让人分不清时间。阴暗、懒惰、昏昏沉沉,让人总以为天还没亮。如果一大早方春妮就看得到海啸,这一天她的心情就会阳光灿烂、万里无云,像海啸家刚搬来那天一样敞亮敞亮的。可这样一个阴天的早晨没碰到,她的心就萎缩了。

就在她仔细瞭望前方的那一刻,后面骑来了一句话:"要迟到了,还不快走?"不用回头,方春妮便知道这是海啸。说话的当口,海啸已经将自行车的速度放慢了。海啸的这句话和他的行动分明是告诉她一个信息，一个准确的信息。她及时而又迅速地捕捉到了它。

海啸的话刚落脚的工夫，方春妮腾地一下准确无误、不容置疑地将屁股落在海啸自行车后面的座子上。海啸犹豫了一下，随后风驰电掣般地向学校奔去。

白米粒在路边走着，两个熟悉的身影从身边滑过。方春妮笑得一脸灿烂，连那半边脸的胎记也神采飞扬般活跃起来。随后，除了方春妮沉静在自己美好的想象中以外，海啸骑自行车带方春妮上学这件事情全班同学都知道了。

在一切美好的想象中自然有半边的影子。方春妮有什么话都愿意跟半边讲。这段日子方春妮高兴极了，她把自己小时候戴过最珍爱的一串水晶项链戴在半边脖子上，还让半边照了照镜子。方春妮说，如果你高兴就叫两声，再摇两下尾巴，半边就叫两声，又摇了两下尾巴。

这一晚的辗转反侧让她将自己脸上的胎记都忘得一干二净。夜晚真好，它让自己脸上的缺陷消失得无影无踪。

辗转反侧后的第三天，方春妮收到了一张纸条。

数学课上，方春妮一直低着头，盯着眼前的铅笔盒发呆。老师让翻开书的时候，她才一个激灵回过神来。翻开书的瞬间，一张纸条出现在方春妮眼前，那一刹那，她心里又涌出一股子希望。这希望让她颤巍巍、羞答答、娇滴滴的。方春妮下意识地向前面、左边和后面瞅瞅，的确没有人发现她的发现。她的右边是墙，倘若不是墙，她是断然不敢当时翻开看的，哪怕是仅仅翻开那么一个小小的角。

她悄悄将书的左边竖起来，将纸条翻开一条缝，看了一眼。开头写着春妮两个字，这两个字令她的脸火烧起来。这个小名只有爸爸、妈妈喊她。知道的人只有白米粒和海啸，而那笔迹明显不是白米粒的，她熟悉白米粒的字迹。

回到家，半边摇着尾巴迎接它心爱的主人。春妮迅速用语言引导着半边到自己房间。她让半边坐下，半边就卧起后腿，支棱着前腿坐在地上。春妮急不可耐地将纸条打开，上面除了春妮和冒号就四个字，我喜欢你。这四个字在春妮的眼里长得兴高采烈、五彩缤纷。

方春妮决定带着半边出去，她要去看看海啸。她洗了脸，沾着水将头发梳了又梳，直到每一丝都紧紧贴在一起，不让它们有一根在空中飞舞。春妮不愿照镜子，只要不照镜子，就看不到它，她脸上的胎记就不会有。方春妮不想看它。

把自己收拾停当，春妮又给半边打扮一番，用刷子沾了水把它身上的毛刷了又刷。只要有高兴的事，春妮总要让半边与她分享，她觉得半边完全能够明白她心里想的一切。她想，带着半边出门一定遇得到海啸。遇到了，她该说什么？一想到这些，春妮的心就怦怦地跳。走到海啸家门口的时候，院门虚掩着，春妮站在胡同口犹豫了，去还是不去？春妮低着头，咬着嘴唇，在心里踱着步子。她问了问半边，半边低下头将尾巴耷拉下来，春妮知道了，半边不同意她去，于是她带着半边往湖边走。

夕阳下的湖有着无限美好，微风漾起的粼粼波光似乎会顺着前方黑色的远山无限延伸，彩霞染出的一切总让人对水底和山那边的生命产生无尽遐想。就着夕阳的余晖，春妮的心总会跟着太阳走，带着笑，还一跳一跳的。湖边有一块母亲开垦的菜地，种着豆角、辣椒、茄子和西红柿。春妮常常会带着半边来摘菜。从湖边回来的路上，海啸妈妈刚刚从小树林出来，夕阳照在脸上红红的。看到薛阿姨，春妮激动的心又跳了起来。

仿佛害怕被薛阿姨看穿心思一样，春妮不敢迎接她的目光，低着头喊了声阿姨好。薛雅丽急忙拢了拢头发说："哦，是春妮啊，阿姨出来散散步，天快黑了，你赶快回家去吧。"随后，向树林望了望，半边冲着树林处一个劲儿叫。春妮唤着半边，加快脚步往家走。

看了那张纸条的除了半边，还有白米粒。

钱锺书说，男人和女人的关系往往始于借书，一借一还多出好多旁他的事情来。林语堂说,男女之间最暧昧的事莫过于借东西,一借一还便有两次见面机会。

　　这些都是从书上看来的,白米粒深得名人们的教诲。她来给海啸还书,一本小说,这是从海啸家的书架上借来的。借书、还书,多好啊!一切都显得那样合乎情理,那样高雅别致。来还书的当口,春妮偷偷让白米粒看了那张纸条。那张纸条是几个男生合起来模仿海啸的笔迹写的。白米粒知道。她朝春妮的脸上瞧瞧,思想了一番说,如果你脸上没有胎记,他也许会喜欢你。随后她莞尔一笑。

　　白米粒的莞尔一笑无疑给春妮带来了无尽伤痛,像是掩也掩不住的丑陋最终被扯掉遮羞布而大白于天下一样。春妮伤心了,她对着镜子看自己的脸,想用指甲抠,想用刀片削,想用开水烫,想用药水泡,只要能让那块丑陋的胎记从脸上消失,用什么方法她都愿意。

　　方春妮发疯似的找贴在电线杆上的广告。放学路上、街道旁,甚至连每个公共厕所贴的根治淋病、梅毒、脚气、耳聋广告的缝隙都不放过。终于在城郊路边的一个地摊上,她见到了"根除雀斑、胎记"的字样。一块红布上写着黑字,摆着只瓶子,是实验室里装硫酸那样带塞的瓶子。红布四角处用石头压着,生怕被风张起。坐在红布后面的男人穿着件洗不出本色的白大褂。春妮带上她所有的积蓄165元钱。这些钱是她从小到大压岁钱、零用钱积攒的全部。

　　看到春妮,那男人来劲了,眼睛死盯着春妮的半边脸。

　　那医生说药是他家祖传的秘方,抹上第二天有点痒,但记住,一定不能用手去挠,第三天有点疼,那是药水渗到皮肤内部的缘故。一个星期之后,会结一层痂,痂脱落后,新肉和新皮长好,脸上的胎记就会完全消失。

　　一步步程序合情合理、严丝合缝。

　　春妮到底是让他医治了。那人说本来要收230块,看她是个孩子就收180块。春妮连180块都不够,给了那人兜里的所有。

抹了药回家，春妮装着满心欢笑和喜悦。路过海啸家门口，春妮甚至还蹦跳了几下，哼了首歌。

第二天，春妮的脸的确有些痒，但她一点儿也不觉得难受，她甚至感觉到将有件值得高兴的事情会像喜鹊筑巢那样叽叽喳喳地跳跃在她脑袋上。

事情的确像方春妮想象的那样，喜悦总在光顾她。

她从厕所出来回到座位上，文具盒虚掩着，里面放着一朵绢花，是玫瑰，还有一张纸条。这次，春妮很大方地打开它，上面写着：如果你喜欢我，就将这支花戴在头上走到我面前。

有着医生给她的信心，春妮毫不犹豫地将那朵花戴在头上，走到海啸面前。那一刻，装在春妮心里满满的全是幸福和自信。那形式像是解放军占领了上海、志愿军跨过鸭绿江赶走了美国鬼子，雄赳赳、气昂昂的。春妮堆着一脸妩媚、动人的笑，海啸抬起头来迎接着她心花怒放的灿烂。他向左、向右、向后看看，没有别人，春妮正冲着自己笑，这笑让他莫名其妙，转而令他手足无措。全班同学都静了下来，等待着将要发生的一切。所有目光照得他茫然，照得他刺眼，而春妮却全然没有顾及这些，她自己的眼也全部落在海啸一个人身上，稳稳地砸在他眼里，等待着他给出她希望的结果。几秒钟后，旁边的男生忍不住笑出声来。接着，全班同学哄堂大笑。遮着嘴、捂着肚子、笑出眼泪、趴在桌子上的，各式各样，千奇百怪，应有尽有。白米粒斜着眼睛瞟向方春妮，冷笑着。

海啸的脸红了，从耳朵根到脑袋顶，红一阵、白一阵。春妮仍然盯着他看，旁若无人一般。他不知道怎么解决这突发事件。旁边的男生拍着他肩膀，推搡着他。接着，他噌地竖在春妮面前，让春妮由俯视变为仰视，"你有毛病啊？"这一刻方春妮抬起头环视才发现包围着她的是一教室的嘲笑。那时，老师已站在讲台上准备开始上课。

几秒钟的时间，像是度了几个世纪，事情发生了翻天覆地的变化。

春妮追求海啸这件事情成为新闻，全校皆知。

三天后，春妮的脸渐渐结成一层厚厚的痂。褐色，那褐色的痂越来越硬，像是寒风凛冽下的革制皮包，敲一敲能听得到梆梆梆的声响。春妮抠它、抓它、挠它，都丝毫感觉不到疼。那块皮已经死了，摸在上面没有血液、没有温度。

自从春妮脸上的胎记由暗红色变为褐色，注意她的人越来越多。走在路上，一个年轻的母亲抱着个一岁多的孩子正在散步，看到春妮，那孩子便哭了起来。母亲也吓了一跳，随后抱着孩子迅速离开。

放学铃声一响，全校同学都涌到校门口，春妮也在其中。忽然，人群中发出一声尖叫：春妮来了，大家快跑呀！大家像是见到了远古时代的怪物突然降临人间一样撒腿就颠儿。走在最前面的人没听清是什么，只知道大家一顺在向外赶也便随着人流涌动起来。瞬间，只有春妮一人站在学校门口。她拖拉着双腿一步一挨往家走。自此，春妮出门便戴着帽子。长檐，低下头正好可以遮挡住整张脸。

白米粒不再来找春妮，她直接去海啸家。春妮又同以前一样，不说话，总低着头，像是寻找丢失的东西一样。

半边依然陪伴在春妮左右，春妮摸摸它的脑袋，它便将头塌下来趴在腿上，似乎在听春妮说话。春妮走到哪里，半边就跟到哪里，乖乖地蹲在春妮脚下，或随着春妮去湖边看夕阳。跟春妮出去，它不再撒欢，不再打滚，甚至不再和别的小狗玩耍、亲热。春妮快走，它便走快；春妮慢走，它便走慢；春妮停下来，它便三足鼎立，随时张望着周围。春妮的身边发生响动，它就汪汪汪地叫。

母亲柳珍去地里摘菜的时候，春妮也去，半边总跟着。看着春妮的脸，方和平两口子总是叹息。

厂里要招工，年龄限制在30岁以下，另外有两个名额是40岁以下的。这两个要女工，主要去食堂做饭。方春妮的妈妈今年41岁，超过规定1岁。方和平要抓住这次机会，让老婆赶上招工的末班车，成为一位工人，成为一个能挣钱的劳力，而不要总是家里花钱而不挣钱的主儿。女儿的脸也是方和平、柳珍两人的心病，多有些收入还能想办法到别的地方去给孩子医治医治。

柳珍因为此事总将一颗心悬着。方和平找来几个朋友合计这事。商量的结果是先找厂里的中层领导，再想办法通过中层领导给厂长递话，把年龄要求放宽一点，毕竟是厂里职工的家属，领导应该考虑考虑。

方和平和朋友一起约来了车间主任。柳珍花了家里小半个月的收入买了烟、酒、菜，兴冲冲在家里摆了满满一桌。车间主任和一屋子男人在烟雾缭绕和哥俩好、五魁首的吆喝声中答应了此事，并且拍着腔子将这事十拿九稳地包揽在自己身上。男人们个个儿喝得面红耳赤，柳珍笑眯眯地在一旁端茶倒水，还吩咐春妮快到自家菜地里再摘些新鲜西红柿和嫩黄瓜来下酒。

春妮拿着筐子，带着半边来到菜地。大半个太阳还在山头悬着，映照出半边天的火烧云，给山头披了层斑斓的霞衣。春妮喜欢夕阳，它美，总让人想爬到山的那边追着太阳走，看看山那边有些什么人，他们是不是和自己一样。这样的时刻总让春妮产生无限遐想，而后，终究又得将那思想拉回，回到自己身上，所以春妮又不敢去看，不敢去想。

春妮摘菜的当口，半边独自去了树林，汪汪汪的。树林那边定是有了乌鸦或者兔子吸引了它。春妮摘了红鲜鲜的西红柿和嫩黄瓜放在篮子里往回走的时候，半边叼着个同样红艳艳的东西回来了，那是什么？春妮疑惑着，仔细一看才分辨出，那是一条内裤。随之一股茉莉花香混着汗味扑了过来。春妮吆喝半边放下那红艳的东西，跟她回家。

路过树林，薛雅丽正从林丛中走出来，一条长裙延伸到脚踝，头发松散着，脸潮红潮红的。春妮不知道该走，还是该停下来。树林里有些潮气扑面而来，润润的。几声哗啦啦的响动吸引了两个人和半边的眼球，一个人影被淹没在树林深处。半边汪汪汪着要追，春妮喊住了。

春妮不得不低着头喊声阿姨，薛雅丽用鼻子哼了一声，算是答应。

薛雅丽用鼻子哼的这一声让春妮无地自容，仿佛自己是个贼，刚偷了东西就被别人抓住了个现行。她觉得治疗胎记、在头上戴花那些与海啸有关，哪怕是有那么一丁点和海啸有关的事情都被这一哼探去了，探得如玻璃般透明，像空气一般毫无遮掩。她感到一阵阵发冷，仿佛自己坠入了广阔的深渊。

春妮急速向回家的小道上走去，伴随着呼吸的是羞赧，是咚咚咚的心跳。进院门，屋里划拳的声音仍然继续着。她放下篮子回到自己房间，随手搂起半边，半边紧紧偎依在她身旁。

吴厂长近日常去车间检查工作，检查工作的时候薛雅丽紧随其后。这几次检查他总会注意到方和平，还特意跟方和平打招呼，握手。车间主任立即走上前去给厂长介绍。有关方和平的情况，吴厂长一字一句地听着，同时注意着他的表情。他穿着劳动布工作服，主任说他勤快、能干，家属也很能干，做得一手好菜。这次招工，也填了表，食堂里就缺像柳珍这样干净、利索的人，只是年龄比招工的要求大了一岁，方和平挠着后脑勺低着头憨憨地笑着。看到这副样子，吴厂长心里有底了，不经意间与薛雅丽会心地淡淡一笑，那笑只有他俩自己理解得明白。随后，吴厂长结结实实地握住方和平的手说，好好工作，你家属的事情，厂里会给你解决的。主任冲着方和平不住口地笑，这一笑，曾经拍着腔子的承诺实现了。方和平更高兴了，连那句感谢的话都憋在嘴里说不出来。

吴厂长母亲的风湿病犯了。狗是热性的，需要弄些狗肉来给母亲补补，私下里把这事情委托给车间主任。主任神神秘秘地告诉方和平，这可是个送上门来的好机会。

春妮到家找半边的时候有种不祥的预感，她觉得半边的影子总在屋子里。不是站着，也不是走着，而是飘着的，飘在房顶上、墙壁上，飘在方春妮的脑袋上，春妮要抬着头才看得到。半边像驾着云彩一样直飘在半空中,春妮心里着急了,她突然想起第一次见到半边的样子,趴在地上,一条腿淌着血,眼巴巴地望着路边的行人。

春妮屏住呼吸来到小树林前那株老树旁时,最后一瓶水正灌进半边的嘴。它的眼睛顺着常走的那条小路巴望着。一根拇指粗的绳子一头套在老树伸出的丫杈上,另一头吊在半边的脖子上,绳子直绷绷,像个垂直的叹号。看到春妮,半边伸着的三条腿又蹬了几蹬,那条病腿仍然耷拉着。它歪着脑袋迎着她,眼睛里留出一串泪珠,随后将脑袋仰着天,慢慢闭上,泪珠还挂着。半边使出最后的力气,摆摆前腿,像是在与春妮告别。而后,它的尸体悬在半空中转着圈,顺时针一圈,逆时针又一圈。

要拍毕业照了,全班同学都漂亮着向楼下走去,教室里只剩春妮一人。她站在教室门口,地上像是突然间亘出条门槛一样,她犹豫着,摸了摸自己的脸,窗户上的反光映照出她的形象,左半边脸上眼睛以下全是深褐色,烧焦了一般。她终究没有跨出那门槛,转过身,回到座位上。

楼下,老师站在最前面和摄影师一起调整着位置。他们谁都没想起来班里少了春妮,或许他们真的没想起来,或许他们都想起来了却心照不宣,像是没想起来一样。他们谁也不愿意在鲜亮亮的集体照中留下一个丑陋着半边脸的怪物。

(选自《朔方》2012年第5、6期合刊)

石嘴山市城市文学丛书（小说卷）

飞奔吧，骏马

娄天木

娄天木（1948—），安徽宿州人。宁夏作家协会会员，石嘴山市作家协会第三届副主席。出版文集《难以忘却的纪念》《美丽百字文》，出版中篇小说集《红狐》。发表文学作品100余万字，其中30余篇文学作品获奖。

一

　　骏马山煤矿快速掘进一区区长雷小山，怒冲冲地回到家中，打开柜橱门，携起半瓶子曲酒，昂起脖子，一口气倒进肚子里，顺手把空瓶子甩在地上。他用力推开窗户，打开衣襟，坦露着宽阔起伏肌肉隆起的前胸。这位四十开外的粗壮汉子，堵住了半拉窗户。塞上初春的凛冽寒风，使他感到一点凉意。黑中透红的四方大脸变成了紫红色，吭哧吭哧地喘着粗气，脖子上涨起小拇指粗细的青筋，一对如墨染一般的粗长浓眉，倒竖起来，一双闪闪发光的大眼睛，此时像风暴欲来的大海，怒火射向窗外奔腾的骏马山，结满老茧的大手叉在腰间，活像一座铁塔。酒助怒火在他胸中燃烧，拳头狠狠地砸在窗扇上，一块玻璃被震落在地上，砰的一声摔个粉碎！
　　这雷小山是矿上有名的"猛张飞"，性

子如干柴烈火。党的工作转轨以来，矿山的生产劳动竞赛，如滚滚春潮。恰在此时，脚板底下绑大锣，名声响遍骏马山煤矿的快速掘进一区，在施工中抢着攻战"储煤仓"，一下子落在兄弟区队的后面，这怎能不让他们焦急？矿上召开先代会，他都没有参加，整天滚在井下，紧赶慢赶也闯不过这一关。在雷小山心急如火的时候，多年的老搭档，区党支部书记、绰号"合得来"的何大山，还是老样子，依然不急不躁。这位个子瘦小年近六十的老头，每天总是跟班下井，肩上背个前后都能装东西的背褡，捡着短铅丝、废螺帽、炮线头……嘴里叼着半尺长的旱烟锅，穿着一年到头不离身的补丁摞补丁的工作服。下班以后，他不是走小张的宿舍，就是串老李家的门楼。这还不说，他还有心思跟一帮子新老工人一起搞科技夜校。嘴里离了烟袋就哼着什么ＡＢＣ的小调。这在雷小山看来，"合得来"干这种远水解不了近渴的事，好似反常。在过去，不论怎样，他们搭档得好，闯过了一个又一个难关。他知道，在井下老何同大伙有说有笑地干活，一星半点时间也不浪费。在平日，他同人谈话的时候，有时平平和和，同拉家常一样；有时也严得让人有点吃不消，甚至有些人还生气地不理他。可是，他同工人、干部之间，就像蜂蜜拌白糖，蜜蜜甜。比他雷小山大动肝火地克人收到的效果要好得多。他俩在工作中有时也拌个嘴，争论很激烈，虽然这样，雷小山还是觉得他比哥哥还亲，时间一长，何大山的名字就变成了"合得来"。雷小山对何大山的为人是佩服得五体投地的。

近来，他觉得"合得来"变了，与自己想的不一样，有点"合不来"了。无巧不成书，就在这时，又调来了一个人称"快刀打豆腐"的区党支部副书记杨萌。

正当他打算同"合得来"通融通融，创个全岩巷道月进度五百米的新纪录时，"合得来"召开了区党支部委员会。这使雷小山高兴。他想，这一下，俺俩想到了一个点子上了。谁料想就在这次会议上，雷小山怒不可遏，发了一通脾气。

会上，"合得来"提议无论如何也不能从攻战"储煤仓"的战场上撤下来，

石嘴山市城市文学丛书（小说卷）

理由讲得尽详尽细，十分充足。雷小山一听火就从心里直向上窜。这储煤仓是全矿有名的"老大难"重点工程，的确是一块十分难啃的"硬骨头"。他不顾在众多支委的面前，一跳老高，把手伸到"合得来"的面前，火冒三丈地说："在月创进尺五百米的战斗中，我们丢掉肥肉啃骨头，老背着这口'黑锅'，我雷小山不干！"

"合得来"嘴里叼着半尺长的烟袋，好像早料到了这一点，笑微微地说："背黑锅的差事是不能干。但是肉吃多了发腻，啃点骨头香啊。"

话说得幽默，但是雷小山一听蹦得却更高了。然而，同往常一样，他越生气"合得来"越平和，他火得一蹦三尺高，"合得来"坐得愈稳。

支委们纷纷议论开了，多数人同意啃掉这块"硬骨头"，也有同意雷小山的意见的。这下可难坏了新调来不久的支部副书记杨萌了。开会吵得如此热闹，使他不适应这种气氛。他觉得啃"硬骨头"和吃"肥肉"与他关系都不大，根据他以往的经验，最主要的是不能否定"一把手"的意见，但是他转念一想，这个出了名的"猛张飞"也不好得罪啊。不表态吧，又不行，得想个两全其美的计策。大伙把目光一起投向他，等待他的第一次表态。杨萌细细地吐着烟雾，想了好一会儿，才文质彬彬地说："老支书啃骨头的意见，见困难就上的精神，实在可嘉，雷区长吃肥肉的劲头也十分令人敬佩……"他把后半句话留在肚子里，微笑着向大伙摆了一下头。他的这一动作令人捉摸不透是点头还是在摇头。这可能是他的习惯动作吧。对于他的表态，支委们笑了起来。这下"合得来"可不再笑了。他的眉毛紧缩在一起，把烟锅插在烟荷包中，狠劲地揉挑着，这是支委们少见的神态。他有点动气地说："老杨啊，我这里没开'豆腐坊'，用不着快刀打豆腐，两面光啊！"

杨萌碰了一个不软不硬的钉子，心里很不是滋味，心想：雷小山大发脾气，他都能忍受，我含着笑脸表个态他却动了气，真不好"合得来"啊！他似笑非笑地坐在原地。狠劲抽了一口烟,吐着烟雾。

　　支委会通过了"合得来"的提议,指出了雷小山只想吃"肥肉"是不顾大局的观点,对他忽视科学技术工作也提出了批评。雷小山觉得受了天大的委屈,自己整日辛辛苦苦,连积极投入月创五百米的心思也不被理解……科学技术要学,但不是要紧的事,要紧的是把生产任务拿下来。他的设想不但没通过,还挨了批评,更使他不能忍受的是杨荫的摆头动作。他一气之下,腾地跳了起来,拔脚离开了会议室,怨气冲冲地跑回家。

二

　　支委会议散了,晚霞在骏马山顶织出灿烂的图锦。"合得来"背着鼓鼓的背褡,嘴里哼着 ABC 小调,复诵着从科技夜校学来的新鲜名词,脑子里却泛起杨荫的"摆头"动作来。雷小山的发火,他并不担心,而觉得他的"火"发得痛快,消消火气自然"合得来",担心的倒是杨荫的"摆头",这种遇事绕道走的人,很难同他"合得来"。想着想着,小调哼断了,从怀里掏出个馒头和咸菜大口大口地嚼了起来,向着灯火通明的科技夜校走去。

　　科技夜校的成员,大部分是区里的骨干。何大山来到科技夜校,教员刚要讲课。他三步两脚走上讲台,放下背上的"万宝囊",对教员点了点头,然后面对学员说:"今天,我给大伙上一课,换换课堂,地点:井下第二水平 1100 大巷,内容是——",说着,拿起粉笔在黑板上写了"储煤仓"三个大字。教员、学员都同意了。

　　储煤仓直上直下二百多米,断面直径五米多,是全矿最大而又是急需使用的储煤仓。怎样才能尽快地"啃"掉这块"骨头"呢?"合得来"先让技术员把施工图纸给大伙讲明白,然后他向大伙讲解了储煤仓的两种施工方案:一种是由底向上打的垛盘法,一种是从上向下打的钻孔法。垛盘法是使用多年的老打法,人

石嘴山市城市文学丛书（小说卷）

工开掘，进度较慢。钻孔法是先利用钻机钻孔爆液，再从上向下打，这种打法，速度快，省材料，但是，技术性高，施工难度较大。哪种方案合适，大伙到施工现场合计合计。

"合得来"同大伙来到储煤仓的顶部巷道，大伙七嘴八舌地议论着，只有"小秀才"不哼不哈地测测顶、量量底，借着矿灯在小本子上记着数字。"合得来"仔细地听着大伙的议论，偷眼观察着"小秀才"的动作。当他们转到储煤仓底部巷道时，人们从很远的地方发现一盏闪烁的矿灯，大伙感到惊奇，是谁到这里来干什么？"合得来"心中猜个八九不离十，笑而不语。那人来到大伙眼前，人们看出是雷小山。

雷小山发现是"合得来"带着一帮子人从顶部转下来，有点儿莫名其妙。"合得来"看出雷小山不解的表情，笑着说："看起来，你是诚意跟我'合不来'了。我们在顶上作文章，你却在底下打算盘。"大伙闻言，轰的一声笑了起来。可是，雷小山没有笑，从他的眼神里透露出心里打了个老大的问号。

在"合得来"和雷小山同大伙在储煤仓打主意的时候，杨荫却窝着一肚子火回到家中。一到家中，舒适的环境使他窝在心中的气恼消了点，他拿起浇花的杯子，用豆浆浇起花盆里的花来。

仙人掌青绿吐翠，海棠花姹紫嫣红。大鱼缸中，金鱼摆尾游动。大立柜旁，一对精巧柔软的沙发，放在时髦的茶几两边，几幅名人的山水画贴在两厢壁上，茶几上方垂挂着杨荫的手书：激流掌平舵，顺风好行船。虽不是什么名句，却是他的座右铭。屋内清香淡雅，舒适宜人。他一边浇花，一边想着支委会议上的情景："合得来"不软不硬的钉子，支委们轻蔑的笑声，雷小山的冲天怒气……他越想越觉得不是滋味，越想越觉得与"合得来"合不来。见风使舵，快刀打豆腐，几年来都使他生活得平平稳稳，可现在"合得来"这里偏没有"豆腐坊"，第一次表态就闹个难堪的下场，这是几年来没有碰到过的钉子。他不由得自言自语：

"在目前这种环境中需更加小心谨慎呐。"他善于在一团和气中过日子，多年来没有生过这种气，越想越窝囊，心里充满无限的烦恼，浇杯端在手里，豆浆时流时断。突然，雷小山怒气冲冲地闯进门来，后面跟着进来的是心平气和的"合得来"。杨荫听见门响，猛地转身，浇杯碰在花盆架上，当的一声摔了个粉碎，乳白的豆浆洒在明镜般的地板上。

杨荫意识到自己的窘态。连忙改换笑容，热情地招呼二人坐下，端上清香四溢的龙井茶，递过上海牌过滤嘴香烟。雷小山拿出纸来卷着自造牌香烟。"合得来"掏出小烟袋，审视着屋内的陈设，浓重的花香使他透不过气来，只好大口大口地抽着旱烟驱赶着室内的异味。

雷小山火气冲天地对着"合得来"说："打储煤仓，我雷小山服从支部的决议，可是你又要同科技夜校的'大科学家'搞什么钻孔法，使用钻机从煤仓顶部向下打，钻机不是钢钎，谁能摆弄得了？几百米的巷道，用小钻机、短钻杆一节接一节地向下打，谁能保证钻孔不打偏？我雷小山自出娘肚皮记事后，就在煤矿滚这么大，打了多少个储煤仓都是用垛盘法，亏你想得出这新鲜点子。"声音震得屋内嗡嗡发响。

"这个点子是有点鲜，可不是我一个人能想得出来的，是大伙的主意。""合得来"磕掉烟灰，一边装烟一边笑着说。

"这还不算，还要让'小秀才'当技术尖刀班的班长。让他攻打储煤仓唱主角，三脚跺不出个屁来，他能用钻机，公鸡都能下蛋！"雷小山气得把头一梗猛抽了两口烟。

"合得来"笑得越发甜蜜，说："人的性格不能都一样，'小秀才'三脚跺不出个屁来，可是他肚子里有点货，一手的好技术，我们为什么不用呢？"

二人你来我往，各有理由，相持不下。雷小山的火爆性子，从来没有像现在这样爆，"合得来"越笑他越气。雷小山心里想：现在是什么当口，全矿都在夺煤抢进尺，他倒好，像个绵羊，不急不躁，偏在这时，在"啃骨头"上又搞什么使用钻机的实验，这不是诚心自找快速掘进区的难看吗？

杨荫刚把火气压在肚子里，实在厌烦他们的争论。但是，看势头马上又要他唱戏了。他在心中打着自己的小算盘，这次一定要态度明朗。同支委会上的想法一样，不论用钻孔法从顶部向下打或用垛盘法从下向上打，都与他关系不大，不就是快点、慢点、省点料、费点料的事嘛，用不着这样争争吵吵，实在没有啥意思。他边想边掂量着两人的理由，揣摩着该向哪边投票。他正想着，雷小山猛喊一声："老杨，你说说！"

"我……"杨荫一愣，脑筋转动得更快了，不久即说出："我同意何书记的主意。"

"不是我的主意，是大家的主意。""合得来"观察着杨荫似笑非笑的表情，心中有种难言的滋味，严肃地接着说，"老杨同志，讲讲同意的理由吧。"

"这……"杨荫一时没有想到充分的理由，又不能不回答，像被针刺了一下似的不安。他心里一边想着答词，一边骂着"合得来"，实在想不出什么理由来，老实说他根本就没想过储煤仓的事，向上打、向下打、怎么打法，他都只是一知半解。他只好似笑非笑地说："这还用问吗？老何一心想快速完成攻储煤仓的任务，走群众路线，料事如神，我虽然对'小秀才'不了解，但是相信老何的眼力，那不会错的。咱们的目的是要把脚下的大锣敲得更响，心都想一块去了……"杨荫边说边观察着何书记的表情，还不时用眼角瞟一下雷小山，停了一会儿，笑着问："对吧，何书记？"

"喔！""合得来"长长地嘘了一口气。

雷小山原来以为杨荫有文化，理论高，可以和自己一起来说服"合得来"，才逼着何大山到杨荫家里来的。万万没有料到杨荫会讲出这种话来，于是站起来欲走。杨荫上前拦住雷小山："雷区长，你听我说，其实采用哪种打法都一样，干革命嘛，何必非争个谁长谁短呢？让外人知道了，讲咱们区领导干部之间合不来么。"雷小山听到这里，一刻也不能停留，抬腿走了出去。

"合得来"幽默地说："多想想矿上的工作比品茶赏花费劲。老杨，你说是吧？"他迅速地把烟袋向衣兜里一揣，背起背褡，也走了出去。

杨荫站在房屋中间愣愣地出神。

三

经技术审查，矿党委批准了快速掘进一区储煤仓的钻孔爆破施工方案。"合得来"做了雷小山的工作，思想没有全通，用雷小山的话来说吧，"试着看吧！"雷小山虽然没有全通，但是党的决定他还是坚决地执行。他整日同"合得来"和"小秀才"为首的技术尖刀班滚在储煤仓上。

杨荫是分工管思想政治工作的。此刻碰到问题，他总是说："找何书记去谈谈，他是一把手，我是个副手，作不了主啊。"遇着生产上的事，他常讲："请示一下雷区长，他主管生产。"人们在储煤仓大忙，他却成了闲人丁了。因为人们向他请示工作，都是被推来推去的。接触几次之后，就没有人找他谈什么了，好像区里没有这个副书记。

一切准备工作就绪，"合得来"同雷小山肩并着肩，两双被铁锤钢钎磨得老茧重叠的大手，颤抖着打开了钻机。由于储煤仓顶部的巷道较低，上面又是破碎带，不能护顶，只能使用小钻机、短钻杆一节接一节地向下打。

"小秀才"是个少言寡语的稳重青年，性格有点像"合得来"。开展科技研究活动以来，他像入了迷，经过苦心钻研，获得了知识，肚子里有点"小计谋"。可是由于全班年轻人多，技术不高，有的还是第一次摸钻机，虽然有书记、区长把着手教，但是进度还是不快。"小秀才"渐渐地瘦了，脸上长出了与年龄不相称的胡子来。他这儿拜师，那儿请教，"合得来"同他一起当起了小学生。困难

石嘴山市城市文学丛书（小说卷）

一个又一个地欺负人，人们却没有一丝畏难退却的样子。进度不快，雷小山几次想发火，可是看到人们的干劲，还是忍住了。经过战场练兵，不少年轻工人摸熟了钻机的脾气，打开了被动局面。雷小山紧缩的浓眉也有点舒展了。可是，事过不久，人们担心的事情终于发生了。

二百多米深的储煤仓，使用小钻机、短钻杆，一节卡住一节向下打，钻孔角度很难掌握。当第一孔钻到一百多米深的时候，钻孔角度发生了偏斜，打偏了两米多，几乎超越了储煤仓的半径，报废了。

"小秀才"和年轻的战友们心情十分沉重。雷小山两只眼睛像要往外喷火。"小秀才"这个平时不爱动感情的小伙子，两眼盈溢着一汪泪水。"合得来"却风趣地说："这次收获不小，钻孔废了，可咱们学到了技术。这个收获不可低估啊。哎！你们看，珍珠都落进'小秀才'眼里了。"说得大家欲笑又止。因为这个时候，雷小山大吼一声，"提钻！"

"小秀才"心情十分难过，觉得辜负了党支部和老支书的期望，泪水顺颊而下。当他提钻的时候，忘记拧紧了停钻检查时松动的钻卡，听到雷区长的发令就开起钻机来。

突然，因钻卡松动，钻杆挣脱了钻卡，掉了下来，向钻孔猛地下滑。"小秀才"啊的一声，惊叫起来。钻杆掉进钻孔，向下冲的力量较大，易于撞弯。钻杆弯了，再向外提，要费九牛二虎之力。说时迟，那时快，"合得来"一个箭步冲了上去，用手中早已打开的大管钳，猛地卡住了钻杆，咔的一声，钻杆被夹住，下滑停止了。由于用力过猛，"合得来"两手被管钳紧紧压住，沿着坚硬的岩石搓了一尺多远。人们把老支书抢救下来，发现他的两只手被搓得皮脱肉烂，鲜血向外涌流。"小秀才"放声大哭，在惊慌之中，脱下自己的新汗衫，撕扯下一块给"合得来"包扎上。"合得来"脸色苍白，头上滚着豆大的汗珠，少顷，又向"小秀才"和大伙送来了慈祥安慰的目光。

雷小山再也忍耐不住了，两只拳头猛砸了一下自己的头，大声命令："马上送医院。"

大伙抬着"合得来"，向井上飞跑而去。

四

"合得来"被送进医院的当天，雷小山向技术尖刀班宣布："马上撤掉钻机，准备木料上垛盘。"

"撤掉钻机，上垛盘？""小秀才"和全班人员几乎同声问了出来。

"马上行动。"雷小山怒吼着。

"不能撤掉钻机！我们有缺点和错误，工作没干好，你批评也行、骂也好，钻机不能撤！""小秀才"泪珠在脸上滚动，态度诚恳而坚定地说。

"钻机不能撤。"技术尖刀班的年轻人发出坚决的请求。

"你们再这样闹下去，不仅要伤人，还要死人呢。你们诚心想让我这快速掘进区变成矿山的蜗牛啊！"说着，雷小山加重了语气，命令着，"钻机一定要撤！"

"我一开始就不同意你们这样胡闹，你们偏要干，现在出了问题，还不看风回头，听雷区长的话。不要不见棺材不掉泪啊！再闹下去，生产上不去还是小事，出了问题谁负责？"衣着整齐的杨荫，一边用手向后理着大背头，一边声音不高不低地说着。他边说边察看着雷小山的表情和大伙的情绪。雷小山对这些话还没有回过味来的时候，突然听到一声喊："我负责！"雷小山转过身来，看见"合得来"两手吊在胸前，眼内闪烁着少有的严肃目光，迈着健步走了过来。

杨荫望着突然出现的"合得来"，一阵心慌，后悔不该说刚才那番话，连忙凑了过来十分亲热地叫一声，"何书记"。

"合得来"严肃地看了看雷小山，用眼睛扫了一下杨荫，然后来到年轻人中间。

"小秀才"看着"合得来"吊在胸前的伤手,看着他和蔼的面容,感到一股暖流涌上心头,把头轻轻地贴在"合得来"的肩上,泪水滚落在"合得来"半新不旧的工作服上。

"合得来"用肩膀推了推小秀才,一用劲,十指钻心地疼,额上沁出一层细汗珠来。他强忍着疼痛,亲热而风趣地说:"别学得像个娇丫头似的。男儿有泪不轻流嘛。大家振作起来,总结总结,继续干。"

"继续干!我看你诚心拉牛车……"雷小山话未说完,人却走了。

"何书记,雷区长就是这么个人。你的主意是对的。搞科学实验嘛,哪有不反复实践的。常言道,'失败是成功之母'嘛。我支持大伙干下去。我听说你受了伤,雷区长又已下了令。所以,刚才我就讲了……"

何大山摇了摇头,杨荫就没有把话说下去,后半截子话压在肚里了。何大山语重心长地说:"老杨啊,共产主义的路长着哩,你应该很好掂量掂量,该怎么走啊!"杨荫尴尬地嘿嘿短笑了两声。

五

雷小山回到家中,心情平静下来,觉得今天自己的火气太大了,而且是对着一群后生娃娃,但是他又觉得搭档二十多年的何大山今日变得不可理解,难道他不知道我为生产上不去日夜焦急?他不由得自言自语地说:"老何啊老何,你怎么不理解我的心情啊!"

"理解,理解。""合得来"吊着双手,接着话茬走了进来。

他同往常一样,好像根本没有发生什么事情似的笑眯眯的,脚步没停就说:"小山呀,弄点咸菜,今晚咱哥俩喝两盅。""合得来"边说边坐在饭桌旁,拉出一个喝酒的架势来,继续说,"不过,今天我不能端盅,不能使筷,得劳驾劳驾你,让我吃饱喝足。我要用敲大锣的槌子,用劲敲敲你的心!"说罢,"合得来"

放声笑了起来。

雷小山喝一盅，端一盅倒在"合得来"的嘴里。三盅酒过后，"合得来"给雷小山出了一道算术题：

"55-30=？"

雷小山扑哧一声笑了，说："老哥，你开我的玩笑。你这题刚入学的娃娃也算得出。"

"哎！你不能这么说。我看你对这个简单的题，就是没算出来。"

雷小山睁大了一对不解的眼睛。

何大山继续说："'小秀才'和技术尖刀班的同志，没日没夜算的就是这道题。"雷小山想听下文，何大山偏偏不说了，要喝酒。雷小山只得把酒杯递到何大山的嘴边。何大山咂了咂嘴，这才慢条斯理地说："用人工开掘的垛盘法，打如此大的储煤仓，至少需要五十五天才能完成，还需用大量的木材，这一点你心里是有数的。而用钻孔爆破法，根据我们打第一孔的时间算，要是掌握了钻孔的要领，打正了，整个工程最多只要三十天的时间。"

接着"合得来"同雷小山仔细地计算起来。他们把打储煤仓的两种方法，从进尺、出渣、用料等方面进行对比计算，算过来，算过去，还是五十五减三十。机械施工要比人工开掘提高工效三到四倍，提前二十五天完成开掘储煤仓的全部工程。这还是按照他们在掌握钻机不太熟练的情况下计算的。在计算的过程中，雷小山大口地喝着酒，不知啥时候已拿掉了小盅，换了个大碗。他在心里打起了"小九九"，越算越有味，越打心里越亮堂，越琢磨越有道理。要是熟练地掌握了钻机，那还用不了三十天哩。他心中一阵高兴，脱口说出："乖乖，那就更快了。"适当此时，雷小山端着酒碗给何大山递酒。酒碗没有递到何大山的嘴边，对着脖子往下倒。何大山笑着说："老弟，你拿我开玩笑。我的嘴没长在脖梗上。"雷小山哈哈地笑开了。

石嘴山市城市文学丛书（小说卷）

  雷小山是个痛快人，要是转过弯来，从不计较个人面子，特别是对生产有利的事情。从此，他紧皱着如墨染一般的浓长眉毛舒展开来，一对虎视眈眈的大眼睛闪耀着兴奋的光芒。他用拳头使劲砸了一下"合得来"的肩膀。

  "合得来"疼得"哎哟"一声。

  雷小山赶忙用双手托着"合得来"的两只胳膊，既痛惜又兴奋地说："老伙计，你怎么早不给我算这笔账？"

  "早给你算这笔账，你的拳头还不把我这老骨头架子砸散啦。老实说，要不是有了钻第一孔的实践，我也算不出这笔账啊！"

  "老伙计，你养着，储煤仓的活包给我小山了，我倒要摸摸钻机这个老虎屁股！"雷小山兴奋地站了起来。

  "我早知道你有这句话。""合得来"嘿嘿一笑示意雷小山坐下，又说，"还有一笔大账没有算清呐。"

  雷小山顺从地坐了下来。"把你的手伸出来。"雷小山不解地伸出了双手。

  "小山哪，咱们这结满老茧的两手，是对大锤、铁锹有着深缘的，可是它对现代化机械缺乏感情啊！人工开采矿山的落后状况如不改变，矿山实现机械化要摆到啥年月呢？祖国的四个现代化什么时候才能到来？这笔账要好好地算啊！"合得来"动了感情，两眼发出灼人的目光，语重心长地接着说，"小山啊，我们粗壮的大手要掌握现代化机械，甩掉人工开采矿山的落后帽子，实现矿山现代化，是历史交给咱们的重任啊！"

  听着"合得来"发自肺腑的灼人话语，雷小山的心被震得咚咚直跳。他来到窗前，推开窗扇，展望着窗外在灯火辉映中奔腾的骏马山，嘴里复诵着："骏马山啊骏马山，什么时候我才能跨上你奔驰啊！"

六

雷小山似乎变成了另一个人，对钻机发生了深厚的感情，整日同他一度认为"没有多大出息"的"小秀才"滚在一起，当起了小学生来，嘴里也哼起了"ABC……"字母歌的调子来。

"小秀才"这不哼不哈的"大姑娘"，摸索出一个快速钻孔法。钻机在"小秀才"的技术尖刀班手里，变成了驯服的猛虎。他们给猛虎插上双翼，进尺速度出乎人们的意料，二十八天拿下了储煤仓。这个全矿出了名的"老大难"重点工程，终于在雷小山和全区队工人手上建成了。

工程收尾期间，区党支部总结了经验教训，让杨荫写一份总结材料。在这份总结材料中，杨荫挥动了自己的生花之笔，把功劳都记在了"合得来"身上。什么"何书记是百中挑一的好带头人呀，何书记是矿山开展科研的开路先锋呀，什么重伤不下火线呀，一心一意干革命呀"云云。材料只念了一半，"合得来"站了起来，神态异常严肃地说："好了，杨副书记，我用不着树碑立传，应该写写全区工人的成绩！"

"还是让我们的'小秀才'总结总结吧。"雷小山兴奋地提议。

"对，让'小秀才'写总结。"大伙异口同声地说。"我同意大伙的意见，'小秀才'最有发言权。"说着，"合得来"面对杨荫，严肃而中肯地说，"杨副书记，等你亲自参加实践，掌握了第一手资料之后，下次再写总结吧！"

科技夜校灯火通明，雷小山红光满面地走上讲台，大声地说："今天我给大伙上一课，换换课堂，地点：矿山机械厂，课题是——"说着，他用粉笔在黑板上用力地写上三个大字"掘岩机"！

雷小山、"小秀才"和工人们蜂拥着"合得来"，向矿山机械厂奔去。

（选自短篇小说集《煤海奔腾》，宁夏人民出版社，1979年）

石嘴山市城市文学丛书（小说卷）

一株怪草

赵金勇

赵金勇（1962—），甘肃西和人。宁夏作家协会会员，石嘴山市文艺评论家协会副主席。有小说、诗歌、散文、戏曲、文学评论等作品在多家报刊发表，在多个征文大赛中获奖。

说这株小草身世不明，是因为我和妻子都不清楚它是在什么时间、从什么地方、以怎样的方式落户到我家那个正郁郁葱葱快快乐乐地成长着一棵芦荟的花盆里的；也不明白它经历了一个怎样的短暂或漫长、简约或复杂的胚胎复苏、发育成形、直至破土而出再以惊奇欣喜的目光看这世界第一眼的过程。更令人疑窦丛生的是，我和妻子不遗余力地把自己所见过或听说过的花花草草的模样在大脑里仔仔细细反反复复梳理来梳理去，都始终对它的肤色和长相倍感惊讶和陌生，都无从凭着哪怕蛛丝马迹呼唤出它的学名或者乳名。即使少数几位让我倾心仰慕见多识广声名大噪的前辈和高人来家里说古论今，面对着它也只能是一脸的茫然无知和无可奉告，全没有了时常会有的滔滔不绝和矜持高深。

妻子对花草的热恋温度远远高于火山

喷发时岩浆的炽烈，所以当一大早发现这株怪苗异草时她爆出的那声惊呼绝无丝毫的哗众取宠和夸张作态之嫌，尽管引来了楼上楼下好心邻居们虚惊一场的见义勇为和紧急救援。

这绝对是一株诡异而又灵慧的小草。它的相貌实在是太不可思议了，只见它那血管一样鲜红的秆茎，一头舒适地睡进松软湿润的花土里，另一头却优哉游哉地顶着一片蓝宝石一般荧光幽幽的椭圆形叶囊，仿佛就是它来到这个世界上时戴的帽子。它破土而出的位置似乎也是出生前早就在下面精确测量计算好了的一样，不偏不斜，恰到好处地在两片芦荟叶茎的中间，这样就没有了压抑和迫害它随意成长的危险和隐患。它头上顶着的椭圆形蓝色小帽舒展惬意地倚在丰满厚肥的芦荟叶片上，正频频点头心满意足地沐浴着早晨灿烂亮丽的阳光。那托扶着它的芦荟叶片，似是温情脉脉地摆动摇篮的手，轻轻摇晃着，生怕它不陶醉如梦，生怕它受到丝毫的惊吓。这花盆里的土著居民芦荟和初来乍到的不明身世的怪草，第一次相见就心有灵犀，如胶似漆地黏合在一起了。

这株怪模怪样灵异鬼魅的小草让我和妻子俱心生敬畏感。我们不知应该如何伺奉它，在它面前无所适从。最初的惊奇和兴奋也一天天向惶惶不可终日演变。其实我和妻何曾没有产生过除掉它灭了它的念头？可

石嘴山市城市文学丛书（小说卷）

是我们都不敢开这个口，彼此多次以温馨期盼的目光鼓励对方大胆地说出来，但是没有，我们谁也没这份勇气和胆量。我们恐惧着，却又像被施了魔法一样，把目光久久定格在这怪草和芦荟的依依偎偎上。怪草显得越来越离不开那株芦荟了，它时常用血管一样鲜红的秆茎一圈又一圈地纠缠着芦荟，且一圈比一圈纠缠得更给力更动情。头上顶着的椭圆形蓝色小帽也更加频繁地在芦荟的叶片上摩擦爱抚着，仿佛它们在一起的时间已经进入倒计时的最后时刻了。有几次在夜深人静的时候我都听到了它们的窃窃私语和呢呢喃喃，幸福中潜伏着感伤，快乐里流淌着酸楚，憧憬里渗透出无奈。真的，我是多么希望把这一切都归类在梦中啊，可是，这竟然比我此刻叙述这事本身还要真切可感。

怪草和芦荟的恋情已经到了不顾一切无所顾忌无以复加的地步了。这两天，怪草一直把芦荟紧紧环抱死死纠缠着，仿佛稍一放松就会永远失去似的。头顶的椭圆形蓝色小帽也一刻不离地枕在芦荟的叶片上，像在做着一场销魂荡魄的无始无终的梦。芦荟也全身心地沉浸于其中了，每片叶子都瑟瑟颤抖着，情火熊熊燃烧着，满腹的情话却结结巴巴地说不出一句完整的句子来，一副窘迫狼狈的模样。两个唯有瞬间不离相依相偎，此时此刻任何的语言都是多余且苍白的。

"它们一定是有故事的！"我和妻对此都坚信不疑。我们不约而同地都想到了孟姜女哭长城、刘兰芝和焦仲卿、梁山伯与祝英台、林黛玉和贾宝玉……妻甚至想起了不久前在电视上看到的一对年轻恋人双双服毒殉情的报道。我们四目相视，感到又一个可歌可泣惊天动地流传千古的爱情悲喜剧正在我们的身边紧锣密鼓地酝酿着、悄无声息地推进着，并且会很快地惨不忍睹地沙沙沙沙地拉开大幕。这场悲喜剧的主角虽然不是我和妻，却和我们有着说不清道不明的千丝万缕的脱不掉的干系。我们恐惧这场悲剧的舞台与我们是如此零距离的贴近，又实在抵御不了心潮澎湃想一探究竟的冲动。我们异口同声充满真情地呼唤着："半仙单六。"

这"半仙单六"姓单，今年七十有四。从他祖上代代口传是瓦岗寨好汉单雄信的嫡亲后人，但传到他们这是第多少代了，单家子女们的说法却大相径庭。有的说得实在是玄乎，说是有好几百代了，人们根据历史朝代屈指一算，平均下来他家从古至今没有一代活过三岁半的；有的说得又过于保守，说是才两三代，仿佛他家人代代的寿数都不次于乌龟王八，这则笑谈流传甚广，为提升我们这个近万人口的镇子的知名度做出了突出的贡献。因"半仙单六"翁在家中兄弟姐妹里排行老六，又特别擅长寻踪觅迹进而侦破了断人鬼之间的恩恩怨怨疑案大案而蜚声镇内外。若论起哪个人的前生来世，吉凶祸福，那更是一掐两个准，三说四个灵。因此成为我们这里被百姓"想起率"最高的首席名士，被百姓敬畏至极心悦诚服地奉上"半仙单六"的尊号也是理所当然众心所向的事情。

"若问灵不灵，先看诚不诚。阴阳诸纠葛，尽在爷心中。"当我恭恭敬敬把"半仙单六"迎请进六楼的家门的时候，上楼时还一个劲地抱怨楼层太高气喘吁吁的老仙翁，竟然气足声朗地咏叹起来。我们镇子的男女老少对此早已耳熟能详且深谙其意，所以妻子也赶忙恭恭敬敬地把两张百元大钞贡了上去。"不诚矣！不诚矣！"老仙翁半闭半睁着双眼每传出一次"不诚矣！不诚矣！"，妻子就双手哆哆嗦嗦地加贡上一张百元大钞。直到加贡够一千元的刹那间，老仙翁双目圆睁，炯炯有神，疾步如风，威风凛凛地在我家各房间角角落落巡视探究了一番，当巡视到那株怪草前的时候，神色静穆地久久站定，口中念念有词："只因当日一誓言，苦苦追寻两千年。万般磨难终有尽，始信苦去是甘甜。"随后在沙发上端坐，深深地吸入一口气又悠悠地呼出，接着就半闭半睁着双眼，似睡非睡地惚兮恍兮到另一个世界里了，两只"仙人掌"一边一个掌心向上威严地端放在"仙人腿"上，或弯指掐算，或曲掌推测。我和妻生怕玷污侵扰了这神圣的时刻，连喘气都小心翼翼的。时间完全凝固了，就像过了一个世纪般漫长，老仙翁的声音也像是来自另一个世界，飘飘然入耳："原本一段好姻缘，怎奈世事多凶险？离合爱恨前生定，夜半一梦皆释然。"吟罢，老仙家全然无视我和妻的茫然迷失，一连声地吆喝着"有

石嘴山市城市文学丛书（小说卷）

故事啊有故事啊……"出门而去。

我和妻预感到所有的谜底一定会在今晚昭然若揭，尽管已经到后半夜了，我们依然在无边无际的夜幕的包围中，定定地一动不动正襟危坐在沙发上，大睁着两眼寂静地等待着。我们在等待什么呢？实在是只能感受到却难以用语言表述出来！我们感受到有什么正行进在来向我家的途中，速度极快却又无声无息，情绪热烈却又神情若水。来了来了来了……当阳台的窗帘悄然卷起又舒缓地落下的刹那，我们就心知肚明了。两团五彩缤纷闪烁着的光影飘然而至，在距离我们一米开外且与我们两眼等高的位置悬停了。此刻的我完全像被梦魇住的人一样，心里虽然什么都清楚，大张着嘴却发不出声来，全身各处也是一下都动弹不得。"我是你家花盆里的那株草，我们俩是有故事的。我们的身世好苦好苦，蒙冤受罪好几百年了。但是不能说给你们听。"一个年轻女子的声音，轻轻婉婉地，凄惨却清丽。"我是你家花盆里的那棵芦荟，我们俩是有故事的。我们的冤案好几百年了终于得以平反昭雪。但是不能说给你们听。"一个青壮男子的声音，沉沉闷闷地，是出土青铜器撞击水泥电线杆所发出的那种音色。"我们就要走了，先去领取对我们几百年所受冤屈的赔偿，然后定居在我们最初相识相爱的地方。"年轻女子的声音多了几分娇媚。"我们在这个世界的生命就要结束了，请在明天早晨太阳出来的时刻，在黄河岸边把我们一同焚烧，只有这样我们才能开始新的生命历程。拜托了。"青壮男子的声音少了些许沧桑。"我们与你们是有故事的，但是不能说给你们听。请用心保存好我们留给你们的信物，到了另一个世界的时候，凭着它我们就会相认并细叙旧事的。"这次是两个人的声音。言毕，阳台的窗帘悄然卷起又舒缓地落下，我们随即恢复了以往那样说话和行动的自由。这究竟是不是梦境？

我和妻急忙冲向那个花盆一看，都惊呆了。芦荟与怪草紧紧纠结着，双双干枯僵硬没有了一丝生命的迹象。看看墙上的挂钟离天亮没多少时间了，我们手忙脚乱地把芦荟和怪草从根挖出，竟发现它们的根也是死死地纠缠在一起，任何人也休想将它们分离开来。我们顾不上唏嘘感怀，小心翼翼地将它们包好，下了楼就慌不择道地向河边撒步而去。

硕大鲜红的太阳从黄河对岸的山脊后面恬静贤淑地出来了。我两手哆哆嗦嗦地弄了多次，终于把火点起来了。这是怎样的火啊！五颜六色的火焰就像一群身着自己最喜爱的花裙的姑娘，在尽情歌唱着，疯狂舞蹈着，痴迷憧憬着，甜蜜恋爱着。更奇的是这些火焰还对着我和妻齐刷刷地把头向下扑闪了三次，我们坚信不疑这是在向我们道谢告别。果然，最后一次扑闪后火焰随即变为两个你中有我我中有你的绚丽夺目的光环，向太阳飞去。静静地、轻轻地、慢慢地、柔柔地融合在太阳中了。

当我们依依不舍地把目光收回时，看到在刚刚燃烧后的色彩斑斓的灰烬中，正祥和地酣睡着一个精美绝伦的尤物。哦！这不是那株怪草来时戴的椭圆形蓝色小帽吗？这就是我们在另一个世界相认相忆相知的信物啊！我们能用什么来相伴和呵护它？生命的全部吗？恐怕还不够。

（选自《六盘山》2015年第3期）

走进大山

高玉虎

高玉虎（1956—），河南太康人。宁夏作家协会第五届、第六届理事，曾任石嘴山市文联副主席、石嘴山市作家协会副主席，《贺兰山》文学期刊主编。创作有小说、散文、诗歌、歌词、报告文学等文学作品，主编或参与编辑不同类别文学书籍数十部。

离开大山已有 36 天了，他觉得像过了 360 天。

他深爱大山，因为使他和大山有缘相依的是女人。女人是亲人，大山是亲人。

这山叫作贺兰山，连山的名字都像女人。

一望见那宽阔结实的大山口，已被火车震荡得混沌一片的大脑，便立时清爽豁亮起来。那膨胀着的弧形石壁相对合成美丽的形状，灿烂的艳阳布洒在褐色发亮的岩石上，处处散发着温柔的慈爱，密织出一种神圣的意境，眼前所有的空间都流动起女性的美丽气息，使他无法遏止住心中带有怦怦声响的冲动。

由于列车的奔驰，神秘而凝重的群山，在他眼里像是一个个大小不等的蠕动着的女人的胸乳，被无穷无尽的内在活力催动着，颤抖抖地，为他慵困的肌骨和灵魂带来母性的抚慰。

下了火车，面对着可亲的大山口，他忘记了饥饿，兴奋地默读着山的轮廓。拉着铺盖的嘎斯卡车，哼哼唧唧地从身边走过，车轮卷起的沙土，随风飘进他微笑的嘴里。他吮了吮双唇，将聚敛起来的含着沙土的口水咽了下去，仍是注视着前面的峰巅崖叉，激动使他沉重地呼吸。

百八十人散布在沙地上缓步前行，不多的说话声，轻易地被风带走了。各人带着各人的心思，很沉闷地迈着机械的步子，只有他显得情绪比谁都兴奋，一次次超过前面的，落下后面的，走在了最前头。

越来越清晰的是眼前的大山，是那些让自己无法忘怀的日子，是让他走进大山领略大山感受大山的女人……

他没见过自己的母亲，但他感受到了母亲的温厚，是蓄存在那些善良的女人身上。

女人一样温厚和亲切的大山！

大山一样温厚和亲切的女人！

他一头扑进大山的怀抱，就似扑进女人的怀抱。

他幼年时，整个中国大地到处都是饥饿的疮痍，他听不懂那些穿进耳朵的枪声的意义，心惊肉跳的子弹能让泥土生烟，却不能让他从放羊的田野里弄到一块漏挖的红薯来，只有看不见的饿怪跟着他。饿，他真饿呀！

一个月光不会打折的夜晚。天静得没有声息，自己的肚子咕咕叽叽地敲开着宁静的缝隙，沿着这样的缝隙，鬼悄悄地爬进他的心里。他从收养自己的叔父家的锅台旁的干草里起身，牵着如鼠啃咬食物的声音，害怕地躲出屋外，轻步弯腰顺着一碰就落土的墙机警地溜到两扇门前。虚掩的门轻轻一推，便容进了他的身子，凭着"屋里没人"的感觉，他急切地朝平时就熟知的放馍筐的方向扑去。那东西被他用手在里面摸了个遍，竟什么也没有。他又充满希望地踮着脚去揭开了身边灶火上的锅盖，将它轻放在地上，用跳跃的动作爬上锅台，双手正沿着锅边朝底摸去。突然，门开了。吓得他身子一缩，离开锅台，本能地想跑，却被立在锅台旁的扁担绊倒了。

"是贼！"那位奶奶的儿子惊恐地说。

"是根发？"紧跟着是女人凄哀的含满怜悯的疑问声。

"打他！"因是恶气，才是恶语。

"他没娘，别——别——乖乖——发——不怕。"那奶奶生怕吓着他似的，话语急切又不连贯地快步过去，把他抱起来，用那粗糙的手在他的脸上不停地抚摸着，痒痒地，叫他好难受好难受，便哇的一声搂住了她的脖子。良久，她把他抱到床上，对她的儿子说："把锅里的饼拿来，都给发。"

她把锅饼从儿子的手里全接了过来，一共只有两个，先给了他一个，另一个拿在手里，一只手搂着他。她儿子点着煤油灯，在旁边望着，是比他大不了多少的人在望着他离不开嘴的锅饼。那锅饼里有红薯面高粱面被火烤黄的香味，她的儿子该知道那是有多么好吃。"让发吃，发没娘，让发吃。"她的话像春天的绿草丛中的甜苦苦菜流出的汁液，一大股一大股地从他的咽喉里流进整个胸腔之中。

"发，慢些呀，别噎着，这个也是你的。"

"奶奶，我就吃一个，将来我会还你的。"他的颤颤的话，让鬼听了都会感动。

"还啥呀？还给我了，你对奶奶就不亲了。"她拍他的脸，又搂紧了些，摇起身子，让他觉得自己悠乐得似坐在驰向无比美好的故事中去一样。

"还，给奶奶还白面蒸馍。"他的心纯真得如雨浴过的挂在树枝上摇曳的青枣儿。

"不，不，要是奶奶死了，你去给奶奶的坟捧把土，就行了。"她仍摇晃着身子，又搂紧了他，手拍着他的背。

听着她说死，他身子一震，不自觉地往她怀里缩，一只手搂她的腰，一只手恰巧在她胸前摸索着。那只手像是要摸一摸奶奶的心似的，抖颤颤地。在碰着她的乳房时，他便很奇妙地想着：这里面流出的水水能把人喂大，可真怪哩，女人的肚子里一定藏着什么能让一切都能长出来的怪东西呢。

后来他真的给她上坟了。上坟的时候，他已有了媳妇。那媳妇是她给说下的，他叫她为巧。巧给他生了两个儿子，是一年一个。

老二一岁半的时候，巧害了大病，不能吃，不能喝，躺在床上，巧的病一下子把他快乐的生活弄烂了，将能变钱的家什全卖了，还卖了口粮给巧治病，也没治好。巧极疼孩子，巧合眼的头一天，还让老二在她身上骑马。娃在身上骑，她在底下笑。两个孩子的名儿全是巧给起的。一个叫大龙，一个叫大虎。巧合眼的时候，给他一句话，只有四个字——别亏孩子。

巧死的时候他的哭声瘆人，嚎遍村野，两个孩子在他两边，牵着他的衣角，叫看的人好不伤心落泪。是一位远房大娘的一句话使他止住哭的："发，你身子坏了，俩孩儿咋办？"

"我不能没有巧。"他止住哭，泪却仍在流。

"照顾好孩子，巧留给你的人人子，离不开你呀。"她涕泪抓成了一把，抹在身上。

"……"他点头，抽动着身子，狠狠咽下了一口气。

巧的棺是他拆了一间房子用梁做的。埋巧的时候，老大摔瓦罐，摔了几次没烂，是他抱起来摔的。后来，有人说他不该自己摔，应该抱起来帮着儿子用力摔才合适，平辈人摔不吉利。他狠狠给那人一句话："哪个女人不是当娘的，只要她到阴间记着有一个响声送她，咋样都该。"

埋了巧，他每晚等孩子睡了，都要到她的坟上去一趟，流着泪告诉她两个孩子当天吃的是啥，啥时睡的，让她放心，别挂念，让她养好身子。还说等孩子大了，他总是要去寻她做伴的。

正是春天的时候，头上明亮的三星看着他，蹚过有细细流水声的小河，他爬

石嘴山市城市文学丛书（小说卷）

上河堤，蹲下审视了四周，翻身滚进堤下的麦地，用生锈的镰刀割着麦苗往怀里揣。边揣边张望。等衣服里揣满，才提起镰刀，弯着腰，猫似的躲过麦地，跑进被河堤挡住的泛着白碱的土坡。一块墓碑的残座绊倒了他，他圆球似的顺着坟坡滚了几滚，那呛人的碱土扑入嘴里，使他咳嗽难忍，但又怕有鬼听见，便屏气捂住嘴，爬起来继续弯腰猫似的跑进村子。

他用昨晚打来的井水，将一把一把从怀里掏出的麦苗清洗了一半，放在木板上用刀切了几下，拌了一碗红薯面，半碗破碎的棉籽，放在锅里的竹箅上，点火蒸了起来。立时，屋里充满了带有苦涩草味的气息。锅膛的火已经熄了，怕孩子发现自己做了贼事，换了衣服，才叫醒孩子起来吃这样麦苗拌面的食物。也许是他们觉得这东西吃起来比棉籽好，个个吃得肚子如鼓，才停下来。

他们再这样地吃棉籽，拉不下来屎是最要命的。最近他总是用小棒子从他们的肛门里掏出那些跟棉花有些接近的便物来，他再不忍心听孩子那痛苦的呻吟了。他把两个孩子搂在怀里，静坐了一会儿，又不时地摸了摸他们的肚子，一个打算从他心里产生了。

这一年他二十二岁，是荒年，农村多半的是老弱病残。这地方地碱大，外跑的人很多，余下的能下地干活的，生产队看得很紧。凡是往外跑的，只要被抓回来，痛打一顿是轻，关键是罚。罚得很简单，却让你吃不消——把家中凡是能吃的搜出多少，一多半交公，如有细粮，全部拿去——这是饥饿年代的事，说不上公平不公平，人道不人道。他心想自己带着两个孩子，队里也不会想到他会往外跑。天大亮，他拉着两个孩子，远看他就像是挑着一副两边着地的烂挑子一样，走进队长家去说假。讲孩子肚子胀得厉害，去公社找先生看看。队长知道全公社只有一个能给骡子看病的先生，便答应了，还给他写了条子，不然会被撵回来。

出村朝西走了一里远，他便转向朝东南走，他要去八里以外的妻姐家。巧有个姐姐叫爱。

背着小的，拖着大的，又饿又累。进了爱姐的家门他就晕倒了。

等他醒来时，爱姐正哀泣地坐在他身边，端着水朝他嘴里喂。

"发,还难受吗？"爱姐的问声和巧一样软绵。"……"他摇摇头,泪浸在眼里,硬没让流出来。

"孩子睡了，身子都弱虚得很，禁不住累。"爱语调也跟巧一样柔和。

"巧有话，让别亏孩子，可现在——"他犯罪似的不敢抬眼。"挺一挺，会好的。"爱像巧的话语一样充满着希望，给人鼓劲。"爱姐，把大虎给你留下，我带大龙外边闯一闯，也许会好的。"他抬眼乞求着等回话。

"大人罪好受，孩子是万万不行的。你信姐的话，把孩子都给我搁下，我们这儿的人有去煤窑的，说那儿管吃，还给钱，混过这荒年再回来，带些钱回来，孩子的日子会好些的。"爱说罢，缩紧面部的肌肉，现出柔和的皱纹看着他，"放心吧，我是他俩亲姨！"

"我想明天就走。"他站起来。

"为啥？"爱姐惊异他有这样快的打算。

"今天不行，得回去看看巧，跟她说一声。"他又说，像是忘记了带什么不可缺少的东西。

"吃罢饭，歇歇，明个儿回去，好让我给你准备一下再走吧。""……"他点点头，又摇一摇头。

爱姐挡不住他要去看巧的心愿，给他做了顿蒸馍，让他吃饱了，又打了碗鸡蛋汤让他喝了，才让他往回赶。

黄昏的太阳照红了西天，西天犹如层层密织的红纱挂起来的，土地往外冒着雾气。他在这样的境地里独自一人疾走着。

快进村的时候，一条他熟悉的狗从村里跑出来。像是受了什么惊吓，叫了几声。他想起了昨晚的事，多疑地绕过易被人看见的位置，头伸过牲口圈那低下去的墙朝自己家望去。借着月光他看清了门前有队长和两个民兵在那儿等着，他马上低下身子，跑步进了河沟。正欲朝爱姐家的方向去，他想起了巧。便蹚过水，爬上堤，滑下坡，走进了泛着银白色碱土的坟地。那只狗从不远的横过水面的木板上跑过来跟着他。像是准备为他做证似的不肯离开，也不叫一声。他用手捧起土向巧的坟补了三捧，双臂张开，扑向巧的坟，脸贴着坟土，像是要听听巧的声音。一会儿，他站起来，绕坟走了三周，又站住，像在为巧行礼。一切都是在无言中进行的，那只狗蹲在一边，等他转身跑了一里多路的时候，发现狗跑在了他的前面，他拾起一块硬土扔去，把狗撵了回去。

他疑心会有人撵来，敲着爱姐的窗子，急似密鼓。爱姐听到他的声音，急慌地开了窗子，让他钻了进去。

"非要走了？"她想到了定是发生了意外的大事。"让孩子吃了社里的麦苗。"他直言。

"能不能等你姐夫回来，去你们社里说说？"她觉得他这样走太急。

"他是当干部的，连累了，都不好呀，再说大龙大虎都在这里。""你稍歇歇，等我一下。"爱姐到屋里摸索了几下又出了屋，等她进来时手里拎着两只鸡，他正趴在床前摸弄着大龙大虎的脸。

"这有七斤粮票，三块钱，把这两只鸡也带上，装在面布袋里。"

一切他都不要。一切她都让他不能不拿，并添了家里所有能吃的熟物。她送他，他不让，她还是送他出了村，给他指清了路。他是带着惊吓和沉重走的，更是带着对女人的怀恋和女人的深情走的，他走的时候给一个荒年中的贫穷女人搁下了两个张嘴要吃的孩子。

苦命人有苦命人的福气，因为他不缺少挣破苦命的勇气和耐力。那一天，他顺着爱姐指的路，在天刚放亮的时候，踏上了一条比家乡最宽的路要宽出许多许多的两旁立着大树的大道。爱姐告诉他，顺着这条路朝北走，可通到郑州，郑州有火车，能通有煤窑的地方。他走在那条宽阔的土路上，路上没有车，也没有其他人，他放心地呼吸着红日照耀下洒遍田野渗入绿叶儿混着鸟叫的空气，他感到安全极了，清新极了。昨夜的惊慌和劳累使他感到肚子空荡了，便从布袋里掏出爱姐的头巾包，从里面掏出一个蒸馍来，很自在地往嘴里填。嚼着馍，他想着爱姐。她脸白皙皙的，身子骨也算是好，可就是不生孩子。爱姐要是有个孩儿就什么都不缺了，他替爱姐惋惜着。身后传来吆喝牲口的声音，他没当回事儿，继续走自己的路。一辆骡子拉着的胶车走近他，那车上跟他年龄差不多的人见他一瘸一瘸地迈着，裤上有血迹，便停住了车问："你那腿是要饭被狗咬的吧？看那血淌得有多少！"

"……"他望着自己的腿，原以为它湿湿的是被露水打的，见到凝在腿上的血，才想起来自己先头从一条深沟摔下去，腿撞在一个树根上。

"这年景，要饭也不好要，哎，上车坐吧。"那人同情地招呼。

这当然是再好不过的事了，他带着无以报答的感激坐上了车。车是去郑州拉农具的，在天黑的时候进的城。他向他讲述了自己的事，他很同情，把他送到了郑州火车站。他感激地把两只鸡送给了他作为答谢。郑州的火车像龙一样或趴在铁道上，或顺着铁道一个劲地往前直跑。那人告诉他，这里的火车都是往能出钱的地方去的。不管哪一列，只要你能坐上，一直到它停下来不再走了，那准是个好地方。他听了他的话，在他送他进了火车站里面之后，他便在他的帮助下爬上了一列货车。那列车走了三天三夜之后，在四周被大山围着的地方再也不走了。也许是坐车的缘故，他的腿不再瘸了。他胆怯地从那火车厢里翻出来，一天没有吃食的肚子使他想起了爱姐给的三块钱，便怯生生地朝一处卖吃食的席棚子走去。

在这个他下了火车无处可走的黄昏，一个说是往煤矿里背粮的单位，看他太瘦，往山里扛粮缺力气，没收他；一个说是烧焦炭给酒泉钢铁厂的组织，见他脸

石嘴山市城市文学丛书（小说卷）

上的垢物厚得能揭下来，裤腿上又有血迹，没敢要。

车站上，招工登记的都走了。他将三块钱全买了饼子，一气吃了四个，余下两个装在面布袋里。他摸到车站旁唯一的饮骆驼的大口石井旁，喝了那石槽里的水，顺着一条渺茫的说是通向一个叫作山蛋蛋煤矿的山沟里走去。

夜压了下来。山里的石头如鬼似兽，随着夜魔洒下的黑气，渐渐都动弹起来。耳边的风，像是它们嘈杂的怪叫，阴森森地，四处跑着。

"大哥！"一个女人哆哆嗦嗦的声音。

"啊！"给他的是一种受惊的希望。

"有狼哩。"她靠近他，他碰着了她的篮子。

"狼？"他听人讲过山里的狼，想到这种会把人的脖子里的喉管扯出来再把人吃掉的东西，腿软了起来。

"有火吗？狼怕它。"

"火？"他摸索了口袋后，急切地说，"有。"掏出了小盒盒又急忙地说："咋治？""快划着。"说着她已扯着解开的衣襟围过来挡住了风，一手拿着出门备好的油毡纸，凑到他划着的火柴跟前。也就是在火柴发出光的时候，几丈远的地方突然传来狼蹄急急触地的声音。

"……"油毡纸的火一闪一闪地映在她的怀里，辉煌玄妙，使他不知所措，一只手丝毫没有感觉地恰好放在她的大腿上。

"狼跑了，我带的火不知弄哪儿了，要不是你——"她倒显得很轻松地站起来，拽了一下他的肩。

也许是这女人的胆大机警给了他无形的力量，他紧张的神经很快松弛下来，不再有所恐惧："知道有狼吗？"

"……"她没答话。

"你也不是这儿的？"他疑惑。

"是。"她的话如落雨一滴。

"咋还走夜路呢?"

"买饼,给继父明儿上班吃,车站的饼不要粮票。"

"白天咋不?"想到狼他可怜她。

"今天的矿石出得多,拣煤耽搁了。"

他们的语声不时地撞在黑色的石头上,成为相互的依靠。

等到再翻过一个山岗就可到煤矿居民区的时候,他知道了她叫秀秀,她知道了他叫根发。秀秀听了他的事,话音凄楚楚地说:"你的爱姐,也真能对孩子像你说得那么好?"

"俺那儿有个歌子,是这样唱的,你听听:哪个不说姨娘亲,姨娘亲来姨娘亲,去了姨娘断了根,断了根哟没人亲……"

"真好。"听了他的歌,在那充满深情的曲调里,秀秀像是自己得到了莫大的宽慰似的。

"我姐爱爱,和俺孩他娘是双子。"声音里流露着无限感激。

女人的心里就是爱操事,不是这,你咋能够出来挺日子呢?她这样随着,又忙警醒地对他说:"下坡滑。"

呜——呜——突然不知从何处传来了如上百头牛齐吼的汽笛声,骤然的怪异声咬了他的胆子,步子一趔趄,滚滑出去了七八米远,额头磕在一块大石的底棱上。啊!惊叫后他摸到了血。

"不怕——不怕——"她不顾一切地溜跑过去抓住他捂着头的手:"这是煤矿叫班的汽笛,不怕,不怕,怪我没告诉你这初来的,该叫笛了,怪我!"她像是搂着自己的受惊的孩子似的,把他搂进怀里,扯过衣的底襟朝他的额谨慎地去蘸着流出的血。嘴里边轻轻呼出气,那胸脯贴着他的肩,一起一伏。

"我当是天掉了。"他对着她低着的脸。

"来，用这手绢系上，还在淌。"她掏出手绢给他系，他不再怯，手搭在她的上臂。

那一夜，她扶着他到了自己的家，并告诉继父说是他从狼爪子下救回了她。她求继父给讲个情，让他去下井。

秀秀的继父给了矿上劳资科的一名办事员八斤粮票，便答应了根发下井——干道工，试用三个月。

从此，他的爱姐按月收到他寄去的钱，还收到跟随而来的安心。为了巧巧在弥留之际"别亏孩子"的那句话，他把每一颗汗珠子心甘情愿地摔在了枕木上。两年过后，他便是四级工了。

月光好明好明，从窗格子里爬进来，淌在秀秀妹妹的脸上，盖在他和秀秀的头上。

秀秀的继父已经不在了，他在一次溜车事故中永远地走了。

"哎！我没能照顾好你们，师傅在山上是睡不安生的。"他自责。

"根发哥，让我跟你吧？！"沉默过后她突然地说。

"……"只有他坐的板凳被力错动的声音，在还原了宁静后他说，"不行呀，我有孩哩。"

"都接来。"声音掺进月光。

"会苦了你的，会苦了你的。"他心中的潮推着他向她身子侧。"我会拣煤，换老乡的面，换他们的洋芋。"秀秀心诚得如铁硬，比棉花还软。

"……"他钻入她的怀里，她抓住他的手搁自己的身上，他亲了她的嘴，把她搂紧在怀里。他们都在喘气，静默无语中，他想她的洋芋臊子面，想她给他缝衣服，想她说孩子喊娘没有喊妈好听……她想他帮自己挑回来从矸石山拣的煤，想他随她去火车站走十几里山路去买饼，想他的巧巧，还有大龙、大虎，想他用自己省下的饭钱给继父买酒喝。于是，共同的愿望在他们想这想那中强烈地产生了。

结婚的日子，他只是将铺盖搬了过来。没让人闹洞房，是因为他怕那些井上井下总爱说女人的趁乱沾了秀秀的便宜。

在朦朦胧胧中，往往有一种声音从伸手可捉的地方款款扑入他的耳鼓，让他的头脑中充满了模糊而亲切的激动。

那是秀秀的呻吟。秀秀的呻吟使他怜惜，又给他绵绵不尽的温暖。

他跟秀秀结婚刚进百天。下了零点班的他，踩着漫无边际的洁白。他拧灭了矿灯，铺地的雪在他的脚下，发着急切而亲昵的咕吱咕吱声。他感到身上汗滋滋的，解开了脖下的纽扣。想到秀秀在他上班的时候还发着烧，他的步子更快更急了。离家还很远就掏出了开门的钥匙，当看见窗子上的灯光时，他欢喜地紧跑开了，屁股后面的矿灯盒扑扑嗒嗒有节奏地敲着步点。开了门，人还没进屋，他便喊秀秀，却没往日的应声。人随喊声走进屋里。听到的是秀秀在炕上无力呻吟中念出的名字："大龙——大虎——"

"秀秀——"他摸她的脸，手在她脸上印下黑色的掌花。

"你爸——想——"她没有从梦里解脱出来。

"看你烧的，秀秀——别说胡话了。"他摇她。

"根发，见大龙大虎了吗？"她睁着眼睛，望着他，微笑着急问。

"你在发烧哩。"

"不——不，我去给你端饭来。"清醒过来的她，不顾其他地用力起身。

"秀秀，你不能——"

"六个鸡蛋都做了，给你留俩，还是油烙饼。"她的微笑舒展不开，侧起的身子向下一压，可那目光却在讲着自己非要起来不可。

"看大夫了吗？去卫生所了吗？"他问，手拉着她的手。

"快吃饭。"语气是撒娇的，又是强硬的。

"我自己来，自己来。"他慢慢放开她的手，后退着去了和炕头只有一层纸隔开的厨间。他掀开了用布挡着的砖砌的格子，将手伸进了篮球大小的瓷坛坛。摸清里面放着的四个鸡蛋，他心里酸楚，一股来自胸中的潮水骤然涌入眼眶，两行泪水从他沾满煤粉的面颊上滑落下来。他颤悠悠地走到锅台前，恭敬地捧起秀秀每天给留备饭菜的瓷钵，竟没勇气将它的盖揭开。那油煎的鸡蛋，黄灿灿地躺在黄灿灿的油烙饼上。秀秀为了换这几个鸡蛋，拣煤于寒风吹着的矸石山上，粉粉的脸儿弄黑了，柔细的手上裂了血口子，虚弱的身子怯怯地从矸石山上爬上去、挪下来。背着长芨芨编的背篓，翻过几座陡滑的山坡……秀秀的这份恩舍、这份情义他怎能吃得下去？

"秀秀，你——你——不该是光为了我呀！"他捧着瓷钵走到秀秀跟前，语似哽咽。

"根发，你看你，俺是做你们矿工家属的人，俺在家里，不受凉，不靠热。你在井下的活亏身子呀。"她像是在开导他似的，边说着，手边理着他的鬓发，"今天给你打了散白酒，雪天寒大，让酒赶一赶。"

"我早就不喝酒了，烧心。"

"我清楚，是为了省，省给我，省给咱的大龙和大虎，你那时跟我继父喝起来，两人一喝就是一斤。你呀你，该让我咋说呢？今天听我的，喝点酒，再好好想想孩子，想一想你心里就不会太难受了。"她拉着他的胳膊，共坐在炕沿上。

"……"她的话似浓浓的酒香，熏着他的心。

炕桌上，他们各自占着相挨的一角。揭开盖的瓷钵散出的香气与酒的醇味混在一起，整个屋里的空气中是一片浓烈的情义。

"去接大龙大虎来吧，路费有，按你说的咱爱姐的腰身，我给她已做好了棉衣，咱不能不讲点情，你说呢？"

"……"

"咱有家了，孩子就该回家里来。"

"秀秀，你该先为自己打算打算。"面对她的诚恳，他只能这样。

"一家人，咋能分谁先谁后呢？根发，来，再喝一杯，今后咱就不会再苦想孩子了，井下活，是带不得半点思想包袱的，为了咱们都心里清净愉快，听我的，接孩子回来吧，噢？"她趴在他的肩上，脸贴着他的没有洗的沾满煤粉的脸。

"秀秀。"他抓住她的手，紧紧握着，面对胸怀开阔、爱心博厚的女人，他不知所言，泪水涌来。他侧过脸望着秀秀，泪水荡漾，她的脸在他的眼里像是他的奶奶，像他的巧巧，也像他的爱姐。

他去接孩子，路费是秀秀准备的，是她捡废铁卖的钱。回家的时候，他听他的大龙和大虎都喊爱姐叫娘。他知道了在他走后，他的姐夫因为他被解除了公职，和爱姐共耕土地已两年多了。他责怪爱姐为啥不把这样的事告诉他。可爱姐只有软软的一句话："出门人是苦逼的，咋还能承得下更多的家心事呢？"要接大龙大虎，他同她商量了几天几夜才定下来的。

"那里的学校就在跟前，夜里有电灯，秀秀又能教他们，将来等他们都能做事了，再到你跟前来。"

"离开孩子，我孤得慌倒是不怕，慢慢会好的，可我总不信那山里会比咱这家里好，我真想跟你们一路去看看。"

事情总算是定下来了，可他的爱姐却不让他们马上就动身走，非要等她给大龙大虎每人做好一双虎头鞋穿上才能起身。她说让孩子穿上这样的鞋出门，有神护着，命里不缺硬气，会避过灾事，不遭罪吃。鞋底是她从十几家求来的各式各样的布在灯下糊好纳成的，说穿这样的鞋底的鞋，脚下的路宽展，走到哪儿都不少饭吃。那鞋面上神气活现的老虎，是她就着初升的太阳，坐在院里的石磙子上绣出来的。她生怕有哪一针绣得不好，伤了她想象的虎气，而对不住将来总是要走远路的孩子。

石嘴山市城市文学丛书（小说卷）

大龙大虎接来的那天晚上，秀秀让他们坐在自己的腿上喊她妈妈，还纠正他们叫喊"爸爸"，不要再喊"大"。让他们吃烤得金黄金黄的洋芋，用热水给他们洗完脚抱到热炕上。在他们都睡着的时候，她上炕又亲了他们的脸蛋，红扑扑的脸上生着美好理想实现的微笑。

"这样的孩子要十个都不够。"她嗔他一眼。

那撼山的炮声响一次，他就会感受到一次愿望到来的喜悦。路从大山坚实的盆腔开始修起，一个劲地往里穿，沟通宽宽的沙河沟，旋旋转转，骑岭绕壁，再不出三个月就可跟新建的矿区接通。按照边搞生活福利建设边生产的方针，用不了多长时间就盖好第一期生活住房了，秀秀他们很快就可以来陪伴着他。他和她就可以拿着有粮食定量的红本去粮店自豪地买来米面，做好饭等大龙大虎放学回来吃。吃完饭留他们在家里，自己去井下铺永远也铺不到底的矿车轨道，让黑得出油的煤一个劲地从井下运出来，好回报每月摁过手章后领到的工资。

又开工资了。他在工棚里数着不多不少的六十块七毛钱，再一次计算着：饭票四十斤，八块；菜票三十天的，四块五毛；绿叶牌香烟三条，每条七毛钱；富强牌牙膏一支，二毛八分……虽然他已有半年多的时间没有买肉菜吃了，但还嫌给秀秀寄去四十五元太少，若能寄去五十块就好了。可他没有办法，只能寄四十五元了。于是，他分出了四十五元五角钱，趁午间休息的时间去了用料石砌成的邮电所。

在山道上他看见了沙葱。他忽然想到煮沙葱吃可以省下菜钱！

于是，他决定要给秀秀寄五十元钱。这样一来秀秀他们这个月的日子就会好一些了。不然，她跟两个孩子，加上她的妹妹，四张嘴，只吃她们的口粮，该咋挨呢？到了井口打开，能下井就更好了。那时候每天会有六角钱的入井费，每月除了公休，可下井二十六天，能多开十五块六角钱。仅就够自己一个月的生活费，该多好。他想到这，望望山下的路，又面对着前面那座往外冒着黑烟的山梁，心中有了极强的依恋：这山就是好，跟女人似的，能生能养，缺啥来啥的，让人感激不尽。

秋天的夜空高得很，星火闪动着，又深邃，又亲近。他走出住着四个工人的地窑，坐在山坡上望着月亮，像秀秀粉粉的脸儿。

为了能给秀秀再多寄五块钱，从路修通，搬到枣子沟建井开始，他就自己起火做饭了。除了用沙葱就饭外，有时还能从食堂倒出的菜皮里挑出些能吃的。尤其是那些莲花菜的根，拾回来洗了削掉外皮，吃起来脆生生的，还带有家乡芥菜的些许辛辣；切成丝入盐后，倒点酱油和醋，咋吃也不厌烦……

月亮对着他的眼睛，渐渐那月亮像是掉下泪来了，让他的眼也模糊着。他又想起了秀秀前几天的来信，那是让他又喜又愁的事——秀秀快要生产了。

"秀秀呀秀秀。"月亮是秀秀的脸，竟让他不敢看了。

一个粉嘟嘟的生命就要把动听的哭声交给大山，他想到了做爸爸的责任，他是多么想去那盛满无限深情的大山里，耳朵贴在秀秀的肚子上，听一听里面像山一样在摇动着的沉闷的胎声啊！然而，那两个像巧巧模样的孩子却站在了他的面前，张着嘴，要让他把吃的东西送去。来回路费就是全家人一个月的温饱，能轻易地扔掉吗？他问着自己，千里万里还是把钱寄去的好。可钱呢？借谁的也是个坑，总是要填的。他的心往外放着凉气，牙齿格格地互相碰撞起来。他紧了紧衣服，想到该领棉衣了，心里立时烘热起来：把棉衣棉帽棉鞋，加上那双防水靴都卖了，不就是几十块吗？他高兴地拍了一下头皮，心里骂开了自己：真是个孬熊，光图自己好，秀秀在那儿，可是领着一家人哩！

火车叫了，声音回荡在山里，和山融在一起，眼里的脑里的一切都充满了活气，紧密地连成一体。

秀秀给他生了个女儿。

信是李大叔写来的，信里说秀秀坐完满月后总是吃洋芋，要省出学费让大龙春天去读书，他们送去了一袋子面，为的是帮她添奶。他看了信，心里凄酸得很，竟然忘记了吃午饭。

正在他低头走在去井口的半路上，队长碰见了他，让他去卸车——又有一批家属搬过来了，并告诉他说：在山蛋蛋煤矿的家属们很快就会分批迁来。

这消息对他来说，简直是望见了久雨过后的灿阳，鲜鲜亮亮的，使他不能不振奋雀跃。

装车开始了，他看见那些写着"山蛋蛋站至大沟站"的一件件箱子或被褥，哪一个都像大龙大虎的笑脸一样漂亮可亲。在天黑的时候，他在黑洞洞的货车车厢里，脚绊在一块木板上，身子朝前一扑，手恰巧抓住了又瓷又绵的一个袋子，他摁了摁，那感觉留给他的判断是可亲的——是面。一摸出是面，他看见了一个小嘴儿像秀秀的，含着秀秀的乳头用力边吮边哭的孩子。心里一动，不由地把它装在了一个草袋里，又走到车厢门，见最后两个装车的已进了驾驶室，心怦怦地跳着抱起它放进了卡车车厢的一个角落里。

车发动了。马达声压住了些他心里的唾唾声，马达声却也像是小嘴儿含着妈妈乳头的号哭的声音，他的身子一抖，心里在默念着女儿，念着秀秀。闭了眼，那小嘴儿含着的乳头竟然像巧巧的坟似的，一闪又是大龙大虎骑在已永远闭上眼的巧巧身上，一闪，又是像巧巧一样心地好的爱姐，一闪又是秀秀领着大龙大虎去拔沙葱，先喊着大虎的名字，把他拉上岩石，又伸出手去给大龙。又开始重复着；那张小嘴儿，那成了坟似的乳……

"哇——"他的哭声吓得汽车在有浅水流着的沙河沟熄火了。惊得月亮从空中侧过脸，泣得星星在眨眼。

"根发！根发！"连司机都在喊。"……"哭声更强烈了。

"咋了？咋了呀？咱谁欺了你？"

"哇——女人是不能让她吃肮脏物的呀！"他的声音撕心扯肺般，在大山里回荡蔓延。

　　偷来的面，怎能去拿给秀秀和孩子……

　　三十六天，他又回来了，回到了大山的怀抱里。

　　他躺在一块平阔发光的褐石上，双手相交垫在脑后，绛紫色的夕阳照在他红润的脸上，他任轻风舔着张开的毛孔，鼻息匀畅而柔和。那天上的云朵在他的眼里缓缓飘移着。一声鹰啼从远处的峰叉中传来，高放而又悠荡。他俯身瞭望，鹰已蹿入峰后，只把啼声送来。渐渐西天绛紫色的雾又浓厚了些，他把目光搁在最凝重处，峦嶂上似火的跃动，使他感到无比的温暖。

　　他已有整整三十六天没有来过这块光滑的巨石上了。从医院出来后，他先给女儿寄去了工友送给他没舍得吃的炼乳。还没进矿到仍住着四个人的地窑去看看，便身不由己地来这儿了。每逢上早班或是夜班的时候，他是常来这儿的。坐在这块石头上，他觉得稳实得很；站在这块石头上，他觉得一切都离自己很近；躺在这块石头上，他觉得既舒服又安全；尤其是面对着太阳，他轻轻飘下去，像去了秀秀和儿子及女儿所在的山蛋蛋煤矿。这块巨石无论是质地还是颜色都和那里的石头一样，坦荡密实柔顺得很。在这里，他总是在飘忽的境界中跟秀秀及自己的孩子们在一起。

　　仰卧在这块石头上，阵阵快意袭来，在满足之中他曾产生过一种愧意。二十六天前他出了工伤事故，自己住进了医院，照样发给入井费不说，每天还有三角五分的营养费。虽然自己失掉了两颗上门牙，可医生给镶了两个骨牙，用起来和原来的没有丝毫的不一样。住在医院里，领导和工友们一趟一趟地走十几里山路来看望，又是炼乳又是饼干的送了又送。联系自己上次想偷面的事，他更觉得惭愧极了。心想，那面若是让秀秀和孩子吃了，不只是辱了秀秀，让孩子长着的身子骨里掺进了不洁，而且背叛了大山的恩泽。

　　他没多想那次工伤事故是自己舍己救人。他跨前一步推开铁轨旁的工友，去

石嘴山市城市文学丛书（小说卷）

抽那根轨上的撬杠，没等将撬杠完全挪出行车线，奔驰而来的矿车前轮将他手中的一端弹起，正打在他的嘴上，齿根连脑，立时把他击晕了过去，两颗上门牙也不知去了哪里。事情发生了，他住进医院里，工友没伤着。在疼痛中他倒觉得很欣慰，认为赎了一份偷面的罪过。

星星出来了，都俯视着他，每一颗都像是要同他做窃窃低语的交流，都像是在悄声告诉他：我是你的朋友和伙伴，我们都和大山在一起。他吸了口气，抬头仰望着，想象着哪一颗该属于自己。他早就听奶奶说过，天上一颗星，地上一个人，地上的人去了，天上的星就消失了。可他怎么也找不出哪一颗该属于自己，总觉得自己的那一颗大概不十分亮，可又不该总就是那样亮。

牛郎星在他眼里了。眼里又跑进了它两边的两个小星星，他闭了眼，走来的竟又是秀秀牵着他的大龙和大虎。他一惊，问自己：我的女儿呢？一抬眼，他望见了月亮……

火车的汽笛响了，他从那块石头上走下来。背着满天星星，朝矿区走，朝住着四个人的那间小地窑里去，心里闪烁着牛郎星和偎着它的两个小星星及胖乎乎的月亮，面前是灿烂的星火……

他安宁地沉进山的怀抱。

（选自《朔方》1992年第10期）

红马

王景彦

王景彦（1957—），回族，笔名莫叹，河北河间人。宁夏作家协会会员。在《人民文学》《民族文学》《青年文学》《朔方》《春风》《小说月报》等刊物发表文学作品，有作品被《小说月报》《散文选刊》《散文·海外版》《小小说选刊》《诗选刊》等刊物转载。出版《美国来的坏小子》《高高的月亮树》《魔鬼红狐狸》《网络小狐仙》《少年与藏獒》《混血小帅哥》系列少儿小说和童话等。

  贺拉尔山下开阔的草场，一望无际。茫茫苍苍的绿色的草们，被从山隘口吹来的风摇荡起来。刚才还是寂静如死的草们，突然听到一声命令，每棵草都动荡起来。一棵草动不是动，千万棵草瞬间前呼后拥滚向天边，成为大海涨潮列岸的波涛，那席卷的阵势就有些气壮山河，让人振奋，身上的肉发颤发抖的那种难以自抑的振奋。看草的人被感染了，他的心不由自主地变成一棵草，跟千万棵动荡不安的草和成一个节拍奔涌而去……这时不仅仅是草海翻腾，不仅仅是人的心潮澎湃，就连整个大地整个天空都欲罢不能地摇撼啊！摇撼啊！

  他就爱这么看草浪滚沸，他就爱这么让放飞的心追风逐浪。这时候他身上的血液喧嚣着，他就不是他自己了，他不存在了，天地之间没有他了，连他的骨头架子也找不到了，一切都变成了凌空扶摇而去之感。

远处是他的马群，马群已散开，稀稀落落的壮硕的马们专心致志地吃草。一棵棵纤弱的草，被马嚼吃后会变成马匹身上块块奔突的肌肉，会变成奔突的肌肉上的铮铮的力量，那追风逐电的力量便是草族神圣的归宿。

草浪一波一波，一波未平，一波又起，草浪起伏的音乐拍打马儿们的腿。一匹匹突凸的马，就成了草海中浮动的岛屿。

这里原来是偌大的军马场，那时中苏边境线上剑拔弩张，连空气都紧绷绷的。出于备战备荒的需要，这里就划入了军事版图，就在开阔无垠的贺拉尔山下建起了军马场。千万匹战马膘肥体壮，仰天长啸，随时准备集结投入枪林弹雨。这里的地理环境是突兀兀的丘陵地带，坦克、装甲车那些钢铁的庞然大物，在这里难以威慑，唯有倏忽的战马可以驰骋卫国。战争的硝烟滚滚散去以后，和平时期到来，军马场转为民营了，穿绿军装的人不见了，草场也被划分为若干草场，庞大壮威的军马场，一夜之间，变成诸多分散放牧的牧马场。战争与和平只有一步之遥。当年战争笼罩的密布的阴云，曾在他幼小的心灵上留下过抹不去的阴影。那时还没死的爷爷郑重其事地告诫他："黄毛子人高马大，力大无比，跟狮子一样壮，他们会烧我们的房子，会杀我们的人，还会杀你。你见了黄毛子就要躲起来，别让他们把你杀了。"那时候他刚懂事，对爷爷讲的黄毛子畏惧如虎，他说黄毛子跟新疆人一样吗？爷爷说不太一样，黄毛子长着猫的眼睛，看见长着猫眼的人就躲开他们。还有，黄毛子长着高高的鼻子，鼻子上带着弯钩，身上还有一股刺鼻子的洋葱头味，老远就能闻到……黄毛子的阴影早已散去，幻如遥远年代的梦了。现在他就觉得天苍苍，野茫茫，马群浩浩荡荡，壮丽的风光，让他心旌摇荡。

他的视线越过马群，仰望着草海和远处的贺拉尔山，想起了外面的世界。他去过北京，去过上有天堂、下有苏杭的地方，那是和爱他的女人一块去的，他们旅行结婚，想到外面看看。看了一圈回来，他觉得都没有这里好。那些大都市，到处是高楼林立，到处是人如蚂蚁，特别是堵车的时候，人都挤不过去，走路侧着身子，没有空间感，空间都被车辆、摊位、行人挤占了。更让他头疼的是城市的十字路口，每一条路都规定成线，限制人的两只脚，随便踏入将被罚款，让他感到非常憋气。这里多好，天有多辽阔，空间就有多辽阔，地有多辽阔，脚步就有多辽阔。任你走，任你骑马驰骋，任八面来风吹你荡你，把你的心情带到天上去和白云一起飘，飘……但他的心情今天没有飘起来，他又想起了他死去的女人。

他和女人都是牧马养马的好手，他们的马群在绿草的滋养下越来越壮大。他们的马群奔跑起来的时候，如怒号的群山群峰飘移，搅得天啸地吼。那时他和她都想吟一首壮阔无岸的伟大诗篇，但他们一句诗也没有吟唱出来，搜肠刮肚想起来的诗句跟恢宏的场面相去千里，而且诗句显得苍白，他们沮丧地说，诗被马蹄子踩死了。

他和女人是在那年春天相爱的。那是个放荡不羁的春天，荒原绿草遍地，野花如狂，冬日留下的无边无际的死气沉沉的氛围被驱散，逼入眼帘的是铺天盖地的绿色，把人的眼神也染成了绿布。春天是植物发芽的季节，也是马群发情的季节，春情勃发的马群，长啸嘶鸣，爬爬跨跨，那撼天动地的造山般的摇荡，让相爱的他们难以自持，他们扑倒了对方，在春天温暖的阳光照晒的草滩、天地、远山、草海，随着节奏摇撼着，似催毁什么，似创造什么。他们倾听到大地深处传来造物主造就生命的神秘宣言。他们大汗淋漓，他们的喊叫充满原始混沌的足音。结婚途中在大都市旅馆的那些压抑让他们不堪回首。事情完毕后，他们说要给还没有来到人世的儿子喝马奶，只有喝过马奶的男人才会男人味十足。他们陶醉在幻想中。这种幻想最终成了幻想，他的女人死了，长眠于苍野，他们的儿子只有遥遥无期了。这是他的遗憾。

风渐渐弱去，激情满怀的草浪平静下来，他的心境也平静下来。这时远处传来几声咳咳的马嘶。他循声望去，逆着太阳光，他看不清朝这边过来的马。但他断定那不是他的马。他举起挂在胸前的望远镜。这是军用望远镜。这个高倍望远

石嘴山市城市文学丛书（小说卷）

镜是军马场撤销的时候，那位穿军装的老场长送给他的。老场长含着泪说："我养了半辈子马，跟马感情很深，让我离开这些马，我难过，虽然我曾被马踩断过腿，但我还是不想离开它们。你以后要好好养这些马，养壮了不去打仗，搞赛马也好啊。以后在这儿开个赛马场，我想那场面准跟打仗一样的激动人心。不说了，不说了，说多了伤感。这个军用望远镜给你，别把马给我放丢了。"

他举着望远镜，望远镜把远处的景物拽过来。他看清了，那是三个人拉着六匹马。那几匹马不想跟他们走，一副背井离乡、难舍难分的样子。那是几个广东的买马客商。他认得那个左脸长黑痣的男人，他是广东某马戏团的团长，很有钱的家伙，去年曾买过他的几匹马，其中有一匹枣红色的儿马。那马通体鲜红，跟打上一层红蜡一样，在太阳的照射下，红马仿佛是一团燃烧的火焰。他对那匹红马非常地爱，简直可以说情同手足。那匹红马曾救过他的命。有次马群炸群了，马群奔突着，汹涌着，像开闸的水，马荡起的尘烟遮天蔽日。他被马摔下来，他绝望地想：我完了，一会儿就会被马踩成肉泥。那匹红马没惊没炸，它镇静地把他叼起来，让他捡了一条命。他本不想卖那匹红马，但他怕它老给他惹麻烦，就狠狠心把它卖了。那匹红马生性好斗，老跑到别人的牧场去撕咬别人的马，让他老给别人赔情道歉，老出钱给那些伤马治伤。那匹红马如果不是老给他惹事生非，他说啥也舍不得卖掉它。广东人把那些马买去，驯练以后从事商业活动，给他们赚大把大把的钱。那些马大都进了马戏团，被逼迫着给狂呼乱喊的看客们卖身，形同风尘场中那些苦难的女子。这是那些军马后代们的悲哀。他一想到那匹红马他就难过。

太阳快落山的时候贺拉尔山最为壮观，通红若火的太阳奔波劳累了一天，走到贺拉尔山巅时喘息着，再也没有力量奔走了，就一头栽进了幽深的峡谷。

太阳落山了，山势减缓，横空出世的神威也收敛住。随着太阳的余晖黯淡开去，山势也越来越模糊，力拔山兮气盖世的英雄气概为之一扫。漫无边际的黑暗潮水般涌来，天下很快就是一块黑布了。

天落黑的时候，他已把马群吃喝回来，揽进了马厩。

吃完饭，他仰躺在床上。床上铺着毛茸茸暄腾腾的羊毛花毯。花毯绣荷花图，还有戏水的鱼儿，美丽雅致。荷花和鱼的图案有点轻微的凸手。那是他死去的女人编织的花毯。他微闭着双眼，放松着劳累的筋骨。屋里死寂，冥冥中他听到筋骨往紧收拢时咯吧咯吧地响。筋骨收紧时牵动了关节，他浑身的关节就咯吧咯吧响起来。那响声让他浑身舒坦。他少年的时候，就有过类似关节响的经历。那时候他老是腿疼胳膊疼，他妈领他到医院看病，大夫摸着他正在发育挺拔的身板说，这不是病，这是往高长个子呢。男孩子女孩子在这个年龄是长个子的时候，长得猛了，关节就响，就有些腿疼胳膊疼。没事儿，没事儿，回去吧。他回来以后，很想听听自己长个子的响声。他半夜不睡觉，但他没有听到自己长个子的响声。有一天他睡着睡着疼醒了，万籁俱寂中听到自己浑身的关节响起来，让他兴奋不

已。他从床上跳起来高喊着：我长个子了！我长个子了！以后他还听到过贺拉尔山往高长的响声，让他感到生命进程的神秘力量。那也是这么一个春夜，他和女人幽会，在浓黑浓黑的夜里他们快乐忘我时，忽然听到贺拉尔山的深处，传来隐隐约约的轰轰隆隆的雷声。天晴得很，那响声把他们震傻了。那神秘的响声宽厚而悠远，他和女人傻了半天，这才猛醒过来，他们惊呼着：山往高长啦！山往高长啦！第二天，他们牧马看山时，咋看咋觉得山往高长了一尺或一寸，他们就对日子充满了企盼，两人就快乐成了无忧无虑的云雀。

马厩里的马们安静着。他在阵阵香馨里沉浸着，睡意很快袭来，未入睡时，整天转马场的兽医来了。这个兽医是他的朋友，他们老在一块喝酒，又是酒友。两人都对酒很是亲爱，见了酒瓶子两眼就放光，跟荒原上的狼见了小羊羔一样亢奋。兽医带来的是烧酒，这种酒很适合贺拉尔山下的男人。

"挺尸呢，起来喝酒。"兽医说。

"咋喝？"他说，"我没菜。"

"没菜就干喝。"

"好，干喝就干喝，我正口渴呢。"他有些懒，他不想动身去弄菜。

兽医瞥他一眼，转身去了。兽医跟在自己家里一样，一会儿就从哪个角落的缸里，捞出来一块两斤多重的腌马肉。他冲兽医尴尬地笑笑："你跟猫一样，能闻到哪里有腥味儿。"

"我上辈子就是猫。"兽医说着，把两把藏刀扔在桌上，两人就喝起来。你一碗酒我一碗酒，盛在大海碗里，碗口很阔。他们喝几口酒，用藏刀割一块咸马肉。喝一会儿，兽医说："你一个人活着多苦，有个媳妇伺候我们喝酒多好。你该有个媳妇了。"

"你别给我说这个。"他板着脸，一仰脖把半碗酒灌到嘴里。

"你他妈就是不识抬举的人！"兽医突然骂，"我妹妹多好，你他妈的就是不愿娶她，我跟你说多少次了，你每次都是推三阻四的，让我窝火！"

"我……总忘不了我死去的女人。"他咧嘴苦笑，"我知道你妹妹人好，可我……就没那份心思。"他们都不说话了，屋子里死死的，像一口棺材。窗外的夜空，很幽深，像口古井。窗户半掩半开，外边的微风灌进来，就像流进一股股凉水，让人很舒坦的凉水。这是从贺拉尔山里吹来的清风，山里的清风总有股挥之不去的凉水的意味，一年四季都这样。酒已喝得很累，他不想喝了。兽医也不想喝了。他们看着两个没有内容的空碗。空碗也眼窝很深地看着他们。他说他给马添草去，马无夜草不肥。他每夜都给马添草，而且很准时，跟钟表一样准时，给马添夜草是他的功课。兽医也跟他来到马厩，兽医爱闻马厩的气味。兽医是传统世家，很小的时候，兽医的父亲就带他到马厩去。父亲说闻闻马厩里的味道，就会知道马有啥病。病是有味道的，就跟人身上的气味一样，一个人一种气味，一种病一种气味。

兽医很长时间没到他的马场给马看病了，在马厩里就格外注意观察那些马匹。兽医是很细心的人，很快发现有几匹马死呆呆的，神情沮丧。兽医掰开马嘴，见口内黏膜糜烂。再摸摸马体，有高热症状，眼和鼻孔有流脓状的分泌物。兽医惊住了，半天没有说话，傻在那里。他捅一拳兽医："你咋啦？"

兽医醒过来，说："你的马群完了。"

"你咋了？"他说，"鬼捏魂了还是酒喝多了？"

"完了，你的马群完了！"兽医掰开马嘴让他看，让他摸马的烫手的体温，郑重其事地说，"这是不治的瘟疫，民间叫瘟群。这种病大概五十年有一次流行，我父亲一辈子才遇到过一次，马群死得很惨，一匹马也没有剩下。这种病的马群只能埋掉，以防止疫情扩散。嗨！你是个倒霉的家伙，我真想为你哭一鼻子。"

"你他妈别吓唬我！"他脑门上的冷汗出来了。他听说过这种绝症，养马人都对这种病谈病色变，畏惧如虎。他拽住兽医说："你给我想办法啊！"

石嘴山市城市文学丛书（小说卷）

"没办法。"兽医满脸苦相："你掏一千块钱雇些民工，挖个很深很深的大坑，把马全埋了，埋得越深越好。这种病传染起来跟贺拉尔山里的风一样快，挡都挡不住。如果一个马场一个马场的传染下去，贺拉尔山下就不会有一匹马了，那时大家会活剥了你的皮。"

"不不！"他吼着，"我不能没有这些马，它们是我的命根子啊！你快给我想想办法，要多少钱都行，只要能保住我的马群就行。"他死死哀求着兽医。

"混账话！"兽医冲他喊，"我说了，没有别的办法，神仙也没治，只能埋掉。你明天不能出去放牧了，从现在起必须封马圈，不能让一匹马出来，造成了大面积传染，拿你问罪，我明天让乡防疫站来人消毒，你的房前屋后都要消毒。把马群埋掉以后，我写个疫情报告给县里省里……"

"不不！"他挥拳冲兽医打过去，"你他妈救救我的马，不然我就打死你。"

他们打了起来，打得很激烈。这是两个男人的战争，男人的战争打得结结实实，他们都鼻青脸肿了。

太阳暖烘烘晒着春天季节的青草，阳光把千万棵草的叶子削成千万把锋利的刀子，每把刀都指向苍穹，欲要格杀苍天的凶狠的样子。贺拉尔山下的草每年春天都要疯狂一次，这些草让恣意的太阳激发得带有几分霸王之气。啃青草的马，在悠悠自得中把草族的刀柄嚼断，虚弱的凶狠很快被马的牙齿粉碎了。今天他没有出来牧马，他的马厩被封了，葬马坑也给他挖好了。巨大的葬马坑幽深幽深，一座山也能躺进去。新土的气息在阳光中散发鲜嫩的土香味。这里将葬他的马群，他的马群将在葬马坑里变成累累白骨。

他昨天一夜未睡，他喝了通宵达旦的酒，他死死地守着他的马厩，人群离他远远的，没有人敢过来。他痴呆呆地看着他的马，两眼充满泪水。他家是养马世家，对马有着同生共死的感情。他从小是喝马奶子长大的。记得他四五岁的时候，他刚刚懵懵懂懂知些世理，有一天他饿得厉害，跟他爹要吃的东西。他爹咧着大嘴笑着，把他拉过来，领他来到一匹正奶马驹子的母马胯下，用大手按住他的头，他便身不由己地一弯腰，就到了母马的肚子底下。他听见爹说："吃吧，马奶水很足，黄河里有多少水马奶里就有多少奶水，永远也喝不完，咱家几代人都是喝马奶长大的，你也一样。"他在母马的后胯下看见浑圆壮硕的马的胀饱的乳峰，那乳峰因为太胀饱，乳头滴着奶汁，奶汁的幽香诱惑得他有些不知所在了，有些云里雾里了。母亲怀里那样的奶香笼罩着他，扶摇着他。他太饿了，双手捧住乳峰狠吮起来。或许他咬疼了马乳，母马欲要甩开他，但很快又稳住了身子，稍稍岔开两条后腿，任他海阔天空地吮吸。一会儿，他就喝完了。那次在马胯下喝马奶让他终生难忘。也就是从那时候，他对马的深爱就根植在血液里了。与此同时，他把自己也看成一匹马，他家族的人都把自己看成一匹马。爹临终的时候，冲他艰难地微笑着说："别怕，别怕，爹这不是死，爹这是要转世变成一匹马了，你要善待马啊！你至死不能伤害他们，因为我们来世注定要变成马，这是我们牧马家族逃不掉的命运安排。"爹的话虽然很遥远，但他至今铭刻在心，不敢忘怀，每每想起来都要热泪盈眶。

他没有让别人对他的马群伤害一根毫毛，谁敢伤害他的马，他就会以命相搏。要为他的马群送葬的都是各个马场的场主，还夹杂着他们的女人、孩子，这些人扎成堆，就成了一片黑压压的蚂蚁。他们都神情焦虑。他们没有办法不神情焦虑，他们的马群如果被他的马群传染，他们的马群就会无药可救，只有灭顶之灾。他们以马为生计，马群是他们的身家性命。

女人们往马厩投注的眼神最多，她们都有些急不可耐地想要男人们把葬马的事干完，好让她们的心安定下来。她们现在像秋天风中的一片树叶，在空中飘呀飘着，没着没落。有女人冲远远的马厩嘟囔着："都啥时候了，他还喝酒呢，也不喝死，喝死就省事了。"女人一边数落着，一边纳鞋底子。她把针在头皮上蹭蹭，然后狠狠地把锐利的针扎进鞋底，狠狠地把麻绳拽出来，她的手掌心勒出一道清晰的绳印子。好些女人手里都有针线活，她们走到哪里把针线带到哪里。女人们嘴里不住地埋怨男人们，有的话甚至听了让人非常难堪。一个胖女人冲男人们骂："裤裆里还好意思装二两肉呢，我要是男人，我就过去制服他。哼！都是白吃饭的货！裤裆里的二两肉软了，腰也软了，你们这样狗熊的男人，我脱裤子蹲南墙根一屁股屙出好几个。"胖女人骂人时，两眼往男人们的脸上逡巡着。被女人逡巡到的男人都躲着女人的目光，脸上都愧愧的。终于有男人被胖女人骂得脸上火烧火燎，身上的血像汽油桶遇到明火，嗵地炸了。男人嘴里骂着："妈的，没人去，我去！我就不信兔子还把马踢死了。"

男人是自尊的生猛动物，话出口，就要言必行，行必果。如果半途而废，将遭白眼，将抬不起头来。男人往马厩走时，有些后悔了。走出几步，他想回头看看，但他没有回头，他怕一回头就丧失了勇气和力量。男人往前走时尽量昂着胸脯，这样会显得威武些。男人边走边想着咋样制服对手。男人知道对方强过自己，他有些骑虎难下，握拳的掌心冒汗了。

"站住！"马厩那边的一声断喝，把男人吓了一跳。

"你再往前走，我就把刀子甩过去。"他晃晃手里的刀子。刀子把几缕阳光割断了。

男人知道他的飞刀甩得很准，他的飞刀曾扎瞎过狼眼。男人的眼就突突地跳起来。两眼感受到了恐惧，要跳出眼眶逃走，背叛他而去。

"你别怕他，他吓唬你呢。"身后的男人女人们喊。

男人停一会儿，壮着胆又往前走。男人很快就看见了那双通红凶狠的眼睛，那双眼布满杀机。他没有把飞刀冲男人甩过来，他的双眼死死盯着对方，冲前跨了几步。他没有奔过来，停在一道木墩跟前。那是一道劈柴用的木墩，平面。他把左手放展在木墩的平面上，高高举起右手里的刀子，嘴里疯狂地喊着："嗨！"他把刀子恶狠狠扎进了左手掌里，一股鲜血喷涌而出。

男人吓得转身就往回跑，像猎人枪口下的一只兔子。

守望的人群鸦雀无声。

兽医领着防疫消毒人员到来的时候，人们还没有从绝望沮丧的神情中缓过来。那些防疫消毒人员，一律身穿雪白的卫生服，嘴上都捂着严严实实的雪白口罩。他们带来七七八八的消毒设备。他们的到来，让人闻到一股刺鼻的药味。兽医很快知道了一切。兽医的脸子有些烦躁不安，他在人群里瞅了一会儿，转身而去。不久，兽医带来几瓶酒，硬硬地塞给几个强壮剽悍的男人。男人都不太想接那酒瓶，接酒瓶显得很勉强。

"喝，都喝。"兽医命令着。

咕咚咚，酒香四溢。

兽医喝凉水那样把酒喝干净，然后把酒瓶狠狠砸在石头上。瓶子砸碎了，发出嘣的爆响。继而又是几声爆响。

兽医领着几个喝过酒的男人，径直冲马厩走过去。他们的脸像烧红的石头，噌噌冒着火苗子。他们迅速奔到了马厩跟前，他们的对手几乎没有什么反抗，就被他们手脚麻利地用套马杆上的绳索捆在一棵树上。

"苍天啊！"树上的他往上猛挺一下身子，高喊一声，就昏厥了过去。

葬马开始了。

马厩里的马们倾巢而出，饿疯的马群，开始向它们熟知的草场奔去。这些善良的生物，欢腾着，还不知道它们这是去赴死，雄起起地去赴死。壮烈就在前面。

草海一望无际。天空悬吊着日头，照耀着膘肥体壮的马群。马匹锦缎般的皮毛高雅富贵闪亮，接受着太阳雨的洗礼。

各个牧场的牧主们，都骑上了消过毒的马，他们吆吆喝喝往一起收拢着马群，不让马群跑散，不让一匹马跑出马群。他们野声大气的咳咳的吆喝声此起彼伏，响彻晴空。起初，马群是轻松的，怡然自得的，它们的蹄声轻灵空幽，节奏感愉悦，如春风步入森林催促绿意勃发。但很快马群的步履就沉重起来，它们被强行驱逐出它们熟知如家的草场，儿马们开始极度不满地仰天长嘶，有脾气暴躁的儿马用蹄子狠狠地刨着土，把土刨得倾飞如雨。这时猎枪哒嘣地响了，震聋发聩的枪声让惊慌失措的马群炸了，疯狂开来的马如汹涌的洪峰，奔腾着，万点蹄声齐鸣，如金鼓擂响大地，震撼云霄。霎时，腾起的黄尘，遮天蔽日，被踏烂的草，流着绿血。

马群往葬马坑疾驰而去。

那道黑黢黢的阴谋的巨坑，此时此刻处在亢奋状态，它像宇宙黑洞那样要收留那些悲壮的生命。它深深凹陷下去的地域如血盆大口，正贪婪地张开着，激动得快要泪眼婆娑。它听着由远及近的马蹄声，依附在它坑壁的阴影也如同猎猎的黑旗那样摆动。

马群如风，如雨，如电，如雷。马群似乎知道陷阱在前，它们奔腾的长阵向山垭口歪斜而去。它们想奔进山里想奔进一个逃出死亡桎梏的遥远的世界。

"哎——别让马冲进山去，堵住山口！马群进了山，麻烦就大了。"

"哎——拦不住就开枪，决不能让马群进山！"

唾通唾砸！猎枪冒着青烟，受伤的马群，鲜血横流，风把血腥味卷起来，鲜红的血旗高高飘扬，映红了贺拉尔山的天空。

马群没有逃脱宿命的安排，它们被迫回来奔向葬马坑，它们忘却了死亡，它们似乎在奔向超越死亡的道路。冥冥中它们看见朝阳初升的东方天际，它们滚烫的血要融进东方天际那霞光万道的瑰丽之中。

跌入葬马坑的马们，相互碰撞着、践踏着、挣扎着、嘶鸣着，有的马匹想冲出葬马坑，坑壁上尽是混乱不堪的挠痕。很多马匹断折了马腿，森森的白骨茬子，成为英雄疼痛的断句。许多年以后，活着的马们不到葬马坑的附近去吃草，那里的草有股挥之不去的血腥味，葬马坑附近的草就长得非常茂盛。马们不去那里吃草，它们看见葬马坑的方向就凭吊神伤，据说有的马还会流出眼泪。

他跪在葬马坑跟前已经是第二天的事了。他一下子苍老了许多，鬓角涌出少许白发。他在长哭当歌，哀哀的悲哭听得女人们落泪。有的女人要过去劝他，被自己的男人拦住了，男人说，别去，让他哭，他不哭他会死的，他哭哭就好了。

他的哭孤独凄切，如锯一样锯着人们的心。

他悲哭不已的时候，已有一匹马乘万里长风而来。那是一匹红马，一匹通红的马像一轮日头滚滚而来。这充满激情的马，这天外来客，就是他忍痛割爱售给广东人的那匹让他日思夜想的神骏。

贺拉尔山下的牧马场，每年都有广东人来这里买马，他们把马驯练以后把它们赶进滚滚红尘，在商业欲望的操纵下沦为挣钱的工具。这些马有的屈服或安逸于红尘之中，豪情也萎缩了。但有很多马匹在春天到来的时候，鼻翼嗅到春天青草的气息，它们身躯的野性被召唤回来，它们挣脱花里胡哨的女人裤带一样的绳索，千里迢迢地奔向生养它们的大草原。有的马在半路累死了，它们死时也头向草原那遥远的故乡。但每年都有几匹马跑回来，重又扑进故土温馨的怀抱。当他看见红马时，他惊愕了。他抚摸着红马通身淋漓的汗水。他泪水满眶。红马的突然归来，再一次让他昏厥过去。

…………

他醒来已是第三天的早晨，这时候已经是天光大亮，鲜艳明晃的太阳照在他的窗棂上。他没有被灾难击毁，他有着强壮的体魄和强悍的灵魂。但他的身体现在还有些弱。他拖着虚弱的身子来到马厩，他顿时感到浑身的血液开始波涛奔涌……

（选自《民族文学》2006年第8期）

石嘴山市城市文学丛书（小说卷）

魂断月夜

王夏君

王夏君（1961—），女，陕西蓝田人。石嘴山市作家协会会员。先后当过工人、教师、银行职员，有经商等诸多经历，最终成为职业心理治疗师，执业二十年。短篇小说收录于《石嘴山文学集》，出版散文集《庭院小记》。

我不带动地靠在床边有一个小时了，还是拿不定主意。

桌上的台灯泛着幽蓝的光，湖蓝色的灯罩把这一小间屋子也涂上淡淡的蓝色，朦朦胧胧跟梦境一样，恰好是我想要的效果。

日记摊在桌上，仅写着日期：五月六日，星期二。想写下这繁杂的心绪，写他？似乎又不能够。昨晚并没留下什么痕迹，只是心的波动不小，尤其今天，几乎一整天，钻空就想昨晚那一幕——

走进百乐门的时候，思绪仿佛在另一个世界，无意识的状况下竟然选中了靠近乐队最暗的那个角落，坐下去就隐在了阴影里，加上不想动，谁也注意不到这里。

心里的惆怅从一踏进来便与缠绵柔婉的歌曲拧在一块，思绪、神情就更与环境格格不入。

没人来请舞，这正是我希望的。我不

愿看别人。男人的一举一动我能看出其真正的肤浅，女人的言笑我又能品出其未露的愚蠢，连自己都怕这种心态的刻薄。这种尖苛是年龄和不断思索造成的，很难完美地看人，更难持续地去爱人。很讨厌的，也令自己害怕。被别人看来很不错的丈夫，我却越来越不爱，生活中最大的苦恼就在于此。

思绪在乐曲中有所化解，准备再坐一两个曲子就走。

一个很得体的中年男人走近我。"可以坐这儿吗？"他问。

这类规范化的礼貌用语即使在高层次的交际场所也不多听到，但我的心绪是不欢迎任何人的打扰，我没有回答。我抬起头，舞场的人并不多，空着的座位不少，他是有意的了？我怠慢地点点头表示许可后，便收回了眼帘，继续在思绪里行走，表情依旧是淡然冷漠的，完全忘了身边这个男人的存在。

"可以请您跳一曲吗？"大约放过两个曲子后，他对着我问。

我缓缓地摇摇头，对着他征询的眼睛说："不！今晚我不跳舞。"

他立时表示明白，"不过"，他说，"只跳一曲，不然我不好下台。"他扫视下周围，如同被拒绝的那一幕真被不少人看见似的。

这个男人要么机警过人，要么太能对付女人。再拒绝就真的不礼貌了，看来非得应付一下了。我把无奈毫不掩饰地表示出来。"好吧，就一曲。"

他随着我一起出来。他的个头是出众的，他有点像外国人的样子。我果断地拒绝了他送我回去的提议。他有辆车，这让我既吃惊又警惕。这样的男人准有像本书一样的经历。他已透视到了我的谨慎："这是我的名片，你可以——"

"我不要！"我断然拒绝，看着他始料不及地愣了一下，便坚决地仰起了下巴。大概我的神情，我这没有理由的样子，他从没遇见过吧，竟失口问："为什么？"

我仍盯住他的眼睛昂扬道："我不想知道你的一切，我的一切也不想被你知道。"

他笑了，样子像对着一个感兴趣的顽童，"哦，你还真有点与众不同，我该怎么称呼你？"

"不告诉你。"我识破了他的侧面进攻，并要把他打得溃退而逃。"无论在什么地方我都不想再见到你，你令我讨厌。"

我没有转身走开，就那么瞪着他，就要看着他难堪。

他对着我笑了，牙齿也露出来，样子还很开心。随后他把手压在我肩膀上，口气很柔和："听着，星期四晚上八点半我在这等你，风雨无阻。"他拍拍我的脸，转身走了，留给我的是一个洒脱的背影和小车的尾灯。

他往北门方向走了，原来正好和我一路。我慢慢地在路灯下也往那个方向走去。

至于星期四是去还是不去，理智告诉我，无论从哪方面都不应该再去。但是心却蠢蠢欲动，潜伏着兴奋或是激动。

事实上，昨晚对他所有的拒绝都是发自心底的。一开始就看出他有着压众的气度，尤其那双深隐的眼睛满含着令人难以抵挡的诱惑力。我冷傲地对待他，是因为我敏感地看出了来自对方深层的威胁。我害怕，怕陷进去后伤着了自己。

我了解自己的感情，了解自己的需要。正因为太清楚自己，所以便不能去。

星期四的下午上了阵班，便请假回到县城的家里，避开了那个相约的晚上。没有后路也没什么想头了。

我有意地在忘记这个男人，其实也做到了，只不过忘却得有些慢。他的锐性含着余振力，在我心的某个角落藏匿着，久久不肯离去，偶尔浮现出来，又会不经意地退去。渐渐地那个男人在我心里已没有多大意义了。

一个月后，我又去了舞厅，这次是和一个同伴去的。那淡淡的记忆又浮现在脑际，跳得很不尽人意，还有些儿莫名其妙地厌倦。很想对他说，咱们走吧！可又不好说出口。事实上，神情已把想说的写在了脸上。几曲后我们就出来了，我很难让人理解地、固执地挡住了他的陪送。我慢慢地一个人走在街上，那么无意识地、悠然地走着，风吹在我的脸上，吹在心头上抚去了很多很多，就那么神情若离、忘乎所以地走着。到了门口，却不想进去，仿佛外面有着巨大的吸引力。美妙的夜空令身心都松弛了下来，感觉舒畅极了。

我走进屋里，脱去了裙子，换上了所喜欢的、柔柔的睡衣，再次走入这个给我感觉格外不同的月色中。啊，这个寂静的、凉爽的世界，我身着白色睡衣，解开来的头发长长地垂在身后，迎着微微吹拂的风，走进路边一片绿色的草坪。月儿清清亮亮，几缕云丝从它面前悠悠滑过，一种美好的感觉，像诗一样的感觉令我飘了起来。

……我跳呀，我喃喃自语，我趴在草坪上听地壳的声音；我躺在石凳上领略云月的抚摸……肆意享受着这片月色下的秀丽与宁静。自己都感到本身就是一幅画，上帝如果鸟瞰大地，他一定会喜欢这幅动人的景象的。我陶醉在这自然界的美中，陶醉在自己为这美增添的一分秀色中。

从与现实脱离的境界中回过神来，仿佛是从一种仙境、一种美妙的境地中走出来。心境满载着快乐与纯净。我吟起了歌。我记不起这首歌的名字，但我熟悉它的声调，我知道自己唱得不美，但我非常想唱。我轻声地唱着：

　　月亮在白莲花般的云朵里穿行，

　　晚风吹来一阵阵欢乐的歌声……

我轻快地跨进屋里把门关上，把灯罩上蓝色的皱纹纸取下，换上粉色的，这时整个房间，连我身上的睡衣都有了淡淡的红晕，很有情调的。

就在这时，门响起了轻轻的叩击声，由于太静，声音既清脆又分明，我有些儿吃惊，下意识地看了眼表，都十点半了，会是谁呢？我快步走过去打开了门。

啊，一口气深深地滑进了肺部，并且停留在那儿，心也同时停止了跳动，又在这一刻猛然迅跳起来。我的样子大概吃惊极了、狼狈极了、愚蠢极了、幼稚极了，或者傻极了，我不知道自己是怎样的一副表情，总之，我根本就不可能想到，会是他。

石嘴山市城市文学丛书（小说卷）

  他就那么笑望着我，就那么笑望着，一声不吭，既不解释来干什么，也不提出要进来，就站在门口，面对着我微笑。那一刻，世界都凝固了，我也不知道该做什么说什么，就那么惊愕地傻站着。

  他说："我是进去呢，还是你随我在外面走走？"

  我老实地摇摇头说不知道。我也的确不知道。这时候的我可以说跟婴儿差不多，心里面什么东西也没有，脑子里是空白。

  "那么听我的吧。"他说。眼睛里有含满了无法抗拒的情意。"和我走一走，到你刚才走过的地方。"

  啊——我突然明白了，刚才不是我一个人在月光下，不是我一个人和宁静的天空在一起，而是有他，有他的注视，有他的微笑和目光的爱抚。那一切之所以这般美好，大概是因为有他的存在。

  我跟着他出去了，没换睡衣，还和先前一样垂散着头发，随在他的身旁慢慢地往前走。我一句话都不说，他也默默不言。

  过了许久，他才轻声说："那一晚你为什么没有来？你知道我等过你几个晚上？我差不多每个晚上都去，那个座位，你知道吗？那个靠近乐队的座位，差不多被我包了下来，今天晚上我没存一点儿希望，所以我来得很迟，还没走进舞厅的大门，就看到你出来了。看着你慢慢地往回走，看着你在这片月光下逍遥悠然，看着你虚怀若谷脱离尘世般的飘逸，我一直跟着你，我不知道你是谁，我对你一切都不清楚，可我还是想走近你。"

  这个男人好像不是对我说，好像对他的心，又好像对着天空在自语："我不知道为什么总也抹不去你的影子，那么轻柔，又那般坚毅，那样的冷漠拒人千里，却又离我的心那么的近，人们都说感情是说不清楚的，我不相信，我以为自己对什么都清楚，可是，唯有一点，从那天后我揽尽了机会到百乐门去，我说不清自己，好像是为了找你，看到你，又好像不是。"他悠悠地仿佛魂不附体地把心往出捧：

"我是一个不好的男人,我有很多女人,很多,有时我觉得我爱她们其中哪一个,事实上却一点不爱她们,从来不,我想我这辈子都不会爱上哪个女人,不会的,我这个人心里产生不了爱,我甚至都不知道爱情是什么滋味,我一接触女人就感兴趣,就想和她们睡觉,然后就是厌倦,再也不想见她们了。唉,从没有哪个女人让我、让我好像心神都在挂念,从未有过。不知道是你的什么让我产生了另一种感觉,从未有过的感觉,是你那淡淡的神情?还是你那隐约的忧伤,或是你的冷漠或拒绝,说不清楚,或者都有一点点。今天,当我看到你的时候,心倏地跳了起来,欣喜得都有些紧张。我下意识地跟着你,你一直不知道,也不回头,你回头会发现我的,好了——"他笑了,停住了脚步,用十分厚爱的目光看着我,拍了拍我的肩膀:"你就在我身边,这样我就踏实了。"他轻轻地舒了口气,好像终于找回了丢失了很久很久的东西。

这一晚他说了很多很多,我差不多是一直在听。他至始至终都是拉住我一只手,像是怕我跑掉。告别的时候,我们都不敢看表,我们都知道,天大概快亮了,我想哭,不知道为什么。他看出来了,他抚摸着我的头发说:"你的头发好长,答应我不要铰。"

我很听话地点点头。他又说:"以后我给你梳头好吗?"我仍是点点头,不敢说话,我怕我会大声地哭起来。这么多年,许多想哭的东西一直在心里,一直没有机会对着这么一个人,对着这么疼爱的声音……哭了。总是强咽下去,支撑着自己。

仿佛等了很久很久,仿佛耗尽了青春容颜才等到了面对他哭的这一天,又怎能做到不让眼泪出来呢?我的心、神、骨、肉都呈现出孩子般的委屈。他理解地把我拥进怀里,无言地用那宽厚的胸怀给我以血脉相通的慰藉,他的承诺就流淌在血管里,在环绕我的双臂中,在跳动的心房里。

良久良久,他拥着我一动不动,他的眼泪顺着我的头发往下滑落,这个年愈

石嘴山市城市文学丛书（小说卷）

不惑的男人，心底蕴藏着竟然连他自己都不曾发觉的浓浓的情意。他喃喃地在我耳边絮语，是我给了他这次爱的机会，给了他做个好男人的机会，给了他有生之年最珍贵的东西，不要离开他，不要走出他的视线，他说："我会用我的后半生去疼你、爱你，你会被我的照顾醉倒的，相信吗？"

我不想说话，或说不出话，什么样的言辞都表达不尽心里的感受，就那么醉意地、幸福地对着他笑，眼泪不时地往下滚落。

快到门口的时候，我站住了，伸出了两臂，要抱抱他。

我把自己丢了，丢了自己的年龄，丢了自己的思维，还丢了自己成年的心态，成了一个纯净的女孩，像纸一样透亮。

躺在他有力的臂弯里，搂着他脖子靠在他肩胛上，我心绪竟出奇地安然、万分的娇媚。

他把我抱进屋里，放在床上，用毛巾擦我脸上的泪痕，又一个个擦过我的手指。然后，他把我的脚泡在了温热的水里，轻轻地用手摩擦。在做这一切的时候，他缄寂而又溺爱无比，如同对待一个牵挂了多时远途归来的娇妻，我感到此时他更像一个慈父、兄长。

他拉过椅子坐在床前，燃起一支烟，我看到他的神情是冷静的，没有那种男人对女人肉体的渴望和占有欲，他的眼睛、嘴巴、鼻翼的形状线条，在我看来是那样的陌生却又离我那般的近，触摸它们恍若走进一片从未到过的林间，手指小心地探索抚摸，生疏的感觉却越来越清晰，愧疚不安。烦乱、害怕等一种混杂的情绪随着理智的苏醒在心中撞击。他看出来了。

"闭上眼睛睡一会，"他说，"什么都不要想，听话，你太累了。"

是啊，我真感到累了，一点都不想动了。这个男人抚去了我的烦乱，让我感到这么静，这么踏实，如同卸去了很重很重的担子。

我拉着他的手睡着了，醒来他不在了，屋里挂着洗过不久的裙子还在滴水，椅子上放着待穿的衣裤，它们原本是在墙角的箱子里的。如此有情意的关怀我从未领略过，我微闭上眼睛，一动不动，静静体味他的气息、他的爱意、他的关怀。一丝诱人的香味，分明来自床边的桌上。我看去，是一份豆腐脑和两个炸得金黄的糖糕。

这个男人给我的爱意太多了，太浓了，我的想象也不及他给的这么丰厚。我的心颤跳不止，我的眼泪晶莹朦胧，我拿着字条的手抖动不已。

"梦儿，"他这样写道，"真不忍心叫醒你，宁愿你上班迟到。把早点吃完，不许剩，我要你胖起来。午饭我会安排好的，然。"

他称我为"梦儿"称自己为"然"。直到此刻我才注意到，我们都没有问过彼此的姓名，除了浓浓的升华的情外，彼此的身世还和昨晚之前一样不了解。事实上是，还没有来得及谈到。

我非常幸福。这个近百万人的城市，有了一个关心我爱我的人，我可以对他诉说，可以依靠他，我不再孤单。中午，四个小时后就可以和他在一起了。

我果然迟到了，却带着甜蜜和心甘情愿。

中午，他没有来，我的午饭在他的许诺中耽搁了。晚上他依然没露面。我想象不出他会因为什么不来。这个晚上以后，我的心开始滴血，一滴一滴。一开始我有着受到伤害的切痛、羞辱，很快就不再这样认为了，我相信那一晚的感觉是真实的。我的眼泪，他的眼泪，没有心的悸动是不会流淌的。没法找他，不知他身世的后悔牢牢揪住我的心。

我的等待是空白，有几个晚上我都分明听到敲门声，分明听到了，却没有人，草坪上每一个树荫后都找遍了，也没有他的身影。我开始到百乐门，每天都去，都坐在靠近乐队的那个位置，留意舞池里能看清的所有男子。有几个白天，我从班上出来，走在街上，企望从行驶的小车里或行人的行列里看到那张震慑我心灵的面孔。

石嘴山市城市文学丛书（小说卷）

  他消失了，无声无息，留给我一个回味不尽的夜晚和撕裂的心。

  在等待和寻找的日子里，这个叫"然"的男人在我的心里日益递增着分量。我品味着他的一举一动，品味着他说过的每一个字。我被对他的回味折磨着，固执地、绝望地相信他一定会回来。

  我和他仅仅相对了一个晚上，思念相随在我生活的每一点空隙里。

  一次，我在书摊前翻看《平凡人生》，耳边竟回响着他的声音："一壁墙留给我的，"他针对我另一壁硕大的书架，"你是被书熏陶出来的女人，我也要用书拴住你。"关于书，他还说每天为我买一本，让我成为这个城市拥有书最多的人。我悄悄地把厚厚的两本书放回去，我的经济不允许我拥有它们，可我又是多么想依在床前让它们来平静我的心灵。

  渐渐地，我都怀疑那个夜晚究竟是梦还是真实。

  秋天慢慢接住了夏季的末尾，树叶落得很快，一片片飘落在地下，那片绿色的草坪已开始泛黄，仿佛疲倦了似的。那条石凳上灰尘很厚，大概再没有人坐过了。

  一天傍晚，一个男人在那个石凳上坐着，我走了过去，心跳得厉害，连拿着书的手都发起抖来。我直走到他跟前。这个男人只有一只胳膊，嘴歪斜而且半张着，口水像条丝线一样往衣襟上落了一片湿迹，颧骨和眉宇之间有几处愈合的伤痕，他深陷的眼睛丑陋、痴呆又像凝聚了天大的痛苦。他是某场事故的幸存者，但绝不是"然"。"然"绝不会成这个样子的，绝不会！我赶快跑回屋里，从窗子看到一辆车还有一个女人。那女人走近那个石凳，拽起那个不愿起来的男人。

  我发现他的个子和然一样高。

（选自《石嘴山文学作品选》，中国文联出版社，1999年）

角色

焦艳华

焦艳华（1962—），笔名阿波，天津蓟县人。宁夏作家协会会员，石嘴山市作家协会理事。1982年开始文学创作，先后在《安徽文学》《朔方》《贺兰山》等杂志发表小说二十余万字，并出版长篇小说《紊乱》。

如果你是一家酒吧的服务员，你会碰到很多有趣的事情。我在一家宾馆的酒吧里只干了三个月，便已经感到世界真奇妙了。

有一天，一个看上去已步入知天命之年的中年人带着一位正值芳龄的姑娘坐在酒吧的柜台边喝法国香槟酒。那男的戴着一顶许多艺术家喜欢戴的那种棕色的贝雷帽。鼻子上架着一副金丝边眼镜，很有点学者风度。那姑娘白净、漂亮，留着披肩长发，穿着黑色的齐膝短裙和领口开得很低的宽松的蝙蝠衫，充满浪漫气息。隔着柜台，我听他们聊天。男的说他是个作家，最近在写一部长篇。接着他给姑娘谈起了文学，提到了很多中外作家的名字，有钱锺书、巴金、王蒙、海明威、卡夫卡、萨特……谈话很精彩，直谈得姑娘由专注的神情变成了火辣辣的热情，连我也被吸引住了。他说："这个世界太丰富了，太诱人了，

石嘴山市城市文学丛书（小说卷）

人必须做出各种选择，必须是各种角色，你才能充分地体验这个世界。"人是什么？他说："人除了他自己认为的那样外，什么都不是。"

大约过了一星期，是个周末的晚上，那人又同一位姑娘坐在柜台边喝酒。不过那姑娘已不是上次的那位了。他的衣着打扮也完全变了样，留着向后梳着的大背头，穿着一身笔挺的西装。那姑娘看上去则像位记者，后来从谈话中知道她是位打字员。我原本希望再从这位作家那里得到些教益，不想作家却张口说他是位企业家。那天他谈的是他的创业史，经济管理和商品经济。他的谈话娓娓动听，激动人心。从他的谈话中，不难感到作为企业家他的魄力和风度，作为企业家他对世界的感受是："时间太宝贵了，时间就是金钱，可那些令你眼花缭乱的事情总使你应接不暇顾不过来。"他看了看腕上的表，"我马上还有个重要的生意约会，不能陪你了。我叫辆出租车送你回去吧。"临走那姑娘满含深情望着他说："别忘了给我打电话啊！"

那男的第三次在柜台边喝酒，是以一个有钱的"二道贩子"身份出现的。他穿着一身高级的老板服，脚登阿迪达斯旅游鞋，脖子上戴着一串金光闪烁的项链。与他一同喝酒的女人看上去不像个正经女人。她穿着超短裙，黑色长筒袜和紧身短上衣，脸上的妆很浓很浓。她坐在高高的凳子上，跷着二郎腿，手里夹着一支摩尔香烟，听"二道贩子"讲他的发家史，讲他倒卖了什么，如何倒卖，又赚了多少钱，真可谓惊心动魄。直讲得那女郎两眼发亮，不住地说："你真行，你真行。""人生就像一场赌博。""二道贩子"说，"你真有把自己豁出去的精神，才能享受到巨大的欢乐。"在"二道贩子"谈论的时候，他不住地看腕上金灿灿的手表，以至于女郎恼怒起来："是不是你老婆又在通你的魂，你怕她就不怕我吗？告诉你，我肚子里的孩子迟早要管你叫爸爸的……"

事隔一个月，我又见到了那男人在柜台边喝酒。穿着很随便，他身边虽然依旧有一个女人陪着，不过那是他老婆。这回他再没有什么高谈阔论了，倒是他老婆在一旁喋喋不休:"你个自以为是的东西,你个窝囊废,你个没良心的,你个不要脸的,你个骗子……"

至今,我依然弄不清那男人的真正身份。每当我想起他时,便想起他说的那句话:"人除了他自己认为的那样外,什么都不是。"

(选自《朔方》1991年第8期)

石嘴山市城市文学丛书（小说卷）

后 记

  编辑出版《石嘴山市城市文学丛书》及《名家笔下的石嘴山》，是对石嘴山市建市60多年来一次文学艺术方面的全面回顾和认真总结，也是加快石嘴山文化建设、提振文化自信的重要举措。在2022年3月召开的石嘴山市文艺工作座谈会上，市委主管宣传思想文化工作的领导提出了这一课题，特别是首次厘清了石嘴山"城市文学、工矿文艺"内涵，具有高屋建瓴的指导意义。基于对这一命题的进一步思考和发掘，编撰一套系统体现石嘴山市建市60年多年来"城市文学、工矿文艺"的丛书，以兹彰显石嘴山文学在宁夏文学方阵的地位和价值，就被提到石嘴山市文联2022年工作的重要议程。

  怎样把这项既体现地方文学发展历史又具有开拓性的工作做好？这是丛书编委会的每一位同志都在认真思考的问题。为此，会议研究了多次，会后又商议了多遍，同时也广泛征求了各方面意见，形成了许多共识。首先，就是牢牢把握一个鲜明的主题。这就是紧紧围绕石嘴山市市情衍生的石嘴山文学，充分彰显其在宁夏乃至全国颇具特色的"城市文学、工矿文艺"内涵。把握住这一主线，石嘴山文学在宁夏文学方阵中的价值和方位就能够得以充分体现，也为丛书编选提供了大纲。其次，就是牢牢把握全面反映石嘴山文学发展常态。建市60多年以来，石嘴山的文学事业紧随时代发展而发展，也显现出不俗的成就。据不完全统计，其间先后结集出版的各类文学作品集逾百部，这就为我们编选丛书具备了雄厚的基础，但在如此浩瀚的文库中选出具有代表性的作品，编选工作量之大，需要我们拿出大海捞针的工作精神。最后，就是牢牢把握能够代表石嘴山市文学水平这一尺度。在浩如烟海的文学卷帙中，我们充分考虑到选录本地区作家在国家核心报刊发表的作品。本着对历史负责的态度，我们还精选一部分本地区文学期刊上的作品，同时，要求每位作家只精选自己的一种文体作品。此外，对少数民族作家和女作家的作品，也多有考虑，力求能够全面反映石嘴山市60多年来文学创作队伍的状况和创作水平。

《石嘴山市城市文学丛书》及《名家笔下的石嘴山》启动以来，得到各方的热切关注和全力支持。自治区党委宣传部、石嘴山市委宣传部悉心指导，自治区文联主要领导及宁夏作家协会有关同志给予全方位的支持协调。石嘴山市委常委、宣传部部长王正儒同志为丛书作序，在宁夏和全国文学界享有盛誉的著名作家石舒清、郭文斌先生也欣然提笔作序，令人感念；许多来过石嘴山、写过石嘴山的国内名家不吝献稿，令人感佩；石嘴山市的百余名作家积极配合，选出自己最好的作品参加选编，令人感奋。在短短的几个月时间里，先后有包括国内一批著名作家在内的188人次的作家作品云集其中，既为这皇皇四卷本文学大书能够顺利面世注入了强大的文学活力，也是将其试图成为融汇思想性、可读性、艺术性、史料性和典藏性于一体的百年选本的基本保证。

文章千古事，甘苦寸心知！《石嘴山市城市文学丛书》及《名家笔下的石嘴山》从启动编撰到出版面世，前后历时近一年时间，编委会近20位来自各个不同岗位的作家艺术家，克服种种困难，精心编稿；宁夏人民出版社领导和编辑全力支持；星秀传媒的同志日夜加班加点，不辞辛劳。要做成一项卷帙浩繁的文化工程，难度之大，可想而知，加上其它方面的原因，以及编选水平有限，工作疏漏和缺憾在所难免，祈请广大读者不吝指正。

石嘴山市文学艺术界联合会党组书记、主席　丁少贵